同文書庫·廈門文獻系列 第五輯
贰

五百石洞天揮麈（上冊）

邱煒萲·撰

厦门大学出版社
XIAMEN UNIVERSITY PRESS
国家一级出版社
全国百佳图书出版单位

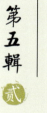

卷之四……二一四
卷之五……二八四
卷之六……三五六

五百石洞天揮麈（下册）……四二三

卷之七……四二六
卷之八……四九四
卷之九……五六一
卷之十……六三一
卷之十一……七〇一
卷之十二……七七一
自跋……八三七

前言

《五百石洞天揮麈》是我國近代一部內容豐富、特色鮮明的筆記體詩話著作，『星洲寓公』邱煒萲（號菽園）著。

邱煒萲（一八七四—一九四一），乳名得馨，初名徵蘭，後改名煒萲，字萲娛、蘐樊，號菽園，又有嘯虹生、星洲寓公等別號；以『菽園』號行。福建海澄三都惠佐社（今屬廈門市海滄區新垵村）人。八歲隨父到新加坡，十五歲回鄉習舉子業，一八九四年鄉試中舉。一八九六年重返新加坡，繼承其父遺產，成為僑商巨富。此後，他積極參與康有為維新派在海外的活動，又捐獻鉅款資助國內起兵勤王，成為二十世紀初名震一時的維新志士。他是新馬早期華人社會文化事業的主要開拓者和領軍人物。長期致力於推廣華文教育，先後創辦《天南新報》、主編《振南日報》和《星洲日報》副刊，引領輿論；又先後創立麗澤社、樂群社、檀社等詩文社團，主持會吟社，推動新馬華文文壇的構建和發展。他在文學領域成就廣泛，而以詩作最顯著，被尊為『南國（僑）詩宗』。一生著述宏富，主要有詩集《嘯虹生詩鈔》《菽園詩集》，筆記體著作《菽園贅談》《五百石洞天揮麈》《揮麈拾遺》等。

《五百石洞天揮麈》十二卷，己亥年（一八九九）粵垣廣州富文齋刊刻，線裝六冊。自署『閩海邱煒菱蔌樊編』，列為『菽園子部之二』。卷端有丘逢甲、潘飛聲二序，丘樹甲、王恩翔二人題詞；卷數之後有自序，作於『光緒戊戌仲春之月』。卷前牌記：『光緒二十五年，歲次己亥，閩漳邱氏刊於粵垣。』刻本今已罕見。現據厦門市圖書館藏本影印，收入《同文書庫・厦門文獻系列》第五輯，分上下二冊予以重刊。

一

邱菽園著《五百石洞天揮麈》，初擬名『蔌樊瑣綴』。『蔌樊』為其字，『五百石洞天』則為其寓齋名。邱氏自序稱，更改書名，蓋『以吾室之名名吾書』。關於書名的含義，丘逢甲、潘飛聲二人之序均道及。丘序云：『孝廉藏石五百，有米老風。洞天者，其說出道書，假神靈之居，標文章之目。』潘序亦云：『五百石洞天者，孝廉渡海得五百奇石，即以名地，並以名書。』（參見《五百石洞天揮麈》『序』，第七頁、第一至三頁。以下引本書不再列書名。）邱菽園性喜石，搜羅奇石甚富，有『五百石農』之譽。（卷七，第三〇頁）而書名以『揮麈』綴尾，則喻清談。他自稱：『麈尾，或僅稱曰麈，拂麈也。晉人清談，恒喜操麈，以為指揮。……而吾自顧銓材，世與我遺，正欲藉此清談，以誌吾過耳。』（邱菽園著《揮麈拾遺》，星洲觀天演齋叢書一九〇一年鉛印版，卷之三，第一頁）

《五百石洞天揮麈》與先後刊印的《菽園贅談》（一八九七年）、《揮麈拾遺》（一九〇一年），被視為邱菽園的三大筆記著作，而文論家多把此書與《揮麈拾遺》（從書名可知為前者之餘稿續編）列入詩話著作。丘逢甲序云：『《五百石洞天揮麈》者，菽園孝廉紀談之作也。……其書以談詩為主義，然標舉襟靈之外，留心風化，尤為天下有心人所同許。』潘飛聲序稱：『是書不僅言詩，要以詩為主。』『紀談之作』即筆記著作，古人所撰筆記體之書，多有以『紀談』為題者。傳統筆記在內容上的顯著特點是『雜』，而二位序作者則強調了此書以言詩為主。在他們看來，《五百石洞天揮麈》就是以談詩為主要內容的筆記著作，或者說，是以筆記體裁呈現的詩話著作。

邱菽園述及《五百石洞天揮麈》，有時稱之『筆記』，而更多則是作為『詩話』，或者說『筆記體詩話』來論述的。其《揮麈拾遺》卷之五云：『近四五年中，余所識能詩之士，流寓星洲者，先後凡數十輩，固南洋荒服歷來未有之盛也。今獨舉其素相親狎者言之……均已採得其詩，載諸《菽園贅談》《五百石洞天揮麈》兩筆記。』（《揮麈拾遺》卷之五，第五頁）而在卷之三則云：『吾昔以《五百石洞天揮麈》名所自著詩話，臺灣家仙根工部（逢甲）序之，頗致疑於晉人習氣。』（《揮麈拾遺》卷之三，第一頁）邱氏在《揮麈拾遺》卷之六，專門論述『詩話』與『詩選』兩種體裁在體例上的不同，寫道：『詩話所重在話，涉及一人，必敘及一人之出處，錄及一詩，必評及一詩之優劣，苟其詩有與吾話相發明者，即錄之，不必定是佳篇……撰詩話者，能知此意，則其例較寬。余於戊戌一歲，成《五百石洞天揮麈》十二卷，今撰《揮麈拾遺》，於前月上浣命筆，期以卒歲成書六卷，非自寬其例，又安望脫稿如是之迅速乎？』（《揮麈拾遺》卷之六，第八頁）在這裏，邱氏指出了詩話的撰著特色，即『所重在話』『其例較寬』，內容可以寬泛，突破體例限制。邱菽園明確把撰著《五百石洞天揮麈》以及《揮麈拾遺》，當作『撰詩話者』。

從古代目錄學角度看，『筆記』和『詩話』是性質不同的兩類書，分屬不同部類。在四部分類中，筆記列入子部小說家類，詩話列入集部詩文評類。然而，部分採取筆記雜談寫法的詩話，如唐代孟棨《本事詩》等，類別界限比較模糊，既不全然是詩文評，也不全然屬小說家流，往往成為目錄分類的難題，存在所謂『內容和體制的糾葛』。也就是說，從內容看是詩話，屬於詩文評類，從體制看是筆記，屬於小說家類。邱菽園的《五百石洞天揮麈》及《揮麈拾遺》即屬此類，既是詩話也是筆記，是筆記體的詩話。

邱菽園論詩、評詩，始終堅持儒家傳統詩教的立場。他在卷一開篇即寫道：『溫柔敦厚，詩之體，興觀群怨，詩之用。……千古作詩談詩者，又誰能舍此八字立腳。』（卷一，第一頁）可見，他作詩、談詩，是立足於儒家詩教觀念的，講求詩的社會功能。邱氏肯定『詩家有正聲』之說，並用『雅正』概念加以申述：『或潛氣內轉，或清氣往來，其志和，其音雅，作者矜平，讀者躁釋。』（卷九，第五頁）顯然，他注重的還是詩的『正人心』的功用。

邱菽園在書中闡述了自己的詩學見解和評詩的藝術準則，標舉『清』和『曲』。潘飛聲序云：『孝廉與余論詩，曰「曲」，曰「清」。』（見『序』，第三頁）邱氏寫道：

> 詩以意為體，然非曲無以達其意，則有事於曲者，筆也；詩以詞為用，然非清無以運其詞，則有事於清者，氣也。廿載耽吟，每讀古今名大家集，尋其義理骨脈，無一不從曲字來，亦無一不做到清字極。其有去此二字者，不但無好詩，亦決非詩人。（卷二，第二一頁）

可以說，『清』與『曲』是邱菽園論詩的重要概念和藝術標準。他在書中又從正反兩面和各個不同角度對此二字做了界定和闡釋。他說：『大抵詩境甚寬，隨人領取，要其意不真摯者非清，理不澄澈者非清，趣不超妙者非清，筆不空靈者非清，詞不雅潔者非清，調不宏亮者非清，機不圓活者非清，氣不雄浩者非清，神不寒芒者非清。』（卷四，第一五頁）『詩兼比興，重在取喻。能喻則意無不曲，辭無不達。』（卷十二，第一九頁）『詩家有正聲。正非直而不曲之謂，乃通而能達之謂。』（卷九，第五頁）論粤東張南山詩，又提出『清而不俚，曲而能約』的論點。（見卷三，第三二頁）

對於詩的特質和内容，邱菽園持傳統詩學的詩主情性之説。他説：『詩道本寬，凡有性情者皆可作。』（卷十一，第九頁）所以，在清代詩學的諸家理論中，他特别推崇袁枚的主張，標舉性靈，獨尊性情。他論作詩之道，寫道：

以格調視格調，以音節視音節，斯優孟衣冠，而摹仿者至矣。惟不以格調為格調，音節為音節，斯能以性情為音節、格調寓性情也。余於格調、音節之説，常兩者並存，不敢偏廢。或疑余好模棱，余故舉性情以一之。偏格調者尊杜而黜李，重音節者復務反其説以相勝，是亦不可以已乎。不知學古人者非徒學其辭，尤貴學其人。其人之風節可學也，品詣可學也，出處進退可學也。凡此者，皆性情之見端也，皆其人之真也。而其人之性情之著於文章者，亦猶其風節、品詣、出處進退諸大端之不可强而致也。（卷九，第四頁）

重『格調』與重『音節』是兩種不同的詩論主張和學詩傾向，前者尊杜後者尊李。邱氏兩者並重，而獨舉『性情』，以『性情』貫串之、統攝之。在他看來，『格調』與『音節』都屬於『辭』，而學古，要者不在於學辭，而在於學古詩人之風節、品詣，以及出仕或隱退的處世方式，因為這些都是詩人性情的體現，而表達性情才是詩之本質所在。

在此書中，邱菽園也是把『性情』作為採詩、評詩的內容標準。

二

《五百石洞天揮塵》評詩的重點在有清一代，而以閩、粵詩壇為主。邱菽園在清代閩詩人中推崇黃任（莘田）和薩玉衡（檀河）、謝震（甸男）、張際亮（亨甫），曾計畫編刻『閩中四孝廉』詩選；於粵詩則推番禺張南山（維屏）等。他對清嘉道間閩粵最具代表性的詩人『二張』做了比較，云：『（二張）同時著譽，屹然為嘉道稱詩者一大宗。……迄今粵人論詩者必曰南山，閩人論詩者必曰亨甫。言南山大致則有清有雄，亦沈亦麗，性情和雅，意理畜足者是；言亨甫大致則才氣浩瀚，魄力蒼堅，其味深厚，其局神明者是。……昔漁洋、堇浦，皆嘗以雄直許粵詩……今如執二張以求派別，似又雄直之歸不在粵而在閩也。』（卷一，第四頁）此論有助於對清代前中期閩粵詩壇的理解。然而，『揮塵』採錄、品評的重點和主要價值，並不在於清代前中期，而在於清末閩粵詩壇及時人未刊詩作。可以說，『揮塵』的詩話內容，以述交誼、存佚詩最有意義。如果說，採詩具有文獻輯佚的價值，那麼，邱氏與閩粵及新加坡等地詩人名士之間的過往、唱酬及其他詩詞交流，則是近代詩事的珍貴內容，具有詩史的意義。

值得一說的是，在當時的閩粵詩壇中，邱氏特別關注臺灣返籍和流寓閩南、粵東的乙未內渡詩人，這也是一個獨特之處。此書所述評和採錄的內渡臺籍或旅臺詩人，以詩名於世者就有丘逢甲（仙根）、林鶴年（氅雲）、許南英、王松（友竹）、謝道隆（頌臣）、王漢秋（詠裳）等。其中王松、謝道隆內渡後分別避居故籍福建晉江和廣東潮州，不久又返回臺灣隱居。而丘逢甲、林鶴年二人與邱氏關係最為密切，也最獲讚賞，被列為『詩中八友』。邱氏於庚子年（一九〇〇）八月作《詩中八友歌》（又題《詩中八賢歌》），寫我懷人，予以傳揚（見《揮塵拾遺》卷之四）。林鶴年是『八友』中唯一的閩人，安溪籍，因承辦臺灣茶稅和船捐等旅臺多年，乙未內渡後寓居廈門鼓浪嶼，著有《福雅堂詩鈔》。邱菽園筆記和詩話中所記述的廈門或閩南本籍及流寓的知名詩人，以林氏與之交情最深，所記詩事也最具詩史意義。（參見卷一、卷十，《揮麈拾遺》卷之四等）

上述內渡詩人，多有詩集傳世，惟王漢秋詩未結集，且多散佚，今已難得一見。王漢秋，字詠裳，先為泉之晉江人，占籍臺南，乙未內渡復歸於泉，又避地來廈。聞邱菽園聲名，乃致書道意並寄詩稿相質，邱氏從中採錄詩十五首及斷句若干。（參見卷九，第三二至三三頁）王漢秋還向邱菽園推介了一批臺灣親友詩人，如其表姊蔡宮眠、表侄女蔡氏（即蔡葉詩，字碧吟），二人是臺灣著名的才女、閨秀詩人；族昆弟、詩人王松和王石鵬（字箴盤，號了庵）等。以至邱氏感歎：『何王氏之多才子也！』（卷十一，第二〇頁）王詠裳所寄贈和推介的臺灣詩人（包括其本人）詩詞資料，『揮麈』大量輯錄採入，其中不少具有存佚補缺意義，為後人相關研究保存了一批原始資料，被研究者廣泛引用和推廣。

臺灣學者李漁叔著《三臺詩傳》，列舉臺灣近代著名詩家十四人予以述論，其中關於謝頌臣、王友竹、王漢秋和王石鵬等人的評述，多援引邱氏『揮麈』中的詩選和評論。如關於王詠裳，李氏先舉連雅堂《臺灣詩乘》和王松《臺陽詩話》，又云：『二君於詠裳詩皆有輯錄而猶不若邱菽園所紀之詳也。』接着，便依據《五百石洞天揮麈》卷九所載生平資料和採錄詩，作轉錄和評論。（李漁叔著《三臺詩傳》，臺北：學海出版社一九七六年版，第七七至七八頁）而王松《臺陽詩話》記王詠裳所引五首及連雅堂《臺灣詩乘》引述三首，均出自『揮麈』卷九（順序亦同）。顯然，邱氏『揮麈』是他們稱述王詠裳的資料來源。邱氏錄存王氏寄示女詩人蔡宮眠《病中偶成》一絕，稱其『所適不偶，孤憤而卒。詩稿散漫，莫可收拾』（卷九，第三三頁），李漁叔《三臺詩傳》和《臺灣閨秀詩》也幾乎原文照搬（見載於李漁叔著《魚千里齋隨筆》卷上）。『揮麈』卷十一有關於王松的記述及詩錄，王松後來以《邱菽園筆記一則》為題予以轉錄，附於詩集《滄海遺民剩稿》之後。

在上述內渡諸詩人中，許南英祖籍粵東、寄籍閩南，內渡後先後流寓於閩、粵以及南洋等地，其經歷和身份頗有代表性，而且學界對他也有較深入的研究，包括詩集的出版、評論，以及個人傳記、家族史研究等，是內渡詩人研究的典型個案。這裏以『揮麈』對許南英的記述為例，略加論列，以見『揮麈』的詩話價值之一斑。

許南英（一八五五—一九一七），字子蘊，號蘊白、允白，自號窺園主人等。臺灣臺南人，祖籍廣東揭陽。清光緒十六年（一八九〇）進士。乙未（一八九五）割臺內渡。初居廈門，不久轉向廣東汕頭，後在廣東為宦多年。落籍閩南漳州。辛亥革命後回漳，曾居海澄縣海滄墟（今屬廈門海滄），名其居所『藉滄海居』。一九一三年三月任龍溪縣知事。同年十月林爾嘉在廈門鼓浪嶼創立菽莊吟社，應聘入社。遺著有詩詞集《窺園留草》，一九三三年刊行。

許南英內渡後與邱菽園結識於廈門，一八九六—一八九七年有新加坡之行。其間參與了邱氏組織的徵詩、雅聚、分韻賦詩等詩詞活動，二人有多次直接交往，結下深誼。邱菽園在一九〇一年刊行的《揮麈拾遺》卷之五回憶道：『近四五年中，余所識能詩之士，流寓星洲者，先後凡數十輩，固南洋荒服歷來未有之盛也。』並舉『許允伯進士（南英）』等『素相親狎者』六人，稱『疇曩文酒唱和，雲龍追逐，島中客況，相得為歡』。然而未幾，其中二人客死旅邸，許氏等四人則相繼歸國。世事難料，聚散無常，令人慨歎。是故，『余茲之臚紀交遊，備舉姓氏，即不可忘之實在注腳也』（《揮麈拾遺》卷之五，第五至六頁）。

在《五百石洞天揮麈》卷七，邱菽園分兩則簡述與許南英的結識、交往，並着重輯錄許氏題贈詩兩題四首。

其一云：

臺灣許允白進士（南英），初不相識，乙未偕陳藻燿觀察（日翔）內渡寓廈，始一謀面。明年丙申，余來星洲，君亦以訪親踵至。環島蒼茫，得此良覿，殊大不易。承索《庚寅偶存》拙稿舊刻，即題二律來。云：『思藉文傳本下乘，漫將此意例先生。月能自照宜留影，花豈無香便累名。不用人憐知舌在，從教鬼泣此詩成。海枯天悶供搜索，知己殘更共短檠。（原注：菽園孝廉原刻此詩時猶困童軍也，故追慰之）』『十年前事費評量，敢信詩窮道不昌。天老高才艱重任，名先不朽快文章。性情摯處言偏淡，意氣真時味愈長。折挫輪番添閱歷，冥冥位置未尋常。（原注：孝廉詩多見道語，實從屢經轗壈得來）』奬藉逾量，愧不敢當。時余適丁大，故屏絕韻語，故不能和。丁酉翻刻，謹已弁諸卷端，以志吾友之愛而已。（卷七，第一〇頁）

此則述及與許南英的結識和過往。所及陳藻燿（一八六〇—一九一三），名日翔，號梧岡，臺灣高雄人，係許南英故友，丙戌年（一八八六）曾相偕入京會試，後又結兒女親家。陳氏乙未內渡後，即寓居廈門鼓浪嶼。所錄許南英題邱氏舊刻詩集《庚寅偶存》七律二首，是兩位著名詩人詩詞交往的最早見證，也是對邱氏首部詩集的重要評論，然許氏詩集《窺園留草》失收，也未見其他通行詩集收錄，是為佚稿。

《庚寅偶存》是一八九〇年邱菽園初學詩時所作詩存錄。他說：『此余年十七初學為詩稿，越歲辛卯，嘗鏤版鷺門，妄傳於外。』（卷七，第九頁）丁酉年（一八九七），邱菽園新編《菽園贅談》十四卷在香港刊刻，同時翻刻舊稿《庚寅偶存》一卷及《壬辰冬興》一卷，合訂為《菽園著書三種》八冊，由香港中華印務總局鐫刻，為大字本。許南英題詩置於《庚寅偶存》翻刻版卷端之『丁酉翻刻題辭』目下，無另詩題，署款：丁酉六月允伯弟許南英拜題，詩第二首第六句『意氣』作『意理』。然丁酉年香港刻版流傳不廣。一九〇一年，邱菽園將此書略作增刪，重新編排，改大字為小字，且精加校勘，以《菽園贅談》之名在上海重刊。新版把原《菽園贅談》十四卷合訂為七卷，附《庚寅偶存》《壬辰冬興》各一卷，又增附《答粵督書》等。而《庚寅偶存》卷端原有序和題辭數篇，只保留邱菽園自撰『庚寅原刻小引』，其他各篇，包括許南英題詩均刪去不存。現香港版《菽園著書三種》已難以尋獲，許氏題贈詩因《五百石洞天揮麈》的收錄而得以留存。

其二云：

允伯進士世籍臺南，預福建試，是為閩人。遇亂，蕩其產內渡，依友來廈，無以為家。然先世固粵之潮州人，乃遊南洋，造其族之豪者謀焉。及歸，橐中致千金，卜居廣州，行與粵終矣。近有書來，屢詢無恙，亦一多情君子也。憶丙申冬，余奉先府君靈輀附輪返里，君尚滯島上，殷勤執別，有詩贈行，今錄於此。云：『挾策來投萬里奔，主人先我返邱園。一囊束笋新詩卷（原注：菽園之歸也挾麗澤社課卷以偕），雙袖酬花舊酒痕（原注：去年與菽園鷺門同醉）。冀北乍欣逢伯樂，汝南翻悵別陳蕃。窮途作客真無賴，多少心胸未敢言。』『多少心胸未敢言，星洲何處是龍門。功名扼我終安命，筆墨逢君倍感恩。別曲忍添遊子淚（原注：客中送客何以為情），靈旂長護大夫魂（原注：菽園此行實奉尊甫勤植公靈輀歸葬珂里）。明年春草漳江綠，為我呼童一啟軒。』（卷七，第一〇頁）

丙申冬，邱菽園將扶父靈柩返里安葬，曾於一八九六年十二月四日，邀集星洲知交詩人及麗澤社諸子，在天南第一樓聚會，作留別之酌。諸友以『雅集天南第一樓詩』八字分韻，賦詩餞行。許南英也受邀參與，並寫下《邱菽園觀察招宴南洲第一樓分韻，得一字》七古一首，云：『菽園豪情誰與匹？飛箋柬我如羽疾。……海天誠不負斯遊，得與群賢談促膝。異時分手各西東，不知斯會復何日？雪泥鴻爪是因緣，我為拈毫紀其實。時在光緒丙申年，仲冬十一月初一。』（《窺園留草》，臺北：『臺灣文獻叢刊』一九六二年排印版，第三九頁）十一月初一，當為雅集的隔日。

此則所錄許南英贈行詩七律二首，曾在《星報》一八九六年十二月十五日刊載，題作《送菽園孝廉回海澄，分韻得言字》，應是臨行時的另一次分韻賦詩。許氏《窺園留草》收錄，題作《送邱菽園觀察回海澄（時奉其先封君靈柩回籍）》（《窺園留草》第三九至四〇頁），所載有所不同，可作對勘。

一是文字上有多處改動。可能是許氏後來再作斟酌修訂，也不排除個別為排版錯誤所致。最明顯的是第一首第四句『汝南翻帳別陳蕃』，其中『陳蕃』，《窺園留草》（『臺灣文獻叢刊』版）作『陳遵』。此處應是用『陳蕃下榻』、禮遇賓客之典。陳蕃為東漢名臣，字仲舉，汝南平輿（今河南平輿）人。作『陳遵』則難理解。陳遵為西漢王侯，字孟公，杜陵（今西安）人。雖亦有『陳遵投轄』為好客留賓之典，然其與『汝南』無涉。另者，此詩用韻為上平『十三元』，而『遵』屬上平『十一真』韻。

二是原注四條被刪去。而這四條原注多涉本事，其實也很有史料價值。原注第一條稱：『菽園之歸也挾麗澤社課卷以偕。』當時邱氏創辦麗澤社，社課活動固定，規定『每期定朔日擬題，望日截收，廿五日放榜』。此注表明，邱菽園為免延誤社課放榜時間，在扶父靈柩回鄉辦理殯葬時，還帶着社課詩卷評閱。原注第二條云：『去年與菽園鷺門同醉。』上引『其二』文稱許氏乙未『內渡寓厦，始一謀面』，由此注可知，當時的謀面還有開飲同醉，可能暢談甚歡。原注第三條『客中送客何以為情』和第四條『菽園此行實奉尊甫勤植公靈輀歸葬珂里』，則說明作詩贈行的具體背景。

邱菽園此次返鄉，至一八九七年六月才重回新加坡。（參見卷二，第二八頁）而許南英在遊曼谷諸地後，已於『丁酉（一八九七）二月』，從新加坡附輪回國。（參見許南英《也是園席上和夢盦》小序，《窺園留草》，第四四頁）二人在新相處僅數月，時間雖短，然交誼則深，分別後仍有聯絡，如邱氏所言，『近有書來，屢詢無恙。』許氏還為邱氏《紅樓夢分詠絕句》題詩四首，這是應徵而作，載於邱氏於清光緒二十六年（一九〇〇）刊行的《紅樓夢分詠絕句》卷首（後以《讀邱菽園觀察詠〈紅樓夢〉中人詩冊》為題，收入《窺園留草》）。一九〇〇年三月，許氏老友丘逢甲受粵省當局委派將往南洋各埠調查僑情，引發他對南洋故人的思念，遂作《送邱山根水部遊歷南洋，兼柬邱菽園》七律二首。末句云：『為告前途東道主，許三宦跡滯仙羊。』（《窺園留草》，第五五頁）這是對寓居星洲的邱菽園這位南洋『東道主』說的，『許三』藉指作者自己，『仙羊』用嶺南五羊傳說，他近兩年來就在嶺南一帶為宦履職。而邱菽園也同樣屢作故人之思。如他在《揮塵拾遺》卷之五追憶當年與許氏等幾位『素相親狎者』文酒唱和的已逝場景，接着記述爾後丘逢甲等詩友相繼來星小住，又得以趨陪雅集，賭酒弦詩，不禁又想起了已歸故國的許氏等舊侶。他寫道：『使許、張、葉、林四君在遠聞之，當亦遙羡星洲，墜歡能續乎！』（《揮塵拾遺》卷之五，第六頁）一九〇九年，邱菽園作《寄酬許允伯（南英）》七律一首，然許南英《窺園留草》亦未見回應，詩之本事已不可考。由此可知，直至分別十多年後，二人雖未再晤面，但仍有詩詞酬唱和過往。

許南英一八九六——一八九七年的新加坡之行，資料稀缺，論者所知甚少。許南英之子許地山所作《窺園先生詩傳》云：『先生在新嘉坡、曼谷諸地漫遊，足夠兩年。囊金蕩盡，迫着他上了宦途。』（《窺園留草》，第二三九頁）一筆帶過而已。尤其是他的文化活動，除了《窺園留草》留下的詩作，研究幾成空白。而邱菽園《五百石洞天揮塵》

的相關記述，可補《窺園留草》之缺失，也為許英南在新加坡的文化交往增添新的史料。二人的交往，也為厦、漳近代詩史留下一段佳話。

三

如果說，《五百石洞天揮麈》對於『詩人』的記述以閩粵詩壇為主，那麼，對於『詩事』的記述則以星洲詩社麗澤社的詩學活動最為詳盡，也最具特色。

麗澤社是邱菽園一八九六年四月重返新加坡後於同年九月創立的，是新加坡的第一個有影響的華人詩社，也是繼中國駐新加坡領事左秉隆創辦的『會賢社』和黄遵憲主持的『圖南社』之後的又一個重要的華人文化社團，在新加坡文化發展史上具有重要意義。

《五百石洞天揮麈》卷二記述麗澤社之創立，寫道：

> 丙申余來星坡，蒙內地流寓諸君子委校文藝，繼左、黄二領事會賢、圖南社後，創興麗澤一社，以便講習。……竊意南荒僻陋，島嶼林立，流寓文士，散而不聚，聲氣難通。土著人材，童則失於正蒙，壯且溺於貨利。求有一二心通其意，思能洽我同源、嚮我宗教者，已戛戛難之，況求其干城我、金蘭我耶？而諸君子文興正豪，堅持必行之說，乃以季秋舉辦初課，一時聞風奔輳，得卷千四百有奇，揭曉流寓十之九、土著十之一，亦云盛矣。嗣是有增無降，丹黄雨下，猶難日給。（卷二，第二八頁）

按此則記述，邱菽園重返星洲進入南洋文壇，面對兩種情形，一是流寓文士散落，另一是本地住民不重視文教。創設麗澤社正是為了改變這種狀況，為旅居星洲的華人文士創建文墨交流平台，開闢文化活動空間，也使中華文化在蠻荒之地流播。因此，麗澤社雖繼左、黄二領事所辦的會賢、圖南二社而起，但創設主旨和活動內容已有不同。二領事設置的社課側重於施政實務，而麗澤社旨在構建寓居之地的舊體文壇，社課內容專注文學創作、文體嘗試。（後另立樂群文社，專課時務及論說、雜著）社課一開，便獲得很大成功，風雅之士『一時聞風奔輳』，競相呼應，盛況空前，真正起到了凝聚流寓士人的作用。誠如論者所言，『邱菽園創辦的麗澤社，憑藉着雄厚的財力及建構南洋詩壇的壯志，將散落各處的文人凝聚起來』，使得詩文雅集的風氣在南洋流衍開來，既提升了流寓文士『詩人身份』的社會地位，也『逐漸確立了邱菽園在南洋詩壇的盟主地位』（譚勇輝：《星洲麗澤社與南洋詩壇》，載《馬來西亞漢學刊》，二〇一八年）。

麗澤社的創立和活動是南洋傳統文學發展史上的標誌性事件，在南洋文壇的開拓和建構中具有重要意義。邱氏云：『星洲麗澤社，丙申始創，不過詩聯詩唱等題，繼乃兼課制義、帖括、詞章、時務，前後鈔存，將來彙刻，傳諸其人。星洲椎魯無文，僅此亦足為後之志藝文者篳路矣。』（卷十一，第二三頁）然而，將詩社作品彙刻傳播的預想，終未實現。幸而，麗澤社的史料和作品，在《五百石洞天揮麈》中得到了詳盡的記述和輯存。

『揮麈』大量採入麗澤社史料，記述麗澤社的創建（起因和意義、過程等），社課活動，輯錄佳作，包括詩對、詩聯（詩鐘）、詩詞作品以及文章等；又介紹麗澤社的著名詩人，保存了大量的第一手原始資料。尤其值得一說的是，所錄社課作業，於詩鐘（折枝詩）這一富有福建特色的詩詞形式，也是佳構迭見。如：『燭奴』第二唱：『蓮燭且欣陪學士，竹奴何福號夫人。』（胡伯驤）唐宋時皇帝有以御前金蓮燭賜送學士夜歸之舉，以示優禮。『匈奴未滅戈思枕，薛燭難逢劍忍弢。』（潘百祿）薛燭乃春秋時越國著名相劍師。『目耕』第二唱：『刮目蒙驚吳下別，躬耕亮早蜀中籌。』（盧桂舫）上句用『吳下阿蒙』和『刮目相看』之典。『香夢』第四唱：『百讀薰香班馬賦，兩篇說夢列莊文。』（李汝衍）『班馬』即漢代辭賦大家班固和司馬遷。唐代杜牧《冬至日寄小侄阿宜》云：『高摘屈宋豔，濃薰班馬香。』『列莊』即列子和莊子。『今瘦』第六唱：『江山有恨成今昔，天下何人問瘦肥。』（陳伯明）據《資治通鑒》載，唐玄宗曾有『吾貌雖瘦，天下必肥』之言。『楚絲』第七唱：『卻憐正則長懷楚，為繡平原一買絲。』（李汝衍）『平原』即戰國時門下食客數千之趙國平原君。唐代李賀《浩歌》云：『買絲繡作平原君，有酒唯澆趙州土。』買絲繡像，表示極欽慕。『藉材何幸來三楚，續命誰知有五絲。』（蕭雅堂）古時端午節有以五彩絲（稱『續命絲』）繫臂以避災延壽的風俗。（以上參見卷十一，第二四至二五頁）這些詩鐘用典雅切，抒情述懷，表達了作者的家國情懷和人生感悟。

如果說，麗澤社活動和社課作品，當時的《星報》等新加坡報刊已有介紹和部分刊載，那麼，對於詩社詩人及其作品的介紹，則是『揮麈』輯存的更為珍貴的詩事史料。

麗澤社詩人優者甚多，而邱菽園論列之，以黃樹勳、謝靜希二人並稱為冠。邱氏稱：『星洲麗澤社子謝靜希、黃樹勳均喜為詩。黃優近體，謝優古體，如驂之靳，莫能軒輊。』（卷十一，第一三頁）並在『揮麈』卷三和卷十一，分別輯錄二人詩作，且加點評，對詩人生平事蹟亦有記述。其介紹謝靜希云：

> 君名兆珊，廈門人，天津籍，尊人某嘗為碣石鎮總兵，固將種也。少即能為才語，長老多以遠到期之。十試有司，均不得志。老境頽唐，始從人浮海，遊於南洋之檳榔嶼。同宗流寓者頗眾，留主義塾；群聞其才，待有加

禮。君性謙挹，以余主持麗澤社事，有一日之知，貽書余，問欲以弟子禮事余，且引古人一字師之義為證。辭弗克當乃已。永福力軒舉孝廉（鈞），曩嘗至檳，輯有《志略》，於君所著亦多採錄云。（卷十一，第一四頁）

力鈞所著《志略》即《檳榔嶼志略》，其《藝文志》著錄詩集十一種，皆流寓諸子之作，其中有謝兆珊著《宿秋閣詩草》二卷。邱氏嘗欲搜羅諸詩集，『冀有採錄以廣其傳，使人入市求之不得，始知皆未刊行本也』（卷二，第八頁）。這些未刊詩集多佚失不存。『揮麈』卷十一採錄謝氏詩課之外詩作七古多首、竹枝詞四首及五古《雜感》十六首摘句，均出自其寄呈之手稿。邱氏後來在《揮麈拾遺》中又採錄謝氏《感秋吟》十一首，稱：『靜希年長吾以倍矣。』『流寓檳榔嶼，為報館主筆。老境日侵，一生所得，恐化煙塵。屢以為言，情詞懇切。』（《揮麈拾遺》卷之五，第一三至一四頁）可知其一生之作，未刊行流傳。

謝兆珊，字靜希，號詞仙，原籍天津，家厦門之十八丈巷，清末鷺島名詩人，《厦門市志（民國）·文苑傳》列其傳略。傳對其赴南洋後境況語焉不詳，只稱『潦倒以終』，未及其義塾、詩社活動；又稱『歿後，方孝廉軒舉刊其遺集』，顯屬誤解；詩則僅錄《聊齋題詞》一首。（見《厦門市志（民國）·文苑傳》『謝兆珊』條，《厦門市志（民國）》，方志出版社一九九九年版，第五五二至五五三頁）而『揮麈』及其『拾遺』的記述，可為《文苑傳》糾錯補缺。尤其是所錄謝氏詩課之外詩作，更為難得，不僅為拓荒期的南洋詩壇，也為厦門近代詩史保存了珍貴資料。

四

作為一部取材宏富的筆記體著作，《五百石洞天揮麈》的內容超出了傳統詩話的範疇，不僅論及繪畫、書法、篆刻、金石等諸多文藝種類，也涉及經史研究、文獻整理和文物收藏等學科領域。如對晚清漳州詔安畫家謝穎蘇（字琯樵）等畫家的評論，稱『今日談詔派畫，端推君為第一流』（參見卷九，第二五至二六頁），論者認為是最早提到『詔安畫派』者；對近代閩臺書法大家呂世宜作品的鑒賞、收藏和評論，以及所記遺事逸聞（參見卷五，第二八頁；卷八，第八至九頁），亦有史料價值；所記星洲篆刻名家葉季允『學印之要有四』之言（參見卷七，第三〇至三二頁），不僅是寶貴的創作經驗之談，而且在理論建構上有其價值和意義；等等。而這些內容，都屬於中華傳統文化的領域，古代筆記體詩話也常涉及。這部筆記體詩話的獨特之處在於，書中也有超出傳統詩話範圍的異域書寫，即含有部分記述新加坡歷史文化、自然環境和社會風情的內容，帶有濃厚的异域色彩。

『揮麈』的新加坡書寫，影響最為深遠的是關於倡『星洲』為新加坡別稱的記述。卷一云：

新嘉坡，本巫來由部落，其地浮洲，自成小國，古稱柔佛，狉狉獉獉，莫可詳已。歸英保護，不滿百年，歐亞二洲輪舶往來，華人流寓，商務繁興，因民之力，遂成巨鎮，在南洋各島中稱巨擘焉。內地稍入，仍聽巫來由土酋自治，故柔佛之號不改。沿海埔頭，政治一稟英人，英人因稱為新嘉坡。新嘉坡，猶云泊船口岸也。然余嘗登高阜而望，每當夕陽西匿，明月未升，隔岸帆檣，滿山樓閣，忽而繁鐙遍綴，芒射於波光樹影間者，繚曲迴環，蜿蜒綿互，殆不可以數計。及與馳孔道駕輕車，則又燈火萬家、平原十里與。頃者相薄激，明月為之韜彩，牛斗為之斂芒。若是者，街鼓紞如，東方發白，猶未闌也。乃顧而嘻曰：島人嘗稱新嘉坡為星嘉坡，向以為譯音之偶異耳。今而後知星字之為美，其在斯乎。況是坡也，一島瀠洄，下臨無地，混然中處，氣象萬千。既以星嘉是坡為之表異，何不以洲名是坡為即紀實耶。乃號之曰『星洲』，而以『星洲寓公』自號。嗟夫！星坡一彈丸島耳。容華人至廿餘萬有奇。其來作寓公者，固不只余一人，而余亦既偶然而為此廿餘萬寓公之一人。江風山月，式好毋尤，其遂樂此而自足也耶。抑非斯人之徒與，而誰與耶？（卷一，第二四至二五頁）

此篇中登高阜而望的一大段文字，在書刊印之前，曾以《五百洞天揮麈二則（一）》爲題，載於一八九八年五月三十一日的新加坡《天南新報》。誠如新加坡著名歷史學家柯木林先生所言，此則小品文對新加坡勝概的描述辭藻極為優美，在他帶有極濃厚的地方色彩的詩文中，最為令人神往。（柯木林主編：《新加坡華人通史》，福建人民出版社二〇一七年版，第四九一頁）而尤為引人注目的是文中對『星洲』成為新加坡別號之由來的記述。《五百石洞天揮麈》中已大量使用『星洲』這一新加坡別號。據文中描述，以『星洲』名新加坡乃是邱菽園所倡，而取此名號源自他登高望遠所見光景。

一九〇二年，邱菽園在厦門《鷺江報》發表短文《星洲寓公號說》，再次用類似的言辭陳述以『星洲寓公』自號的緣由，又稱：『邱煒萲曰：吾以前未有星洲之號，吾為寓公於新嘉坡，而星洲之名乃以興以著。然則其說宜徵矣，乃為之說曰：……』接下照錄《五百石洞天揮麈》卷一所載全文，開頭文字略有增添。（載厦門《鷺江報》第六冊，一九〇二年六月）

一九三〇年，邱菽園為《星洲日報》創辦周年紀念刊作《星洲溯源談》一文，寫道：『星洲之稱，起於一八九八年——戊戌——菽園為《天南新報》時所偶然命名，——見拙著《五百石洞天揮麈》中所記。』（載《〈星洲日報〉周年紀念刊》，星洲日報有限公司一九三〇年三月刊印）

邱菽園把『星洲』別號的提出追溯到一八九八年的《天南新報》。其實，時間應更早。上引文在《天南新報》

發表時還有一小段話後被删去，略云：『門下士以「星洲」為記實也，遂沿其稱曰「星洲」；都人士以「星洲」為表異也，亦群而曰「星洲」。載述於此，為新嘉坡得號所自。』此話表明，邱氏寫這篇短文時，他所倡之名已得到眾人的附和，因沿用而通行。就目前所見資料，邱氏在一八九六年重返新加坡後，便使用『星洲』這一别稱；是年即以此别稱為題，作七律《星洲》一詩：

連山斷處見星洲，落日帆檣萬舶收。赤道南環分北極，怒濤西下捲東流。江天鎖鑰通溟渤，蜃蛤妖腥幻市樓。策馬鐵橋風獵獵，雲中鷹隼正憑秋。

此詩寫日落時的新加坡形勝，同樣如真似幻。『邱菽園將新加坡稱為「星洲」，首見於此詩。』（參見邱菽園著、洪峻峰校注：《菽園詩集》，鷺江出版社二〇二〇年版，第二一至二二頁）而《五百石洞天揮麈》卷一的上引一則文字，則成為記述創設『星洲』别號這一雅事的經典文獻，廣為流傳。當然，這一則異域書寫已不屬於詩話的範疇，它顯示了筆記著作體例寬泛、内容包羅萬象的文體意義。

洪峻峰

二〇二二年十二月於廈門大學

五百石洞天揮麈

三百石洞天揮麈書一二

蘇閣先生著書

高魏尹圖題簽

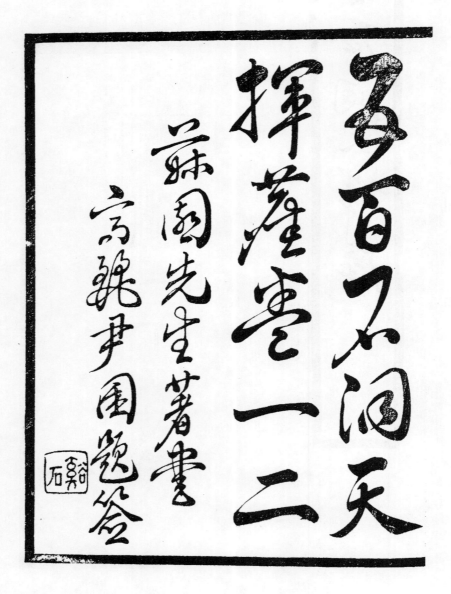

光緒二十五年
歲次己亥閏渾
邱氏栞於粵垣

序

五百石洞天揮麈者菽園孝廉紀談之作也孝廉以陸生入洛之年善爲才語上計甫罷廬居多暇方温温而無所試由是箸等身書以問世前方鐫梨後已脫草述作之勇方今罕疇讀其書者方以爲耆舊之作而不知其固翩翩年少也其才與學洵不易及而其年則尤不可及也孝廉藏石五百有米老風洞天者其說出道書假神靈之居標文章之目列仙之傳其稱已久若宋人之洞天清暑錄固其例耳孝廉前箸菽園贅談已風行海内外曰贅談則質言之曰揮麈則文言之而仍紀談之作也蓋以古之談者必揮麈云爾也其書以談詩爲主義然標舉襟靈之外留心風化尤爲天下有心人所同許嗟乎菽園第以箸述遺壯心而豈漠然於經世者哉雖然吾於麈也竊有世變之

慼焉蓋談者之必揮麈也自漢以前罕有聞者西京之風節既衰東都之清談遂盛而麈尾出焉與隱囊方褥世咸推爲王謝家物於時麈之用大著焉爲卿士大夫者操玉柄而自命談宗裙屐少年靡然從風若陶侃之甓祖逖之楫雖出於志士而世且以俗物目之蓋自司馬家兒遂爲帝後五胡迭起分裂中原遺患百數十年閱晉宋齊梁陳至隋而後已則皆南朝人士揮麈時也唐人奮起胡越來庭武功之盛幾軼炎漢功成作樂郁乎文哉其凌烟功臣多半武夫悍將於長槍大戟爲宜不能用麈無足怪者若瀛洲學士則皆方雅之流乃今攷之載籍驗之圖畫亦鮮覩焉蓋唐方全盛麈遂中衰拂子宗風惟演別派於禪門道流耳乃天下劬學之士媚古之徒猶以麈爲口實稱道弗衰至於宋人且不惟其實而惟其名焉則又何也方宋德之

中徵也荆舒始禍蜀洛肆爭時則塵史出迨夫金人入汴泥馬渡江天水之禍益烈時則揮麈前後錄出於是賊檜當國今日議和明日割地胡患之在中原者亦閱百數十歲而後已嗚呼異矣天下事吾愚不敢知乃今菽園之書則固以揮麈名吾用是不能不重有感也菽園之齒方富而已以經世爲心他日出其宏才博學屬車豹尾間珥筆以待顧問潤色爲鴻業匪異人任若夫秉旄作鎮奉盤涖盟濟變之略當不世出吾於箸書之勇徵之焉贅談吾既前爲之序此書之成菽園復遙以相屬因取其心之傾倒於菽園者以爲言而觀物感世之微旨亦附著於篇光緒戊戌夏五臺灣宗弟逢甲仲閼甫序於潮州心太平寄廬

序

中土山川原野無詩也磽确沮洳無詩也扶輿磅礴之氣中原迤邐萬餘里蜿蟺象赴橫溢怒恣必不能無所洩者蓋天作而地成之又鬱以付瑰瑋之士發爲詩歌所謂淩轢八表踔厲風發也中原地軸雖曠自晉生二謝唐生李柳孟韓菁華奇麗發洩已盡則山川可窮而筆墨亦窮宋元作者固不能與前賢屹立歟南洋之外有大島曰息力古之柔佛國也其俗狉獉其人椎魯泰西人墾治其地惟務通商交易而退尠所嬦櫛閩中邱淑源孝廉客遊其間語人曰開荒革俗其吾儒之責乎爲設麗澤社以課商子孫之能讀書者又箸書數十種以昌明詩之奧義夫輶軒采風莫先於詩士人專經亦莫先於詩以詩樂道性情之正乃能繼之以書禮學文者必能諷詠字句乃可發揮爲

文章於是知中原之詩殆浩浩其已窮也外洋之詩方鬱鬱其獨造也孝廉與余論詩曰曲曰清余維易典謨春秋之言靡不曲屈子龍門長卿之言靡不淸仲尼曰辭達而已矣言達者曲在其內劉勰曰淸曲可味淸麗居宗作者之源若是其審乎五百石洞天者孝廉渡海得五百奇石卽以名地並以名書是書不僅言詩要以詩爲主鉤章棘句劌目鉥心日揖中原二謝李柳孟韓於洞天溟渤間盡其淩轢八表踔厲風發之概若而人蓋瑰瑋之士也息力余之舊游天風泠然海槎可卽飄飄乎余將從孝廉揮麈各證其所詣乎獨立山人潘飛聲

五百石洞天揮麈題詞

臺灣　邱樹甲　叔崧

當代有奇士天南詩運開書疑紬石室居況近蓬萊洞府鐫雲字談宗霏雪才平生最心許家集繼瓊臺
不負此年少箸書今等身江山柔佛國詩酒謫仙人慷慨論時事高歌有鬼神讀君傳世作談笑想綸巾

嘉應　王恩翔　曉滄

海山有畸士揮麈談宗旨解人或難索聚石吾可矣洞天三十六我聞止如是靈閟五百石傾倒拜老米大力負之趨縮翠列斐几一石一洞天巖壑觀者駭號召萬烟雲茲事顧不偉先生値高興談次捉麈尾昔從圯上游曾納黃石履雅契白石翁高詠得神似談詩入超妙裂石驚角徵談兵說陰符圖石陣雲委

亦談天下事亦談古今理心中鬱不平五嶽隱然起海水日橫飛中流誰作砥天自西北傾歷世千百紀靈鼇竟放棄全球爲有爹東南任淪沒神山不再峙補天不補地安用女媧氏洪流多變遷蘆灰弗能止人心孟門險愚公弗能徙石人又復出挑動黃河圯世豈有洞天或在崑崙址似聞葱嶺東苔花戰血紫茫茫大九州島穴紛鬥螘飛車洞山腹穿走若神鬼草木爲之摧玉石爲之燬劫運到神仙洞府亦難恃蒴林古佛國鷲嶺高莫比讚歎石幢經天龍來作禮法力困羣魔毒霧愁海水開壇說法人胸莫消磈磥五百阿羅漢天人淚同灑化石石不言秋雨逗瀰瀰何況塵世間袞袞邱壑美剩此東海石一拳裹袖裏但惜洞壺清勿受黃塵滓與落他人手無甯隸諸己管領諸洞天談藪星洲啟在昔世多故讜論出塵史其餘揮麈錄名目不

勝指不幸談微中愈非所得已空談究何補道高將積毀捽頭竟不顧石兄汝當解手把青松枝爲世埽糠粃萬喙等蠅蚋拔劍驅之爾勿悃乃公事顧欣然自喜羣魔汝何來含涕佩玉蕊儻攖及洞天寶刀旋汝擬天遁掣火龍一試棕拂子東坡鑿仇池百金買奇詭仙人慣遊戲其意別有在嗟我謫人間古洞餐石髓煮石療吾饑漱石礪吾齒我心究匪石洞天傷徙倚揮斥困八極豎拂遡元始知之而不言小臣罪當死鶉首翦諸秦相乎焉用彼天也而帝也胡乃醉若此稽首出洞天帝閽隔萬里願固磐石宗作歌誦行葦願勿魁柄移黃鉞執丹扆仰視色蒼蒼下矚風靡靡揮涕書萬言淨拂蔚藍紙

五百石洞天揮麈題詞　五

五百石洞天揮麈卷數

閩海邱煒萲菽樊編

卷之一　花

卷之二　落

卷之三　家

卷之四　僮

卷之五　未

卷之六　掃

卷之七　鳥

卷之八　啼

卷之九　山

卷之十　客

卷十一　猶

卷十二　眠

羊城西湖街
富文齋刊刻

窮於鄉而之都鄙窮於都鄙而之京國窮於京國而之海外海外終窮則吾室而已矣吾室懼其不可久存也因以吾室之名名吾書舍而帖括以爲考據舍而考據以爲時務舍而時務以爲詩歌詩歌終舍則放談而已矣放談豈其所安也而竟以放談之意寫吾書吾有知乎哉吾無知乎哉箸書也鈔書也皆窮之於無可舍者也繼自今而人之數五百石洞天者必於海外而吾惟日所揮麈者仍在詩歌耳嗚呼吾其遂無所取裁也夫

光緒戊戌仲春之月星洲寓公菽園甫試筆

是集初擬名藪樊瑣綴後乃改今名爲五百石洞天揮麈云菽園又記

五百石洞天揮麈序

一

五百石洞天揮麈卷之一　　菽園子部之二

海澄　邱煒萲　菽園

温柔敦厚詩之體興觀羣怨詩之用此八字破老生常談已成口頭禪語苟細思之千古作詩談詩者又誰能舍此八字立脚

驟語以温柔敦厚或人未必能解一語以興觀羣怨或又無不能解者先輩謂初學古文辭宜從論辯類入手學詩宜從五七古入手亦惟其與興觀羣怨之旨相近

功名二字乃並德立功立言之稱豈爛時文竊科第者可擬揚州鄭板橋大令燮與人書云我今苟不中舉人進士亦依然一我此語最有本心今俗竟以科名混稱功名浸假而多金捐納要津保舉亦同此稱平居偶語涉及朝市必曰某人功

名大某人功名小若者功名順若者功名逆間有布衣下士則共目之曰此無功名而其人亦茫然自顧曰我無功名一倡百和習非成是何其可笑

武進趙味辛司馬懷玉云但有詩名俱千古可知人不在官尊二語頗爲時流傳誦乃余閱　國朝詩人徵略有秀水汪康古吏部孟鋗云得句從來勝得官高密李石桐文學懷民云吟成勝拜官高要莫台可廣文元伯云詩成得意忘爲客天與閒身豈必官之三君者其胸襟瀟灑又未嘗不高出乎司馬之上也而皆乾隆時人

余嘗悲荆卿之志讀番禺屈翁山名大均國初逸民道援堂詩有讀荆軻傳作七律五章不覺其有合也其一置酒華陽曲未終美人奇馬玉盤中何須匕首勞神勇更使將軍作鬼雄一自悲風

生易水千秋白日貫長虹殷勤倘用荆卿將自可威加督亢
東其二田光鞠武總謀臣計失須臾欲劫秦豈有精靈歸匕首
空令哀怨斷龍脣自注謂斬鼓琴美人手也蕭蕭風起衝冠髮颯颯風吹
首路塵自此悲歌燕市絕屠沽無復報恩人其三讀書擊劍未
蹉跎儒雅偏于慷慨多豈有先生非樂毅何曾太子識荆軻
燕風已起離騷賦楚調如追易水歌壯士至今猶髮指寇讐
長枕報秦戈其四平生劍術未曾疏況是深沉解好書蓋聶相
期知不可漸離同去意何如六王有恨惟銅柱一擲無成更
副車可惜漢家需佐命英雄未得少踟躕其五多事田光苦殉
名匆匆仗劍激荆卿英雄不屑言成敗節俠何知有死生皆
白衣冠持大斗盡衝毛髮上長纓離觴未半驅車去風葉哀
含變徵聲與屈翁山同時見稱者順德陳元孝恭尹南海梁

藥亭佩蘭是爲粤東三大家

屈翁山杜曲謁杜子美先生祠嘗有句云一代悲歌成國史二南風化在騷人及聞崑山顧甯人炎武卒遽哭之云一代無人知日月諸陵有爾卽春秋詞意隱隱相同推崇可謂至極亦當時特識也

屈顧二公詩學皆從杜出其一種悲涼骯髒之意早已相視而莫逆矣屈終以此名家顧則志在經世其所自信固有大乎詩之爲者舊與黃梨洲書云伏念炎武自中年以前不過從諸文士之後注蟲魚吟風月而已積以歲月窮探古今然後知後海先河爲山覆簣而於聖賢六經之旨國家治亂之原生民根本之計漸有所窺又云天下之事有其識者未必遭其時而當其時者或無其識古之君子所以著書待後有王

者起得而師之然而易窮則變變則通通則久聖人復起而不易吾言可預信於今日也炎武以管見爲日知錄一書竊自幸其中所論同於先生者十之六七據此顧於晚年不但不欲以詩鳴且昔之孜孜爲韻學金石學者皆在悔餘而獨幸其日知錄之有同志宜翁山之推許不遑也

顧甯人先生一名絳號曰亭林學者稱亭林先生卒年六十九無子所著書如天下郡國利病書肇域志皆精要日知錄尤其最精者　欽定四庫提要著錄稱其學有本原博贍通貫引據浩繁牴牾者少近代番禺張南山太守維屏著詩人徵略尤爲服膺嘗曰日知錄一書孔子之博文約禮孟子之守先待後皆在乎是矣人謂其知言

三代下患不好名有達官某嘗自稱生平獨不好名爲袁隨園

先生所訶曰人之所以異於禽獸者以其好名也又云孔子曰君子去仁惡乎成名又曰君子疾没世而名不稱焉大聖人尚且重名如此後世人不好名則鄙夫事君無所不至矣余按好名爲人生本分内事亦人生第一件事惟其知好所以能愛愛名之心重每起一念每處一事必有許多鄭重分明之意在試觀天地間好人未有一個不好名者其不知名爲可好者亦并不見他作得好事出乃宋儒則以無所爲而爲便是義有所爲而爲便是利似此陳義太高即宋儒自己亦信心不過以之律人徒爲谿刻者增一口實而三代下不幾無完人哉昔賢詩云非緣古道多妨俗自是今人不好名

要知好名固不可少

幼日讀詩至杜浣花集清詩句句盡堪傳一語意謂易與繼讀

元野史集有乾坤清氣得來難七字沉吟反覆至數百過忽若有悟始悔昔之易與祇是粗心浮氣未嘗將清字消息一探空費十年讀書之功分毫不曾領略從此每遇編摩必默求清字之所在飄覽古人語語無一不從我心源中濬出俯仰悠然內外皆徹以及省覽近人之作亦無一不作如是觀此編雖非箸書然於清字之義則固知兢兢者耳

番禺張南山先生道光壬午進士署南康府知府詩號聽松廬詩鈔與吾閩張亨甫先生名際亮建甯人道光乙未舉人詩號松寥山人集同時著譽屹然為嘉道稱詩者一大宗南山先生處境頗順老而彌甘門生世講幾遍百粵詩詞集外徵略一作傳世及遠獨亨甫先生落拓窮年山川奔走晚為友故客死京師遺稿叢殘十不存一然身後之名久而益顯也迄今粵人論詩者必曰南山閩人論詩

者必曰亨甫言南山大致則有清有雄亦沈亦麗性情和雅意理蓄足者是言亨甫大致則才氣浩瀚魄力蒼堅其味深厚其局神明者是要之亨甫未脫麤豪南山亦流平俗昔漁洋華浦皆嘗以雄直許粵詩謂得古學淵源無江浙習氣今如執二張以求派別似又雄直之歸不在粵而在閩也

爲人貴直惟作詩文則不貴直而貴曲此袁隨園先生之言也談藝家宜奉爲金科玉律余則謂學者不可方人惟作詩話獨不可以不方人時賢以詩話方人譬猶取諸葛忠武軍與岳武穆軍兩兩鏖戰最爲恰切卽不取諸古而取諸今兩君相見樽俎折衝兩賢相阨旌旗變色凡作壁上觀者皆可增無限之神智膽略矣

南山集中柳色四律傳誦一時繇其情韻縣邈味之不窮其一纔

舒青眼已纏綿染出清明二月天芝蓋春旗如昨日雨絲風片又今年一堆生翠浮香閣半角光陰壓畫船莫唱渭城三疊曲銷魂人在灞橋邊（其二）秦關漢苑復隋宮舞扇歌塵跡未空霧影迷離天遠近烟痕狼藉水西東牽來芳草和雲碧襯出桃花特地紅試向短長亭畔望峭帆如夢笛聲中（其三）濃於桑柘淡於苔積靄浮嵐幾費猜翠幙有紗鶯坐穩碧城無鎖燕衝開三邊旌旆征人淚六代雲山賦客才似恐春光頻漏洩深深圍住好樓臺（其四）飛絮飛花一萬枝白門紅板最相思夕陽掩映秋千院殘月蒼涼柳七詞近水易迷漁子櫂隔林難認酒家旂回頭幾度河橋別淺碧遙青醉未知（一作風前且自開眉黛莫向酈亭管別離）亭甫集中亦有柳花四律清新駘宕足擅勝場（其一）

何人留恨晚春天手種長條作絮顛攀折會經怨離別拋殘

猶自愛纏綿因風吹散終何許隔水相看只渺然多少征夫怨飄泊不堪臨去點佗韉其二馬首輕埃辨未真晴絲更捲夾堤勻留他眉嫵無多日送我萍踪又一春忽忽紛飛還作態濛濛空墜不成塵天涯莫悵啼鶯晚芳草芊綿久似茵其三橫笛離亭起暮愁一時亂落不能休可憐官渡烟俱碎更共隋堤水漫流樹老無情半搖蕩春歸有跡小淹留殿前誰憶當年客張緒如今也白頭其四幾番眠起眼常青況是今朝撲面迎雪際相思猶旖旎雨中如夢不分明乍歸燕子看交舞垂暮楊枝欲遺行惆悵紅橋三百外江南處處糝波平余每擬詠物題必酣吟此數者筆下靈機隨文湧現汩汩然也語云佳山水可助文氣今觀於余則好詩句又可養性靈矣開卷有益終身誦之

亭甫先生近體尚覺可學其古體七言長篇超超空行逼眞太白每一循誦輒起望洋之歎又如成連鼓琴海天蒼蒼雲水瑣瑣但覺善移我情而不能名其所以抄原詩載在選本者多繁重不易得專集數經兵燹外間罕見節錄數首以公同好思歸吟云吁嗟乎既不爲洛陽生流涕激切憂朝廷又不爲昌黎老懷書慷慨干當道高堂有母歸不得終日背人自嘆息幽州九月已早寒貂裘欲敝無顏色惡風吹沙不見天城郭慘慘若黑烟千鈴萬鐸酸聲吞我亦躑躅於其間君不見青海外鐵騎縱橫集旌旆君不見黃河涯金錢耗棄輕泥沙古來功與名自視運與數窮愁七尺軀飄零十載誤誰持門戶任弱妻誰授句讀憐嬌兒芋魁方可煨蠏腹亦已肥胡爲爾不田園思忍棄骨肉而留茲昨夢遊戲淩天閶天狗闘

閶向我狂雷公鬼母夜叉神王其目閃閃垂星芒睨我欲進而徬徨仙官引我去去去驂鸞翔巍峩宮府白玉爲堂丹霞滿戶霓裳一奏瓊花亂舞我醉不知墜塵土但聞木葉紛如雨此時南望路阻修蒼然秋色橫蘆溝蕭蕭之日欲落黯黯之雲不收可憐飢鷹老雁前奔投妖狐怪鳥中啁啾吁嗟乎淒者笛咽者笳悲者鼓角哀者琵琶秋聲迸入愁天涯遂使登高眺遠疲于車一邑一人孤館孤客有恨關山放眼青無情歲月催頭白富豈必桑八百株貴豈必官二千石微願蹉跎淚沾臆吁嗟乎高堂有母歸不得　後思歸吟云噫嘻盍歸乎來駱駝如山高崔巍每日馱載西山煤西山之煤何足哀哀爾嚴風刺肌骨居人婦子圍爐開孤客僦絜猶徘徊昨夜衾單警羈夢徧瓦霜花知已凍牀邊燈暗氣慘青曉起耳

鼻皆酸痛開門看天天不光但見一片居塵黃狐裘貂帽誰家郎大鞍重幔馳輝煌不爲闕下官不爲市中賈何爲落拓棄鄉土旦暮畏寒似畏虎可憐老母近七十憶我遠遊心正苦奉養不及彼農圃士也若是淚如雨往者父言北方雖少雪隆冬十月地欲裂流唾成冰指成鐵臨行老母復屢說道兒早回計宜決吾妻不敢言祇使兒來前送爺今朝去問爺何時旋噫嘻盍揮我鞭盍跨我驢盍返我田園鴻鵠飢草木落歲晚衣裳薄身賤顏面惡癸未之夏陳夫子恭甫師太息文正兄弟死竹君編修石君太傅海内知誰能薦爾今年之秋宋觀察芷灣先生湘謂我天上來至此求之古人亦無幾當世黃吳何足比淹留京雒惜寡友噫嘻吾誠可以徑歸矣千齡萬代兩知己

菱按詩云兩知己指閩縣陳恭甫先生嘉應宋芷灣先生也恭甫先生與人書云邵武如朱梅崖之文張亨甫之詩皆足

以雄視天下芷彎先生云亭甫如九天上人人間何處得來又云吾觀長安非惟無汝師亦難覓汝友僕老朽或可附于友之列然吾詩祇獨往獨來非若君詩千門萬戶無不有也又云外人擬君以黃仲則吳蘭雪二人何能及君 醉歌行贈鹿春如 澤長 郎中云二十作令三十爲郎縱横跌宕之意氣不在金印持輝煌昔官吾鄉不相遇燕市乍逢忽如故故人姚合最雄豪謂石甫觀察堂感君肝膽向君露幽州朔氣從天來寒風割肉生陰埃天上老雁地上瘦馬坐上絲竹城上笳鼓此聲雜沓而壯哀此時三人痛飲常低徊吾聞泰山秀出俯齊魯又聞東海魚龍跋浪而嘯舞赤日燒海光彩吐散作朱霞落眉宇我欲山棲避塵土君生其間即地主君曰不然人間第一病少年豈容辟穀師神仙神蛟不窟淵神駒不受韉飛騰致霖雨踸踔淩雲烟聞君此言涕泗漣此時汨汨痛飲鯨吸川醉矣兩君夾我肩健僕負置車中眠歸來略醒

急索筆敘我感激情纏綿君不見旱潦方殷烽火未息内帑籌金南國乏食平生各抱一片心致身可惜無權力何不重倒金叵羅喚取秦青歌鐵笛裂寒風多月如斗酒如何烹羊燔兔堆嵯峨寶劍不用千摩挲銘勛鐘鼎須臾事萬古吾儕氣不磨

天欲雪行 辛卯十月初四作

天欲雪羣鴉飛西不到崑崙邱東不到蓬萊池南人歲晚爲北客恨無羽翼將汝歸蓬萊上有三珠樹側聞鳳凰無安枝海水日向東河源日在西愁心付兩水何爲會合不可離有客昨自崑崙來爲言崑崙之外有冰山火谷獸不敢過鳥不敢棲請客試言冰山何嶔崎六月照白日陰風寒凄凄漢家逐匈奴萬馬折其蹄是有青燐黃沙慘淡不可以逼視夜聞鬼語晝或見之君幸不爲戍卒到此百死而一生不敢哀啼我畣客言南方之樂君不知

吳歈楚調越人之謳古來聽者魂悅使心悲閶門何峨峨上與浮雲齊五步一樓閣中有千蛾眉樓頭皎鏡照明月素娥含怨羞光儀莫愁本是石城兒石城闌干帶江水水上鴛鴦如屋裏行人一見三徘徊借問鳥何名其名爲相思其地無秋冬以春爲四時簾邊昨夜雪宛轉簫聲遲開簾看梅花始覺雪在衣勸君莫惜金縷稀枕上喔喔聞晨雞旦易夜夜易半河源海水可中斷盟誓如天歡不移君幸不到此到此少年甘白髭無有還期男兒征戰死不如事娛嬉征戰窮府藏娛嬉窮室家悲歌慷慨窮天涯吁嗟鵶返哺人不如兮無雪尚可有雪凍死插翅不得歸

太白書堂云謫仙之稱偶然耳後世何事驚仙才可知太白了不計吟詩縱酒聊嘲詠山東有酒樓隴西有草堂江南踪跡隨所至耶溪采石匡廬旁

當其攬秀巢雲松意與九江爭清雄我誦黃雲白波句更觀詠瀑香鑪峰興高人絕塵埃翠韻流盡化烟霞容詩成置之但痛飲豈有鳳鳥憂樊籠世人苦爲嗟不遇或誇能薦唐天步醉識汾陽豈有心長流夜郎匪無路太白視身總遊戲學仙不成成文字此實千秋一豪士談笑不知天子貴前有莊馬後有大蘇睥睨乾坤同此氣正如五老標秋雲頃刻作雨人間昏長風飄蕭忽捲盡芙蓉秀出青天盆峰下之客仰首嘆駭徒紛紛

揚州別石甫司馬云（注：姚瑩字石甫）

岱宗不爲高滄海不爲深姚侯期我千秋心感激發歎非黃金黃金何可無買山貧士侯助諸潛鱗豈無燒尾日舉頷或報雙明珠寄書不到大江北歲寒握手重太息十年故舊半凋零幸有餘生共眠食趙廉頗漢伏波老猶躍馬思橫戈行將四十恐見惡

肯以文字娛蹉跎登高悵望平山堂瓊花凋盡迷樓霜石頭水流金焦月猶是英雄古戰場眼中飛鳥低山陽釣臺哭兀淮陰亡男兒不際風雲會便可垂竿老故鄉何爲不貴復不賤金門射策勞奔忙詩書自謂報天子縱督八州徒貴仕蕭規曹隨古已然讀律術成嗟老矣可知七尺爲誰死衣錦晝行耀鄉里不然斯遊可以已朔方冰雪從此始敝裘一笑仰向天元明故闕烟沙裏去何所慕歸何恃貧到難言聊復爾欲將坏土障黃河偶愛廟食垂青史以茲忍垢復含羞乞食行吟向薊州東南萬里青山色送我孤帆淮浦頭風高木脫葉滿地中有蒼茫四海愁若逢急索廣陵酒痛飲何妨三日留吁嗟乎賈長沙陳同甫少年自托人妄許邇來復愛申屠蟠身同傭人屋因樹可惜躬耕半畝無作違强語從龍虎帷

倜儻慷慨我生謬以狷介來狂名低頭恥作須稱客舉足如
提出塞兵同時知者黃樹齋鴻臚與鄭雲麓都轉死去離多空復情正
須坐聽江城雁別後惟聞河水聲　人日海秋侍御招同鈞
潭樹齋兩先生孔宥函比部溫伊初楊希臨葉潤臣三孝廉
集飲分韻得開字云太行莽莽爲我來窮崖疊嶂雲濤堆下
臨渾河一千里中有龍虎風雲哀嗟彼古來英物安在哉何
如郎時有酒持一杯浮邱子與汝終何似汝能爲我慷慨起
舞傾金罍我能爲汝脫劍三徘徊長安人海中車馬紛轟豗
道旁凍餒骨旦夕爲飛灰邯鄲枕上夢未覺青春白髮旋相
催我欲西登雪山北涉遼海東行晞髮於蓬萊南望三湘九
疑浩蕩而崔嵬三湘漁父告我以速駕九疑帝子待我而遲
回何爲意氣苦挫摧浩歌夜起占三台昨宵恍惚故鄉月照

見老鶴銜疏梅烟村花影蕩似雪柴門正倚花陰開有美一
人彈怨雷怨聲掩抑嗟誰媒一歌行路難再歌送遠曲三歌
四歌腸斷續落花掩泣鸞鳳猜日高不見見老樹敗葉尙打
秋井苔不知春來七晝夜果然朔風凍苦不可一日無醇酤
何況少長列坐皆奇瓌好與酣嬉跌宕隘九垓浮邱子汝我
終何似汝不聞昔時曼倩惟嘲詼狎視萬衆同輿儓金門執
戟聊充隱賈董旁皇亦可咍我生少年若渴驥卽今困頓成
駑駘已慚一飽失棧豆何有九折輕昂崍行觀綠意明宮槐
坐惜春衫未剪裁不然短衣突騎向關塞射生飲酒驅黃能
不然禿襟窄袖召屠狗呼盧喝雉讙如雷男兒不能奮發萬
古豁天日照耀四海騰斗魁便當雜牛醫溷馬客吹簫滌器
傭春礎安用豪華結許史侍從矜鄒枚萬戶侯與八州督李

蔡何足當中材感夭桃之灼灼怨皓露之皚皚無情一碧東流水送盡飛揚跋扈才胡爲不飲甘塵嶷菱按浮邱子湯海秋所著書名

安溪林鑾雲郎中鶴年亦近今之詩家也常往來泉廈間與龔詠樵顯曾黃霽川貽楫陳鐵香棨仁諸老宿結立吟社賡倡盛開余家距廈只衣帶水十年來耳熟君名究未謀面去歲之夏余以刻書入粵容邸萍逢一見如舊知余將編輯蔽樊瑣綴許以大集見寄且諄諄以校讐相託古人文字之交更切於妻孥骨肉斯亦諒矣當日贈詩四首先錄於此以見一斑晉安風雅總翩翩羅綺情懷正妙年絕似溫陵丁雁水石帆詩錄阮亭箋毿毿新柳滿樓風原注海澄葉雲谷農部寓粵開風滿樓提倡風雅刻其尊人花谿先生新柳堂詩帖紀文達和句有傳來新柳句如見老松身縹緲神山宛在中原注同安潘德輿方伯寓粵闔海山仙館刻書甚富今皆零落殆盡五嶺南遊論鄉派那堪重唱大

江東相逢珠海酒杯深把臂狂呼語故林眼底燕雲鄉國淚海塡精衛放冤禽原注臺陽之變余與家時甫太僕倉皇內渡海東近事已不堪回首十萬腰纏跨鶴遊乘風破浪此扁舟倘逢太史書雲奏博望歸槎遍十洲原注萩園將重履星洲輯書

閩清黃黻臣孝廉乃裳予甲午同年也究心西學有用世志今春再爲偕計之行予服未闋遠羈海島因寄以詩曰閩嶠星洲兩地春看花洛下獨離羣一般作客七千里別讓橫磨十萬軍中夜聞雞空起舞豪情司馬許凌雲敢言報國文章在容易三年待策勛首句春字失韻思易他字久而未屬猶憶昔人論詩首句落句皆可失韻失在首者謂入羣孤雁失在落者謂出羣孤雁王漁洋先生姑蘇懷古律詩末句押胥字失韻正用此律今予欲與黻臣北上而不可得是同在羣中獨爲孤雁矣遂原其舊載入

稿中仁和宋咸熙耐冷譚又稱首句通韻爲獨鶴出羣格并引李義山錦帷初卷朱晦庵去歲瀟湘二詩爲證菽園贅談後附庚寅偶存壬辰冬興詩二卷壬辰冬興轆轤體十六首卽從辛壬癸甲稿中摘出付刊者同年黃漱臣孝廉製序有云菽園生十五年歸自海外於老宿前賦玉笛詩以落梅五月吹黃鶴折柳三春散洛陽句得名其實拙作原句爲梅花五月江城引楊柳三春洛下詞漱臣所稱乃先師安仁侯仙舫太守材驥句也具載贅談卷中同用梅柳同用三春五月又同出李太白詩不謀而合無怪傳之者誤會然余聞先師之爲此詩在壬辰三月既卸福州府篆之後未幾而捐館之訃至漳玩其詞意若爲之讖者殊令後死者感喟無端不忍卒讀耳

余於拙著贅談首則詳述受知安仁侯仙舫師事或疑近於自

炫意頗是之而書已發刊不可易矣解之者則謂四川李雨村太史調元詩話首則則述受知錢文端公事德清俞蔭甫太史樾筆記首則亦述受知曾文正公事二君皆博雅澤古先我而然茲之竊比亦此志也自顧菲材不能副先師之知身賤恩深重聞客言徒增山陽笛聲之痛耳

鴉片入中國爲一大劫墜其劫者世目爲黑籍中人余亦籍中人也惡之而不能絶有如附骨之疽故於所箸贅談兩載鴉片詩以警來者雖所言不無太過然爲局外人杜其覬覦使臥榻之側永無鼾睡不亦善乎甘泉李默庵司馬毓林六勿軒詩存有阿芙蓉題八律苦口婆心亦莊亦諧合并録之其一

鬟絲一榻颺茶烟午後曾闗薄睡天豈有鐙傳長樂老斷無枕昔小遊仙歡場自易逢知己痼癖誰能脫愛緣砭俗金針

愚蛾手俱空擲礪郎眞銓二朝朝有信似潮頭壯志無端溺
下流蛾撲銀缸原得意魚貪香餌那知愁嵇康愛鍛緣身懶
宗炳張圖是臥遊爲問烟霞鄉裏客米囊花好療飢不其三土
換黃金價未廉珍嘗滋味似膠黏管窺漫自誇犀照霧隱緣
何學豹潛量斗論才遭鄙薄漏巵謀國啟猜嫌屯膏寬禁君
恩渥不忍錐刀法令嚴其四辟穀求仙計太愚餐雲吐霧亦仙
乎鹹酸滋味知何似呼吸神通會得無泡影三生終是幻燈
花一穗肯容枯有時醉吐難消受錯認高陽舊酒徒其五小臥
何分上下牀氤氳爭嗅返魂香漫將丰韻疑蕭史祇恐腰支
似沈郎墨飲三升譚倍健丹還九轉煉偏忙成灰不比昆明
劫渣滓能煎孰濫觴其六焚膏繼晷倦何曾鄒衍談天夜半燈
飲乞瓊漿妨毒鴆污沾白帢誤癡蠅絕非功效同芝朮最㫐

纏綿類蔦藤誰謂芙蓉名字美斷腸尤快似刀棱（其七）斗室鋪陳興未孤雕盤鈿盒供清娛難持淨業枯禪戒宛肖横陳秘戲圖貧賤幾番生懺悔聰明一例墮糊塗聞雞欲睡看人舞獨讓劉琨是丈夫（其八）少年幾輩可憐蟲傴僂先衰貌似翁香爇博山迷晝夜簫吹吳市困英雄蠶絲莫待纏成繭蜮射從知害勝弓世以槍名原未錯殺人寸鐵得毋同各首結韻指陳尤爲親切過來人試誦一過而不皇然内恧者吾斯之未能信

番禺潘蘭史典簿（飛聲）系出吾閩同安栖栅遷粤雖數世所居河南里巷猶沿栖栅舊名也祖諱恕貢生咸同間以詩鳴於粤粤之耆宿張子樹先生（或稱南山先生）極爲傾倒至序其梅花集古律詩以行蘭史幼而岐嶷得大父歡心故又字公歡家學

相承淵源有自及長悉爲壯遊就德國之聘返復主香港華
報筆政閱歷既深所得益富其已成集者文有若老劍文稿
一得芻言爲其友助刻本詩詞有若西海紀行卷天外歸槎
録海山詞花語詞珠江低唱長相思詞乃自刻本游樵漫草
柏林竹枝詞悼亡百韻海上秋吟論粤東詞絶句遊薩克遜
山水記香海集亦其友助刻者去歲夏五余以謀刊贅談攜
書渡海一日集飲蔡君紫淙寓樓邂逅通名共詫奇遇始知
前此未會面時兩人集中均已各採所聞交神文字由是過
從無虛日因得盡讀所箸竊意詞筆自是一代作手求諸近代
中於納蘭公子性德爲近並世詞家如浙江張蘊梅太史景
祁亦嫌氣促遑論其他詩筆視詞一降佳處逼近南宋陸渭
南綺麗芊眠猶存本色若文多經世之言意主論事期達所

見而已固不重在詞藻家法也其他作而未成及成而未刻者尚多綜名曰說劍堂集若干種云

蘭史典簿才名之大至爲域外所慕德意志國適剏東文學舍屬駐粵領事熙樸爾致幣延主柏林京城敎習以光緒十三年丁亥應聘十六年庚寅始返其鑿空狂言西海紀行卷天外歸槎錄柏林竹枝詞遊薩克遜山水記悼亡百韻卽此四年中先後所得者也南海蕭伯瑤山人[illegible]常爲題其卷端云别我西征惜霸才豈知神女日頻催一千八百年山水待汝開天一畫來古今一斗謝臨川山水雄奇又不然誰向大荒能岸幘酒酣親見舞刑天眞能道得蘭史意氣者

蘭史多情尤多豔迹居德意志時有女史名媚雅授琴來柏林以琴媚之會賦訴衷情詞云樓迴人靜移玉鏡照銀櫳琴語

定簾影月幪幪芳思誰與同丁東隔花彈亂紅一痕風他日
媚雅邀遊蝶渡招同女史二十六人各按琴曲延蘭史入座
正拍復成琵琶仙詞云仙舫晶屏有人畫洛浦靈妃眉嫵歌
扇輕約蘋風雲鬟醺香霧芳渡口銀奩浸綠更紅了櫻桃千
樹初度劉郎三生杜牧塵夢休賦　還憐我似水才名諧佳
日匆匆莫問度都把一襟羈思與前汀鷗鷺扶窄袖瑤絲代
語喚水仙共點琴譜只惜絃裏飛花斷腸何處二詞經番禺
楊椒坪郡丞永衍選入粵東詞續鈔順德賴虛舟布衣學海
時年八十餘矣讀而豔之詫爲奇福因題其後云紈縵情雲
結綺寮萬花叢裏擁嬌嬈文君自有求凰曲不待相如玉軫
挑琴雖異體一般絃得叶宮商韻總圓廿六嬌娥翻舞袖倚
聲齊踏鷓鴣天

海外女郎與蘭史訂交見於海山詞中者尚有嬉蟬芬英高璧玲字蘇姒蘭瑀琦威麗默麥家麗馬麗婷鶯麗姒符梨姒李拾璧越梨思綺雲字十四人不獨一媚雅也而媚雅獨與蘭史習東歸之日媚雅援琴作離聲蘭史倚臺城路別之云凄紘忽作離鸞曲瀟瀟畫樓涼雨寶鏡團愁銀鐙照影別有離筵酸楚飄零倦旅問一樣天涯賞心何許此夕琴心萬千哀怨鎮無語塵寰最憐小謫恁華年錦瑟孤負眉嫵我亦頻年彈琴說劍歸去萍蹤無據深情漫訴祝如願天中海天重睹早懺華嚴贈君斷腸句酒闌鐙炧每一讀之猶想見伊兩人迴腸盪魂時也

好詩一卷壓行縢淬厲風霜閱歷增四十萬言成箸作八千里路祝飛騰山中虎氣看誰臥天上龍門許共登我正滄江吟

歲晚對君猶覺筆崚嶒此老蘭與儕爲余題集詩也并摘頷聯書爲柱銘寄余星洲余亦酬以楹帖云記論英雄張酒膽閒從位置識天心又云意氣直敎無爾汝才名久已小寰區

乾隆時福建鄉墨極洋洋之觀者惟丙午科子曰關睢題文解元泉州謝淑元經魁閩縣薩玉衡兩作尤膾炙人口至今里中攻舉業者類能誦之謝連捷會魁後無所聞薩於制藝之外尤長詞賦其七律博大精深涵蓋萬有竹垞梅村此其嗣響同時閩縣陳恭甫先生壽祺至爲傾倒目爲黃鐘大呂之音信不誣也今錄數首如左東阿懷曹子建云客子由來最畏人風吹更作轉蓬身一家父子思袁紹當日君臣怨灌均西館無媒躬自責東藩有路分難親魚山淸梵尋來杳詞賦千秋望洛神柴市云黯淡塵沙晝不開崖山風雨至今哀白

鷗有恨臣南拜朱鳥何心寇北來十二風高留石塔三台星圻暗金臺祥雲早入生前夢無媿臚傳第一才登北固山云蕭公北顧此名樓坐攬江南二百州暝暝黑帆瓜步出沉沉白日蒜山浮大兒古有孔文舉生子今無孫仲謀不盡登臨孤鳥迴廣陵城下暮潮愁聞蟬云煩君袒髻見天眞黃葉西風幾愴神壯志誰甘銷日暮清吟我亦在山貧離騷以降無秋士小雅當時有舊人臥病空堂情易感斜陽半樹帶關津秦淮客舍對菊云九月秦淮水閣頭離離霜影使人愁世無東晉陶徵士客本南朝沈隱侯病骨難禁今日酒好花不是故園秋從來節物吾多感風葉蕭蕭更滿樓弔禰衡墓云非關懷刺渡江來歷歷晴川楚樹開堰近鸕鶿誰得句洲荒鸚鵡恨無杯孔融不薦眞知己黃祖能容豈俊才猶想岑牟撾

鼓壯謳憐七十二墳灰春燕云草長鶯啼客路遙故鄉何處
獨飄蕭江村細雨吟三楚門巷斜陽話六朝桑柘人家迎社
鼓杏花時節賣餳簫天涯牢落誰知己形影相依總寂寥薩
本元人答失蠻氏之後世居省垣稱望族焉檀河終以名孝
廉老其身著有白華詩鈔

檀河先生復有別家兄敬如詩予酷愛誦之詩云萬里風霜一
劍單高堂白髮遠遊難明知布被原奇煖且說綈袍可救寒
貧子正當行色晚衰親怕有淚痕看銷魂況是江頭路莫向
茫茫感百端一氣呵成語語皆從心坎中流出至文也

潘蘭史海外詩豪情壯氣壓倒一時豪傑雖山川奇境有以助
之故摛詞無懦然非蘊蓄於胸中者厚亦安能腕下走其風
雷舌底翻其藻采哉前此有長洲人王韜遠徂英京取道南

洋印度洋紅海地中海先後與潘同出一轍王素負博雅望喜箸書所刻書目不下三十餘種詩詞亦夥竟無傑構足稱西遊風景要知此種雄奇文字非筆弱者所能

南洋印度洋紅海地中海爲亞達歐孔道蘭史皆有詩而皆佳原文甚長茲節選其中間警句於下七洲洋放謌按七洲洋爲初入南洋界如此天險竟難拖安用天塹防神州會看樓船下天上先驅虵虎羅貔貅伏波横海戈久枕驚濤遠瀨鞭可投終童之纓未合棄或許借箸爲前籌大風過印度洋豈其造物忌覽勝使識五州十島遊難狂又或蛟宫畏我發奇秘故令作賦愁鋪張怪底山靈水怪夜深哭船鐙欲滅心蒼茫紅海見紅月我從海外覽天宇烟雲變幻皆奇睹翻訝風帆吹轉東金烏躍出扶桑渚地中海見日出作歌我時已登海上船徐福導我行章亥偕我步數博望

之舊遊笑甘英之不渡示我以金銀臺之梯扶桑渚之路虹光瀇滉不能顧我欲擢山爲劍峰崖高不落青芙蓉我欲騰身跨飛龍乘風又出馮夷宮前遊後遊山水各奇異只惜十年歲月一瞬何匆匆雄豪奇矯自得太白神氣

老蘭極愛武進黃仲則先生景仁兩當軒詩應聘西行攜登海船讀與天光雲影聽同舟碧眼胡習聆既久每遇浩歌聲作亦能叩舷擊節也行卷中玩月作極意追逐兩當至於形神俱化紅爐點雪水中着鹽其妙處正不可言傳耳詩云凌晨海氣靜晚愛艙上行已見天際月渡海來慰人海月故鄉來照我情獨親既爲濯我魂又若完我神是時天門開萬里涵秋清見天不見水上下浮冰輪舉杯向月飲吸月更入脣光氣化爲詩高唱遊魚驚自注將至亞丁山水面多魚 安得偕琴高爲我控

赤鯨泛月至銀漢一 探牽牛津
又歸途大雨過端士諸大山車中作歌云窮荒羈客行將歸歸
心已越千山飛天慰孤懷闢奇境黑入巖巉雷雨垂朝來飛
車度蒼翠峰外修眉正睛霽忽然一白失羣山千百玉龍舞
烟際得非貳負開金天玉龍鞭起相蜿蜒八寅荒昧閑西土
雷公鑿險山爲穿阿香砰訇震天鼓我車恐被颷車阻陡驚
破石入洞門馳出雲間疾飛羽峆岈萬嶂參天高巑叢陡絕
載六鼇俯臨眾鼇伏地底鐵輪上下隨所遭祇愁失勢落千
丈青天咫尺緣雲上蒼茫惟見雲中君喚我崢嶸看仙掌吾
聞天皇開荒四萬年不通西極以西之人烟漢武窮兵所不
到張騫鑿空殊未然我行遁迹西海邊河源絕域窮雕鐫飛
而食肉空嚄唶獨以長句銘山川鑾雲待斂昌黎筆恠石怖

赶秦王鞭山靈權喜助晴色反視羣峰擁寒日給當內附狼居胥永輔神州向中國此詩奇氣鬱勃尤妙在狀難狀之境

林拱甫名辰以字行同安廈門廳人學醫於英人藝成遊於福州省城遷地爲良有終焉之志癸巳　恩科余初應舉蒙其下榻昕夕晤談相得甚歡君少雖失學售技之暇輒復親近文士怡情書翰無市井習氣他日郵聯見贈云風度似鶴立鷺飛人知吉甫詩句是落花依草我亦鍾嶸吐屬之間典切名貴就使通人秉筆亦不過是惟其獎借逾量媿不敢當區區私感至今猶不能一日去諸懷耳

詩至全唐而極一切門逕皆被唐人開了一切家數皆被唐人成了甚而一二三四五六七八九言全平全仄諸體亦無一不被其翻到正如春秋戰國百家學派一時并出盛極難繼

後世舉莫能出其範圍來者方遒置身何所以云師資亦惟取法乎上每得其中與夫性之所近力能勉之而已

詩至唐而極後人學者只辦到一應聲蟲地位作詩話者亦然指東畫西橫說豎說亦不過同打燈虎一般興趣要於四始六義中能自闢新國土者鮮矣或反詰吾則吾未之有得

乙未和議而後外患洊迫居今世界豈尚是應聲蟲打燈謎一輩所能撐持得住然有託而逃則亦不得不藉作詩說詩以自消遣應聲蟲須摹口角打燈謎當用聰明持此口角聰明而爲奔走之階與據要津之路當亦多術乃君子擇之不敢不慎

粵詩陳恭尹屈大均梁佩蘭三大家後當以嘉應宋芷灣太史湘爲大家集名紅杏山房詩鈔七言律古歌行醇而後肆眞有東坡

化身之觀其高妙者上師韓杜四五言古語多解脫五律飄逸不羣七絕警切于古詞人每喜自比屈宋香草美人芳馨盈抱有題蘭二首云楚山無語楚江長留得騷人一瓣香風雨勸君多拂拭世間蕭艾易披猖此花應悔入離騷自佩靈均鬱不消今日天涯隨地有十分香處卻難描又官滇南路出鄂渚有江夜聞楚歌一作云莫是宮中舊舞腰聲聲餘恨咽前朝英雄兒女虞兮曲落日哀猿下里謠詞客有魂留夜渚孤舟無伴讀離騷如何一副千秋淚不唱吾家大小招

宋先生紅杏山房詩鈔人驟讀之多不知其妙或漫以粗豪目之者是直皮相失之余讀其七言律詩音節清琅愈唱愈高如奏雲和瑟於九天之上非復凡間箏琶俗韻矣查大理湄家藏謝文節橋亭卜卦硯屬余為詩云摩挲賸墨玉庚庚想

見夷齊萬古情國既無人焉問卜臣猶有母此埋名從容豈愧文丞相流落會聞玉帶生同是山頭一片石人歌人哭至今并集中似此類詩皆膾炙人口者也

芷灣先生詩每好一體連作幾首或同一題或不同一題良由才大氣足意眞詞切故讀之能使人愛不使人厭非徒襲三百篇窠臼也爲錄數類於下云缸魚 缸魚不自小其樂亦悠哉拳石藏身得錢荷掉尾開狎人游泳上見月噞喁來水尺江湖闊天空無釣臺云籠鳥 籠鳥不自寂瀾翻朝暮音如言此間樂難答主恩深側目看雲路回頭見鶴陰無端忽愁絕何處舊山林云盆花 盆花不自後紅紫競春姿簾影初分處茶聲正熟時因香移几近爲韻惜看遲澧浦秋蘭晚誰知有所思云砌草 砌草不自歇東風皆有情出山紆遠志委地小成名歲抱

門庭寂春逢雨露生不愁燒野火莫管闖清明四詩本是比
體當日官滇時作着壘處落落大方應推詠物神手又四無
詩云上界下界幾千年大兒小兒名浪傳獨有汨羅一江水
直到如今無才子右才子老子莊生文字友王喬赤松亦山叟
獨有風流白樂天直到如今無神仙右神仙要離荆軻雙匹夫
錚錚噌等皆其徒獨有伏波不可死直到如今無壯士右壯士
玉環飛燕小兒女洛水巫山空寄語獨有浣紗人丰神直到
如今無美人右美人兩不賣詩云高樓華屋吹笙竽君是何人
饑啖蔬一言拱手理襟裾秀才餓死不賣書右書春日桃花吹
滿店君是何人書酒欠回頭咤叱風雲生壯士窮途不賣劍
右劍六絕句一樣大開大闔字向紙上皆軒昂先生嘗作閒情一絕云壯志揮
金馬伏波英風健飯趙廉頗靈均西子君思否天地
無情奈老何頗足爲四無詩註腳今并附錄於此又種花

一年二首云其一種花一年看花十日此十日中風雨六七置酒高堂左壺右觴晝日苦短繼此燭光此燭之光君子之昌其二看花十日種花一年不惜種苦惜人不憐高堂置酒前賓後友徹爾鼓鐘聽此扣缶此缶之扣君子之守兩詩意各有貫一句不能互置知非苟然昔人評陶淵明詩謂得一眞字便有千古也又念昔三首云其一念昔公車日東方領國賓雲山朝飲馬風雨夜投人橫槊軍中氣飛花陌上春六年燕市酒席帽亦輪囷其二念昔游仙日天門詄蕩開蟠桃紅綴宴臣朔醉扶來咳唾雲霞落笙歌日月回赤松王子晉攜手上蓬萊其三念昔皇華日秋風滿桂枝山川黔蜀換星斗益梁知選佛華嚴會登壇日月旗洋洋天樂奏燒燭唱名時自作三首云其一自作滇南吏東遊逝不歸巢痕春未掃燕子雨難飛虛

突新歌扇淒涼舊舞衣一聲蘇學士雙淚夢婆揮其二自作滇南吏生涯可說無貌同民共瘦心與月齊孤朝暮監州牒星霜六詔圖參軍解蠻語何止一娵隅其三自作滇南吏匆匆忽十年舉頭何處月此地百囘圓結屋山花裏買舟春水前茲懷何日遂東望轉茫然右題兩相呼應純以神行是其筆力高處又殺虎曲云殺虎殺虎南山之塢汝不殺虎虎來噬汝解一虎來噬汝汝昏不知汝血飽虎我豈私之解二我有人民我有獸畜我不殺虎我一路哭解三一路之哭匪夕匪朝嗟我無徒虎尾搖搖解四非我無徒如鬼如狐不殺狐鬼豈殺於菟解五於菟殺矣狐鬼脫矣洗手夜歸滿天雪矣解六通體如作一筆書又復片段分明古節古音得未曾有

削竹補籬深護菊移香就枕細攤書芷灣先生句可作楹帖

芷灣先生集中雜用古今體詩詠所居花木殆遍隨筆點綴頗多生趣於畫所不到者詩則可無不到榕生云割取蒼龍左一股泥封草裹生氣買小閣之南水之滸滄波噴浸幾尺土春雷一鳴爪出舞其鱗之而日夜努今年當可蔭數武十年便可遮廊廡上結鶴巢開鶴戶下鋪釣石坐釣伍東南枝倚游湖艣西北枝掛樵山斧聽琴算棋人三五亦或農桑話鄰父一香一茗而一酤榕陰之樂焉可數吁嗟乎榕陰之樂焉可數柳生云誰插柳插柳易生亦易折世上何人不離別誰插柳插柳易折亦易生春風春水多春情情何處柳邊去鶯鶯歌燕燕語才子題詩贈飛絮飛絮化作萍春來柳又青愁煩歡喜亦何有柳不累人人累柳警句如水仙花云膩有燈前影尋思鏡裏烟秋海棠云薄命真秋草三生一豔名又云

紅顏春不嫁白露客無家買菊云笑口人情花剪鬢酒梧天氣雁聲涼贈蘭云爾來四座喧都絕剩有呼童瀹茗聲

南海西樵康廣廈水部甲午丁酉言事之書先後凡數上其大計圖存二疏雖均抑不得達書稿流傳名滿海内外至詩歌則知者絕尠生平不多作作亦不存稿閒有治秋詞絕句若干首體甚側豔不媿才人之筆余都未之見也惟友記其席上作一首云中天縹渺化人臺萬朶蓮花纓絡開我是呑針老羅什不妨笑飲紫霞梧可想見其骫髒風流不可一世之概有述懷七律云少年心事自拏雲南望樵山日又曛賣畚何慚王景略畫蘦故是范希文擬經制禮吾何敢蠟屐持籌事未分稷契許身應笑爾稻粱不及鶩鵞羣遊京時與番禺張延秋太史鼎華雅相友善及太史歿於京師水部往哭之

慟賦詩挽云仙骨長源秀風流北海高胸中羅雅故眼底盡人豪憂國腸彌結遺身氣太騷彥昇留蕙帳蕪沒掩蓬蒿稽康亦託懶何點更無妻躭酒中年遺燒書物論齊人天緣黯黯江海氣淒淒慧業應銷盡三生莫再啼生平論交舊知我莫如君羣譽常寬假清言每側聞十年樽酒話九日矮簷文歲暮空相憶哀思動斷魂從此西門路羊曇不復過悽涼蕭寺帳哽咽白楊歌聞笛悲難已披帷覩若何黯愁兼感舊淸淚不辭多時人每樂傳誦之

粵東近五十年學派約分朱陳爲二大支蓋番禺陳蘭甫廣文澧南海朱子襄明府次琦也朱陳均有人爲之生前表彰得旨賞給卿銜故亦稱京卿陳講考據詞章上接儀徵阮雲臺文達公學海堂之傳後之搢紳子弟多出其門南皮張香濤

尚書之派尤爲嚮往前督粵時至書已名作私淑弟子以拜其墓又開廣雅書局於羊城以刻陳氏遺書故人亦稱是爲陳氏書局稽古之榮近世罕比朱談經濟名理旁及天算數學隱居教授不入城市家在九江學者咸稱九江先生兩派徒侶各尊所聞并著時望

虞山錢謙益本東林名宿詩文與龔鼎孳吳偉業齊名王士禎少日爲詩嘗藉其延譽以稱於世顧炎武獨不肯爲之屈他日炎武有急或爲求救於謙益謙益必欲令稱門下乃已或遂僞刺與之炎武不知也事後以告炎武大駭亟索返刺終不可得乃自爲文揭通衢謙益卒莫之何也

餘姚黃太冲先生宗羲之論古文曰唐以前句短唐以後句長唐以前字華唐以後字質唐以前如高山深谷唐以後如平

原曠野自唐以後爲文之一大變然而文章之美惡不與焉其所變者辭而已所不可變者雖千古如一日也

顧亭林先生炎武兩目中白旁黑讀書十行俱下性耿介不與時世偶俗儒不識也與歸先生莊莫逆或呼爲歸奇顧怪云

新嘉坡本巫來由部落其地浮洲自成小國古稱柔佛狉狉獉獉莫可詳已歸英保護不滿百年歐亞二洲輪船往來華人流寓商務繁興因民之力遂成巨鎮在南洋各島中稱巨擘焉內地稍入仍聽巫來由土酋自治故柔佛之號不改沿海埔頭政治一稟英人英人因稱爲新嘉坡新嘉坡猶云泊船口岸也然余嘗登高阜而望每當夕陽西匿明月未升隔岸帆檣滿山樓閣忽而繁鐙徧綴芒射於波光樹影間者繚曲迴環蜿蜒綿亙殆不可以數計及與馳孔道駕輕車則又燈

火萬家平原十里與頃者相薄激明月爲之韜彩牛斗爲之斂芒若是者街鼓紞如東方發白猶未闌也乃顧而嘻曰島人嘗稱新嘉坡爲星嘉坡向以爲譯音之偶異耳今而後知星字之爲美其在斯乎況是坡也一島瀠洄下臨無地混然中處氣象萬千既以星嘉是坡爲之表異何不以洲名是坡爲卽紀實耶乃號之曰星洲而以星洲寓公自號嗟夫星坡一彈丸島耳容華人至廿餘萬有奇其來作寓公者固不只余一人而余亦既偶然而爲此廿餘萬寓公之一人江風山月式好毋尤其遂樂此而自足也耶抑非斯人之徒與而誰與耶

番禺屈翁山先生道援堂集有閨怨三首均限一二三四五六七八九十百千萬雙半寸尺丈凡十八字并限韻而作者一其

六七鴛鴦戲一溪愁人二十四橋西半天書斷三秋雁萬里心懸五夜雞鬣作百千絲已盡烏生八九子初齊丈人何處聽鳴瑟尺寸長垂雙玉啼其二桃三李四已成溪六七花東八九西一尺鬐高愁墜馬五更衾冷怨鳴雞游絲百丈全難斷舞柳千條半欲齊十二雙邊無寸字鴛鴦都作萬行啼其三二六巫峰七十溪千迴萬轉八林西頻同半槁三花樹不及雙飛一錦雞四角盤中書易就九枝燈下影難齊春絲百丈牽方寸愁掩羅巾五尺啼此等詩題體纖小字面牽合最難得其落落大方然只可偶一爲之以見匠心擬以性情之妙沒交涉也

閨秀詞翰流傳編輯家例置釋老之後妓女之前論者以爲大辱謂閨秀不宜能文之證不知此言乃屬強作解事唐人雁

塔題名記有得見者皆謂搢紳大夫新科進士之名與僧流羽士并列（見隨園隨筆詩話等集）而世之賀新貴又率引雁塔故事竟無以爲辱者何也

潛蘭史花語詞集有倚羅敷媚四調云（其一）朝來悄把紅窗啟見汝梳頭見汝迴眸輕捲羅幃掛玉鈎　晚來悄把紅窗掩爲汝勾留爲我含羞道是良緣卻種愁（其二）分明認得仙模樣只隔銀屏斜背銀燈未敢人前喚小名　添香捧硯非閒事豔福難勝好願難成誰賺紅兒豆幾升（其三）隔花忽報青娥別泪濕紅箋懶拾釵鈿阿母書來病可憐　情知此後難重見兩地愁牽鸞信誰傳又誤歸期過下弦（其四）而今翻悔當時誤種了相思枉了相思悶煞春花影濕幃　枕邊猶記眞眞字人也依稀夢也依稀落盡玫瑰月又西芬芳側豔幽悄動人眞

納蘭嫡子也

前調錦心繡口纏綿極矣然是描寫閨情未必實指所到說劍集珠江低唱詞中尙有浣溪紗四調乃爲銀鵝女錄女而作雲雨荒唐在才子不過自抒綺懷而傳者或得與明末張麗人齊名亦珠江江上一段佳話也詞云其一丁字簾前目乍成手拋蟬翼晚粧停代收鸞鏡索調箏　壓帳鉤痕無月印隔窗花語有人聽好春如夢未分明其二碧蕹芳塘溜畫船酒樓同赴看花筵泥人私語凭香肩　一扇歌雲涼似水半簾春暖月如烟紅闌干外促歸眠其三麝墨輕研硯匣冰手拈銀管忒聰明教郎看寫換鵞經　側裏紙分闌上下連環印刻玉晶瑩鈐伊小字是銀鸚其四昨夜惺忪强自支更闌細細數歸期起來愁損小腰肢　倚鏡慵開金屈戌解囊偷贈玉參差

淚痕惟有枕綃知

道光時候官孝廉王廷俊字偉甫又號樵隱幼學躭吟授徒自給没經光緒壬辰二三門子乃裒其作付聚珍版印之爲樵隱山人詩草四卷趣宗閒適不爲時下名士悲窮歎老之音建郡丁汝恭序稱同在陳恭甫先生門尤專經解兼長詞章淡於榮利不較得失舉賢書後一與計偕卽絶意進取至其裁成後學老而不厭是亦類於有道者卽景口占云白苧衫輕一領披閩南天氣正炎時楊梅上市枇杷退又聽沿街唱荔枝漢宮詞十五首選二首云仙掌通天看牛斗曉承沆瀣寶光浮尹邢曾飲金莖露傾國傾城亦白頭紫禁仙輿久不來千金買賦思徘徊阿嬌愁坐長門裏費盡相如一世才南臺竹枝詞六首選二首云五虎山頭日上初早潮退後見歸漁中亭一路

腥風滿水袴芒鞵人賣魚釣龍臺上月團圞釣龍臺下水潺湲半江風起晚潮急燈火星星賈客船懷張山人石隱云張子入不見於今十六年無書問消息我意益纏綿春草夢中夢暮雲天外天遙憐白門柳半老夕陽前八月十五夜偕范生新溪陳生澹園暨姪輩登堅牢塔最高處云不上堅牢墖於今三十秋爲乘良夜興聊結少年遊人語落空際仙風吹上頭娟娟明月色照見萬家樓古意云郎莫比菖蒲花開難得見願郎如桃花年年逢笑面擬古樂府四首云早起掩紗窗暗寫相思字書字墨未乾郎從門外至郎至忙出迎與郎親相見相見慰相思愁容換笑面笑拍檀郎肩細話離居所儂處絳河東郎在黃姑渚一見卽相別別時淚如雨贈郎青蓮子憐儂心更苦雜詩六首選一首云空谷有佳人娉婷顏如玉朱

顏豈長好烏踆去何速茫茫盱宇宙耿耿感幽獨淸露溥江皐暮雲藹山曲太息無蹇修朝朝猶膏沐余情自信芳秋蘭堪佩服擣衣篇云明月滿地涼如水江南江北秋聲起家家此夕搗寒衣夢斷關山千萬里霜華凝凍咽雙砧切切丁丁江水濤吳縣打共淚花碎片石遙傳思婦心心愁遠道澁無語吹入酸風韻凄楚城頭鐵笛冷不調籬角莫蟲吟更苦蕭騷宮徵多變聲總筑含笙擾離緒十二樓中簾半捲望到遼西在何許更闌月落響漸微又聞織室踏鴛機年年歲歲秋虛度歲歲年年人未歸憑誰遠寄迴文錦野闊江寒雁不飛警句如長安少年行自題用李廓原韻云三春盤馬地十里門雞坊又云當筵談劍術呼妓按簫吹又云珊瑚作鞭弭蛺蝶繡弓衣江珧柱原十六韻云珍羞西子舌風味荔支香斫雪高鱸膾調

羹陋蝸房雪云樓閣不知夜園林都作花人日遊鼓山云泉聲來半嶺松影落空潭又云晴光生海角瀑布掛山腰又云山窮將近寺林遠忽聞鍾白菊花云兩晉衣冠於古近六朝金粉到君無紅藥云萬家富豔揚州路千古繁華鄭國風紫薇花云花眞太乙星垣種人伴金華秘省居絳樹影圍三殿外朝衣香滿五更初榴花云一生不受雪中冷五月能回天下春飛翠亭云（按亭爲武彝山勝處）光搖巖月千松立影落溪雲一鶴歸秋海棠云仙子嬋娟居白屋美人遲暮嫁西風又云有恨人當明月夜可憐生是此花身買書云貪多應笑癡如我刊謬何妨借與人輓林文忠公云星沉大海蛟鼉伏月黑邊城鼓角哀秋吟八首之秋霜云板橋人去寒留迹山店林疎冷作花秋山云白雲寺外孤僧立黃葉林間一客樵秋濤云波

兼木葉翻天下潮湧蘆花捲雪高秋禾云腰鐮客集雲屯野肩擔人歸月在門秋橘云地氣不踰淮水北霜華已滿洞庭南秋茄云畫角音沉龍塞北羌人夢醒玉關西秋鱸云半江斜日舡歸後千里西風客憶時秋蟲云關河孤枕客無夢閨閣一燈心不平消夏十詠之聽松云寺鐘初動籟俱寂山雨不來林亦號坐竹云紅日炎銷三徑午綠雲影盪一襟秋浮瓜云擘出一簾搖水影戰酣四壁起秋聲劈荔云楓亭客買千金樹桐榻秋生兩袖風枕石云高臥是龍有霖雨幽人無夢不溪山烹泉云禪榻六時僧入定松烟一縷鶴飛孤撫琴云七弦流出月如水萬籟吹來風入松垂釣云絲牽荷芰隨風裊人立陂塘落日孤看奕云風來清簟疏簾外人在長松白石邊投壺云箭和虬漏三商下人抱冰心一片清原詩版

散後久不印行嘗詢坊間无有應者今春或攜一集至自省垣急謀借選盡一夜目力草草讀過因存其略如右未敢苛也

福州多山山多嫩石五色備具狀類珷玞琢而磨之可供玩好其材尤任私家印章之用有名田黃者質澤秀膩華貴異常價值兼金前人羅掘坑產殆盡其視端州石洞紫綠二類可資硯材爲世所寶者殆無以尙雖所用异宜而難得尤過之常品通號壽山質地色澤居田黃之次易得而價不昂今京師琉璃廠肆羅列五色印章索價居奇皆吾閩之壽山一種也外省不易得此亦不恒見一若天特蘊是以私吾閩之人者余性喜石交兩度福州訪舊采新不遺餘力平時遊篋每以自隨丙申攜之渡海來南擬闢一閣命名五百石洞天以

藏界之既而丁憂奉櫬回帆中途遇風石受顛簸毀其數十舊時篆刻以漫漶不可辨識遂舉而瘞諸荒圃與歷年棄稿禿豪合爲一坵丁酉再至海外聞人言星洲大野有茶傭某鋤地見嫩石盈坑不辨何用趣往觀之紫光瑩目則壽山材也意爲大慰以車轟歸使工治之拔其殊尤羅列几案日夕把玩爲之忘倦乃蹶然起曰今而後石交爲可久矣因補書齋額曰五百石洞天紀實也自時厥後星洲之人競相採取而地不愛寶方日洩其奇與吾鄉壽山若相雄長以名於天下又無不自五百石主人發其凡云

朱子襄先生讀史六首云破碎羣雄六驁回甲兵土木總爲災可憐一炬咸陽火不及詩書有劫灰廿載深裁車服費百金終缺露臺工君王自惜中人產獨有銅山賜鄧通長門宮怨

久煩紆禍起泉鳩慘重誅聞道至尊慕黃帝不妨脫屣視妻孥故劍關情竟亦忘拚留一靑玷朝綱宋宏儻道無心語聞否糟糠不下堂背芒驂乘久滋疑厚毒殲旃實隱私堪嘆分封頻晉秩受恩即是受夷時氣盡漳江七十墳分香賣履復何云堂堂白帝傳遺詔天下英雄獨使君余聞粵人言先生平日無學不窺經史百家皆有註解贊義並工駢散文及晉唐書法苟非其人不苟下筆臨終悉舉遺箸付諸烈炬其意殆不欲以文苑傳中傳也作令有能稱引疾後以講學化其里人表揚義烈崇尙風節巍然爲嶺外儒者之宗歿則祭于社今九江有朱先生祠三十歲前亦好爲詩意識超邁不愧作者羊城學海堂選刻其稿爲是汝師齋詩錄間多遺漏其門人鈔存者別有大雅堂集若干卷未刻又兩漢書三國志

講義亦爲門人所筆記而佛山人譚丙軒太守[illegible]藏得之丙軒嘗許交吾校刊行世。

功令殿試策朝考卷本非專取楷法習尙相沿積重竟至難返言之可慨咸豐時武陵楊性農彝珍官編修詩云時好日以頗科法因之弊下品置晁董上第擢鍾衞謬種滋流傳波點競妍媚不知筆吏徒奚贊休明治此與吳江徐靈胎山人時文嘆同一熱腸冷眼

吾閩安溪李文貞相國光地遭逢 聖世久侍 經筵平時汲引高材門下士極一代作手古文如方望溪苞經學如何義門焯其尤著也相國兼通中西疇人家言上贊 仁皇明良相得鄉中後進傳其術者南靖莊復齋副使亨陽箸有秋水堂算法經四庫著錄郡人溺於制舉文字鮮究實學故雖鄉

先達傳書鮮有知者同治甲子赭寇陷漳藏書坊本皆罹兵燹事後搜刻藏書人盡急其所急而於先生之遺箸卒付漠然光緒戊子先府君歸自海外偶過隣塾得舊藏本捐金倡刻廬山面目始獲重覩其時之眞能讀此書者亦屬無幾蓋功令偏重仍在時文也乃閱十年風氣大變家有算學之書士盡算學之學近日山東王季樵少詹錫蕃視學閩中首重實學士之以算學受知者尤衆先正典型且賴以不墜焉班孟堅稱西漢經學之盛推本爲利祿使然諒哉

蛤蜊海鮮也小如蜆滬上洋菜館以之作羹甘脆清美得未曾有迄今思之猶動食指而本草紀蛤蜊名狀輒與海蚌混而爲一云大二三寸今吾閩省垣所見之蚌有大二三寸者矣然不名蛤蜊也充佐盤餐風味絕勝玉膚雪片醋拌羹和爽

脆柔滑並皆佳妙似在香螺石鰒之上又有江瑤柱西施舌兩種西施舌形狀如舌得名鮮潤可愛熟時入口細細咀嚼味旨而永下酒物雋品也至江瑤柱素負天下雅望嚮惟得其乾者頗致疑爲處士虛聲之誚及抵福州食其鮮者色香獨絶自詫口福不已論其品蓋可弟蚌蛤而友西施舌云

五百石洞天揮麈卷之壹終

觀天演齋校本

五百石洞天揮麈卷之二　　菽園子部之二

海澄　邱煒萲　菽園

漢武帝曰天上豈有神仙此是閱歷悟後之言自是千古確論然文心畫意馳情浩窅附會爲工亦常不廢流俗傳述輾轉沿訛一若實有神仙一界者則惑矣即古稱上元夫人欲嫁封陟紫素元君欲從任元之類在當日必有貴主近支如光武姊屬意宋弘故事執筆者難於置詞因造爲謬悠之談以寫影事遂使神仙亦有不潔之蒙而昔之所稱太上忘情超然塵壒之外者相爲矛盾亦不計也知此可悟神仙之無據并可悟一切託名誣衊小說之不足辯

閩鄉戲齣有百里奚不認妻蔡伯喈不孝父母之目觀者代抱不平幾於目眥盡裂愚謂撰戲之人與二公有何仇恨而必

橫被惡名十年猶臭然又安知伊時之非爲顯貴豪惡氣燄方張言之不恤殺之不能借古人假面具寫此輩眞聲容以紓我之孤憤耶要之往哲聲名直道斯存天壤間自有不滅者在豈眞二三優孟粉墨模糊便能顛倒一世雖被惡名容何傷乎吾請爲之進一解曰藺相如司馬相如名相如實不相如

余雅不喜俗手畫龍輒露其尾以神龍變化偶然一現自以見首不見尾爲佳譬諸畫蛇畫足原是窮形盡相煞費體物之工段文昌酉陽雜俎云以桑柴火燒蛇則見足出無如好爲多事所以被人奪酒也

近世輕薄子背地呼師曰某先者實亦有本漢梅福曰叔孫先非不忠也顏師古注云先猶言先生

聊齋志異鈔在人情物理世態上體會入微各具面目無一篇

一筆重複郎偶爾詼諧亦是古雅入化徵不足者筆近纖巧
耳王韜後聊齋篇篇一律自是無味此外閱微五種體例較
嚴略於敘事而議論之宏拓平實自成一家亦小說之魁杰
嘗謂蒲松齡不著聊齋自然泯沒無傳紀昀不著閱微而一
生精力在四庫提要者固不磨也

余嘗以金瓶梅一書名滿天下疑雖淫媟蕩志有干例禁其文
筆之斐亹神情之酣暢當有幷駕秘辛超乘外傳者輾轉向
友人假得一部開函讀之三日而畢究於其中筆墨玅處毫
不見得尚疑鹵莽忽過再三展閱仍屬不見其玅且文筆拖
沓懈怠空靈變幻不及紅樓刻畫淋漓不及寶鑑不知何以
負此重名豈各處銷燬傳本日少人情浮動以耳為目遂有
享儆帚於枕中珍漏脯為席上者耶

西人以太太二字爲中國婦人尊稱所有西婦來華率沿是稱以示矜貴其未字者則稱姑娘亦此意也近人筆記載初時粵海關入口報稅單開有某船配太太十二名該稅九十六元華人駭愕不知所指嗣乃悉爲東來西婦之稱黃埔竹枝詞詠云丈量看到中艙貨太太今年稅較多意葢本此按太太二字入詩見甲乙賸言載一御史除夕詩有荊妻太太句

吾閩地近赤道恆終年不見雪往歲壬辰十一月忽連降三日父老驚告以爲數十年來所未見時余村居登樓四望一白無垠令人作玉宇瓊樓想便欲賦之以攻帖括故詩思甚窘僅成二絕句今載辛壬癸甲稿中他日輒思補作而情景已非興致索然終竟不能助我也要知此種好題目不容易遇遇矣而仍失之豈不負負所以余此後每遇佳題無論詩之

佳否要當草下一稿盦俟異時之改削改而不慊然後棄之

終不肯當前錯過

獨立山人潘蘭史號在香港裒歷年所得詩題曰香海集於其刻也書來委序余報函云接手書大箸壽木香江驩喜無量鄙人有懷欲白久未得當茲敢爲知己一發夫香江一隅非有名山大川之足以擴廓神明前賢往哲之足以激昂志氣前之蒼茫菼葦羣過若忘今之擾攘市廛卑無高論而乃天籟自鳴郢歌寡和詠歎不足繼以長言長言不足積累卷帙是亦不可以已耶然鄙人嘗過是其地當閩粤之衝人聚五洲之衆固天南一重鎮矣載稽沿革往事非遙近逼腹心外情可慮則甌脫而瘤疽矣足下久客是邦日操不律以達當途憂思之深夫誰能喻上而斧柯莫假下而蘭芷有懷徒令淸流

物望長懼波靡酒杯塊壘何日可銷香草美人無非寄慨知是編之作將無有王粲高樓杜陵空谷之思耶如僅爲犖确荒山任其開闢巴人下里洗厥淫哇足下之志宜在彼不在此因思鄙人今日所處時地與足下略同星洲三度僻陋逖荒俗狀塵容無一可語謬以流寓諸同志見屬廣庋圖史設立文會冀爲東來華裔一破拘墟兩載已來既竭吾拙而椎魯之風近武功利之說鄰夸中夜旁皇輒憂之而不知所出以視足下抱膝長吟翛然自得今且摛葩摛艷以開民先鄙人亦當自恧舍己芸人之失矣況言者重復譁然以議其後有持取選太迂收效較難之語議之誠是也然使得一恢宏奇傑如吾足下必能一振其神明而轉移夫風氣今雖不獲同事鉛槧之間然彼此有懷應無殊致是鄙人之愚惟足下

能諒之而以足下之明當亦引鄙人為知己也來書辱承委序鄙人不文未敢以文進如以言為可採祈即進而教之幸甚山人得書甚喜即將原文弁諸卷端

去歲夏五在香海刻書居停龍溪蔡君紫淙十年前舊雨也往歲戊子侍　先府君返閩取道香江曾一接晤晨夕傾襟致頗相得君懔父命棄學隱市事畜之外待而火者常數家屢中屢散晏如也有用世志講求經濟能見其大商途中實難其選羣季志翊芷薌子行皆磊落負才亟自見拔為時望所屬適閩漳會館于時重葺君偕往穗垣謀共勷理因得遍交三君芷薌為言弱齡與余讀書濠鏡今澳門某氏塾及見　先府君鬚髮未衰時氣象情尤親暱余雖少不了了棖觸當年恍惚猶昨日事而　先府君音容已渺不可追矣哀哉越日同遊機器銀圓局子行

前導每觀一器指點殷勤頓豁心目凡歷十餘機房縱覽始畢此局爲中國鼓鑄國寶之第一局規模宏敞機器靈捷一切章程皆倣西法可無流弊子行職司局事克慎乃公尤可敬也局旁小軒結構修潔午後命酒志翊卽席見贈云君子來遊飲食之神交相見各嫌遲明朝又是孤舟別紅樹青山賦遠而益疊余在香海時與蘭史同賦而字韻也蘭史原唱有詩筆誰如菽園健紛紛珠玉散蘢而句席上南海孝廉胡敬之又安亦有詩今不省記余屢以局中機器爲言芷薌目客曰菽園所著贅談謂天地萬物無一不肖象乎圓凡物造到極處亦無有不圓者今觀機器的是一條絕妙注腳余爲解頤臨行志翊復出先德頡齋丈嶺南遊草屬採入筆記各種珍重而別及履星洲因書柱銘寄紫淙云千古而還見汪李一庭之內皆惠連繼得

閩漳會館是冬落成之信復寄長聯鉊大堂柱云猶記前度輪蹏花埭珠江相逢舊雨若論此間雲物橙黃橘綠恍似家山皆紀實也

紫淙尊甫鑒淵丈余父執也遷粵三十載不改鄉音紫淙色養備至乃除書卷茗椀外人世嗜好迄無沾染青鞵布韈蕭然類有道者待後輩和靄可親雖拙吶至前亦能盡其詞而滿其意余猥鄙野數日容接每抗談輒滔滔汩汩不能自已丈俯聽無倦容此其所不可及也嘗爲余道 先府君勤植公諱篤信字正中號勤植福建船政勞績議敘五品頂戴州同銜捐升鹽運使司銜閩縣曾宗彥塡諱壯年客粵軼事弓冶艱難恍若再聞庭訓不覺皇然泣下惜郵程草草未獲久於追陪一藉老成典型爲不肖矜式奈何奈何

寓香海日有粵籍商人區沚之性躭風雅頗致慇懃屢索贈言

余以桂銘報云媿無謝朓驚人句惟有汪倫送我情并屬同學林澤農茂才豐年寫花卉橫幅寄之

胡敬之孝廉錄近作眎余村居云地僻藏吾拙身閒與世疏攜家依旅舍僦屋近村墟舊業徒耕硯浮名爲讀書何當共鄰里來往話樵漁市隱云已是棲城市如何避俗塵息機成小隱餘暇作閒人身世將安適詩書自有眞中原仍戰伐漫學葛天民此君之詩雖主性靈仍近含蓄者

前明杭州武人吳東昇年八十餘臨終詩示其後日囑咐兒孫送我終衣衾棺槨莫豐隆停喪只好經旬外出殯須行逕路中念已行藏無大過請僧超度有何功掘坑埋了平生事休信山家吉與凶武人有此見識大是難得今之儒名而術行者豈不媿死

姚蟲蠶名也一蔡一蠶故以喻物之美焉見風俗通
說部嘗稱嶺海產明珠俗尤貴之生子曰珠兒生女曰珠娘以
今考之則又不然因珠與豬同音也
瑜亮并稱皆見演義志書無之王漁洋先生香祖筆記乃以稱
陳臥子吳梅村大約自前明八股選本評語已成習用
論語子路從而後遇丈人吳越春秋伍子胥遇漁父曰性命屬
天今屬丈人柳子厚與楊京兆及答周君巢書皆稱丈人是
丈人古以稱老者而今則爲妻父之稱爾雅爲漢人僞撰之
書釋親章以妻父爲外舅妻母爲外姑亦尚不稱丈人惟三
國志獻帝舅車騎將軍董承句下裴松之注云古無丈人之
稱故謂之舅據此以丈人易舅必自南北朝始也
番禺陳仲卿明經曇慕鄉先輩鄺湛若之爲人因以鄺名齋箸

鄺齋雜記卷帙無多其論文中親戚稱謂頗有見地今節錄之母之晜弟爲舅與父之姊妹爲姑禮也今人衍稱舅父姑母已失古意後漢郭況族姊爲光武皇祖配況謁見光武光武大喜曰乃今得大舅乎是則今俗所稱舅祖也舅祖二字沿用已久紀文達筆記且云云此當急爲救正然古稱亦有未善者爾雅釋親姑之子爲甥舅之子爲甥妻之晜弟爲甥姊妹之夫爲甥是也今時雖無此失然以俗稱入文亦有煞費斟酌者如妻兄弟稱舅豈不犯母之晜弟或竟稱爲內兄弟仍無解六朝舊稱姑子謂舅子曰內兄弟舅子謂姑子曰外兄弟之說似宜於中表則直稱姑子舅子即舅則直稱姊妹夫妻兄弟爲當

鄙儒不如都士桓寬語也才鬼當勝頑仙陶貞白語也

星洲明麗名園卽胡家花園故址俗呼南生園後胡京卿[illegible]

所設肆額名之耳歷任使歐大臣郵船往來必趨星洲郭筠仙中丞曾劼剛襲侯皆爲載入日記予友獨立山人西海紀行卷則稱爲豆蔻園其實豆蔻園別爲小區附綴園右不足以盡茲園也初胡在粵籍與英商稔習嗣買星洲操奇倍蓰名日以著華商得英勳章亦惟君始或傳其微時事頗無稽不足信也晚闢茲園有異鄉菟裘之志使臣鴻雪留題游客海山雅會文字藻飾遂爲天南第一勝地談瀛者恒箸錄焉其嗣不能終保潮人佘姓購以二萬白金有奇探勝重來每起園是主人人是客之感夫亦可觀世變矣園之結構兼中西式風廊水閣點綴頗幽平地數十畝樹木扶疏禽聲上下殊快眩矚絕無島上林園臃腫陋習叻嶼甲三州府華人林園俗呼山巴其意不在

適體率叢雜陰森冀收林木之利藉代耕佃而已去市不遠凡有供饋咄嗟立辦余嘗以星洲名園除回回商人名栖逸摩訶末者所居園而外無能相尙葢有見而云然也去秋主人蔚園觀察蔚園名勉然充星洲議政局員樽酒見邀飽覽其勝嘗題長句銘其柱云明麗著南方樂聖長看依日月名園開綠水飛仙眞箇住蓬萊格用冠首狥所請也明麗名園本譯音爲英京勝迹前任三州府督施公移以題贈斯園者亦主人爲余言

余嘗以南洋島嶼不下百餘華人流寓土著數百萬以無志書盡附湮沒爲可惜各欽使隨員日記擇焉不詳徒滋疑惑內地秉筆者無所徵信則亦等諸化外而已寰瀛志略一書搜於數十年前所稱南洋島嶼不無詳略脫節而治華大端門戶形勢頗有合者是書志括寰瀛不專重一隅且身未親其

地隨事條載無怪其略然以視各欽使隨員之身親其地留

貿然於食頃客談逞臆下筆以欺飾人耳目者則有間也倘以志略為基復博考近時西人紀載以實之不足且由採訪正名別類諮考印證期以十年或有濟乎

中國駐紮外洋領事歷來悉由使臣派其私人是以更一任使臣必更一次領事幾類古藩鎮之自辟椽者歐洲不爾也此等處急當改歸總署題補為是（使臣聯邦交領事保商民各有職任不宜隨意更置）

左子興都轉任星洲領事時以其暇博考周諏輯為星洲小識屬稿未畢恒秘枕中故外間無副本永福力軒舉孝廉（鈞）以醫術遊南洋見文獻之無徵慨然起箸述之念其間足跡所及檳嶼為久因先成檳榔嶼志略一稿輿圖沿革軍政戶籍等條多得諸都轉雖以客官談人國政歲月無多考求未至

不無詳略脫節然都轉善英文隨事繙譯率有所本較近人之憑空捏模其得失必有間聞孝廉輯志略時請得附刊於各類中不可因暫假其稿命鈔胥摘其要者錄於別紙越日遂被索回未幾都轉俸滿還粵東原籍名山之藏正不知何日方得見諸雞林市上耳子興名秉隆漢軍人諸生曾襲侯奏派坡領事者

檳榔與志略藝文志箸錄凡十數種據稱皆流寓諸子筆墨余嘗欲致之一室冀有採錄以廣其傳使人入市求之不得始知皆未刊行本也人物志閩粵散見且多時人不足以云論定此書似宜改題遊記筆談爲合異時晤軒舉當與商之

軒舉孝廉才足箸書澤古之功亦深觀其文集可見志略一稿不過率狥友人之請偶爾試筆非完書也竊以志內地難志外洋尤難羌無故實則難一繙譯參差言人人殊一字之失

讀者已茫然莫辨則難二營壘形勢例禁窺探守兵班値非客民所得聞則難三土宜物產陰陽燥濕商農知其理而未明其意士夫通其意而未辨其質耳食目論徒資助談何益於事則難四流寓土著習尙既歧性情亦異彼之是者此之非之非先求華英巫之異同未易通其驛騎化其門戶而成信史則難五博考周諏動經年月行李倉遽有所不能則難六有此六難吾前所言必期之十年益以數友之力而後可也否則其不爲各欽使隨員日記之續者幾何也又烏足稱完書哉

離鄉去國每至其地必汲汲焉羣聚而謀一會館以爲睦婣敬梓所從出也亦極中西之同然人情之樂就者矣星洲之人乃汲汲焉於釋道之宮數十年來未之有易閩籍漳泉則天

福宮以祀莆田天妃南海大士粵籍廣惠肇嘉潮瓊則福德祠粵海清廟以祀社公何其盛也　先府君在日獨以會館不可不設之議日視星之里人至人方惟陳君金鐘之指是向因陋就簡於天福宮釋子知客之堂懸一額曰會館陳曰會館里人曰會館凡稱吾閩會館莫不趨天福宮　先府君心歎焉以無同志而寢丙申孟夏　府君捐館苫塊中有手一冊示余者乃潮紳佘君蔚園謀捌華人會館啟也敬焚府君之几爲泉壤慰并倡捐欵滿望其成久之不報知英員以事屬華人居星之捌舉須有俟於詢謀僉同故遲遲其未發云佘君之心乎公事未嘗一日忘固可知也是冬　府君歸櫬奉安惠佐佘以丁酉六月重履星洲知星人師佘君意早於仲春得請英員爲華商之闗一切規模草捌先植其柢

原未聚星之同人而謀之也雖然○會館之設有合於人情之正而平乎商務之權其關係者大而不可一日無今雖艸始爲難所以擴而充之者宜有待於同志之君子闡之同人援西例以告國有議院衆視所舉遞而推之宜有總也因委余爲總統其有善後悉如英律（總統猶言會長英語譯音曰戈里是連）

吾漳龍溪蔡丈頡齋諱愚若咸豐間以候選同知遊於東粵兼擅計然術設肆貨殖橐中金恒滿座上客亦滿人多慕其風義愛吟詩尤愛談詩見後輩之聰敏者必遮留須臾無去暇暖姝姝皆詩話也儔侶有爲詩會復軒軒眉舞徹夕推敲如齋生之治課然不自存稿嘗句云未必驚人休恨少果能傳世不須多歿後南海李子黼輯入師友錄題曰嶺南遊艸其詩會之作亦錯見一二聽劍云龍吟匣底悔蹉跎十載雄心

負太阿未許倚天誇大略幾曾斫地浪悲歌虛堂晝靜妖狐泣蓬戶宵沉風雨磨莫爲不平輕去就世間恩怨古來多字裏行間自露圭角又有讀隆中對有懷諸葛忠武侯一作云淮陰南鄭登壇日諸葛隆中定策時一樣英雄出高論千秋成敗費尋思天心未許孫曹滅學術原非管樂知盡瘁無慚先後主祇今宇宙大名垂大起大落廉悍凌厲允推傑作其嗣今仍寄籍外鄉或讀或賈分席其業故吾郡中人轉少知者

番禺張松廬先生維屏落葉云秋氣慘不樂千林方怒號詩人歌蟋蟀名士讀離騷風裏孤砧急霜前畫角高乾坤莽空闊百感屬吾曹建寧張松寥先生際亮仝題云無端有飄泊何處不風霜敢以歲時晏而爭天地芳孤根應後死明月已先

惊悵望江楓外蕭蕭雁數行四十賢人等是增減不得而兩人全集境界亦卽於是分矣

才名原是布衣尊此余少日題句也每怪夫勢利之見中於人心詩文集題別駕刺史太守觀察諸混號稱不一稱其稱之者固以爲敬而受之者亦不爲驚乃如之人或僅虛銜猶可說也乃虛銜並不如此而稱之者往往如麗士元稱引喜過其實直令後人讀之毋從審辨要知傳名一事原不恃科第官階而始顯更何論於保舉捐納之虛銜如以諛稱爲貴將見名實不符吾恐天下不少同姓名之人人將謂我何

昔日龍沙未解兵登臺南望白雲橫卽今鼓吹轅門日回首秋風槃櫜城此先師安仁侯仙舫先生材驥筆也先生夙治古文服官後尤勤民事故詩不恒作作不甚愛惜其意蓋有寓

矣此篇之存乃從提督侯公疏勒望雲圖錄出拙著贅談前已敬載此猶誌之以見先生餘事發爲詞章亦非尋常可及而小子菱之不敢妄自菲薄者蓋有以稔其淵源之所自云

詩用疊字易流率滑惟必有確當不易及委曲詳盡之理乃可令人瞑想無窮杜少陵信宿漁人還泛泛清秋燕子故飛飛未免近率穿花蛺蝶深深見點水蜻蜓款款飛同用疊字便已不同若李嘉祐水田飛白鷺夏木囀黃鸝一聯王摩詰疊上漠漠陰陰四字則更生鐵鑄成得此方稱全璧矣

李白杜甫並峙唐代一長騷音一精選理其淵源又皆在三百篇中於溫柔敦厚與觀羣怨之旨若合符節而元氣淋漓包孕萬彙自非後人所可幾及千古而還二公位置殊難軒輊其後乃有小李小杜之目商隱學杜十得五六牧之學李恐

未盡然且亦非商隱之比
杜公評李生詩謂其清新俊逸後人少之不知清新俊逸四字得一已成大家況兼之乎吾閩　國初黃莘田先生任詩集人謂逼眞玉谿余則謂具體太白以其清新俊逸故也錄其七絕七里瀧云終日嵐光濕畫幢有時松露滴篷窗一聲櫓寏千巖響知在諸峰未出瀧題畫云雲外飄然獨往還層茆絕壑不開關秋風捲盡千林葉卧看床頭一尺山彭城道中云戲馬臺邊日又殘名騅欲返故鄉難江東父老空惆悵不得君王晝錦看又將軍射雉錦連錢幕府能歌帶箭篇今日荷離睢水道毬場春草綠如烟獨遊上帶溪云翠壁千層磵道低樵人歸塢日初西山花數片吹落石野鳥一聲飛過溪西湖襍詩云珍重遊人入畫圖亭臺繡錯與茵鋪宋家萬里

中原土博得錢塘十頃湖又荷花十里桂三秋南渡衣冠足臥遊爭唱柳屯田好句汴州原不及杭州又明月香風十二層半間亭子晚來登內家五夜凭高望指點湖山正上燈又珠襦玉匣出昭陵杜宇斜陽不可聽千樹桃花萬條柳六橋無地葬冬青又梨花無主草空青金縷歌殘翠黛凝魂斷蕭蕭松柏路滿天梅雨下西陵又刺史笙歌學士禪倪迂楊鐵竹枝篇只今耆舊無新語風月銷沉四百年泰安道中山行云巖巖典則魯千峰玉檢金泥拜秩宗七十二君消歇盡夕陽驢背語東封又倡條冶葉拂青驄帽影鞭絲困午風十里棗花香不斷行人五月出東濛舟過金利墟云鷓鴣飛上古祠啼蕉葉牆高竹路低惆悵相思不相見木棉花發日初西歸舟檥詩云香風酒氣吹荷葉露冷某聲落桂花誰繼風流

許丁卯驛樓鵜詠月初斜又秋河遙挂亂峰西嶺桂綠飛片

月低不用針樓憶惆悵全家都在飲牛溪題秋林放鶴圖云我在林泉汝在陰空山流水結知音一聲清淚一長嘯各有丹霄萬里心對花云不須惆悵惜芳叢把酒看花興未空看到秋江顏色好芙蓉原不要東風所思云舊時節序舊亭臺散盡歡娛獨自哀我亦譬如騎竹日所思人本不曾來

先生絕句亦有大類香山者偶作云香臺鏡檻三千牘帽影鞭絲四十年無可思量無可說東風吹夢夕陽天雜詩云又與殘編續舊情咿唔深夜一燈明侍兒竊指乃翁笑四五年來無此聲

先生七古在集中亦是勁作棄婦詞一首怨而不怒有變雅遺音讀之使人知宦途之艱文云結髮爲君婦采葑復采菲嗚

雞事戒旦德音期無違貧家操作無停時豈能膏沐描修眉荒厨無米炊不得羣小尤愠姑嫜疑高堂漸漸有煩言謂妾不堪主蘋蘩妾身菅蒯輕遭棄妾心日月光無異三年紡織坐春機去時還著嫁時衣翠羽明璫妾不取出門椎髻單車歸歸時環抱諸兒女痛我劬勞和淚語寄聲兒女不須啼汝別有母如我齊末句聲淚俱下正如莊生云送君者自崖而返也初先生領康熙壬午鄉薦屢試春官不得志匆匆捧檄分粵之四會縣事以忤上官意遽劾爲縱情詩酒不理民事罷歸歸日即以此八字自牓船上其所託憤者深矣

先生好硯集中詠硯詩甚夥余尤愛誦其古歘遺凹積墨香纖纖女手切干將誰傾幾滴梨花雨一洒泉臺顧二娘（菽園按隨園詩話顧二娘國初金陵人善製硯能以鞵尖試硯石之好醜時人競呼爲顧小腳）一什又斷句愛鐫

小印端溪吏管領東西兩洞來益先生嘗宰高要適領端溪

三洞此云紀實也家有十硯悉在粵所得佳品一時題詠殆遍故自號十硯老人言守此硯終也後竟不復出

十硯老人一家風雅侍兒金櫻及長次女均通韻語次女級佩名淑畹有詠梅句風定月斜霜滿地西廊人靜一聲鐘爲錢塘陳勾山太僕兆崙所激賞以謝庭柳絮亦不是過當時稱爲定評閱百餘年復得吾郡謝聲鶴明經女芸史名浣湘句積雪滿山天欲曉一聲老鶴四無人

拙箸贅談輯芸史詠雪齋詩頗夥而未及其遇丙申居詔安城東草堂度歲輒從謝家子弟得芸史軼事思欲傳之今爲草具於此芸史生於父仙遊學署故小字曰仙身頎然而瘦貌僅中姿稱林下風性絕敏能淡泊見書卷必癡立終日恒不

去有弟琯樵穎蘇絶類其姊乃使分讀父書纔成童卽能卒業及倖滿歸復使互易而課亦然琯樵旁涉藝事能書能畫能篆刻未冠名出里閭大人先生爭羅致之不恒家食芸史久依膝下詩文專業所造獨精常寄和弟作梅花詩卽今傳誦之積雪滿天琯樵自嘆不及數貽書索姊近稿遇淋漓寫生時出以補白芸史知之雖不欲以閨中詞翰遠暴外人亟諍而止然郡人已共傳仙姑娘才爭欲得而婦之矣父愛女切苛於相攸有年家子刺探而得僞爲樸訥也者袖詩往贄以師禮見父意其才已心屬之向之疑年少女一歲固猶離也舉止端重無佻㒓習閱其詩則又振采負聲清高深穩適齋壁新堊命之題欣然援筆卽庭中梅菊檉柏各五七言古近體分賦成詩須斯立就抱負昂然能見頭角父大喜決意

壻之媒議既成微聞其僞猶冀招至甥館刮磨使玉而不知
此子固合孟子莊子所云茅心蓬心而一之者也及女于歸
盡悉底蘊復不能治家人生產日從走狗少年遊負博進錢
知有搜括女之奩貲嫁衣向諸無賴解圍而已父雖悔之終
無如何繼且典質一空書籍碑帖亦在不免斯時之女眞有
求死不得者遂將舊作憤投諸火絕口不談韻語此中日夕
殆如李後主所云惟以淚痕洗面耳未幾壻死身後不留寸
簷無以爲家乃大歸父所事父終天而芸史亦既老矣始復
稍治舊課繼父之業設帳於家訓蒙爲衣食稅其集中句云
年來喜誦十三經深愧坤儀我未能又句底事花間聞剝啄
隔牆穉子送詩來皆當年實錄云琯樵自外得潤格頗豐亦
時郵以供姊怡怡如也鬟逆竄漳琯樵殉難芸史後數年終

於家弟子輩有成名者極力裒其存作僅若干首請於林二有太史壬序而行之距卒之年且十易寒暑矣

常參班裏說歸休都作寒暄好話頭恰似朱門歌舞地屏風偏畫白蘋州此十硯翁戲示僚友絕句較昔人林下何曾見一人之意似較含蓄而多風諭亦惟有此翁氣岸纔說得嚮又有律句云行義艱難居下位別情哀樂感中年林泉有福終能老文獻無徵要此身然則難進易退固大有道理在非漫爲負氣之比觀其全集詩詞優游涵詠使人意銷可見

十硯翁終是以香山面孔運太白精神香草艷體間近玉谿猶其餘事則即以艷體而論已開黃仲則吳蘭雪先聲大家之大宜乎無所不有

康熙進士寶應王懋竑考據之學甚精晰淹貫平生詩文非所

專長論者亦未有異議近閩侯官林香溪廣文昌彝射鷹樓詩話稱其兼長詩文爲本朝不數覯作家實不可解豈廣文別有所見耶

嘉慶間閩縣陳恭甫太史壽祺名亦甚重左海全集自以經訓爲要絳跗草堂詩瑕瑜參半終帶幾分考據習氣張亨甫孝廉至以浣花玉局比之謂可俯視竹垞此不過門弟子之私論則然其實恭甫之詩尚不敢望亨甫項背遑論乎等而上之至於唐宋之杜蘇二公

李安溪相國光地詩非所長有詠韓文公五古以詩爲語涫實簡質亦自可觀詩云吾觀近代士於古務相逾誦讀兼草草指摘又已疏有如唐韓公鄙爲詞章儒傲若齊晉大卑視滕與郲昔人亦有言湖海非雙鳧適此儒先後孰不撫其餘況

乃嚌咀淺未能去皮膚奈何坐自貴動擬昆侖渠韓公生是時胡不一攷諸玄元國之祖西方代所趨奮然并斥逐怵心人鬼無揚雄似孔子宋世猶陳鋪截取自孟氏無見乃云乎六朝淫靡甚朴學不能驅公與極其藝然後識典謨謂公流溺者亦匪公之痡尊周如其仁距墨聖者徒法施於吾人索垢曷區區親見貌位者不怪舊唐書張籍但知文漫以大賢呼李翺庶高弟開首論程朱嗚呼公之績在輔世公之學在宗經顧不必與詩人爭此一席也

蔡文勤世遠爲黃忠端道周邑後輩學者稱先後漳浦先生忠端大節比美文山古文家法亦足雄殿有明一代文勤際會清時學行純篤窮經體道籠古括今自成一家言爲當世談古文者所宗以視忠端無愧色矣二公文集之外皆有詩集

古拙木强未爲正聲今舉其尤近清雅者忠端作云原題周中丞樞至漳建祠致拜肅然直道逢昭典九原多德鄰一時同燼者終古不灰人龍馬初圖象豺狼已化塵未須舊銍令引紼到江濱文勤作云原題蕨寄藍玉霖結宇南山下蕨生不費錢脆當春菜美青入野盤鮮小雨遲舒葉東風欲放拳莫云滋味薄一熟動經年

余生於吾閩下游之僻鄉衢歌知圖紙借無書孤陋寡聞久乏合羣會友之雅而又鄉居恒少旅外恒多綜計此二十餘年中之粤之鮀江薌海濠鏡穗城者二之吳之燕之滬瀆津沽金臺者一之南洋之星洲者三以客爲家寓公自署平時信手塗抹稍有論述雖樂土風莫求鄉派心竊憾之故每於故紙堆中見有鄉先輩傳作必爲錄之以寄寤思然古作可得而讀今作非久於其地聞見日親及友朋好事之搜錄不得

也容歲編纂贅談十四卷中錄閩詩寥寥猶有賴於同郡曾渭兆舍人宗璜謝又新拔萃錫銘搜采始能獲此數者今年續輯此編仍有廣託知交向叢殘而一索耳

鄭成功小名森舍見莆田陳霨臺灣竹枝詞注又見臺灣外紀

國初遼陽劉廷璣即箸在園雜志者也贅談多採其所箸在園詩名葛莊詩鈔句如小艇正宜三尺水破帆斜受半邊風野寺無名惟欠佛空山有路漸知邨路貪稍近尋由徑橋畏新欹獨下輿滿山落日行人少一路新墳戰骨多眼前境恰爲人人欲言故鈔

嘗見人因疾痛而吸阿片烟及疾愈而烟癮已成苟欲改之疾隨癮發其害有甚於附骨之疽輾轉連綿流獘百出即不改之他日夙疾復起亦不能終恃阿片烟以去病仍須廣求藥

餌而后有濟其或病勢沉惡未死於疾先死於烟蓋精氣久耗疾乘之虐以癮而痰以痰而絕其理固有相須者余猥不戒於先及知其害悔已無及醫云曩因疾痛而吸須用漸改免慮故疾之發然且屢改屢深至今未捨半由於方藥之難求半由於烟力之盤結後患正長不知底止拙箸恒錄近人詩之痛陳阿片者所以自箴亦以使人早知其害而及早防之也近聞潘蘭史在香江廣徵此等詩欲刻贈人亦屬盛舉

鯫生於所爲詩亦十餘年於茲矣平生固陋自知氣體卑下不敢妄攀建安才力薄弱未能請事大曆長吉體物則畏其苦吟滄浪喻禪則無其玅悟獨於唐宋之間得二公焉白香山蘇玉局是也不意已有先我言者英德張春臺廣文名景陽咸豐辛酉優貢官增城學題白香山集三十六韻云少日學吟詩措詞多未

圖意之所欲白口每弗能宣自恨讀書少腹笥非便便因之肆涉獵詩句仍欠妍此果何以故想法未細研偶讀香山集其思若湧泉詞源罔或滯混混而涓涓寫景景活現言情情纏綿或爲閒適體或歸諷諭篇其旨雖各别其詩均可傳吾心豁然達一旦如流川憶公在當日聰慧本授天之無七月識六歲學詩年廿九歲登第萬口共稱賢諫草上朝右詩酒倍流連唱和得元九璧合而珠聯詩人有知已升沉何患焉所以屢仕已都無俗慮牽達才鮮窒礙餘事更通禪廣大作教主詩心半佛仙公詩所到處家誦而戶絃豈惟滿中夏海外奉拳拳雞林有相國百金換一篇似此傳流廣唐賢誰比肩三復何得此憬然悟其然公性無執拘公心少倚偏公學非僞僻公志最誠堅以此發於詩能教面面全讀書人咸悅

快覩共爭先當時學詩者務此一編專卷雖李相捲老猶裴令憐我生千載後恨未得執鞭幸得讀公詩公詩過三千每到得意處輒欲作詩箋讀書奈不多寸心徒空懸瓣香竊私淑默默悟前緣菽園謹按此詩可作白公傳贊不止論詩其論白公之詩謂非僞僻而歸於誠一語自覺道着非眞能尙友古人者未易影附而得讀東坡集云近代吟詩客多爲兩弊蒙聲調趨甜俗意義多膚庸欲掃除羣弊何莫學坡公公詩本天授下學豈追踪然得其大略便可滌塵容公詩無俗調洒脫而清雄公詩無膚意矯變而靈通落筆筆超曠下字字玲瓏成連海上音水清山復崇如來說梵偈色相總皆空所以公詩名赫如日升東不襲唐賢迹自成一大宗李杜韓白外誰敢與爭鋒潛心果三復諸弊自消融寄言學詩者愼勿甘矇聾菽園按蘇詩以杜爲骨以李爲神上揖淵明下啟好問非黃陸輩之可得而儷也白公在唐藉甚聲稱或猶有

以元劉相比者及宋蘇公一出後人乃并稱白蘇可謂千古定論矣廣文所箸名一得山房詩鈔南海李子黼長榮柳堂師友詩錄有輯一得山房詩鈔有火輪船上觀海七古一首云鰍生眼孔本不大意量每爲杯水隘忽然束筏入滄溟恍惚頭昂青天外銀濤雪浪渺無邊沐日浴月始何年泛槎空憶犯牛斗添籌幾度變桑田對此茫茫百端集胸際波瀾輒湧溢爲思巨浪破長風遂爾扁舟駕一葉我聞蜃氣結樓臺頃刻萬狀海中來何以龍堂鱗屋總無有但覺鴻濛渤澥相瀠洄又聞海上之神山亭亭鼎足峙其間胡爲圓嶠方壺皆不見毋亦虛無縹緲侈空談乃知行蹤不到處寓言十九多被誤縱云眼福我未高烟水蒼茫究無據有客爲言觀海潮空諸幻想立丹霄縱目直窺尾閭外下筆自吐胸中豪客語未終吾點首不覺

腕下龍蛇走詩成向客低聲誦賦海可比木華否滔滔汨汨是眞以行文爲樂者意境亦在香山玉局之間惟其瓣香既久無心求合於古人而自無不左右逢源中段愈質實愈活潑在咸豐時士人能説此語亦難得

侯官林薌谿孝廉嘗治訓詁考據之學所箸禮疏進呈蒙 賞廣文故其論詩於幷世治經之士闓如林暢園茂春 粤如温伊初訓 皆極許爲一代大家雖師友私稱不無過實然所以爲已重者不已至乎

詩之平衍如寳應王懋竑薌谿乃進之秀水朱竹垞陽湖洪稚存之列以不喜隨園詩之故因以及其文散文幷以及其友甌北昌言攻擊幾無完膚甚矣哉箸書人之不能無偏見固如是夫

二百年來論詩者無慮百數十家其可得而見者新城王漁洋以神韻而番禺張松廬要之以沉著錢塘袁隨園以性靈而大興翁覃谿實之以肌理神韻未必沉著沉著自有神韻性靈可槩肌理肌理未盡性靈張之於王自是返虛入渾翁之於袁終覺求深反淺

人家子弟少日讀四子書五經三傳稍長讀子史文選各大家古文以及隆萬天崇康雍乾嘉墨卷同館律賦試帖豈故爲是每下愈況哉因欲守帖括之家法自不得不爾余謂作詩之理亦何獨不然風雅頌騷爲詩之源然觀海無涯望若而歎其不能自濟於所欲至也明矣降而六朝唐宋元爲渡海之舟濟人之輿其勢亦不可以終恃於是求之於 國朝并世之家以爲之楫以爲之梁而楫之梁之者仍有事於周旋

請業之師友所以讀書之法宜由古以及今作文之法必因今而求古馴至得魚忘筌舍筏登岸則其勢既順而其力不勞不然躐等以求之有隕越而已一得以圓之有孤陋而已

詩以意爲體然非曲無以達其意則有事於曲者筆也詩以詞爲用然非清無以運其詞則有事於清者氣也廿載躭吟每讀古今名大家集尋其義理骨脈無一不從曲字來亦無一不做到清字極其有去此二字者不但無好詩亦決非詩人

林薌谿廣文所箸射鷹樓詩話意恐落前人所談風趣性靈窠臼因別求博大雄厚爲宗甚自命爲纖佻粗率者藥石也究其所蔽必至橐駝臃腫意絀於詞將有視纖佻粗率以同病者是直以類書爲詩注疏爲詩而已何足貴乎廣文常議山陽潘四農解元德輿養一齋詩話獨舉質實二字爲教未免

偏倚及至自行下筆反不脫偏倚習氣毋乃失於自鏡要知
風趣性靈詩中所有古今作者原莫能外
去冬閱上洋報刊有聊齋志目燈謎若干條頗觸夙好錄存篋
笥時資談笑繼念此類殊少專書檢其尤者凡十二則附見
於此藉不沒其巧思至作者之爲誰氏原報未登不及詳矣
○合肥爵相鈞諭　李伯言○大夫倍上士上士倍中士中
士倍下士　祿數○青眼迷離不相識　柳生○太陽高照
向杲○十里消魂路　長亭○老太太　宦娘○長生毋
恒娘○瞞藏　曹操塚○尋夢　續黃粱○筆硯精良人
生一樂用捲簾格　房文淑○以上俱打志目一　○相如完璧歸趙　保
住　連城○纏了蠶桑又插田　促織　念秧○以上俱打志目二
滬上申昌書畫室書報後幅例附名人雜著小說一二紙以醒

閲者之目如天南遯叟長洲王韜紫詮號箸淞隱漫錄高昌寒食生古越何墉桂生號箸乘龍佳話傳奇皆先載報後然后成書者也辛卯春閒加印燈謎月凡三紙至是秋始畢一時聳動好事遐邇傳覯紙爲之貴今雖事過情遷每一憶及昔年鈔錄猶有存者覺黃絹幼婦久而未陳爰爲選列以告同好之欲見而未得見者撰人舊題讔園爵里俟考○盍徹乎唐文一句一言均賦○天下無不是底父母詩經一句莫怨具慶○更有甚於畫眉者崑戲目二不第描容○生堵敖及成王焉六才一句盡在不言中○外一花名夜落金錢○學而優官名一序班○呆壻禮記一句敢問何謂成親○片言折獄四書一句由也升堂矣○秋曉崑戲目三拆字改書燒香○吏酣飲懷擻睡於海厓詩經二句是曰既醉不知其郵○吾無隱乎爾曲牌名一桂枝香○飲可八斗而醉二三詩經一句漸

漸之石○三品官詩經句一淑人君子○溫其如玉禮記句一可人也
○錦囊禮記句一詩負之○八堉詩經句一汾王之甥○三公跪左傳句一
拜夫人也○雙勸酒禮記句一左右有局○麞漢人名一賈捐之○楚
咻左傳句一齊人不能師○九九八十一尚書句一歸其有極○鯀左傳
句一寡人之雄也○秧馬尚書句一喬天馳○時維仲春至於北嶽
詩經句一如月之恒○考優成語句一逢場作戲○召入綃帳中從戶
外望之如月下聚雪聊齋志目二劉夫人白于玉○詩讞詩經句一歌
以訊之○凡有章奏雖親子弟不欲使聞左傳句一於是乎焚表
之蘗○射天易經句一乾之策○喙毛如戟春秋國名一須句○賊禿
詩經句一有鷙在梁○家乘易經句一志舍下也○山林廊廟藥名一阿
魏○煩先生不惜齒牙餘論使令弟棄劉備而事東吳六才句一
着他魚水難同○公懼墜於車疊韻下平四字驚彭生鳴○細雨無

麗瀛酒旗龍字四簾織湘帘○右共三十六則又捲簾格七
則列左方○蘇臺懷古左傳句一子西弔○甥館尚書句一來相宅○
名落孫山外易經句一中不在人○踴躍用兵詩經篇名一將仲子○
荀林父後以官為氏易經句一行中之謂也○宜于塚土藥名一陰
地厥○一杯一杯又一杯易卦象一乾三連
曩與友人賭謎底面字數不得犯重違者雖佳有罰余有句云
妙寄閒情偏有賦苦吟禁體欲無詩意蓋指此所以門角鈎
心雕肝鏤腎不如是不足以因難見巧也丙申寓詔安縣度
歲彼都人士於新歲燈節前後例有謎戲余亦不覺技癢預
先搜索惟日不足以俟及期一試居停沈君索稿往觀以為
底面無重結想較難所得自少恐不敷三日之求堅請破例
自是日得十餘則不復如前之束縛矣藹園謎語間多犯重

字者其佳處亦不可沒倘從割愛良用恝然且事有爲已所已經者愈以見他人下筆之難敢備錄之藉覽觀焉凡十二則○銅雀春深聊齋志目二 連鎖喬女○井井有條美人名二 田田柳梭○伊威在室左傳句一 遭逆妻者○名隸太常聊齋志目二 粉蜨成仙○無心卽是多心易經句一 或之者疑之也○有成德者左傳句一 教之貳也○維熊維羆左傳句一 示子之兆○謂之吳孟子六才句一 夫人只一家○伯道興嗟尚書篇名一 微子之命○走爲上着尚書句一 乃逸乃諺○舍於蠶室四書句一 不可以風○急就章植物名一 書帶草○文章有價詩經句一用捲簾格 賈用不售

乾隆番禺凌西波進士魚 觀黎忠愍畫像句遷移亦知大事去不忍報國虛無人張南山先生謂其能說出千古忠臣心事愚按同時盜都彭儀庵明經雲鴻 弔屈原句猶可忠言悟應

無亡國人不更道出千古庸主覆轍乎曩嘗卽凌彭二詩意

書黃忠端集其第一首後四句倘逢盛世原鸞鳳也遇賢主

惜羽毛誰使忠貞不能救先朝久已棄臣髦讀者皆謂沉痛

也

彭儀庵有詠介之推一題筆舌風雷如老吏斷獄九原有知當

爲氣沮今錄於下一朝賞弗及抱憤去邦國偕隱愚老親火

烈山盡赤忠孝兩無憑舉動成禍賊或疑此作持論過刻要

知傳文之首有不言祿祿亦不及七字其爰書已定於二千

年前乎試想自明

蘇州高太癡秀才翀人甚風雅性復不羈書畫詩詞具各慣家

賣文滬上近將十年屢主滬上日報筆政去年始通函訊互

寄小照藉訂神交箸有三憾贅談無力付刻聞余近輯筆記

嘗鈔其友師竹氏謎稿見遺爲錄數則此雖小道中之小者亦可見文人心思無所不有也○待字女(四書句一)未有夫子也○寡(詩經句一)人之無良○雁足(六才句一)只這脚踪兒已將心事傳○漢王初入秦丞相府諸將皆取金帛(四書句一)何獨不然○江蘇本科中式(紅樓夢人名一)吳新登○紫燕(六才句一)黃鶯作對○拜石(四書句一)敬兄○堂唱(尚書句一)歌於室○習目(聊齋志一)孫生○暗合(憲神一)陰符○壻(曲牌一)半兒○建子(尚書句一用繫鈴格)以正仲冬

林薌谿廣文所箸射鷹樓詩話偏於格律而不自知凡世之主意趣者率加微詞或且排斥隨之斯亦負氣之甚余觀其遂初樓詩鈔雖亦能用風調而清新俊逸不及莘田情深文明不及亭甫自是內其所外外其所內之弊今錄其七絕之尤細者一騎云烽火南來鼓角虛虎貔十萬遍邪墟路旁一騎

流星過可是江南報捷書水仙花云淩波無語立亭亭脫盡塵埃喚夢醒憑弔烟臯憐解珮湘雲湘月又湘靈杭州西湖云明霞娟月淡如無髣髴青溪見小姑愛汝啼妝勞夢想凝情欲向乞西湖寄柳賓叔孝廉興恩江南云閒君築室入深山白石清泉相對閒我寄愁心千斛去白雲長鎖莫教還

凡觀一人之集必知其人所擅長者何在平生所措意者何在沒其所長而強使就我評改文字尙不可率用此法況乎選錄前輩家之遺作哉苟爲道未盡戾古則所詣亦自成家寬以求之而其人之眞出矣鄉溪廣文遂初樓詩鈔風雨上石竹山云裂碉風霆走泉聲挾杳冥鐘飛江樹黑潮落海門青亂石爭孤嶂空烟蕩萬屏倚天拂長劍回首白雲停下黯淡灘云蕭蕭舴艋挾風驕銀漢西傾起怒潮白馬飛濤千澗走

黑雲捲地萬山搖聲高爭擊馮夷鼓日午聽吹伍子簫半壁危峰一飛櫓猶疑風雨百靈朝凡此者皆廣文之眞也其自許能學杜韓在此而實杜韓之大何嘗無此杜韓之細又何嘗止此

吾人爲學師友沾溉之功自不可少通都大邑世家子弟稍具中資苟知自奮便能自見較諸偏隅寒族及身崛起無所憑藉必俟能自得師而後自立其一因一創之間難易相去何啻天壤即如吾閩近代詩人之傑斷推黃莘田張亨甫二先生其所居之永福建寧本非都會通途況一則起家於農一則起家於賈尤爲世所難得

說者恆謂草澤多英雄予謂終其身於草澤閒則人究何從知其爲英雄英雄者不以草澤囿者也向使黃張一

於通都不觀乎京師不交乎天下則其名不著而其學亦未能相與以有成是故英雄可不爲名計願安於草澤然一爲學計亦自不得不去而草澤而思遍識天世之所謂英雄若黃張者固詩中之英雄也

張亭甫先生奇情壯氣一如其詩素負國士之目屢上公車晚歷南北遊迹所至傾倒流輩不獨當日同學諸君所願退舍避之已也而同學中最爲心折者閩縣劉炯甫徵君存仁至欲以師禮奉之次則侯官林薌谿廣文薌谿有時名自負詩學不輕許可獨於先生隻句單詞必加矜重平生瓣香所在亦略可見先生咏夕陽云落葉棲鴉秋有迹空山流水古無人薌谿云遠浦雲歸天欲暝空山花落水無心先生咏砧聲云萬里塞垣霜重後千家樓閣月明中薌谿云千聲哀杵霜

凝指萬里明河星在天先生咏秋雁云衡嶽七十（平聲）峰夜月洞庭八百里蘆花鄭谿云湘浦蘆花千尺水衡陽月色萬家樓且盡襲其詞意矣

人家萬樹秋風裏估客千帆夕照邊亭甫登釣龍臺句鄭谿用之延平懷古則爲萬槳樓船飛古渡千家燈火枕孤城也何渠不若漢乃至兩家全集所在人究得而伯仲之則内外大小之分有不可誣乎

鄭谿能麗而不能沉亭甫能沉而又能麗亭甫骨樹乎肉故剛鄭谿肉勝其骨故泡

射鷹樓詩話而外余復見有海天琴思錄殘本數卷標舉詩旨多有發揮蓋鄭谿後時之作兩集取而參觀頗足以自正其失者若其中所爲有爲之言負氣之論又不可不分别觀之

也

林氏雖侯官望族鄭谿廣文乃以孤兒崛起幼日母吳太安人督課甚力宗老或賈於外爲言乃兄謀挾俱去母初爭之不勝憤而自投井中衆爲大駭亟援之起而共貲廣文卒業及遊京師繪一燈課讀圖述德賢母之名且嘖嘖當世云

獨立山人有獨立圖海内通人題詠殆遍山人擬付之梓以廣其傳書來請曰萩園與飛聲交深獨可無一言乎余聞言不知所出因贅一詩云一覽皆邱垤蒼茫首自搔名場躪李杜詩國失劉曹天地忽然小風雲欲放豪等身來箸述未許讓君高山人得詩甚喜至命令嗣編入家乘

山人又有海外歸槎圖卷爲光緒庚寅柏林歸舟時作余亦題七律一首云持竿儘拂珊瑚樹舉足誰翻鸚鵡洲輸與詩人

成浪迹竟從大地轉圓球雄心攜劍誅蛟蜃山人一字劍士堂名說劍四十後更號老劍艷遇占星犯牛斗指蝶渡聽琴事生面如今開一代果然天外得歸舟闖山人已刻入同人集矣

婦人褊心護女虐媳千家一轍　國初南海梁芝五太史佩蘭仿禽言云姑惡姑惡新婦不得姑樂姑惡猶可小姑誘我凡他人百十言所不能了者只以一語了之愈見當局難處聲隨淚竭之狀此正傳神妙筆非漫爲含蓄也

又一章云瘦兒瘦兒汝豈無父汝緊伶俜而父不顧汝父不知他人知之純從背面傅粉而精神已十分透露風雅遺音此其嗣響宜六瑩堂樂府名重當日矣集中七古長篇神理音節皆導源樂府揮抒襟靈如養馬行採茶歌等作儘見其流傳不廢者

丙申余來星坡蒙內地流寓諸君子委校文藝繼左黃二領事會賢、圖南社後創興麗澤一社以便講習無論詩古文辭時文試帖策論雜體皆可分課各自成卷仿粵東學海堂例也凡期月而一課之冀可蟬聯不輟余初頗難其成竊意南荒僻陋島嶼林立流寓文士散而不聚聲氣難通土著人材童則失於正蒙壯且溺於貨利求有一二心通其意思能洽我同源嚮我宗教者已戛戛難之況求其干城我金蘭我耶而諸君子文與正豪堅持必行之說乃以季秋舉辦初課一時聞風奔輳得卷千四百有奇揭曉流寓十之九土著十之一亦云盛矣嗣是有增無降丹黃雨下猶難日給始議爲閒月一課或季以爲期其冬余奉　生慈楊太君命扶　先大夫勤植公靈輀歸葬澄鄉得以伏處敝廬重編贅譚之所未竟而星

坡社子依然在遠不遺郵筒絡繹源源來也丁酉六月重履
星坡同人謀加擴充以通其勢命名曰樂羣文社專重實學
砥礪有功庶求所以日進有德者其規模視昔爲加廣矣然
無所憑藉無所師承議論龐肆弊將有視帖括空言而更甚
亦吾人之羞而斯道之不靈也因是而暫輟其役以併力於
經史正課雖敢逕之較迂毋速成以不達耳其麗澤社課藝
初編今方校畢未刻若樂羣等刻尤當俟諸異日
黄莘田先生一世秋蘭怨公子頻年春艸送王孫二語包含無
盡極纏綿極藴藉在無題詩中端推此種爲上乘
後身還去作浮萍莘田先生楊花絶句結七字也盡而不盡意
在言外當時以此得名人呼黄楊花余按秋蘭春艸一聯亦
是千古名句先生所箸本有秋江香艸二集倘援楊花之例

卽尊以秋蘭之號固未爲不可耳
謝宣城澄江淨如練五字千古得名前明王文成公過歙某地
亦有澄潭淨如練句五字中只易一字耳居人競傳公作至
名其地曰練潭此則以人重而不關乎句矣
射鷹樓詩話卷二十一有云　國朝六家詩以查初白趙秋谷
配朱王施宋甚爲不倫吾無取焉愚按鄉谿訾人不倫而不
知已實不倫耳其平日心目中震懾於三唐已久而又爲三
禮注疏所囿見凡議論之文先已疑爲宋派而薄之復不耐
細心體會卽强就之而其神不入毋怪熟視焉若無覩矣朱
宋查趙異貌同姸合綿邈於尺素吐滂礴乎寸心流連景光
因物付物詩所以淸新而不窮也豈若飽飣浮藻先文後意
者爲哉謂查趙之與朱王施宋爲隱分二派則可謂其不當

倫於朱王施宋則不可其所不倫又無明言僅以無取二字
作大言欺人誰肯受嚇
吾人下筆當行氣不當行文當用意不當用格林薌谿能知之
而不能爲也故其詩多如時下八股犯有合掌
蘇小墳遠岳王墓英雄兒女各千秋隨園詩話明載爲趙甌北
先生句射鷹樓詩話必欲硬坐爲隨園已作薌谿之意無非
好訾隨園苦患無辭耳原句本無疵累薌谿乃以蘇小與岳
王并詠謂爲不倫不知仁義芻豢義各有取墓可并詠何不
可并況有英雄兒女四字爲之鐵板注脚耶薌溪又歷引徐
凝王禹偁詩以蘇小冢西湖而葬嘉興朱竹垞先生嘗是之
隨園此作偏欲襲謬此等學究考據直與不解詩理者同其
見識殊覺令人難耐豈薌谿眞不聞西湖湖上有蘇小墓耶

又言錢塘梁公紹壬兩般秋雨盦隨筆謂竹垞欲奪錢塘蘇
小墓爲在嘉興語屬無謂而梁君徒爲一死妓爭朽骨其志
亦昏矣云云正在說詩忽講理學想齊宣顧左右而言他亦
無此離奇入幻雖有辨才將何置喙
德清俞蔭甫太史樾僑寓白下榜門曲園因以自號享盛名近
將卅年中興名臣咸加敬禮堂名春在取題全集考據詞章
一手所成幾四百卷輓近箸作家罕及其富主淛中講席爲
久家鄉後輩咸向化焉東海諸國尤貴其集郵請耆錄甚或
踵門留而受業書法古勒隸篆獨佳晨鈔暝寫劬學不倦所
輯筆記多未見書性喜詼諧俳體廋詞亦闢全力迹其一生
得林泉趣盛山水緣食文字報有家庭樂歷官未久暇日偏
多與昔之隨園正類而君自待容有不屑葢一則跅弛之才

一則曠達之志而且遭時昇平與歷世憂患均微有不同故處之不能無異若論所詣駢散文字君似不及隨園訓詁小學隨園又不似君至君詩學瓣香香山汎濫兩宋每一語出恰如人意欲言當引隨園爲同心亦隨園所宜推畏友乃不及隨園當日詩名之彰不過箸述太多或流平易且有爲巳之考據掩耳余嘗讀春在堂詩編至其警作未嘗不歎爲隨園猶在其卷一中有讀經偶得詩五首今錄四作　禮非自天降乃自人情生近情非其至此語使我驚及讀曲禮篇而識禮之宏共飯手毋澤並坐肱毋橫爲主毋叱狗爲客毋絮羹入戶視必下登堂揚其聲大哉聖人禮一一如人情惟其如人情萬世莫之異瑣屑諸儀文已作芻狗棄乃知不近情轉非禮之至　六經皆可註不可註者詩詩人化爲土千古

存其辭其辭雖可讀其義不可思卽如谷風篇云是棄婦爲而婦見棄故孔子不必知今欲求其解豈可空言治涇渭何所指方舟何所施必其家庭事瑣屑皆得之而後此詩義明白無所疑不然詩雖存詩義終支離　論語首學而其教先自治繼之以爲政而後論所施孟子則不然所重在救時知言與養氣姑弗遽及斯先載齊與梁兩君問答詞其於本末間似乎倒置之尼山與鄒嶧同爲萬世師何敢妄擬議願爲深長思　孟子游齊梁初不言井田及遇滕世子始以此告焉故知井田者一壞不復全齊梁兩大國壤地逾數千豈能細擘畫使如三代前滕則蕞爾國小若彈丸圜地近制易及入少法易傳姑爲小試之聊使根本堅介於齊楚間或可旦夕延要其論王政豈在此㚇㚇後世大一統地盡垓與埏而

去聖人世則又千百年張子雖大儒未若孟子賢乃謂治天下必以此爲先世雖不吾信吾志終弗遷行當與學者共買地一阡晝之使爲井八家相鉤連家塾夜橫經鄉飲朝開筵使知古可復所苦惟無權吾昔讀至此未敢信其言一鄉與天下相去猶天淵不見王荆公新法手自編施之於鄞縣鄞縣稱其便施之於天下天下攻其偏語語見道引人入勝卽隨園集中亦僅見也

五百石洞天揮麈卷之貳終　觀天演齋校本

五百石洞天

揮麈錄三四

清泉符篆爲

星洲寓公署檢

閩漳邱氏

刻於粵垣

五百石洞天揮麈卷之三　　萩園子部之二

海澄　邱煒萲　菽園

不到京師不知天下人才之大不到京師不知天下人才之少此言也爲宿學晚達者言也余因推論夫詩不多讀書不知古人成名之難不多讀書不知古人成名之易陽湖趙甌北先生云先出世來佔好句

宋子熙名紹濂番禺布衣歿後友收其稾有詠白蓮句云香藏世界無塵刼夢墮清涼有月知體物之工不媿唐人又謫仙名字香山姓七字可謂未經人道

徑荒狐拜月窗暗鬼吹燈福山鹿木公林松句侯官林薌谿昌彝喜誦之其大夢山古塚云山鬼暗嘯風野狐私拜月又政和左齋夜坐云落日靑楓嘯山鬼蔓烟白草泣封狐皆從此

二句套出陰森可怕

南海李子虎廣文（長榮）輯柳堂師友詩錄搜羅頗廣近五十年來時賢略見一斑而尤以兩粵之作爲多葢是錄之意重在師友以人存詩不盡以詩存人也師友之外遇有閨閤緇流海外亦據耳目所及附載一二各類皆隨輯隨刊編次未定而廣文已前卒矣玆由潘蘭史典簿寄到其姑素蘭孺人詩稾鈔本一冊前有小傳數行爲廣文手筆素經鑑定而未刊錄者也謹依原文爲之刋入五百石洞天揮麈以傳孺人至孺人來稿則節其尤雅者載之各綴評語於後餘不盡錄省篇幅也李子虎廣文撰傳潘麗嫻字素蘭又字勵閒仁和施華豐貳尹（恩榮）配番禺潘鴻軒文學女敕封孺人孺人少承家學博覽羣書孝親愛弟至性尤篤所爲詩詞兼法唐宋間

作花卉能仿惲陳吾粵女史以三絕稱者推吳荷屋中丞女小荷恭人今孺人畫或少遜恭人而詩之雄健蒼涼詞之清超宛轉又非恭人所能及者嗟夫不特裁紅剪翠桐陰潘氏藏書處曰梧桐庭院生湘管之花尤憐飲蘗茹冰蘭館著柏舟之節孺人年十九而寡例旌節孝有崇蘭館稿至潘素蘭孺人詩略其羅浮雜詠二首飛雲頂云絕頂忽憑眺能觀天外天振袂度鐵橋躡足皆雲烟夜半雞一鳴旭日海底然舉首排閶闔恐驚帝坐前鳳凰谷作云靈山孕文鳥云在三峰裏翡翠導我前去天不盈咫惟餘五色雲桃花逐流水更騎蝴蝶來探取鳳凰子空靈矯變恰似神山縹緲倘若呆填故實便不成話頭其示蘭史內姪云風雅流傳到楚辭離將忠孝本無詩少陵太白篇篇在那有徒唫月露詞足跡平生不出戶襟懷眼孔詎能開試

看蜀道夔州句多少江山借助來持論雖本前人然閭閻中實能知此者吾見亦罕其和人詠古二首金陵云杜鵑啼處百花殘廢苑螢飛草尚寒六代山河餘浩刼南朝帝子總偏安故陵石馬埋荒棘大道朱樓繞畫闌留得秦淮舊時水不禁流恨夜漫漫杭州云南渡偏安此建都豈眞明聖瑞西湖趙家土地錢家索吳國山川越國圖何似橋平終姓段尚餘隄古好名蘇岳墳胥廟千秋恨一琖寒泉薦得無番禺潘氏詩略大抵清雄雅健者爲多此雖出自閨中脂粉柔靡擺脫殆盡家學淵源信不誣也其越王臺懷古云身定百粵千萬里未肯閉門作天子寶橐千金贈使歸朝臺百尺臨江起西望長安稽首來想見天威顏咫尺祖龍昔日殂沙邱揭竿奮起皆王侯斬蛇未定興王業逐鹿聊同霸主謀誰知骨相輸

劉季昧死再拜甘投地高后雖嚴使節通代王又見禇衣賜從此蠻夷大長尊子孫永享百年利君不見六國紛紛捷足爭果然王氣屬西京予弟八千憐項羽英雄五百殉田橫何如臣節安南服桂蠹生翠遙輸誠惜哉貽謀未盡善黃屋左纛仍抗衡片語暫爲陸賈屈數傳遂動楊僕兵石門拒險誠反覆可憐孤趙一塊肉歸期已遜竇安豐納土尚輸錢武肅回首此臺應黯然姑蘇眼見遊麋鹿一例興亡趙復劉尉佗霸業獨千秋郊臺寂寞無人問獨自題詩在上頭長古雖只一首一種清雄之氣自不可沒菽園贅談所錄女子詩頗夥求與頡頏者意蓋難之比諸隨園集之席佩蘭道華則亦庶乎其可也

臺陽邱工部逢甲字仙根一字仲閼奇士也幼時讀書里鄉出

言輒驚耆宿及補博士弟子員大中丞見其文器之許爲王景略陳同甫一流人物招致幕府倚如左右手遇事諮商意輒下之君感知己恩益復自奮不數年連捷鄉會榜臺歸版圖凡二百有餘歲其得甲科實自君始君常慨括帖之無用輙復棄去留心經濟學及天下山川扼塞形勝意攬轡澄清大丈夫固不可一日無此念也甲午日高事起海氛告警丁汝昌所領舟師以其衆潰沿海防務無可爲力臺陽孤懸海上逼近琉球礦產之饒甲於内地日之蓄意久欲以全力爭此土居民戒嚴夜凡數驚君先事預防請於中丞號召鄉里願同敵愾日與屠沽者遊則陰識其魁桀備有事時爲朝廷効命繼聞馬關和議有　旨棄臺慷慨激昂不知所出此一役也事雖未成而義聲震於天地海内志士無不知有邱逢

甲其人者君亦以死自誓冀或有濟而不意中丞所統淮軍首先告變臺北陷後關要俱失餉絕援窮舊時子弟漸漸散去大局遂不可收拾也乃亡命走江湖至潮陽潮人迎主韓山書院非其志也居鬱鬱不自得恒託詩詞以見意蒼涼悲壯如秋杵暮笳令人隱然起身世之感或沈痛至不可卒讀或有笑其迂者則謝曰子誠知余然余誠迂竊願得一迂者以爲之友子能爲我先乎或無以應也余與君素未通由今春有潮州人至自汕頭者忽以君書見貽幷七律三章具言相慕之素自顧何以得君而先施如是其切毋亦文字流傳性情之相感者然耶則君不獨人奇行奇而且得乎性情之眞者宜余以來書示潘蘭史蘭史報云吾見此人直欲下拜矣余無以易蘭史之說因從潮人口中刺探其梗概如右以

誌欽佩

仙根工部來書略云聞韓杜大名久矣海天迢遞晤覿爲艱悵何如之閣下以亮特之天才丁時事之日棘直從海上開闢一詩世界借遺豪情此樂何極吾宗爲九族開閩之一唐宋以來英傑間出及今則當以閣下首屈矣小九州外高築詩壇恨不執牛耳而相從也逢甲志大才疏荏苒壯年百無一遂臺島義軍散後擕家百口間關閩粤僑寓於潮今年遂主韓山講席數年來戎馬風塵再作此經生面孔高踞皋比心殊厭之兼以時局日廹明歲遂思爲出洋之計考彼政要爲我張本閣下其許我否方今中國人才不能以海内限南洋各島當大有人計閣下必盡收之夾袋幸爲一道姓名也鄙什坿呈吟席聊博一粲原贈三律云韓蘇筆力不到處石破

天驚自箸書未悔居彝從鳳鳥眞看橫海掣鯨魚河山烟點
齊州外文字雷屯草昧初聞說雞林爭購集百蠻齊拜孝廉
車翠焌珠香侍舞筵七州洋外闢詩天華燈夜敞紅雲宴吟
鉢朝飛白雪篇胸次難消兵十萬眼中同醉客三千高歌自
抱神州感漫作尋常俠少年中原有客正悲歌事去曾揮指
日戈誰解聞鼙思將帥誓將傾賛障江河詩篇涕淚唐天寶
夢寐賢良漢特科遙寄尺書滄海曲古來義士島人多余答以四
律截少游草中今附見於後其第一平生快良朋意氣深高
談九州小結想暮雲陰海水忽然立天風如可尋南溟有鴻
雁長使淚沾襟其且擱當年事而今事更嗥江湖名士賤天
地酒人豪誰是稱知己逢君合贈刀朔風關外勁慷慨賦同
袍其尚以詩名市頭顱鏡裡驚不堪荒服外猶自滯歸程採
訪存民俗知交惜死生哀然三尺錄覆瓿若為情嗔同一蒼
黃路君南我更南名隨詩卷舊頭沒酒杯酣此意
無人識浮生用自慚神交原有道珍重尺書譚
古諺謠一體理足者能之此中着不得些子勉強氣益純近天

鏑矣番禺張南山松廬詩鈔喜以文言道俗五七言間多安雅者尤莫妙以古諺謠出之如所爲太平歌云人皆有情天下太平長短歌云我手十指有長有短如何使人要我意滿衆寡歌云兵不在衆在乎用命共胆同心寡可制勝去日行云百年三萬六千日今日忽忽又去一皆脱口而出適如人意者也侯官林薌谿射鷹樓詩話亟加稱引而其遂初樓詩鈔亦載是體如饑寒謠云勿笑人饑爾飽不知勿笑人寒爾無心肝用兵謠云百人敢死敵人折千人敢死敵人滅民心謠云民心趨義天下大治民心趨利菑害並至余謂當不歉南山也

甲午日高事起南北洋大臣紛紛募勇廷臣日請開缺皆以終養爲名或爲顛倒古語曰世亂識孝子家貧出忠臣及師徒

敗衂風傳未事時有某營務向外國專購舊式廢槍報銷巨款以致平壞遇敵無可抵禦而統師大員衞汝貴輩復以剋扣軍糧懈散士心事後雖奉　旨嚴譴各正其罪而已無及矣或又爲之語曰文臣要財不要命武臣要命又要財

閩粵下游接壤鄉僻陋俗大略從同種種流弊非號令條教所可化曩讀吾鄉先正陳北溪集有勸漳屬戒鬭戒奢文知民習澆薄自宋已然亦越數百年而不能革以今觀之且加厲焉宜有心人引爲大戚江西上饒郭閬仙明經光猷留有餘齋詩集有潮風之作大聲疾呼和盤託出不知此輩讀之亦嘗有動於中否謹依原文十首而序列之

罌粟瘴　歎鴉片也原注向由英商販運本取罌粟花脂熬膏而成近日內地亦有種以射利者流毒日廣有識者目爲罌粟瘴是可歎也

黃茅青草皆致恙最毒莫如罌粟瘴罌粟瘴鎗一竿

銀燈拖出燒烟盤眠床跂脚肆嘘吸口中氤氲氣如蘭氣如蘭君勿喜熱火攻心爍精髓君不見粤中斷送多少人面目焦黄形類鬼雙肩膊聳成山峰兩眸淚落流鉛水縱教殘喘幸苟延形雖未亡神已死嬰藥瘴毒如此

宰白鴨　憫頂兇也原注潮俗殺人眞犯輒匿不出而被誣者又怯怯不自申理率買無業愚民送官頂替貪利者羅法網焉名曰宰白鴨是可憫也

白刃如霜初出匣市上爭看宰白鴨宰白鴨鴨何辜青天在前不敢呼得錢賣命代人死安冀剖腹可藏珠珠可藏腹安在張姓冠將李姓戴法場白日應晝晦冤魂化作大鳥歸縱有香燈恐不愛原注頂兇者所得身價謂之香燈錢君不見漢朝楊寶救黄雀後嗣三公傳奕代寄語當世理刑官爰書反覆須至再宰白鴨休憒憒

螟蛉子　斥亂宗也原注潮俗人家以丁多爲强乞養他人子非獨單門爲然其有貌爲鞠養包藏禍心者更多故究異姓亂宗顯有功令是宜斥也

不詠螽

斯與麟趾房中愛養螟蛉子螟蛉子誰家兒恩斯勤斯育憫斯不用慈烏生八九居然玉樹森青枝森青枝非玉樹登山不爲虎狼懼入海能觸蛟龍怒家中橫列子弟兵鄉曲何人敢牴牾一朝反噬可心寒豈有鴟鴞能反哺君不見養子爭產每破家引狼入室何不悟一盂麥飯祭清明幾曾掃到他人墓螟蛉子眞自悞

買輸服　哀被誣也原注潮俗非命死者其家每置兇徒於不問輒指告懦而富者爲索錢計慾壑既滿大讐亦忘否則剔蹋不已出錢者名曰買輸服弱肉強食傾家有之爲問司讞而保富者誰職是可哀也

貧者歡笑富者哭異哉出錢買輸服買輸服果何因曾參自信不殺人人本甲殺乃誣乙總緣乙富甲家貧甲家貧乙受累無辜牽連對法吏縣官開釋不足憑朝下判牒夕翻異人頭洋錢出纍纍無底慾壑始一遂果然身價值千金已死猶能獲重利君不見農家五穀歲一登銖

積寸累家業增一旦弱肉肆強食控訴無路但撫膺買輸服宜痛懲

阿官崽　諷冶遊也原注潮俗富家子弟習于浮薄好弄闊靡毫不爲怪土人目之爲阿官崽俗以物之小者曰崽阿官者少不更事之謂是可諷也

風貌翩翩富文采豪華共羨阿官崽阿官崽愛冶遊朝尋五陵客暮宿六篷舟一言偶合稱知己拉上城南賣酒之高樓上高樓醉絲竹琵琶箏笛相追逐左擁阿珠右阿玉原注土妓多以珠玉命名盡日號呶苦不足急喚事頭燒蠟燭原注粵俗名肆主曰事頭弄姿更搔首香串鼻烟常在手檳榔先進茗飲後大土鴉片不離口但知行樂須及時豈信少年原不久君不見前度蓮花似六郎瞬息顏容成老醜況值牀頭金盡時當年意氣夫何有阿官崽可知否

翻金罐　戒遷葬也原注潮俗溺於風水妄思趨避吉凶既葬其親復出諸土火之兵之瘞骨以罌名曰金罐易其處曰翻甚有屢遷而卒暴露者是宜戒也

婦子侏僑語夜半明朝隴上翻

金罐翻金罐墳未乾首領入土保尙難祖宗骸骨忍發掘行
路見者心皆酸心皆酸沿不改乃祖乃父有何罪斲棺不足
更焚如天理人心究安在但求吉壤蔭兒孫豈爲幽宫更爽
塏若使律科不孝條立決應教時不待君不見負土成墳烏
代喞烏傷立縣傳千載顔烏稱孝彼何人若輩之罪應葅醢
翻金罐能無悔　打怨家　懲械鬬也原注潮俗强悍負氣輕生小不相能動輒鬬殺名曰打怨家非條教所禁口舌所諭勢已積重寬猛則權輕威則允濟區區補救胡爲乎是宜如何懲也　洶
洶如沸聲喧嘩一鬨紛然打怨家打怨家怨莫釋左袒右袒
勢辟易可憐折脅更衝喉大半洞胷復達腹南方竟成北方
强死而不厭衽金革衽金革風氣剛昌黎德化在潮陽天水
先生教澤長嗟爾蚩蚩之氓胡爲自相戕官兵搜捕窮藪澤
各鳥獸散皆遠颺焚廬毁室出下策第恐失火池魚殃君不

見江南徐州古豐縣朱陳一村成姻眷子孫奕葉無鬬爭女織男耕日歡忭打怨家何曾見

速弔放　惡擄贖也原注潮俗不逞之徒每結黨擄人關禁索賄甚有凌虐至斃者被害訴牒必籲曰速弔放以人爲貨甚于盜賊是可惡也而能惡之者誰

某村擄人命將喪籲官出差速弔放速弔放夫如何也縛手用麻索鉗足加木鵝原注擄人者每以堅木鑿兩穴鉗其足名爲木鵝　願解倒懸拯水火好救窮鳥出網羅出網羅遣阿總原注潮俗稱皁役曰阿總　阿總得錢歸詭稱弔不動可憐良善好兒郎身教摧挫形臃腫家人無奈出金贖猶道放回恩義重兒徒得意肆橫行不耕而食貲坐擁君不見煌煌國法炳日星自古亂階職拳勇白晝刼掠殺無赦豈止嚴刑加梏拳速弔放鋤非種

女兒布　傷乖離也原注潮俗嫁女以葛布辦妝稱家多寡其極精細者名女兒布所以遺藁砧者婚姻道喪夫婦相棄布乎布乎非以結綢繆者乎是可傷也

綃似春冰縠似霧不及棉陽女兒

布女兒布成何艱葛之覃兮采于山摻手澡絲雪皎皎中谷黃鳥聲緜蠻聲緜蠻辛苦織龍梭入手嬌無力一匹催成賽蟬翼與郎裁為稱體衣願結綢繆無終極豈知頓成脫輻占反以為讐不為德故人織素新織縑空采蘼蕪淚沾臆君不見漢朝王章未達時牛衣坐擁相對泣宋宏不棄糟糠婦千古鬚眉賴生色女兒布須珍惜

打花會　儆賭博也　原注潮俗賭風莫甚于花會厲禁雖嚴旋革旋復蓋誘以厚利趨之者多往往敗家喪身曾莫之悔是宜儆也

薰心利慾眞無賴終日癡迷打花會打花會人人貪衣裳典盡心亦甘愚人總是狙公術何論朝暮四與三朝得三暮仍四三十七門翻覆至遊魚上釣入釜鬵只為饞口貪香餌試看花會打終年若箇有錢盈篋笥可憐乞夢更求神僕僕乃為鬼所戲君不見廠中罔利諸姦民鮮衣美食奉養備若使金錢都

贈人蜀道銅山恐不繼打花會實無味　按此雖爲潮州說
法凡閩中下游陋俗相同處易地以觀方知其言之眞切此
等文字不可以尋常歌行之法繩之
又錢塘戴文節公熙訪粵集亦有數題臚陳末俗　哀癡兒
憫寃也　東家富兒狗食肉西家貧兒人啜粥富兒一朝怒
殺人縣官急捕驚四鄰貧兒不願生富兒不願死不如鬻身
代爾死白鏹觥觥媚妻子上堂對簿氣象豪行歌一曲來市
曹貪夫殉財古亦有似爾性命眞如毛吁嗟乎城南枯骸寒
無槨寡婦嫁人孤兒哭　哀瘵人　痛溺也　熬花作膏膏
有毒裝以陶坯吸以竹精氣耗盡臟腑腐漸剝爾肌銷爾肉
安用肉安用肌髑髏之樂世人那得知謂醉非醉夢非夢奄
奄待斃其樂不可支可以渴此愛最難割可以饑此道最難

離昨聞南鄉誅死北鄉械今日飽餮明日戒　哀游民　戒黨也　豐衣足食百無爲結盟拜會相追隨古今豪傑惟有我安識黃巾與赤眉父子不相能兄弟不相友惟我盟會不可負一朝官捕走四方東有肥羊西有酒嗚呼不言盟不言會豈有良民官肯害　哀貪夫　懲倖也　市井渠魁創奇術借事作鬮詭難詰人各出錢寄巨室託以幻名載之簿一朝發覆消息疾負者千人勝者一鼓吹過衢路主人送泉布借問送者誰乎是主人親與故吁嗟乎貪夫終不悟　右詩作於道光間故第二題云爾今則無處不種無處不吸第四題且奉部咨設廠收餉矣時會遷流又曷能淑耶

去年南海周麗生明府有基自福州宦所購得閩刻武英殿聚珍版書一床郵寄見貽春間又得嘉道咸同四朝詩人殘帙

凡數十種相餉其中作者姓氏多余未見數月來暇稍繙閲可傳之作亦復不少專集難傳斯其信矣夫以明府之留心風雅固大異乎風塵俗吏之爲而能使余與卷中諸君無意相逢於塵霾灰積之間當亦古人所謂許而今人之弗諼者耶此外番禺潘蘭史典簿聞余選詩亦各有贈貽皆其鄉耆舊也兩君風義在遠不遺實深感佩

隨園詩話亟稱高文良公味穌堂集黄莘田香草齋集不啻自其口出　國初大老雖以王漁洋之盛名鼎鼎猶不能無微詞而顧低首下意於高黄二公黄詩余嘗具錄世亦多有傳本高公名其倬號種筠漢軍人康熙進士嘗官閩督奏移興泉永道出駐廈門繼調江督復以滇黔桂羣苗反側奏　命總督三省平之内調大司農終謚文良勳業之隆世有述焉論者謂其人淵深凝重余觀其詩則誠沉博絶麗兼人之量

自是可貴句如夢回仍遠塞月好是殊方詩外更無餘事業酒邊時作小淹留皆情韻不匱含毫邈然雖學子文人終身苦吟百未能一到此境界況乎日昃不遑王事靡盬者耶無怪隨園老人之傾倒至再

國初番禺王蒲衣隼選同時鄉人梁佩蘭屈大均陳恭尹詩爲嶺南三大家當時可爲遠識然於三字題名之外里居氏號仕履行誼皆不一考頗于後之論世知人者有憾近年南海陳氏翻刻此集亦并不爲補載則誠沿襲爲疏矣

順德陳元孝恭尹自號羅浮布衣所著獨漉堂詩集驂驔翁山超乘芝五各體之中尤以七律爲冠五七古工力悉敵尤推傑作其七古有日本刀歌云白日所出金鐵流鐵之性剛金性柔鑄爲寶刀能屈伸屈以防身伸殺人星流電激光離合

日華四射曈曈淫陰風夜半刮面來百萬啼魂鞘中泣中原
歲歲飛白羽世人見刀皆不顧爲恩爲怨知是誰寶刀何罪
逢君怒爲君晝盛威與儀爲君夜伏魍與魎水中有蛟貫其
頤山中有虎抉其皮以殺止殺天下仁寶刀所願從聖人至
梁太史六瑩堂集亦同是題七古一首間嘗比論其胸襟氣
槩弗如遠甚
德清俞蔭甫太史樾湖樓筆談云文選一書體例實多可議如
賦詩宜以時代爲次乃多標目反致未安既特立耕籍之目
而所錄止潘安仁籍田賦一首特立論文之目而所錄止陸
士衡文賦一首夫耕籍即潘賦之正名論文乃陸賦之本意
題前立題猶屋上架屋矣又如風月雪賦謂之物色義既不
通而秋興一賦又非其倫也愚讀至此乃題一絶曰箸書容

易選書雖見解還求義例安莫說標題原偶爾後人要作類

函看·

浙江錢塘袁簡齋先生枚　隨園全集及身而傳風行海內外久

而彌顯毀之者則復極口排詆不遺餘力下士雙瞳如豆案

頭十三經尚未卒業何有集部大觀耳食斯傳羣相詫告以

爲隨園蔑棄儒先乖僻悖道詩文卑陋亦無足觀少年子弟

一閱是集必將壞其心術日趨浮薄雖拉襍摧燒之可也且

同治間湘鄉曾文正公嘗擬首先條奏銷燬其版云云余聞

之駭愕殊甚疑其語有因爰考文正全集都無是論且加推

許想必別家有爲是言而傳者謬以文正當之也謹按先生

爲人天懷浩蕩不飾細行有東漢陳太邱風身值承平處金

陵殷富之區磊落使才猖狂肆志所在不免平日於嫌疑二

字自信太過便看得輕此是其純乎天趣處而所以召謗亦在此然其踐履眞摯不假外爲骨肉友朋之間可感可欽可歌可泣豈浮薄者所能僞託余非有愛于先生惟讀其文知其人而并論其世有以見此等謬悠之談爲不足辨者至其全集詩文百世而下宜有定論目爲卑陋微特先生不受卽讀先生之文亦不能忍與須臾也并按先生全集自謂所箸新齊諧體例精審可繼唐人小說不知意理無主詞氣枯竭是生平最無聊賴之作然且無離經畔道實據以瑣敘唐宮爲褻耶楊用修雜事秘辛伶子于飛燕外傳有然以非薄韓周程朱張爲不恭耶意蓋崇尙周秦以來百家尋源周孔也例在小說故以游戲出之若箸語錄經世等文字必且直筆加判毫無恕詞恐所薄尙不止此觀其文集尺牘所載者可

見也夫文以載道亦以明道道備周孔若大路然非必同乎韓周程朱張者爲是而異乎韓周程朱張者爲非各有是非斷至周孔而已文集論政之文通達政體言道於儒先互有出入究不謬於聖人又多金石碑誌　國初名人賴以傳信是極有關係文字惟用筆好馳騁放縱未堅未厚雖經別裁分編外集尺牘宜刪者尚多外集騈文寓奇於偶魄力沉雄同時山陰胡稚威先生天游差可抗手後有來者莫能相尚爲全集第一種文字且是大家非名家名家可分章摹倣大家非神與之合自然流露不能强肖尺牘近雜凡遇諷刺筆鋒太露頗傷雅道倘刺取其中名理有得者與牘外餘言合爲一編斯可矣詩話亦然續詩話尤甚當日名重一代就正者多先生亦不無討好之意以此作爲應酬計自不暇擇非

本意也論詩偏主性靈先輩如王漁洋同時如厲樊榭皆被排斥廣大教主之名似恐未當所與標榜之趙蔣自問何如王厲又復美惡兼收仙凡并列授人以間身後之名宜爲王厲之徒攻訐狼籍要其立言淺近適如人人意境爲詩教開一方便法門引人入勝不可廢也詩集一片靈光動人魂魄大叩大鳴小叩小鳴相題之妙尤無間焉或謂晚年之作老手頹唐不如少作聲情發越此何異癡人說夢劉霞裳一事談者多著微詞存詩亦誠不檢然率詠諧調笑可諒無他本朝陳檢討之紫雲冒公子之楊枝先生皆無間焉霞裳從遊年已大耋重以師生情愫較切觀其致朱竹君尺牘甚明余回曰自信太過便不爲意故不免北朝張雕武之疑耳如以形迹妄求雨村詩語不嘗曰先生於女弟子之嫺雅者必拊

循而噢咻之此語更何堪設想士君子論人當以正大光明爲事不當以揣測附會爲据竹垞翁寧不食兩廡特豚蓋有以知議其後者矣隨筆小小堂奧自非專家然亦多所發明近人爲之別刊單行本承學者多嚮焉

余嘗以古劍新詩焦琴舊僕命題丁酉十月麗澤社課得方玉斯卷四律詩甚佳以文欠熨貼抑稍後詩云三尺橫腰顧盼雄土華斑駁認吳宮氣沉河岳光猶冷魂化蟲沙血尚紅神物豈容潛匣裏仙材終許壽寰中笑他俠客摩挲看畢竟恩仇見未融右古劍 信手拈來亦性眞未經人道始驚人元珠卻被無心得明月應知夙世因風雨重陽間裏興池塘春草夢中身千秋一曲清平調傳到于今語未陳右新詩 未鳴誰識不凡才棄等薪槱亦可哀竈下已拚完節沒塵中忽遇賞音來身如有用

何辭潦心縱無虧已半灰休歎遭逢多缺憾從來造物忌全材右焦琴幾載詩筒賴汝傳何堪重語酒爐邊鷓鴣枝上非當日蟋蟀聲中憶去年驅策豈皆如我拙短長休要說人前還思故主深情否一度相逢一黯然右舊僕後查悉乃葉君季允之作季允字懋祉自號惺噩生廣東人徽州籍旅星洲幾二十年尚無田可歸也

予聞季允名久矣丙申之秋蒙先過我五百石洞天修相見禮氣宇瀟洒其腹内才華固可於眉睫間得之有贈友譚彪詩云萬里逍遙志千秋著述身襟懷狹瀛海踪跡悔風塵吟興老逾健辨才窮始新傳衣圖畫在吾欲補斯人又云我亦栖栖者昂藏一丈夫不堪論事業兀自誤頭顱奇說喜相沃斯文終不孤知君多抱負世事有心無即君之自命可想

星洲麗澤社丁酉十月十一月十二月三課揭曉冠軍天寶堂

梁寶衡詠梅仙館其實皆譚蘭濱一人前後之作蘭濱名錫澧番禺諸生時文筆意老當可喜凝搆處極似吾鄉趙又銘太史稿・原作三篇具存麗澤社詩文初編駢體學陳檢討集敷詞妥貼不蔓不支徵不足者詩古文詞之學耳社例殿軍意取後勁得預是選者其文必與前茅五卷相伯仲譚既連擬冠軍復託名戩穀軒寄疏慵館而分殿十一月十二月之課十二月課次題是星洲麗澤社記殿軍原作駢文云　竊以梗楠杞梓成材必本乎蒿萊棫樸菁莪擢秀每基乎阿沚窗軺雖美非省括而弗成長鏢之銛經鑪錘而始就是故漢崇經術開虎觀以萃儒生唐重詞章辟鳳池以優文士薪錯楚而侯刈金在沙而待披擴宇聿修著治閩之常袞膠庠肇闢紀莅蜀之文翁莫不樂育爲功甄陶待化然而造士之雅歸諸有司肄業

之勤課諸艮友所以社聯白傳倡思如滿之邀社結南園軒想抗風之闢極之窮鄉設塾社會亦以聯羣先達好文社長於焉校藝此星洲麗澤社所由昉也斯社爲閩中邱孝廉菽園夫子所設爰稽其製課以月試而無荒始命之題意在風騷之足繼今且簪毫珥筆直驅文陣之雄師掞藻摛華欲構詞壇之鉅製然命名則謙言講習考課則樂處朋儕視彼左氏黃公之刱（會賢社刱於漢軍左子興太守圖南社刱於嘉應黃公度觀察二公皆先後來駐星洲領事者也二公去而風雅寂然矣）更擴規模合以會賢圖南之名殊堪鼎峙者也且夫文章一藝地不以偏隅而限功必以熟習而精星洲遠隔重洋不沾王化俗尚猛獉之陋地非詩禮之鄉然而陸機入洛卽多著作之才華韓愈來潮一洗窮荒之風氣今斯社具討論之雅意寓培植之深心豈無傳昭英玅夙擅山東將

見子建才思羣推鄴下潛蛙繡虎未足喻其陸離隱鵠伏鸞詎可方其瑰麗矧斯社也課旋待刻將以付之梓人集已刻登亦屢煩乎楮素於是肩搓翹彥踵接時賢鵷序魚登龍攄豹變受李元禮之容接聲價彌高得許子將之品評衆情共服興趣因之而倍烈人文郎此以有成宜刮目以待吕蒙冀青眼咸加阮籍詎待軒檻之掰祇摛虛名但求卷牘之呈便收實益嗟嗟龍非尺木以不飛魚俟燒尾而始化栽培有自海外不絕斯文甄綜所加士林永崇實學雖大筆垂諸不朽非無剞劂之登而作育播諸將來亦俟源流之述是爲記○

余按麗澤一社本無公欵所恃同志切磋文風日振而已此作認題甚確麗澤二字饒有發揮故可存也

麗澤社中所得詩人如謝靜希蕭雅堂黃樹勳葉季允陳伯明

李汝衍盧桂舫皆流寓也而尤以黄樹勳爲冠丁酉冬月課詞章題詠史十律作者幾及百人求一廉悍慓鋭能突過黄者正未易言也今將原稿具錄左方賈誼云政事書陳策萬言無端痛哭壯心存憂深七國空流涕遇感三閭此弔魂宣室鬼神關道治長沙謫宦亦君恩憐才惟有河南守絳灌諸公曷足論范滂云汝南讜論一時傾買禍都緣横議成鈎黨幾曾蒙赦宥登車空自志澄清名齊李杜何辭死主是桓靈敢望生抗節亦非容易事漫譏識昧保身明謝安云苻秦聲勢震江東太傅從容談笑中别墅賓朋猶對奕驛書兒輩已成功安危惟仗斯人出憂樂由來與世同淝水澶淵勛業似可憐孤注冠萊公王猛云江東横覽此才無王霸經綸信不誣魚水君臣諸葛亮富强事業管夷吾早憂養虎垂難制遺

恨投鞭晉是圖正朔一言知大義原心無媿古純儒溫嶠云亂離忠孝費沉吟太息銅駝恨轉深奉表原關天下計斷裾誰諒此時心誓師聲淚餘悲憤赴難勤勞感古今試誦義旗迴指語陶公應遜此丹忱杜甫云身世曾經天寶亂關山祇益少陵悲干戈宇宙偏爲客忠愛文章盡付詩花落成都懷故國秋高夔府望京師堪嗤無病呻吟者學杜誰知僅得皮張巡云食盡援亡力已窮登陴飲血泣孤忠生烹愛妾充軍餉死誓英魂作鬼雄遂使江淮資保障因令李郭建奇功中興若問誰勛首再造山河半屬公韓偓云悱惻芬芳絕妙詞誰知風骨竟如斯都將家國無窮淚寫入香匳艷體詩斷腕能爭貽範相痛心誰召汴梁師劉楊亦是西崑派亮節忠規炳一時蘇軾云萬里南遷閱苦辛髯翁曾此寄吟身文章一

代眞才子氣節三朝舊黨人宦海風波原是夢天涯魑魅近爲鄰瓊樓玉宇寒如許回首神京洒淚頻陸游云放翁遺集氣縱横宋代詞壇獨擅名身世少陵多感慨詩才玉局尠天成誰將團扇留佳話賸有梅花伴此生一自劍南流寓後蒼茫時事不勝情領卷日例報眞名據稱粤東新會人余猶未見惟既具此作才決定宿學冬郎投荒不誠爲南島生色耶

古文是直的時文是横的此先輩家言也或問何以知其爲直爲横之數大抵此意甚顯盡人可喻故先輩毋明言然吾觀爲古文者其氣每伸於既成片段之後爲時文者其氣必先索於未有文字之先直横之爭盡在一我

東坡詩天外黑風吹海立浙東飛雨過江來奇情壯意不可一世而不知下七字全本殷堯藩喜雨句也殷出語云山上亂

雲隨手變則遜坡公多矣

近來麗澤社詞章課較前卷數爲多佳篇惜難盡錄僅節其警句於此詠鏡譚蘭濱云箇裏心清儂共對邇來容瘦彼先知黃樹勛云瘦影忽驚誰似我啼痕卻怪有人同謝靜希云羞看春殿風流影驚破秦宮窈窕魂林行恕云現來色相仍虛幻解盡相思不唱酬詠簾黃樹勛云爐香盡日自盈室花氣有時還撲人懶趣山房云金屋遮來飛燕影玉樓捲盡賣花聲詠屏黃樹勛云芙蓉雖隔猶通夢鸚鵡深藏尚有聲詠燈區日葵云半生書味憑誰領兩地人情爲此牽

自有輪船一日而可千里每歲夏月嶺南鮮荔支上市由香江郵至星洲爲期不過四日色香味尙未全變吾閩水程差池兩日家鄉風味獨不能至卽得粤產猶可彷彿余惟廣州番

禺所產之桂味一種似不在漳州長泰肉荷包之下偶與友人擷乾隆耆舊溫篔坡侍郎汝适攜雪齋集得所爲桂味荔支詩不覺喜曰今而後可補十八娘家傳也題曰荔支有一種名桂味番禺志亟稱之近始得見殼厚而粗味乃獨絶始信得名非偶用東坡韻賦之時大暑後一日詩曰野童趫捷追都盧寄林摘果如摧枯蘿岡萬樹照秋日火雲墮地風爲驅生綃半蹙驚裂繻鉛華洗盡雪作膚粗頭亂服久山谷豈知風味眞名姝昔人作譜曾見無毋乃異種埋邱隅不逢好事遠莫致晚遇眞賞忘其粗冰壺表裏況瑩澈蛟宮夜失千明珠（自注黑葉佳者多樵核此亦核小肉豐瑩若明璫佳品也）瓊漿一飲百生感似到圓嶠餐琳腴天敎美實厭朱夏氣壓斫玉秋風鱸人生交臂恐易失焉得畫手爲繪圖

同生長玉去歲承其戚林君宜于之招來遊星洲遂造五百石洞天請業執子姪禮甚恭始知即故人麗生大令分子也向詢近作書旅館一律云歲莫客心驚迢迢故國情旅懷家萬里鄉夢月三更風雨孤燈冷樓臺夜漏清舊交萍水遇欵洽問前程慘綠年華老蒼氣骨此才正自可造今歲返里隨父北上聞將留京師同文館肄習西國政治以彼志銳力强宜不自足於詩之內而余未壯而廢實無一成者重可慁已

國初粵東詩學盛稱三大家陳元孝恭尹也屈翁山大均也梁藥亭佩蘭也繼之者順德黎二樵簡欽州馮魚山敏昌嘉應宋芷灣湘番禺張南山維屏香山黃香石培芳陽春譚康侯敬昭番禺馮子良詢二百餘年風雅不墜嘉道間張黃譚亦稱三子與陳屈梁後先輝映焉梁之詩誠不如陳屈黃譚之

作亦不如張生前之標榜蓋有待於身後之論定矣
後三子之外世又有三陳之目蓋指蘭甫朗山古樵也蘭甫京
卿番禺人名澧以經學名當代詩尤清絕自然成家全集名
東塾類稿撰著甚富獨不存詩柳堂師友錄所刻近數十年
粵中詩家略備惟三陳闕如則因子黼生前與三陳持論相
左朗山古樵遺詩今皆刊行外人欲悉三陳詩者每關心於
蘭甫友人知予新有蕺樊瑣綴之輯輒從未刻本鈔得原稿
若干首遺余遠道雖天龍一爪可悟五花樹底自有頷下珠
也古體感舊云先師程侍郎雄文兼碩儒昔於侍坐間問我
讀何書我以漢書對又問讀何如我言性善忘讀過幾如無
師言不在記記誦學乃粗豈欲摘雋語以資詞賦歟漢室之
興衰班史之規模讀之能識此乃為握其樞廿年記師說書

以置座隅近體如題潘鴻軒茂才百花卷云拈出五色筆齊開百種花暄之滄海日爛若赤城霞草木誰能狀詩書信有華騷壇推巨手莫認畫師家林香谿孝廉與其師何子貞先生遇於廣州作海天琴思圖題云人間師弟尋常有難得同時享盛名況復老來重聚首喜從客裏話平生茫茫大海乘桴意穆穆春風鼓瑟情我亦有琴彈不得成連去後變秋聲自注謂程春海師秋夜即事二首云原題十九夜中秋一醉不嫌遲莫負今宵把酒巵人有幽懷愛深夜天將明月答新詩四山雨氣全成水一桁樓陰倒入池野鶴間鷗都睡了此時清興有誰知廿夜一樓頭缺月已三更猶向池邊覓句行蟹火漁燈風剪剪豆棚瓜架露晶晶潮痕退岸還歸海山影和烟不見城此際橫街秋草偏更無人跡有蛩鳴自注舊居在橫街

番禺陳古樵大令璞以名孝廉任江西福安知縣有惠聲歸主學海堂講席巍然負士林雅望所著文集詩集身後皆已刊行詩與蘭甫朗山齊名人稱三陳友人曾以尺岡草堂殘本遺余集雖不全大都晚作夷猶清曠躁釋矜平醞釀之功視蘭甫朗山而且過之古體似學大蘇伏采潛發永以神趣其味愈旨錄其山堂對月余夜半歸諸君皆留宿次朗山韻云清絕山堂月無夕不我待而我不一至竹木空光彩今夕喜我來幽意較常倍似憐我別久照見鬢髮改又若愛我狂袒裼不嫌澆笑我二十年浩浩墜塵悔更爲濯我魄滌蕩出肅猥一夕清氣回本性知常在境寂心自超不遠庶其殆胡爲又徊歸明日應自悔戴夢若自畫羅浮泉石小影囑題云名山曾一遊未盡泉石興胸中富邱壑筆下具巉磴飛泉疊玉

光羅浮最奇勝長作畫中人畫外此身贅何用再杖藜情往已如贈萬事皆幻影鴻爪亦奚證惟君號曰夢是夢或既懵終古幽厓間見者呼欲應前身老畫師鬚眉有人認同治甲戌除日暖甚獨行至山堂梅復大開視冬至時尤盛賦云梅花孤高致蕭散避寒趨暖花應嬾何意寒闌暖復開知爾能寒亦能暖人間寒暖本無定昨日重裘今可袒芬芳璀璨吾自有寒暖在人安得限倘徒耐寒不耐暖造物且將攻汝短不見山堂寂寞歲垂盡故放晴葩釀春滿視前鬭雪香更濃似勸徂年歸且緩獨憐此意在空谷終日閉門無客欵我爲作詩傳世人花聞無言色微赦原注有紅梅數株亦漸開山堂連飲數日梅遂大開呂拔湖有詩余亦繼作按此詩爲丙子年作云山堂寒梅百餘樹年年作花娛酒人酒人近似不能酒花亦自惜枝頭春

連日招攜玉缸倒一杯在手安知老林間漸有暗香來忽覩繁花映晴昊對花不飲花應嗤是花更與酒相宜勿論堂上千秋業花香酒香無盡時四詩總不肯使一直筆前輩家未成詩以前何其慘淡經營既成詩以後又何其琅琅上口

古樵大令名既三家三子同高手復八法六法俱妙畫仿黄靜堅寫意山水余尚未見行草宗顔柳圓勁蒼老一洗明人婉娩之習隸書偶一二見風韻獨勝似兼學漢唐碑者有題閣帖五絶并題畫六絶載遺集卷七卷八中鑒别甚精可見其平時用力之厚

古樵於畫硃自矜寵不苟下筆其門生有周天爵者具詩乞畫畫成報以長古一首天趣詄蕩稱心而出詩高品高畫之佳處自不待見而後知也今錄於此少小喜泉石夢寐羅烟鬟

恨爲塵中人不得置身萬壑千巖間林巒胸中不能去唾向紙上重雲叠靄青孱顏妙意追董巨筆力窮荆關含毫吮墨自怡悅豈思炫世傳人寰朋儕乍見苦求索寸縑尺素時爲好事窮躋攀世人貴耳謬矜許長幅短軸雜遝横相干奚能一一日與役揮灑襪材大好收之篋笥不復還周生雅尚頗不俗愛奇嗜古今所難雲林淸閟具鑑别名蹟可購輒苦空囊慳詩來乞我紙上山句出寒餓秀骨偏珊珊我笑將軍丹青工矣乃輝貴戚權門之屏幃此筆一何孱周生周生自佳士我敢矜能事五水十石不爲生揮毫落紙視若世俗相等閒還生東絹水墨濕請生看與石田徵仲能否同其班

陳蘭甫先生東塾類稿與吾閩陳恭甫先生左海全集同傳二先生在日皆以經師鈔解詞談東塾稿於詩隻字未刊知其

散佚者多矣余每有見必爲錄出隋珠晉璧愈以罕而見珍然希世之寶其英光亦自有不可磨滅者林氏射鷹樓詩話載其近體雲广一首云屋以山爲壁人如鳥入巢峰巒排梳畔燈火出林梢室小雲常滿欄迴樹欲交巖棲眞得地何日共誅茅俞氏圖詠遺芬載其古體題俞麟士太守淩雲課詩圖一首云蒙山溪水入濺濺入江淩雲之山屹立相舂撞江山如此必奇絕何況東坡先生著此邦使君興發排高宴招取諸生來染翰吟得新詩一百七十篇（菽園按太守圖敘稱始課淩雲諸生會者百七十八故先生詩云爾）一齊寫與坡翁看

陳朗山大令梅窩詩與陳古樵大令尺岡草堂集并傳古樵詩余只見殘本已錄其古體於前幅矣朗山集近得蘭史寄余七千里外海島往還不遺俾飽眼福致足感也集爲詩詞合

刻本篇數寥寥存詩之嚴可想其詩佳處美不勝收古體如
觀岳武穆書出師表眞蹟戲柬單小泉茂才英德江夜見月
龍頭巖和施星江十五夜飲楊玉堂文如昆仲園中醉歸作
劉鏡舟與海臣諸君今歲暇各攜錢百五十出遊過酒肆輒
沽飲名百五會且邀余余因邀玉堂故爲挑之頃復有詩依
韻和奮送朱嵋君還蜀許容生孝廉餽鹹菜有詩次韻義馬
行爲陳將軍作七言以上琹巖陳古樵諾余摹文待詔畫久不見
報戲和查初白乞王麓臺畫山水韻速之大廟峽連江口湞
陽峽準提閣荷花池上作二月十二日潘鴻軒招同羅六湖
陳蘭甫呂拔湖顏紫虛作王小泉招飲女兒酒適兼蓄女兒
香倪耘劬因乞之余乃乞酒走筆戲爲兼呈小谷比部由鶩
潭泛舟過石門登靈洲山寶陀院歸泊横沙七首小寒前一

日學海堂觀梅同作以上五言皆上駟也欲總錄之窘於篇帙只得割愛僅爲之標題如右朗山名艮玉廣東漢軍舉人與徐鐵孫觀察榮同爲粵防之表表者

三陳遺詩蘭甫獨無刻本傳作亦少余僅從友人鈔示輯錄則少之又少故難論定古樵全集未見朗山則已見全集要可比例而得大抵古樵古體俊而健朗山蒼以堅古樵近體和而穩朗山感以切

陳朗山孝廉歲暮雜詩五首臚列家常本極瑣屑出以遒勁之筆深曲之思便覺語語動人其一違俗甘長隱躭閑愛小詩嬾添人事拙貧累故交疑萩園按此五字妙體人情已到十分用來又覺閑適之至散帙霜蟫飽窺檐凍雀飢庭梅足生意恣發去年枝其二地僻稀來往寥寥過客蹤屢明鄰巷火門掩寺樓鐘短榻支頤慣朝梳理

髮慵深潛觀物理吾道欲何從其三兩載懷嬌女朝來喜溢眉縫級猶仗母乳哺解憐兒歲晚歸程逼宵分絮語遲衰年親骨月此意近來知其四越醖沽難再村醪薄許嘗擁爐添座暖說餅覺杯長匙溜菘羔滑羹添玉糝香百錢供口腹一笑大官羊其五貰酒未堪典敝裘還尚存霜風欺破縫朝日擁餘溫漫作豐貂想猶勝短褐論無衣哀凍卒轉戰正中原

郡縣志書例取其地山水樓觀編爲幾景張茲名勝大而通都下至僻邑無一無之其名號率取四字其景色類以雙數如八景十景等數隨手牽湊有如八股文法熟字連篇習調互易只供紙上鋪陳毋關性情紗用即觀題目余已畏之然亦有數經品題以成佳話者瀟湘之八景西湖之十景是也粵東廣州舊亦稱八景或圖作畫冊屬陳朗山大令分詠珠江夜月云

十里燈光上下潮珠江花月可憐宵銷魂不似秦淮水只管
興亡送六朝大通烟雨云大通滘口大通寺曾訪山僧招客
來記得雨晴江路晚蒲帆烟重濕難開蒲澗簾泉云飄灑還
愁雨勢兼當空誰挂水精簾道人晏坐觀空足要看銀河浴
彩蟾白雲晚眺云城市歸來笑底忙山僧留客看斜陽歸鴉
數盡楓林晚又聽鐘聲落上方景泰僧歸云松櫪緣坡大十
圍琤潺澗水灑禪扉雲淙別墅無人問時見殘僧乞食歸石
門返照云下瀨樓船事已空漁舟一葉舞西風畫師要寫登
臨感盡在蒼茫夕照中金山古寺云江山如此不歸山依舊
江神笑客頑前世德雲休重說眼前公案未曾刪波羅浴日
云金暈浮波日出東海天一色鏡揩銅亭前只有坡仙筆寫
出扶桑萬丈紅余按此等題在詩家往往不欲留稿而大令

顧有取乎爾殆補歷來之闕乎玩其首首用意下筆時已自鄭重矣遂亦聽其闌入揮麈

孔子絶糧於陳蔡見於經文不一而足孟子絶糧於鄒薛漢人應劭所著風俗通而外無聞焉按此可補入藍玉霖餓鄉記爲夷齊主人多一陪客

唐人錢起詩才子欲歸寍棠花已含笑按此爲男子可稱歸寍之據又宋人趙湘南陽集有送周湜下第歸寍序其文略言周君進不以文自勝退不以文自負今將駕舟東歸慰慈母云云是後世并有引用者矣

嘉應黎香孫䑽尹經癸巳甲午之間奉檄南來籌辦鄂賑遍歷英荷各屬素饒敏才舟車勞勞謳吟不廢以寡交故島上詩友殊少聞問其時黃公度廉訪遵憲方莅三州府總領事於

君爲同鄉亟稱於衆名乃獲著而詩境又一變矣丙申余來星洲欲得與語而君已先返爲之悵然丁酉重來君亦時至初見以所書詩扇爲雁碁卽七古一章爲菽園三種題也已載入三種首冊據云曩在郢州謝賓門大令鴻鈞粵寓見余小品及詩故知之亦殊覺多情矣

香孫貽余舊稿錄其題畫云烟波釣叟得魚換酒在手一壺不巵不缶鎮日經年提壺上口船頭漁童船尾漁婦綠水青山短篷垂柳笑問此翁樂乎醉否遊山歌云我年過三十忽忽生老像按黎君今過五十此云過三十葢十年前舊稿筋力日就衰形骸迥殊曩上路藉藍輿登山憑竹杖憶昔二十時健步尤能强百里一日行百尺一鼓上今年三十九老狀日日長心每欲登臨足不能勇往何其今昔判人儼分爲兩深悔少壯時遊歷苦未廣

所以山水緣但憑心意想京華寓齋秋風夜吼擁被不寐感
而成詠云一夜秋風惡滿園黃葉飛闢山當遠道節候授寒
衣客子鄉心切勞人素願違長安居不易失意且言歸颯颯
蕭蕭響孤眠夢未成挑燈頻起草欹枕又聞更竟作終宵吼
如追萬騎行誰知天地大也有不平鳴稿名爪泥艸未刻余
并題一律以歸之云一卷爪泥艸黎昕筆有聲逢塲能作戲
入夢自多情稿中多文酒留連之作詩思雲無跡愁心水不平天涯同
道少期子締新盟
數年前香孫寓羊城有陳姓友同過平康里徵歌曲三終遽語
日君盍贈詩如其闋數乎香孫號日悶來何處遣能消選伎
徵歌興最翹我近中年嬾陶寫聽卿絲竹當鈞韶一曲歌儻
一首詩纏頭不索索新詞美人別自矜風調只愧江郎少艷

思吾友元龍意興豪親敲檀板和櫻桃懸知夙擅生花筆定有新詩贈薛濤陳友無以難也此雖瑣事固屬游戲中之雅者

去秋九月黎香孫嵯尹籌賑入芙蓉南洋小島亦英國屬向余索鈔近稿副本余并媵以洋果臘底承寄詩云海外新文文字緣相逢記在早秋天佳章餉到雲成疊珍果貽將月樣圓自是豪華輕縞紵盡教投贈託詩篇風流富貴非常福況復長才正盛年旗鼓騷壇孰等倫又操選政仿隨園搜羅直到南洋外名望應齊北斗尊閩嶠聲華追子羽原注明林鴻字子羽閩中十子之冠海邦桃李屬公門芙蓉江上遲歸櫂樽酒何時共蔌樊原注君別字蔌樊余和原韻云琳瑯曾弁贅談編又見雲章特地傳遊迹共憐荒服外詩筒記發好春先我從息力息力即石叻之本音市人不知叻字寔俗書也依

南斗君向夫容隔暮烟同有懷人思國淚乘時應奮祖劉鞭
年年籌賑未辭煩羣溺難教一手援來書以捐弩末爲慮務濟變何如
開水利上書誰與叩　天閽蒼生元氣從容補赤縣偏災不
足言指日歸槎陳幕府故人翹首政新翻
吾漳龍溪鄭亮卿先生諱琮嘉慶間諸生治詩於鄉凡數十年
而名不出里閈歿後有私淑諸人之鄭雲麓都轉開禧刻其
遺稿爲檮雲詩鈔而序之曰自余爲童子卽聞吾宗有詩人
曰亮卿先生少嘗學於大興朱文正公老無所遇則盡屛他
學專肆力於詩時余固顓爲詩然方習制舉文師禁不令旁
涉又聞先生道甚峻不敢猝以詩質先生及稍稍可質先生
而先生逝矣嗟夫生同里同時又嚮慕之篤而卒不得一見
哉先生既歿所爲詩多散佚余見必手錄之積廿餘年凡得

二百餘首先生嘗自言平生跡不出里門無高山大川以助
才思無豪傑交遊以發志意故所爲詩不能與古人相追逐
然於風人温柔敦厚之旨則或者其不悖焉觀先生所以自
定其詩詩固足傳矣余觀南宋詩人以尤蕭范陸并稱蕭遂
無集尤則梁谿遺稿寥寥數十首亦不足言集彼其負異才
居顯宦當時以名震暴一世而門人弟子力又足以傳之然
傳之不過如是況乎生於裨海之濫性迂而言訥拙於爲名
既箸作無所就事業無可見不得已思託於詩以傳而詩之
傳不傳又在可知不可知之間以余向慕之篤而得先生詩
僅二百餘首又不知此二百餘首之終使人得見與否此余
所以刻先生集而重爲之慨然也萩園錄此序畢亦附一言
曰嗚呼窮山下邑中其類乎亮卿者豈少也耶特不遇雲麓

則世不之知也然雲麓亦一窮山下邑人耳其力且以光其先輩則幸不幸之相去不旣遠耶然而可以勸世之爲亮卿者矣

樗雲詩鈔後附嗇諺二十首首四句句四字亦古諺謠一體之別調也亮卿先生實在張南山林薌谿之前二君當日未知旣見之否未知詫爲同調否今錄原作如下原有引云諺鄙也而實理雖六經不廢焉嗇之以續古且以示後人

教子一經不如耒耜持籮借粟未聞借字十年作家如龜上壁一日傾家如水破隙赤腳逐鹿穿鞾食肉小人之力君子之福家無斗筲身曳羅縠只愁墜溷不患燒屋疥癩之夫不惜鼻梁蜣螂轉糞穢以爲香公侯之子俛而負薪野猿之夫一旦作人積書萬卷棄如敝屣可憐眞珠變爲鼠矢作惡作毒窮鞾橐橐寒儒落薄看命教讀貧不鬭

富賤不關貴剛化爲柔敬轉爲畏當年之婦面不見醜眼裏情人西施何有牛羊之眼不見四旁山無禽鳥鷦鷯爲王秀才下帷通今博古辨論齦齦帝讀作虎天上老鷂蔭七里鷄樹頭小雀啄階下蟾孤掌難鳴羣蒙鼓舌三人證龜立化爲鱉食不瞞齒姦不瞞里長官之貪瞞不得吏老虎雖猛不敵拳多理不過衆勇奈人何家道欲敗熬酒成醋家門欲破住屋成路遠水之來不救近火馬鞭之長不及馬踝外頭好看裏頭空虛爲饑小姐盜飽大姨蜂蠆毒口螫人痛肌鸕鷀尾臭全不自知其他古體亦多取裁里諺嘗作雜詩起語云鸕鷀工捕魚鑠頷長苦饑鷺鷥巧覓食兩股瘦無肌古雅之極亮卿雜詩云在遠苦相思千里託毫素出入共井閒悠悠不一顧貴耳多賤目喜新轉忘故是非寧有眞悅憎爲倣[illegible]所以

厭家雞而反珍野鶩何怪薄今人望古有餘慕又有句云山虛多靈氣谷虛多遠音竹虛爲笙竽木虛爲瑟琴古來眞名士未有不虛心皆屬閱歷之言其意似不貴老氏知希者及觀其擬古雜詠中一首云飲水當知源食果當知根奈何忘所自雨覆復雲翻艮心一已喪操戈向師門古人愼取友道義賴以敦鐵限苟弗峻豺虎抉其藩是以羿有罪聖賢有定論乃恍然于雲麓所稱爲道甚峻誠有不得已於其間哉

俗詆遊手輩有不郎不秀之目或作不農不秀云非民非士也今考王應奎柳南隨筆引湯廷尉公餘日錄云明初閭里稱呼有二等故家右族穎出之人則曰某幾秀微裔末流羣小之輩則曰某幾郎宜作不郎不秀者是言幷不得齒於平民也

唐以詩賦取士士之能詩賦者孰有過於謫仙少陵而謫仙少陵在當日且未舉進士其時士之選詩者如殷璠河嶽英靈集不載少陵高仲武中興間氣集不載謫仙姚合極元集不載謫仙少陵皆千古大屈

宋時進士有五甲朱子即以五甲出身者故隨園詩云若使當時無五甲先生也是落孫山也乃其所傳集注至今大行爲科名所從出周公禮經孔子孝經試舉以問科舉秀才反不若集注之專於記誦是故人患不自立耳遇或判於遲速道固無變於初終也

元宵詩極難得佳者漢軍陳朗山大令（良玉）梅窩集乙卯十五夜王秋臺都統（鎮雄）席上口占云層臺茗蒂接烟霄華月當筵燭燄銷千帳牙旗翻夜雪萬家燈火漲春潮杯深未用淸

歌勸軍肅何妨酒令囂卻憶昆侖關外捷定應奇績報元宵自注日內進攻新造股匪故云通體雄壯的是高唱

潘蘭史嘗以其師南海何杞南文學藜青詩囑輯入客雲廬詩錄古體取法大家近體清蒼俊潔如長風入松咳唾九天的非食人間烟火所能道其隻字兼擅書法尤工鼓琴多藝多才身後凋零竟同其鄉先輩梁藥亭先生無嗣之痛天之酷待文人何其前後如出一轍耶節錄數首以廣其傳且報蘭史玉山樓玩月云何人弄明月招我玉山頭萬瓦白成雪諸峯寒一樓鐘聲僧寺夢人影越臺秋長嘯抱琴去神山未可留別夢云綠水舍南北紅欄花暮朝東風吹別夢一夜渡江潮漢女流霞珮秦娥白玉簫神山安可接悵望碧雲遙彭園琴集即送蘭史之濠鏡云行踪兀無定與子鷓鴣儔又結梅

花友香分琴曲秋平生小濠濮此地自清幽再鼓離鸞操松風吹滿樓月夜有懷云流雲吐涼月虛籟動高林似我風花夜同誰冰雪襟詩心清鐵笛塵夢淡青琴忽憶春江棹長歌懷好音題秋江曉月圖云月落霜横天氣寒孤舟誰與共江干推篷曉起聞人語昨夜蘆花飛過灘素馨鐙云舊事南朝夢已陳香魂猶自喚眞眞尋常一點殘螢火照盡華昌苑裏人游離明觀云囊琴曾此一停橈又逐荷香趁午潮半壑松風招我到綠陰如水鳥聲嬌又門臨曾步西溪水簾卷佗城北郭山最好夕陽新雨後半江風笛放船還初秋集曾步菱鏡堂即席分得門字韻云清秋天氣宜水村日午抱琴來叩門平生一曲流水操重來滿徑青苔痕殘蟬繞樹曳聲遠亂竹壓簷垂影繁偶然適意無過此百斛且傾花外尊花棣看

花時芍藥初至嶺南賦云艷質名高閬苑班天風環珮想珊珊三千驛路春歸日廿四番風客倚闌金帶兆徵原有數玉盤擎出不勝寒鷺潭權作揚州會次第看花到牡丹花塢春遊云軟紅十丈嬉春路鷓鴣勸我尋春去城西十里荔灣東道是劉王舊遊處舊遊陳迹那堪陳一度看花一愴神楊柳亭臺環綠水荔枝時節宴紅雲紅雲宴罷昌華苑拾翠洲前風景晚香塵一簇載輕車花共降王兩不返花憔柳悴幾番經惟有春風無限情茉串歌殘幺鳳曲荔奴風入小蟬聲翠華珠勒今何在水榭風廊猶不改杜曲鶯花二月天若耶池館三篙水尋芳紫陌試香驄花塢春光日正濃尊酒漫談花月地畫橈齊傍柳波潨奢淫風俗猶前日夾岸園亭相對出菱沼香消輦道塵蘼塘波冷春宮月春來春去春花新流水

斜陽總斷魂莫上花田重弔古海棠開偏素馨墳
蘭史典簿家學師承所受皆正少即以詞章名家享盛名者數
十年時人於三陳之後因復有潘即指蘭史黄紹昌字屺香香山縣舉人梁鼎芬字星海番禺縣翰林之目其親炙陳朗山先生之世尤久嘗題梅窩詩
鈔句云四海論低首非公更數誰實隱然自命朗山後一人
矣朗山詩法杜韓詞宗朱厲命意孤往別有一種自得之致
氣度魄力在晚近中誠一老手前幅已將五七言古詩標題
以待知者及讀蘭史題辭復有翠巖留妙句抗手二樵翁之
語傾心服善舉要提綱乃於此三致意焉余因即所稱而往
復之妥貼排奡得未曾有翠巖詩云昨爲雲洞遊今踐翠巖
約盤紆穿纔路窈窕入深壑崖巔忽平衍村壤各參錯松楠
夾道栽粳稻待秋穫紅新楓塢稠綠老茶田薄浮嵐乍遠近

暗泉互鈎絡陡從峯面轉瞥見山根俏巖晴雨猶飛石涷雲不落匹練接懸瀑跳珠濺橫衍激澗雪皚皚霏林烟漠漠頗疑深竇內別有仙居拓引臂愁猿攀捫髀空雀躍開奩鑒古井埽塵鮮墜籜涵碧影動蠶冷翠光滿杓高峯紫竹萌低岫青蓮萼罡風一排盪驚雲四飄泊是時氣澄霽遙天瞰寥廓奇境尚循環幽探已約略即兹山游佳更想巖居樂戶牖足烟霞田里習耕鑿何時遂生計於焉謝塵縛桃源路伊邇息壤盟匪託夕陽在衣領炊烟漫山脚招手大科峯誓踐輞川諾（按翠巖在南海西樵山）嗚呼莫爲之前雖美弗彰莫爲之後雖盛弗傳微先生無以令老蘭傾心微老蘭無以令先生行遠錄畢不禁低徊其際

粵東張（南山）譚（康侯）黃（香石）三子自以張爲第一清而不俚曲而能約

是其勝處譚尙飄逸黃頗秀健則復各有所長就中譚較前卒輩行亦早有秋日寄懷黎二樵絕句云珠江潮長暮禽呼水宿閒鷗樹匝烏想見素馨田畔月照人飛夢度仙湖蒼峯迴合碧連環蘆葦蕭梢一水間八幅寒林供畫本家家團扇買秋山二樵五百四芙蓉茅屋秋雲第幾重我亦蓬萊斥仙子何時同上上三峯每一吟誦如聞鴻雁唳空秋夢都涼又如置身層崖觀百丈瀑作凌雲想詞亦錦心繡口極才人能事艷詞調寄偷聲木蘭花云神仙亦爲多情死雲鎖巫山吹不起那惜金錢買斷人間不曉天　銀屏隱映芙蓉帳笑指鴛鴦都兩兩羞見東風祇恐梅花也笑儂按天字一韻艷到十分亦豪到十分不必有此事不可無此懷宜爲時流所傳誦也紀易生鄭季姬事調寄傳言玉女云珠海春寒卻被鴛鴦翻熱情絲千縷指流蘇百結紅兒漫比

可有雪兒芳潔徵繭同夢惜花新折　綰定芳心待歸來與重說傳言玉女訴悲逢懽別銷魂也麽歷盡陰晴盈缺幾纔得到團圞人月他如送春之祇恐情天破愁堆破七夕之千般乞巧畢竟到頭疏拙落梅之天上可憐春迴風吹近人卽事之人兒十五月兒十五一樣團圓江山船之月在眉尖花在春纖不看江山莫捲簾題夢梅圖之選得花枝入夢皆可傳句康侯字子晉又嘗刋小印自稱上清秘書郎所著曰聽雲樓詩鈔詞鈔香石字子實兼通書畫詩名嶺海樓平生數至羅浮必登絕頂輒尊羅浮爲粤嶽作粤嶽頌幷序云史遷稱羅浮爲南岳佐命屈氏直欲推爲南岳余謂羅浮粤望也可稱粤岳乃爲之頌斗南一岳天外三峯子夜覿日羣仙駕龍因號粤嶽山人自命力據上游不可一世類如此又著詩話多所評騭錄其論粤東詩十絕云莫子宣卿龍

文健筆扛南人初數士無雙更看風度三唐冠璞玉渾金有曲江莫子省試百官乘月聽殘漏詩獨絶秋來江色流黃葉雨後人家住碧湘記取吾宗題句好瀧中如畫讀書堂唐詩人邵謁名亞曲江書堂在翁源羅江瀧水中首二語爲明代邑人黃器先題句

宋室三仁志願違厓門風雨事全非侍郎痛哭滄溟日恨不同歸一少微宋端宗幸香山以馬公南寶宅作行宮南寶餉軍扈蹕拜權工部侍郎厓門之役因疾未與哭以詩云衆星耿耿滄溟底恨不同歸一少微袁子才謂宋史遺其傳並佚其詩

茂秦詩說誇名句誰信詩人令乳源春草未應秋草勝漁樵雞犬夕陽邨謝榛詩家直說引漁樵秋草路雞犬夕陽村二語以爲己作考之乃元至正間乳源令樂昌李鼎詩茂秦祇易春草爲秋草耳

蘭汀瑤石歐楨伯旗鼓中原五子壇若向南園論後起河源同溯在香山明詩盛於南園前後五子其後五子同師先文裕公

賡詞未謦難云切大句能移詎足賢欲識少陵推畏友九州南盡水浮天趙雲崧翼謂杜句如錦江春色來天地玉壘浮雲變古今換錦江玉壘等字仍可移置若陳恭尹題鎮海樓云

五嶺北來峯在地九州南盡水浮天大而能切老杜當推畏友盛唐風格數何人區大相鄺露

諸賢迴絕塵五字長城才益代南中還首屈靈均大均鉅作堂

堂養馬行藥亭樂府創新聲長篇七字雄詞苑潮海韓蘇踵

盛名田家風景推儲祝山水登臨擅謝公吟到二樵歎雙絕

嶕嶢萬古寂人蹤黎二樵山水田家詩尤推獨絕淫纖細瑣總堪刪不出雕

蟲小技間誰是大宗傳正響泰泉前導後魚山馮太史敏昌持論

明通不狗俗見故採綴及之

黃紹昌字岐鄉香山舉人官中書嘗主學海堂菊坡書院豐山

書院講席任廣雅書院史學館分校著有三國志音釋審訂

精碻藝林貴之詩號秋琴館集按柳堂師友詩錄嘗列舍人名而不載其詩未知漏刻抑舍人悔其少作自行抽出也月夜客閩中作云竟夕嬋娟月隨人照獨眠

可憐千里客已見八回圓夜氣羣花暝秋聲一雁先披衣看

牛女鄉思絳河邊按舍人時入何小宋制軍瓌幕蘭閨云閒詠玉臺集纔停珠海篷蘭閨入明月花氣散涼風人卸紅妝坐琴惟綠綺同此時清興極莫漫惜飄蓬題潘蘭史泛月圖云一碧門前水閒來放櫂過良宵發清興纖月度明河東望烽烟滿秋深風露多中流重延佇擊楫意如何寄蘭史云原注蘭史所居日梧桐庭院小院濃陰枕簟清三間老屋隔仙城扁舟有約河南岸來聽蕭疏夜雨聲題吳頳函獨坐圖云鞍馬勞勞倦往還新霜微點鬢中斑烽烟漸息人將老憂樂相尋事可閒兵法何年授黃石故鄉隨處足青山乾坤尙有胡塵在不信林泉肯閉關字字隱秀與蘭史正是勁敵聞五七言古尤佳惜不能多得而見之也

五百石洞天揮麈卷之叁終　　觀天演齋校本

海澄　邱煒萲　菽園

亨帚集陵川楊繹堂太守豫成著太守道光元年舉山西本省房魁年二十有六耳會試十次終不見售乃謁選得江西知縣仕至知府年六十八卒事迹詳集首令弟升元所撰志略稱其少卽耽詩爲童子師幾三十載日嘗自課及門化之獨不喜爲八股家言而科名頗順遊庠食餼舉優發解未或少滯殆天於酷待才人成案之外而偶示化機以慰向學者也今按其詩不矜標格藹藹吉人誠有得乎性情之用爲摘數章秋闈報罷柬友人云康了秋風兩度諳消魂歲月又冬三李膺未許登龍接王猛聊同捫虱談詎有神駒淹冀北何須捷徑問終南夜來檢點登科錄人力天資總自慙何事傷心

歎數奇龍門會值更開時相逢尙帶飛揚氣再戰須爲簡練
師得鹿自然因足捷亡羊終是誤途歧文章況有千秋在底
作尋常慰藉詞感懷卽簡孫月潭云過眼烟雲似轉蓬韶華
卅載劇匆匆自慚蝸角功名薄誰號龍頭顧盼雄每遇窮途
懷阮籍閒拈恨賦擬文通如何旅館離愁夜尙有華胥入夢
中悶來何計遣愁懷生計蕭然强自排對鏡還將眞我認觀
書未與古人乖每逢綠水心偏活到處青山骨可埋謝絕塵
緣聊靜坐幽居時掩半扉柴百年際會感風雲底事常同敗
北軍我望孫山重隕涕人言永叔正衡文前修空憶三生石
吉語難逢九烈君自是菲材甘棄置解嘲敢更比劉蕡杯酌
何妨鎭日操醒時蕭索醉時豪敢將謾詈稱名士且自沉湎
學老饕淸聖濁賢齊入坐有仙無佛各分曹能教酒國春長

長在便覺餘生世可逃此題原詩三十首惜難盡錄其佳句之不忍割愛者亦附之如云事當難就情偏摯心不能清語亦麗常憐賀監稱狂客疇識楊修號小兒賤子交情常若此王孫風度近如何士工作態人纔俗文學逢時格已低愧我頭顱非燕頷累人口腹尚豬肝清淨自參心上佛機鋒不學口頭禪院有閒花堪領略詩無好句嬾推敲結客剛腸餘古劍知人冷況有孤燈全集詞意正復相稱

先師同安曾廉亭先生諱士玉同治癸酉舉人嘗從容數說小倉山房詩集出後世之雕蟲家宗向隨園更有甚於八股朋友之依附朱子因作初月樓語宜興吳德旋著曰我自心欽姚惜抱拜袁揖趙讓時賢葢有爲之言也平心論之小倉山房詩雖間有俳體而可學之章隨在皆有學而不善乃學者之流弊耳豈獨隨

園風雅騷選李杜白蘇應聲牛毛繼聲麟角正不知貽悞多少後生又豈古作者當時所能料及若夫獲益則仍學子自爲未有起古作而代之爲者亦可見矣

宗向隨園而不失其正且能自出手眼以成一家言者前惟浙江海甯祝芷塘侍御德麟後惟山西陵川楊繹堂太守豫成芷塘侍御集名悅親樓詩鈔四川緜州李雨村觀察調元雨村詩話備錄其詩世多見者茲不暇及繹堂太守有讀四書四十絕襟懷旨趣竟無一不與隨園相同置諸小倉山房集中或可亂眞余以其說理新確全錄原稿　宣尼魯衛諂諛數孟子齊梁禮聘優下士居然成勝軌後來那不憶衰周　從來入室易操戈宰我陳亢辯論多篤信最難原卜氏忘師也復老西河　當時兼禮爭推魯僭制紛紜惜已多私室歌

雍公室禘未知他國更如何　接輿荷蕢皆知聖偏見終嫌
託隱淪畢竟宦途多隻眼石門門吏儀封人　堂中一唯獨
傳薪此老何曾是魯人内聖外王胥一貫聖經博大孝經醕
從遊仲子悔風塵喜許乘桴作隱淪底事不酬浮海願祝
予空使哭斯人　最難巧宦陳文子身去身來忠死君祇道
未知仁與否聖人猶是不深文　簞瓢自樂顔淵學褒馬相
通季子風解識聖賢眞氣象世人非富我非窮　紛紛文勝
闕文無史學由來已失誣後世動言存直筆可能班馬卽南
狐　仁山知水徵心性魚躍鳶飛見道機儘着空靈偏踏實
其中眞旨解人希　小君可見緣何怒彌子遊談亦述之至
竟結纓甘死輒一生衞事總堪疑　尼山樂意隨時足梁雉
川波寄與長一枕浮雲輕富貴閒聽孺子唱滄浪　正樂歸

來歲月侵舊工零落少知音猗蘭從此彈孤調腸斷文王操裏琴　一樣稱靈同表瑞鳳兮翻欲笑麒麐知幾不共河圖隱苦累春秋秉筆人　聖門文學稱游夏南北分馳兩大宗偏是不爲章句縛詩能謹守禮從容　請車不許驂偏脫弟子何如舊館人爲識平生眞樂在簞瓢陋巷本安貧　足民曾記談經濟一入私門聚斂多似爲宰官傳政訣不須撫字祇催科　譽重宗邦爵上卿蔽賢文仲少公評若非斧鉞東山擅竊位還應更竊名　孔門言學最先詩弟子篇章罕見之遂使後人宗語錄風雲月露盡巵詞　陪臣竊柄事如何陽虎蒸豚託禮羅畢竟權奸殊變倖笑他桓魋殺機多　東周祇是尊京雒莫作秦時繼起看秉筆天王尊一統春秋終把此心完　丈人沮溺名誰識千載高風想像間應笑許由

非大隱已將姓氏落塵寰　子于管晏無苛論孟氏偏深指
摘情兩意相需原不背賢關高峻聖舍宏　避兄作蚓稱廉
士證父攘羊號直躬此事自關名教慮聖賢敢狥衆人同
尊爲大老淸爲聖夷也高名獨絶倫辛苦最應憐叔氏祗隨
遺逸作窮民　武城避寇能尊道費宰辭官抗不臣謂是和
平仍峻潔一堂孝子兩高人　當年王氣鍾西北孔孟周遊
不入秦遂使商鞅工變法刑名千載誤斯人　行止臧倉一
語中偏聽應笑魯平公齊宣至竟强人意幾見王驩阻雪宮
圖存辛苦爲滕計說到古公滋惘然補短截長方五十岐
山何處待君遷　夏商貢助周家徹禪繼忠文運日新底事
後來偏泥古周官兩誤姓王人　偶以柏舟稱孔子不妨懲
楚屬周公若敎辛苦尊箋注亞聖應疏考據功　陳家子仲

廉如蚓餓守於陵婦比清不幸不生三代後伯鸞德曜獨高名　井田學校明堂制市法關征爵祿班括盡精華歸簡略不曾瑣瑣注周官　匹夫底事輕千駟世主何因愛一牛領取箇中仁義在應教參道悟頭頭　聞風二老并歸周異日行藏迥不侔得志飛能窮叩馬勳名氣節各千秋　空傳稷下多談士贅婿差申論辨詞想見巖巖高道範小儒咋舌避藩籬　寄食何慚國士知吹簫亦覺子胥奇不應富貴驕妻妾從此齊人是乞兒　繆公空有尊賢號餽問何曾識子思知否當年身仕衛為他守死待齊師　翩翩濁世佳公子禮幣應通季子情底事設科來不拒曹交無福作滕更　唐虞禪受殷周繼聖聖相承局日新更有尼山飜舊局斯人聖後聖無人

西人以白爲太素衆色之始也故用之吉事以黑爲太元衆色之終也故用之凶事潘蘭史柏林（德京譯名或作百靈）竹枝詞酒玄香露似花雲雲影衣裳月色裙恰是小喬初嫁服莫將新寡誤文君原注西俗尚白婦人新婚衣履皆白色

余亦有詩專詠此事云淩波仙子降西方羅韈輕塵別樣妝我自銷魂聽步屧白芙蕖襯玉鴛鴦詞涉纖綺集中不存故附見於此

自來詠水仙花詩最難得佳以其色相皆空無處著筆也柳堂詩錄中所載徐鐵孫觀察等作皆未稱題惟張南山先生二律高簡清越可云獨秀詩云成連一去賞音孤大海琴聲半有無未履波濤朝白帝愛修冠帔禮黃姑幽芳肯讓梅兄占小醉偏宜石友扶秋菊寒泉風味好此生端合傍西湖娟娟

瘦影俯淸流，眼底穠春轉素秋。狂士形骸多放浪，美人心性本温柔。癡情尙擬尋雙佩，故事空勞記十洲。只恐香魂留不住，要騎紅鯉踏波遊。家仙根水部寄余舊稿，亦有是題二律，盍以質賓，勝者似可與先生抗行，因并錄云：廿番芳信報新年，海上愁春下謫仙。入世花偏蜕凡骨，捲簾人自薦寒泉。雙鈎寫韻珍遺絹（原注：宋人畫有雙鈎水仙），一操飛香入素絃（原注：琴操有名水仙）。流落縱教天不管，何曾飄墜向風前。白石淸泉足雅供，賞春休倚醉顔紅（原注：花最忌酒）。滿堂金玉饒仙福，近水樓臺總化工（原注：千葉俗日重臺，單葉日單臺）。高絕聲華香茗附（原注：建茶有名水仙者），等閒出處素蘭同（原注：水仙與蘭皆建產）。年年一現天人影，不在凡花色相中（原注：一花不再花，故年年須易種）。

供水仙花者，每乘未抽箭時，取利刃橫截其心，再由表而裏細細剜刻勿傷花房來日開放莖葉自拳曲如意亦羣芳譜中一賞心樂事也此種又稱蟹爪水仙義取象形別饒風格古來未見詠者近閱虛舟詩草有此題十首造語生新運用貼切合亟載之其一居然箕踞首羣英出手先教滿座驚身世似仙猶暫屈文章輸爾竟橫行辦香溯去原高足芳信傳來已服膺伴我正憑搔癢處杜詩韓筆與花情其二一拳初剖玉稜稜混沌中分擘華形開士指尖隨幻化仙人心事本通靈逐潮尸解空留相浸月魂香久鍊腥漸看纖纖垂透握儼推雲霧下青冥其三伐毛從此毓靈軀出水妍生緻緻趺影側乍疑傾鯉背香留休更捲蝦鬚銀蟾月下堪爲侶金鳳泥中合作奴饒有江鄉風味在玉盤金盞對屠蘇其四三花貫頂自如如蹴浪如將躡太虛乳水長生兼白蝙丹泉安步渫紅魚行烟

亂颭芙蓉逕掬月微揎薜荔裾願與女華同駐世莫教逃去
作蟾蜍其五金苗玉蕊腹中芒肘後猶囊不死方悟到拈花微
有指想緣辟穀已無腸縱橫吐露文何富咳唾承風水亦香
疑是長卿身羽化渴眈瓊液共裴航其六淩波綽約玅天葩誰
賦驚鴻手八义解甲幾看成正果躁心纔洗即黃芎葆眞定
仰雞頭實渡弱應騎鶴頂花漱石枕流吾亦慣寄身尤怯穴
中蛇其七六寸膚圓百琲身風前掌上憶前因道成已過胘三
折望去疑抓月一痕悟到空花誠脫屣落隨流水不沾茵存
思我亦希龍蹻可許肩隨步後塵其八臘來春去底倉忙蹤跡
如曇屬渺茫涉世本妨身太直爲花便爾骨都香蓼洲拳鷺
偷形去藥鼎飛魚染指嘗一自靈心通徹後已銷腸斷到鴛
鴦其九就能跌蕩亦仙才屈曲同屏爲俗開詑爾幾時方脫殼

笑余十指總如鎚支離莫更安蛇足戊側還疑奪蚌胎盆沼
未應留得汝好乘飛掉上蓬萊其十人間日月易居諸幻相難
留掌上珠彈指已過燈節後香踪重認爪痕餘玉冠似蛻憐
鈎弋貝葉閒翻憶侍書惆悵鷺灘翹首望水天無際又芙蕖
虛舟名學海賴姓廣東順德人布衣卒年六十餘無子著有
讀史解頤八卷述異志八卷海語二卷讀書小見二卷西遊
漫解四卷吳城竹枝詞一卷虛舟詩草十二卷雪廬詩話一
卷其里人邱仲遲校訂遺詩以四卷刊之復任刊其詩話一
種近日詩人之窮宜無過於虛舟者然虛舟之詩即以窮而
見好此雖偶然詠物滿紙騷屑淒集腕下不啻為已寫照玩
第一首神理作者命筆時正不知是題是我也
袁子才先生子才子歌放縱極矣當日有箴其狂者先生一笑

應之終不肯割愛不存柳堂師友錄輯吾閩楊晴帆通守炳勳詩有五十生日放歌一篇視先生作更委婉詳盡歌云我不能日策萬言獻　九重承明寓直何從容又不能手磔酋渠飲其血龍武軍前立首功丈夫垂名重竹帛碌碌羞與噲等同少年卧鄉里脫粟三斗嗟不充中歲走江湖千將鍔露青芙蓉屠傭酒保具俠骨聚飲尋常倒十鍾是時褭馬願輕駿搏戰不恃雙拳空決踶例不受羈勒一官遊戲東海東居然平參簿尉小亦旣上窺畿輔雄南船北馬瞬息萬餘里觀海登岱浩蕩乘天風卽今時事多遷改釜氣蒸騰猶勃蓬鬬耐路鬼揶揄屏息謝弗斂頓覺老女仳傴弄姿難爲工自請剔釐秦獄三千牘不學鼓鑄蜀山十萬銅差免洶洶造業禍來裔或藉區區報效明孤忠家人具酒爲我壽謂我子月廿

五五秩慶生松吁嗟噫嘻過去之日已恍惚未來之日殊曚曨金張勢要非吾分雷陳知過亦罕逢況乃圓魄漸愁蜍影蝕夕陽返照桃花紅君不見五雲參差蜃樓起大半隱沒縹緲虛無中我設信願禮天祝天其憐我倘曲從我願四海澄清干戈靖我願風雨調和禾黍豐我願當關大力禦豹虎我願入水赤手擒蛟龍杜陵廣廈許我築終南捷徑非我通享我千金帚坐我五花驄麻姑之爪搔我背元石之酒盪我胸如此廿年或卅載功成心樂顏還童然後倒著接籬巾短曳方竹筇肩隨羨門子袖挹浮邱公辟穀服氣授仙訣混茫天地一冥鴻我生未讀完書未竟事付與駸駸後起龍文驥子足亢宗通體探喉而出不假修飾入後十數語雖爲人人難必事恰是人人意有事即極無聊人讀之亦當收涕而嘻耳

晴帆有友蓄一女奴莊雅有宜男相意有屬矣格於閫內勢不可留作詩慰云薌澤微聞到口脂兩家情思一般癡漸多蝶妬蜂猜意半在茶來酒往時上掌明珠擎不穩脫身輕騎累難追屠門大嚼知何味（原注女奴墮身屠伯）愁殺蕭郎鬢欲絲赤腳三生福未宜五湖儕說載西施太難樛木平分寵偏是楊花不戀枝鴛瓦鵷籠新寫恨鷺灘蟬殼舊塡詞羅巾淚點霏微濕立馬林陰又幾時局外關情又何其切此可見晴帆之風趣過人處

上下平中有極平穩之韻字偏難押得自在如一東之隆四支之奇五微之機十灰之陪十一眞之因十三元之存一先之緣六麻之葩七陽之芳十一尤之幽十二侵之欽十三覃之慙是也姑舉之以例其餘

意餘於言方可箸書言餘於意方可注書

閩縣林熲叔方伯（壽圖原名英奇）道光進士以事放歸回籍後留心經濟旁及風雅倡和尤盛距今歿纔數年詩多眞摯閱歷語爲時傳誦有向余歌其隴頭水云隴頭之水解人語長把秋聲告行旅此聲自有天地來積恨萬古萬萬古車輪爲之折馬足爲之盤轆轤不絕水不歇征夫眼淚翻波瀾波瀾慘以洌啼猿共嗚咽三尺劍歌行路難七條絃怨無家別隴頭水朝復暮隴上塵來復去無日不聞隴水悲有人偏向隴雲度悲風曠野泣數行下征途險巇來何爲者通首全是蓄勢結數語正如圖窮而匕首見不禁爲喚奈何矣

潘蘭史詞極婀娜詩復秀麗有無題四律云（其一）幾度邀題白石詞筵前密約慰瑤思明燈錦幄眞相見洛浦風鬟夢裡疑親

付吳綾添半臂笑移銀鏡照圓姿江郎重檢生花筆又記迴腸盪魄時其二
侵尋舊夢半魂銷第一温柔第一嬌合德異香聞竟體窈娘輕步稱纖腰芳懷明月當春暖淺黛遙山帶病描願作雙清羣女侍不盤倭墮故垂髫其三
三生遺事問釵鈿軟語憑肩字字憐桃渡可迎知愛妾松陵能唱定詞仙名紅鄉自工穠艷慘綠吾非最少年博得情天容小住匆匆湖海亦前緣其四
潘鬢初絲帽影涼那堪跋扈舊詞場點金天或憐癡願擲豆神應授異方儘有濤箋題錦水何慙蘭佩贈風裳芙蓉江上紅芳館珍重梳頭侍曉妝猶憶蘭史語余以無題曰艷詩發源齊梁晚唐温李乃變爲近體　本朝黃仲則綺懷樂蓮裳絲春諸作芬芳悱惻突過古人若王次回袁香亭靡靡之音非雅奏也是眞能得無題之神理者惟四律情致

纏綿必有所指以其麗而能則故錄之或曰爲小紅校書作
國初閣內旗人有尤效纏足者　純皇帝惡其變亂舊制奉
旨嚴斥嗣後不準旗婦纏足今按俞蔭甫太史茶香室叢鈔
引楓窗小牘語謂宋南渡初金人婦女盛行瘦金蓮方云云
是滿蒙閨飾沾染漢人陋習此事在七百年前已有然者
淸客伶人奉祀之神閩語呼爲相公據　國朝汪鵬袖海編云
相公卽唐時黎園之雷海青其人或作田姓蓋雷字而去其
上耳
隨園先生小倉山房詩集能言古人所未言能達人人所欲言
是以語妙當時而傳後世其不滿於書傭亦以此要知先生
胸羅萬卷下筆有神縱意所如自兼衆妙今觀集中典實諸
題一片靈光流走貫注若在他人爲之當不知如何使力矜

詞死氣滿紙矣要其所讀之書果能過乎隨園先生否

乾嘉時稱袁趙蔣三家袁第一趙次之蔣又次之斯文直道三代猶存或欲爲之翻案次袁趙於蔣之後則惑矣

袁趙蔣三家乃就袁趙蔣三人而言非其時天下文章莫大乎是前人有所謂七子十子之目亦是如此

固始李鶴人中丞（孟羣）道光進士任安徽布政使咸豐九年禦賊殉難加巡撫銜得謚武愍并建專祠中丞沈機俊給文詞英發有張睢陽風箸東蓼賸草警摯處使人歌泣感懷云（其一）少年期許今皆負便過百年也可知憂國并無經國略陳情竟有奪情時等身箸作傳難必隔世詩書讀已遲眞是　聖朝容棄物祇憑雨露被恩施（其二）敢云胆略冠羣英國事家仇一命輕無力縛雞威亦假守株待兔計難成陰符簡練徒虛

語博議縱橫未實行安得良朋如管樂勉驅駑力共澄清其三
五年簿領滯邊陬幸脫樊籠得自由事後迴思皆險境當時
大局孰週籌飄零身世無根草安穩功名上瀨舟同是生成
天獨厚君恩祖德倍難酬其四昔日祇知為宦好此生宦況飽
經營干戈易動生離感鬢髮徒增老大傷見月思親空有淚
臨風憶弟幾迴腸祇今烟火連三月悵望音書滯一鄉佳句
如易迴魯陽日難放杞人天亂世宜知武家貧好讀書賊裏
壘驚真胆略軍中猶假舊旗旛力扼孤城心有血氣推兇逆
胆包身江南詞賦多哀怨楚北關山更戰場每自偏裨詢將
略翻嗟離亂博詩名挽粟已無蕭相國屯田還有趙平羌空
拳誰信金能點大器全憑玉女成干戈未解湖湘刦節鉞誰
專李郭功政成何只容三戸才大真能用五官患難交情聯

異姓艱危將業仗奇才開國軍容還氣象危時天意待英雄

皆有生氣

人家子弟解得好名大是美事以肯好名便肯用功向上如不用功向上雖有其名亦不得而終有之矣增城單澤仁明經光亨有句云才疏轉畏名又句涉世才疏易累名

順德周成霖司馬羊城懷古詩云其一鷓鴣啼罷越王臺詞客憑臨載酒來一代英雄安絕徼百年霸業賸殘灰嬌歌羣舞香塵散廢苑荒邱木葉摧賴有文章開嶺表古今同感陸生才其二執梃降王霸業消紅雲不復宴朝朝美人有恨遺香塚流水無花賸短橋北郭當年悲劍樹西湖今日罷笙簫東風嗅醒繁華夢徒見珠江咽暮潮其三南園零落付烟霞賸得荒祠噪暮鴉旗鼓當年紛樹幟詩歌千古各名家猶餘逸韻依芳

草不盡靈風舞落花太息羣賢酬唱地斷碑閒卧夕陽斜其四
談笑能傾坐上賓狂吟燕楚率天眞宛如東晉風流客又作
前明節烈臣海雪有堂陳古器雲山無地寄閒身情懷如綺
心如鐵長嘯高歌待敵人按首章言西漢趙佗次章言南漢
劉鋹三章言明初南國十子事迹人多知者末章言南海鄺
湛若湛若爲明季名人所箸赤雅嶠雅猶有存者其赤鸚鵡
詩與順德黎美周黃牡丹詩盛傳於時平生志行瑰奇殊足
稱述初出母腹庭中甘露適降父感其祥故名以露而字之
湛若五歲命作甘露詩應聲而就少長通諸經史旁涉各體
書法好騎射狎俠少年狂名大著黃恭庭令南海聞之弗善
也遇諸途以衝突行𧷢縶返邑署將窘折之御史梁森琅再
三請怒不解乃亡命避地過廣西留土司岑姓家爲猺女

雲韡孃執兵符者掌書記以其時成赤雅一書傳誌其山川人物崇禎末歸補諸生狂如故學使以恭寬信敏惠五字命題文分五比而書以五體書得五等大笑棄冠巾去浪遊吳楚燕趙間得詩數百首即所謂嶠雅者縱橫抉盪不可一世而不知其心傷目擊立意固有在矣嘗愛阮大鋮詞賦爲之序及阮以倖致身怨報東林甚酷貽書詰責終身不見戊子薦擢中書舍人庚寅奉使還守廣州與諸將抗　大兵閱三百日城始陷從容幅巾抱琴以死有子曰鴻字劇孟狂不如父志行似之以丙戌死東郊贈錦衣千戶有堂曰海雪有琴二曰南風宋理宗宮中物曰綠綺臺唐武德年製明康陵嘗以進御有硯曰天風吹夜泉自銘自書末押一印作福明洞主四字二百餘年來琴硯流傳獨久然海雪堂爲所居故址

憑弔者必及之故海雪之名尤著於天下云周司馬又有過鄺湛若海雪堂故址詩云其一寂寞虛堂草色新當年歌嘯寄閒身絶交權貴眞高士盡得風流若晉人健筆儘教題鮓甕焦桐獨惜委風塵菱按天風硯後歸青浦王侍郎綠綺臺琴相傳爲某錦衣子所得當時同與千古者其南風乎煌煌節烈垂青史菱按諸史乘均未詳余文乃從陽湖劉光珊炳照稿粉飾欲薦芳馨一採蘋其二一代詩人筆更超花田遊舸憶芳朝離情獨得山川慰風土閒將猾獞描勁卒有刀能解脫吟魂無處不逍遙月泉嗚咽空流水恍覺琴聲座上飄煒菱按司馬名棠芬以好琴又號隱琴著有味閒軒詩鈔在近人詩中可謂典麗而能明秀者

與周司馬同邑賴布衣虛舟詩草亦有過鄺湛若海雪堂故址詩沈摯感切另出手眼合并錄之其一挂劍攜琴迹已陳尚餘

塵土共千春試援綠綺彈三峽猶黯青楓動四鄰蠻峒有天容爾傲中原無地著君身相思寨主猶存否我亦人間失意人其二游倦歸來事已徂枯桐空賸壯心孤中書奉詔嗟何晚蠻府參軍遇亦殊毅魄尚應隨子壯芳鄰剛近接楊孚不知黃令閩中宅可有人尋故址無其三滿目蒼烟宿草漫悵吟何處倚闌干琴無知已生何託士不逢時死更難詩麗爭傳鸚鵡赤穴直留得鳳凰丹想當環列圖書日晝錦同將一例看

吾閩自前明林子羽膳部鴻以詩崛起同時倡和者稱十子其詩以和雅閒淡為宗世目為閩派人　國朝則詞壇輩出力能凌轢千古雄視一代者代不乏其人向之所謂閩派舉不得以囿之以言七絕有若永福黃莘田大令任　七古有若建甯張亨甫孝廉際亮　七律有若閩縣薩檀河孝廉玉衡　謝甸

男廣文贏華田先生名輩較早秋江香草二集流傳天下膾
炙人口亨甫先生七古檀河先生七律此編已多采輯茲錄
甸男先生書杜樊川集後云千秋悵望杜司勳使酒談兵迥
絶羣河北猶留天子使淮南空老殿前軍涼風斜日悲張好
細袖清樽索紫雲誰識揚州十年夢一般寥落信陵君　秋
燕云秦樓幾日下西風故國烏衣想夢空掠遍斜陽衰草外
語殘微雨畫簾中連朝朔氣隨邊馬昨夜秋聲入塞鴻歸去
海天雲水闊杳粱儘好是飄蓬　感事呈陳大同年恭甫云
羈懷惻惻渺難分鎮日圖編借解紛江上愁心長爲月醉中
鄉夢總如雲南荒未散樓船卒北使仍屯博望軍多少關山
行路感書生懷槧欲何云　蒙州云停棹滄波住小時孤村
風物繫人思日斜沙嶼雞豚散水暖烟江雁鷺知渻閟似聞

廉讓里風流欲訊女郎祠淸湘亦有琅玕寄悵望雲軿靑桂
旗　無題云萬里風雲接塞昏儒生孤憤竟誰論美人歌舞
空南國大將旌旗自北門今日朝廷須上策古來興廢寄中
原少年意氣吾何敢短後征衫有淚痕　自題云一卷殘魂
手自編他時誰與弔樊川桐經半死仍孤賞蟲號相思亦可
憐未免冬、郎懃少作已多秋樹感長年西風剪紙招何處破
楚門東急暮蟬　失題云又作春明一度遊蘇鄉做盡黑貂
裂泥他紅袖翻金縷顧我靑衫欲白頭小閣共誰聽暮雨凝
粧莫自上高樓壻鄉妾水原相望爲緩眉尖一縷愁　秋海
棠二首云玉碎香銷往事空更將遺恨託芳叢碧蓮抝寸絲
仍繫絳蠟成灰淚尙紅千載癡情鍾我輩一生顏色借秋風
劇憐同調歸花譜但嫁春皇便不同　幾年蜀國對離樽又

伴萍蹤到海門名士傾城同薄命淡烟殘月與招魂長廊人
靜寒蛩咽曲院燈繁暮雨昏我亦西風腸斷客欲攜茵俎夜
深論　聽鸝曲二首云邂逅盧家白玉堂娉婷未嫁惜年芳
湖中蓮子堪求藕天上弧星只對狼自有珠囊承絳露不勞
玉杵搗元霜鏡波一曲橫斜水珍重三生問阮郎　瘦盡文
園馬長卿秋風秋雨不勝情車輪腹內應常轉棋局心中總
不平都尉鴛鴦驚絕艷廬江孔翠惜分明定知兩美須并合
底事香車滯六萌　先生爲乾隆己酉科舉人與同邑薩檀
河先生并世爭雄前黃後張於斯爲盛尤精三禮兼習司馬
家言旣不得志於有司惘惘出門羈客中州隴蜀者八遍歷
古來用兵戰取形勢酒酣縱論俯仰低徊不能自已蓋古之
傷心人也集名櫻桃軒詩僅二卷七律亦沈亦麗有肉有骨

在各體中獨擅勝場生平自比樊川余則謂神合義山而追
步於浣花草堂者
乾坤清氣得來難凡論文品必以此字爲主古今來名大家集
骨脈未有不清者或問黄薩謝張四子詩品余曰莘田清圓
檀河清脆甸男清麗亨甫清勁又問如何而後謂之清大抵
詩境甚寬隨人領取要其意不眞摯者非清理不澄澈者非
清趣不超玅者非清筆不空靈者非清詞不雅潔者非清調
不宏亮者非清機不圓活者非清氣不雄浩者非清神不寒
芒者非清於此著眼思過半矣
崇禎十三年庚寅歲有閏正月見明張岱嫏嬛文集
纏足至唐而盛贅談卷一所引者頗詳或作楊妃出浴圖并不
纏足非也宋王明清揮塵餘錄載建炎末樞密計議官某以

男身纏足其友爲之語曰君明皇時四人合而爲一狀類黃
幡綽頭巾類葉法善脚類楊貴妃心腸似安祿山云云可於
嫏嬛記遺蹟之外添一證據
自來經師不工箸作勉强鬭勝索索然死氣滿紙有如横陳嚼
蠟盎詞章與纂述一直一横本分兩路也　國朝兼之者秀
水朱竹垞太史（彝尊）可稱大宗餘皆不及袁簡齋大令亦有
考據究非專家故詩文造詣特深
俞曲園集有銘篇一卷余嘗愛誦之爲之摘刻十數首當不讓
兩般秋雨盦隨筆所紀也（原引銘者名也因其器名而書以爲戒也是以作器能銘古人貴之古之爲銘者必有意義存乎其辭若徒以賦物爲工則非銘也余裒集舊時所爲銘存雜纂中題曰銘篇其辭雖陋各有徵意存焉爾）
三不如人齋銘（原注東坡自言有不如人者三飲酒著棋唱曲也余少時嘗以名齋今錄其銘）
嗟我之能百無一也何獨此三者而名吾室也曰

三者之不能吾無恤焉若其餘者俛焉日有孳孳人一能之己則十人十能之己則百也

羊豪筆銘　史載筆士刲羊羊乎羊乎文字之祥乎

名字私印銘　余文之陋余字之醜借爾以輝光其前後百世而下指爾而歎曰曲園叟也噫何必黃黃焉大如斗

飲盌銘　雖曰脫粟必量吾腹凡事類然逾量非福

竹箸銘　不可無竹亦不可無肉吾以竹食肉

帷帳銘　方暑之夕白鳥營營而枕席之上沕然無聲猶戎馬在郊恃此一城噫夏商之季亂矣而亳周之域則平定哀之間昏矣而顏曾之室則淸君子於此得養心之道焉嚴其扃鐍而毋爲外物之所攖

枕銘　冬枕枕布昭其省也夏枕枕蒲取其淸也君子晝動而夜靜奚其警也

皮倚子銘　原注桌椅字其初止作卓倚後變而從木茲則皮也而非木也于木奚取仍作倚

木養和

也而易以皮以卧以坐無弗宜吾未嘗聚徒而講學毋曰皋比　鏡銘　爾知吾面不知吾心與爾居久矣爾之知我猶淺也而何悠悠者知我之深也　梳篦銘　非疏也不足以通其類非密也不足以去其累君子觀於梳疏而篦密而知剛柔之交劑寬猛之相濟吾將執此以爲治天下之器　佩囊銘　大而人材於爾乎收之小而詩句於爾乎投之爾其公輔之器而兼名士之風流者乎　唾壺銘　吾於世事有悲憫而無怨懟吾於世人有嬉笑而無詬誶故爾從吾數十年故至今未碎　時辰表銘　爾其狨歟鵷歟乃司日之長短歟待時而動君子所憲是用佩之非日爾玩　玻璃窗銘（原注依古字宜作頗黎然玉篇已有玻瓈字其字亦古矣）日月之照臨爾爲我受風雨之交侵爾爲我守吾以招祥而塞咎　愚按銘詞於諸體文

中託體最尊以諸體文皆可襲取銘詞則非多讀周秦以上書必取辦不來今世市井鄙夫應酬文字不論傳記末必附銘數語只是無平仄之詩不四六之賦耳何曾絲毫像來試示太史此文定當步崔君苗焚硯之後

余每怪軀幹鈍重之人一貼枕簟便鼾聲大作卧榻横陳主客皆厭後閲宋邵博聞見後錄稱韓退之氏體豐肥恒好睡知古來名人亦有此病矣今人雖無其腹笥亦何不可云皆有一體易地則皆然乎呵呵

老爲人生所難得爲天下所公敬此是何等貴幸然吾見世之所爲老者矣倚老賣老則泰於其所無得者也老而忘其老則熾於其所欲得者也故夫子云及其老也戒之在得得之心一日不忘所謂自賊者也不亦大可哀乎得不必是貴幸榮利諸實事凡

龍選予與所錄予與內
者便是此中之辨甚微

攝政王致史可法書乃李舒章雯捉刀史可法復攝政王書爲侯朝宗方域代筆見　國朝禮親王昭槤嘯亭襍錄所述或云復書出樂平人王綱手殊未足信蓋此等大文天地間能作之者本屬寥寥其時侯公正依史公幕府豈有別命他人之理迨乾隆時奉　上諭兩書均列入史館列傳我　朝寬大之政誠足以超越千秋矣蒙誠恐讀者不察而掩其作之之名故特著於此俾後之人有所按焉

國朝詩人徵略六十卷編至道光初年之作而止吾閩張亨甫先生（際亮又名亨輔）生較晚其時集尚未出故未輯入今者先生之詩流播宇內讀先生詩者每欲論世知人而苦于無從余按先生父固賈人嘗使棄學塾師諍而止未冠補諸生名猶未

蓍及遊福州陳恭甫太史門福州人始稍稍傳先生名而先生意殆弗屑惟與光澤高雨農澍然桐城姚石甫瑩契厚雨農石甫固夙負天下文章重望者也弱冠以拔貢試京師輒報罷因留於京京貴人聞先生名爭識之南城曾賓谷都轉燠方以勢位聲譽奔走天下士士或屈節如丁謂故事先生座斥其人詞連及曾曾爲弗慊遍愬貴人謂先生狂無狀貴人亦以狂目先生先生慨無眞賞益復發憤迸其力於已求爲可信間借伎優傳誌所識并其論曰金臺殘淚記所以寓也知之者謂其用意多風指詞能婉恭有三百騷選之遺云然毀之之深當時愛者且無能爲力福建主試至相戒張某狂士不可領薦適先期緣事改名亭輔草草入闈主試閱榜無先生名幸其未取迨後知之猶見詞色以爲莫不祥若也

者再上春官愈無聊賴負篋走江湖前後凡若干年終無所
遇及聞石甫被逮自淮上扶病謀從入京石甫止之不聽留
其妾於淮以示必行行抵京而石甫獄事得解先生竟卒於
旅邸之松筠庵狂先生者至是咸義先生一時士大夫尤多
弔之石甫歸其喪并刻其集其妾於闔棺日即剃髮爲尼妾
蔣氏右事迹得於東溟文集其他軼事知必有散見別傳當
再補編
潘蘭史娶於南海梁氏名霭字佩瓊嫻雅通詩早卒其遺稿有
春陰一絕極幽艷辭云寂寂閒庭似水流峭寒不捲繡簾鈎
花前怕倚迴闌望紅是相思綠是愁蘭史成百韻詩以悼之
余爲題五律四首云其一痛極應成悔當年得婦佳有才空合
集無命不同埋天或多情妒緣甯夙世皆如何傭廡下猶見

老荆釵其二情過畫眉甚同心莫或先校讐成益友知己勝時賢歎語雄心激高堂子道全遺編不可讀當局覺淒然其三髣髴魂來矣姍姍是也非千秋終訣別萬里轉相依敢把頭皮送誰憐心事違知君當永夕殘淚滿征衣蘭史寓德京柏林有七夕夢故婦詩其四我亦嘗經此余先娶於漳州王氏亦好吟誦生十九年而卒君悲我漫箴黃門能好色紅袖況知音月向多情老人非擁鼻吟桃花盦在否遺恨又秋碪明唐子畏賦物悼亡題曰綺疏遺恨碪杵其第一首也　詩互見少遊草

余編贅談日得蘭史婦詩較遲故所載較少茲復錄其村居寄妹云幸免紅羊劫何如白鷺閒村居對流水花落一重山聽度曲云晚涼初試白羅衫竹几瓷杯瀹茗甘擕得玉簫剛合拍落花時節按江南秋暮云秋色蕭條上竹團打門黃葉暮聲乾捲簾鎮日攤書坐只有青山相對寒寄蘭史云牘整鑪

香劉月斜蘭閨幾日罷繅車烟中彎綠遙山黛鏡裡愁紅獨
藕花燕子何時相語荆鴛鴦好是不離家晚涼領略消閒趣
自喚雛鬟教煮茶雨後遣懷云雨後芭蕉綠上簷晚涼新喜
爽衣添花因欲睡頻依檻月爲憐秋故戀簾午夜無眠供茗
椀半年多病謝文奩偶乘清興燒銀燭獨自繙書號玉籤有
此綺才卽非明艷亦屬可人況聞其平日述好甚敦耶倘加
以年佳壻如蘭史捧硯長閒互相師友笙簫合拍琴瑟和聲
徐淑秦嘉豈能專美乃以芳齡不繼所就僅斯斯雖篇什無
多復經蘭史訂定寒香冷艷多怨工愁要其性情者然矣此
其所以早隕乎
曩余以辛卯之冬哀庚寅全歲所作詩仿唐人行卷例鐫以分
餉親友時亡婦王氏初來歸見內室編帙問何書余告之暇

輙欣然把玩若不勝流連者詢悉少嘗從塾粗解文義因詰以毛詩三百篇古詩十九首皆成誦矣爲之講解古來詩人源流正變聲律競病夜必課以白蘇集若干題逾月而畢顧性躁急喜近功不耐沉思畏古體長篇爲讀爲作皆今體是從余知其學弱欲卒勵之念其意癡又善病不忍督而拂也由是聽其作輟偶然有作稍加點竄而已君亦自知不可示人故人少知者凡歸余一載而歿歿前以病就醫瀆澄同廈之間歷時者久舟車輾轉小婢不善收拾其作而未成成而未質余者遺脫當不尠惜無從理可得而理者皆余夙經點竄攜出外廂者也余或書之字格俾塾童筆書塾童喜其易於上口併入日課誦讀故余有句云新詩內子工酬和舊稿鄰兒當課程嗚呼村學究面孔則依然也而此樂不可再矣

仁嫌原作因已刻入揣箸贅談此不重載

岳忠武王墓詩毋慮數百家薩檀河先生四律獨能不爲前人所囿其一賀酒黃龍事竟空淒涼一闋滿江紅十年戰代歸三字五國羈魂泣兩宮水咽西陵虛夜月枝生南向怨秋風將軍不受金牌詔解甲丹庭死更忠其二舊井銀瓶事可傷金陀血淚洒家鄉一門忠節凌秋日半壁江山付夕陽從此朝周無白馬幾經換刼又紅羊英魂來往匡廬下不負前言到五郎其三朔風吹雪暗沙塵廳事親題百戰身史入北朝書戊戌天教南宋屬庚申議和已久愁諸將誤國當時豈一秦更恨埋寃不埋骨荒墳還說貫宜人其四佃客居然又一韓長城萬里北風寒生逢知浹明寃獄死遇周仙肯掛冠霜戟沉埋湖水冷雲旗飄泊野燐殘翠微亭畔劍門道居士清涼淚暗彈

同此用典別戚面目總由其筆意超動骨脈靈通又首律落韻按合當日時事持論甚正前人有慮諸路大兵皆撤公不奉詔孤軍深入未必有濟不知公固能軍史稱其兵法運以一心少許勝人多許嘗以所部數百健兒一破黃善曹成等五十萬衆兩破兀朮十餘萬衆岳家軍聲久寒賊胆皆相謂曰岳爺爺來吾等卽降已降如李成輩可使前驅未降如烏陵讙願爲内附自燕而南無不聽公號令汾陽威望亦不過是倘專閫而前必能獨成大功然後解甲丹庭請伏將在外君命有所不受之辠未爲晚耳乃杯羹分我君王竟遂滅親之私少保喞冤英宗倘見復辟之日公忠公恨終無解於千古矣悲夫

長洲韓元少先生菼晚號慕廬識者謂實慕廬陵歐陽修也先

生性喜古文尤工制藝迄今遺稿天下傳習幾於家置一編與熊伯龍劉子壯爭烈矣其所有作皆以時文之面目運古文之精神未達時每見侮於俗吏三得青衿而三褫之最後再應童子試被擯不錄邑幕榜其文以爲笑柄先生氣憤就縊遇救乃免崑山徐健庵司寇乾學適以奉使道經其邑聞之引爲不平乃招致左右命司筆札相將入京納監赴舉踰歲獲雋因聯捷而得會狀　仁皇帝奇其文呼曰天下才云

純廟嘗嘅歎　本朝古文不振因追謚韓元少先生爲文懿以振文風又歎漁洋山人詩世少傳習或援韓例以請并邀易名之典於是而王阮亭先生追謚文簡此二公者因詩文得謚在常列可稱破格然亦得之無愧者

桐城方侍郎望溪先生苞少日亦嘗作詩先輩見其古文戒勿

分心遂終身棄詩專力古文卓然成一代傳人詩文路屬相近尚要如此而況考據家言與詩之格格不入者耶

震川歸氏有光繼響歐陽允爲有明一代古文之冠論者尚以其科名遲蹇未免旁騖全集多不脫八股習氣爲病夫八股乃干祿之文纖靡庸陋何可與考據家言相擬然余每見有志之士初治八股繼能決然捨去者比比矣而治考據者一沈酣其中卒復無能自脫正謂其非纖靡庸陋之八股可比可以聽其兩存亦既兩存必難專一昔洪稚存太史品詩至孫淵如觀察獨許其少日未治考據以前之作二公皆考據名家之能爲詞章者而其言如此蓋亦自喻之微而無事悠悠者進諛爲矣

洪（稚存）孫（淵如）并稱以考據也洪（稚存）黄（仲則）并稱以詞章也平心論之

稚存之古近詩雖不及仲則稚存之駢散文確已過渊如

武進黄仲則貳尹建甯張亨甫孝廉二公七古恰是工力悉敵詩到如此可云觀止

今春聞三黎香孫鹺尹自芙蓉島來以手抄哭葬七律屬輯哭葬爲湖南龍陽易實甫觀察（順鼎）號此詩作於日敓方張時觀察以母服小祥奉父命墨絰從戎私愁國憤併集毫端多變宫變徵之音直令讀者皆哭不第哭僉善哭而後有此哭也原稿甚多今錄舟泊閶門作云金閶門外哭秋雲城郭荒荒水二分何不學仙丁令語自然流涕子山文江南有地堪埋我天下無人尚識君猶有故交三兩在吹簫市上一相聞曉發崔莊望岱云昔年晞髮向陽阿今日重來是枕戈立馬岱宗青未了聞雞天下白如何帝京北望雲遮日海國東看

雪捲波胸次攜將千塊壘欲持相對比嵯峨將抵天津云津門望見乍心驚八載重來是隔生塞上短衣隨李廣江南枯樹感蘭成鳶肩火色賓王相鶴淚風聲太傅兵身事已非人事改愴懷家國豈勝情余自衛慈恤卽以死自誓然父老矣遽死恐傷其心今奉命從戎若馬革裹屍固幸事也家惟一弟一妹一妻二妾預作此訣別云瘴江收骨痛昌黎他日應教弟妹攜喚女惟聞木蘭父哭夫不顧杞梁妻與諸君飲黃龍耳若有人乘赤豹兮轉眼鶯啼好時節金閨切莫夢遼西邗溝淮陰道中詠懷古蹟四首之一云蕪城一賦弔南朝來聽秋墳唱鮑昭有限春光化塵土無窮淚雨作波潮過江兵馬貍終斃亡國河山鼠亦妖廿四橋頭迎柳客不堪流涕更攀條感事書懷四首之一云四郊環壘辱如何一柱擎天媿

已多滄景未收唐節鉞燕雲竟損宋山河中朝黨誤牛僧孺西域胡譏馬伏波時論吹毛終太刻世藩未必果通倭題壁二首之一云一北再北羽書急小東大東杼軸空其惟雲乎雨天下何多日也露泥中父曰毋曰尙無死叔兮伯兮靡與同魚柏堪憐鬱冬日原注瓠子歌魚拂柏兮鬱冬日鱸蓴難戀哭秋風齊河道中將渡黃河卽事書懷四首之一云萬里辭家祗一身故山魂夢總酸辛回頭赤道偏南處轉眼黃河以北人蜀犬吴牛驚日月越禽代馬悵風塵健兒爭唱從軍樂誰識書生淚滿巾集成語二首之一云我徂東山別西土王命南仲城朔方其雨其雨杲出日日歸曰歸歲亦陽府取黃龍郡元菟闕指丹鳳河白狼鶴鳴婦歎于咥室馬瘏僕痛彼砠岡津門感舊書懷柬于兄晦若四首之一云故人已老賈生才猶戀梁

王雪夜杯精衞惟思填海水爰居豈肯避風災茫茫世事如山岳袞袞諸公自省臺淚盡河梁分袂後八年笑口幾曾開抵都感賦四首之一云乞天碾骨作車塵骨盡成灰恨始湮東海固應深葬我西山猶自冷看人空流身世無窮淚難到乾坤有限春夢裡豈知還到此恍乘神馬駕尻輪其他佳句如騎虎勢難今日下屠龍技早昔年成故人愛我宜生祭造物憐子儻活埋下弔齊桓上帝閽遠慚柳惠近孫登原注上句用楚詞大招語下句用嵇叔夜臨終語誰知海蜃噓樓閣祇爲天龍作道場功名慷慨留皮豹身世蒼茫擇木禽布衣臣本南陽者冠冕人皆北斗之已視閭閻作兒女豈徒奴僕命風騷茍薾幸免河魚困苜蓿惟聞塞馬肥虎頭食肉生何壯馬革裹屍死亦雄惟民所止畿千里與女遊兮古九河能譚澤潞兵三萬更醉新

豐酒十千李怨牛恩朋黨論桃生羊死賤貧交在冰上行渴飲雪坐沙中語饑呑氈似聞文帝寶黃屋每念高皇困白登酎金罰已寬荀彘盈篋書都示樂羊麻姑已見三揚土楚客惟思一問天畫壁雙鬟王賭酒閉門半臂宋修書死遭黃祖翻爲福生嫁烏孫倍可哀觖觖眞羞噲等伍沉沉堪笑涉爲王皆疏蕩圓警以全首中多詞涉哭毋家庭至性非言語所得形容故加刪節焉

余見香孫嵯尹手聚頭扇子有七律詩云莽莽乾坤滾滾塵輪蹄十載嘆勞薪名場悔嘔胸中血戰地猶留刼外身每爲言情思骨肉未能知命負君親頭皮未老江湖慣手版眞須署散人幾曾下第惜劉蕡難後名心退十分欲破愁魔甘縱酒未施將略悔從軍吟成瘦句人疑菊養就雄心氣薄雲回首

黔山閩海畔天涯有客悵離羣五岳歸來又五湖劉郎才氣識曾無登壇拔劍皆名將專寵承恩卽麗姝屠釣從來能任俠英雄畢竟恥爲儒不知彈鋏鳴箏客可有高陽舊酒徒席帽疲驢薄笨車倦遊無處不爲家十年遠宦身孤立一室清吟手自叉舉世誰如孫伯樂傷時我亦賈長沙無才未敢談經濟且向靑門學種瓜蓋其同邑張琴柯別駕驍自錄舊作感懷六首之四以似之也別駕爲人賦性不羈跌蕩自喜其遊星洲聞鹺尹言余方主詩社邀延夜偕鹺尹過余適余他出越日獨來則手挾其先德鄉園太守萬里歸舟圖乞題始悉太守舊官黔中別駕生於任所及長仍繼先德仕黔爲佐貳者久之以母老告近改閩臺陽之變以故家子慷慨談兵上書當路洋洋數千言意頗自負久之不報旣而歸益自

頹廢宜其詩之多楚聲矣書稿刻爲臺防末議一卷余爲致之蘭史典簿卽以典簿近刻外集六種遺之典簿喜經濟家言得君防議其或更有以進君也

造物忌才歷觀不爽古今來才人畸士無論終局如何遭遇要在中年壯歲以前必有一番意外衡困或數年或十數年不等蓋不如是則亦無能自奮其必傳之學自致於必傳之地可見忌才二字吾人以爲不堪而在造物深心已當作辦理才人成案欵待才人正供惟及身每多無後此理正不可曉豈以著述窮年鑠精敝形之故耶噫

江西自鉛山蔣藏園先生後詩稱大宗者有東鄉吳蘭雪刺史嵩梁蔣長於古吳長於今七言律絕足可奪席漁洋比肩十硯初聞浙江袁簡齋先生寓江南金陵大啟詞壇揭櫫風雅

欣然往質袁聞其來使門生劉趨逆於道劉年少放佚不滿
多口吳疑袁爲有意慢已遂中道回車終身隻字不入隨園
袁聞而悔之然亦無如何也
七洲洋在中國極南瓊洲島之後爲來南洋羣島所必經每見
近人詩集有詠之者多浮夸失實不過一篇海賦而已與七
洲洋無與其弊者誤信昔人纂述舊說恒用神鳥帶箭引舟
故事或且以里巷讕言謂舊有地名七洲陸沉洋中風日澄
朗時舟行洋上猶得見其下有山川城郭雞犬人物此等之
詩直堪噴飯星洲麗澤社嘗以七洲洋放歌命題得竹鄰居
士作甚典切明暢詩云昆侖過旅客賀此際船如天上坐由
此而南逐海流巨浪潑天天亦愁黑雲已渺風微扇鼠尾龍
雲不再見飛渡横來激箭浮尙須數日始方休勿犯萬里之

長沙石塘千里亂如麻舟師至此皆惕息水綫毫釐不敢忒有時颶風陡翻起有似洋名驚黑水不然天色放新晴瀠洄又似綠波迎計往南洋島各異非經斯路不能至今我涉長溟平昔目未經浩浩乎渺蒼海於一粟身世蜉蝣溷塵俗從此羈棲海角身永作蓬飄梗斷人或云男兒志多放願得乘風與破浪爭如事業迄無成與俗浮沉未立名昔我越南去今又息力往徒令海道熟往來不使驥足展驥材無已入海甘雌伏一去不返師梅福如此措詞自無流弊（竹鄰居士或云即潘伯祿）

余昨以閩縣劉烱甫大令（存仁）岷雲樓詩話惜其同年建甯張亨甫孝廉（際亮）身後詩多散佚無能任刻其全集者因據劉輯篤舊集多錄張之七古於卷一中嗣獲福州黃㪷臣同年函昇巨帙擷之郎亨甫詩選也上題光緒八年壬午同鄉後

學徐小勿幹刻於甯波榷舍編卷凡八存詩凡一千三百八十張氏一生所得應不止此而此千數百首竟得素不相接之人爲之校訂於身後其精神命脈未嘗不因是益彰夫亦可慰張於地下乎

詩宜多讀多作亦有不宜多讀多作者五七言排律長短句樂府是也排律能實不能虛能密不能疏其弊也試帖樂府難鍊而易滑易放而難收其弊也類書余閱近人集每見排律輒越題而過終不耐煩樂府雖可大抵多則不雅

本朝考據家之能爲詩者余獨服膺秀水朱竹垞先生講義理者之能爲文余獨服膺桐城姚姬傳鼐先生秀水亦有文桐城亦有詩亦皆工然余終以詩歸竹垞文歸姬傳

朱竹垞王漁洋并稱猶唐李杜也方望溪姚姬傳并稱猶宋歐曾也

竹垞先生不獨爲本　朝詩祖亦爲詞祖後人於詞儷以錢塘厲樊榭鶚先生厲詩確非朱比若詞則不失爲大家二家之後要推滿州性容若德先生吳江郭頻伽麐先生

余少治詩未嘗治詞惟愛其節奏抑揚情辭往復比諸近人詩中之所謂樂府者終覺清新有味時而循誦遇佳處則復欣然忘倦會心處原不在遠因悟文體有宜於散者有宜於駢者韻語亦然詞在詩中謂之詩餘不過駢文之於散文云爾且其源甚正句法韻法多與上古三百篇合漢魏以來之未盛行毋亦如篆隸草楷之爲時會或限非其託體之爲道薄人見其體隨世後先有不足輒引麗則麗淫成說界彼分此復舉後主易安一二人以實之此何異怨荆公而嫚周禮責綱目而連春秋者哉

選集易傳專集難傳詞章一道其有賴於好事之選輯自不可少閩粵同處南荒樂操土音四聲未叶塡詞一道殊少專家故當世談詞家寡所稱述然亦乏好事之自爲編搜耳粵詞自道光已酉許青皋茂才玉彬沈伯眉學博世良上搜南漢下迄同時始刻爲初編閱四十餘年光緒壬辰復得楊椒屏郡丞永衍增刻二編其未收者潘蘭史典簿補之是爲三編四君皆番禺人故余題粵東詞編云何人海外築詞壇百衲琴言百粵探他日風流應記取選樓鼎峙海珠南又云南音未信土風訛一卷編成此試哦惆悵閩江好風月軒留天籟已無多盖以吾閩詞家亦自道光季年得福州葉申薌太史庚光搜刻號天籟軒詞鈔乃遲之又久與粵東同其經始者不見與粵東同其蹥收也然詞學一綫尚有嗣響以予所聞

長樂謝枚如閱讀章鋌尤其善鳴者按謝先生又嘗輯有賭棋山莊詞話行世
未觀其詩先觀其題題多詠物者決是小家題多擬古者亦非
大家所宜
洪北江先生卷施閣文云聖賢能不好名乎孝經曰揚名於後
世論語曰君子疾沒世而名不稱焉是聖人不能忘名也然
則名不可好乎曰好名之弊尙足以扶世何則人而能好乎
名類皆聰穎拔萃之人也聰穎拔萃之人賞之不能勸罰之
不能懲而名之一字卽足以拘之然則名亦可假乎曰不能
也有聖賢之名有忠孝之名聖之名而可假則莊周列御寇
之徒假之矣賢之名而可假則郭解樓緩之徒假之矣忠孝
之名而可假則王莽趙宣之徒假之矣等而下之至才士詩
文之名亦無不然文有文之精神詩有詩之精神精神能永

百年者則傳至百年焉精神能永之十世五世者則傳之十世五世焉精神能歷刼不磨者則傳之歷刼而不磨焉然則吾欲救天下好名之弊亦惟使之各務實而已萩園按名之一字乃天下有志之士所共爭雖聖賢亦打不破此關而其所以立教者亦究不越乎以名爲範圍愚每有記言及名字恒三致意焉惟不能如先生之透闢耳載獲此論實獲我心故具錄之以堅好名之力

廣東陳蘭甫乃近代經學家之最賅博者平生詩不恒作亦不存稿而其與李子黼論詩乃言　國朝一代經生詩之能超然清玅者惟朱竹垞一人而已此語實得作詩三昧世之自命詩家許多不能言而蘭甫言之宜其詩之高華朗秀於清字歛有內工余故每見其詩必爲搜錄揮麈卷三所錄略見

大概想五羊人士必有多藏其手筆者如得好事任刊鄉先生佚編他日風行當不讓張譚黃專美毋令當世談詩之子徒聞三陳先生之名而不獲與覩三陳先生之全也

祉子黃樹勳近作老將四律云竟使人間見白頭邊城歲月逝波流少年空抱終軍志老去難封定遠侯天地幾時方厭亂關河長此苦防秋餘生欲向君王乞無奈深恩愧未酬豹略龍韜本夙嫻聲威震慴到羌蠻據鞍堪笑心猶壯搔首偏驚鬢已斑垂暮尚存酬國志沙場惟願裹屍還頭顱我自邊庭老何必更求入玉關勤王十載効馳驅身世蹉跎感白駒烈士暮年悲伏驥英雄末路慨騎驢三邊孰獻和戎策百戰空憐報國軀太息投閒生髀肉酒闌時挽舊雕弧將軍百戰老西陲不信奇才竟數奇飛將久聞威虜敵封侯半槪屬偏裨

解鞍空說平生事對簿徒深末路悲射虎請看猿臂徙沈雄豈減少年時老馬四律云曾向沙場百戰回至今誰識是龍媒勳成汗血憐將邁老去雄心總未灰豆棧堪悲儕下駟鹽車終恨屈長材欲獻暮齒疇過問況復黃金市骨來羣空冀北骨權奇知已難遭實可悲萬里飛騰猶有志千金賞識竟何時蹉蛇歲月憐增齒落寞風塵赴相皮若使長鳴逢伯樂馳驅許國未嫌遲廿載長征西復東歸來意氣尚豪雄未甘齷齪終轅下肯與駑駘共皁中伏櫪幾曾銷壯志識途誰復念前功涼秋苦記當年事仰首悲嘶向朔風往日宣勞瀚海邊功成老棄轉堪憐關山蹀足曾千里泥坂傷心又十年束帛未忘知己贖着鞭常恐後來先將軍聞說重臨敵東市明朝買錦韉又同題七古結數語云少用其力老棄之田子方爲

汝增悲豈知君恩本非薄時平伏櫪因其宜功名幾人善終始古今知遇多如此縱教束帛贖無人千金骨待燕臺市故作寬語字字嗚咽不忍卒讀視前四律又屬更深一層

陸放翁靜愛竹時來古寺獨尋春偶過溪橋此種詩古人謂之折句體盧贊元嘗傚之詠雪云想行客過梅橋滑免老農憂麥隴乾便已不像

曩與長樂家莘孫進士炳萓同遊厦門晤閩縣人鍾姓者亦老科進士也名大焜號香樵通脫不覊作忘年契晨夕相過意氣浹洽余嘗從容出舊作詩文底稿相質蒙加擊節知余欲赴秋試復贈詩云蕭蕭班馬奮長途小住征驂醉宿酤果得正音能躍鐵誰知滄海久遺珠青衫十載憐飄泊鴻雁三秋話荻蘆此去釣龍臺上望壯懷端不負頭顱期我之厚令人

感不去心卽萃孫亦謂難在初交便有如是之傾倒也余遂於是秋領解南北征途勞人僕僕此君亦行止靡定重晤綦難今更相違萬里未知何日克賦歸來載酒三山一作訪戴之舉

福州黃孺人咏漁婦圖云微揎窄袖曳輕裾人似芙蕖出水初未許漁郎問消息只愁對面欲沉魚孺人名曇生字護花名進士鄭方坤母詩見射鷹樓詩話

陳留有元聖祠中祀伊尹黃莘田先生題七律云荒祠古木拜阿衡傳說空桑此篤生五就爲斯民重任三年率乃祖攸行菱按用經語入詩究非正格然施諸元聖祠自是善化不傳殷商聘幣先田父鄉里雞豚但割烹菱按烹字如此押法笨伯何曾夢見郤上皤然臺一笑誤人畎畝不終耕菱按結得風趣之極

先生嘗在邯鄲過樂毅墓賦詩二律後一首起四語云反間能令嗣主驚英雄心事最分明負恩果有留齊志報怨何難入郢兵看似翻案卻語語持平又弔虞卿一律結韵云後世窮愁有生活學他著論得芳聲神志恬適耐人尋味在弔古題中最爲可愛

余於辛卯壬辰連試有司不利乃爲冬興詩以自遣中有句曰玉鏡倘教輕作聘微波何日不通詞其時郡守雷姓謬爲下士余意蓋有所指也或疑其怨誹而近于怒是殆未喻余意者讀莘田先生無題作云捷徑何曾歎路窮壯夫原不事雕蟲三酬拜賜終艮將再復前驅總賤工織錦已非坊樣杼穿楊別有楚人弓禿尖成塚還成陣未抵靈犀一點通可謂先得予意之欲言其撥悶三十四韵余時復諷咏及之此中人

語正未易一二爲俗人言也詩云積思空蒼莽狂呼向泬寥

窮惟言可達勞即事成謠余嘗師其意得句云愁如可語非眞鬱詩託無題豈盡歡附識於此

一夜摧豐羽三年託遠條歸應嗤燕雀倦亦借鷦鷯斷梗棲

猶繫閒花落更漂鶖鶬聽躞蹀雌伏看扶搖班馬方齊駕王

盧足并超鳳鸞辭枳棘翡翠戲蘭苕靜女將誰獻勞媒祇自

嬌絲絲裝趙勝金粉鑄燕昭素貌乖青盼紅粧笑白描齒牙

珠可唾骨相石勞彫過眼惟紛擲迴頭更苦撩半生誇虎畫

八口誤蟲雕懸磬因裝劍拋田爲買舠空眷皆失鵠何注更

呼梟峭壁千山立微波一水遥行藏雙躑躅去住兩飄蕭多

累疵爭指卑栖侮易招楚來猶有恨閒去竟無聊寂歷亭臺

暮蒼涼水木朝饑鷹呼客飼疲馬看奴調露蓼垂紅重霜荷

壞綠皾閒籠盤警鶴墜葉抱鳴蜩賦別多辜柳騷魂幾負椒

尋過曾罾寺錄遍舊題橋眼比鰥魚傷腸同寶鴨焦折風街
牛鼓砧月夜闌簫冷篆灰飛撥殘釭爐落挑酒多楊子淚瘦
過沈郎腰鋒礪翻成缺膏明卻自燒客心摧落日歸思羨迴
潮野老分三畝溪僧寄一寮馬蹄心事了的的去耕樵

莘田先生無題八首和徐嬾雲并序不解風詩何以有草蟲雄
雉每憐樂府大都爲囉嗊懊儂以王伯輿之梟雄猶日當爲
情死如江文通之風雅輙云僕本恨人從來名士必悅傾城
其奈參軍難諧新婦溫太眞戮力西征曹大家問闗遠宦鳳
鳥致詞忽報氤氳之使蔦蘿櫐木反孤燕婉之求惜荆璞之
輕沽何緣韞匵駭浦珠之復返祗對空盤山上有山藁砧終
飛破鏡夢中說夢箜篌不辨朱書可憐暮雨牆頭窺臣竟去
豈料好風江上吹汝出來敘葛藟之纏綿申桂堂之禮分中

門動鎖何嗔桃葉迎人後院煎茶不避鸚哥喚客朝暮峽雲飛來屋後東西溝水流到門前晚風楊柳齊牽長板之橋初日芙蓉不隔橫塘之路洛川曹植旦旦通辭漳浦劉楨朝朝平視幸緣情而不靡每防禮以自持掬水中之月只接清輝雨天上之花但聞香氣然而思未敢言誰能遣此亦復心同所願苦喚奈何我不卿卿君眞咄咄有誰知已如汝可人願脫臂金半釧鑄我淚仙私將色線千絲繡伊公子磨翠黛半丸之墨淋漓荳蔻長箋吮絳唇一滴之珠點染櫻桃小扇洗硯簪花玉腕作學書弟子拔釵載酒朱顏爲問字門生筆牀茶臼都經薌澤摩挲輾裏詩囊盡出葱尖裁翦深巷賣花聲香車載至短牆明月影急鼓催歸冰玉壺中笑言何避蘼蕪山下信誓弗諼願長齋繡佛以酬因亦小字烏絲而寫恨紫

釵典盡竟不逢馬上黃衫綠綺空彈豈敢效壚頭犢鼻干絲蠶繭只纏再世朱繩七尺珊瑚枉結三年鐵綱此日悲酸廟將爇火他時慟哭玉定成烟未卜相思樹上可許青鸞紫鳳之棲定知連理枝頭不負鈿合金釵之約大約神仙眷屬現來居士道場無聊筆墨因緣權當姬人服散云爾

其一

花花相對葉葉相當但采蘼蕪莫采桑別鶴離鸞來錦瑟青溪白石上金堂鴛鴦待闕迷芳牒烏鵲填橋失報章只合單棲風水畔枕屏夜夜夢瀟湘

其二

埋骨成灰恨未灰非關鴆毒誤良媒瓊漿自不擎犀合寶鏡何緣託玉臺上掌明珠抛去轉出牆紅蕋枸來開銀屏即是銀河路青鳥空勞探幾回

其三

賣珠補屋浣溪紗鈿轂來迎月已斜臺上斷雲空出峽牆頭飛絮已無家夢迷宿粉雌雄蝶淚滴同心姊妹花擁髻可憐談往事十

年上計累秦嘉其四理鬢蕭衣出畫廊姍姍愛上讀書牀自抽
琴鈿藏緗帙暗解明璫結佩囊蓮子有心生太苦藕絲無力
繫偏長兒家已落桃花片溪水流來誤阮郎其五新剪鮫絲淩
縠紋六銖襟袖九華裙香臺曉月三珠樹錦字西風五朶雲
簾押欹斜鐘欲動露盤涼冷漏初分可憐碧海青天夜隔斷
銀牆不見聞其六斑斑哀怨至今存湘管湘簾見淚痕一世秋
蘭憶公子頻年春艸送王孫文章麗則能防禮夢寐荒唐亦
感恩但得一朝金屋住不勞詞客賦長門其七儂家七尺好珊
瑚得作徐陵筆架無舊壘已非空語燕出門何處但啼烏腸
成寸寸迴文錦淚是星星記事珠總待平湖風月滿杏花壇
上鬬樗蒲其八柳慵花嚲可憐春纔帶餘歡便帶顰終日惹風
來約額一朝銜雨上歌脣冰絲浸月彈湘女羅韈淩波繡洛

神爲報西川韋節度玉簫恩重是前身此下第詩也見秋江

香草二集終古常見而光景常新文章如日月昔人不余欺

也且其鋪排綺麗寄託遥深句句寫香奩句句道自己是有

性情是眞風雅日哦百遍亦不忍釋

五百石洞天揮麈卷之肆終　　觀天演齋校本

五百石洞天揮麈

卷五六

己亥四月

獻立山人飛虎題

五百石洞天揮麈卷之五　　菽園子部之二

海澄　邱煒萲　菽園

嶺南三陳之詩蘭甫先生未見全集無從懸擬以言二陳古樵先生造境似較朗山先生爲老然朗山先生之天骨卓森非終身寢饋亦不能到

我朝乾隆　天子右文經學之盛比隆開國在　國初有經師而兼長詞章者惟朱竹垞先生一人在乾隆有經師而兼長詞章者意頗難之江西羅臺山文優矣而詩或不足洪稚存詩駢文皆長矣而古文辭究非其至此朱竹垞先生所以獨成千古也

至白莫如雪而蛆生矣至堅莫如銀而蟻作矣

宣和遺事載徽宗幸李師師家又理宗於元夕召妓唐安安入

禁中金鼇退食筆記載武宗幸宣府寵晉邸樂伎劉良女居於騰禧殿南征攜於軍中宋明昏主失德敗度如出一轍其不亡者亦幾希矣明武宗事傳聞不一　國初李笠翁爲作王搔頭傳奇文辭條鬯描寫盡致可補帝鑑圖錄近時盛行京調正德戲鳳一齣雖三尺兒童亦無不以爲口實者吁可戒也

潯陽商婦豔稱千古彼實無其人不過太傅風流仙山樓閣耳若吾閩張亨甫孝廉所作王郎曲觸景傷情淒清婉約是於白傅琵琶之作同具一副心腸而能另出手眼自成面目者王郎王郎何其幸也（原注郎名長桂春臺部歌者）詩云天下三分月二分在揚州一分乃在王郎之眉頭彎彎抱月含春愁春愁多種揚州土付與歌兒更倡女王郎生小住新城瓊華照影春無

主瀟湘雲曉春始波盈盈一帶如銀河雙眸剪水清怨多臨
風不語天奈何偶然一笑天爲和紅潮上頰生微渦團圞寶
鏡汝何物常照驪愁顔半酡我見王郎日王郎已二十婀娜
身輕鎖子骨衣香曉着花露濕人言前時結束乍登場能使
坐者忽起成癡立哀絲豪竹歌臺清王郎按歌嬌娉婷梟如
語燕將啼鶯高下不斷傳春情春情且如此春愁復餘幾十
年奔走豪家子五侯七貴皆懽喜驄馬並頭油壁車門前日
夜馳流水門中曲室交綺疏堂上七尺紅珊瑚後堂塵掩百
琲珠妖姬美妾絕世無御史中丞老尙書手題紈扇爲汝娛
不數吳桐仙誰言夏秋芙往年王紫稼見爾恐不如使我慷
慨萬感俱使我一嘆三長吁君不見長安歌兒好顔色王郎
一出誇傾國如何文采風流映八荒飄零京洛無人惜鬱輪

袍歌不得琴久碎器且滌但傳王粲賦登樓那比子雲官執戟龍虎風雲夢未醒話向王郎涕沾臆或言揚州見不如揚州女吟詩作畫態楚楚千金宛轉通一語邇來鹽筴疲粉黛亦苦饑青樓畫閉蝴蝶飛杜秋紅淚盈羅衣乃知艷色同爲天下重貴賤苦樂猶有時王郎王郎汝當勸我一杯酒富貴回頭幾是非人生苒苒行易衰

次韻疊韻步韻者卽原作之韻字而挨次疊之也依韻同韻和韻者不過同此一韻而不必拘拘於原作所押之韻字也用韻者卽原作韻字隨意押之而不必挨次疊之也此是就韻而言若就詩而言和人之作儘可各用各韻不必拘定較見性情每見近人酬倡動好疊韻累牘連篇殊覺無謂要知見才全不關係乎此

潘蘭史以司馬多情復士龍俊給珠江香海畫舫迷樓所在留題名花生色曾記其出眎舊作多聯如贈小紅云緑柳舊家藏小小絳紗名唱記紅紅麗英云麗水自生無價寶英娥原住有情天錦城云錦裁連理堪貽我城主芙蓉或是卿亞凌云亞月簾紋疑荇藻凌波人影隔蓮花秋苓云秋風南國思歡子苓隔西秦憶美人阿好云阿閣鳳笙調月下好山螺黛畫秋初玉蟬云香玉合稱娘夜度鈿蟬信有客前生遂意云遂如卿願成仙眷意動人憐眠醉時阿鳳云阿閣春藏花蘊藉鳳窠棲穩竹平安小容云嬌小聞名花欲妬華容相對月争妍亞四云亞簾花影疑來客四座蘭薰欲媚人燕屏云燕啣桂蕊營金屋屏寫蓮花妬玉容轉好云惜別轉難尋玉杵憐香好爲執金鈴玉蓮云當筵按曲人如玉隔座聞香氣似

蓮潤彩云潤玉溫香成麗質彩雲明月坐春宵皆好語能穿雙管齊下者夫墨池雪嶺間廣放青蓮作小妮子羯鼓之催爲彼中人金鈴之護固吾輩所有事也又何必曲爲之諱哉

張南山先生滕王閣詩云高閣俯長川斜陽此泊船水天終古在詞賦幾人傳都督亦知己江風原偶然我來成獨立鄉思落霞邊一片神理何從窺其筆墨之迹

余少時意氣頗盛不能容物中間屢遭拂逆益復不檢以是叢招疑謗昔之僅見詞色者今且反唇相譏唯恐不足矣太史公曰怨毒之於人甚矣哉不其信乎數年來痛自懺悔冀省愆尤故內而子姪外而取友無一不反觀引己以平其氣偶讀單小泉詩艸句云口過未除思說鬼世情多忤轉容人不禁其有合也小泉名子廉增城人諸生沒後其子伯賜秀才

玉騏抱遺稿乞陳古樵大令序而行之集中詠史諸作尤楚楚者惜太長不能錄

順德詩人賴虛舟論詩有先得我心者其言謂每得佳題未容輕擲觀其集信然綜其苦吟六十餘年集只四卷不滿五百大抵矜詞鍊句之功居多所有佳題儘覺擒拏得住古體如東莞有奇女題史忠正公遺礮圖皆生平尤極得意之作今爲分錄左方

東莞有奇女原有序女黎氏東莞潢滘人甲寅之亂女爲賊所掠負以渡河半渡扼賊喉而殺之與俱死焉里人出女屍指爪入賊喉者寸許猶未釋也居梅生處士巢目擊其事爲馮子良太守詢言之與賦仇涉行余愧不能歌行聊擬東海有勇婦爲東莞有奇女云

東莞有奇女皎皎人中姝白手無寸鐵殺賊殲其渠女亦不解武女亦不識書女力不縛雞女年方十餘女家在何處潢滘滘畔住芭蕉未展心豆蔻含苞樹綠窗不解愁歲月等閒度咸豐甲寅年海水

羣飛鶩白刃擬誰何一朝逢狹路偪仄無所逃賊眼忽四顧
嬌啼正撑持反負促纖步欲呼四無人欲死一無具行行及
河滑蹇蹇臨中渡嬌智急遂生雙手握其嗉義憤方得施要
制乍失措騎虎懼不下負蛩偃遂仆爾時起紅雲片片沉痴
霧波臣助之勢白浪失奔注河伯亦愕視歎息古未遇龍女
暗點頭闌干襍涎淚鼉鼓不斷催鱟帆駛忽駐魚蝦飫人肉
見女尙驚怖賊肉乃腥臊蒙腮咽復吐此賊滿天壤殺之在
婦孺此事嘖嘖傳路衢千村萬落鬧唏噓奔視走集空其居
丈夫涕胃鬑鬑髭婦女淚破瑩瑩朱女亦不解武女亦不識
書女力不縛雞女年方十餘曾聞妬女津人死水亦妬至今
明粧人凌波不敢渡此水若有知奸賊必所惡賊怖不渡河
況敢過其墓

題史忠正公遺礮圖　原有序礮長可七八尺上鐫重一千四百斤崇

禎甲申二月南京兵部史及監工二人姓名吳竹莊方伯濬蕪湖濠得之致之公墓勒觀察方錡爲作記而忠正裔孫華樓大令繪圖徵題

錚錚忠正人中傑百鍊千鎚終不折我來訪古弔忠魂梅花空恨千秋月高山仰止重盤桓回頭忽覩遺礮蹲不與勝朝餘祚盡尚看吾黨直躬存貫日虹光形八尺歷刼不磨眞本色猶是中興一片心異時付與兒孫識賢孫卽事繪作圖乃知此物來蕪湖吳公濬得勒公說土蝕苔滋形未缺艱貞如睹舊儀型特爲致之陪墓碣上書南京兵部史則公時乃崇禎甲申之二月思陵凶問僅兼旬鑪火懸知灰尚熱大臣憂國有深意預防早已留都切練兵籌餉强撐持製造何辭百支繖紅衣陷敵九眼銃原注皆當時所製火器名目坐守行征細區別模仁範義胚以忠蓄怒藏威固以節洗憑四海諸公淚釁以北來逆臣血直聲騰起爲雷霆義憤期將此一洩

運去終難力強爲羣奸製肘孱王劣斑竹園中敵礮來綠楊城裏臣心竭燕雀君臣鳥獸散劉盆宮殿笙歌歇手礮何人輙一試心力徒排爲誰設當時所忌惟左兵故將徙置雄江城一旅不教留後路借將黃闖禦南寇南寇歿後公相繼有地無奔奈何帝咬項親看向北嘗礮眼雖枯合流涕嗚呼阮家十錯如鋼堅邪堪夜夜推中權鐵桶猶當自炸裂豈復此礮能周全使公鑪錘在手張公道社稷還應一再造誰謂偏迎不可王聚鐵難成此一錯鐵堅如礮有消時此恨悠悠終不破

東莞黎女扼賊事粵人賦者甚多其見於女邑人羅秋浦明經嘉蓉雲根老屋詩鈔尤廉悍峭勁與虛舟之詄蕩排奡各極其妙黎女得此可以傳矣詩錄如下　東家走賊西家走賊

我既遇賊我何畏賊一解賊負我趨騎虎難下賊竟渡河得死所也二解兩手雖纖百夫之禦扼賊咽喉如斃一鼠三解墮水皆死賊魄已褫明日出焉手扼猶是四解我死賊死驚波怒號我命泰山賊命鴻毛五解秋浦後虛舟而卒年各八十餘皆食貧力學老而不厭虛舟窮約終身遺稿叢殘友人代刻十不逮一秋浦歲時授徒來學者衆硯田所入藉以刻書及身猶得見之其遇似較虛舟得過余嘗循覽兩家之集虛舟老蒼秋浦感切於清之一字殆各有悟入者

蘭史爲予言賴羅二叟同時復有南海李陶村學博欣榮增城何一山貳尹桂林一年八十四一年七十四近歲相繼告卒請選其作入揮麈余按貳尹尤工倚聲詩亦跌宕秦良玉錦袍歌云宮袍綷綵雲錦新內家繡出銀麒麟女中英雄誰不

識一軍爭拜秦夫人夫人之功征播始生年二十好女子白棓縱橫數十春一心甘爲朝廷死黑山賊起如蝟毛長驅入蜀妖氛高曾閫旌旆怒一拂狼奔豕突紛紛逃十盪十決勇無敵兩川倚此作堅壁斗牛衣賜是何人不死也應媿巾幗下詔褒忠坐筞勛明堂拜舞有殊恩褪將鎖子黃金甲襯出交龍鬭鳳裙此袍一著歡無極三秦不作窺邊色中原兵革幾時消舊日戎衣曾化碧惜哉隻手危難扶扼要誰復知良圖孤城石柱屹不動通門二九亡成都故宮羅綺今何有玉匣珠襦忍回首可憐無路請長纓血碎桃花馬亦吼錦纖西歸鬢已絲尚餘忠勇繫人思試尋舊篋遺衣在猶見揮刀斷袖時題潘蘭史天外歸槎錄云天吳㗊淼罡風高狂猋萬丈空中號千奇百怪不可狀吟龍嘯虎潛靈鼇有客乘槎出海

鳥胸藏斗宿詩篇富穆王八駿恣遊行前開絳帳後歌舞三年行篋攜將歸琳瑯示我眞堪師鬼神筆下任揮使蛟虬腕底爭離奇有時崐崘步迤邐指顧雲烟頃刻起文心砰湃湧飛濤字字跳珠排蜃市有時忽作不平鳴莫邪出匣青虵驚思淸落落戛寒玉語卓矯矯成長城昔我讀書年十四天涯每抱遨遊志秋風挂席浮南洋燃犀極目看靈異袖裡枚叔筆一枝是時八月銀濤飛鯨魚撥剌躍波出振天跋浪神山欹滄溟一覽亦已已彷彿與君共行止把君行卷讀君歌歌遍重洋十萬里何之大小山堂稿余已得見李之寸心草堂集余猶未得見惟於去年蘭史案上見二人秋興七律手稾竊以李之才氣尚不及何也今并錄李作一首以存其人題潘蘭史西海紀行卷云飄然劍俠渡滄溟筆挾風霜斷海鯨

蜃霧樓臺窮絶域鸞帆風雨壯長征策勛不限三年例記里當思四萬程他日若持龍節去再來宗慤早知名

石船叟羅秋浦明經別號嘗手錄前後遊西樵詩以寄獨立山人叟歿山人聞余有五百石洞天揮麈之輯特將原稿寄余遠道凡古今體八十餘首皆傑構也今錄其古體碧玉洞云我有碧玉簫無處藏其響幽尋得此洞元音此間養借與仙人吹雲驚走千丈餘韻不能沉泉聲妄相倣出山留別西樵諸名峯云七十二峯齊矯首髣髴臨歧餞艮友大科突出亂雲巔又似留賓惜分手西樵遊罷歸東樵共憐身類烟霞叟告辭後鶴登舊程一路磵溪仍有情奔雲出岫欲挽駕野瀑裂石多離聲屐尖不少徑苔破筇端尚有山嵐縈吾曹自是神仙列詩骨豈風雨清絶眼前山水喜相迎背後林巒意猶結一步

一停回顧頻何殊年少新婚別五言爽氣撲人七言意態濃遠未語尤趣可爲遊山詩添一故實

南海李子黼廣文柳堂師友詩錄有賴羅而無何李自亦未著同時粵東詩人漏刻者多矣何與羅自堪抗衡李稍弱若賴則於三陳先生之後允推巨手

臨川李鐵琴少尹傳熢爲穆堂先生紱曾孫有才不偶窮死粵西柳堂輯其銀月山房遺稿入詩錄有吳烈婦詞婉摯沉著生氣宛然當過甘泉焦里堂雕菰樓集姑惡惡一作而無不及也詞云姑飲酒婦提壺門外立房中有狂徒婦不入房姑怒呼一解婦提壺姑飲酒無可如何侍姑右狂徒戲紾臂奮袖勃然走二解臂已污矣可奈何手持厨刀霍霍磨蝮蛇齧指腕可斷我生之死矢靡他三解以刀砍臂力不支再砍臂

乃與身離婦夫吳奎客未歸鄰里驚且嘆走報婦之父母知四解 咸稱婦寃將鳴諸官臂血淋漓心痛酸含悲語父母身死固命也世間豈有訟姑者五解 嗚呼石可缺劍可折金玉之身不可涅松柏有心竹有節火裏蓮花鏡中月嗚呼貞且烈六解 愚謂此等人倫大變與尋常節烈又自不同詩能有功世道宜不可少

粵東入 國朝二百年來詩老馮氏竟得其二魚山比部固與黎二樵明經齊名而氣體較大子良司馬爲張南山太守嫡傳弟子賴虛舟山人復爲司馬答問弟子美彰盛傳於斯爲盛嘗以柳色詩見賞同輩後覺太守有作雅不欲與師爭勝因不入集而別作秋草四詩意甚沉著人呼馮秋草其一 留得衰莖尙戰風霜痕狼藉路西東九秋塞下連天白一夜峯頭

特地紅誰復榮枯論澤藪轉憂埋沒到英雄美人心事幽人迹并入蒼涼古道中其二榛蘭隨地有移栽未必當途盡棄材赤手要教稂莠去白頭曾閱雪霜來池塘未醒三春夢鼓角先驚四野哀只有靈根能不死託生何術到蓬萊其三裙屐佳遊遂寂寥重來河畔感飄蕭漫同浮梗終何着偶託幽林得後凋射隼天高塵莽莽牧羊地僻巷條條秋蓬忽下書生淚不遇華風壯志消其四飄蓬依舊短長亭太息王孫歲歲經露腳寒應難駐馬秋心灰尚化爲螢懷人幾換窗前綠老我潛銷鬢上青最是敝袍增客感舊時顏色半凋零司馬番禺人嘉慶庚辰進士官江西同知其詩在永豐爲初刻浮梁爲續刻吳城爲三刻饒州爲四刻豫章爲五刻所刪少作尚在千首湘鄉曾文正公嘗呼之爲老詩伯云

魚山比部崛起欽州遂爲粵詩一大宗猶如吾閩黃莘田先生之自奮於永福山城先開正始也人才不可以地限如是如是比部集名小羅浮草堂膾炙人口美不勝收姑採一作以見一斑唐子畏摹趙文敏馬九十三匹爲徐明府仰之題云子昂畫馬眞權奇文人妙筆非畫師三百年後江南客復有子畏工文辭文辭繪事俱第一信是風流才子筆平生趙馬幾追踪最有斯圖稱入室九十三匹如雲烟疎疎密密相後先騂騮駼耳不復辨令人想見分屯年一人前進牽二匹二匹肩隨五匹立中間五匹來堂堂更有黃馬當中出此馬顧步何安舒不落羣後不爭驅奚官給頭初試步似待使君留駕車復有四匹行稍後更有廿匹馳且驟一匹滾塵五共槽一匹聲鳴鵾鶴高四匹回顧一匹望未免心留芻豆上怒者

三匹啼齧驚喜者四匹交嘶鳴九匹不喜亦不怒行眠坐起循其故向後相隨十四馬八駿之儔六駿亞最後五匹來何遲五花一匹雄殿之就中駒兒數有七毛骨成立定逐日可憐諸馬應天精行地眞看萬里程千金欲購嗟無益百匹何妨尙未成獨惜斯人貌斯本材具雖奇身坎壈可中亭上舞天魔何似玉堂承旨近使君牧民求瘼理害馬皆除爲政美黃堂五馬看一驄白面專城伫千騎憐才惜畫匪無因坐客題詩共有神慚無杜老丹青筆但非尋常行路人比部全集固以才氣淵瀚魄力沈雄勝者此作尤慘淡經營妥貼排奡直合杜韓爲一手與襲七子面目者大異

賴虛舟山人嘗以客吳城時習聞於馮子良司馬者錄爲雪廬詩話若干則邱仲遲駕部刻以行世余剌取其尤篤者如云

作詩不問其工不工但問其成不成成者成一家之謂未有不成家而能傳者如郊島輩雖屬寒瘦而寒瘦即二公之成也韓昌黎好用生字拗句而歸於自然香山好爲淺語而無俚俗此所謂自成一家蔌園按隨園先生恒言唐人五言工不必工七言七言工不必工五言亦是此意

長吉好作險語所謂語不驚人死不休也其母謂此兒必嘔出心肝乃已一語便可作長吉詩序詩忌率易讀長吉則無此病蔌園按長爪郎險語無一不從心靈濬發所以可貴彼慣用僻書冷字爲險者長爪郎必不取

才各有所長亦各有所短善用才者惟見其長而不强衒其短李白豪放不喜拘束故集中七律只兩首杜甫嚴整難於生韵故絶句絶少長吉集少近體非其性之所近也如武人各有所習或刀或鎗精其一自可無敵不必五兵兼執爲能也今人稍能韵語便欲各兼所長卒亦無所成長者亦爲

短之所掩所謂不善用短菽園按此論宜箴宜銘顛撲不破又按近體中惟七律第一難作雖只四韵如六鈞强弓古今人能挽强命中亦殊寥寥次惟七絶李長七絶而短於七律杜工七律而七絶不見佳者賙李龜年一首或尚疑非公所作以二公天才學力尚不能兩兼其美談詩者何其易視至長吉體本不宜於近詩天生一副奇才要成就一集古詩使之獨有千古耳

詩最喜用人名其意即於此達之故佳也然要歸於自然如吾侍者隨吾頤使不然如用八轎請大人如簽差拘惡犯何能佳耶菽園按雪廬詩話多與隨園詩話持論莫逆此亦其一也

凡詩誦其上句不意其有下句如武陵漁人方沿溪行忽見桃花夾岸自必驚喜欲絶菽園按此喻最佳五七言律人多合掌正坐未探此秘初學欲免合掌宜從流水對造起

五律若無警聯第三聯宜拘以健之不然易歸於弱大抵今人學詩多從試帖入手以爲媚世之具五律體近試帖每易犯非著意整鍊未易脫此套也菽園按五律力避試帖宜以一氣呵成爲上且合唐人正格次則莫如流水對法

香山詩中之佛也佛言學我

者死香山詩亦然學之不成必流於淺俗蓋與學長吉相反要其詩本十分鎚鍊人自不覺耳如輓元微之詩銘旌官重威儀盛鼓吹聲繁鹵簿長大魏帝孫唐宰相六年七月葬咸陽不言傷感而傷感尤甚又如月中幸有閒田地何不中央種兩株皆足動人菽園按有唐一代詩學李杜而後端推白公韓且不及何況元劉宋之陸氏又其次矣前千古而鼎足其李杜白乎後千古而鼎足其白蘇元乎平生私臆尚乞大雅赦我

文與詩固相妨然不解文者亦不工詩詩與文固一理也然篤於此者不能兼擅其美心無二用故矣唐宋以來惟韓蘇兼擅其長然詩中往往有文氣菽園按詩從文出文與詩妨之說其論先發於汪鈍翁其辨大暢於袁隨園拙著贅談嘗兩引之今又得馮賴二君不啻自其口出可見得力八無一非過來人又按韓詩時帶文氣是固然矣蘇詩乃以文為詩非詩之或涉乎文此中消息願與識者參之

詩因題立意屬詞選韻神氣自暢若步韻疊韻則因韻求詩意為韻奪未必便無佳作恐都

非吾所欲言也人觀其詩亦只歎其用韻之工不復究其全篇之意矣大凡喜此必緣學富才弱自已不能命意於是用韵生巧以衒其能嘗一爲之轉覺易易葯園按末語卽杭權浦先生對隨園之細了好打也余亦不喜爲此體然遇生客初交偶然從俗以慰其意所作亦夥惟集中少存耳知己酬和率皆罕用猶如集句詩冠首聯之因人而用也　夫人孰不欲學李杜而二公才大讀其集如觀海固爲大觀而身入其中則東西南北不辨涂徑諸名家則一邱一壑各擅其長自可尋其脈絡習舟於昆明池克濵亦易也葯園按東坡固學樂天及其成也面與白離神與杜會矣吾人無東坡之才乃欲強過東坡僅取李杜成文句摹而字橅之其去八股文之口氣題幾何也究竟李杜頭腦全未摩着半分　詩得佳句而不屬則記之得題合情景者乃屬以成篇葯園按此卽李長吉古錦囊之意余有作亦多如是嘗自嘲云文爲遲成嘗曠課詩多補作強編年載庚寅偶存中　黎二樵句天胡困我至此極使我有田不得食又句卽此一鉢飯亦自沿乞得

何其苦也至其鍊意鍊句是其得力處所以成家者在此然徵有不自然處亦在此菽園按二樵當嘉道間名聞天下人稱詩書畫三絶畫第一書稍次平生足不踰粤嶺以外故所得亦隘以視同時之馮魚山大氣盤旋包羅衆妙者又何如耶　李白詩才贍逸別傳謂其出口皆成文章其族弟謂其心肝五臟皆錦繡杜甫稱其斗酒百篇讀其詩清麗絶倫其自然處若了不經意然其三擬文選賦皆棄不錄惟留別賦恨賦可知其非苟然而已才如李白猶苦鍊如此固知詩非可以率作也菽園按速以見才遲以見好兩者所以相輔亦有加意求工再三改削反不如其初者亦有妙手偶得動合天籟者大抵書富務速方不凝滯才弱務遲方不空滑　杜甫論詩謂熟精文選理又曰轉益多師是爾師蓋李杜二公皆從文選得力諸家皆有所取裁以成其大而太白則於騷尤有得焉所謂轉益多師者也文選文體大備又分類爲門諸家各有所長熟之則一題到手不至

揣擬體制杜云熟精文選理言理則謂體制可知萩園按體制云者猶言肖題非沾沾于格調空架子始稱體制理指事物上體會而義法典實在其中杜工部用字時有疵謬處然如項羽喑啞叱咤千人皆廢其鎗法未必盡合而人莫敢當東坡才大氣盛然於聲律頗有未到處但氣足以蓋之耳萩園按韋端已有云屈宋亦有蕪詞應劉豈無累句是固然矣要知論古而能知其短者易學古而能去其短者難乎

王建宮詞曹唐小遊仙皆獨有千古要須盡讀熟之則造句措詞自無滯筆相提并論則宮詞尤勝遊仙遊仙可虛擬宮詞皆實事有畫鬼畫人之別矣萩園按宮詞鋪排往迹重在剪裁遊仙影合己事重在貫串皆非易於著墨者惟遊仙不可過多多則真意反晦

坊間有古唐詩合解之刻閭嘗以意求其分前後解之法了不可得由今觀之律詩分上解下解非也如人手足雖有上下總是一體其所以運動者一氣而已若截之爲二若腰斬然尚足爲人乎

樂府分解是節奏至此一頓復爲改調耳律豈有是哉且其所注解謬處甚多讀者勿爲其所悞（蕺園按此等惡劣選本塾童宜勿使觀方不致蔽錮其性靈蕺園贅談嘗言初學一閱坊本千家詩便終身不得詩之門逕意蓋同此願天下之爲村夫子者愼勿悞人而適以自悞也）

昔人謂詩話作而詩亡者爲其斤斤於法度規矩能令眞意失故也作詩話者又細取古人詩章立爲名字分別格局對法頭緒紛繁令學者茫然所以謂詩亡也不知古人觸意成詩因題立格行其所不得不行止其所不得不止詩或工或不工要知如人姸醜無定而氣骨自有偶爲創格亦氣機所至成其自然而已豈有自定爲某格哉（蕺園按才氣調是作詩所不可少惟當以才氣馭格調不可以格調役才氣）

詩話中尙有敘述子良先生少年軼事數則余以其無關說詩別爲詮次於後卷中

子良司馬全集予尙未得見茲從雪廬詩話及師友錄所見佳

句如十載鄉閭乘下澤五雲樓閣近中天仕路艱難康伯遁俸錢分散彥謙貧藤如學道肱三折竹似存詩歲一刪薇園按如似互用在詩格爲最卑一經方家醞釀卻又見落落大方矣病思成佛王摩詰憂恐傷人盛孝章頊刻炎涼鄒子律尋常得失楚人弓開到荷花偏客散長成蘆葦似人高遠樹入春多似草亂峯和雨化成烟冰開隙道容泉去雪匿陰厓避日行春雨綠生臨水屋夕陽黃到入村山兒女癡魂仍響屧英雄末路偶吹簫安得亞夫軍細柳曾聞介子斬樓蘭甘書紙尾眞殘客解擲纏頭亦丈夫作相馬觀看峻嶺得閒鷗意過危灘櫓曳市聲辭縣去帆飛山影壓人來十年浪迹黃罏酒一種風騷白袷衣山勢正長雲倦過灘聲纔盡水平流三千世界原無着八百單寒大有人農夫識字翻多累胥吏鈔書轉不閒世情似酒醒無味科

第如詩得偶然悔不十年先種樹愁非九月亦催租居猶近市終非隱僧亦持家不易空萬事摧殘餘愧悔一身遺累是聰明壯不如人安用老死無餘憾卽長生短衣去國原輕别大被離鄉倍覺温瘦無俗骨貧非病醉有狂心語易眞當官有俸慙何補負郭無田苦不歸愁多易減登臨興詞盡先慙箸作才焚餘幸有匡時草才富偏無買酒錢暫停遊屐聊充隱屢躓名場倍愛才或則秀健絶倫或則沉篤有味由其氣逸所以筆蒼倘置諸　國朝詩人徵略中亦有數才也

邱園八詠詩序爲高麗國李琴星學士應彬手筆文云平泉松石自記於衞公梓澤樓臺偶序於騎省廬陵之雲臺水館未有分題開府之竿竹寸魚但傳一賦詎足暢烟墨之靈采振花鳥之精神然則風霜橘柚露月芙蓉麟馬千官學士和唐

宗之作龍膏三斗豪客賦石氏之詩不分繪乎風景賦物奚工當條按乎篇章著紙斯活則有仲遲邱君嶺海詞人瓊山文裔早登震旦之朝服榮魚袋壯癖林泉之雅歸卧龍山文酒爲歡孔北海門多裙屐風情不諱馬校書幃列金釵掃除棄疾雲烟管山管竹結搆庾詵池宅半郭半郊繞床之圖史皆香入室之壺觴亦韵爾乃三分引水九畹種芳鈴鐸臨風玻瓈障日癡蝗入藤陰之夢複室重廊驚魚搖荇帶之痕一弓雙屐想生濠濮池半約而藻鑑淵淵界是清涼亭六曲而花風面面峭臺天迥遠翠浮來曉徑春深淡雲遮住光燃蘇緝宵紅冰於一樓寒浸芳菲移香海於四壁顧辟疆之第一勝何以加斯陶泉明之八九間殆難擬也遂乃掞張品藻號召騷壇雜遝琴尊驅馳烟翰分章著咏皆爲繪影之篇卽景

成詩竟是有聲之畫毫素揮而亭臺亦活咳唾落而花草添妍吟當卧遊有若撫宗少文之操勝能引入不必披吳道子之圖懷此好音咸爲神往應彬以丙申之歲丁元二之災竄棄舊邦竭來勝地橫流滄海纔離蛟蜃驚波芳草春園又聽燕鶯嬌囀下陳公之榻萍梗忻依誦維演之詩芝壓幸集譬之渴生炎暑擁扇而入於樾林險度岩峩欵段而休於原隰也然而羈魂南定國恨常縈止泉石而息機望河山而增感辥道衡花前旅思庾子山空谷窮愁嗟乎簪笏飄零安問延英舊館衣冠了鳥更無題柱雄心鑑江湘之池波慙徵止水繼遺山之野史空憶孤亭作客秋悲臺上之風沙若此無家歸去徑間之松菊何如王仲宣登樓寫憂聊瞻黍稷孟襄陽閉軒面圃漫話桑麻斯則懷土而盤桓當歌而慷慨者矣惟

是感絲竹於盛筵難齊哀樂拾珠璣於寶唾又覺低徊羣公皆三疊霓裳羯鼓唐宮之奏小子則一聲河滿淋鈴蜀道之音自憐蟣虱之存得效蜻蛉之狎用是消除旅恨偃仰芳時聊藉引喤稍伸幽悰朝雨輕塵之景將唱渭城流離瑣尾之詩媿題金谷葛節生而黎臣安往桃源好而漁父難留衣帶欣投音塵不再三生緣會遂教風月同論萬里相思當有池塘入夢余按前人説部域外詩詞時見採摘惟駢體文字甚少此作氣體雖未見蒼鬱而其步驟井井頗似近日館閣諸公揣摩文字聊備錄之亦邸園他年一段鴻雪也

女叟詩之無脂粉氣者湘潭郭笙愉夫人 潤玉 詠虞姬云鹿逐中原誓破秦英雄氣盡楚歌新八千子弟都無恙不負君恩只美人順德邱菊月女士 掌珠 題歸舟載石圖云宦海茫茫

一權歸壓裝空有萬民詩山陰無限璠璵產留刻南中德政碑番禺潘素蘭孺人麗嫻論詩示蘭史內姪云文章妙手偶天成格律都歸鍛鍊精讀破案頭書萬卷始知難副是詩名詔安謝芸史女士浣湘殘菊云丰姿無恙雪霜侵閱盡炎涼慨古今晚節自持香更潔不關人世有知音永嘉鄭雪蘭女士蕙白雲云白雲飛盡見青山空谷幽人自往還卻笑出山雲太急貪爲霖雨到人間德清俞絲裳孺人繡孫送別侍護妹云相思從此路漫漫秋月春花兩地看檢點平生知己淚不將容易向人彈南海梁佩瓊孺人靄咏貴妃云三生鈿盒恨茫茫宛轉蛾眉事可傷千古美人衛社稷論功應比郭汾陽素蘭芸史雪蘭佩瓊皆已見著錄者餘各詳於後

郭笙愉夫人潤玉爲湘陰李石梧文恭公星沅配伉儷甚篤文

恭初捷南宮寄以詩云關心好借簪花筆爲我添修五鳳樓夫人和云從今好譜鸞簫奏清俸雙修寫韵樓時流傳誦載入詩話文恭督學粵東挈眷羊城特刻梧笙倡和集手餽多士其能詩之士必引見師母步障淸譚至今白髮門生猶有能詳當日事者

邱籾月女士掌珠爲黃香石詩人弟子香石曾爲點定其稿然未刻也上距嘉慶季年歿幾八十寒暑始獲族人仲遲兵部搜刻之凡詩詞若干首共爲一卷茲復錄其五絶漁父詞云采蓮入蓮塘舟小如一葉蓮葉阻行舟不若尋花蝶又古體斷句月色下臺階溶溶花影瘦祇覺袷衣單不知報殘漏近體一起欲倩橋西柳飛花代送行皆集中得意之作按女士父與凡本老諸生能吟好學少得於庭課爲多及歸同里陳

氏婿名劍花業儒嘗究繪事女士染濡既久亦能援筆作小品種種沒骨寫生直如素習咸歎爲慧業綺才必紫府仙人偶然謫降者仲遲獲其遺蹟徵題於余余故見之

俞絳裳孺人繡孫遺集名慧福樓幸草孺人歿前數夕盡舉平日所作付之焚如賴女婿武林許子原孝廉祐身憶錄大略請於外舅蔭甫先生序刻附行即今與春在堂全書同傳者也先生乃取論衡其所不燔名幸草之義以名之詩筆流走略無滯機詞尤秀逸天成錄其自題小影兼懷侍萱仲讓小姑調寄南樓令云前夢去匆匆情懷誰與同倚屏山兩箇愁儂何事近來消瘦甚已非復舊時容相對不言中愁多意自慵更休教棄擲塵封他日彩雲難覓處好留與識春風

亭甫先生題何秀才詩集後以朱竹垞吳梅村袁子才蔣心餘并稱朱在

我　朝大家中誠無間然矣吳之古體袁之近體皆奄有衆長超絕流輩而先生顧有取於蔣豈不以蔣之造境秀拔結響清越有可藥笨砭膚者耶

落花詩極難作稍能作詩者集中無不各有此一題以其題面甚寬所有吾人欲言儘可銷納得去然求能題內題外神理俱足脫手彈丸心閒意定者則又僅矣若在七律此題此體尤費斡旋袁簡齋先生小倉山房集落花七律十首傳誦一時同時和作無能過者以今觀之題外語殊過于多惟是寄託之章大局自佳故人亦不得以此繩之也道光吾閩詩人謝甸男先生櫻桃軒集有落花七律六首氣體高華正自不讓而詞意沉著則又過之讀者愼勿易語落花也其一登臨何限惜春歸極目殘紅上下飛三楚風烟迷遠道六朝江水送

斜暉何曾中酒瞢騰立似有離魂宛轉依一度芳菲一惆悵相逢那得抵相違其二斷雨零烟黯不收五更春夢逐沉浮難賒薄倖三生約便作香魂一哭休此去定翻前度樣再來可是舊枝頭兒家生小黃金屋簫壟還應傍玉鈎其三高臺莫自眺斜曛杜宇聲聲不可聞天下傷心還著我人間恨事恰逢君舟橫野渡霞將暮客上離亭酒半醺擬托瑤華問消息不知何處覓朝雲其四盡日摩娑望欲淆殘陽又送到衡茅琴尊此後無艮匹蜂蝶從前有勢交冷落何須參究竟淸涼也自費推敲如今喚醒春婆夢紙醉金迷盡幻泡其五如此東風未念酸回黃轉綠太無端着衣猶惜經天女落溷何緣到下官正可垂簾淸晝卧更誰燒燭遶廊看憐渠帶雨銜泥去猶復凌風到地難其六紫府雲回曲奏終霞裳褪盡淺深紅顛風作

意催泥絮逝水何心問雪鴻賸有文章供懺悔儘教色相悟元空清陰倘抵千間厦莫笑飄零似斷蓬

以話論詩不如以詩論詩晉人所謂吉甫作誦穆如清風也射鷹樓詩話引李古陶孝廉賡堯作云我不樂吟詩佳句忽然至我方樂吟詩凝思無一字當其已吟時了與未吟異顛倒詩人心造化眞游戲柳堂師友詩錄載劉蜀生太守滙年作云言我欲言耳偶然名以詩情生最近處味想愈深時龍鶴此翔翥風雲兼合離此中難索解解者是吾師余按兩作之義皆本昔賢而不覺其陳腐者良由意理既合於人心由他怎的措詞亦是入妙至李作似學甌北劉作自近隨園則復盡人共見者矣

蜀生太守又號樹君順天大城人以翰林出守惠州公餘好士

士以故歸之集名七十二蘭亭室佳句有長謌祗當窮途淚大笑輕揮賣賦金從知坦白心無礙未免雌黃辨太明憐卿有福能先去愧我無才祗累人富原非福貧何病少不成名老更難天能容我情原厚人到無家境亦奇敲門客少原如隱插架書多不算貧立志總爲知已用讀書還替古人憂人果能詩原不俗功能及物始稱才皆直抒胸臆不假修飾太守兼工書法前年轉補潮州潮人甚貴其書云

曩見潘典簿所御紈扇作水墨山水下欵楊承衍愛其駘宕他日典簿以添茅小屋詩草寄余始知楊卽前選刻粵東詞鈔之椒坪叟叟番禺人隱白鶴洲闢曲弓地號半園性好客良辰美景朋會甚懽有子文桂孫其光亦能詩一家風雅令人豔羨

添茅小屋詩草多詠物小題雖非大家所宜以較連編累牘祝壽賀任一切話頭不更勝乎且詠物亦視其興會如何耳吾閩 國朝詩老端推黃張黃莘田先生集大半詠物張亨甫先生集柳花紅葉之作前後凡數見以至夕陽秋磪一題必皆數首大家身分究何所掩

宋王逵蠡海集曰自小寒至穀雨凡四月八氣二十四候每候五日以一花之風信應之小寒一候梅花二候山茶三候水仙大寒一候瑞香二候蘭花三候山礬立春一候任春二候櫻桃三候望春雨水一候菜花二候杏花三候李花驚蟄一候桃花二候棣棠三候薔薇春分一候海棠二候梨花三候木蘭清明一候桐花二候麥花三候柳花穀雨一候牡丹二候酴醾三候楝花按此則詞賦家所云之廿四番花信風也

向來殊少全詠者番禺居古泉廉以寫眞名家尤精花卉嘗舉廿四番花信索楊椒坪題椒坪爲成絶數如其畫數使僮持示古泉曰吾詩既往君圖宜來古泉乃成畫數如其絶數笑曰欲難楊椒坪反爲楊椒坪難矣椒坪添茅小屋詩草自敘情節略異而諸絶宛在今備載之以誌詞場佳話一番梅花云嶺南嶺北後先開都占春光第一回老樹着花枝更好曉風微送暗香來二番山茶云誰施妙手抹丹砂貌出風前兒女花若使採茶人覷見又從葉底摘新萄三番水仙云凌波曾見幾揚塵羽服黃冠恰稱身玉立夜寒偎硯北冷香無語襲春人四番瑞香云聚五攢三送紫香傳來花瑞入歡場東瀛新種金邊葉又見金釵十二行五番蘭花云久與論交託素心澤蘭湘芷共知音幽香滿挹春風座譜入離騷一操琴六番山礬云

乍見教人認繡球香泥郵路曉風收水仙與汝為兄弟一倚山樓一水樓七番 迎春云郊迎東皇駕六騑柳旗芝蓋靄朝暉此花占得春光早合錫黃金腰帶圍八番 櫻桃云樊素歌殘唾口脂一枝濃艷晚妝遲曉風吹雨休輕怨正與桃花結子時九番 望春云東望望春春可憐原注蘇頲句 夕陽返照紫添烟花王宴罷乘鸞去滿地蒙茸落翠鈿十番 荼花云南陌東阡胡蝶飛淡黃淺綠露晞微滿鐺爛煮浮香雪摘得新來味更肥十一番 杏花云小樓昨夜雨連風深巷今朝賣落紅春色春聲關不住一枝斜出女牆東十二番 李花云碎錦離披滿樹開素雲繚繞晚風催九標品定龍昌寺尤愛佳人月夜來原注承平舊纂蕭瑀陳叔達於龍昌寺看李花相與論李有九標謂香雅細淡潔密宜夜月宜綠鬢宜泛酒十三番 桃云繽紛落片蕩清溪再往尋津路轉迷獨惜南陽劉子驥未隨漁者踏

春泥十四番棣棠云先開後合曉風清承覆眞宜比弟兄欲就茅齋開蔣徑詩歌韡韡倍關情十五番薔薇云一盃香露泛薔薇盥誦騷人艷體詩滿架柔條花五色昵人風裏立多時十六番海棠云凌風走馬碧雞坊引得騷人日日忙月夜醉歸花未睡高燒銀燭照紅妝十七番梨花云一枝帶雨怯春寒容易清明幾度看釀得夢雲飛滿地閉門惆悵倚東闌十八番木香云誰家少婦鬱金香綴上銀絲簇簇黃小立閒階吹霧鬢阿環催進赭羅裳十九番桐花云芬芳只合食鵷雛碧乳垂垂百尺株風日蕭蕭清閟閣名香一炷億倪迂二十番麥花云浪湧黃雲一望開前林布穀不煩催隔堤纔聽秧歌起已見蓬蓬覆地來二十一番柳花云飛絮飛花滿店香微風細雨拂河梁等閒小別休攀折留得長條繫夕陽二十二番牡丹云沉香亭北曉

風寒早賜宮袍染御香宴罷春明門外過捲簾爭看狀元郎二十三番荼蘼云費卻黃鸝幾度催清明郵落且徘徊酒香一路歸來晚高架滿庭花亂開二十四番楝花云廿四番風花已齊原注惲格句迷濛紫霧罨東溪費他八節呈新巧留得詩人作好題按第七番任春此作迎春第十八番木蘭此作木香宜別有據俟考

古泉從兄有字梅生者馮子艮太守嘗稱其詩刻意求新鍊字鍊句酷似黎氏二樵二樵之詩余嘗得見之　國朝粵東詩海瀏海詩傳詩人徵略諸選本中梅生之詩亦即於添茅小屋詩草附見一絕云題爲乙丑上巳同人集海珠修禊浪花淘洗刼塵銷祓禊人來駐畫橈安得此江變春酒海珠石正小如瓢持較二樵七古中之湖上秋光闊無著約束結成明月團句豈但得

其爪鱗并可亂其楮葉於此有以見太守評斷之精梅生名巢閒有今夕奩稿未刻會向粤友求之

嘉應張琴舸爲余言道咸間族人某忘其名矣力學苦吟人傳其句云雞聲催落牆頭月乞火東堂佛未眠此亦與居梅生同一刻意者

琴舸復繙柳堂師友詩錄所載其從叔伯繁茂才名廷棟綠榕書屋賸草屬選篇什寥寥五律獨工兹錄春暮有感寄示楷兒（其一）又值三春暮韶光百五過綠生幽草滿紅積落花多體爲輕寒怯人因老病磨鬢絲看幾縷攬鏡益摩挲（其二）枉說封侯去依然局促駒朱門頻獻璞鄉米竟如珠客又三年久饑緣八口驅雨曹多失母寒暖聽誰呼（其三）汝福誠輸我萱堂健在身劬孫憐大母游子愧勞人衣線今猶密儒家業本貧能

謀幾升斗終歲涸風塵其四莫放春秋過年華正及時成人期少小諸弟要扶持請業憑臣叔移情賴我師淵源曾大父仍有一經遺各首起韵頗見結撰以下鋪陳自然歸着人之讀其詩者有如飴含於口齒之際中邊皆徹矣此詩家作五律要訣也君題養眞齋詩草句不將唐宋判專主性情眞十字可當自序乃以肺疾夭其天年客死江西學使李若農文田幕中而此戔戔者其傳與否尚在不可知之數君句又云不識生才意如何又忌才其亦早爲自知之不覺其自傷之乎

余已錄何杞南文學遺稿於卷三中矣今又得其香港竹枝詞之作爲錄十四首　虎門水勢接天流水盡東南有地浮誰識外洋小洲島五方人物此中收　上環路接下中環山勢嶙嶙費力攀更上一層山頂望人家如在海中間　街衢高

下路迂迴鎮日如聞百里雷遥指黃塵天際起行人知道馬車來　枕山樓閣勢如虹走馬盤虵路隱通試上杏花樓上望嵐光都在酒杯中　綠樹陰濃夏日長原注用句洋行高處好乘涼晚晴愛聽西音樂一路行人過較場　公司銀紙換來難抛擲如塵視等閒白水卅元定情夜青樓人倚笑囊慳　西營盤外水浮天鎮日無風浪拍肩生小不離裙帶路隨人今上火輪船　半日濃陰半日晴豔陽天好午風清卻嫌風熱侵肌白都向騎樓一帶行　黃金易覓地難尋十尺樓房五尺金惟有青天無價值崇垣都半插雲岑　鶩利皇皇世路艱人如星聚貨如山風傳異物能居價萬里梯航數日還　歷勞山頂太平泉聽訟初過大館前遥指峯頭尖合頂清雲天　繞河一水帶中流異物應從海國搜實盤

明蝦分品領客餐尤愛九龍鮋　森嚴境地夜無虞達且傳聲繞道呼赤棒驕人能白晝虎威休笑假靈狐　中華回首愧清涼異俗殊方熱鬧場誰續汝南風俗志物情都檢入詩囊　文學身後無子遺稿叢殘猶待校理其門生陳孝廉文海擬築一椽奉栗主其中而以刻詩之役屬蘭史其或受阨於生前而果傳於身後耶然二君之風義依戀師門固近時少見者矣

侯官鄭蘇龕解元孝胥又號太夷學高志廣能爲縱橫家言顧闈其躭於詩余家下游之僻鄉去會垣且千里除省試一到外平時與都人士殊少往還無從刺訪而得茲來海外有施滋卿者居近鄭里能誦其詩錄出二首古體濠堂落成云惜哉此江山與我俱不偶廿年去來迹識者有鍾阜作堂臨濠

上終日對尸臞泊然疑可老豈屑問誰有聊忘孤生哀亦避世事醜吾言甯欺天有如堂下柳此首古質中亙以清氣胎息極厚倘獲其全集而讀之殊足稱快近體送羅稷臣星使豐祿西行云書生奉使誰稱職前輩惟聞郭與曾四海弦龕推學術一時卿月繼飛騰難忘情款同談藝永矢沉淪獨撫膺今日故人重車笠郤慚無分附郗滕此首自見倜儻未語蓋謂羅使欲聘其西行而已已受他聘不果往也羅少嘗肄業福州船政局學堂爲余執友曾君錦文第一畏友繼遊英京試於西人得高等返華後卽以西學起家兼通中學能自繙譯去歲使西之役路出星洲後車十餘乘皆家藏書本以備編纂日記所攷正者惜余方粤遊未獲一抵掌快譚耳

武進黃仲則景仁爲青浦王蘭泉昶弟子欽州馮魚山敏昌爲

大興翁覃谿方綱弟子蘭泉覃谿非不名重當時後進經品題者類皆紙貴竊意五百年後二公之名仍須藉仲則魚山而傳耳

張南山司馬亦出翁覃谿學士門下雖極推重其師然智水仁山各樂其樂今觀兩家之集豈徒青出於藍實在冰不同炭

張南山先生論學極服顧亭林日知錄趙雲崧陔餘叢考以其識體要也論詩喜及蔣茗生忠雅堂集袁簡齋小倉山房集以其具性眞也故所爲文多妥貼排奡爲詩則深醕蘊釀近稱大家宜哉

南山先生論黃仲則詩曰古今詩人有爲大造清淑靈秀之氣所鍾而不可學而至者其天才乎飄飄乎其思也浩浩乎其氣也落落乎其襟期也不必求奇而自奇故非牛鬼蛇神之奇未嘗立異而自異故非佶屈聱牙之異衆人共有之意入

之此手而獨超衆人同有之情出之此筆而獨雋亦用書卷而不欲炫博貪多如賈人之陳貨物亦學古人而不欲句摹字擬如嬰兒之學語言時而金鐘大鏞時而哀絲豪竹時而龍吟虎嘯時而雁唳猿啼有味外之味故咀之而不厭也有音外之音故聆之而愈長也境之窮類寒蟬而羽毛不失爲飢鳳身之弱同瘦竹而骨幹不異夫喬松如芳蘭獨秀於湘水之上如飛仙獨立於閬風之巔夫是之謂天才夫是之謂仙才余按張之詩境既不類黃且去黃未久而其顛倒欣賞之情溢於字裏行間若是其盛可見先輩家服善誠心與阿私所好陰自引重者有異嘗因其言以求兩當軒集所稱仙才知非虛譽文中超雋二義即起仲則於地下亦當首肯不獨讀者無異詞也

或疑仲則超逸有餘博大未足南山先生重爲之論曰子之意必以多用書多數典而後爲博乎必以襲韓杜之貌學明七子之聲而後爲大乎夫古無類書並無刻本是以三都賦就紙貴一時今類書大備刻本通行爲詩文者一題到手但解繙書居然博學吾非謂書可少也第以善爲詩者用書而詩愈工不善爲詩者用書而詩亦拙蓋書不可廢亦不可恃也至於杜韓兩家學之者衆貴在得其神骨豈徒襲其皮毛不然李空同之學少陵聲口可云逼肖乃身後論定終難免嬰兒學語之譏正以有心摹擬眞氣弗存也仲則天分極高無所不學亦無所不能至下筆時要皆任其天之自然稱其心所欲出乾坤清氣獨往獨來此仲則之所以不可及也右論痛快之極足藥呆笨上云大造清淑靈秀之氣此云乾坤清

氣了無異辭恰當其實鄙意清新俊逸四字爲李青蓮一家衣鉢兼之實難　國初如黃莘田七言近體乾隆如黃仲則七言古體庶幾能兼此四字者

余於　國初萊陽宋荔裳琬宣城施愚山閏章新城王阮亭士正益都趙秋谷執信秀水朱竹垞彝尊海甯查初白愼行六家詩鈔皆嘗汎鶩始愛初白之變換繼則秋谷之倜儻荔裳之感切愚山之紆徐竹垞之渾雅相因而至無不愛之每有所儗輒見查趙易於沾丐宋施亦易依附至竹垞翁則無能襲取於此有以見竹垞詩品之高若阮亭之靈秀正與竹垞翁伯仲之間見李杜也

荔裳官按察有安雅堂集愚山官侍講有學餘堂集阮亭官尚書有帶經堂集秋谷官贊善有因園集竹垞官檢討有曝書

亭集初白官侍郎有敬業堂集

乾嘉盛時袁趙蔣三家自為標榜三家同時如武進黃仲則景仁遂寧張船山問陶陽湖洪稚存亮吉皆摩肩而過力可與之抗衡者也其稱三家不過常相倡和如元之於白云爾非盡當時之詩人而有此三家余志學後始購閱三家之詩於袁則愛其七言律絕於趙則愛其五言古七言律於蔣則愛其五七言古袁之詞旨爽脆趙之筆趣跳盪殊覺開拓心胸一讀一快蔣雖不及袁趙之大細按之其規模較好可無袁趙流弊是知既讀袁趙詩者不可不兼讀蔣詩也

潛研堂集述汾陽曹慕堂宗丞學閔語曰人各有所偏但當棄短取長不則無一人可交矣余嘗師此意以觀詩頗覺一生用之不盡

長洲王惕夫廣文（芑孫）句立朝須怕受恩多夏縣閻峴亭大令（秉升）句古來惟有受恩難余嘗師其句意贈友云受恩多處宜公報不則恩多反累身

當乾隆時順德溫謙山舍人（汝能）極躭風雅有玉山草堂風搜輯東粵歷朝詩文號曰詩海文海全書近二百餘卷可謂富矣售其田得萬金而版始刊後燬於亂今有藏其書者頗秘惜不輕出南皮張孝達侗書（之洞）督粵時嘗使人求之不得家仲遲兵部以余躭佳句將有詩話之作遝出重貲得其完帙寄余島上此等風誼實在不可多得余即藏之五百石洞天之萬弓樓與星洲同志世世共寶

七夕題辯之者妄實之者呆作此等詩往往借題託興妙緒環生雖去二獎微離木皆汀洲伊墨卿留春草堂詩草賦七夕

句玉露便娟照良夜銀河清淺作新秋便爾清超之極墨卿名秉綬乾隆進士官揚州知府尤以隸法擅名爲吾閩大手筆至道光同安呂西邨孝廉出僅追而及之然孝廉沈晦終老聲氣較隘時人月旦仍知有伊而不知有呂云

莆田郭蘭石太史尙先咸同時世推善書其蠅頭小楷遒媚絕倫深得褚河南趙吳興意境來主廈門玉屏書院見呂西邨孝廉篆隸便作少陵語曰伯仲之間見伊呂伊謂墨卿太守也他日復見孝廉橅曹娥碑內景玉經小楷大驚以爲遠出已上廈人有求書者必曰現放着呂某不求而乃某之是問耶告以已得呂書惟須先生乃許儷之則復歉然不敢落墨或强之始可吁先輩服善之誠不亦可見哉

同時有莊太史泉州人書學張果亭迂僻誕妄沾沾自喜署款

多無禮有持出戶而卽投圖者今余所見多武人賈客之藏字裏行間一種狂態殊覺難耐顧藏者安之毋亦耳食之過

人知吕孝廉隸書古媚成家而不知其小楷尤筋骨入細小楷不恒作故難得人亦罕見之余所見僅數本終不如余家藏本之玅全冊三十七開小楷居五之二皆細如指頭神采奕奕余嘗欲倩人鈎勒上石以永其傳而未果

遊仙詩反遊仙詩大抵作者各有寄託隨事觸發不第後人讀之不知其命意所在卽並世之友亦鮮能窺測而得乾隆時梁山舟侍講同書反遊仙詩曾有數語恰似爲百年後之今日寫照者如登仙直是尋常事雞犬由來亦上天句則揣摩爛時文之得上第也上界不聞阿堵貴道人偏要鍊黃金句則倚仗孔方兄之通聲氣也畢竟人間勝天上不然劉阮不

歸來則又甲午乙未告假告病紛紛出京也嘻異矣

偶讀蔣苕生太史藏園詩至家饒田宅爲身累士解悲歌是病根句則爲之黯然傷及至但借文章敵憂患莫看科第作功名句則復蹶然起此際之謌泣無端已亦不自解其何以至此

甌北詩鈔五言古體以入情入理之筆播爲有聲有色之章自闢町畦獨有千古七言近體亦然句如脊小原來不在多生齒繁應有刼來千秋自有無窮眼無官豈必皆高士久客不歸無異死淸愛人知已近名仕途未可恃文章皆屬人人心中所欲言一經拈出便覺奇警至不可思議袁簡齋曰唐李長吉人稱鬼才其詩專從不可解處落想今甌北詩又無一語不從可解處落想得甌北作詩之旨矣

袁簡齋先生自以其詩近唐之白居易論者則謂宋之楊萬里爲宜余按先生居恒論詩不喜唐宋分界之說而要主於性情是其於唐宋諸家皆所祖述而性之所近偶合於楊耳後輩承風百年來宋詩大行於世不知袁氏之前查初白先生實開其派　欽定四庫提要論敬業堂集有云王士正序稱黃宗羲比其詩於陸游士正則謂奇創之才愼行遜游緜至之思游遜愼行又稱其五七言古體有陳師道元好問之風今觀愼行近體實出劍南但游善寫景愼行善抒情游善隸事愼行善運意故長短互形士正所評良允至於后山古體悉出苦思而不以變化爲長遺山古體具有健氣而不以靈敏見巧與愼行殊不相似核其淵源大抵得於蘇軾爲多觀其積一生之力補註蘇詩其得力之處可見矣明人喜稱唐

詩自 國朝康熙初年窠臼漸深往往厭而學宋然粗直之病亦生焉得宋人之長而不染其弊數十年來固當爲慎行屈一指也趙雲崧先生甌北詩話則云初白功力之深香山放翁後一人而已又云放翁多自寫胸臆非因人因地曲折以赴初白則隨事隨人各如其量肖物能工用意必切其不如放翁之大在此而較放翁更難亦在此張南山先生聽松廬詩話則云初白先生詩極清眞極雋永亦典切亦空靈如明鏡之肖形如化工之賦物其妙只是能達又云查悔翁於人情物理閱歷甚深發而爲詩多所警悟余每有味乎其言合觀以上云云數經論定毫無遺義而查氏之詩亦可得其大凡矣余以查袁皆主性情詩境亦復相似嘗取兩家之集而互勘之查則能熟而又能生袁則不生而乃病熟則查又

未嘗不勝乎袁也

乾隆間順德黎明經二樵先生簡以詩書畫三絕著名顧性落落與人難合自刊私印曰小子狂簡詩人李南澗令粵中亟加稱引他日遺命必欲得張黃黎呂四子輓詩世以是服其眼力要黎之學尤在張黃呂之上耳袁隨園方負天下重望後起英多如黃仲則郭頻伽輩亦不能不爲之屈粵遊時欲黎一見竟不可得愛佳山水縋幽鑿險探奇索隱迥非尋常屐齒所到境內名勝年時數至興復愈健然其平生足跡不離嶺海晚乃一至粵西而已嘗得拔萃科例赴成均亦以憂病侵尋不果往京師也歿後人益重其手蹟同郡潘氏有以黎名齋專藏其作以寄欣慕及經兵燹多付一炬眞迹猝不易得余於去年見香港英大會堂華人所陳書畫博覽會名

作充极旁厠黎氏一尺縑閒有欲以尺璧相易主者尙不願
也詩名五百四峰堂詩鈔
二樵字簡民以粵東山水數二樵西樵在南海順德之間東樵
在增城博羅之間卽羅浮洞天也因號曰二樵二樵之山凡
五百四峯因號其堂曰五百四峯堂而因以名其詩集全集
余未之見惟嘗於諸家選本得見其詩之一二有婦曰梁雪
婉孌而多病爲作禪病圖手自題之歸十八年歿逾歲不能
忘情復成述哀一百韵以悼其亡辭極娓娓令人起伉儷之
思在日慰護備至經卷藥爐小閣相對如並命鳥也故又顔
别院曰藥烟閣著有藥烟閣詞鈔今此種已佚
曩見查初白新詩著罷從人笑善病同時得婦憐句以爲恰合
余辛卯壬辰光景思之不覺腹痛乃讀黎二樵去家一律情

意更有委婉者詩云去家無百里入夢有千端身并妻兒瘦秋先疾病寒行踪持道在詩艸遲人彈未有忘情得憂心愧逹觀又春暮寄示閨人病中起四語寄書頻艸率同病兩支離情語防人笑微疴阻汝知亦頗耐想

二樵詩心刻意苦鍊與其所遊境界同具有古洞層陰懸厓飛瀑之觀然所得亦僅止此正唯其無長江大河一豁襟抱也水簾洞一首極膾炙人口益集中五古之最警者因錄之云千百石疊迸滙此一簾水清寒先迎人去此尚一里懸雪薄不破奮雷伏難起靜極入山客雲水勞未已想見洪荒來坌湧遂至此崖藤老盡力石樹凍半死棉裘凜稜鐵骨戰及吾齒投暄出陽阿回顏有生理說者謂老樵詩如其畫畫如其書皆由能品而造妙品讀此信然

二樵七古寄黃蘗樵云牆頭暮鴉飛不起鴉背松聲冷如水如山北風壓破屋拍枕大江浮兩耳窗竹偃蹇欲折檽急雨落瓦寒有稜饑鶻嗃嗃狀嘯鬼紙窻琅琅如裂冰風頭愈大雨點重松子踰時尙跳動燈危在壁寒不明心戰如波靜還湧我憶滇山西遠征冰天苦月寒崢嶸兩奴爭被靜一鬨獨馬戀人悲自鳴身勞歸惜妻孥苦囊儆倏驚年歲更煌煌肥馬從朋友站站飛鳶閱死生生還喜爾情過絕以病示人無病骨明日梳頭視青鏡今夕苦吟得白髮莫思廣廈庇衆寒少陵詩翁古迂拙通體總不肯出一易語篇首飄忽而入突兀可喜錯落有神如巉巖皴法如雨山點法想見興酣落筆之致要爲篇後蓄勢寄所懷人覺前半妙文只是用得一个烘託訣耳若夫奇警至不可思議令人目遇而眩耳遇而悅又

盡在平日鍊字鍊句之功非咄嗟可辦其餘他作亦復稱是

論二樵詩功取徑在昌黎山谷而尋源于大謝老杜自不待言要其刻劃物情幽思奇語幾疑前無古人當不知嘔出幾副心肝矣王蘭泉尚書湖海詩傳稱其苦心孤詣竟以是終其有讓出一頭之意乎張南山太守詩人徵略稱其力避平熟斧鑿太過遂有初稿極佳之詩經屢改而致壞者亦重惜之也余觀嶺南四家詩鈔獨稱二樵詩意境幽峭吐屬深警戛戛獨造劇目怵心似非經營慘淡不能成一語者顧才思絕敏無論長篇短什援筆立就蓋其天姿既高而又深造自得雖縋幽鑿險如出天成云云其果負長吉之鬼才而又兼太白之仙才者耶胡既馬工而能枚速若是殆傳之者故作此英雄欺人語耶抑成如容易卻艱辛者耶

明季南海鄺湛若露以詠赤鸚鵡詩得名詩載其所箸嶠雅中典麗渾成丰標俊整後人和者卒視原作爲不及矣乾隆時番禺劉應麟因避其鋒欲出偏師以相制勝别爲五色英武詩獨不及赤者一種黃鸚鵡云漏盡銅龍夜色殘多心經誦夜焚檀金籠待詔班香稻羽服承恩賜道冠入夢幸迴天后意還山猶問上皇安自從滄海觀魚化回首西風尚怯寒紅鸚鵡云反掛珊瑚學語遲九重恩寵賜緋時艷傳鸚父成佳話賦就桃花寫麗辭鄉侶芳魂迷躑躅上林紅豆種相思南來一騎無人識解向君王說荔枝白鸚鵡云瘴江人老不勝情誤喚琵琶死後名夢逐斷雲歸隴首影隨殘月舞華清潔身總被能言累撫背深防抹粉輕十二玉闌春寂寂雪衣娘子絶聰明黑鸚鵡云校獵曾隨御輦前圍塵暗落羽毛邊如

鸞未任神仙使似鵲曾迷柳客船倚檻解吟通翰墨入泉霑翼滅山烟一從參破元機後立願披緇悟學禪緣鸚鵡云仙裙飄映芰荷裙舌在何妨綺語勸避客簾前呼小玉教歌樓下和朝雲情隨春草芳洲遠葉落宮槐翠被薰謾向碧欄稱使者黃裳黃裏總憐君五首中惟黑鸚鵡作稍弱餘作各存面目雖未足上掩前人之長然亦不爲前人所掩余尤愛黃綠二鸚鵡作謂其一則氣體高華一則精神完足也劉字允成又字玉書箸含章書屋詩草五詩粵東詩海有選

吾閩林鄭谿昌彝撰射鷹樓詩話於所稱引詩人如遇隔卷再見者間復并其爵里名諱而屢舉之蓋誦詩首重知人用待閱者不厭詳也余善而師之此書輯錄直襲其例或且同在一卷中之較先後距者間復并其爵里名諱而屢舉之蓋不

如是不足謂之詳也然於全書所數數見之人可名可號可别號時乃漫無定稱則以其爲觀者所已習耳而容有爵里氏號知之未盡之人要從他選本僅載其名錄者因不能臆加云

天下惟中庸之理至不可能亦至不可移易所爲萬變而不離其宗其餘一切技巧工藝不必問所從來凡有益於民生日用國家大計與時宜之可矣江陰金一士廣文諤偶成五古十首之三云房琯用車戰陳濤嗟輿尸安石用周禮蒼生悲流離謂是法未善商周曷咸宜謂是法難革唐宋何傾欹始知天地間綱常不可移其餘諸制作焉用拘泥爲蚩尤實造兵帝王皆用之用其禁暴亂弗問造者誰居今而反古聖人所深危廣文嘉道間人時方開五口互市此語當有見而云

也

金一士廣文少猶及見其鄉先輩趙甌北先生詩主性靈敘事曲達故亦存甌北風範遺稿經庚申兵燹喪佚文孫粟香太守武祥刻爲篤慎堂燼餘詩稿上下卷僅一百餘首而稱揚忠烈之作每三致意焉古體尤奕奕有神書壯烈伯李忠毅公長庚小傳後云大將報國捐軀亦何恨　聖主酬庸而士卒咸奮君不見忠毅公聲名天下震一解　公泉州人寄籍臺灣幼負奇氣自命非凡入塾弄筆大書天生我才必有用果然一生得此七字橫胸間二解　漲海奔騰通絕域嗟爾蟣蠓敢爲鬼爲蜮　天子命公統領之職公拜稽首誓殺此賊三解　堂堂出令旣嚴且明斿分五色壁壘一新四解　旣統水師更善火攻火藥火薪藏以艨艟遶環船子母船不若此船完

固所向無前五解　焚賊巢斃賊黨中有貨物首功者給賞軍民讙如雷賊不就戮何待哉六解　賊計窮走山東將軍追之疾如風賊叩額入兩廣將軍追之密如網七解　朔風烈烈黑洋水飛沫驚濤溯湃起挺身殺賊不怕死不擒巨憝勢不止賊船圍在我船裏公復乘船躡其尾大呼縛賊直指顧間耳八解　撲面一礮衝雲霄大星下墜天門高將軍死矣兵號咷一手尚執盾一手尚持刀瞪目直視凜然生氣臨洪濤賊乃迴望魂銷胆喪九解　總制奏　九天　重瞳屢顧心哀憐憐其毅哀其忠不惜破格恩恤爾丹衷十解　顯爵封授　誥命輝煌專祠祭祀俎豆馨香將弁兵丁感涕不遑十一解　危坐讀公傳慷慨無悲酸將相成功一時易君臣遇合千秋難十二解　小醜雖兎脫大戮必鯨封英魂來往怒潮起時作金戈

鐵馬聲洶洶十三解朱烈婦詩云按原序稱朱庭謨字楷堂涇縣諸生體素羸娶婦某氏夫疾革引刀自刺願以身代遇救得生夫歿撫孤成立今己游庠道光癸巳年其從兄晉齋孝廉以烈婦事實徵詩夫如生妾可死籲天瀝血深閨裏夫已死妾宜生哺雛翼卵涕泗橫青燈熒熒藥爐小當年艱苦誰能曉仰天難覓返魂香顧影惟餘拔心艸引刀自刺何從容不知有刀但知有儂以身代某天頻呼不知有儂但知有夫吁嗟乎鼻可割臂可折祇恃區區此心決君不見撫孤今日摶扶搖報答重泉恨暫消閒來試把霜鋒看轉覺芒寒不敢操蔽園按李忠毅海上擊蔡牽事當世士夫多有紀載以余聞於鄉父老則微與所傳者異然其事秘究未敢據以為信惟當大勳將集而身先死　朝廷破格酬庸鼓勵來者伯爵之封至優極渥咸同中興百戰功臣宜亦無以過此為忠毅者其亦當含笑九京

矣此詩第十二解將相成功一時易君臣遇合千秋難二語

余每誦之迴環至再輙不覺慷慨激奮也至朱烈婦本可無

死而幾瀕於死引刀一刺君子或且以不知禮譏之觀其後

撫孤成立苦耐冰霜有守有爲知非戇如一物惟知以死塞

責者八情當疾痛慘怛之際急何能擇此詩中不知有刀但

知有儂不知有儂但知有夫四語能將當局神理一一體出

的是淋漓寫生手

五百石洞天揮麈卷之伍終　　觀天演齋校本

五百石洞天揮麈卷之六　　菽園子部之二

海澄　邱煒萲　菽園

康熙間浙江查氏詩人皆在一家而皆顯貴可云極盛詎有名嗣庭者誇張訕謗詩詞悖逆　聖祖赫然震怒闔門三十口悉付詔獄殆將不免賴　上聖明旣正嗣庭之罪肆諸市朝餘衆蒙從寬典初初白侍郎原名嗣瑮字夏重後更名愼行字悔餘而號初白弟查浦侍講名嗣瑮有查浦詩鈔惟不及初白之著

金匱鄒翰飛秀才弢箸三借廬贅談其論詩言律詩易於絕句近體易於古風轉韻易於一韻七言易於五言余不謂然夫律詩須沉著絕句須超逸各有造詣未可猝幾近體易作而難工古體難作而易工一韻固見才雄轉韻總由氣貫七言

易於今體而難於古體五言易於古體而難於今體均之其難則一要知所難在佳題可遇而興會未至意理雖足而八地不稱分體界格秤韻量言終是枯木死灰而非化工妙筆近代言經師之善詩文者每以　國初朱竹垞毛西河二公爲比其實西河非竹垞之比竹垞文有骨力卓爾大雅西河只是善於馳騁竹垞詩淵雅堅厚取材典則西河已傷猥雜氣亦未醇昔韓公以孟子爲大醇荀子乃大醇而小疵吾於二公亦欲云云

余茲屬稿揮麈日每檢出一二則付星洲日報館手民牘尾塞白其卷三所載家仲閎工部來書贈詩及水仙花詩傳至潮州工部知余之好之續有錄寄尤工古體其詠本年戊戌元旦日蝕七言長歌選詞宏富託意遙深殊於古之立言者有

合原文或涉激昂今節其警句云天雞唱曉聲琅琅六螭駕日升搏桑朱麟忽闕阻日馭赤烏飢啄金輪旁又云羿弓昔射九烏死一烏留使終朝翔豈容魔力奪所舍坐令萬古無陰陽又云百神聞之奏天帝邇來叠肆羣魔狂豐隆祇今賜休假太皞蒞職初治裝時惟三元慶高會列仙競進朱霞觴逕欺天醉巧抵隙舉手更肆魔氛强前猶障月此障日未可天度仍包荒佉羅行且涌海水藥叉羅刹爭跳梁迦樓羅動鵬翮猛乾闥婆聳龍頭昂帝車竊據弄斗杓妖黨朋煽聯天狼神州況復有伏莽徵妖召怪難爲防共工頭堅柱且折蚩尤氣橫旗頻揚治之不早使潛結將易天姓分劉張以魔應魔競强倔戎首實自羅睺倡下方日月號天眼任蝕不治訛天盲赤雲飛夾白虹貫效尤而起安可常甚將裂日作三兩

蝕而不已日且亡收之桑榆未爲晚百神伫待張天綱維帝曰嗟余其治維爾神并扶陽剛乃詔鬱儀飭內政結隣陰教爲之襄賜之天弧威不服參旂井鉞光煌煌又云天工自古貴人亮此理惟聖爲能詳又云下方有臣心向日捧日願大無能償夢排閶闔聞帝語天空海闊歌慨慷海風浩浩夜未央天雞再唱雲入房倘即此連綴之亦自可洋洋成文未知工部見之以余爲支解如來否

金陵詩人何諸生士容卒年六十餘袁簡齋太史收其稿附入隨園各種號南園詩草句有詩到近情工五字爲時傳誦余廣其意亦有文能隨意曲詩到達情工之語字面雖同意卻不襲

明季吾閩漳州有二布衣一海澄陳布衣眞晟一漳浦張布衣

士楷陳講理學素不工詩所著皆獲進呈迄今爲承學所仰稽古之榮可云無憾張之詞章如濮鉛山人集儒林列傳談學錄藝苑提宗靜學編漳志雖爲著錄然半已失傳惟藝文中載其七律數首卽從濮鉛集摘出者清超雅健自足俯視一切高東溪讀易處云東溪讀易幽棲處只在梁山白石庵當日闕庭須慟哭逐臣踪跡又江潭年來碧草更開謝手植青松有二三到底宋家偏泯滅杜鵑飛北鷓鴣南薇園按宋漳浦高登仕承務郎學者稱東溪先生朱子守漳日爲作祠堂記至擬以百世之師馬口溪云原注相傳宋室南奔策士於此宋士臨危貪釋褐公車射策滿平沙閣將丞相千行淚開遍春風百草花野殿宵衣能立國宮袍晝錦已無家空談入被書生誤誰執干戈衞翠華漳江懷古云布衣陳子出清漳一紙圓圖感睿皇此理已通天北極伊人宛在水中央如何

兩疏經黄閣只博孤碑鎮白楊自是大臣多繹濯至今遺恨李南陽（菽園按此詩即指陳布衣布衣進呈所著心圖明聖人法天之理）懷江東晚棹處云何時重到蓬萊峽苦憶江橋舊繫船落日平沙空淼淼美人秋水隔娟娟花殘瓦礫紅無處草滿宫廧絲幾年愁殺儒門吟弄絶便將風月付神仙讀者觀其詩亦可想見其所學矣猶憶辛卯之歲亡友龍溪曾荔史孝廉嘗欲與予同搜錄吾漳歷朝詩人殘稿刻爲總集今荔史已亡而予復羈絆島外不知此願果何日償也

聖人云辭達而已矣又曰書不盡言言不盡意作詩者須知兼此兩義

古書無所謂例自晉杜預注左有發凡起例之創後人因之而義例以繁志乘尤密藉首至此爲季世之綱治非完語然察

裒振領定厥指歸使讀者易於從事則又於目錄之學之外
宜所有事者也是在用例者之如何耳選家編集其道與志
乘通義例之宜又烏可已曩與亡友曾荔史孝廉宗蔡同請
例於先師同安曾孝廉廉亭先生諱士玉著有小可軒文稿古文叢話及古文類選未
刻將以編選吾漳之詩先生曰朐海詩存凡例二十四則可
損益也因退而卒業鈔錄未竟而荔史已前卒未幾先生亦
歸道山數年之間猥以錫志科舉且輟謳吟乙未而後始復
稍親風雅然抗顏入世南北奔馳曾不得數月來郡聞郡中
藏書經兵燹後以三十年之拾遺補闕鄉先正傳文如明季海澄何
氏楷之詩經世本 國朝漳浦蔡文勤世遠之二希堂集等尚無能重刊其完本者況風
雅一道久已聲徵舉視為不急之務其故家頹壁安必金石
之靈其鄴架叢書憖遺目錄之著不禁慨然者久之迴視昔

年篋中所錄僅有二十餘種網羅搜括甲乙丹鉛要皆親自校理而後得又未能決然舍去誠以及今不理將有并此而無之之懼意欲草訂初編藉報亡友見託之誠亦誌少年好事之迹不具不備簡陋貽譏其何敢自附於箸作之林選輯之目耶故朐海原例雖不欲妄引一詞而先生昔日殷殷舉此見示則確見朐海之例爲選家所準繩者爰特刊錄於此以爲來者發焉今按朐海詩存存江南海州一州　國朝以來之詩作凡例者卽州人許喬林號貞仲又號石華也原序稱道光十又一年撰○自宋孔延之撰會稽掇英總集元汪澤民撰宛陵羣英集是爲以本郡人選本郡詩之始就枌榆之聞見溯師友之淵源俾先正遺文不致久而漸佚意至善也今準此例謹錄海州人詩爲朐海詩存十六卷稱朐海者用會稽宛陵

例也〇鄭王臣莆風清籟集選興化一府之詩沈季友檇李詩繫選嘉興一府之詩今錄州人遺集不及兩縣者恐疆輿較遠甄采難周也按勞嶼倪城風雅祗錄陽信人詩馬長淑渠風集略祗錄安邱人詩里閈相望譚藝自親亦古人樂操土風之義〇聖朝敎澤涵濡雅材接迹剬詩輯頌八表同文以喬林所見如山左詩鈔廣東詩粹蜀雅山右詩存兩浙輶軒錄江西詩徵江蘇詩徵諸書皆錄通省之詩故選輯之例不得不嚴茲選一州人詩手澤猶新舌華尙粲宜法以人存詩之恉故選例從寬此蔡蓁春所謂恕錄廣徵茲昔同轍者非濫也亦非私也〇孫翔崇川詩集兼錄同時諸人非昭明文選不收何遜之義文章公是公非定於身後凡其人見存者雖皓首騷壇概不登選〇鄭王臣莆風清籟集附載所著

蘭陔詩話用朱竹垞明詩綜附載所著靜志居詩話之例今編朐海詩存以喬林所撰弇榆山房筆譚附入以職非史官不得爲詩人作傳也如有所譽亦不肯蹈詩社標榜陋習○徐熥晉安風雅阮元聲金華詩粹俱分古今體今用趙諫東甌詩集邱吉吳興絕唱之例人自爲集不復分體而每人名下俱首錄古詩次及近體亦秩然有序○昔晉江何炯錄其郡人之詩爲清源文獻分寓賢遡賢孕賢諸名目如王曾邱濬終身未履其地而亦援以爲重趙彥復粱園風雅所錄之李夢陽薛蕙等皆秦人也以夢陽祖貫扶溝蕙祖貫偃師遂併闌入夫十步之内必有芳蘭豈必借才異地乎此集於流寓之詩采之綦謹如張堯峰楊鐵星李松石吳子野諸君雖久作寓公詩名籍甚概所不錄○凡書官爵以最後者爲定

茂才概書諸生不復區別廩增附字以康熙以前學冊無考
傳聞異辭故概以諸生書之以歸畫一○編次先後亦有例
焉江蘇詩徵姓以韻分七十二峰足徵集人以類從淮海英
靈集以得詩之先後爲次今則謹按科名前後及存沒年月
排比次第其有畧爲遷就者則以篇什卷帙繁簡不同之故
亦　熙朝雅頌集例也○論衡須頌篇謂世儒好長古短今
遲前薄後其信然哉今錄州人詩用劉紹攽二南遺音之例
自　本朝始鴻筆名篇絡繹相踵喬林覆量六義精嚴四聲
如吹籟然有知音者其不以善聲爲野聲乎○淩仲子外兄
有朐雅之輯遺稿在其弟子程梅谿家今喬林徧采專集及
耆舊所傳雖單辭歸存不遺掌錄甄幽探秘葢亦有年其託
始　聖代者以時賢之詩多未箸於竹帛尤難得而易失也

吾宗鶴皋先生編天台詩自序曰天台先正詩多湮沒失傳
慮後學併此近今者失之因加蒐輯喬林之編朐海詩存猶
此志也他日梅谿克成其師之志出以相證是余之望也夫
○王崇炳編金華文略謂側詞豔語在所禁絕今準其例以
端詩教其語有關繫而非承平雅頌之音亦所不錄至歌詠
勤苦義準康衢固輶軒使者所不廢爾○劉誠意跋午溪集
欲刪其酬應之作王漁洋評吾汝稿謂如里社餅肆中慶弔
眷軸故壽輓之詩概不入選至州縣志乘必載八景景必有
詩最爲陋習喬林昔修海州志東平州志時皆用張聖詰登
封志例悉子屏除茲集體殊方志義陳風土故擇而錄之○
昔人謂劉賓客不工古詩韓吏部不專近體選詩之例自宜
棄短取長故集中諸人有多采古詩者有專取近體者有不

著一字而氣格絶高有工於琢句而全體未振者雖桑梓之必恭亦葑菲之取節讀者當自得之○姚聽巖選松江人詩爲松風餘韻或采其全集或祇錄一二首以存其人考初唐詩人如李夔何鸞邵昇徐皓等其詩之傳者祇一首豈貴多乎姚氏凡例云集內詩有鄙俚可笑者以采得不忍復逸也今錄吾州之詩類多渢渢可誦若鄙俚可笑之譏吾知免夫○以班氏古今人表魏代九品中正之法論詩自鍾記室始衢謠轅議不容妄參流別則詩道清嚴而四靈二派之末流不能闌入大雅門徑故凡江湖贋體釘鉸刖支雖能爲才語概不登選○王之珩東皐詩存選如皐人詩也楊方晃磁人詩選磁州人詩也皆自錄其詩多至二三百首其例爲已慎矣今錄吾州人詩而采余弟月南及程子維詩獨多畏以月

南子維遺集最富非有所瞻徇也○東海多才人人有集惟歲月既遠藏弆亦殊或緹帙丹筩傳諸苗裔或㝠朽蟫斷蒐自書叢往往有一詩而兩本互異則從其最善者間或推敲一字略仿唐賢篋中集例考篋中集選沈千運寄秘書十四兄詩較殷璠河嶽英靈集所載顛倒一聯又少後四句字句亦有異同論者以爲次山有所點定喬林何敢自比次山而尙友之誠心心相印九原可作來者難誣其義一也○轆轤進退諸格創於唐賢蘇黃集中亦往往有之東坡題南康寺重湖軒七言律詩以魚虞二韻相間而押所謂一進一退也山谷送謝宣城筆七言律詩前二韻押七虞後二韻押六魚所謂雙出雙入也吾州詩人之好奇者間用此格今改歸一韻以期雅俗共賞惟古詩用韻間出佩文官韻之外則遵

御定音韻闡微　欽定叶韻彙輯諸書也○庚溪詩話云趙紫芝野水多於地春山半是雲句唐人詩已有之但不在一處耳喬林按王右丞水田白鷺一聯襲陰鏗十字劉青田太公釣渭水之圖入唐人兩句詩人食古而化興之所至合一鑪而冶之原不礙其工也惟羅隱隴頭水詩云借問隴頭水年年恨何事全疑嗚咽聲中有征人淚而于濆詩亦云借問隴頭水終年恨何事深疑嗚咽聲中有征人淚編唐詩者兩存之吾州詩人遺集間有一二似此者概不登選○唐時賡和之作有次韻謂先後無易也有依韻則同在一韻也有用韻則用彼韻而不必和也又有和詩不和韻者如賈至早朝詩王維岑參杜甫皆有和章而不用其韻也詳見劉貢父詩話茲集於次韻依韻等字悉照作者原本因無甚關繫故不

追改○仇山村曰近世習唐詩者以不用事爲第一格少陵無一字無來歷衆人固不識也不用事之說正以文其不讀書之過耳其言最爲深切此集華實兼收以擇言尤雅爲宗惜鴻博君子富不誚其誤用金根耳○梅禹金之輯宛雅也謂采一方之書異核諸家之集核欲其嚴采欲其備善哉言乎自古文士嘔出心肝雖藏諸名山傳之其人而蠹簡零賸卒銷蝕於積霉墜雨同歸澌滅豈不悲哉喬林謹效禹金求備之義有美必彰顯微闡幽此心可質前喆昔黄梨洲先生爲一代文獻之宗選錄餘姚人詩網羅繁富而獨遺韓應龍一人姚江士大夫以爲憾喬林耳目所及囿於方隅諸君子傳家有集誦芬多賢或因鍵關下帷抑以採山釣海詩篇邐寄而卷帙已成謹錄入補遺中不復排次先後容當續編二

集以備太史之陳焉○鐵梅菴先生自序白山詩介曰讀古詩不如讀今詩讀今詩不如讀鄉先生詩井里與余同風俗與余同飲食起居與余同氣息易通辦香可接其引人入勝較漢魏六朝爲尤捷阮芸臺先生自序淮海英靈集曰事之散者難聚聚者易傳後之君子懷耆舊之逸轍采淮海之湄風文獻略備庶有取焉喬林今編晌海詩存亦期於聚者易傳而辦香可接耳其助余編輯者爲某某謹備書簡端亦白山詩介淮海英靈集例也○右二十四則惟第二十四則所稱編輯名姓太多有窘幅因以某某二字代之此外皆照錄原文不敢增損一字後有來者庶其諒哉至於菽園自訂之漳州詩略初編實兼採七邑歷朝以來之詩與許先生凡例第二第十兩條微異合附述之

夫死身殉一死塞責原算不得甚麽奇事而君子於此則以烈許之者所爲勵節也詩人敦厚之意宜有取爾然圖卷徵題千篇一律大抵泛作尋常鋪張詆頭其行庸則其言亦因之以庸矣海州周啟東磊石山人集陳烈婦行一首偏能戛戛獨造以奇語傳庸行亦殊難得因亟錄之云郎君幸緩須臾時猶願舉案長齊眉郎君病劇竟如此握手已許郎君死郎君既死何敢生待君死後隨君行回首一顧目未瞑暗裡相招無限情生願同衾死同穴不惜今朝成永訣氷繭抽殘五色絲并刀剪碎同心結唾絨一口霏紅霞心血俄開頃刻花半載牀頭藏寸鐵錚錚忽爾生光華繐帳沉沉燈影動幽魂冉冉成殘夢鏡裡三年見舞鸞樓頭一旦憐飛鳳合歡被捲雙鴛鴦羅綺生寒疊舊箱一息尚存還縞素蓋棺纔著嫁衣

裳菽園按極新之語只在眼前惟他人忽過耳　血凝芳草痕猶碧身化飛燐骨自
香彷彿英靈其來去雙雙含笑白雲鄉按啟東名崇勳歲貢
生乾隆時人胸海詩存有輯其詩
者邊潮那邊潮潮去潮來人影搖幾回停晝橈　風蕭蕭雨蕭
蕭江上離魂眞箇銷斷魂何處招此粵東陽春譚康侯農部
敬昭江上作也調寄長相思余謂當作漢魏古風讀之
龍溪嚴梅石明經坤詩存見拙箸贅談所輯　翁雲橋寄洪謩菴詩中有
同是薄命人敢邀多福與多壽之句余讀而悲其言因作此
慰之云詩人遇多窮自昔固云爾我每誦斯言悲痛何如是
不窮詩不工詩工窮亦喜今世窮者多工詩寥寥耳君乎詩
之豪可以坡翁擬意氣籠羣英好交天下士爲我言謩庵工
詩時無比恨我不識荊天涯隔尺咫秋色從西來寒風吹愁

起忽接停雲篇深情躍素紙感君同病憐欲默情難已天地不易測往來寓至理折挫使之窮非徒偶然矣君莫傷薄命待君從此始古來窮詩人每數杜與李雖曰不能至私心切仰止爲我告摹庵相期古人裏何其言之篤摯也英德張春臺廣文景陽一得山房續集題李悟雲學博詩卷云詩有別才非關學昔人論詩語未確胸中倘無萬卷儲筆下焉有千言樂詩人必窮而後工斯言亦未覩其通其人一生享富貴其詩豈不更從容我道詩本才學兼幾分人事幾分天興到情來筆即下區區窮達奚關焉茫茫六合誰窺祕眼前近見悟雲子一空依傍出新裁亦莊亦雅亦流利憶昔寄我瓊臺詞字字搖曳春雲姿金波玉海忽全見如椽大筆何淋漓此詩不厭百回讀意味覃覃沁心曲敢於佛頭强加汙題詞弁

首誌誠服何其言之和平也歙縣潘伯時大令貞鈫佩韋齋詩鈔述懷云非詩能窮人我窮乃作詩若以爲詩咎恐詩弗任之匪特不敢咎破悶深相資我有幽憂疾歲久不可治賴詩爲陶寫一發胸中思興或爲之動情或爲之移詎但怒能止亦且俗可醫是詩之與我臭味無差池今年屆除夕當效無本師何其言之婉約也要之三君之處境各有不同故其性情亦各有所託噫嘻其詩之爲耶其非詩之爲耶

三借廬贅談載汪燕庭芑題西湖岳鄂王墓云依然坏土閉精忠劫後重瞻廟貌崇半壁湖山天水碧千秋涕淚滿江紅金牌使出由中旨雪窖歸魂失故宫頑鐵縱教臣搆鑄諸陵何處跪蒿蓬末語之責高宗可謂至矣乃番禺潘鴻軒文學恕詠史樂府其金匱書一首則云兄終弟及古曾有國賴長君

得長久昭憲遺言匱裏藏皇帝相臣竟難守金匱書復藏表再誤之言又何狡燭影模糊聽斧聲寡婦孤兒哭難了金匱書有天意渡江泥馬得生還九哥原武功王嗣又何其善爲高宗解脱耶文人之筆直是無所不有文學爲吾友蘭史典簿大父箸有雙桐圃集梅花集古詩燈影詞等集行世

鴻軒先生讀檀弓樂府古節古音一字百轉恭世子一作尤頓疊有力足救空滑不徒情詞懇摯使人興感也文云君可念姬可念兒究深兒命賤兒命非賤下及黃泉有母相見通體不過二十四言能令讀者若有千百言撐胸塞肚嗚咽不出神理奇哉奇哉

數年前嘗聞滬上寓公有李芋仙其人與王紫詮何桂笙鄒翰飛錢昕伯諸名士先後襄理西人美查所設華文日報號曰

申報者復以其暇日提倡風雅發揮文墨壇坫之盛詩酒之歡佳話一時頗云不弱紫詮王君箸述獨多詩文集外尺牘雜記時務譯本半屬刊行其語涉二愛山人芋仙別號必盛加推許顧山人之集不著於時有傳其遠游詩云秣田輕擲等鴻毛便愛飢軀敢告勞旅伴獨攜三尺劍俠腸終類五陵豪重攀白下當初柳一看元都去後桃醉倒陶然亭子上到時佳節趁題餻臨岐更切故鄉情愛惜初心有此行敢倚文章留重價全拋福力換虛名憐才淚足流無盡感舊詩多記不清香火因緣湖海氣未應前路少逢迎行間字裏殊有急欲自見之意乃聞其筮仕某省以失中丞歡遂浩然退隱不再求進平生豪舉甚多眷京師伶人杜芳洲芥子千金了無吝色及罷職過蘇方伯知其才贈二千金到手立盡嘗居旅邸遇

極困時適杜伶至滬乃為拚擋一切獲其報以無苦焉此事
人尤豔稱之山人名士棻忠州人某科孝廉官某知縣
天南遯叟淞北逸民皆王紫詮號而天南遯叟之號尤著於時
紫詮本長洲諸生嘗以髮逆陷吳之故為蜚語所傷禍且不
測避往香港依英儒理雅各理君復招游英京同譯華文十
三經先後凡數年乃歸香港而事未解遂留主循環日報者
又十餘年香港固中國極南界每有撰箸恒署天南遯叟及
事解返滬有終焉之志間稱淞北逸民紀實也有句云亂世
文章多賈禍窮途性命尚憂時又云報國空談平賊論辨寃
誰作上書人其憂疑可謂至矣卒賴大力憐才之名公為之
超雪平生賣文錢所入甚豐足供揮霍豔迹尤多具詳所自
箸冶遊錄中去歲丁酉四月卒於滬寓年七十一先捐廣文

後保太守無子遺一孫尚幼余聞而輓曰看花海上載酒江頭人到中年知後樂嘔血囊中修文地下我從大集遇先生或謂頗肖其生平也

遯叟筆卻不高然記性過人家有藏書隨意寫來多鮮彩之作中國文士到歐西者惟君爲先與西士遊處亦惟君爲衆發園文編尺牘論時務有見到語普法戰紀敘外洋事亦實在瀛壖襍誌海陬冶遊錄明麗處自足動人淞隱漫錄已流入膚庸一路老手頹唐知其不免（此書又名後聊齋志異乃書賈妄更名目以圖漁利與作者無涉）漫遊隨錄多追憶之詞所志南洋各島惝怳迷離語盡失寔殊無足取火器說略亦嫌稍舊衡華詩集家數自小能知用意近體艷情時見佳句惟好山水大題目載不起耳餘集尚多未見未便置喙

遯叟病中以老饕贅語付其門人上海某氏爲所竄亂至不可認復雜掠近人筆記如珊瑚舌雕談薑露庵襍記完文攙入更顚横無理嘗印另紙附之滬報遍派各處見者掩口不謂生前已有僞書此則本人所不及料

衡華館詩閨興云蠹仙書窟寄閒身紈扇初題墨尚新新著單紗還怕熱偷揩香汗避生人紀夢云靈簫墨會託神仙今夕相逢休問年事到難言卿自解容誰可比我猶憐花間玉笛涼無語枕畔銀釭照不眠碧宇紅牆原咫尺重來未必隔人天詞意幽悄宛出顧影少年紫詮臃腫蠶蛾幾合左思羅隱而爲一人何以亦解此語而其性情則和易通脱塵俗無忤者詩肖人品因有肖乎其内矣又有價始知官長賤七字切中時弊精當不可多得與駢藁道人六經傳誦仗時文句俱

屬一字一淚七字中有無數淚在

六經傳誦仗時文上一句乃青史聲名輸戲齣也下一句哭時人上一句連古人自己亦須作哭矣駢蕖又有句云怪事易傳郵老口神工難畫館師形何其言簡意賅節短音長耶駢蕖道人所箸襍記號藚露盦儁永中矩可與王氏柳南隨筆阮氏茶餘客話同傳惜僅署駢蕖不知其名

隨園詩話初論漁洋云清才未合長依傍雅調如何可詆娸我奉漁洋如貌執不相菲薄不相師以清字雅字奉漁洋其心可謂推服後編詩集乃易爲不相菲薄不相師公道持論我最知一代正宗才力弱望溪文集阮亭詩雖牽連及望溪語多不滿然仍以一代正宗尊之亦何嘗盡地抹煞乎又謂近人尊方王者詩文必弱詆方王者詩文必粗比之佞佛者愚

闢佛者迂云云以今論之隨園詩文誠不弱矣粗猶未免也去臘余嘗以粵謳題後徵星洲社友卷作者寥寥且多不詳其出處今按粵謳傳本爲道光舉人南海招銘山子庸作又按賴虚舟雪廬詩話云粵之摸魚歌蓋盲詞之類其爲調也長一變而解心其爲聲也短皆廣州土風也其時盛行解心珠娘恒歌之以道意馮子良先生以其詞多俚鄙間出新意點正復變爲謳雙鬟之稍慧者隨口授即可合拍上絃於是同調諸子互相則效競爲新詞以張佳作薰花浴月即景生情杯酒未終新歌又起或并舫中流互爲嘲謔此歌彼和繁響廻波縠埠遊船以百數皆倚櫂停橈環而屬耳此亦旗亭畫壁外別翻一段公案也好事者採其銷魂蕩魄一唱三嘆之章集而刊之曰粵謳招銘山大令奮其捷足成百數十闋冀

與先生相上下然謳中凡善轉相關合者悉本先生也

子良先生自箸粵謳刻本余無從得見惟明珊居士本猶傳於世其弔秋喜一闋尤情至文生淒惻動人酒闌鐙罷跂腳胡牀一再哦之輒覺古之傷心誰不如我聞粵人言秋喜以傾心居士故不見俗客負債纍纍無可爲計意欲一死以報所歡獨登船頭蹈大江東去居士驚惋不知所措此闋卽作於其時者是以沉痛獨絕非他人所能强託後得漁舟救獲重慶生還歸身居士而此作已遍傳珠江刪無可刪矣可見粵謳在當日殊甚盛行今則歌者無人聽者亦無人殆如崑腔之降爲梆簧而霓裳雅詠於焉絕響也

馮子良先生一代才人詩中巨匠卽其少年軼事亦多可喜可驚者據云就館潘氏日潘氏兄弟皆有聲庠序而好逸遊每

書院課必囑三卷并完剛擲筆而畫舫笙歌已代迎桃葉矣膏伙所入儘供揮霍以行文爲樂事長公袖情恰爲已身注腳及得甲科歸知縣班回籍候次遂縱意狎遊與同里邱仲魚司馬夢麒招明珊大令子庸輩六七人劇縱於珠海花田間嘲月批風競爲豪治此際此時樂而忘死不數年家貧罄盡落拓不得志而需次之期尚遠乃掛籍羅浮以自韜晦集中送悔道人入道詩即指此故句云撫膺忽下窮途淚蓋世英雄有此時也既而閒居鬱鬱挈家遊幕山東得交海內名士日遊大明湖飲酒賦詩窘則拔婦頭上金釵以質酒酒酣詩狂作必壓其儕伍學日奮而譽日騰遂專力所作若將終身其後服官江西盡斂從前客氣寡過唯不及凡少作艷情皆不入稿如云能使美人長倚傍幾生修得到欄杆此類甚

多常欲舉以贈人不果其事迹具詳雪廬詩話余蓋從雪廬
詩話節出者以見先生之詩得力於性情閱歷者多而其致
功之專選例之嚴誠自信其必傳然篋中逸草可存知復不
尠惜無人爲之校刊外集以全其真耳

等是人間沒字碑春閨論月許明詩阿儂獨羨同心侶斗酒能
藏待不時此余詠東坡婦詩也馮子良先生婦拔釵沽酒其
事甚艷余擬以此文移贈之惜不知其氏

同時有江南才子蔣劍人敦復家劇貧幼聰穎九歲畢諸經十
許歲時與家人負氣出門附賈船之維揚有朝貴至某相國
弟觴之平山堂大會賓客劍人不事通謁攝傚衣冠直入短
小精悍援筆賦詩衆爲驚服遂留於揚者數年繼之如皋困
甚身患瘡瘍爲逆旅所惡不得已入市吹簫夜寄宿大佛寺

廊下一夕被酒月光激射佛睛閃閃疑爲寶珠極力躋其巔憊而臥及醒不能下大呼寺僧梯乃下遂大書壁間云大才人佛頂偷珠山高月小老名士街頭乞食海闊天空或憐而遺之及歸應寶山童試邑令劉光斗出題誤剿人首發其覆衆爲閧堂越日劉摭他事辱蔣蔣憤而揭其短連綴爲文頗傳於外劉復訴於大府誣蔣不軌必欲殺之大府亦得蔣所上防海策惡其詞侵已蔣懼遁江陰爲僧改號鐵岸亦曰妙塵王華亭修微庵偶出上海道與劉遇劉時以西事移守上海謂蔣是爲西諜來亟閉城大索不獲忽火藥局燬益實其罪而購之急方謀通詳與大獄幸大府先已獲譴劉旋去官友人勸返初服爲學使張小坡芾所賞置寶山邑第一補博士弟子員妻支機本蘿溪村人女雅通文墨聞蔣秀才名願

供箕帚郎集中所稱之靈石內史是也其後秋試屢失利復累於阿芙蓉嘗不能自適獨客上海爲人傭書使妻依寡姊以居姊固無嗣嘗捨所居爲梵修之所得支亘喜蔣殁於上海寓中其居停蘇松太道應敏齋寶時爲刻其嘯古堂文八卷其詩集八卷芬陀利室詞五卷遺草各一卷諸友既助刻於前而王氏弢園復爲校刊於身後此外上海縣志大英國志則皆受傭時筆墨云余讀其詩詞竊哀其志因遍稽舊傳得詳君之生平如右嘗較諸馮子亘少日坎壈有過之無不及矣按蔣又嘗得訓導保舉見王紫詮輯傳

馮子亘卒於同治十一年壬申至今凡二十又七年蔣劍人卒於同治六年己巳至今凡三十又二年二君之卒相距僅五年耳乃子亘交滿天下而未及劍人吾代子亘恨且爲劍人

恨今按嘯古堂全詩題目殊少朋友之雅可見平生足迹有限乾隆才子黄仲則詩名遠播輒恨未到京師無幽并豪士氣後遂其遊而學一變尤近事之可徵者雖然其後四卷中有與姚石甫姚春木黄樹齋諸子往還之作則亦可作一豪士觀惟未至幽并而盡交其所謂豪士者耳若子畏者殆所謂已至幽并者也

劍人性情伉爽志行兀傲故落落難合所爲詩詞間有纏綿婉麗不類其人究之能見圭角之處爲多一遇歌忠泣孝慷慨激昂輒覺欷歔欲泣又素所期許者然也七古余尤愛書楊忠愍公集後一篇云請上方之劍可以斷賊嵩頸濺西市之血不可破椒山胆椒山胆熱嵩膽寒一手格天公獨敢前年遠貶忤賊鸞鸞死公復歸朝端相公吐哺收人望仗馬不鳴

公始安公曰吾所學何事浩然之氣完天地啾啾鬼哭夜方
半碧血糊模光炤字大書外賊不足除内賊不可養五奸十
惡罪無赦三齋七戒疏矺上上疏先入政府手權門之下多
瘈狗折檻難回漢主心對簿已囊范滂首枷鍊風吹鐵骨香
赭衣從此見高皇他時老賊卧溝壑淸苦記得黔山堂又寶
劍篇其中警句云俠客三更殺賊心將軍萬里封侯夢四面
取神精采百倍
王紫詮序嘯古堂詩嫌其樂府擬古之作太估地位而自見眞
性情眞面目處反少此言是也然亦須諒其當日所處之境
名位均卑憂患叢集避地未能將焉求友旣不可以泛泛之
交某甫某翁堆垛滿紙學江湖食客所編之搢紳日錄又不
可以平生未經强作解人如職方小志計惟尚友古人編摩

典籍卽箸卽讀以求學問以遣離愁不猶愈於孤憤牢騷中
申善詈無益於已徒荒厥學者耶

劍人樂府擬古諸作之外復多詠古七律佳篇警句觸手琳瑯
識者謂不歛弇州梅邨是也茲爲節選佳篇如禰正平云沈
沈高宴鼓聲寒文采終教鎩羽翰知已有人修薦表素狂無
分作卑官死爲才鬼千秋厲生得好雄一姤難何地公卿容
謾詈可憐名士滿朝端蔽園按第六句古今未經人道田橫寨云五百英雄
盡國殤島雲海樹鬱蒼茫生無尺寸齊難霸死有頭顱漢不
王西楚天亡項羽紀南蠻春老尉陀鄉韓彭地下羞相見烹
狗功名事可傷蔽園按詠田橫想到尉陀韓彭細曲之極尤妙在緊靠寨字生發作讀離騷
樂府後將合之禰弦酹酒靈均之靈而告之云絮酒商量酹
一巵夫君惆悵獨醒時山河故郢無人物雲雨高唐有夢思

香草前身都命薄文章小雅此才奇刪詩可惜秦風在獨向天南寫楚詞（菽園按結韻石破天驚風雷筆舌）題張睢陽廟壁云倉皇鼙鼓九州塵殺賊無成誓殺身百戰沙蟲皆厲鬼一城鼠雀亦忠臣橫吹鐵笛風雲壯再造金甌日月新從古艱難論天道生來原未識人倫（菽園按後四語意義精透）汾亭云六籍巵言擬未工尼山竊比太雷同上書只挾縱橫術講席先開道學風姓氏千秋疑鬼谷文章後世有揚雄怪他房杜稱門下不爲蒼生一起公（菽園按此爲晉中詠古八首之三字字刻峭第四句尤奇闢）桃花庵弔唐六如云眼底湖山筆底馳丹青以外世誰知三生色鬼談禪品一卷才人失意詩何物與君堪下酒此兒恨我不同時愛他風骨眞名士肯把黃金換畫師（菽園按時韻警切不比他人作弔古泛語）李太白云手掣鯨魚碧海邊長庚梧酒落齊烟山中宰相陶宏景天下布衣魯

仲連才子前身即明月英雄退步有神仙人間一笑登科記祇乞君王十萬錢萩園按連韻比例精當移不到別人身上杜少陵云萬里崎嶇天地身文章憂患性情眞麻鞋野哭無家日翠袖空山絕代人骨肉傷心憐弟妹乾坤多難立君臣書生獨有千間厦破屋秋風未是貧萩園按詠杜公與詠李生自是不同難得各完題量第六句尤眞摯不可多得拜岳忠武王墓云漢家諸葛三分業唐室汾陽再造功天意獨教蒙大難臣心同此矢孤忠九原鬱鬱黃龍酒半壁蕭蕭白雁風千載墓門人灑淚男兒怕死不英雄萩園按一起獨擔斤兩于忠肅公墓云奪門復辟事匆匆此舉何名竟殺公國已有君先卻敵臣原無罪盡知忠迎還早盡尊親禮論定終歸社稷功兩字獄同三字獄蕭蕭窐木怒號風萩園按功韵肅括宏深兼擅其勝警句如蔡中郎云喪亂依人名士誤文章賈禍史才空萩園按慨乎其言李

陵臺云飛將軍已爲猿鶴太史公猶走馬牛蘋園按與河切渾成

東君墓下云楊柳怕歌思婦曲蘼蕪愁上望夫臺蘋園按沉麗夏

内史玉樊堂集云干戈天地愁家祭社稷邱墟禮國殤蘋園按悲壯

顧處士亭林集云避地風霜先草木箸書經濟獨天人蘋園按閎偉

鄺秀才海雪堂集云華鬘眷屬天魔隊銅鼓河山赤雅編蘋園按組織工雅

謁胡安定先生祠云麟臺黜配無安石鹿洞遺規有考亭蘋園按明健

會盟臺云冠裳已變桓文局將相徒爭廉藺功蘋園按言下指點不少

子陵臺云風雲劍履歸諸將江海星辰在釣舟蘋園按用筆無痕

呼鷹臺云名士畫來同一餅此州天下竟三分蘋園按爽朗

雨花臺云三生惡業銷雌蜉一部名經唱亂蛙蘋園按冷雋

靈武臺云立君事大春秋義受禪詞哀父子情蘋園按只是如題鋪敘已覺嗚咽不堪

娘子城云神仙眷屬憐夫壻旌旆飛揚有婦人

菽園按題目本佳作者自易措詞下一句戛戛生新文章巧合陰地闕云但使軍中來尚父不敎塞外去明妃菽園按此與隨園集詠馬嵬驛之但使姚崇還作相君王妃子共長生句同一意境而各有所發自不嫌其相襲也王官谷云才人末路悲青史詩品空山贈白雲菽園按幽淡肖題野史亭云南渡兩朝和議失中州一集正聲多菽園按著墨無多已盡題蘊吳季子墓云能修友誼交原古翻啟爭端讓亦難菽園按對句不測春申君墓云雞狗餘風賓客賤江山奇貨美人居菽園按寫得極闊熱刺得極嚴冷宗忠簡云生不渡河勞北望死猶遺表惜南還菽園按遒勁劉武穆云濠邊鼓角來天上刀下人頭落電光菽園按與會飈舉下七字如箭離弦杜牧之云名士無家都好色文人有胆便談兵菽園按此二語劍人自道書南宋張浚傳後云幹蠱有兒傳道學出師無將殺英雄菽園按千古最不平事落在傷心人眼底加倍難過統觀以上諸作前後筆氣加出一手可見劍人在少日詩已成家而壯歲

以還屢遭拂逆顛沛流離猶復尚友不輟以自底於必傳之
業誠可貴而可慕哉
黃仲則貳尹兩當軒集爲奇爲橫爲秀爲麗鎔納唐宋陶冶性
情初閱之頗覺千門萬戶不可名狀再三詳覈余敢直決以
淸剛二字一代之中能當此者恰無幾人卽欲其知亦非易
易蔣劍人秀才題貳尹集有句云誰將明月置君懷題詩忽
挾仙心入則庶乎其知之者矣王紫詮廣文序秀才詩稱其
骨采高雄華實並茂於綺麗雋逸中時有淸剛之氣此言殊
得其用力之所在然平心以觀秀才一生於淸剛二字固已
知之矣如謂卽此便是淸剛境界余仍未敢決也
綺麗雋逸是蔣老劍家常本色然猶有綺麗而未雋逸雋逸而
遺綺麗者余謂雋逸較難於綺麗上篇所選詠古近體佳篇

警句多屬雋逸一邊至若艷情之作鏤金錯采縱極綺麗較見不妨然老劍亦非不能爲其雋逸者五古雜詩云我有鴛鴦綺纖手自機杼瑤箱十二疊持此竟誰與迢迢西北樓粲粲舞白紵一曲千黃金羅袖玅廻舉君聆貴家樂愼勿輕貧女貧女不炫飾絕世渺獨處君之爲此詩時初何嘗離綺麗而求雋逸惟其意理蓄足筆又能婉曲以達之故見爲雋逸

蔣劍人樂府擬古在其本集中視詠古諸作自遜一籌余故多採其詠古於前苟援能躡彝跖之例似可免及二者復念作者下筆時何等苦心孤詣能敎富貴浮雲而後成就此些子錦囊中物則愛之惜之寶之護之又覺其如不及矣謹案所作諸樂府中惟書文文山正氣歌後十二首最有興會全錄於下太史簡云大義魯春秋直筆齊太史人固有一死太史

秉筆執簡而書之一太史死數太史秉筆執簡而書無異辭烏乎春秋大義尊王綱太史直筆凌風霜千年萬古臣子之大防董狐筆云嗾一獒不能殺其臣而使之逃雖然彼無君者與犬食之不足污歐刀靈公之靈乃若此趙盾僥倖竟不死君子聞之曰董狐古之良史矣張良椎云中庭椓荆軻劍中副車張良椎祖龍祖龍似有天授非人爲暮年帝者師少年報韓死大索十日天下多殺壯士幸哉狀貌如婦人女子蘇武節云萬里歸來一枝節十九年中咽冰雪盜羊誰與案丁零射雁依然居大澤妻胡婦而生子此必無之事爲李陵衛律輩游說耳安東將軍故府視蘇武節似不如是將軍頭云蜀中有斷頭將軍無降將軍將軍一言天下聞將軍五體惜未分一解將軍縛再策將軍勳將軍故主殊少恩蜀中無

斷頭將軍有降將軍萩園按嚴將軍斷頭之言何等轟烈及受人加禮遂許馳驅過矣竊爲將軍計不如作文山黃冠歸故鄉也侍中血云乃父人中龍生子當立雞羣鶴司馬家兒惜太惡王裒爲孝子嵇紹爲忠臣各行其是惟一眞死忠死孝皆完人紛紛典午自屠滅他年行酒帝衣青此日六軍帝衣赤君不見侍中血睢陽齒云鼙鼓動地來漁陽中興社稷生汾陽誰知事勢當倉皇功烈第一張睢陽睢陽一身都是齒碎賊萬段不足當一噬殺妾斬馬羅雀掘鼠熱血淋漓南八指常山舌云哲婦舌傾城佞臣舌破國惟有忠臣之舌辦殺賊舌本蓮花光五色常山平原好兄弟成敗生死安足計不識眞卿作何狀他日堂堂罵李氏遼東帽云南陽一龍高卧起遼東一龍不見尾出沒變化須臾中綸巾皂帽俱英雄英雄出處關天下氣節能留漢家祚前有桐江後柴

桑數點梅花天地香出師表云大漢丞相大討曹旌旗戰伐風雲高漢賊若非不兩立布衣臣本安蓬蒿出師上告先皇帝鞠躬盡瘁死而已大星一落大事去渡河者三亦如此渡江楫云祖生祖生爾何人大志慷慨清邊塵誓平燕趙奉京洛激昂天地生風雲拔劍起舞劉越石中原有數幾人物奈何天生一石勒渡江五馬一馬龍惜少中流此擊楫吁嗟乎祖生獨擊中流楫擊賊笏云笏朝天金魚紫袋緋衣鮮笏擊賊靑天邉邉飛霹靂笏代筆春秋折獄案成鐵笏當刀髑髏饑餬奸醜錯笏乎笏乎歸來乎滿牀乎不如玆一擊乎堂堂復堂堂乎他若讀離騷樂府十首之三楚絕齊云商於之地六百里誑楚絕齊齊絕矣如秦受地秦弗與一戰屈匄虜再戰唐昧死與王約六里且與王爲戲王安能取函谷關前一

丸泥他日秦滅楚今日楚絕齊兩漢樂府三十首之一陳勝王云大楚興陳勝王苟富貴毋相忘王侯將相自有種奚必假扶胥項燕從民望乃知鴻鵠之志同燕雀夥王沈沈樂莫樂其四田横來云始與漢王南面俱稱孤漢王爲天子横爲亡虜胡爲乎斬吾頭馳三十里漢王無恙横來矣河山百二圖籍收海外尚有五百頭其六借一箸云滅諸侯嬴氏强王諸侯項氏亡刻六印爲酈食其借一箸乃張子房子房五世相韓者不願韓王有後也其八王吕氏云高皇帝棄太后臣請宿衞中高皇帝王劉氏臣請王吕氏臣亦得丞相封臣爲高皇帝奇計六出臣請爲太后計劉氏天下以吕易惜哉佐命之勳不再立死樊噲生周勃其二十莽有子云周公殺兄莽殺子大義滅親竟相似周公無兄莽有子莽賢於周公遠

矣卯金倘未終辛苦學周公血灑屋禍及族公乃自以爲功其二十三廢郭后云仕宦當至執金吾貧賤之交不可忘娶妻當得陰麗華糟糠之婦不下堂仕宦而至天子娶妻而廢郭氏人生得意意外事臣舍翁多收三斗穀亦如此五代史樂府十首之二三垂岡云天下未定英雄死英雄不死乃有子不二十年負三矢對酒當歌泣數行大王老矣行自傷悲風落日三垂岡其四皇后敎云殺大臣用皇后敎國柄仍爲宦官盜一乳臭子負乃公入蜀不以功名終魏殺鄧士載唐殺郭崇韜兩人一反一不反不賞之功功已高他日臨河淚如洗郭公若在不至此十國春秋樂府十八首之二左牙兵云學禪讓不可謂非篡學兵諫不可謂非亂有無君之心而後動於惡趙穿弒君盾曰諾主其謀而避其名奈何獨執左

牙兵左牙死右牙喜好雄假手盡如此不斬賈充斬成濟其十小南强云羊頭二四白兩至兎絲吞骨女豬媚雲華御室碧落天冠珮獨拜盧瓊仙老蛟青霧出嶺海雒州刺史鑄枷待手持玉梃長降王茉莉香死小南强其十二羅江東云十上不第唐社傾大聲疾呼請舉兵讀書本識忠孝字英雄不合依人死布衣蹈海不帝秦高駢宋威非人臣奈何錢氏亦弗用籠壁紅紗安足重戴天之仇不可忘孔子齋戒沐浴告魯公三子者與陳恒同君不見羅江東至其擬古之作較見不多已錄雜詩一首茲故不再及

以上樂府接迹展成繼軌芝五頓挫瀏亮誠不患其空滑矣自是劍人能爲雋逸之實據若夫綺而不靡麗而能則華田香草仲則綺懷則又綺麗之所貴也錄其錄別二首云好讀前

溪子夜歌江紅海緑奈愁何人問錦字回文少天上瑶花受刦多容易風情黏落絮最難心事託微波自從青鳥西飛去消息無因問絳河匆匆燕子話離襟湖上黃鸝舊日音花影紅根先種淚篆痕青字未灰心仙居樓閣雲何杳秋在瀟湘水更深莫憶酒醒殘月外漢南楊柳又淮陰此體本劍人所優爲集中或爲託興或爲言情幾于無句不工若全錄之殊佔篇幅因別刋客雲廬詩錄而摘其尤雅者若干聯於此采蘭人去無芳草中酒春寒有落花一隊酒兵圍虎帳雙鬟樂府唱龍標風鬟小謫啼龍女玉斧難修怨藥娥有情眷屬無情夢長命神仙短命花前度客來流水去今年人瘦牡丹肥秋於涼雨添絲鬢人在明河憶女星病後芙蓉愁見影秋來楊柳怕成煙琴無緑綺鵾弦冷臺有黃金馬骨銷芙蓉北渚

佳人怨苜蓿西風病馬哀春人讀曲閒尋夢夜雨修書冷翦燈詩題才子金荃集人在墉城玉女居春夢淡於蝴蝶影落花寒入杜鵑心往日春風紅豆子今生明月白梅花綠酒獻花詩獻佛青樓聽雨寺聽鐘遙岑眉樣修蛾黛芳草天涯化蜨裙風月文章蘇玉局江山絲竹謝宣城畫樓楊柳銷魂賦玉帳蒲桃出塞篇碧月幾時圓好夢黃金情願鑄名花白描鴛翼疑無色紅蠘蠶絲尚有情半榻閒銷雙屐齒一詩高壓萬山肩此日畫堂棲海燕有人椎髻嫁梁鴻人間鑄夢黃金窟天上鐫愁白玉碑春水綠波名士淚桃花紅影女兒魂無題詩況歌長恨絕代人猶住小家他日風流誰作壻今生顏色已如花未拋錦段憐紅女待卜金錢問紫姑鶯啼燕語剛三月釧動花飛又一時江湖酒夢闌秋鬢樓閣仙居放曉山

楊花影散東西水桂樹秋涼大小山青絲覆額呼么妹素手調羹問小姑謝道蘊原丞相女衛夫人是右軍師謹借劍人題友人詩卷句評之曰幽懷蘭草聞鄰澤慧語蓮花懺舌苗

自李義山楚雨含情皆有託一言發其端後之作艷體者無不託於義山究之託其所託去義山之旨也遠所謂託之不善者也託之善者不着一字盡得風流細玩義山含情二字可見蔣劍人平生詩品雖涉綺麗要知內意而外辭故氣骨較遒神韻亦遠其論艷體有云義喻者趣深辭蕩者志惑有唐溫李諸家取則離騷無傷連犿降而疑雨徒扇靡風蘭音蕙怨一變爲花魅脂妖此中雅鄭不可不審然則世之輕言綺麗者固蔣劍人所弗許耳乃猶强附義山豈知古人更不任咎

余嘗倣南山評仲則詩以評劍人七古中有幽語如云爐烟不結同心篆盛年空抱鴛鴦券又云湘水無言倚竹愁陽臺又喚行雲暮又云羅衣坐嘆秋風早銀漢中間波淼淼又云吳王宮裡曉鴉啼醉擁西施眠未醒又云秋空叫破海潮碧酒醒一枝寒玉笛又云烟村茅屋自三兩中有讀書聲琅然之類是有快語如云功成不上麒麟閣歸去無田事耕穫又云君不見綠林豪客虬髯賈眼中有仇頭可取又云劍不必學一人敵酒不必論萬錢值又云奇材劍客為我用夜半敵頭帳中弄之類是有險語如云鵂鶹叫月鬼狐哭霜花冷冷語枯髑之類是有勁語如云射手欲鹿鹿胆飛風勢入箭箭光出又云家運衰時國運終黨人錮後才人死之類是有奇語如云白日走匿黃河折心折冰雪骨折鐵又云眼中之鐵心

中血鐵厚一寸血一石又云安得吹上木棉枝衣被蒼生盡温燠又云高譚捫虱四座驚白髮不許頭上生又云好男子來吾語汝從吾後吾反顧汝斬吾頭汝勿懦又云劍花搖搖酒花熱裸身大叫千年魄又云混沌不死元氣出拔地風雷去天尺又云滿城人海變血海滾滾頭顱似切菜之類是有道語如云一條絃滴萬條冰冰若不寒絃不裂又云此字聖賢豪傑鬼神風雨河岳而日星此書一百四字字烈丈夫之血淚迸裂心精凝又云封疆事當任封疆吏自爲之奈何拾帖括語徒亂人意爲又云鍊雲生水水生液明月一片太古冰之類是有拗語如云二千年史眼生鐵十萬里天刀掛霜又云將軍之功已不賞將軍之頭得無痒又云儵然剛健復婀娜竹亦媚君出靈怪又云江湖悠悠行路人乾坤落落

一士貧之類是有苦語如云井中有心天水碧心中有血井水紅又云廣場短袖不得舞躍馬橫矛自失伍又云萬死功名聖主恩百全富貴庸奴福又云眼中萬古淚常有天下一石才無多又云吾曹殺賊只救死大將恩威本莫測之類是有壯語如生不英雄便宜死磔磔那得長如此又云天下健者豈董公長揖請看吾劍利又云我生於世寡所諧飢寒不足關胸懷又云等一死耳互相殺彼豈銅頭復鐵額之類是有豪語如云小五岳收眼界寬大九州踏芒鞵徧又云一面琵琶八面風琅琅海水青天空又云男兒百計無一好富貴還須致身早又云高樓橫吹江風清石壁倒射日腳赤之類是有秀語如云書堂入夜鑑明月古人顏色殊嬋娟又云華雲吐月秋羅羅銀灣影落天無波又云玉妃環珮飄靈風一

絲海綠搖空濛之類是

五古雖不若七古之變化之而苟以類舉如一彈天地清再彈山水綠則秀語也微軀妾自保幽賞君獨難則苦語也廢塚生寒烟美人在疇昔則幽語也恨不攜鈞簑烟波是饞味則拘語也生客三千人死壠五十步則快語也捫壁鬼髮青一風陰閃燈則險語也天梯半空架天轉出其下則壯語也到門不見山入門山始大則奇語也劍人之才直是無所不有其絶句有云穿雲亂石排空樹似我胸中磊落才亦我不卿卿誰其卿卿之意

編輯詩者往往略於古人而詳於今人嚴於古人而寬於今人葢古人多屬已傳雖不稱述世亦自能稔習今人尚待論定苟非臚列後將毋以覽觀況此編之爲例本寬而劍人之去

我若是其近者耶余猥譾陋何足知劍人然卷中諸君大有可傳者在意者劍人與之上下千古乎

今夏五月得家仙根水部逢甲自潮州寄書并贅談序文一首念贅談本從香港中華印務總局用倣聚珍版排編近經散版急函令補印分裝尙未售出之十餘部中謹按來序縱橫排闔霞蔚雲蒸凡千數百言多補余見之所未及惜太長此不能錄而拙箸又以出書太早前此流播遠邇皆未得首載此序以行殊覺負我良友也

昔人恆言校書如掃落葉越掃越不了益精本如是之難覯也贅談雖屬已貲付印然星香萬里不能自校僅以託諸坊賈草草蕆事故訛字尤多亦有原稿本訛攷據未審者此則急於成書之弊出書後屢承閩縣曾幼滄侍御師宗彥番禺李

石樵秀才啟祥函糾訛字今又得臺灣家仙根工部逐卷校勘諸君昵予致足感也惟活字出書即行散版無從追改姑俟諸異時翻刻耳

武進黃仲則先生景仁受大興朱竹君先生筠知甚深嘗招入安徽學幕襄校朱好延攬一時豪俊皆及其門乾隆壬辰上巳日爲會于采石之太白樓賦詩者十數人黃年最少御白袷衣立日影中援筆先成七古數百言傳觀座客咸爲擱筆以是名滿大江上下今按原詩云紅霞一片海上來照我樓上華筵開傾觴綠酒忽復盡樓中謫仙安在哉謫仙之樓高百尺樓中節使文章伯風流髣髴樓中人千一百年來此客是日江上同雲開天門淡掃雙蛾眉江從慈母磯邊轉潮到然犀亭下回青山對面客起舞彼此青蓮一坏土若論七尺

歸蓬蒿此樓作客山是主若論醉月來江濱此樓作主山作賓長星搖動蒼無色未必常作人間魂身後蒼涼盡如此俯仰悲歌亦徒爾杯底空餘萬古愁眼前忽盡東南美高會題詩最上頭姓名未死重山邱請將詩卷擲江水定不與江東向流通體沉著之至自饒神韻亦曲亦清殆如杜公所云波瀾獨老者

湘潭張紫峴大令九鉞乾隆舉人著有詩集張南山曾見鈔本採其登采石謫仙樓七古入聽松廬詩話超超空行自不及仲則一作而瓣香所在同出李生幷錄於此以參觀焉詩云借我蛾眉萬古之明月炤我長江萬里之孤舟醉我樽中千斛之美酒坐我青天百尺之高樓危磯冥冥猿愀愀怒濤走渚聲奔牛枯松倒江風颷颼雙蛾橫掃天門秋樓前何人擊

大鼓使我聞之淚如雨任城誰伴狂知章歷下不逢老杜甫
乾坤浩蕩日月白世有斯人容不得空攜駿馬五花裘調笑
風塵二千石天生鞭撻風騷客肯上樓船同作賊黃金唾氣
不原功翻令銜哀夜郎謫宮袍落拓何處來磯頭淚洒孤臣
杯開元天子眞知已七寶方牀安在哉心懷濟代浮名誤學
佛求仙了世故死後能令泣鬼神生前已悔工詞賦我欲招
之騎黃鶴飛出江湖下衡霍玉簫金管擁羣鬟喝月青山銜
不落徑須提挈崔宗之共捉長鯨拔其角自從大雅久沉淪
獨立寥寥今古春待公不來我亦去樓影蕭蕭愁煞人
譽人文必曰馬班徐庾譽人詩必曰李杜韓白下至詞曲亦非
蘇辛秦柳而不貴此殆口頭禪耳受之者乃不以爲諛要知
痛哭少陵疏狂太白是何身分今之苟知弄筆者便欲自況

又何傎也余甚木彊檢點平生如上云云亦頗不免終是習
氣中人之過甚有所輯錄亦不欲過爲倫儗致使後來閱者
先震於古人之名而反形作者之絀若吾仲則者則庶乎不
見其絀者
仲則秋浦懷李白句如何我行處每見爾題詩試易一人必不
敢作此語亦必不克當此一語
花月即今猶似夢江山從古不宜秋黃仲則句天壤即今猶落
魄江山從古不宜才蔣劒人句惟其有之是以似之
西人咸工丹善爲獸戲盡室男女皆習樂工遨遊五洲以售其
技曩來島上招余往觀大約如中國繩妓圈虎者流而手法
之精悍矯捷音容之婉孌頓挫則又過之所畜各獸騏驥熊
羆虎豹象鹿偃服騰驤毋不盡如人意其尤驚心動魄者則

在於虎豹之戲余曾爲詩張之中數語云乍履虎尾虎入及人作虎踞衝檻入張牙齧地不見人餘勇猶當百川吸陰風烈烈萬燈搖四座旁皇鼓聲急虎汝龐然亦太癡體大蔽人人轉蟄一擊方知惜羽毛縱身已過虎頭立此雖一時遊戲之作然所覯情景恰是如此憶黃仲則先生兩當軒集圈虎行一首云都門歲首陳百技魚龍怪獸罕不備何物市上游手兒役使山君作兒戲初昇虎圈來廣場傾城觀者如堵墻四圍立柵牽虎出毛拳耳戢氣不揚先撩虎鬚氣猶帖以棓卓地虎人立人呼虎吼聲如雷牙爪叢中奮身入虎口呀開大如斗人轉從容探以手更脫頭顱抵虎口以頭飼虎虎不受虎舌舐人如舐轂忽按虎脊叱使行虎便逡巡遠闌走翻身距地蹴凍塵渾身抖開花錦茵盤回舞勢學胡旋去聲似張

虎威實媚人少焉仰臥若佯死投之以肉霍然起觀者一笑爭醵錢人既得錢虎搖尾仍驅入圈負以趨此間樂亦忘山居依人虎任人頤使伴虎人皆虎唾餘我觀此狀氣消沮嗟爾斑奴亦何苦不能決蹯爾不智不能破檻爾不武此曹一生衣食汝彼豈有力如中黃復似梁鴦能喜怒汝得殘餐究奚補倀鬼羞顏亦更主舊山同伴倘相逢笑爾行藏不如鼠

筆情奇恣天骨卓森此其寄託蓋又在乎題之外者矣

太白酒樓詩黃仲則武尹張紫峴大令兩家七古之後余復得七律二作一閩縣薩檀河大令玉衡云萬里風雲拂劍來江湖秋水雁聲哀登樓多病懷吾土嗜酒佯狂惜霸才更有何人解淡蕩果然君輩不蒿萊長庚入夜金天朗照我飄零一舉杯一宜黃符雪樵大令兆綸云何處人間訪謫仙烟波寒

送秣陵船騎駼去後無消息倚馬詞高悔浪傳我寄愁心與明月來攜好句問青天乾坤放浪供沉飲似此生才亦可憐

蔣劍人避人爲僧實非初志故不久即返初服其爲僧日時出冶遊頗多綺迹集中綠酒獻花一聯葢紀實也前此不聞能詞至是乃兼擅倚聲一唱三嘆怡顏動魄洵足感均頑艷識者謂不歉其詩嘗聞某友犒女閭中暴卒既知其不果調金縷曲一闋戲云君果爲情死算人生一場春夢也應如此富貴神仙天難問碌碌無聞可恥便三萬六千能幾羊祜功名高峴首恁不如銅雀臺前妓花落云總流水　當年我亦呼才子放高歌華堂品劍紅燈影裏玉軟香溫銷頑福誤了凌雲意氣衹坐老蒲團而已未免有情誰能遣願與君仔細參禪味活潑潑是眞地此首大有夫子自道之樂狂奴便欲狂

死世不見劍人之才之遇幾何不以此了劍人耶

唐律鳳凰臺黃鶴樓一時同調千古孤行後人何從學步甯遠楊紫卿茂才季鸞黃鶴樓作云豈徒黃鶴乘雲去不見崔郎與謫仙今古登樓同悵望後先憑弔一茫然但聞江上數聲笛吹落梅花何處邊我欲飛觴盡高度醉呼明月照晴川雖未脫前人窠臼觀其顧視淸高氣深穩亦幾費意象經營中矣紫卿嘉道間人著有春星閣詩鈔

黃仲則先生東阿項羽墓云將軍之身分五體將軍之頭走千里擲將贈友歡平生漢王得之下魯城可憐卽以魯公瘞想見重瞳炯難閉至今燐火光靑熒猶是將軍不平氣昔奠絮酒烏江頭知君毅魄羞江流懷古復過彭城陌知君英靈愁故國兩地招魂不見君御從此處弔孤墳美人駿馬應同恨

多少英雄末路人蔣劍人先生題虞姬畫像云讀書忽哭項羽紀大王之才不爲帝把酒請澆虞姬墳俠女之志可事君我爲楚歌若楚舞烏江東下無尺土君王意盡妾何聊頭顱一擲劍花飄悲風蕭蕭起垓下魂兮歸來慰喑啞昔日軍中羞雉媒今朝帳下嘶騅馬嗚呼古來好色皆英雄安得攜手常相同辟陽已封戚姬死老去可憐隆準公一王一姬皆有餘慨余讀而善之故錄之

胸海詩存卷第十三程宗城采石二絶云詩人名將兩茫茫自古文場卽戰場山下浪花明似雪捲天東去比人忙雨打江豚欲上時浪珠腥裏看殘碑青山到底無閒日不豎牙旗便勒詩聯合有情爲從來作此題者所忽宗城字子維諸生嘉慶間人

江南民物殷阜爲各行省冠衣食足而後禮義興故近代數人文之盛風氣之開自必以吳會爲稱首不知周以前固無聞也太史陳詩一十五國吳楚同不列風則亦等之化外子游北學於禮彬彬文學弦歌殆其選矣然篇什所流傳者仍不可考晉生二陸洛下蜚聲始爲吳會詞章之祖時復中原胡患衣冠巨族相繼東下咸寄吳地爲寓公焉說者謂英才鱗萃之區流風所被不但山川生色卽其時其地其人之薰德善良者自所必至而吳尤據江海之形勝便南北之轉輸國稱天府士樂世業是以由晉而還盛且弗衰歷十數朝之舊其興固未有艾也

五百石洞天揮麈卷之陸終

觀天演齋校本

同文書庫・廈門文獻系列 第五輯 貳

五百石洞天揮麈（下冊）

邱煒萲・撰

厦门大学出版社
XIAMEN UNIVERSITY PRESS
国家一级出版社
全国百佳图书出版单位

图书在版编目（CIP）数据

五百石洞天挥麈 / 邱炜萲撰. -- 厦门 ：厦门大学出版社，2022.12

（同文书库. 厦门文献系列. 第五辑）

ISBN 978-7-5615-7950-3

Ⅰ. ①五… Ⅱ. ①邱… Ⅲ. ①诗话-中国-当代 Ⅳ. ①I207.22

中国版本图书馆CIP数据核字(2020)第211895号

出 版 人　郑文礼
责任编辑　薛鹏志　章木良
封面设计　李嘉彬
技术编辑　朱　楷

出版发行　厦门大学出版社
社　　址　厦门市软件园二期望海路39号
邮政编码　361008
总　　机　0592-2181111　0592-2181406(传真)
营销中心　0592-2184458　0592-2181365
网　　址　http://www.xmupress.com
邮　　箱　xmup@xmupress.com
印　　刷　厦门集大印刷有限公司

开本　787 mm×1 092 mm　1/16
印张　54.25
插页　6
字数　770千字
版次　2022年12月第1版
印次　2022年12月第1次印刷
定价　630.00元（上下册）

厦门大学出版社
微信二维码

厦门大学出版社
微博二维码

總　編：

中共厦門市委宣傳部

厦門市社會科學界聯合會

執行編輯：

厦門市社會科學院

『同文書庫·厦門文獻系列』編輯委員會

編　委：

潘少鑾　周　旻　何丙仲　洪峻峰　謝　泳　鈔曉鴻　李　楨　李文泰

主　編：

潘少鑾

副主編：

洪峻峰　李　楨

目錄

前言……洪峻峰 一
五百石洞天揮麈（上冊）……一
序……丘逢甲 四
序……潘飛聲 八
題詞……丘樹甲 王恩翔 一〇
卷數……一四
自序……一六
卷之一……一八
卷之二……八二
卷之三……一四六

卷之四 …… 二一四
卷之五 …… 二八四
卷之六 …… 三五六

五百石洞天揮麈（下册） …… 四二三
卷之七 …… 四二六
卷之八 …… 四九四
卷之九 …… 五六一
卷之十 …… 六三一
卷之十一 …… 七〇一
卷之十二 …… 七七一
自跋 …… 八三七

五百石洞天揮麈

五百石洞天揮麈卷之七八

伍德彝署檢

光緒己亥春
刻于五羊城

五百石洞天揮麈卷之七　菽園子部之二

海澄　邱煒萲　菽園

内地日報諸家牘后恆載詩詞大抵遊客來稿昔人目爲江湖詩者是也經年所載何啻恆河沙數要之半文聲價一日流傳蜃市雲峯自起自滅已耳近日上海更刱爲消閒游戲等報報必有詩詩必累牘泛收廣錄黃口偷䨟青樓畫眉皆可浪居風雅之號而詩道於是愈不可問然其中豈無一二宿儒遺草無力自行通人篇章流傳於外時見爲搜羅所及明載報端者徒以體例未安遂覺爲一邱之貉玉石無分耳讀者遇此等處須分別觀之

隨園詩話嘗云選家選近人之詩有七病焉凡人全集各有精神必通觀之方可定去取倘裙摭一二并非其人應選之詩

管窺蠡測一病也三百篇中貞淫正變無所不包今就一人見解之小而欲該羣才之大於各家門戶源流并未探討以己履爲式而削他人之足以就之二病也分唐界宋抱杜尊韓附會大家門面而不能判別眞僞採擷精華三病也動稱綱常名教箴刺褒譏以爲非有關係者不錄不知贈藥采蘭有何關係而聖人不删宋儒責蔡文姬不應登列女傳然則十七史列傳盡皆龍逢比干乎學究條規令人欲嘔四病也莜園幼在塾讀亦嘗疑文姬不應入傳吾師曾孝廉曉曰凡其人才行卓絶必能自傳作史家列傳者亦各因其可傳而列之耳莜園乃悟今因隨園之論重附注之貪選部頭之富以爲每省每郡必選數人遂至勉强搜尋從寬濫錄五病也或其人才力與作者相隔甚遠而妄爲改竄遂至點金成鐵六病也徇一己之交情聽他人之求請七病也因自云末一條已作詩話亦不能

免惟借此射利通聲氣之弊則又在乎七病之外者也可見雅俗界限卽君子小人所以爲義爲利關頭非小節細行之比雖疏闊如隨園亦知兢兢彼藉口潤筆賣文又安知其不可同年而語乎

海天琴思錄卷四云粵東詩自三大家後多質少文番禺張南山以清麗之才別開生面一時附其門下者甚衆有一二不善學者變而爲庸爲俗爲冗爲長爲廓爲泛爲襍爲鄙甚而以詩釣名又甚而以詩鑽利一石米爲丁儀作傳三鏹金爲鍾惺刊詩借崔鴛鴦而結達官似魏蛺蝶之譏穢史詩教壞矣或曰此市井小民之行非詩人也何足與辯按林薌谿廣文昌彝寓粵最久又適在張南山先生維屏歿後今茲云云意當日必有所指摘不言誰何自屬忠厚然此種陋人亦正

不必知爲誰何其所選之詩亦斷無能傳之理愚所以仍載此言蓋有借以自儆并爲來者告云

毀瓦畫墁志在求食何孟子之非之爲其不以道也苟能以道雖日傳食不爲泰矣文章小技何莫非道唐時元白之交最忠白爲微之墓志受潤巨萬而人不以爲非袁子才先生枚遺囑自謂平生未嘗妄取人財及別有要挾乃四方賵遺竟有一篇墓志報我萬金者今觀小倉山房文集所載碑版類多紀實足徵談掌故者且有賴焉其無爲諛墓惡習可知祝壽之文更復少載詩話云云誠有自信其然矣

道光間吾閩同安潘德輿方伯仕成寄公於粵購地荔枝灣闢海山仙館一時聲勢豪赫殊極冠蓋徵逐方伯雖席鹾業起身科目副貢欽賜舉人頗好文墨嘗刻海山仙館叢書五十六種其

四百六十一卷搜羅秘要世稱善本迨後因鹺餉重累園產皆入官今久廢矣談者猶豔稱不置雲南昆明李竹農太史瑞裕游海山仙館詩其一萬里羊城路清游結勝緣言尋潘令宅來泛米家船夾岸先看竹沿池盡種蓮紅塵飛不到小住即神仙其二樓閣凌空起登臨意激昂開窗吞海氣倚檻受山光雲擁三霄近風掀四面涼憑高清興發嘯咏寄蒼茫其三暘斷一枝簫聲聲咽暮潮鉛華隨水逝金粉等烟銷老鶴知興廢啼鶯訴寂寥不堪重訪舊風雨十三橋其四返棹天將暮扁舟過短堤迎眸城郭混回首夕陽低地勝情多戀花繁路欲迷再來須訂約樽酒好相攜按作者當日親見其自盛而衰歷歷寫來殊有奈何之感然名園壯麗已見一斑

番禺縣志稱潘德畬方伯重刻佩文韻府嘉惠士林欲讀中秘

書者皆得家置一編洵巨觀矣亦其時滬上未傳泰西照相石印法故殿版大集難於貲購若今時之佩文韻府不過六十整冊藏之巾箱而已足矣至繁重之圖書集成一經鉛版縮編不過千有餘卷取價三百陋巷之子凡有負郭田五十畝者皆可以其餘力藏書滿家士亦何幸而生於今日哉

吾郡家鮮藏書人各習便自隘父兄之爲佳子弟謀者往往嗇於書價日費三百緡以拚社賽之一擲者吾常見之矣能費三百緡以購圖書集成之飽蠹者則所見亦僅也前巡道湖南劉朴堂廉訪師名倬雲徽郡中商富彙貲往滬購鉛石版翻本以實丹霞書院其絡繹於齋長之前爭借類書以供繙檢者半皆力能自購者也乃可以購而不購則其所恆購誦習之書必盡屬諸講章考卷可知此進止之所以歧也同治甲

予髮逆未擾以前郡人數藏書之盛海澄葉溪田孝廉文載詔安葉雲谷拔貢觀海龍溪鄭雲麓都轉開禧各十數萬卷焚燬無遺實一大厄事閱三十餘年微特藏書之家今無其人卽鄉先正遺文亦少任刻者郡志　國朝人藝文著錄已百不存一過此以往其漫漶散失于白駒野馬中終恐有一之而無者文獻無徵固承學者之不幸也於古人乎何尤

海山仙館主人潘德輿藏有乾隆老畫師羅兩峰聘所作鬼趣圖眞蹟主人徵求題詠卷冊幾滿余尤愛主人自題十律刻畫淋漓發揮盡致寫鬼寫趣筆筆如生讀其詩卽不必觀其圖而圖中神理不啻眼經恐斯圖流傳未必及此詩之尤愜觀者兩峯有知能勿自慰因全錄之其一燈昏如豆影憧憧夜半虛堂走怪風變相已知情狀幻傳神直與性靈通卻從死

趣壽生趣愈覺人工勝鬼工惆悵卷中珠玉在紛紛題詠苦雷同其二畫鬼幾如鬼畫符淋漓墨水費描摹空空妙手知何著隱隱全神望若無此日形骸原散漫當年面目本模糊於中倘有其人在紙上何妨試一呼其三猶是人間主僕名尸居餘氣儼如生游魂逐逐追隨苦長路悠悠落拓行露肘短衣裁半褐龍頭破帽綴殘纓豪門昏夜誰奔走故態狂奴死不更其四緣結他生事已非行歡地下倘依依美人有恨歸黃土使者無常號白衣卻扇似憐羞影在褰裳可奈寸心違夜臺攜手花含笑證到蘭因夙世稀其五之形乃背貌輪囷故鬼居然屬短民此輩擎杯惟解罵有時倚杖便相親折腰竟欲誇長技掣肘從來是小人當日封侯無骨相者般頭腦誤終身其六碧血噴空白霧腥長人干仞聳高青汁疑染柳誰彈甲面

類塗藍或姓丁赤脚蒼頭行迅速朱唇翠髮走空冥圖成欲
刻焦山石照耀仙家瘞鶴銘其七青林月黑路迷茫鬼手橫空
一丈長岌岌頭顱懸似斗團團面孔重如囊兩身俯仰奇而
醜獨角猙獰走且僵幾輩相逢先引避本來形狀太荒唐其八
濕雲漠漠罩泉臺一片幽魂結隊來冷霧似烟籠雨雪昏天
如墨走風雷殘衫蔽體寒偏壓破傘遮頭凍不開存日乘軒
張蓋者夜深行路劇堪哀其九除風呼嘯夜漫漫對立如人片
石盤喬木亂山沉斷碣荒烟蔓草委空棺盡頭猶自撐皮骨
見面何從掩肺肝貴賤妍媸都莫辨一般形體任摧殘其十旨
趣由來妙不知偶然涉筆作兒嬉光天化日原無鬼墨客文
人例好奇眞跡至今多易主名流在昔遍題詩好同彝鼎圖
書看珊館留傳永寶之又同題七古一篇意有所指殊嫌刻

露故置彼而錄此南海譚玉生舍人瑩樂志堂集亦有是題八律終遜此警策也

南海李子黼廣文以刻師友錄廣交得名其詩頗尚嚴整無空滑之習在當時同人中亦一佼佼者論者以爲非三陳之比則成家與未成家之分也其名雖著而專集不盡見稱於時余謂近代詩人善選而不善作沈歸愚尚書也不善作亦不善選王蘭泉侍郎也善作復能善選朱竹垞王漁洋兩先生庶幾當之餘如鼎鼎盛名之諸公尚有待於推轂而始定於子黼乎何譏

潘德輿號四農山陽人道光戊子江南鄉試第一箸養一齋詩集詩話行世其論詩有云詩只一字訣訣曰厚厚必由於性情然師法不高烏得厚也清贍方可以學詩遒鍊方可以作詩超雅方爲名家渾化方爲大家又云詩最爭意格格不清

高可作而不可示人意不精深可示人而不可傳遠時人亟

許爲知言

四農解元詩似諸城劉相國書溯源在三唐以上貌豐骨勁氣

足神完五古長篇加贈某童子此日足可惜等作大力包舉

筆筆藏鋒尤非初學執筆敢誇其能以篇幅太長且養一齋

集世多見其書此故不錄

潘四農解元田家眞趣領略甚眞養一齋集所有田家雜題篇

篇皆佳不啻親歷令人味之不盡其中尤多盎然見道語是

以學人而兼詩人者

淸贍二字乃四農道出己詩實際非漫作尋常指點

潘四農題須芥庵桐華庵詩集七古一首長安文章盎天下入

門下馬逢健者等是江南淡蕩人天敎并坐論風雅吾徒悲

歌宜入燕痛飲不得言無錢新詩一卷綠陰底萬樹秋聲飛滿天擊劍拂衣聊復爾陽春晼晚逝如水放筆駛於過海帆安得長風千萬里他日名成當自娛老我從君稱釣徒酒酣吹笛龍潭去散髮吳舠游太湖此作放佚極矣然猶字字質重不苟琅炳如此

四農詩有云籠禽水一勺棧馬豆一升禽感爲嬌啼馬謝爲怒走豈無高曠姿抑抑日低首哀哉蔡中郎驚嘆戀恩厚殺身罣吏議千秋供擊掊隨處受人恩有身何以守余謂可補王惕甫廣文立朝須怕受恩多之言之所未盡

李子黼廣文受業鄉先正張南山先生之門最久終身佩服言必稱師故淵源甚正同門中除番禺馮子良詢臨桂倪雲臞鴻兩司馬宜可率偏師成一隊在日頗持門戶盛標榜此自

詞人習氣則然不必深爲之詬也所輯柳堂師友詩錄高三尺許爲詩二百餘家一時知好及後進輩倚以流傳者定屬不尠間附題詞出以鄭重多可存者爲之摘錄其警句題歸善黃韶九太守振成軍中草云二千石領黃公郡十萬軍談小杜詩題臨桂倪雲臞貳尹鴻曼陀羅盦詩鈔云九辯騷人原好色八哀詞客望高歌題東莞羅石船明經嘉蓉雲根老屋詩鈔云不爭一第羅昭諫能卻千金魯仲連題番禺馮鏡如司馬晢華雪鴻草云天涯山水都增價海外文章總結緣按馮嘗客日本題貴筑徐伯揆主政鼐孕花吟草云海內文章誰後起黔中山水始初開題順德賴虛舟布衣學海虛舟詩草云不受人憐存傲骨能令公喜爲談詩按賴遊西江受吳城司馬同鄉馮子良先生之知先後一無干請子黼聞見甚眞宜云然題電白邵子與學博點禺峽泠官吟稿

云遲暮我知天有意蒼茫誰信地無才何勞新筍爭高下未必名花怨落開題連平林璿臺學博王衡榮寶堂詩鈔云七字將軍同激賞原注昨果杏岑都護到柳堂論詩余述君眼有千秋不敢高七字都護大激賞百年老輩數交遊又云瀟裙且合鷗邊會投筆爭推馬上功按林以軍功得獎升銜題東莞尹侶玗明經樹琪清芬閣詩草云科名轉淡黄金膀賦手曾傳白練裙按尹試日以白練裙賦受知督學使者題日本藤順叔處士宏光吟草云萬里雲烟晃監序一船書畫越王臺

余欲評贊趙甌北先生詩輒苦無的當注腳後閱朱弁風月堂詩話至參寥嘗與客評詩客曰世間故實小說有可以入詩者有不可以入詩者惟東坡全不揀擇入手便用如街談巷說鄙俚之言一經其手似神仙點瓦礫爲黄金自有妙處參寥曰老坡牙頰間別有一副爐鞴也他人豈可學耶一段乃

掩卷起曰今而後有以評甌北先生之詩矣

李汝衍少尉季琛初謁余於寓樓年已老矣又値連番困阨顛沛之餘志氣頹放若重有憂向索賸稿將謀代存遏而挾一冊來中有別紙云落日空四山王孫去何所躑躅哀道旁路人不可語夙昔金石交一旦棄如土茫茫湖海心滿地悲風雨愛其意境沉鬱大加驚歎越日復見便朗誦此數語竊李之意似不知所謂因持原稿示之乃言此實同邑老宿林石甫之作素嘗鈔錄而誤夾於此不知先生見賞之深也余細爲校勘杲與李詩意境各異李詩如讀洛神賦二律性情風調皆見融洽已刻贅談卷之七中今不復述

他日南海周麗生大令有基物色冷攤上詩刻殘本凡數十家寄予中有林石甫之集在焉如晤故人不勝狂喜按林名夢

郊闆縣諸生集號此中軒詩稿大致俊深爽朗毋囁嚅不吐之態讀漢書一首尤快人意辭云黃憲伊何人方之以顔子尼山萬世師比諸楊伯起儗人不於倫荒謬乃至此靡靡東漢風標榜士所喜愛之斯阿之虛聲不爲恥其禍遂蔓延黨錮從此始愚謂此與張南山濂溪一首同其發揮者今并載南山作於下云先生始講學二程共師之伊川老愈尊洛黨羣相推孟子後一人此語我則疑譽兄實自任（原注伊川謂明道爲孟子後一人又自謂學與兄同）毋乃忘其師豈其道之明必待弟子爲卓哉先生心成見了不持民物固當念山水亦可怡愛此濂溪濤晚遂家於斯後儒講濂洛先生初不知光風霽月間襟抱良可思

譚康侯農部書長恨歌後云馬嵬沙草沒孤墳劍閣淋鈴不可

閩但使千秋金鑑在何勞七夕鈿釵分張南山太守詠曲江相公云豈徒風度立朝廷良相能知亂未形若使早依金鑑錄至尊何至雨淋鈴後二語詞意正復相近

有宋道學傳中余最不喜邵康節菽園贅談曾以爲言張南山先生絶句云宋遼南北已分途轉瞬金元算到無十二萬年談數學大言不信邵堯夫

家仲閼工部乙未台灣之役義聲震乎天下顧以事多掣肘不稱其志意避地歸來終無有憐而起之者平生豪宕感激之意屢見於詩予嘗欲集而刻之以示知者蒙其錄寄乙未內渡以後之作凡若干篇句奇語重意苦心長上自漢魏下逮唐宋舉能茹其精華而着我本色允屬必傳之作近日來書諄諄以古之立名相勗措詞愈摯爲氣愈平嗚呼可以知其人

所養矣。

拙箸庚寅偶存寄懷曾幼滄師云一瓣心香當束脩門牆得附勝封侯才高閬苑三千客夢繞神京八月秋惆悵臨風懷杖履忻聞勸學達書郵不知似我詩才弱可許狂歌獨倚樓此余年十七初學爲詩稿越歲辛卯嘗鏤版鷺門妄傳於外終以無聊之作未敢遠質吾師及丁酉歲贅談告成復取是稿一再附刻於是十年舊稿方以今夏而達師門鯫生疲嬾亦可嗤也師隨見和二首云迢迢重海路何修好句驚傳沈隱侯別意深於千尺水遙情清徹九天秋時艱溺淚思求艾月旦風流妙置郵原注時君方總天南報務心事萬端待君說側身南望獨登樓慙愧巖耕別鄭修年年貸粟監河侯竟忘拙宦身將老漸覺躭吟氣已秋水徑蘩風窰廠寺沙隄草色漕官郵閒中

清趣無人會笑脫朝衫上酒樓

臺灣許允白進士南英初不相識乙未偕陳藻燿觀察日翔內渡寓厦始一謀面明年丙申余來星洲君亦以訪親踵至環島蒼茫得此良覿殊大不易承索庚寅偶存拙稿舊刻即題二律來云思藉文傳本下乘漫將此意例先生月能自照宜留影花豈無香便累名不用人憐知舌在從教鬼泣此詩成海枯天悶供搜索知己殘更共短檠原注蔌園孝廉原刻此詩時猶困童軍也故追慰之十年前事費評量敢信詩窮道不昌天老高才艱重任名先不朽快文章性情摯處言偏淡意氣眞時味愈長折挫輪番添閱歷冥冥位置未尋常原注孝廉詩多見道語實從屢經鬱塞得來獎藉逾量媿不敢當時余適丁大故屏絕韵語故不能和丁酉翻刻謹已弁諸卷端以志吾友之愛而已

允伯進士世籍臺南預福建試是爲閩人遇亂蕩其產内渡依友來厦無以爲家然先世固粤之潮州人乃遊南洋造其族之豪者謀焉及歸橐中致千金卜居廣州行與粤終矣近有書來屢詢無恙亦一多情君子也憶丙申冬余奉　先府君靈輀附輪返里君尚滯島上殷勤執別有詩贈行今錄於此云挾策來投萬里奔主人先我返邱園一囊束笋新詩卷原注菽園之歸也挾麗澤社課卷以偕雙袖酬花舊酒痕原注去年與菽園鷺門同醉冀北乍欣逢伯樂汝南翻悵別陳蕃窮途作客眞無賴多少心胸未敢言多少心胸未敢言星洲何處是龍門功名扼我終安命筆墨逢君倍感恩別曲忍添游子淚原注客中送客何以爲情靈旂長護大夫魂原注菽園此行實奉　尊甫勤植公靈輀歸葬珂里明年春艸漳江綠爲我呼童一啟軒

張亨甫張南山一代清才詩中大雅而皆爲閩縣陳梅脩先生壽祺及門弟子人謂何幸而有是師愚則謂何幸而有是弟竊嘗私爲品目先生之經術固非二子可及二子之詩學尤非先生所能耳其所專者異而傳者亦自不可誣如此

不爲君王忌兩宮權臣敢撓將臣功黃龍未飲心徒赤白馬難遮血已紅尺土臨安高枕計大軍河朔撼山空靈旂故土歸來後祠廟猶嚴草木風此侯官林文忠公則徐湯陰謁岳忠武祠詩也通體悲壯抵得一則史論

張南山先生詠愁七律結句云天上迢迢如可寄欲分滋味與神仙眞是百想不到語

潘蘭史典簿飛聲每得新詩輒付估舶賩余六千里外機輪飛駛五日可達余近少吟興無可爲寄閒屬門生輩摘辛壬癸

甲稿中之稍見議論者互相質證郵筒絡繹藉慰神交正不必似元白之誇浙潮廣陵潮也一日余見來詩不類君書然書法又復佳甚亟詢知爲君友東莞梁瓊仲育才手筆復詢能詩否則已積稿盈寸矣有贈高麗尹君七古一首曰古今書勢法不二形質性情具眞意縱橫使轉知者稀學草難於學眞易張鍾羲獻心源同沾漑後學非常功傳人豈僅盛中土并使東國欽流風高麗尹君工怒手筆挾龍蛇腕中走南游吳越東五羊顚米爭傳蕺林口獨立山人文字豪爲君延譽聲華高法書贈我紛卷軸欣賞若見郞兵曹昔賢論書貴用筆俗學乖離典型失喜君宗旨能暢之跳盪盤紆孰堪匹我昔弱齡曾學書會稽家法心所娛徒耽翰墨礮生計饑不堪贅胡爲乎詩窮始工理可擬工書毋乃亦如此君遭離亂

曷足悲會掃千軍衞桑梓不然東筆萬枝浮滄溟卻入東海驅長鯨看待濡毫黄露布偉哉定遠齊勛名觀此則梁之詩功書法皆可於字裡行間得之至所稱高麗尹君余嘗見其書實不及梁遠甚此篇殆仍作梁之自贊可矣

蘭史新詩七古最多亦最妙有吴娘曲一題生新幽悄大異乎俗手之摹長吉體者文云吴娘酒酣花滿天紅樓窈窕春可憐玉梨一株妬不得濇黄月子明如烟雪膚雲裳襲香玉螺鬟吹上巫雲綠金尊不放客歡娛卻恐鴛鴦夜深宿買天不曉輕黄金黄金可擲知妾心大紅氍毹錦段杭屏山弱夢疑春陰瑣窗不分啼鵜鴂捲簾春色看眉嫵昨宵風景異今晨雕闌落偏桃花雨

長白桂竹君比部林窮老躭詩久客海外初與蘭史不相稔習

光緒丁酉同德國東文教習之聘舟出香港始各倚舵樓彼此通曲抵德後文字之交視同手足三載回帆復過五羊相訪人生至此未免依依事具蘭史所箸海外詩詞各種顧念桂老貧無子積學甚苦于其別日向索舊稿將代存刻桂知其意臨行感涕留詩珍重每遊一處有所得必遙達香港以示蘭史前後所錄亦不少蘭史轉謀之余請編入客雲廬叢詩藉慰桂之生存得見余既已心許之矣惟詩錄搜羅廣博出書較遲因先選數首於此殆猶元人說部所謂楔子者乎潘蘭史典簿招飲河南村居即席賦謝并送其明日重出香港云扁舟款乃到江邨先叩河陽處士門招隱而今成上策乘槎猶記出中原（原注丁亥歲與君同舟赴歐西柏林）經綸事業憑椽筆風月襟懷付酒尊四十頭顱七千里故園松菊最銷魂（原注君歸自海

外顏其齋曰得見故園松菊快哉之館　十年未蓄買山錢慙愧君家有稻田半畝修篁能請客萬株松樹欲摩天原注君居近萬松山青梅共煑珠江酒綠筍同參玉版禪原注導游海幢寺　我願移居託喬蔭可留石上結前緣閨中燕玉有芳容天上鸞凰未許蹤原注君舊賦悼亡　姜被裝棉剛借榻謝庭詠絮正初冬原注君女少蘭出見極慧悟　騷人地窘詩偏富名士才清福已濃大好湖山騎欵叚定無塊磊到心胸當歸不贈贈將離纔得相逢又路歧一夜飈輪飛海國五更寒雁夢天涯我愁遲暮呼庚癸君有文章擅色絲說到分襟期握手再添鴻雪是何時將返都門道出香港席上留別蘭史云作客南州閱歲時鳴鳩乳燕動鄉思異方桃李非無色故里楊枝有預期海上一帆風正好天邊良友別離爲從今未卜重攜手落月河梁祗夢知天風颯颯促行旌自檢征裝

百感生去國徙無難了事欲歸偏覺未忘情白雲山好留鴻雪畫舫花多記姓名曾是珠江頻載酒衫痕燈影憶羊城香海舟中始識君十年意氣薄淩雲麈談上下無千古扉筆縱橫有萬軍地北天南心共炤燕山粵海手頻分瀟瀟暮雨催人急杜宇啼聲不忍聞天涯老我鬢蕭蕭藉盡餘春酒一瓢久鍛誰教思健羽此歸休復羨嫖姚濟川君自爲舟楫鋤地吾堪理藥苗小草無心雲最懶絳霞舒卷任丹霄北上過金陵云大江東去浪花翻直鼓飈輪過白門城郭金湯新市井雲山玉壘舊軍屯（原注山上營址爲昔日屯兵處）南朝已醒繁華夢北里空銷黯淡魂（原注秦淮風月大非昔比）今日世間更多事古來興廢莫重論黃鶴樓云詩名仙迹艷傳聞仙去詩陳剩白雲好句能存人尚在故鄉不見日將曛漢陽樹外官開路（原注時將開鐵路）鶧武洲

邊我弔君滿地江湖無着處欲乘黃鶴過氤氳謹按比部詩淺而非俚熟而不腐度其一生下筆必無鯁喉掣肘之患世之以堆垜爲工纖佻取巧者正坐未與比部遊處

慈溪李芷汀布衣東沅海上謠用四言體云海上奢華甲于中國酒地花天脂妖墨賊名士無才名妓無色妓集如鵶士多於鯽百態交呈一文不値豈有心知只憑耳食徒慕虛聲誰具卓識欲洗腥臊先刪荆棘喋喋煩言不如沉默翩翩弄影不如伏匿眞儒不來佳人難得若賦在東須投有北此與寶山蔣劍人茂才敦復滬城感事句萬里螺桑沉鬼國一城脂夜盪花妖同一用意同一憤世嫉俗之深者其言自不無過激然以滿肚皮不合時宜之人日對惡狀胸間塊壘積血三升言之不快不如毋言讀者諒其志可也

華亭朱昌鼎與山陰陳燿卿乙未之夏同主上海晚報遍徵同人及過客詩刻霓裳仝詠樓集隨得隨刊續得續刊名氏錯出體例龐襍閱者病焉未幾晚報停派選事因之中廢終於一卷而止約計徵稿凡五十餘人其中可傳之作頗屬不尠余與潘蘭史未謀面時而已共託神交皆藉是通驛也蘭史復說項於李芷汀山人山人浙東慈溪人曾佐湘中彭剛直公玉麟幕有經濟名上海葛氏續　皇朝經世文編多載其文而卽仝詠樓集中之谿北閒漁一人也蒙手錄天香吟館存稿數十篇見示皆同詠樓集所未及始悔昔之知君尚淺嗟乎余自愧不檢幼年無聊篇什輕易付選不爲諸方家所歧視已屬萬幸乃反以錦囊珠玉遠託披褐之夫則諸君過信之過矣

谿北閒漁李芷汀擬塞上曲云烽火逼陰山元戎夜度關誓將身許國不復惜刀環大漠秋風勁愁聞敕勒歌李陵臺上望人影渡黃河胡笳吹馬上鄉信望鴻歸醉臥龍堆月霜花點鐵衣愁看秦時月遙憐照故鄉定知閨閣裏有夢到沙場又擬西湖竹枝詞云儂住西湖西更西蘇公祠外柳垂隄柳枝莫被行人折留待烏鴉日暮棲驚散鴛鴦打鴨兒春花秋月惹相思琵琶一曲傳心事恐被人知淚暗垂絲絲垂柳拂春衣腸斷春風燕子飛寄語杜鵑如妾意他鄉早勸玉郎歸鳳凰山上採蘼蕪欲寄微情問紫姑卻羨鴛鴦長會合雙飛雙宿在西湖愚按前四絕音調響亮後四絕情致旖旎天香吟館稿中雖多佳作亦當以此爲上駟

自然生陳富章衙里未詳霓裳同詠樓集有其詩七律特健遊

甘露寺云蘆花無際暮潮腥兩岸濤聲帶酒聽水氣浮天吞北固海風吹雨過南零半行雁影橫遥浦萬里秋光入短亭欲問興亡今昔事大江空闊晚山青潮落蒼江雨乍收西風一雁下蘆洲未曾結伴惟攜酒端爲懷鄉更上樓霜葉亂明殘葉樹芒鞵醉踏暮山秋遊人空嘆吳宫事未若雲峯不解愁蕭蕭騷騷如聞風雨一片眞機流走貫注於通體骨節間所謂隨筆而至不隨筆而盡也惜余此日之聞聲相思不及一拍洪崖肩耳

書憎人借多殘缺墨笑兒磨慣倒斜亦自然生句

甘溪瘦腰生番禺沈孝耕孝廉（宗疇）號余亦先向仝詠樓集讀其詩而蘭史爲通兩家之驛者聞沈本佳公子以累於情不能自適亦一可憐蟲矣有落花詩七律十首韻至四疊纏綿

掩抑若不勝情遍徵和作至數十家將以付梓余不能和僅擇其警句如左枝頭富貴渾如夢水面文章不解嘲着地似儂沉醉日退房苦汝半開時魂銷曲檻疏簾外人在香塵色界中未若化萍隨浪去偶然依草得風流魂歸倩女無消息愁絶封姨有妒才廿番風信春三月一樹香魂夜五更負他雨細鍾情甚媚此風狂作態多春去有聲啼杜宇月來無影負闌干薄薄羅衣扶病日姍姍環珮步虛時悔不思量偷折去恐難解脫笑拈來息機影逐遊蜂少得意香隨走馬多情如可懺根荄淺怨亦無言蘊藉深一現華鬘彈指易半歸塵刼脫胎難空餘媚態描宮額猶有閒情妬舞腰遊子飄零亡魄日美人遲暮委身時吹噓早被東風誤輕薄還隨逝水流信知紫玉成烟易再遣雲英出世難替我形容牢落況令人

悵觸戒盈心半生缺憾夢痕補一疏通明詩筆于其原序云蕊芬詞史誤嫁東風求死不得予聞而哀之爲賦落花則此詩之意固不在花也據沈自箸宣南夢憶蕊芬以色事人飄然無主盎一俗伎耳而所以能得此於沈者豈果蕊芬之爲耶

沈孝畊刻自作落花詩其卷中卽以沈落花自號并摹一蝴蝶影於端曰沈落花小照

孝畊孝廉性情倜儻才思發越所爲七古下筆鑄詞於曲字又煞有體會一洗粗率之習同輩中與蘭史可稱勁敵在京日送別汪敏士同年云天風不來雲自閒千年古氣彌空山偶然遊戲得三昧無心出岫能知還丈夫莫作無聊哭黃金散盡飽饘粥同年曠達亦當爾不待推心置君腹宣南買醉未

便醒天上幾年無酒星不難蹈海捉明月卻嫌秋老鯨魚腥
淪茗添香大歡喜閒中牛馬報恩耳可憐薄倖我何曾因果
三生魂九死羨君橐筆游神京意外遭逢逢曼卿雲中嘲笑
忽一跌跌入香海花逢迎華燈熠徹琉璃殿人在水晶宮內
宴果然知己屬傾城不恨飄零恨遲見歡場聚散天無功客
自思歸船自東新詩五十有八字一字能變一情蟲夢中彩
筆懷中玉抵得心香及眉綠未嘗空入寶山回也算風流銷
受足水上有萍岑有苕相逢意氣休徘徊鑄金設誓詩爲媒
今人汪李古陳雷會稽竹箭南金材珠聯璧合文明開而我
病廢委蒿萊形骸隔絕心追陪贈君詩句手自裁君今別去
何時來

孝眲嘗有句云但願酒痕翻得到不辭熨徧石榴裙余謂可作

落花詩自序

歸善廖鳳舒太守（恩燾）余著贅譚已載其詩今又得其詞題友人仗劍東歸圖調金縷曲云萍梗悲身世滿天涯酒襟塵帽飄零如此萬里還家猶帶劍不減當年豪氣算赤手屠鯨閒事一桁畫樓簾外卷早有人笑向兒童指騎白馬君歸矣淵明竟遂田園計便而今奚奴分付琴書料理三徑未荒秋已老休負韶華似水且拚對黃花沉醉從古蛾眉遭嫉妒向尊前莫拭英雄淚聊起舞珊瑚碎太守於詞本非慣家出筆便能不俗殆性之所近者（太守居羊城河南其弟碧侯孝廉恩熊於余爲同年丁酉夏五兄弟來港余遇之蔡君寓知欲作粵遊堅約至時必主其家後雖不果往而殷殷之意則有令人難忘矣）

眉心室詩稿漢壽葉蘭卿公子（鼎）晉公子自十五歲已登鄉榜才名籍甚詩肖其人惜春曲云小樓夢破桃花雨窗外東風

作人語流鶯喚起鏡中愁一桁春寒墮金縷紅凄綠怨嬌可
憐碧雲裏瀅湘江天烟魂如絲翦不斷和愁攪入鴛鴦絃愁
比春勤覺春嬾愁比春深覺春淺江南春去莫相思相思太
長春太短佳句如眼界大千皆淚海頭銜第一是花王生來
蓮子心原苦死傍桃花骨亦香秋月一丸神女魄春雲三摺
美人腰寸管自修香國史萬花齊現女兒身皆穠艷
順德賴虛舟布衣遺稿有紅豆二律云相思欲語設形慳託體
分明見一斑料得有根從太上幾時無種在人間滿篋眞箇
疑愁滴一掬猶堪抵淚還自古祇情惟不死芳叢應繞望夫
山斷魂癡雨瀆情田幻出相思箇箇圓此淚可乾彌不滅芳
心從小便能堅十年南國傷前事七尺東牆膭可憐一種鳥
同名字好夢教銜匕奈何天純以性情出之視世之篇繡句

飾者不拾一唾

隨園詩話張星指先生弔韓蘄王句卧虎早能知俊傑跨驢誰復識王公以爲用典之巧寶山蔣劍人秀才敦復作是題亦云兒女有人憐卧虎英雄無地着騎驢其用筆似較透進一層

詔安謝芸史閨秀浣湘詠梅絶句云一枝冷艷出紅塵嚴徑蕭條澗水濱積雪滿山天欲曉數聲老鶴四無人人頗傳誦其集中復有五律二首云竹外雪消時孤高見一枝仙姿眞絶俗我相可如伊流水逢今日空山訂後期寒中多少韻難遣世人知隱約來姑射冰容淺淡妝自然超衆卉不是藉春光冷伴邀明月幽鄰結翠篁欲持尊酒訪到處只聞香亦超

余十七歲詠楊妃句金錢往事分明諱史筆憐才到美人自謂

頗得題間近得山西楊繹堂太守豫成遺稿有閩昔人詠古詩滂題一絶云幸蜀無煩怨太眞刻訾王魏不忠臣詩家最喜翻成案責備賢人恕美人則較余意而更有進矣吾人一知半解每矜𢇛獲不知其說多爲古人所已言率視此夫揮麈卷三嘗引趙甌北先生語先出世來佔好句以爲古人之便宜繼而思之古人之前亦有古人人人先其所先究竟何所終極必至廢書焚硯斂手擱筆學大雄氏以不立文字爲宗派而後可何以古往今來名輩踵出不相襲亦不相掩要知人各有我我能認定我之面目我之性情處處還他箇實在則古人不能我我輒反爲我用矣洪稚存先生曰九州各有開天聖此是何等大識

虛舟叟嘗設喻以告其友邱仲遲駕部曰昔人謂海外有洲爲

中國者八乃合爲九州凡諸妙境既逢之又必有之然后能名世虬髯公隋末之英雄也一見裼裘公子飄然而去遠王扶餘太宗此時尚無寸土卒舉天下而有之虬髯所得雖大小不同而其所爲有之則亦一致亦自問其才力何如耳苟能拔戟成隊則爲太宗可也爲虬髯亦可也又或一邱一壑如嚴光之有富春王維之有輞川司空圖之有王官谷林逋之有孤山亦可也其勢亦與諸侯王等在人爲之耳余愛其說與稚存先生句意發明故比類之

如皋冒辟疆先生襄又號巢民與桐城方密之以智宜興陳定生貞慧歸德侯朝宗方域齊名天下稱四公子侯工古文爲明末國初大家少日溺情聲伎晚頗悔之冒家尤殷厚有水繪園擅池館林泉之美招致能詩文之士徜徉其中文酒

譙娛鶯花陪伴至老不倦享人間完福者數十年素性淡泊制行甚高累被　詔命堅臥不起七旬外喪親猶哀慕如孺子工詩工書八十以後所作小楷得之者珍如拱璧余嘗綜論先生一生於明人則雅望如康對山善書如文待詔於元人則愛客如顧阿瑛識時如倪清秘於唐人則有母如邱爲好色如杜牧合數古作並垂不朽矣

晉魏之文文中之詩也宋元之詩詩中之文也語見隨園詩話

蔣劍人事畧已見前卷此不重贅惟聞張小坡學使之錄取劍人入學也實由朝貴祁春圃穆鶴峯兩相國所授意若曰按吳不得蔣生是虛行也張故首拔之然蔣並不以私謝

新城王漁洋力宗唐音範圍一世學之者幾無以自見性情錢唐厲樊榭出乃主張宋詩爲教以救漁洋末流之弊後人因

以浙派尊之其近體清雅遒健雄視一時其古體間有僻典澀句昔人嘗譏爲偷將冷字騙商人者今按樊榭所主乃於揚州馬秋玉兄弟之玲瓏山館馬氏雖承商業起家鉅萬窮極豪讌勝遊之樂秋玉兄弟獨文雅翩翩力學過於寒畯績學毋歉世家不希仕宦不苟富貴嘗薦鴻博屢辭不赴布衣儒生以終其身殆上可步武倪雲林之高致而後能兼有程魚門之素襟者商人得此談何容易樊榭遇之正屬嘉賓賢主相得益彰訾議者至謂冷字騙商人亦太刻虐矣

五律如四十賢人出唐劉昭禹語袁子才先生每勸人學五律上可以攀五古下可以接七律

楊繹堂太守寄家書云作客遠離鄉思鄉無日止忽有還鄉人鄉書索一紙延坐笑顏開便鴻乃有此磨墨一默思家山宛

到矣菱按此句神妙欲到秋毫巔堂上銀髯飄雙雙偕杖履趨庭兄及弟
列坐妹與姊娩婉小兒女行卧遍階戺髫鬌來牽衣似索橐
與李菱按設色配搭逼眞古樂府望遠目同穿悲離色不喜念此惓惓情
報之將何以既以意造形須以筆代齒寢應請袵席食應問
甘旨禾稼可豐登人物孰臧否齊鹽及井臼刺刺不嫌俚百
千億念頭併作一時起詢東已失西舉此忽遺彼愁多斛莫
量事亂絲難理捃摭苦無端一部十七史聊復約其辭寥寥
數行裡菱按一轉便勁康健祝高堂無恙慰遊子平安兩字題黃金
萬可抵持付寄書人珍重四千里言言婉切句句流動只敘
家常何來筆墨此等作只是一眞字勝人
隨園詩話漂陽彭賁園先生光斗接家書云有客來故鄉貽我
鄉里札心㕮慳書來遲反覆看年月余按與右幅楊繹堂寄家

書作一詳一略各極其勝葢彼以意理此以精神也

歙人葉季允（懋斌）之詩予已爲錄入卷四中矣聞其素喜駢文屢索稿本謙不敢出麗澤社今夏詞章課得一卷駢文甚佳余疑爲君作以示李君汝衍李君以流寓諸君殊少能駢文者惟譚錫澧頗覺擅場爭爲譚作余曰不然譚文學陳檢討格調純熟而氣體未充規詞範句不敢越雷池一步何若此文盤屈槎枒如老樹著花愈覺嫵媚耶甲乙後數日季允適來詢知果屬己作因語以文有內功宜可示人今爲附錄於此○言志對（仿文選七體有序○昔枚乘作七發曹植作七啟張協作七命莫不妙緒環生情文備至間嘗披讀竊有慕焉爰仿其體作言志對）

倘志公子居冲汨之野處冥漠之墟屏萬慮以俱寂惟一卷以自娛既含英而蘊藻復守靜而致虛靈臺淵而莫測城府廓而胥除美矣茂矣澄如湛如涵默渾

穆杳不知其志之所居於是求志先生聞而造其廬焉乃飾高
車陳健僕冠峩冠披盛服軌跡亂乎原野鸞聲振乎林木剪
莽闢榛遂至公子所居之幽谷於是揖公子而進曰吾聞君
子不遺世而獨立聖人不矯昇以鳴高惟委心而任運聽吾
身之所遭今子儔伍草木棲息蓬蒿沈默寡偶莫知其操抱
莫耶之利器曾不一試夫鉛刀然則吾子之志豈將世外而
長逃乎公子曰嘻余豈無心於世哉殆將有所待也先生曰
人壽幾何時乎不再蚍蜉寄身朝菌易代畢雨箕風晝明昏
晦騏驥伏櫪豈甘自退鴻鵠委羽斥鷃致慨人各有懷敢問
吾子志之所在公子乃俯而笑仰而思輾然而不答木然而
若癡先生曰公子之志吾請言之公子曰唯○先生曰彫胡
之飣菊精之酒元豹山羅青蠃海剖巧婦調羹佳人雪藕不

祇充腸且令益壽嫩羅纖縠細葛輕裘裥裁蘇滬履躡燕幽短襦狹衩緣飾雲鈎服之無斁以遨以遊油壁香車珠簾繡幰驕驄追風騧騟逐電紫陌游心紅塵拂面顧盼風生駸馳雲變處則華廡曲廊洞房廣廈萬閒擬於侯王越市之寶蘭陵之香奇珍異物萃於一堂此極食御興居之美也子其有志於斯乎公子曰余澹口體之欲未暇事此也○先生曰珠履三千華簪八百棨戟之門盛其賓客長席宵張重門夜闢銀燭燒紅玉杯浮白哀絲豪竹妙舞新聲紅牙按拍玉指調笙徵歌有韻顧曲多情餘音繞梁猶足以聽秀外慧中粉白黛綠爭妍取憐閒居列屋釵影雲搖脂香霧逐翠羽明璫馳情蕩目手談博奕雅歌投壺未爲豪舉奚若樗蒲一擲百萬呼之卽盧夜以達旦其樂不孤此極聲色交遊之盛也子其

有志於斯乎公子曰余厭徵逐之囂未暇事此也○先生曰既淡欲而厭囂盍黜華而崇實請息交以絶遊且謀安其家室悅婦稚之情話樂田園之靜謐知豪侈之難永信儉樸之終吉四體懼其不勤三時戒其無逸奚必周急扶危睦婣任卹將長守此餘財遺諸子孫而勿失此極殖產封家之計也子其有志於斯乎公子曰余陋吝嗇之鄙未暇事此也○先生曰既吝嗇之可陋宜曠達以爲歸其佯狂而玩世世與我而相遺託詩酒以自適宗黃老以忘機時而布襪青鞵命儔嘯侶一車一舟半山半水率天籟以歌歗薄人間之金紫奚淵貢之窮達奚彭殤之生死惟放浪乎形骸曾不知夫終始此極高蹈達觀之致也子其有志於斯乎公子曰余薄放誕之肆未暇事此也○先生曰紐約之橋跨碧海而直馳巴黎

之墖干青霄而欲飛芝利之城開長夜之市埃及之塚留太古之碑他如漰然湃然芝加峩之飛瀑也肅然窅然馬加斯之絶谷也鑿蘇彝士之河則神禹莫能施其功也摩阿連士之壘則蚩尤無以逞其毒也吾將與子馳騁乎鉄軌之車蹟登乎飛輪之舳諮萬國之變政訪五洲之遐俗閱歷擴其襟懷奇肆新其耳目縱馳乎寰宇之大觀橫覽乎地球之全局此極遊歷諮詢之益也子其有志於斯乎公子曰余憚泛覽之駁未暇事此也然眉宇之間已漸有飛揚之色○先生曰方今海宇多故神州欲傾敵國外患合縱連橫索士自殖以經以營軍民氣沮朝野震驚吾將與子選士馬厲甲兵草勦王之短檄請繫虜之長纓一戰克捷復我連城羣虜讋慴乞盟請成獲醜受俘獻之闕廷言未及終公子曰善○先生曰

赤既也將欲存移倫俗輔翼聖世爲帝者師與靈合契惠澤及乎羣倫威靈震乎四裔爰及播新政秉至公變國俗一民風運旋乾轉坤之力爲内聖外王之功則使龍伯執御鞅韙負弓無雷身毒沐其化賀蘭羅刹束其躬迺復修敎育才垂之無窮使大一統之規模將啟運會而永隆於是公子矍然起曰辯哉君之說也始測我以淫靡復嘗我以忻悅覺余心之不動乃直探乎驪穴可謂彫龍文心粲花慧舌吾當礪堅淬白毅然自持守此素志顚沛不移他人有心予忖度之我有隱抱惟子獨知余雖不敏請事斯詞

蔣劍人詞號芬陀利室集按芬陀利梵語白蓮花也又梵語呼青蓮花爲優鉢羅

唐人劉賓客句花面丫頭十三四此爲丫頭二字入詩之始花

花面丫頭猶言未開臉女孩兒家也近人多不知其解

陸放翁不敢注蘇詩此是古人謙處然宋人之能註蘇詩者自以王梅溪施輔之二家爲著王長徵引施善於臧否人物至我朝得查初白先生獨以攷證地里勝可補王施之不及矣聞查後尚有馮星實王見大兩家余惜未見聞見大之注尤爲有宋以來諸家之大成云

粵俗呼人遇單名者必冠以亞字盎仄音也余按亞字或阿字之誤古人阿嬌阿瞞皆嘗作發語詞用惟屬下平聲而無仄音耳

蕭伯瑤瓊常南海老布衣也少日即以詩名爲老病驚許數十年迄無所遇平生境界略似二樵山人筆力之蒼峭同胸懷之骯髒同山水之登臨同足跡未出嶺嶠一步亦無不同余

於第一卷嘗錄其題潘蘭史西海紀行卷絕句廼繙擷柳堂師友詩錄始識君行誼并所爲稿有羅浮鐵橋歌云朝登鐵橋峰衆山盡培塿舉袂淩蒼蒼海日生左肘上界三峰雲錦開倒影射落金銀臺跨此千尺虹絕壁通蓬萊至今雲氣連東海蒼茫尚有蛟龍在何年蓬萊失左股夸娥負走瞞眞宰天公能令鐵作橋山頭鎖住黿鼉驕我聞媧皇補天手煉石遺下扶桑口萬年蒼黝化鐵精山鬼夜哭徒杠成長松萬樹嘯風雨鳥飛不到長空青下瞰兩石樓雲窗霧牖何瓏玲飛泉九百觸山動自注羅浮瀑布凡九百八十有奇天下名山未有瀑布多於此者地底鞭起千雷霆天台石梁已斷絕何如此橋立積鐵下臨無地崩崖裂烟霞一線横蒼蒼憑空掛在南斗傍麻姑行迹青未滅聽我鐵笛弄殘月秋風西來滿碧山四百芙蓉青孱顏猿猱瑟

縮愁躋攀連臂下飲龍潭灣世人趨趄那得度祇有飛仙能往還能往還身騎白鹿青崖間回看塵海孤煙沒何處中原青一髮天門帝座如可通請從閶闔朝金闕年來傭書鮀江遇愈窮而詩愈工時以詩抵蘭史㸃倡和此老之興可謂不淺蘭史因索其手稿屬余編輯凡古今體三十首皆近作也而舊作此首實預是列可以知其平生所快心矣

詩以有眞意生氣者爲上所謂萬象在旁神與古會也用趣者次之然詩中確有此一體自不可廢惟不可太纖太雕鏤欲求生而反死致賊意而帝辭是爲要訣胸海詩存載李問香上舍名堈嘉慶間人快意吟其一王謝衣冠盡麗都太邱公藝好規模水亭紈扇康成婢春院條爐潁士奴一塢烟霞供嘯傲滿城風雨絶追呼鬭雞走狗歸來晚攜幼汾陽入畫圖其二四季渾

如春景初八鼇再稻不催科蓬萊分飲麻姑酒華藏同聽蘂士歌指石成金周衆之丸泥爲藥起沉疴辨才無礙懸河口妙闡因緣感化多此詩妙在發洩無餘使人快意而其機只用得一趣字

余見東莞梁藚仲育才書傾慕訂交藚仲素與順德邱仲箎詁桐兄事蘭史潘君維謹聞潘君道余願見欣然郵二律投我云魚龍百變湧文瀾光燭天南講學壇島國知名蕭穎士戸庭閒福孔都官黑頭事業看烹韓竦手文章策治安卻懈瞻韓定何日九霄雲遠獨憑闌舉目河山感喟兼秋風無賴入疏簾百年事等看雲水七尺軀猶困米鹽縶馬可堪容我賦臥龍應未許君潛金門佇聽排高議環堵蒼生早仰瞻是盍因愛潘君而愛我也潘君告我曰藚仲性孝業賈香江差足

自養不忍遠遊也他日君返閩南將必取道香江渠儂或可

慰此艮覿耳

卷中所錄麗澤社詩友多粵東人之流寓星洲者其或以遊客而入斯社亦惟粵東人爲多如前得嘉應黎香蓀鹺尹經張琴柯別駕驤皆是也今夏六月間有棉蘭南洋小島又名日裡歸客道出星洲慕名來訪出所自作詩三卷請質似學吾閩林薌谿一派者惟不及其老蒼耳余既爲加墨其上復摘其四秋腹聯云秋色兩岸荻花迷釣艇半江蘆絮撲溪橋秋碁戰士干戈家萬里美人刀尺夜三更秋笳吹圓塞月三秋冷響徹荒營萬馬鳴秋陰鷗眠淺渚寒生夢雁入遙空淡接烟又七絶舟夜云拍堤烟水白茫茫一片閒情寫更長睡起卻看涼月墜引人清夢到瀟湘贈妓云不待歌臺試舞腰舉杯相酬已魂銷知卿

好似江頭柳長共離人作絮飄馬烈女墓云一坏黃土舊埋香匝地酸風嘯白楊湯道貞魂尋不見月痕如水怨昏黃越岡懷古云木棉飛盡野花開舊日朝臺館已頹賸有任囂墳畔艸年年新綠遍江隈趙佗古冢云故國河山賸夕陽墓門秋老石苔荒勞人別有興亡感不上朝臺已斷腸月夜有懷子怡叔於江東橋賦此卻寄云此去江橋路幾千坐看明月各心懸依人作嫁曾何補回首春風又一年客張姓名漢祥字燕卿又字藥秋亦粵東嘉應州人

張藥秋嘗客閩作七夕詩云鵲橋橫亙淡雲收艷說今宵渡女牛莫怨有家長遠別雙星替我寫離憂頗能離題落想又病中卽事二十首之一云多病相如苦累人內經頻檢費精神百錢藥餌原常事典到綈袍始覺貧此之謂剝進一層又皆

性靈語故不可多得年近四十猶困童軍詠蝸牛云似此功名幾我誤笑他頭角竟羣推

嚴梅石古意云明月入我夢脩然忽見之喜極翻不識彼美想爲誰翩翩有遠意一顧生嬌姿欲語前復卻含羞袖低垂宛是素所憶如何得來時既是又疑非佇立神已移李芷汀故人見訪云故人經歲別相思日以積何期風雨中忽來遠行客入門欣向慰把臂情猶昔奇文示珠玉美酒傾琥珀坐久淡忘情月光逗前席張藥秋索居云索居苦無偶相對惟一編所思不可見北望殊惆然昨宵夢來謁俟我江之邊江路渺無極江水清且漣醒時倍惆悵竟夕愁不眠三詩同一用意而或即超脫或興跳遙或即綿邈毋不各因其性之所近如此

藥秋手交來李參軍德馨樓詩稿屬選參軍名烺字雲巢嘉應人其詩洒落自喜使君於此不凡感遇云悲來王粲登樓日感入蘭成作賦年四海由求知已少丈夫何必受人憐風塵滿目思磨劍歲月驚心且着鞭擲筆空中還一笑墨花飛舞斗牛邊又句如村居襍興云事業鷗三品人情鬼一車重九前三日與陳階平有登高之約云百年作客誰知已萬里登樓總異鄉秋氣云老評文字談何易淸得乾坤歎最難萩園按詩家賦秋最多而秋氣則頗少賦者難得其如此之貼服耳雜感云十脡脩羊田靠硯五年幕燕客爲家賞菊和人云心淡也知充隱易品高翻恐入詩難

紫藤花館詩嘉應張道亭蔭南稿蔭南咸豐舉人歷署福建知縣終上洋分府於藥秋爲從伯藥秋請選其詩七絕尤妙有

議論論李白云布衣脫下錦袍鮮長染爐香殿上烟除郤翰林供奉外有誰扶醉敢朝天楊妃云胡塵吹動六宮愁零落香魂土一邱記否他生猶有誓如何便把此生休詠史云萬里風霾博浪沙報韓有恨起長嗟一椎壯士非無力僅中秦王第二車歌風臺句云空向大風思猛士可曾流涕到韓彭他如舟中望羅浮云一過名山便有情歸家原欲日兼程風帆轉愛遲遲去飽看羅浮入惠城鄭屏山孝廉過訪云黎雲淡淡柳烟斜門外何來長者車正是清明好時節恰逢舊雨試新茶亦秀

錦瑟一篇自古本無確解　本朝何義門太史焯以意斷爲玉谿生自題其全稿之作首二句言平時箸述遽已成集而一言一詠俱足追憶生平也次聯言集中諸詩或自傷出處或

託諷君親作詩之旨隱寓於蝶鵑也三聯言清詞麗句珠輝玉潤而語多激映感慨又有根柢栽培所以自明其匠心之巧也結二句言詩之陳事雖堪追憶惟回首當年無窮悵惘猶望後之讀其詩者知人論世或想見其生平大凡也王漁洋云一篇錦瑟解人難使見此解又未知作何語

閒情作賦太無聊有好何須九願饒我願將身化長帶一生牢繫美人腰舊曾於友人案頭見是詩署曰書靖節閑情賦後因手錄其稿以詢邑子數年無有知者究不識誰氏手筆也

潘蘭史贈姬人胡鳳笙四絕之三云傭書早倦十年遊彩筆江湖未肯投不數旗亭同畫壁先教紅袖定千秋自注余不工書多有求書冊箑者每以為勞姬笑曰人重君詩非重君書也余為解頤其實蘭史老筆學蘇深得逸趣嘗病近人競為

六朝僞體作書砭一書於古人用筆之道亦復多所發明

錢塘梁山舟侍講同書晚年縑帛堆疊如山有自訟詩六絕云誓墓歸來王右軍晚年都付代書人小生那敢希前哲只合從人役苦辛可笑塗鴉逾四紀半生白日此中頹書家縱有淩烟閣恥把千秋託麝煤我自無心結蛇蚓錯傳韋陟五雲如世間到底無眞賞認煞題名一紙書萩園按切當之極隨園詩話謂其似謙而實傲非也從來得失寸心知無佛稱尊或有之未必西家勝東宅都教屈了效顰施手未支離眼未昏業緣欲斷竟何因從今誓嚙工錘指懶作供官設客人吾鄉呂西邨孝廉世宜歿之日其嗣售所積四方乞書素紙獲數千緡能者多勞固應如是若長洲王惕夫廣文芑孫本不工書乃句云打門一輩但求書又句苦教磨墨累家童是又書以人重人爲名役者矣

余不能書而求者亦少偶爾應酬輒令社友門人代作平日除持籌讀書之外皆屬閒福以擬三君雖覺自媿然竊可幸耳石天基曰我今不代人書寫何等享福

山舟侍講乾隆十七年進士嘉慶十二年重宴鹿鳴　特旨加侍講學士逾八載始卒年九十三卒前數夕預自書訃堅栗嚴整神不稍弛平時書法流遍域外日本高麗常以重金購去福慧雙全得天者厚又善治生能急人急淡泊自適晏如也生惡僧道家有喪事從無二氏到門尤頹波橫流中所難得蒼按康熙宰相陽城田文端公從典孝於事親其居喪獨不隨俗例一切僧尼魚鼓尤爲生平所大惡云

聞之書家作書不難磨墨爲難須先得好硯石能殺墨無聲者水欲其潔烟欲其融細細調勻腕堪萬折此非極有耐性人必不可供任使余藏呂西村先生朱書泥金一帖當日實命

閨人侍硯奩以女子靜柔較勝男子也　國初粵東屈翁山先生大均贈陸姬壘西三首之二云琉璃硯匣鎮隨身壘愛君房古色新王勃三升頻飲我青蓮百首每催人初來往往春葱破久立時時翠黛顰日用一螺殊未足不曾渴筆致卿嗔殆堪爲呂先生詠乎

余不工篆刻而愛佳章遇有名手所製必羅致一室摩挲寶玩終日不釋生平除此之外金玉狗馬性皆弗近然則宋人之石其卽爲吾菽園之玉也凡已羅致計可數百前歲星洲復得百奇石卽署其寓齋曰五百石洞天入此室處盡目余爲五百石農余亦有漫應之而已社子南海霍鳳翔朝俊原名濟川告余以星洲名手宜無如歙縣葉季允懋斌能爲述季允之言曰學印之要有四一通小學小學通則知篆文來歷卽遇難

字而巧爲裝配亦不紊乎字源所謂奇而不失於正也不然則疵謬多矣一辨宗派蝌斗鳥蟲不容混紊古籀篆隸毋或錯參是爲書宗漢圓浙方纖尖鼓禿鄧長黃短各不相侔是爲家派凡此胥宜辨別不然則根原亂矣一講刀法某體宜用某法某派宜奏某刀皆有一定之方釐然不爽精神在腕規矩從心不然則體乖而派駁矣一戒篆石筆則是刀故稱鐵筆書而後刻即失其眞況反書而正用之又安望其神氣之完故善鐵筆者恆以不書爲貴不然則形有而神失矣知斯四者已得厥凡更蒐求古金石之文以擴其胸多見諸大家之作以增其識印之能事畢矣余聞之頓觸所好且以是知季允之能爲刻畫也乃趣作大小石章數十分置琴南硯北之間與三山陳壽伯宗烈及亡友鄭江曾慕襄孝廉宗蔡

爲余舊製恰稱鼎足余因編爲菽園印存上下卷以貽好事其舊印中有茉園字（茉古文椒字）本余舊號（余初名徵蘭應舉取椒蘭之義號曰茉園嗣蒙先府君爲更名煒菱余始由茉園而改稱菽園也）季允見之疑製印者誤當菽字屬余泯去余漫應曰以椒爲叔（菽叔通古文均作尗）古無通法惟對君徵人則不妨通耳世說徵人呼叔爲椒椒杭人呼兄爲況老季允徵人此語所以戲之也君執不可而爭益力余始告當日取名來歷君意乃解其確審字源如此然不爲其拘嘗語余曰後世字學繁興有增無減說文寥寥數千言實不敷用卽已葉姓而論若堅守說文筆畫不幾令閱者莫辨故凡遇此等不能用代之字惟有確審字源裝配偏旁所冀不紊者以此舊日黎御史光曙因說文無曙字至更名吉雲以爲遷就則大可不必又嘗萃百日之力箸師漢齋印稿一卷集成

語百壽文譜若干卷請余序之余維自漢後行楷興而篆隸廢篆隸廢而字學亡其猶相須於翰墨之間得藉以見字學源流者惟此各家私印之存耳　國朝四庫總目獨爲列入子部至李申耆太史兆洛則云觀所刻之印而其人可知即其文章箸述亦概可想見蓋綦重之也今觀季允尋源之眞奮力之勤如此其殆不自菲薄而卽不自滿假者哉宜乎造詣之特深也

羅浮山人陳獨漉之答梁藥亭論詩也略謂來示云性情欲流規格欲別詞語欲化此三言者皆至言也然皆欲下一注腳曰流而不俚別而不離化而不佻至所云於燈取影水取空風無聲雲無色烟無氣此皆氣象之似須成詩後觀之非可按爲實法夫情性欲流者欲其躍動也欲其酣暢也欲其呈

露也然必務留餘地欲讀者尋繹得之過爾痛快便近於俚
今野人叔姪相戒切直於明辟之誥三百篇之動人不若謍
兒牧豎之歌然識者終不以彼易此也規格欲別詞語欲化
者欲其不板滯也欲其不陳腐也故救板滯者以活救陳腐
者以鮮亦皆不欲其過譬之黼黻冕裳所以爲禮也苦其不
便於首體則易以紗巾甚則岸幘甚則袒裼斯可已矣若又
盡求縱適是將以屋室爲褌也所謂離也言語所以相通也
天子達於農夫聖賢同於盜賊若以爲恥遠其鄙倍可也必
欲併其音聲而新之是將以鳥言相命也所謂佻也竊以爲
當求新於性情不必求新於字句求妙於立言不必專期於
解脫蓋新舊無定名解脫無定位若謂今不經用者爲新人
不共爲者爲解脫又烏知新者異日之不爲舊而解脫者之

之非纏縛也李贄皇有言文章如日月終古常見而光景常新此所以爲靈物吾常佩服其言而未能學夫日月以其精華爲日新而忘其形體之舊文章以其性情爲不朽而忘其言語之尋常假使日舍其圓而方月變其弦而角新則新矣尚未必不爲怪物也煒菱謹案此篇議論文質彬彬及觀其詩又皆副實毋怪粤人競尊爲大家矣藥亭先生生幸同時才力本足自濟而應求之雅且有以將順其美焉殊令人望古遥集而歎取友之益爲不可少抑煒菱更有幸者煒菱近之數年妄有論列稍傳於外友人好我日投篇什編輯遂多每涉風雅之談一若舍清曲二字爲無可主也者竊慮學之無本動易滋疑而不意廿載鑽研一得之愚早爲二百餘年前之先生盡發其機緘而不少閟也微斯人吾誰與歸

嘉應宋芷灣先生說詩八首云三百詩人豈有師都成絕唱沁心脾今人不講源頭水只問支流派是誰塗脂傅粉畫長眉按拍循腔疾復遲學過邯鄲多少步可憐挨戶賣歌兒心源探到古人初徵實翻空總自如好把臭皮囊洗淨神仙樓閣在高虛豫章出地勢輪囷細草孤花亦可人獨有五通仙杜老各還命脈各精神學韓學杜學蘇髯自是排場與衆殊若使自家無曲子等閒鐃鼓與笙竽池塘春草妙難尋泥落空梁苦用心若比大江流日夜哀絲豪竹在知音蘐園按此乃先生自評其詩然確是本色語文章絕妙有邱遲一紙書中百首詩正在將軍旗鼓處忽然花雜草長時讀書萬卷眞須破念佛千聲好是空多少英雄應下淚一生纏死筆頭中又與應試諸生論文五首云五花一出立長風萬里先驚汗血紅俗士畫皮兼畫肉

神雖行氣直行空銀鞍錦帕非無用虎脊龍文自不同漫道
樂歎多閉目悶人頭腦是冬烘日向箏琶苦用心誰知山水
有清音一聲立鶴雪明樹百道飛泉雲滿岑豈必枯僧同結
屋得來靈境獨彈琴洞庭自古鈞天奏過客匆匆只不尋環
肥燕瘦兩難描一髮相移百艷消文字古今無死法高曾規
矩必分條林泉風月招高隱宮殿旌旗賦早朝莫遇齊王偏
鼓瑟更逢嬴女不吹簫剪綵爲花也自多荒園無景奈春何
山當勝選峰峯立水見深源浩浩波俊鶻盤雲風下上神魚
入海雨滂沱紙鳶搦狗空蕭索聽取詩人賦伐柯三分人事
七分天此論雖通未盡然但乞金丹來換骨豈餐玉屑不成
仙花香九畹無雙士水味中泠第一禪爲報瘧牛休飽啖莊
生意得棄蹄筌數詩余每誦之輒不能自休余之癖嗜芷灣

詩亦自是始其紅杏山房詩鈔後附刻芷灣詩話一則今并錄于此云今人每喜作詩余嘗謂哭不能如老杜歌不能如青蓮皆可不必作詩今人每不喜人作詩余嘗謂東家女子不能禁西家不哭其夫西家女子不能禁東家不喜其子皆不必不作詩然則將何說之從曰只要好而已

五百石洞天揮麈卷之十終

觀天演齋校本

五百石洞天揮麈卷之八

菽園子部之二

海澄 邱煒萲 菽園

亡室王孺人曩有紅樓夢分詠若干首歿後余爲理之共存四首即今刻入拙箸贅談者是也乙未之冬鄉居無俚因亡室之舊作發弔古之閒情忍俊不禁未能免俗隨意分詠旬而得詩百絶句度置倣麓聊以自娛初非欲示人也今歲冬狥同學之請爰刪其無關旨趣者半實二十五人人二絶句以授之梓同學輩遽刊佈啟遍徵題詞固不令余知也及覺而郵筒已絡繹於道念事既成未便尼沮先後得題者若干人

已寄到者爲嘉應温慕柳太史仲和張琴柯別駕驤黎香蓀鹺尹經鍾笙陔茂才鳴謙張藥秋上舍漢祥閩中邱仲閼工部逢甲喆弟叔崧茂才樹甲許允伯進士南英康硯秋上舍彝番禺潘蘭史典簿飛聲東莞梁賷仲布衣育才南海譚炳軒太守彪霍鳳喬布衣濟川上海朱理菴刺史兆基程棣華布衣聯芳慈谿李芷汀布衣東沅閩縣林筠臺太守祗曾李

汝衍少尉季琛龍溪曾墨農秀才宗藻日本永井甃石完久廿一人其許而未到者尚虛左待也擬稾爲大卷弁於拙作之首吁余以一處士投荒遠島塵埃堆裏稱說詩書此等經生面孔市人見者將吐棄我之不遑乃以少日無聊游戲之筆墨亦竟得海內同道之稱毋亦有如古所云愛之至者誘之以至於道耶倘余竟因是附驥而傳又確爲始念之不料者矣

今秋九月星洲樂羣堂同人爲余作選詩圖跋曰菽園先生去歲丁酉重履星洲闢五百石洞天時會賓客暇復徵海內外同人詩輯爲五百石洞天揮麈若干卷凡二百數十家道咸同光四朝閩粵作者略可攷見海外前未有也同人請爲詩紀事適許君綸亭晉江人名錫至自閩能以西法攝影因倩其作此而同人坿詩歌焉亦他年作五百石洞天記者一重故實

云云詩太繁今擬別刋大卷其圖本用西法鏡片者并以其時加晒百紙分致友人矣

臺灣家仲閼工部（逢甲）乙未避地內渡後今爲潮人有說潮五古其第二十首歷次邱氏世系甚悉亦古人述祖德詩之遺也文云中原忽龍戰九族開閩關吾邱自固始舉族來莆田有宋鴻臚卿數典乃吾先巍巍樞密公於潮爲始遷梅溪王十朋銘公墓琴山靄春烟有子梅州守歸養娛親前若趙鼎若王大寶古革投贈多詩篇想見與居遊論道皆名賢三傳韶僉判宗牒曾手編碧血老殉義宋日沈虞淵（公諱必明咸淳辛未進士有族譜序言遷潮始末最詳公殉難韶州事見廣東通志及廣東新語籍保昌實潮州人也）維時方亂離族散閩越間或近籍保昌或遠居瓊山吾祖僉判弟實隱鄞江邊孫枝日以茂江楚多綿延吾宗著石窟一水梅潮連精舍尋

金山掃墓來故阡遥遥三十世已閲七百年別派出承旨椽
蔫春風聯述祖非無人譜牒多不全安知臺海客東風引回
船居潮而言潮稽古爲悠然先疇尚可服舊德猶能傳東南
此雄鎮保世心拳拳
謝道隆號頌臣臺諸生邱仲閼工部團防臺中時檄爲誠字等
營義軍統帶及日人得臺北府中路震動繼以餉援兩絶戰
皆不利諸營統帶歿於軍者先後凡數人矣謝僅得免與邱
内渡來粤越歲丙申聞臺事略定復返其鄉或訐於日人日
人義君所爲不忍窮究也邱有送行詩八首今録其六以見
梗概涕淚看離權河山息戰塵故鄉成異域歸客作行人鯤
海三更夢鷗天萬里春分明來路近未信遽迷津小別甯須
惜天涯歎此行家書沉遠道兵火脱餘生東渡龍無氣南飛

鵲有聲送君惟夢寐同到刺桐城此去仍鄉里家山擁畫戟未領新政令猶見舊衣冠落日鷗盟改寒雲雁影單相逢翻一笑已作漢人看親友如相問吾廬榜念臺全輸非定局已溺有燃灰棄地原非策呼天僅見哀百年如未死捲土定重來王氣中原在英雄識所歸爲言鄉父老須記漢官儀故國空禾黍殘山少蕨薇渡江論俊物終屬舊烏衣預計君來路榴花照眼中山光仍故國海氣滿征篷鬗背看紅日鯤身靜黑風洗塵樽酒在收淚話瀛東又有古別離行一首云乍願君如天上之月出海復東來不願君如東流之水到海不復回有情之月無情水黯然銷魂別而已況復一家判胡越百年去鄉里關門斷雁河絕鯉萬金不得書一紙噫嘻乎嗟哉遠遊子春風三月戒行李留不住簫上聲拭不滅玉上名千

塵萬刼磨不得屋梁落月之相思河梁落日之離情山中水出水不復清海中月出月還復明不惜君遠別惜君長決絕知君來不來看取重圓月此亦送頌臣時作者頓挫淋漓真不歉一聲河滿

仲闕工部丙申秋懷八首

其一　如此乾坤付越吟賸將詩卷遣光陰鏡中白髮愁來早衣上緇塵刼後深半壁河山沉海氣滿城風雨入秋心留侯博浪椎無用笑撫殘書酒獨斟

其二　古戍斜陽斷角哀思鄉何處築高臺去年親故無消息此地羈人有酒杯入海江聲流夢去抱城山色送秋來天涯自洗看花淚叢菊于今已兩開

其三　策策西風吹晚涼驚秋人共雁南翔海山縹緲半烟霧澤國蕭條初雨霜誰許半千論古陣且逢重九醉他鄉莫嗟欲濟無舟楫待起黿鼉與架梁

其四　箋天誰

爲寫離憂愁大劉憐臨九州明鬼逕須從壘翟望洋聊與說
莊周等身書卷供行路故國山河入倚樓怕向天涯舒倦眼
伏風闌雨不成秋其五暫息邊烽强自寬出門西笑說長安金
繒商保太平局冰炭磨成清要官南嶠流移傷百越東藩淪
陷痛三韓驅車欲去仍留滯風雪關河怯早寒其六連天衰草
悵蕭辰憔悴秋風淚滿巾果下近遊思貰馬蘆中小隱任呼
人渡江早慮胡分晉蹈海終撓趙帝秦收拾鈐韜付兒輩乾
坤潦倒腐儒身其七莫笑談瀛膽氣麤眼前時局古來無未容
樊噲誇功狗終遣林宗歎屋烏浮海已憐吾道廢移山誰憫
此公愚江湖且作扁舟計滿地秋容雪點蘆其八苒恨蘭悲闕
衆芬天南牢落悵離羣客愁竟夕憐江月鄉夢千重隔嶺雲
長笛且吹新道調短衣誰識故將軍雄心消盡閒情在四海

無家獨賣文惟第五首略露正意前後皆含蓄不露如往如
復如泣如訴如聽霜天哀角悄然以思如傳一聲河滿戛然
而止昔人云離騷經之妙妙在離字騷字愚謂諸詩剪不斷
理還亂亦正從善學離騷得來
古云言者心之聲然則有韻之文其又爲言之聲矣又云言之
無文行之不遠然則鳴之不善其聽之者必不成聲矣古之
善鳴如鳥於春如雷於夏如蟲於秋如風於冬皆有不容已
之一候故喜而悠揚宛轉悲則悱惻纏綿自成絶妙文字此
之謂根心之言以言言言卽以言言心眞意存而生氣出也
今人不如古人正坐知有言之聲不知有心之聲
商邱侯公子四憶堂集任弟生日作云令弟今年二十餘風流
正復陸機初還吳不可稱公子入洛祗宜駕犢車酒債苦貧

從婦釀瓜田一畔即吾廬華亭鶴唳因戎馬細憶全生在散樗通首純以陸機生情一氣卷舒深情無限是可誦也惟篇首用令弟二字徐公肅注云杜甫稱其弟皆曰令弟今集中令弟尙爲蒼水使諸篇是也愚按稱人曰令自稱曰家俗所常用古人往往不拘如謝靈運酬弟惠連句末路値令弟開顔披心胸已在杜甫之前謝安石謂王獻之曰君書何如家尊家尊指其父羲之是又以家字爲稱人之詞矣

順德温謙山舍人汝能曰元遺山詩云萬古騷人嘔肺肝乾坤清氣得來難詩之貴清固矣然綺麗雄奇亦不害爲清譬之神仙宮闕雖金銀珠貝光怪陸離何嘗有一點塵埃汙其靈境時士不明其理祇以潦盡潭寒相矜尙可謂陋矣又曰時流稿本開卷即天門開君馬黃等樂府數百首彪炳爲皇不

肯作一語落晉魏人後菽園按此即袁隨園先生所譏爲暴富兒張金飾屏風于大門之外者也究之意興索然神明不屬連篇累牘囂煩可厭右語二則見所刻粵東詩海例言可謂不與俗浮沉者矣

夏初有日本人永井甃石完久自臺灣新竹辨務署以詩寄余星洲請正略言在臺見天南報徵詩啟故有是舉余諒其誠就來詩錄七絕二首題載夢日乘云對鏡弄花花欲語臨流迎月月還來人棲衆妙大天地到處月明花正開詠臺灣生番人云巢窟猶存太古風四千年未破鴻濛從禽樂酒渾閒事先得人頭第一功旋報以丁酉刻本拙著三種君答詩云遠搜箸作九州來生面如公此日開解得乾坤清字訣膚脂俗粉一時迴詩跋且有曠世恩師之譽太長不及錄自愧虛名浪傳海國默數年來交好雖不乏愛我之深然皆旣晤以

後而然其未見而傾倒於數千里外者亦惟鄉邦之同志爲然未有迹阻東南國分統屬而亦聞聲思影志切神交如我永井氏其人此中殆有佛說因緣者在耶

順德龍山邱園主人語人曰詰桐得掛名五百石洞天揮麈中使後世知有某某如汪倫之於太白秦叟之於樂天不亦快哉而東莞詩人梁育才寄余書則曰是盍聞名若古人而生幸同時者二君皆以逾恒矜寵藻飾輇材此不過如龐士元稱引人材喜過其實耳不意嘉應張藥秋番禺潘老劍兩山人集亦爲獎借頻頻也余其何克當此潘云近聞閩中邱孝廉煒萲編輯詩話多採亡婦佩瓊居士遺作沉吟終夜感觸於懷因爲詩以告亡婦曰寒閨斷句愧雕鐫繡入弓衣字字妍舊有離憂同弔屈（自注婦有讀離騷絕句）得傳名姓比生天別裁集

付尚書錄都講詩從太史編午夜焚香親告奠玉臺遺稿對悽然張云道出星洲晤寓公邱菽原先生以拙稿求正并蒙惠賜所箸書多種率此賦謝曰星洲一水淨涵空想像丰裁到寓公經世才華春在手照人肝膽月當中才同散植憑誰識交到忘形信可風我本古梅州倦客敢將俚句質逋翁原注君又號南溟逋客讀遍雲章到夜分隆名久當古人聞梅知幾世修來福原注閩清徐茂才亮銓贈君句小樓一夜拜詩人見説梅花是故身蓋君生時有夢梅之祥云云笛記新詞競出羣原注大箸壬辰冬興黃序君生十五年曾賦玉笛詩爲同人激賞當代有人推大雅橫流誰與挽狂氛騷壇廣築高千尺可許勞人領一軍

比而志之夫亦可爲吾勸學之箴歟

綸亭許君既以西法攝影爲余作星洲選詩圖一時名滿島外潮人蔡秋漁舊爲英署照像師凡島上營壘扼塞園圃名勝

多經其手俸滿告退英署錄其勞例得長俸息於家者且數年矣至是闡許君事收拾篕篋因吾徒而請謁姑試之藝須斯而成一爲獨坐圖一與繼室陸孺人品香圖光陰中矩如水月之涵清不覺叫絶秋漁復出舊拍各圖譜相示中有西女十餘幅尤得態濃意遠之妙余擬之德人藍君未差可抗手餘子皆捧篋以隨君後者也藍未固星洲售技家昔嘗供奉暹羅柔佛兩國君主蒙賜勳章遇所拍佳圖必以兩國勳章鈐於圖次葢西例也同時爲余作絳帳侍書圖羅侍史鴈翎易御西國閨人燕服立於坐次含睇宜笑花草精神見者且疑爲某古畫之副本云

西法照像本光學之一端故以鏡筒明淨爲第一義而其藥水等料間復參以化學藥水皆藥房製就只須依法用之便能

無悞舊用濕片非略通化學者不能調和藥水近十年來盛行乾片雖不諳化學人購得格致局傅君蘭雅譯編一卷半日可通矣惟同此不諳化學之照像家其稍通光學之意者又未嘗不遠出乎衆誠以拍照之時其光陰界限無一不關乎光學也華人業此藉代寫眞爲糊口計聞西人始攷此藝意又有在今日一切地圖多託之爲稿本焉隨在莫非學問卽照像何獨不然

自有照像向之徒託神交者今皆爲其快覩如蘇州高太癡翀順德邱仲遲誥桐沔陽劉彤軒鴻藻日本永井甃石完久之於鄙人是已四君居不一地出處不一時其去鄙人東南水道各七千餘里平素并里遙隔慶弔不通太癡仲遲以讀余詩而訂交彤軒以蘭史說項而訂交甃石以見徵啟而訂交

咸自近兩年來始以尺一通曲實未嘗得一日之良覿也余猥坐廢抗塵走俗於海外窮島之間未知何日方賦歸來獲從四君裙屐後而四君念余寡合爭以小影遠投若出一致屋梁落月顏色可親秋水兼葭伊人宛在其遂可慰余之相思乎故類誌之小影贈投求我友生在西人固視爲通例我華士夫留圖珍重先輩紀載亦間見之要爲寫眞非照像也余命許綸亭拍豔詩圖贈人雖屬效顰西例然四君已先得我心之所同然也

舊藏同安呂西村先生各體書眞蹟三十七開久欲上石而乏好手光緒癸巳　恩科省試來福州見福州人陳壽伯名宗烈別號七十一廿九老人鐵筆印章秀潤圓雋似得曼翁家學屬作石章大小二百餘方多有可存因出呂氏眞蹟示之雙鉤厚色猩紅文悉作泥金書行間密如珠串壽伯畏難不敢奏刀而罷比年遊歷攜壓行篋迄無遇許綸亭筠喜摹各體書并樂治石

乃以謀之綸亭終謝不能粵人溫惺堂(慈章)謂以照像法拍印泥金書當現白色其紅箋則作黑色直如墨搨石刻本遂抽眞草篆隸四開使試幸如其指字體且可拓大視原蹟神采不差累黍亦一快事餘存三十三開暇日當攜之滬影拓足成完璧以行世焉

呂西村先生手撫千碑評騭允愜著有愛吾廬題跋行世(蔽園按其跋鍾太傅薦季直表足證史書之誤尤爲未經人道余已節輯入蔽園贅談卷一中)尤深小學說文所箸古今文字通釋愛吾廬筆記兩種識者謂賅博不歉桂未谷先生而精核過之歿後始得其徒臺灣林時甫星使(維源)貲刊故最晚出近日惟晉江陳鐵香太史(棨仁)能傳其學然書法不工去先生遠矣先生嘗妙鐵筆而不肯輕爲人作友輩得其指授如邑子林研香上舍(必瑞)龍溪楊止庭鹺尹鳳

來皆以技名當時

西村先生題春江載酒圖詩云葡萄美酒木蘭舟日日江頭事勝遊人世風波都不管且浮綠螘且盟鷗可想其襟懷風致平生詩不多作此作之外吾見亦罕殆亦予以翼者去其角之意

長樂邱莘孫進士炳萱乙未補殿後以即用縣掣省浙江需次擁擠頗以爲苦題畫山水答余云羣山潑黛水拖藍樹木陰中屋兩三客子欲歸歸未得櫓聲搖夢到江南嘉應黎香孫鹺尹經連年籌賑滯迹島外或以金陵行看子屬題亦云千峰浮黛水拖藍春樹籠雲屋兩三如此溪山勝圖畫令人那不憶江南全首詞意與莘孫不謀而合其實不知有莘孫作也

同學林澤農明經以所自作墨梅四軸寄余星洲案上適有嘉應張蘂秋漢祥行卷因各摘集中語爲之補白未開云凍蕚久含春醞釀芳心獨抱骨清奇初開云斜倚竹籬烟護影寒衝江店雪胎香半開云笛吹午夜春微度鶴警三更凍欲消盛開云冷逼芳魂迷紙帳暖扶清夢到瑤臺郵示澤農當亦詫爲萬里佳緣也

嘉應李雲巢參軍焜潮州竹枝詞四首之一云茴香髻子簇宮鴉抱得琵琶面半遮夜半月高絃索急催開頭上素馨花饒有風調

光緒壬辰爲余生之十又九年溯自戊子歲春侍　先府君勤植公返閩至是凡三應童試矣其前兩試一薦一黜愛我者重惜我狂謂宜少斂余時雖未能納其言心未嘗不知感而

邱某狂名亦於時爲著里中人有因狂而識我者龍溪吳南卿觀察丈聯薰王觀洛廣文丈國顯漳浦邱澤洙明經丈道鄒也有因狂而交我者詔安馬瑞書大令兆麟謝又新大令錫銘平和方泳莽廣文之舟漳浦唐蕡廷明經堦龍溪楊少庭明經廷榜也其有龍溪曾氏昆仲渭兆舍人宗璜荔史孝廉宗蔡墨農文學宗藻之三子者又曉余之狂而相賞卻在乎狂之外者也忽忽殆將十年每一念及猶依依如昨日事而風流雲散地北天南文酒墜歡已渺不可續荔史多藝多才金石刻畫絲竹琴碁若有宿授最先夭折年僅三十一其婦鄭氏爲雲麓都轉開禧女孫竟以身殉烈哉菽園贅談載其事觀洛老成練達爲時所推纔過下壽便赴修文今墓有宿艸矣渭兆秋闈五薦不遇名心之淡如下瀨舟近日受檄濬河講

求農藝此舉若成誠爲桑梓造福墾農事兄若師詞章時務不蹈空疏其志可畏澤洙在外授徒將二十年歸日猶無田可畊爲學務博記性過人至老不衰嘗與余賭背四史（史記前後漢書三國志）列傳脫口貫珠旁有學究幾訶爲誦場中制舉文也又新今年以拔萃貢成均　廷試高等授黔中令素與余爲昆仲交子丙申居詔安度歲恒日日相見窺其志殊不能爲五斗折腰者南鄉在漳郡中資望極深如魯靈光殿嗣人亦多繼起瑞書工書畫制藝乃其餘事（菽園贅談詔安書畫家紀聞一則敍述甚詳）潮州澄海人迎主講席桃李滿城若爲君詠蕡廷辛卯省試醉宿倡家次場遲不得入及領落卷始知闈中首場藝已定魁選且發刊矣懊恨萬狀友人嘗戲改下第江南第一人句爲下第閩南第一人云泳薺少庭均喜吟詠惟久不得兩君

書未知近狀如何就中少庭爲年最少錯落記之殆作菽園之懷人詩觀

方泳莽廣文之舟一號半帆又號江帆詩主性靈日道隨園不去口嘗及福州劉贊軒先生勷門贊軒家省垣授徒甚盛門下士得甲乙科者殆難指數所居號窺竹精舍壇坫風流頗極其勝一時鄉先達如林歐齋先生壽圖謝枚如先生章鋌粱禮堂先生鳴謙多與朋會泳莽追隨其際親承緒論亦一快也嘗欲偕余往見不果癸巳恩科攜余闈藝代質先生聞極許可後竟見放殊負愛我先生書法不工然爲人書寫每錄近作以故愛先生詩者恒假縑素往供揮灑泳莽爲余乞得數章惜余不善收藏今皆忘卻至泳莽別有贈余之七律四章亦僅記得隨園今在海門東七字菽園按海門爲澄廈交界處屹立水

中與圭嶼對拱實漳泉兩府十二縣門戶也余過此曾賦絶
句云漳泉中斷此山尊海上潮來氣吐吞十二巖城歸控制
東南天塹一重門此雖朋友標榜自屬過實而菽園其時正落魄無
似君竟以平生所甚愛慕之人或冀其友他日之踵企焉不
可謂非期我之厚者矣

江弢叔曰文章之道與天地氣運俱新詩爲有韻之文本人心之動而趨於新也尤速自漢魏不能爲三百篇猶六朝之不能爲漢魏與唐人不能爲六朝也詩至唐人而篇體大備菁華已盡洩後人蔑以尚矣然而宋之蘇黃未嘗爲唐詩也唐之後有蘇黃後人更難出其外矣然而南渡之楊誠齋陸放翁以逮金之元遺山元之虞道園卒未嘗爲蘇黃囿者何也數君子以其天姿之高深觀乎古今文字之通而有會乎學問之源博求而約取深思而捷得汨汨乎發其中之所有不

求與古人異而自不能以強同焉耳故自其異者觀之不獨蘇黃非唐詩蘇與黃并不相襲不獨楊陸非蘇黃之詩楊與陸亦并出而不相掩降而讀遺山道園之作亦若前無蘇黃楊陸者蓋此數百年中詩與天地氣運俱新特數君子有以得之爾自明之高青邱學而不自成前後七子者作益不究觀乎古今文字之通畫時代而狹取之五言非漢魏必王孟近體必盛唐七言古風必高岑王李甚至人取數篇以爲之的選本出而僞詩作句準而字倣之合萬喙爲一聲張甲李乙之名可互易也總而譬之如小兒學語焉如英武猩猩爲人言焉如易市人之衣冠而漢唐之焉如優伶登場之喜怒不出於己而強爲焉如刻木爲偶人牽以動而無生氣焉而後生承學之士目不見古詩之全樂其說之可以欺時而掩

陋且速成也菱按長沙王益吾祭酒先謙續古文詞類纂凡例有云宗派之說起於鄉曲競名者之心而淺學者據以自便有所作不合於軌乃謂吾文派別焉耳與右論皆切中近人之病夫且迷失其心志以爲所謂詩者當如是如是而并不敢不如是謬種之傳迄今五百年而轉盛焉嗚呼是尚得謂之有詩乎哉愚按弢叔名遈江南長洲諸生咸同間幕遊於閩後宦杭爲卑官吾鄉先輩多與往還其軼時見海天琴思錄各種此論蓋因序江西宜黃符雪樵大令兆綸之集而發余喜其有可藥時者故節錄數行

符大令道光壬辰舉人官吾閩爲知縣生性通脫爲事繫獄事解不復求仕徜徉閩省同治甲子卒年七十箸有卓峰艸堂詩鈔續鈔凡二千餘首附文雜說各數十首其雜說中有說理新頴者摘而存之得十首如下〇儒生俗吏不識時務動

輒大言謂天下事無足爲我難者一旦著手叢脞百出鼎折餗覆隨之矣而弊之尤甚莫如今之作斯文者動欲語語有關係夫關係豈僅語言文字之末哉而況言不由衷獵取緒綸以欺世盜名此正是殷深源王夷甫一輩人所爲成得何事相率而爲僞耳往者周公作詩不必句句關係乃揚雄法言妄敢擬經謂眞僞果無辨也夫誰欺○人之相交道義也非意氣也然知有意氣尙有性情而所謂當面輸心背面笑者斷斷不忍爲此態至意氣俱無則勢利而已矣勢利之交豈交也哉○時文之弊至今日而極百無一眞焉人情之弊至今日而極百無一眞焉夫時文之不眞由欲竊科名人情之不眞由欲習世故至於作詩無科名之縛束無世故之周旋亦幾幾乎百無一眞焉是可歎也○阮嗣宗於尋常人多

白眼由憤俗太深然生平不輕臧否人物又何愼也狂而愼此其所以免與○呵壁問天拔劍斫地此豪士之襟期也解裘質庫脫帽看詩此雅人之興致也被褐懷玉揮鋤忘金此正人之氣概也藍橋乞漿漢臯贈佩此名士之風流也得其一可以免俗兼之則更善矣○垓下之歌慷慨激昂眞乃英雄末路一字一淚與慶卿易水並絕千古若漢高之歌大風不過作態耳眞氣不存焉○文君當壚相如滌器以雅人爲俗事石崇持鐵如意王衍捉玉柄麈尾以俗人弄雅物何嘗日食萬錢不如陶泉明之歸田乞食也庾亮玩月倚牀不如郭林宗之避雨折巾也○元之流品儒與丐並今則幾幾乎官與丐並矣或曰官卽丐也其然乎○火不言而人知其熱冰不言而人知其寒實有是也喋喋胡爲哉○有耕而不穫

者未有不耕而穫者也有掘井深而不得泉者未有掘井不
深而得泉者也故君子無貪心無倖心而盡其在我○其友
祝蓮旭土銓附跋云雪樵志屈遇窮旣以其憂憤抑塞者見
之詩而詩限格法有不得盡騁其意者故復借是說以達之
或純或駁或莊或諧有觸輒書辭無詮次雪樵讀書數十年
固嘗上下今古矣又衣食奔走足跡半天下雖所言僅發於
一時而參驗物情窮究事理閱歷不謂不深蓄積不謂不厚
據此則大令之爲人亦可見矣
卓峰草堂五七律對句問參唐賢成句殆如已出食古能化彈
丸脫手其長處卽在此然熟流於滑每爲偷學鶴聲者藉口
其短處又未始不在此愚謂須有魏武霸才方可役三百篇
如家人後之學卓峰者欲爲近酒肉之頭陀須先學呑針之

鳩摩羅什

題有礙於正意必須假罕譬出之者如卓峰雜說附存紙鳶四絶云掌中放出影翩翩九萬鵬程欲比肩休說飛騰眞絶迹縱高還是被人牽仰天拍手笑兒童一綫分明路可通卻恐好風吹又息泥塗墮落亦匆匆須知骨相原輕薄豐滿何曾到羽毛暫下人間有仙鶴閒眠懶與爾爭高當年紙貴豈無因曾是鳶肩火色人低首且分雞鶩食吹噓誰送出風塵

試帖陋派不可入詩作五律者往往易犯作詠物題之五律尤甚豈知仙凡相判本不容混符雪樵先生秋詠十二律不即不離允推寫生妙手彼腸肥腦滿者所宜奉爲換骨金丹秋花云豈與春無分當春竟不開美人每遲暮秋士足悲哀楚楚酣風露亭亭出艸萊竟刪時艷盡知未負栽培菽園按一起抱負可

慰文確是花秋艸云竟爾魂難返華年逝水同冰霜摧破塚花柳暗離宮暮色初明曉寒聲尙戰風有人心不死靑眼對飄蓬莪園按起沉鬱結遒雋秋月云露草警題螢關榆夜隕霜不堪照離別何苦到沙場思婦今無夢征人盡望鄉一聲何處笛親切怨宵長莪園按中四句眞追魂攝魄之筆秋風云落到關前葉天涯樹又寒窮邊萬馬立大野一鷹盤觱角胡兒壯衣裳戍客單暮砧敲不斷送響出長安莪園按四面取神詞旨腴健秋雨云荷碎蕉仍敗寒生響更頻偏驚到家夢久阻寄書人樹色深三徑雲陰落四鄰且須尋酒伴料理苦吟身莪園按第三句必不能移到春雨深於詩理者知之秋雲云霖雨知無用閒身去住輕幾番悲世事萬古見人情紫塞秋如夢銀河夜有聲望中親舍遠不覺淚縱橫莪園按通禮悲渾秋山云草木巖巖瘦雲烟寺寺寒尋鐘來老衲挂笏有閒官月上孤

猿呌天空獨鶴盤蓬萊青斷處海水自波瀾蔌園按亦自不俗　秋水
云百感動茫茫塵心洗未遑半生在舟楫萬古此河梁碧已
消春艸紅猶帶夕陽别愁與鄉思流出一何長蔌園按第四句卓爾不羣
秋樹云未信老巖阿其如匠石何古心自盤鬱生意漸婆娑
雨露栽培久風霜閱歷多抱奇終獨立攀附謝藤蘿蔌園按一起突兀第四句寫秋字神理自足又按拙作古樹題中二句云葛藤能斬斷依傍一空諸今讀卓峰秋樹結二句輒詫爲闇合孫吳矣
秋苔云眼底依然綠榮枯事莫論雨涼侵破閣烟淡鎖頹垣溪石何年迹宫門舊日恩遺蹤閒拾得不覺暗銷魂蔌園按恩韻雋永可味
秋窗云薜荔全消綠芭蕉半減青疎燈涼自翦細雨靜堪聽久謝高門履猶存陋室銘拋書堪一笑乾到案頭螢蔌園按聽韻佳
秋燈云蟋蟀嚮堦除貧家有故居一寒仍若此餘味果何如婉轉千絲織蹉跎幾卷書未知有何喜花忽照蓬

廬菽園按流動

雪樵先生復有寒詠十二律視前錄秋詠十二律異曲同工合附錄之以見才大如海者毋不從心細如髮來也古云無窮出清新惟其清新所以不窮寒蝶云衣粉全消盡寒生一夢中風流今若此色相本來空秋草有情碧晚花無力紅返魂香再爇重問蕊珠宮菽園按雪碗冰甌方斯俊潔寒蛩云莫謂寒號慣從來秋可悲江山餘半壁風雨掩孤幃澀到草間語清於花下詩一衾如紙薄淒絕不眠時菽園按一聯一語唐人得之皆可名世不必多誇鶴聲也寒鴉云蒼涼天似墨蕭瑟樹無陰麼麼歸飛翼哀哀返哺心客帆秋水漲野屋夕陽沉畢竟家山好閉門爐火深菽園按畫亦畫不出寒雁云本自羽毛短衆雛衣不完蘆花飛斷岸楓葉下前灘雨雪離羣久江湖戢影難鶺鴒爾何物早占一枝安菽園按是人是

物有人有物寒菜云門掩小園香花穿瘦蝶黃一畦過疎雨半畝
賸斜陽生事長饞託光陰短褐忙不辭手足凍甘苦要親嘗
菽園按秀骨天成寒樹云剪葉衣仍補穿林酒漫攜夕陽閃鴉背殘
月伴雞棲閱歷亦已久榮枯何可齊將軍偏跋扈獵火照山
菽園按愈谿古愈艷寒艸云拔心曾不死辛苦念春暉前路關河隔
滿天霜雪飛驊騮不堪老狐兔爾何肥臥雪吾廬在出山心
事違菽園按落落大方蓋已數經經營慘淡矣寒蘇云暮景閑門深荒居少客尋
廊虛添雨氣石古抱冬心生趣何嘗滅塵埃休見侵泠泠過
堦水寫入斷紋琴菽園按諸詩無一呆寫題面者此作尤得題神之蘊寒笛云如此關
心夜鄉心未肯平霜威出塞早月色上樓明親見梅花落怪
他楊柳生碧空飛不度響雜亂鴻聲菽園按一起高唱入雲竹不如肉以下亦字字
遒峭捫之有稜寒鐘云遠興霜天動聲從何處尋雲回山徑盡雪擁

寺門深一覺出塵夢十年煨芋心定中喧更寂殘葉下空林菽園按一結正言詩境勿漫作禪家說偈觀寒砧云燕山雪早飛冷到幾人衣塞外音仍斷閨中力亦微朔風生陋巷殘月下空幃時掃門前葉征夫萬一歸菽園按詠砧詩結到歸字其用筆純平不測寒角云隴盡征人淚嗚嗚向晚多半樓霽霜雪萬里動星河曾出丁零塞疑聞敕勒歌紅燒幕中燭美酒夜如何菽園按高壯渾成

侯官李香莘貳尹家瑞停雲閣詩話云符雪樵先生罷官後杜門謝客箸書自娛其閩山樵唱及夢梨雲館詩文偶存兩卷憤時嫉俗有託而言想見坡公嬉笑怒罵時也菽園按此二種余未之見卽今所見之卓峰詩鈔亦非完帙嘗抱沉疴自恐不起作生輓聯云以靑蠅爲弔客騎白鶴返故鄉菽園按此二句先生後又續成律詩一首云縱然一死亦尋常不與皇朝備國殤直以靑蠅爲弔客嬾隨白鶴返江鄉祠堂自愛松風古邱隴誰爭麥飯香吐出心肝埋不得卻將詩感後人腸

時髮逆方陷江西先生已無家可歸故其辭視初作亦少變匾書死便埋我人稱其達又閩縣劉烱甫大令存仁屺雲樓詩話云曩與陳少香符雪樵酬倡極歡陳固老健而大令尤清遒嘗記其見寄春感句云貰酒不來還好客讀書已懶況爲官蔌園按卓峰詩鈔凡遇寫酒字必有加倍精神固不止此一處也又按此等兩層句法在先生集中爲僅見可想其瀟洒不羈之風致矣雪樵全集均經弢叔編定而後付刊其序雪樵詩獨許爲蘇黃楊陸遺山道園之亞而超出乎有明至今五百年之作他日弢叔自刻全集雪樵亦爲題云萬種愁深聊自寫千秋事重與誰期雖其言或皆不免過當而識者有以知二人之交摯矣余嘗求家仲闕詩不得因援江黃之說動之卽蒙其鈔寄一帙來余已略輯入此編尙須重爲校刊是仲闕固許予之爲弢叔也仲闕行誼甚著名滿天下不止以詩鳴其詩蒼涼沉鬱視雪樵又

別開一面目若余之才則去弢叔遠甚縱亦有言其何能爲我仲鬬重蓋余懸知仲鬬之詩一出世必遇弢叔其人爲之論定所以急謀代佈而弗辭也

余未得江弢叔集讀之乃於近人撰述海天琴思錄停雲閣詩話附見一二而已詩有眞趣不爲繩約旅情家書二首太長不能錄錄其短章除夕戲作云庭角無梅座不春門扉雖閤豈遮貧晚來雪屐鳴深巷半是吾家索債人有人來算屋租錢小住三間月二千使屋如船撐得動避喧應到太湖邊

初未得卓峰詩鈔僅見先生酬錢塘施可齋秀才鴻保七律四首於閩雜記卷端而花月痕說部亦載有先生題詞七律二首鎔鑄唐宋氣骨高邁心焉好之迨後友人以原刻詩鈔見貽卷帙雖缺有間而昔之取備一臠今已快讀千首未始非

眼福之奢者前見五章并得如漁父之再入桃源蘇子之重遊赤壁其題花月痕作尤情韻不匱未能釋之于懷惟已易題無題二字詩云倚欄同看白芙蕖想煞風流放誕初犀作靈心翻誤汝蝶尋殘夢轉愁予徒勞越客千絲網多感蕭娘一紙書秦樹嵩雲空夕照索居誰問病相如紅板橋南白板門沉沉風雨幾黃昏直從隔世疑情事安得長河注淚痕滿地落花來少女極天芳草阻王孫當初枉費明珠贈惆悵他生更莫論花月痕一書亦是詞賦好手晚近小說殆無其比正少不得先生此詩爲之弁簡

紅是相思緣是愁番禺潘蘭史典簿飛聲元配南海梁佩瓊靄遺句也余已爲輯錄於前嗣得寶山蔣劍人歗古堂詩集附注其配支氏機即所稱靈石內史者亦有紅繡相思緣繡愁

七字而芬陀利室詞集題序則又述支氏嘗學倚聲得金鑄相思玉琢愁句前後文心同一機杼出自一人固不足爲奇要奇其掩映生輝者之不相謀而適相合耳（或云嘉慶進士史梧岡所著西青散記小說已先有紅是相思綠是愁一語果爾何慧心人之心心相印耶抑此等天籟不必强調而自來耶）

梁佩瓊孺人飛素閣遺詩古體尤多佳什遠出其近體之上五言如別曲云昨夜曲闌春飛花映人面明月入蘭閨輕颸撲綃扇阿姊歸鵝湖平明設離讌迢迢江上波目極雙飛燕夢從姊佩湘云神女玉卮娘偶然歸碧城隔窗見冰骨婀娜猶不勝濯魄玉蟾蜍撲影金蜻蜓此地絶塵壒得非遊玉京姊妹本同心欲語難盡情擬逐秦娥鳳莫叩琳宮扃惟有青鸞思飛上瓊臺層銀漢冷皓月繡戶明秋星樓燈度寒碧枕畔風泠泠（蔌園按慧業文人多關宿授卽才女前身定亦幾生修到玩此一作豈尙是九天以下人語耶）珠梁

泛月云登艫此清夜涼風來隨舟素練澄方鋪銀雲平不流結想叢桂樹相思蘭杜洲橋梁記夙夢烟水招重遊秋華自可愛境峭難久留渺渺鴛鴦浦迴歌生遠愁菽園按與別曲一首同一綽約丰神南墅夜步云汀洲吹夕蘋喬松落秋色蕭蕭修竹間螢火出深碧不見泊漁舟何處聞長笛且叩轟門扃焚香坐筠席菽園按只用得何處聞長笛一句通體俱不平直矣正如英石縐透瘦兼擅其勝七言如瓊樓曲云瓊樓下瞰春茫茫花枝入簾明月香雁柱七絃素心遠蛾眉一尺春山長寶鏡瑤釵笑幽獨夜深不放鴛鴦宿花魂知弱怯東風悄掩瑤窗呼小玉月夜蘭史偕遊海山仙館看荷云跳珠雨過鳧鷺濕櫂邊高掛青油笠笛呼明月出橋來門障荷花刺船入湖心亭子風蕭蕭盪漾綠雲紅影消三更晝舫穿花壁只揀水香多處搖菽園按二詩皆用明月皆成絕調誰人不知道是學昌谷須看他淡

瀟有生氣花田晚眺云遠渚歸帆貼空冷萬松鐘落鴉巢頂東方
月出秋山高岸柳垂垂見疏影釣絲微過一絲烟鯉魚風吹
涼滿船蒹葭蒼蒼不知處一片綠陰浸來路菽園按清泉符子琴大令翁曾
書此詩於扇稱其一片清泠非他人所有愚則謂仍不及前二首之靈警也
同年如皋冒鶴亭孝廉廣生為水繪園辟疆公子後人家多藏
書尤喜著述長才盛年兩不可及聞所輯鶴亭詩話論梁飛
素詩有云綺麗纏綿出自六朝初唐間宋以後不參一筆也
遺稿雖經蘭史手定然其幽艷清新豈蘭史所能過耶欣賞
之情迺逾恒格余嘗因其語以求飛素之詩見其造語菁葱
如湘花瑤瑟蘭史集中除去感時託興諸作還須讓一頭地
則境與學限之也天分之高已可概見至若唐宋界限原可
不必强分作者當日既無抱唐自隘之心後之論者亦何必

抑宋爲高哉

佩瓊題蘭史詩艸云文采佳人擅（菽園按蘇氏嘗以佳人稱竇滔此亦云然自負可想）千言下筆輕琴心笑穠冶劍氣倚縱橫愛國同工部陳書切賈生牛衣休下淚戒旦正鷄鳴而劍人稱靈石校其詩集亦曰君詩英雄氣兒女情盡之矣世鮮知音奈何與佩瓊此詩一若同出一口劍人乃爲詩自解曰畫角清霜塞雁橫銀燈豔曲細調笙文章憂患餘生事絲竹中年以後情志士不忘在溝壑狂名何意動公卿憑君莫下牛衣淚挂壁龍泉夜有聲靈石集名丁東花閣詩鈔惜無從得見惟劍人集附見贈行一首云瘦綠垂楊柳緜緜又送行人閒重科第夫壻最才名影寄天邊月心隨白下城蘭舟望容與臨發若爲情其綺麗雋逸亦自不歉劍人也

佩瓊遺艸寥寥見議論處甚少其讀離騷兩絶有足多者固非諸古體所能掩也詩云陳辭敷衽太忉忉天問翻憐九辯勞千古蛾眉招衆嫉美人心事易離騷鵜鴂鳴時失衆芳嬋媛猶稱芰荷裳春蘭秋菊傷零落欲補梅花殿楚香菽園贅談蘭蕙說之一篇中嘗惜梅花不入楚騷今得此詩獲實我心冒鶴亭尤喜誦之曾用其語贈蘭史曰名士文章成覆瓿美人心事易離騷

無論作何種文字必有一番興會興會既好而間架自立易一時焉則不同矣是故興會未至强爲引之不得興會既至强爲遏之尤不可耳菽園少學作文恒當哺而吐或中夜數起至不敢蒙被臥旁觀笑之不自知也誠以稍縱即逝事有甚於追亡此中甘苦願與解人共領之

一時有一時之興會故補作不如卽事卽事不如腹稿與口號爲其眞而漸近自然耳今日有今日之興會明日有明日之興會今日所就暫勿示人明日復得取以自勘或置彼而錄此或遷後而就前得失寸心又須別有權衡於其際也

小桑園詩艸過柳門云官柳籠烟畫不成雨花搖落太無情行人指點陽關路誰與殷勤唱渭城又將返楚北友人攜酒餞行城外句故人好似長亭柳一路靑靑送出城兩用柳典尙見風致村店題壁云老屋三間護薜蘿到門惟見野雲多也知村酒難爲醉其奈蕭蕭落葉何憶邗江云曾栽新柳邗江岸一別邗江五度春遙憶平山堂外路不知攀折又何人湘中懷鄧華谿云之子渺天末望遠心如何掛席千里外隨流漾綠波夜長不成寐擊楫欲高歌感斯流水意洗余離恨多

離家云辭家千里外。回首隔蒼烟。小艇綠楊裏。故園紅日邊。閒雲如我懶。明月向人圓。此夜涼如水。離思載一船。餘句如請看今夜月。還照古時樓。明月入我懷。涼風上高柳。梅花自落仙人笛。鷓鴣誰招處士魂。修竹萬竿名士宅。奇書滿架古人編。洗盡機心盟白水。久無好夢到黃粱。三徑修篁啼好鳥。半簾秋水住幽人。他鄉最怕逢今夕。月自團圓客自孤。迴思往事都如夢。不及窗前月色明。俱楚楚者。憶邗江一首全用比體。自不嫌太露。沔陽劉彤軒司馬鴻藻箸

光緒十三年丁亥七月。王錦堂軍門榮和余元眉都轉㒞奉粵督南皮張香濤尚書之洞奏派南洋遊歷。由英荷各屬地而暹羅孟咯安南西貢小呂宋孟尼拿凡兩載而遊畢。王爲檳榔嶼土著。頗熟西語。髮逆之亂。投效水師。以克復金陵積功

至顯職其於譔述一道自厲門外僕余爲粵之新甯縣人雖由科目而懵於西事其遊星洲也同因公出而並不同寓王善士著余暱粵人意氣之間若不相謀愚時猶髦從　先府君後得見二君每以未獲暢聆高談爲歉意二君行篋中必有遊記會須遲之後出者久乃寂然僅見合詞返報粵督書稿惜限於程式語多未詳殊爲恨事近日沔陽劉君彤軒以小桑園詩艸寄愚并儷以南瀛日記一帙始知君前者實與余都轉偕行南瀛之記幕中草也紀載雖不免簡略要自是詞人本色亦惟有此一記方以補王余二君之闕如耳

或曰張尚書派員遊歷意在知南洋之商務其各島中不乏商家豪傑未聞王余二君返報大府同幷諸公而收指臂之效者即如署星洲領事大埔張弼士觀察振勳署檳城領事嘉

應謝夢池太守(榮光)亦皆俟其自奮於功名之路而非由大府之特拔他若海澄陳金鐘反爲外人所用(暹羅俟爵駐星領事官)豈不可惜愚按二君雖未有請獎商家明文然報書極言領事不可不設英屬而外尤宜措注其計慮不爲無見惜各與國多以不便爲辭遂令二君空言不用虛負此遊也

康熙朝桐城方望溪侍郎(苞)以古文鳴於時殆後乾隆姚惜抱太史(鼐)從而張大之以其術振起一世惜抱之徒方植之秀才(東樹)姚碩甫廉訪(瑩)爲最著皆桐城人故學者稱古文必歸桐城而其時能爲方姚家法者又實不盡桐城人即與後方姚同門共事姚惜抱太史之上元人管異之孝廉(同)梅伯言郎中(曾亮)其所有作率能淵源師說矯厲末學故其時治古文者復有桐城派之號方侍郎實不能詩姚太史雖極自

許其詩而終不敵其文之顯同門四子更無論已然吾聞梅郎中之論詩則尤有善焉者其序淑甫舒燾詩云凡詩關一二字可意得其全句者非佳詩也文氣貴直而其體貴屈不直則無以達其機不屈則無以達其情千古秘鑰一語打破則信乎梅郎中之善說詩也

五經以降惟古文辭託體最尊蓋謂蓄道德者乃能文章耳是故文之工者且可因以見道而道之著於文則尤爲其顯而易見者云至茅鹿門始搬爲唐宋八家之說區時代門戶而甘爲東身歸命之行此自是明人習氣卽文如諸葛忠武侯陸宣公朱紫陽王文成公之醕粹適道亦不能與介甫潁濱輩爭一席之地也以余所見 國朝人選本自以古文雅正爲至精漳浦蔡世遠選經史百家簡編次之湘鄉曾國藩選古文辭類纂又

文之惟較蔡習所錄爲閎博桐城姚鼐選倘爲應制舉業計則古文眉詮可學也金匱浦起龍選或曰析義精言觀止諸刻如何余曰不如仍從事于茅鹿門之八家

番禺石星巢孝廉炳樞郵刻本一帙眎余擷之乃其母史宜人芙蓉館遺稿也卷首有陳蘭甫諸公弁言稱宜人爲江西知縣山陰史藹亭明府致祥三女歸廣西同知石搗庭司馬永康番禺縣志亦嘗箸錄稿凡三十七篇少作和易晚更渾成送別七妹三律一氣揮灑語語眞摯自屬可傳其一姊妹成知已相親二十年何堪歌折柳一旦悵離筵有淚祗同灑無言倍黯然好隨夫壻去歸拜祖姑前其二已是歲云暮况兼行路難潮聲閨夢遠帆影瘴江寒雁序傷遥別梅花竟獨看尺書朝夕望早爲報平安其三一櫂韓江去天涯痛可知病懷曾慰

我別恨轉憐伊分袂悲今日歸舟定幾時片言須記取莫便廢吟詩又哭兩姊一律云何事同摧折傷心欲問天親衰難慰藉兒幼最堪憐雁陣悲零落鵑啼淚染鮮夜臺應有伴相見認重泉其眞摯亦不歉前也宜人名印玉字印玉

元宵題極難作太黏題必俗稍離題又不稱不似中秋詩之便於傳神隸事也前錄鐵嶺陳朗山孝廉艮玉七律編入卷三中歎爲高唱然尚非專詠元宵今閱史印玉宜人稿有元宵五律云忍把良宵負清遊覽物華春星花萬戶燈月夜千家曉漏遲銀箭香塵逐繡車六街太平鼓原不禁喧嘩通體華貴想見昇平氣象家韻一聯尤屬高絕彼古人銀花鐵鎖之吟尚是未能免俗

每逢節序必有一詩隨題敷衍只取備數此等陋派詩家最忌

謂其類於月令粹編耳然節序之詩亦多因題之雅俗以爲工拙如中秋則雅元宵則俗重九則雅端午則俗中秋重九一人之集前後每凡數見元宵端午或竟始終不置一詞苟欲求備拙不勝巧毋甯不作之爲愈史印玉宜人詠端午結韻人生只忠孝荆楚俗休論此又意在筆先本題反爲所壓與他人之泛賦節物者又自不同因能如此之超卓南海戴少懷學使鴻慈讀芙蓉館遺詩題云最是感懷賦端午表揚曹孝與原忠蓋卽指此

史印玉宜人卽事云半窗花影日瞳瞳春困全荒刺繡工一卷新詞拋未得錯教人喚寵書蟲繡幃吹入曉風尖篆裊爐烟透畫檐不爲歸來雙燕子留香猶自下重簾偷得餘閒便學書墨華香染碧羅裙臨池祇是耽清趣寫到黃庭總不如空

階點滴雨聲殘剪燭裁詩句未安夜半敲棋還聽雨一燈花
落夜添寒謝芸史女士偶成云忽凍霜禽噤不鳴翛然獨坐
悄無聲近來每得閒中趣不飲茶多思亦清綠窗紅日上遲
回拂拭巾箱筆硯開底事花間聞剝啄隔牆稚子送詩來得
句遲疑未稱心悄無人處幾回吟小鬟不解低聲笑昨夜詩
成誦到今想到當年百感生紅閨少小竊詩名而今欲擬梅
花句搜索枯腸苦未能亡室王孺人雜詩云衙齋鎮日下重
簾一縷爐烟細細添最是關心慈母道朝來休更課詩嚴新
將活火煮松蘿餅口成笙蟹眼波日嚼半甌留舌本體羸未
敢飲茶多花原爛熳葉離披繡罷齊紈有所思顏色競從全
吐後精神翻遜半開時墨浮素紙臨書媚風入瑤琴譜韻長
忙煞兒家心手事自閒自看自思量三人本同出宦裔故自

其少日卽已通詩禮門嘗按其所處境地王以早隕未竟所學謝則遇人不淑中更孤露至大歸其家設帳訓蒙以自度日史則相夫勖子皆獲令譽稍爲女子有才者吐氣是類而不類也數詩下筆用意儼若無一不同毋亦其性情之所寄有相近者耶是又不類而類也余故因其類者而類之如右亡室王孺人名玖小字玫官字璋捨居近東門嘗自號東門女士吾漳龍溪人遊戎王公玉墀振宗長女煒菱附誌

日本永井甃石完八之以舊作寄余也豫計夫鋟木之費將置郵矣而先以函告余乃大惑則曰禮也比聞近之徵詩者皆然余諍而悟之今秋長沙人楊仲卿通守書雯現充駐星總領事繙譯隨員介所識袁姓以其叔母李太宜人澹香閣詩鈔刊本請余編入詩話復將有所貲餽余引永井事而止隨留其本暇輒繙擷詩多可傳有光拙輯多矣仲卿感余意因來見余其人溫

文爾雅性復通脫與之談中外政俗毋不委曲詳盡娓娓動聽是余之得於仲卿又不只以詩已爲之愉快者累日

湘陰自李石梧文恭公星沅道光乙未視學廣東與其配郭笙愉夫人潤玉同刻梧笙合集分贈多士一時艷稱以爲江漢寶多才女而李太宜人卽文恭仲妹名星池字淑儀年十八歸長沙楊氏越七載而所天早喪舉遺腹子書鞭纔冠又歿終以嗣子書鞶貴誥封太宜人同治甲戌壽七十四卒從子商農刺史書霖裒所遺稿得五十首號曰澹香閣詩鈔商農卽仲卿通守兄也女兄二曰書蘭字畹香曰書蕙字紉仙皆太宜人出幼秉慈訓饒有母風畹香集名紅藻吟館紉仙集名幽篁吟館並得合刻母集一門風雅於斯爲盛而其後復刊二集仍遵紅藻幽篁之號惟各加一小字以別之則又太

宜人之外孫女而畹香紉仙之女子子也聞太宜人媳書鞭婦周氏襲芬亦有集惜余未見澹香閣詩鈔檢先夫子遺稿慘賦云蛛絲鼠跡滿書幃檢點遺文淚暗揮最是傷心聽杜宇送春歸不送人歸俯仰低徊滿紙蕭瑟含毫邈然其思苦也又警句如春寒云雨聲繫小閣燈影淡重幃和笙愉嫂寄懷原韻云風雪歲云暮家山路幾程與諸兄妹玩月云萬里江山橫素練千家砧杵助清秋寄懷笙愉嫂云秋賦欲成心已醉鄉書未寫雁先知頗能以澹見好者

殘書貪看久不是懶梳妝澹香閣詠曉起句也曉起時確有此憨態無那嫩寒春睡足重衾偏戀夢依依芙蓉館詠春閨句也春閨人恰有此慵態一經慧心者明白拈出遂欲令讀者

失笑

李太宜人星池雨中作云春深庭院艸萋萋繞樹流鶯自在啼夜雨不知花事了酴醾開徧小窗西其長女楊畹香書蘭枕上作云一枕燈昏覺夜涼臥聽鈴鐸響迴廊宵分幾陣纖纖雨催放庭花入夢香二詩何其淡蕩又畹香舟中作云烟波渺渺帶雲流落日風寒古渡頭兩岸蘆花一聲雁併將秋意入扁舟其妹紉仙書蕙舟夜云碧空如鏡接清秋人坐寒江一葉舟收盡烟雲天在水倒懸星月入波流二詩何其壯闊家學薰陶卽至筆調意境亦無不吻肖斯已奇已細按之則復愈唱愈高一首强似一首晚唐句雛鳳清於老鳳聲得是益信

長沙女士周襲芬本楊畹香小姑而卽歸畹香之弟策軒書韉

爲室自傷早寡詩不輕作故其集不見惟附著畹香及紉仙二八集中矜詞奪色互以淸思與二書亦正工力悉敵畹香懷襲芬云修竹滿閒庭微風送淸響欲撫綠綺琴久絕知音賞艸際淡烟浮花梢新月上對此不成眠悠悠結遐想襲芬和云松泉漱寒籟荷露滴殘響思我素心人獨吟誰與賞仰視山雲飛俯看池月上誦子詩一篇飄然淡塵想紉仙懷襲芬云（按時方避兵）動地干戈起瘡痍滿目悲羽書紛北走軍馬盡南馳月冷元戎幕風鳴大將旗天涯當此夜搔首淚如絲襲芬和云浩刼何時了浮生只自悲乾坤一轉瞬兵騎兩奔馳東去江流血南歸馬識旗深山權避亂未死命如絲

畹香適周紉仙適劉周女傳鏡字蓉裳著小紅蕖館集劉女德儀字雲衣著小幽篁館集氣骨卻不及二書之遒小紅蕖館

病起寄外云病起渾無力晚粧臨鏡慵徹霜侵薄鬢落月想清容。向向愁中得情於別後濃音書遲未寄飛鴈隔遥峰小幽篁館送外從軍黔中云送子從軍去旗亭落日黄片雲隨四馬長劍厲秋霜楚塞兵戈滿牂牁道路長封侯不敢望振旅早還鄉其口角又無不各肖其母氏也

紅雨樓詩鈔與外子對奕偶成其一楸枰對奕向花陰局未終時漏已深不是兩家無勝負與君下子有同心其二界分楚漢豈爲眞一局原非兩國人我欲服君君服我偶然勝負莫生瞋慧語靈心如傳香口此中樂意相關殆有甚於畫眉不知局中人幾生修到方克消受鄞縣黄駿孫太守家鼎配南豐劉繡琴恭人韻箸光緒丙申刻於福州距歿甲申已一紀矣聞其得年纔二十有九也

天際烏雲夕照收，蕭疏涼雨洒芳疇。關心最是書窗外，悔種芭蕉起暮愁。此南豐劉繡琴恭人詩。侵階滴滴復蕭蕭，一點清燈照寂寥。入夜不堪愁裏聽，窗前翻悔種芭蕉。此山陰史印玉宜人詩。

嘉應張琴柯別駕驤嘗爲余道其親家母同邑葉太孺人能詩，内言不出，惜莫得而盡詳也。他日歸，始由家人輾轉向乞得其近作金陵懷古詩數章，以之寄余，并請選錄。詩云：天涯涕洒登臨感，腸斷烟波廿四橋。北固河山悲玉笛，南徐宮闕賸金焦。飄零紅錦湖千里，寂寞烏衣巷一條。惆悵鷓鴣啼不住，江楓漁火話蕭寥。一代興亡事不留，匆匆塵夢又千秋。石頭城外春如舊，白下門前水自流。冷落秋墳悽夜鵲，蒼茫霸業付閒鷗。垂楊飛盡漫天絮，掩映長亭不綰愁。原注：江寧縣西有張詠折柳亭紫蓋黃旛十里稠。東南王氣未全收。一聲啼鳥孤臣恨。三尺降旗帝子愁。玉樹臨風爭勝日。金蓮貼地可憐秋。黃奴多少闗心事。一例新亭泣楚囚。一片花飛又夕陽。依稀認取舊歌場。江山羞被胭脂涴。亭榭空存花草香。壞壁留題塵漠漠。荒臺遺蹟事茫茫。鶯啼十里春風路。綠蘚間磯燕子忙。原注金陵上元縣有燕子磯　紅燈細雨自推篷。錦繡關山想像中。懷古千秋名士筆。談兵一代美人風。壞衣化蝶遺芳在。殘月啼鳥曉夢融。折戟沉沙磨洗盡。臨江酹酒弔英雄。不特湖名號莫愁。六朝天子盡風流。朝雲暮雨時飛捲。綠水青山任去留。根葉空賡維渡曲。衣冠誰繼樂園遊。他年一櫂扁舟去。爲訪當年買酒樓。原注江寧縣西有孫楚酒樓　愚按閨秀懷古詩本少見此作尚見工適葉名璧華宜黃符雪樵大令兆綸近體五律自高乎七律其七律中有對仗渾成詞旨遒健者亦屬不可多得余愛誦之如官能濟物何嫌小夢太傷心亦厭長落花自分應飄溷窮鳥何能更擇林菽園按二語讀之令人氣短烟圍綠樹分藏屋雲放青山盡入樓濕雲依檻頹雞起涼雨敲窗冷欲凝別親風雅盧王體小試循官屈宋才愁外青天一行雁夢中紅葉萬重山聊以詩書爲麴蘖本來天地亦蘧廬自分出山成小艸但思種樹即甘棠寒水淨搖孤塔動晚雲低截亂峰平生有肝腸思任俠分無骨相取封侯相期未擬終彈鋏此去仍知不值錢昨夜一燈有鄉夢天涯萬樹是商聲嚴程日暮愁行客僻縣年荒罷戍兵喫殘塵土甘黃蘖倚徧門閭負白頭相期只作千秋想不殺難成一代才菽園舊有句愛能殺我傾肝膽生不如人賴肚皮不意君已先我言之十千沽酒

誰同醉一種傷心畫不成蕺園按畫是不成書得出先生詩筆自傳神　漫憑狗監談詞賦會學鴟夷變姓名黏天青草欲無路潑樹白雲將化烟壯心自昔無多在萬事而今已熟思癡餘謝客生天想狂到王郎斫地歌嗜酒何辭千日醉看花已種一年愁蕙帶蓉裳居士服荻花楓葉美人船乍可讀騷人竟醉不知彈劍客何能今古幾篇詞客賦江湖一櫂酒人船無端照我偏新月到處銷魂是夕陽秋艸儘添才士淚江湖先替古人愁自笑本無干世策也知的有上天梯蕺園按讀至此語始知窮鳥何能更擇林句乃先生憤世之心非已眞有是事也　半笛涼風生水閣一尊明月在荷花新詩瘦入寒花影舊夢驚回落葉心只除飲酒無長策便說歸田亦強顏有幾故人成遠別無窮世事適中年一襟山海青蒼氣雙鬢乾坤浩蕩愁座有車公應盡醉時無鄒子懶輕譚纔嘗宦

境心先淡久別家山夢易譌儘爾苦吟添著述知他何術到
公侯風月依然聊借客乾坤如此合生才終緣碌碌無成事
敢道揚揚不丈夫已能世上騁龍性何事人前露豹斑蹤跡
自尋游俠傳蕭條誰寄茂陵書惠子猶然誇腐鼠葉公豈解
好眞龍人似休文原善病我知老阮不輕狂古而無死亦何
樂我縱有家安得歸江山落筆情都豔花月當場酒不醒當
年濫學屠龍技萬古誰傳相馬經縱留春住身多病怕説人
歸鬢有絲文章幾輩矜花樣事業終年咬菜根檝除綺語花
還笑指點衫痕酒又多落落人才關一代沉沉懷抱鬱千秋
蔽園按上一句先生自往謂時攜張亨甫詩卷然則對句千秋殆自況矣蝴蝶偶尋園吏夢薔薇
愛誦女郎詩人憐抱病風情減詩爲傷春豔體多酒情慷慨
逢人易劍氣縱橫入世難虎豹幾家餘子弟犬羊一代有公

卿拓筆波瀾横大海開門風雨坐名山卻除飲酒忙何事翻
怪題詩淚得名徒見風塵出鷹隼可堪鞭策誤驊騮箋天心
事愁眞宰斫地哀歌想異才頭顱已老狂何惜心胆無聊醉
亦難我防俗客嘗稱病君作閒官亦早休斜日壖兵秋警柝
冷風山鬼夜吹燈未必魯連天下士可堪朱亥市中人城好
蠹園榕樹綠官高閒品荔枝紅重山複水鴣頻喚細雨斜風
燕獨飛海湧波濤千島動山銜風雨一樓懸初日芙蓉王儉
府晚風楊柳亞夫營乞人不屑今堪笑名士相輕古未聞竟
使長官爲市令豈知敵國是舟人荆州暫欲依王粲江夏從
知厭禰衡（菽園按此三韻均榕城書感作當時必有所見故慨乎其言如此）山寒詩骨得堅
瘦江闊酒情相拍浮江山有客閒擕酒風雨無人問落花聊
借問居延歲月儘饒心力耗詞章可許潛夫著餘論不知豎

子是何名千家山郭寒鴉影萬里關河落木聲人傳摩詰詩中畫家住張融岸上船臣飢不羨侏儒飽身瘦何如天下肥盜賊卻能憐李涉風波何事怨章惇菽園按先生邑前輩陳少香先生偕燦詞章品節亦江西之傑也故於其解閩官日贈詩珍重焉此三聯卽從贈詩摘出可因是而得其爲人矣

干戈未有全生術草木終存不死心斯世難超文字刼半生留得性情眞香山作吏聊稱隱杜牧談兵不諱狂造物倘能容我輩窮途更莫說文章聚散萬家歌哭換功名一代齒牙寒可憐天下滔滔者又是諸公袞袞時菽園按何堪使袞袞者聞亦正欲袞袞者聞耳

此生使我重低首何日從君數舉杯菽園按先生於吾閩行輩中獨低首長樂謝枚如先生章鋋二語卽爲謝題詩卷而作

石上古苔寒不死欄前新水暖初生君猶老作諸侯客我亦狂除俗吏名湖山自訂新詩稿風雨閒持舊酒尊大令能書變家法次公避酒重狂名宦況艱於七閩路筆

端放出六朝山儘饒鬱勃爲其氣不覺悲哀遂有詞打門來看新栽竹堆案猶存舊寄書半林暮色明楓葉連日秋寒爲菊花天使長江限南北古來溝水有東西夢裡冰霜溪上宅閒邊風雨故人書明月人間圓夜少浮雲天上變時多如子眼底方蕭瑟此老胸中久鬱盤桃花飛去隨流水燕子歸來識主人十常九事不稱意一去百年無再回說劍重過歐冶里攜琴不問孟嘗門暫對家人眞是客慣看盜賊不爲妖山水之間何必酒性情以外本無詩烟月消磨詩卷在江山如此酒人稀君亦門闌倩似水我來風雨坐談詩花落催將蝴蝶散路難啼到鷓鴣依海山蒼莽空攜劍几榻蕭條自剪燈風雨十年詩作祟江湖滿地酒爲徒仙客對談餐玉法美人私贈鬱金香並無我輩安身法況有人間作吏愁多病欲成

枯樹賦牢愁怕讀浣花詩歸田未遂張平子避地還思管幼安留得瘦腰家令在早憐青眼步兵稀嗜酒興緣賒酒減改詩功較作詩多菽園按七字與甘苦親歷之言孤鳥遠隨斜日沒亂山高與暮雲平一時詩筆有信史千古才人無達官東堂別淚留紅燭南浦銷魂又綠波次山於世稱聱叟務觀多時號放翁風雨易欺寒士屋湖山難接故人杯野花當路欲留客山鳥隔林疑喚人得失何堪同塞馬是非應不到沙鷗無限熱腸秋後冷有時往事醉中來錢非吾輩囊中物詩在人家卷裏吟疏籬冷與客同調新月瘦如人可憐晚風自惜紅蕖影秋雨先寒白苎衫紀年詩積千疊閱世胸藏海一杯論交難得忘形客開卷唯存本色詩君乃有才生亂世我因無事作詩人人非入夢何由見事到傷心轉怕言菽園按沉痛幾不可卒讀天心未

定安危局。人事徒爲慷慨歌。成仙原不辭千刼。作佛曾經遍

萬家。此百十聯者盡皆錦囊中物也況多見道閲世語尤耐

人咀嚼哉

五百石洞天揮麈卷之捌終

觀天演齋校本

第九卷第十卷

五百石洞天揮麈

曾廣嶲題簽

五百石洞天揮麈卷之九　　萩園子部之二

海澄　邱煒萲　萩園

昔人論近體詩或以七絕爲最難工或以五絕爲最難工要皆不相懸絕　國初劉吏部體仁獨舉七律一體謂爲諸體之最難嘗取譬七札强弓古今人能開到十分滿恰無幾人道咸間名宿論詩咸韙此論愚按諸家持議原屬各有所見未可厚非絕體之高者在音節律體之高者在格律音節取辦天才格律胥關造詣即以李杜二公而言李妙音節杜善格律不相菲薄不相師追其成也亦自不相掩

江西自鉛山蔣苕生太史士銓東鄉吳蘭雪刺史嵩梁後風雅一燈繼者不絕若臨川湯茗孫舍人儲璠東鄉艾至堂大令暢　宜黃黃樹齋侍郎滋爵永豐郭羽可舍人儀霄宜黃陳少

香大令偕燦皆藉甚人口而宜黃符雪樵大令兆綸出稍晚身與諸先生接追踪躡步名亦與之相上下洵有志之士哉其五律及七律對句已見前卷茲復錄其七律別朱春舫履恒同年云人生四十始相見百年相見能幾回典衣沽酒聊復爾拔劍斫地胡爲哉手持仙人綠玉杖眼空燕市黃金臺我到岱宗上絕頂太行山色青飛來原注時春舫將往山右寒夜不寐偶成云無端百感靜中生鄉夢初回海上城別館簾疎容月色荒園樹老換風聲未甘落拓稱詞客不覺疎狂得酒名到耳寒雞啼喔喔天涯一倍壯心驚秋堂云徘徊窮鳥託卑枝閒淡幽花綴短籬門外漸稀人到迹案頭常有自圈詩阮狂嵇懶皆千古穀是臧非各一時不是打窗多落葉秋堂午夢醒猶遲別館云別館西風夜夜寒客愁鄉夢每無端貧猶賣

賦憐司馬熱不因人笑伯鸞世路狂惟添蹭蹬家書嬾更說平安多時不放登樓眼瘴雨蠻雲任鬱盤宿村店云歲晏勞勞復此行荒涼村店夜三更山深怪鳥作人語樹罅大星爭月明傲骨鍊餘詩外瘦塵心洗到酒邊清枕流漱石平生願慚愧人猶識姓名南臺獨酌云濤聲東下撼孤臺莽莽龍蛇大澤哀勝地相傳猶霸業明時不遇每奇才尋常風雨腰雙劍如此江山酒一杯應有醉魂呼不起斷烟殘照滿蒿萊建溪驛飲酒云老人自嬾梳白頭强使束帶迎督郵官微竊比海鷗鳥客過眞如風馬牛歸去不堪對妻子興酣聊復輕王侯故人往往有書到問我六十何所求菽園按先生七律拗體原不多見間一二作亦復風趣乃爾流年云流年冉冉髩垂絲萬念蒼涼是此時添出一重兒女債删存幾首亂離詩要之婚嫁聊相許或者流傳

未可知海上鵾鵬從變化榆枌獨與鷽鳩期贈陳子雲司馬云弓刀纔解卽論文畢竟英雄讓使君座上琴聲移大海樓頭酒氣壓蠻雲何人光采生門戶我輩風流託屐裙若向南山談射虎飄零還有故將軍陋室一首示家人云橫風疾雨漂搖甚陋室居安境卽安酒未能賒剛免醉衣猶可補不言寒自然比似去年老何暇思量來日難大有詩家便宜處鄰花鄰樹借來看陰雨天寒柬䝮叔云乾坤作意鍊斯才一例閻天再到哀與爾合尋殘醉去是誰卻帶此寒來本無長物袍仍典亦有閒愁卷漫開原注讀䝮叔詩屢廢而歎淒絕三山風雨夜兩邊孤坐剪燈煤諸詩不矜才不使氣不廢風格不爲摹倣看他隨手拈來總是到處恰好大方家數如是如是

江南寶山蔣劍人茂才敦復嘯古堂全集於唐在昌谷樊川之

間與雪樵大令之參用杜陵山谷者洵不相侔然瓣香各有所託而性情偏復相近故劍人律句間亦與雪樵恍惚如五言之西風雙客鬢秋草一詩人風塵難覓食江海未銷兵青史竹如意紅顏金叵羅老木有寒色孤鐘無遠聲尊酒忽言別落花相與愁憂時鳴古劍抱病入空山樓飛孤鳥沒山挾大江來江聲騰萬騎山勢突重圍一線長江綠千岩夕照紅名畫好山讀異書古墨香文字妻孥祟風塵氣類孤魑魅憐吾黨烟霞病此人乾坤浮大海風浪拍秋萍言歸流水外相送夕陽深亂山隔江走寒水背城流蔬園按劍人五律篇數寥寥此故多採若雪樵卓峯草堂全集各體本工而尤以五律爲倘篇數亦最富殊有美不勝收之概茲因欲作子貢之方人不得不引李耳以同傳謹即卓峯續集百十首中而採之已有若乾坤留我輩歌哭到風塵濤聲飛屋過風力挾山來萬木雨中立一鐘雲外沉漂搖甚風雨寤歎到山林萬家隱燈火一路閃旌旗日斷南天雁心飛故國樓招隱淮南樹空羣冀北材生事可不

問交情難再期身世貧難隱閩山夢易驚暮氣明河縮秋聲猛雨來千紅爭繡地一碧欲黏天作客無來雁歸人有去舟秋風動天地涼雨入樓臺天忍能容盜人貧苦耐官烱水孤帆遠風霜雨鬢衰斜暉明樹杪芳草暗天涯慣歷風波險翻疑骨相貧新月忽減色舊江能作聲等句之　七言之涼蟬欲可與劍人相抵尅已餘語尚未能多採也

語琴心碎古樹無名石氣秋身賤江湖仍小刼魂銷絲竹況中年團雲散雪都塵夢泊鳳飄鸞自古今誰憐江北無芳艸可奈天涯有落暉未許名山終木石可應知已但文章眾緣窗前生積雨一峰天外立奇雲儘有蛾眉傾漢代是誰駿骨買燕臺多情大抵干卿事後世憑誰定我文依然雲水難爲別如此關河欲到秋古傷心事惟明月今斷腸人空落花事有難言誰竟諒情還多累不如休按劍客沉和氏璧憐才鬼唱鮑家詩蔌園按偏是客不如鬼可慨可慨學佛願除才子習讀書先替古人愁高城鼓角三更動大海風濤七月多幽蘭已悔當門種

病馬仍懷出塞心補竹清陰憐月瘦畫萏高樹得雲涼烽火連天春入夢江湖滿地客無家文章各有升沉感人世無非聚散場買來風月何妨賤除卻科名儘許狂但有狗屠同結客不妨虫達也封侯天以窮愁堅氣骨人將科第當功名病客江湖詩骨瘦殘年風雪酒杯寬肯向人間作凡語直從天上落奇光小雨綠成芳艸岸半春閒過杏花時一編金石存歌泣萬古風騷有性情孤紅作雨飛明鏡萬綠如山擁畫樓無情天地何生我多病風塵易感卿皆是蘐園按劍人七律是其專長每多風華掩映之作已採在揮麈卷六者可按而得也此數十聯又其洒落自喜稍異常格者旨樵句畧見卷八此不重引由是觀之格調音節之說之不如性情之說之尤可恃也詢乎哉

以格調視格調以音節視音節斯優孟衣冠而摹倣者至矣惟

不以格調爲格調音節爲音節斯能以性情爲音節格調寓性情也余於格調音節之說常兩者並存不敢偏廢或疑余好模稜余故舉性情以一之

偏格調者尊杜而黜李重音節者復務反其說以相勝是亦不可以已乎不知學古人者非徒學其辭尤貴學其人其人之風節可學也品詣可學也出處進退可學也凡此者皆性情之見端也皆其人之眞也而其人之性情之著於文章者亦猶其風節品詣出處進退諸大端之不可强而致也吾于尙論之餘俯仰悠然苟能有會言爲心聲聲之所發自有不求肖而自無不肖於古人者又何必浮慕其外徒摭拾於一字一句之微而驚駭嘆沮與沾沾自喜之爲得哉雖古亦有文章之士世因而不以人廢言吾不惟其文章之慕而又奚慕

是又當知其能成此一家言平日讀書之間將必有堅卓猛鷙之大過人者吾未能爲其讀書而遽慕其人之文章又何以異於談格調音節者之遺其性情而不知也是無所用其慕而已

書家有正鋒文家有正格詩家有正聲正非直而不曲之謂乃通而能達之謂或潛氣內轉或清氣往來其志和其音雅作者矜平讀者躁釋杜陵云老去漸於詩律細又云庾信文章老更成此境良非易到殆所謂雅正者非耶求之近人詩集百不一遇或舉番禺陳古樵大令璞七律以相屬余曰近之矣大令所著尺岡艸堂遺詩余處無全本前蒙友人舉卷七卷八一帙相贈皆其晚作愈覺可寶已錄古體入卷三中而近體初未及也題朗山梅窩新居云荒園數畝屋三間好與幽人共往還庭小自邀連夜月簷低卻見入城山半池秋水清能

照一榻梅花夢已閒收拾平生付蕭瑟漫論詞賦動江關次韻朗兄過夢香園兼呈園主人云招得青山到座隅幽居如展輞川圖欄迴徑曲欹斜入草色花光次第摹短策尋春拖屐去餘杯盡醉隔籬呼城中此獨囂塵遠始信壺公自一壺原注園主人能畫知醫 漫成云藏身針孔足婆娑況有荒廬半畝多一瞬桑田還變海寸心古井早無波浮沉已付洪喬寄清濁誰聽孺子歌卻笑南山楊子幼烏烏擊缶待如何春日次韻朗山見懷之作云銅琶鐵板怨哀歌今古茫茫付逝波原注來詩有百年不覺駒過隙萬事眞成蟻夢柯之句 寫意未堪塗粉壁怡顏猶得盼庭柯爲人治病三年艾與佛相高十丈魔大笑隨君踏春去春來晴日正無多原注呂拔湖有看桃花之約 答情田見贈云世間馬耳射東風原注東坡句 偃臥蓬廬往事空口衆易投慈母杼心平只失楚人

弓禪衣短布原初服淺水蘆花自斷蓬慚愧君詩相須禱解嘲奚用擬揚雄庚辰小除日集海幢寺卓公丈室同集者十人王茹泉年八十六卓和尚年七十五金芑堂年七十李陶邨六十九陳朗山六十六伍襄卿六十五呂拔湖六十四陳香根與余俱六十二梁茝卿五十九爲最少矣賦云六年不喚河南渡殘臘來聽海寺鐘舊識僧今多退院原注序經曇樹久退院卓公亦將退院云同遊客亦半支笻壁間題句尋前蹟江上春光訂後蹤原注香根約人日爲花棣之遊我似津梁疲侍者好憑清興起衰慵送于晦若試京兆云干將出匣萬人驚攬轡河山第一程橋畔爭看題柱客關前須識棄繻生好攄夙抱陳三策更製鴻詞賦兩京似我壯心消歇久對君猶覺氣崢嶸王茹泉招同金芑堂陸舜雲李陶村呂拔湖何淡腴梁茘浦春日小集次芑堂

韻云何時相聚何時醉，一日能閒一日仙恰有舊醅供酩酊，況當春色正暄妍。龐眉坐對人俱健，婪尾杯傳我尙先（原注：座中無六十以下人，茹翁年八十九，齒最長，余亦第三輩耳）。試把韶華同細數，已過五百五十（原注：平聲）年。答羅秋浦云琅琅詞賦動江關，昭諫才名許孰攀。少事回思眞轉瞬，卅年不見各蒼顏。傳經君聚公超市，覓句余逢飯顆山。珍重瑤篇遠相寄，和歌聊逐雁聲還。其他佳句如追悼石芷叔云中散世難容誕傲，東方文自喜詼諧。次韻朗山五月望夜宿學海堂云良夜光同秋鏡滿，空山氣入酒樽涼。伯龍先生通守高涼，歸示新詩，爲賦短章云與民休息宜黃老，即事篇章似陸蘇（薇園按：上句乃先生爲己曩令福安時寫照，下句算是詩評，何等恰切）。次韻朗山和呂拔湖九日詩云野菊黃遲因夏雨，木葉紅鬧任秋霜。彭園主人見招，以事不果往，次韻答之云主人好客多今雨長日看花愛小年菽園按此聯乃追憶曩日得遊之雅正以見今不果往之爲憾題朗翁新居詩成復有所感次前韻云難成霖雨空辭岫本是清泉好在山郊行云郊坰偶涉成新趣野老相逢訊近聞菽園按恰有此境　客談云人世風塵常擾擾古今得失自茫茫菽園按讀至此正無可奈何時忽見收語接云安知許事君休矣洗盞呼兒覓杜康紙上烟雲一齊掃淨菽園亦曾爲浮三大白也朗山招集山堂和作云老去豪情殊不減春來勝事未嫌多丙戌小田園登高次譚彤士工部韻云捲箔櫓聲搖客到隔江山色送秋來皆於雅正之義有取

余愛雪樵南海譚炳軒太守彪則喜古樵每與予論詩遇古今人名句輒朗誦尺岡之作以相印證其誠服如此予曰君殆未見雪樵耳乃索卓峰集讀之越三日復見則嘻曰昔乾嘉間吾粵黎二樵先生以東西樵山名聞天下因取自況或嘗

以一人而跨兩大爲疑惜雪樵非粤產否則與古樵分領東西是今日眞見二樵也余曰君亦愛雪樵矣余固知能愛古樵者之必兒雪樵而亦愛也雖然二樵之稱何遂不可用時有友在座遽言曰西江東粤一西一東其卽二樵之絕妙引子乎余徐對曰固無分於東西也闔座稱善

昔人論趙承旨書楊仲弘得其雄健范文白得其洒落趙仲穆得其純和余嘗借以評贊蔣符陳三家之詩似頗有合三家同時蔣最前卒陳獨後之亦一湊巧

詩不難作驚人語而難於愜心貴當蔣劍人驚人多過愜心符雪樵陳古樵縱未能語語愜心貴當然不愜心之處亦就少

日員永井甃石完久郵索拙著既達蒙分其一轉呈彼國收入東京大藏書樓初拙著在香港印訂時番禺黃耀墀孝廉承

業代呈英督而下各員分畀公家書藏曰員之爲好奇英員之爲循例知非眞有愛於菽園也既而我華旅港士紳醵捌仁智書樓以便流寓閒爲列入時務叢書中潮州金山書院添置圖書爲例亦如仁智無聊箸作得冒時務之目自問已屬無謂不知諸君子顧何取於不切之言而乃强加擕拭如是欲不謂其過愛鄙人不可得矣當潮州屬爲檢寄中途忽喪其一外護布函先被抽棄接書者遂不及察迨催函補寄始知爲局丁所弄雅賊偷書實出意料兩家皆一笑而罷昔符雪樵先生以詩寄友途中失卻賦云文章併使辱泥塗金石聲原擲地無自惜書空多怪事從今著論準潛夫枉緣求道魚千里匹似通靈畫一厨果是龍泉埋也得夜光應燭斗牛區與此事同一可笑余亦因有賦云鄴架琳琅許共登故

人情重啟緘縢不貪夜氣金銀識纔認龍門羽角騰卻賊有詩憐李涉渡江留拙媿徐陵如何不學豐城劍兩兩津頭躍可能

詩何以能傳人傳之何以能動人之傳必先已之自動已不能動烏能動人余讀宜黃陳少香先生借燦豫材弟初至夜談有感四律語語眞摯驚心動魄自屬必傳之作其一驅人是何物使爾遠能來見面似曾識問年猶暗猜半肩薄行李雙鬢亂塵埃瘴雨蠻烟裏天高一雁哀其二各有萬千緒欲言無緒端别來幾遷變羣季尚平安我獨伊何罪汝猶至此寒話闌悲往事蠟淚滿銅盤其三謫況兼羈況貧魔復病魔萬難千苦後一别十年多人事已如此天心知若何江鄉風景舊我欲辦漁簑其四世路艱難甚鹹酸味外嘗親朋半零落慰藉愈蒼

涼有子乳猶臭無官天許狂海邊今夜月難得是連牀先生道光舉人嘗官吾閩惠安知縣少日即以詩名蹤跡徧吳越大邦逮見乾嘉諸老咸以後起期之而尤驚許者則其鄉先輩吳蘭雪先生嵩梁也著有鷗汀漁隱詩鈔焚餘集春雨樓近詩等刻嘗語人曰古今言詩者性情格調而已性情眞也襲格調而喪其面目僞矣格調眞也離性情而飾其衣冠僞矣此杜少陵所以有別裁僞體之說也

少香性情渟厚談者無間旅宦閩中境既老困又賦悼亡作書畫得錢易米陶然嘯詠不改其樂殆胸次曠潔者然也門人侯官李香苹貳尹家瑞停雲閣詩話有輯其師自述壯年影事一則頗資談柄因采錄如左據云少香客吳門時與王少摩庭楨鄰居無日不過從聚必劇飲飲必有詩並得納交於

盧小鳧（昌祚）趙花雨（大樟）周蓉潊（忘其名）李鍊航（宗車）諸君之數子者或爲將軍揖客或爲故侯子弟皆僑寓於吳者也嗣少摩爲黃君均伯胥移居夏侯橋綠陰門巷雅稱閒居一日招予輩鬭酒凡置牙籤數十分貯兩筒而宣令曰此籤依座分掣如丙掣乙筒卽乙掣丙筒掣得者照所註何事各賦七言一句須對偶諧和然後以籤示人考驗貼切與否不工者罰小杯一令三宣而不成者罰巨觥一予笑曰姑試之少摩先掣得卽口占云千鈞氣力平風浪花雨應聲曰一線生涯走道涂予不解所謂索視之王乃將軍柱趙乃縫窮人也始嘆其工小鳧年最高而風趣殊佳起掣一籤默然歸坐衆促之乃張目曰鈴聲急雨三更驛好不好蓉潊對曰擔影斜陽十畝田語未畢順以手奉盧酒小鳧遽引滿飲之而不謂其

籤上所書乃糞桶二字也於是鬨然皆笑小鳧所掣者乃報馬郎諺所云跑文書者銕航掣闈閣瑣事花雨掣得官服出句云雲開曉鏡攏蟬翼對句云風閃峩冠動雀翎衆美其華貴少摩以二語不甚連屬少之予曰然則莫若集成語隣姬鬬草時相遇侍女熏香待早朝爲渾成也僉曰善既而少摩掣得褊袒均伯掣得囚車憤曰此物如何入令欲擲去衆不可少摩早有出句云方外可知無正服予技癢難搔即對曰此中幾見有完人花雨叫絕不已而卒以犯令罰巨觥俄有叩門入者錢唐黃玉芙臨平康子蘭也於是興益豪康掣得告示黃掣得屁臭二字即高叫曰通人掩鼻嘆文章康疊稱屁臭而不辨所對何語使反之乃鄉老昂頭看月日也可云空際傳神花雨掣得眼鏡曰老將至矣憐予目予掣得婦人

哺子即對曰少者懷之恃此胸謂頗大方而少摩爲易刮代金甆驚老至嘗貪玉液憶兒時始以爲佳迄今思之殊不及也鋏航掣得戒方出句云子弟不才程白木蓉淑掣得行經布幾蹈均伯窠白玉芙忙止之代爲對云女兒有喜驗紅巾同人因酌蓉淑曰此非罰爵乃喜酒也小皃久不得飲躁甚自起引觥三而大言曰自今以始請甲掣者乙賦乙掣者甲賦衆曰可盧掣得不應省試花雨即高唱秋戰看人雄拔幟盧見趙所掣乃牛肉疾應之曰春耕免爾病扶犂子曰改兒作憶較有味玉芙少摩皆然之少摩見子蘭掣得抹胸先作對句云暗藏春色玉雙峰子蘭見少摩爲朝珠作出句云朋戴天顏珠一串子惜珠字犯題而然一時竟不能易也均伯以亂令受罰至是重與觴政惴惴如蹈虎尾莫不笑之既掣

籖正襟危坐而言曰予得的是顏料出句是胭脂橋畔胭脂色予告以令已另易均伯云予未聽宣如嫌對難請更賦玉芙不可急令少摩掣籖接觀之乃食物也眾以牽合地志爲難余對曰豆粉園中豆粉香均伯怪其冷僻予曰地近樂橋垂之府乘君可檢案也花雨掣得吹簫云好韻事可惜爲人作嫁耳繼玉芙掣得和尚猥狗吃眾皆閧堂花雨云得之矣不似燒猪要避人予聞之極嘆其工雖玉芙云吾有佳句被這和尚打回去矣因强對云定知跨鳳終成偶黃君尚未昏小凫笑曰爲着和尚想着和尚眾復大噱鉄航聞予掣得靴襯因成十聯云事經審後傳多失步太高時穩總難少摩以爲空而切自掣得修腳者蓉溆掣得題名錄作句云眼前聲價一文錢蓉溆亦不能屬小凫代對曰足下工夫三寸鐵子

蘭䂓官府坐堂即出上句云鼓吹堪憐聲是肉玉芙乃䂓私
孩皺眉云歡娛誰料禍成胎少摩云所包者廣子䂓枕頭少
摩䂓劊子刀余曰白晝公然敢殺人少摩曰强盜何獨不可
予曰公然二字如何解乃默然即作出句云黃昏我便思依
汝玉芙喜曰我借對公用一依字便是枕頭君用活筆固無
難不易均伯必下死語斯無易不難予嘗著有太原觴政記
一篇引載甚多後爲玉芙取去菽園按此等對偶專以題目不倫見巧能彀一氣呵成語
語包括者爲上字面句稱用典工整者次之吾鄉每以歲晚
餘閒由當社者隨意舉二字爲題徵人納卷定其高下畧酬
文具作者亦毋不興高采烈鬪角鈎心再接再厲其意藉以
爲溫習典故猶賢博奕固不必爲文酒之會而後樂此也南
泮文士聲氣較盛邇年來島始倣爲之題以曹孟德花柳瘡
分詠收卷一千七百有奇拔徐季鈞爲第一以次則胡伯驤
潘渭漁葉季允陳伯賢李波衍諸君皆有作如雄心直欲吞
吳蜀遺毒翻防到子孫蕩子有痲黴北里如人無淚望西陵
河間姹女傷流毒塞外文姬獨感恩剖柑空詫神仙術擲果
還叨姊妹情盤中薄味嘗雞肋裙底餘香挹麝臍贅閹難掩

先人醜痛癢翻防長者知枉教鄰郡留疑塚私向泰樓丏秘方或則落落大方或則戛戛獨造涉筆成趣頗足解頤惟多不憶誰爲甲乙之作今姑附錄

余實不能詩志學後遊同安曾廉亭夫子門語以古來詞賦門徑便欲嚮斅下筆時粗率窮蹙二病相纏自覺去作者尙遠遂歛然不敢妄有塗抹時而不得已復露咿唔呻吟態亦覺自達所言而已意不在於詩也故吾年閱歲而增而吾詩終不獲進今年九月星洲同人忽爲余作選詩圖重之以歌咏辭之則以余所著錄恒喜及詩爲言余雖内恧究亦猝無以難也因以其時復請潮州畫工余韻槎濤爲作風月琴尊圖圖繪一舟橫泊荻港舟中人曲膝鼓琴微風水上明月以解滿胸几席之間尊罍欲動想見狂生鬢眉皆活時也其意誠以余所可談者在此所得誌者在此則所以自樂者亦有此而已歟八葉季允懋斌遂題七古一章逾加矜寵遂

爲來者口實詩云風可使琴音譜月可命尊酒邀風月本雙清琴尊酬之甯寂寥菽園主人愛詩酒好風好月常爲偶寄懷山水寓深情絃在指端杯在乎憶昔乘風破浪遊南溟騷壇特闢羅書英簪迹傳遍海以外恍若扶餘國主霸業恢重瀛戊戌之九秋成此圖一幅命我題其端藉以引珠玉苦吟不得苦卻難無已爲君歌一曲我聞男兒生貴留事功不爲仙佛即當爲英雄況值時局正多故豈能鬱鬱居此而長終又聞空山事業多經濟匹夫與有蒼生繫一聲喝起蟄龍眠帝者之師言足貴胡爲扁舟一葉時往來消磨風月江之隈把酒抱琴自遺世無乃辜負抑塞磊落之奇才吁嗟乎世事紛更若爐扇乾坤失色星辰變可憐人尚擁衾眠儔念元黃血灑飛龍戰於此而立功功成誰復能相容於此而立言無

奈聽者皆盲聾不如烟波一櫂且歸去休把理亂黜陟縈心胸噫嘻丈夫非仕則隱耳浮沉濁世何其鄙獨恨荆榛滿地容足難難隱山林與城市逍遥海上且乘桴大息自古聖賢避世皆如此君不見信陵君日飲醕酒近婦人又不見謝安石東山絲竹迷遊屐亦猶是風月琴尊遣壯懷可惜一副憂國心腸卻被柔鄉溺奚如置身蒼茫雲水間謝絶塵俗清且閒胸中自有足千古琴尊之外惟與風月相往還君成斯圖豈無意披圖我獨知君志殷勤一語還贈君莫遣鷗鷺笑人畢竟猶多事嗚呼季允之爲此言季允之不知蔌園也其有來談風月者乎蔌園其引滿酌之倚歌和之

送春詩多矣毋非作女郎語未有遇秋而能送者悲哉秋之爲氣也我輩文人一生秋氣得來多（七字蔌園舊咏菊句）固不必送然固

秋而窮是所送者窮也非秋也秋不可送窮可送也不必送之秋而竟不可以久留是又不得不送者秋也非送窮也因秋而窮秋去而窮愈甚物猶如此人何以堪余所以讀臨川湯茗孫舍人儲璠送秋詩而掩卷三嘆也其一送春猶可過送秋將奈何我與春風苦無分唯秋與我同轗軻而今並此舍之去吁嗟吾意其蹉跎其二即今眼前論離別我是主人秋是客我生況無百年身秋還作主我作賓非人送秋秋送人花天狂艷不可當秋風一掃生清光涼月娟娟出海嶠不照繁華照枯槁古來惟有楚大夫不識此時風月好其三登山臨水發悲歌先生感慨何其多遂令金天少顏色吁嗟秋兮奈爾何我今飄泊何所成扣舷但欲爲商聲惟有秋風不世情昨來江上相和鳴落葉哀蟬亦歎息遺臣嫠婦皆涕零此時月

白霜露清我心所感猶和平但愁過此多冰雪其聲凜栗難爲聽萩園按三詩佳處自不待言昔者隨園稱甌北以詩爲文又言東坡之詩卽東坡之文今觀湯先生亦何歉耶湯先生詩骨甚清蓋太白東坡之亞西江詩席蔣藏園後未遑多讓每作月詩必得佳搆旨由其神先肖耳月夜旅思云昨宵一雨天空蒼天門新埽蛾眉粧江山雖好不相識唯有明月來故鄉幾時春酒變江水醉魄沉沉呼不起可惜天涯三五時不堪客路四千里荒雞喔喔霜滿天隻堠雙亭飛白烟長夜漫漫人不眠月亦如人瘦可憐抛卻梅花三百樹來照黃蘆苦竹處月乎爾豈不能乘風歸何苦與我同別離通首吐屬清泠自是九天上人語道光己丑未五十卒嘗有句云君相有權難造命聞者哀之著有布帆無恙艸忍冬小艸等刻

揮麈卷一載建甯張亨甫先生（際亮）所爲思歸吟後思歸吟七古二作想見抑塞磊落窮愁困苦之慨千古才人皆爲短氣先生集中尚有對月歌（原注十月十四夜走筆賦　菽園按是年爲道光丙戌）一題蓋與前後思歸吟同時之作惟其寄情綿邈結想空靈下筆時別有一種鸞鶴之音使人讀之意爲之遠屈靈均紉蘭蘘蓀庶亦同此芳馨也詞曰對月歌歌如何吳兒擫笛愁金波北風今夜生寒多君胡爲在三湘九疑間三湘漁父盡白髮九疑帝子凋朱顏胡爲久處君不還人言靑天高靑天猶可見與君相思相怨已十年安得靑天似君面昨夜夢爲雲君亦雲一片我爲雲在太行巉巖邊君爲雲雜衡嶽廻雁之疎烟離飛尚不到我夢復誰告可憐團團一寸心天長地闊無處尋哀猿暮叫靑楓林楓林葉落楚水深去年得君書分明斷腸

字男兒困苦不得意作書寄人空涕淚誰知楚水日夜流君心不轉滄波頭我欲南去無扁舟但鞭我馬我馬悲鳴仰屋瓦瓦上月大如霜雪一聲清商吹月裂果然瓊樓玉宇高寒中素娥亭亭開桂宮桂華千年長靈蟲靈蟲食之亦千歲只有吳剛老無計我將玉斧持贈君不修明月修智慧智慧不可長慧根割絕悲憂忘他人愛樂君愛悲今月古月同一時古人已死月不知今人對月還別離別離又似南北極出入高低總太息九疑連綿路不通山鬼啼秋雨昏黑歌且闌吳兒起長歎今年顏色好如玉明年恐作斑斑竹公子不來明月獨北風目斷湘江綠

他人評我不如我之自評張亭甫先生集有五古一作乃晚年自道得力處讀之可知學詩門徑原題紀二十三夜夢詞云誦詩祖漢

唐少薄宋元系邇來變何兼鬱勃快奇意蔽園按今之矜抱漢唐者不過自以詩格高耳夫漢唐則誠高矣彼矜抱漢唐者自問於張亨甫先生如何吾願平其氣一觀宋元詩也身窮廹憂患杜蘇豈我類悲歌擁遺編幽悶豁肝肺竊抱少陵骨欲掩東坡氣終焉困藩籬安能越當世大言頗僭侈千載放翁貳不知駭怪多幸逃眞賞棄夜來泊焦石恍惚髯翁至淡泊何詩篇顧我且評次翁書容坐索絕筆起深喟翁詩氣何高清絕屏纖翳秋空挂皓月垂輝燭荒裔翻騰海潮汐泥沙洗沾滯空光四湧現倒挾魚龍勢孤胸信浩然遼闊滅涯際蔽園按如許評語只作得清高二字和平託禪喜洞達周國計奮發本忠誠揮霍及文字大瓢歌田間九死不喪志淵淵金石聲華妙擲無地孰是誚徑直曲折包餘味卓犖恣宕激抑揚舒慷慨洵知博大體縱橫出偉義蔽園按據此數語則元遺山詩到蘇黃盡之說非也皮膚竟競襲今蕩

貌古肆況矜獺祭能實隕羊亡涕圖祀扇流風借問此何爲

可憐學杜子沈痼嗟同斃（菽園按綴轉杜公十字抵萬牛回首之力）再三復太息

李杜韓奚異奇才各雄長微旨共醕懿蒼茫瀉天心哀感一

愚智紛期不朽業文章或虛器大化日流衍上下合形麗勉

汝性情厚積此理道粹（菽園按要言不煩以下皆本此義發揮）懷抱必深通閱

歷資宏備心潛有博約經史貫時事詠言矢從容風諭富開

濟詩情徧宇宙即目寓隱賾（菽園按識此者無窮出清新）萬物蘊英實呈

材待吾試（菽園按萬物皆備於我則我有權而物無權詩其一也）變化等用兵天授雖

擬議（菽園按陽春譚康侯農部敬昭論詩詩無形役輩役亦即此旨）戰守亦何常功成神鬼

師淵靜戒動洩樸拙懼巧累豐中瘠外觀斯猶救頹樊悵望

古賢遠遐思來彥繼常𢡟勸朋儕奔走學仍廢偶茲觸狂簡

誰與並摩厲驅毫慣率爾終恨失沉摯聊當覆濁醪白日晒

夢囈

吾人學詩不曰漢魏必曰唐宋愚謂不必仰攀往古也即並世賢豪亦儘有許多學他不來惟取法乎上每得乎中震於古人之難學而不思自盡其力以爲學是大惑也漢魏唐宋雖甚難學而吾并世之人已先我自致其力而幾於所學吾不能學古且并并世之人之能自致者而反謝之是一詘於古而即自絕於今也是大愚也莊生曰大惑者不解大愚者不靈嗚呼小子懼矣

前見吾閩畏廬子閩中新樂府痛快淋漓劇目怵心即取筆漫書十四字於其後云擲地有聲終破鬼問天無路已驚人聊志同慨實未足形容萬一原文三十四首前有小引畧云歐西之興多以歌訣感人閒中讀白香山諷諭詩課少子日仿

其體作樂府一篇經月得三十四篇吾友魏季渚愛而索其稿將梓爲家塾讀本爭之莫得也嗟夫畏廬子二十六年村學究耳目不知詩亦不願垂老冒爲詩人也故并其姓名佚之而識者則指爲林琴南孝廉紓作余觀其音節瀏亮詞旨圓暢果教國人必能興頑立儒好學近智星洲向無傳本隨爲翻刻一過以贈親友之有佳子弟者別載其尤切鄉俗數章於此合之卷三所錄江西郭閬仙拔萃光啟錢塘戴醋士文節熙兩家之作世道人心豈曰少補

鬱羅臺　譏人子以齋醮事亡親也

鬱羅臺神仙闕卻爲道士生財窟九幽道有地獄門應須鐃鈸起眞魂傳燈破獄鬼驚笑而翁何罪身荷校强送而翁入獄來央人破獄尋厮鬧果有地獄豈無守張三破獄李四走修獄經費誰取償道士詎人神洋洋一

經懺悔諸孽淨天尊專力祖亡命儘行惡孽但誦經經放毫光鬼避刑人間非刑有例禁閻羅判獄森嚴甚刀鋸鼎鑊層冰寒鬼有鬼命死最難閻羅想皆酷吏作無論何罪均炮烙謂爲冥讞尚可信此何如事干天尊天尊像居道士屋朝拜旣罷藏以櫝出櫝仍居最上層道士所求無不膺我問此經究出誰人制若制自天尊天尊言語何支離若爲道士僞撰文好醜天尊應自分念之又念千萬遍天尊耳熟宜厭聞陷親不義託懺悔愚孝用心眞憒憒生事死祭盡吾情何用香花延此輩

殺人不見血　刺庸醫也

殺人不見血庸醫老亦肱三折芙蓉癮轉已初更皇皇飛轎紅燈明指頭按脈首他顧兒童聒絮先生怒半夏茯苓搖筆來銀毫一擲翩然去飯後延從太守家侵晨卻走撫臺衙撫臺衰老宜參朮先

生謂有神仙術罵盡庸醫誤殺人豈道庸醫即已身時來能向官場走心高放出殺人手人信官醫藝事高詎知竟有筆如刀邊縣之醫尤潦草時方歌括爲鴻寶歌括牙牙誦不清十人逢着九人倒凡人急病多張皇先生作態偏排場裼裘緩緩從天至欹斜醫案三行字火象石膏冷象薑此方謂合仲師意孰知眞熱生假寒火炎爐破飛金丹亦有眞寒生假熱一投涼劑少陰絶寒熱之爭在杪微阿師麤行安知之要知中國輕醫學途窮始向岐黃索世有留侯與武侯一經危病仍須愁侯能醫國不醫病庸醫敢賊侯身命可知醫學係
朝廷蠢物安能悟内經急須合衆興醫會醫生藥物參中外醫會人分郡縣居偏隅方免庸醫害　檢歷日　惡日者之害事也　檢歷日檢歷日黄道黑道爭凶吉剃頭掃舍皆

有凶凶神之多多於蝨檢歷日檢歷日婚葬待決日家筆歐
西通國無日家國强人寫操何術我笑馬遷傳日者史筆雖
高見斯下日家爭宗鬼谷言滅池死耗兼喪門又言葬地有
方向貪狼巨門兼旺相貪狼巨門此何神一神能管萬萬人
不管生人偏管死向人墳墓作風水向之則吉背則凶無乃
偪仄神心胸西人事死道近墨自亡迨葬廿四刻若使人人
待日家喪堂已被巡捕逼葬親我　國勝歐西必須擇日眞
無稽一心孝一求福一半欣幸一半哭我想此時孝子心天
人大戰堪捧腹因之追論司天臺好言休咎斯奇哉星流彗
見皆言禍占經論說眞蠢才立冬以後流星會地球行入流
星内占言星走主亂離同治　中興卻見之彗星軌道有定
處一年各有應行道嘉慶之時彗竟天何由　國泰民豐年

須言人事舍天象大家無作懵懵想天變由無一定殃日家之說尤荒唐惠迪從逆理歸一不必長年檢歷日　棠梨花刺人子惑風水之說不葬其親也　棠梨花爲誰好三椽權屋迷春草屋是城中顯宦家二十年前纔告老南庄屋北庄田歲入民間百萬錢鐘停漏歇主翁病死時弔客如雲盛枕塊方披孝子衰開場先下地師聘地師來孝子忙洋洋奴僕相扶將地師病嗽需梨漿地師嗜酒陳杯觴地師烟癮芙蓉香銀燈照耀地師牀地師怒且語主人伏如鼠地師歡笑主起舞明朝得地生制府地師登山肩輿高山佃疾尾如猿猱朋奸齊作主人賊地師山佃甘如蜜分贓不均忽懊惱地師山佃辭顚倒主人右地師但求吉地無嫌遲一年水患田不收二年火患焚高樓三年蹉業敗垂盡主人日夕懷隱憂

長生庫質黃金鈿華堂猶設地師膳還期富貴墓中來山南山北搜尋遍地師橐未實主人風水須時日孰過荒涼權屋前落葉成堆秋瑟瑟地師通葬經何不自家妥先靈妖言惑衆干天怒人禍難逃有鬼刑

非命　刺士大夫聽術家之言也

我爲非命篇敬告士大夫官元與比刼立說殊模糊嚴嵩有命爲宰相何爲寄食死道塗衞青有命爲大將何爲幼作牧豬奴若說宰相好奚爲不到老若說將軍好奚爲始顛倒我讀蜀碧哀西川獻賊殺人尸連阡又讀嘉定屠城記滿城流血慘無比其中生辰不齊一公然一死同時刻論命豈無應善終刀來頭上同飛紅仍云命自干支出貴賤始爭時與日譬如正午生尚書逾午而生便吏胥何不急着西醫手刳胎取兒出其首又如正午生寒乞逾午而生任簪紱過

此爲兒富貴時何妨下藥延須斯須知誕育有遲速豈分貴壽與貧獨堪笑爲民父母身談命卻信青盲人青盲愚妄百不知只有恭維無是非恭維門下有清客何用青盲談命格

跳神　病匹夫匹婦之惑於神怪也　東村延跳神北村延跳神神能言語神如人神頭不冠身不裳冥目散髮光脊梁侏儒咒罵神蹶起周堂跳躍不著履神身垢膩神涎流割舌醮血書黃紙此紙糊門逃鬼蹤此紙醫病逾神農病起酬神死則否神退神身仍喫酒神來跳躍狗驚吠主人迎神先逐狗西鄰寒病顫聲號神來下藥需石膏東鄰熱病塞其矢神來下藥需附子危疾得神祛災星吾命雖死神仍靈君不見張媪花會神張老得財近百緡又不見李媪失猪神爲查李老陳饌供香花跳神跳神何瑣屑一糠一荳神皆決父母

遺體神弗憐日費舌根數杯血我聞神家居九天奈何日隨惡少年跳神少年皆無賴賴神養活神功大神之階級吾不知但見凡神皆知醫神來言語多難曉神之從者多了了我爲跳神心胆寒差未相逢識字官大杖三百神骸裂赤光照耀骸欲折紅過吾神舌上血

善畫無閒筆善詩無閒句烘雲託月非閒筆也旁敲側擊非閒句也

羅雁翎侍史粵産也藉香山　初學余作閩語而未能肖余笑曰是殆未通音韻之學故有此扞格耳暇輒爲講授四聲反切務極純熟復將閩粵方言剖判異同反覆引證試使反之果皆了了因而旁及南洋島上方言郎巫來由語其語極簡不及中國之半亦無文法在東亞方言爲最陋　亦無不聲入心通能知其意嘗謂閩多鼻音粵多齒

音以粵較閩閩似難學然惟能閩語乃得聲韻之全若巫來由語只是平聲者多其屬仄聲者甚少不足難也余味此言之可通於韻學用賞其慧而復載其說於此

野鶴一生如道士梅花前世定詩人此東鄉艾至堂大令暢句風趣亦何歉放翁耶余嘗刻作小印置案上

半行庵詩存稿吳縣貝子木明經青喬著子木與江弢叔同時境亦相若貧困依人棲遲戎幕終不得志以死可哀也平生足跡遍大江南北及川蜀滇黔諸勝多紀以詩鎚幽鑿險別闢面目而感時撫事之情因物寄興之旨亦往往而寓少作渡江被失重裒存稿得八卷歿後其友葉廷琯乃為校定付梓云

貝子木之黔叢篝中聞山鳥聲感作云一程程聽鷓鴣鳴山後

山前盡此聲苦勸行人行不得行人無那正行行稀歸秖喚不如歸喚罷朝烟又夕暉爾自不歸歸卽得千山何事倦猶飛二詩殆禽言之變調其音節又頗近自然故可存及由黔踰滇在桐梓得句云樹無可用生何大山縱能奇惜太多又云幻想欲移中土去幽探惜少故人偕勝處不問而知旅客長途何者足爲快心之事亦賴有此山水奇境可以持報故人耳

苗人跳月野而近於妄此等筆墨殊難措詞明知無把他來讚之理倘若索性罵他个痛快是則是矣亦復有何趣味且以先進期化外道在德禮之漸摩年時之詰誠彼輶軒陳詩則有據事直書涫漓自見而已貝子木明經跳月歌七古深知此義故論而不議爲輯錄於下以見梗概（原有序云苗女婚禮古曰跳月今俗）

稱拉陽自新正初三至十三皆其吉期也月場在跳花坡南距歸化營二十里余往觀之與陸雲士尚谿襍志所載不盡脗合意者別一種類歟余固秖見青白花三苗也戲爲作歌以紀之

古跳月今拉陽古名今名義弗詳乃是蠢苗出游牝男男女女雜遝嬉花場花場初開種花樹鬼竿十丈場頭路招得羣苗百里聞喜挈蘆笙結隊赴男襖長女裙短尚錦新裁春服暖男環隻女環雙銀鈎重墜椎髻旁新正初三至十三女伴呼女男呼男聯臂頓足到場上男情女態皆狂憨兩男作對跳場內羣女四五圍場外合圍羣女千百圍作對羣男千百對男跳遲羣女四圍都矜持男跳速羣女四圍共笑逐是時蘆笙吹作鴛鴦鳴衆跳應節諧其聲聲中自有月老在天作之合憑一笙一笙聲催衆笙急場心衆笙陡然息婚禮十日告無忒於是男中翔女側睨男前行女後曳男女相就不相避親結其禱一巾繫遶場

三匝聿而戲選幽不知去何地大體雙雙滿山際四山雲雨皆爲膩誰家得佳婦誰家得快壻阿父阿母然後從旁議牛角彎環作酒器滿場捋賀飲如沸共言一索得男易早稱通媒納聘幣無令野合中道仍相棄旁有騃男嬉女心自知笙聲豈必多差池何獨跳罷場外遺我爲娟娟惜此豸誰教粥粥隨羣雉若論此詩能將前後情節分合寫來如繪如話不蔓不支使讀者不啻置身廣場目迷五色尤具有吳道子畫人畫鬼手段也

子木四十無子其友吳氏贈以婢名傭嫣自黔擕歸有示云鏡盒釵奩載半舲五湖歸去一娉婷蠻妝乍改容難冶吳語能調舌自靈侑酒偏教先我醉敲詩常索解伊聽嬌憨莫恃全家愛廡下齏鹽要慣經軟語些些可謂體貼備至他日公出

復念嫣有憶云爲誰風露立庭陰牛女迢迢隔歲心緘恨惟催書密寄墜歡怎禁夢重尋伴移燈去嗔宵讀笑折花來索曉吟（菽園按憨態可掬怪底此老不能忘情）此夕拋離香霧杳撩人腸斷是鄰礁子木備嘗憂患室家星散屢斷炊烟其時正值咸豐末季遍地瘡痍所接於目而感於心毋非險境集中非爲東野之不平即屬步兵之慟哭有不必蓄意學杜而意境自不能不肖者故苦語爲多（五七言對句別載後幅）似此風趣盎然要爲僅見之作

詠二喬詩多矣後人幾難再下筆若詠二喬墓則有墓字可生發其界限似較寬一步貝子木是題四絕云姊妹花開蝶正飛一坏黃土認依稀江東豈少埋香地卻近媧宮伴二妃垓下沈薶五百春獨兒崛起運重新芳魂不化青青艸莫道虞

兮有替人同穴休嫌豔魄孤珠禱玉匣掩平蕪君臣一樣爲僚壻誰向長陵弔呂嫚棠梨依舊笑東風猶在曹瞞冶想中若果銅臺春鎖住何顏雛酒祭橋公首首恰有个天然陪客也虧他請得來所以得如許之湊趣菽園按孫周分納二喬在建安三年赤壁之戰在建安十二年銅雀臺之築在建安十四年首尾相距十二年二喬蓋已老矣唐人杜司勳銅雀春深句只貪湊趣未暇深考遂爲來者口實此作末首故意放寬反問得老瞞無詞自是善相題間以立言菽園舊有咏二喬一絕今並附錄於後春深銅雀竟何如十二年中快壻居一笑阿瞞渾不識兒家原自讀兵書

半筐風鮍田夫麥一桁晴收浣女衣貝子木西津晚興句寫鄉村景如在目前又有懷句經生伏不鬬酒客王無功殊見工整居戎幕日編所作爲咄咄吟二卷自題簡端四絕之三云談到奇兵紙上多居然十萬劍橫磨一從身入青油幕其奈穰苴古法何亦可謂自知之明矣彼好談兵者宜誦之

子木五言一斗髡常醉三冬朔苦飢馬嘶催道遠人去臘山孤狂奴猶故態孺子盡成名家貧憐菜色世亂愧桃花千秋放眼闊萬事及身難七言敢道士流多負俗漫思吾輩亦登科將赴京兆試留别飢雀遶場空啄穗疲驢投店自知門河間道中慰情書問天涯少入夢親朋地下多顏行轉怕人言别爛醉還嫌酒不醕去水將愁同浩蕩亂山如夢不分明山不成名偏遇我魅猶遁跡況求人味如雞肋留何益累及豬肝去始淸儻值無多金減價賣文爲活筆蒙羞傀儡有場還可舞膏肓難藥況無醫田園夢斷兵塵裏楊柳春生客淚邊轉販營生謝臯羽輸貲得爵倪雲林蔽園按倪高士嘗納粟蒙賞見明杜東原集題畫浙水虛懸江革淚海雲應識管甯心蔽園按子木遭亂與母相失常數入賊巢終無所遇此平生大戚也積慘終身劉越石強吟卒歲賈長江壬戌除夕讀此者亦可以悲其

遇而諒其志也

陽湖惲次山世臨序牛行菴詩時與兩當軒相似謂當可并傳

愚按黃子終是飢鳳賢子不脫寒蟬非惟所造之詩境爾殊亦所遭之世境各異彼世之窮不及子木而好爲無病呻吟者其亦可已不已乎

書畫實藝事之一然非專則不能工非通詩則不能脫俗故以詩人而兼書畫者頗罕覯心無二用故也工此者每稱三絶可知此事之難即以吾閩而論勝朝黃石齋詩畫書皆有聲迄今考之亦惟畫較高若書詩則因人而重初不繫於工夫之到矣求之 國朝惟甯化黃癭瓢山人慎差可當此山人雍正間布衣善畫山水筆意蒼厚直接荆關兼工人物簡古高渾獨闢一派沾其餘潤以成名者殆難屈指薇園按道咸時詔安沈古

松山人搖池亦其後學之一書臨懷素神似醉僧圖山人同里雷翠庭副憲鋐亟許為必傳而尤傾倒其韻語著蛟湖詩鈔江南四首錄二云澤國鰣鱘俱擅美十年舒嘯謝公墩只今老眼空蕭瑟雨雨風風過白門秦淮日夜大江流何處魂銷燕子樓砧搗一聲霜露下可憐都作石城秋襍咏四首錄二云投竿空羨任公魚鬢點秋霜過五湖今日歸來深竹塢春燈補讀未完書巴溪流水接湘潭舊友飄零只二三書到故園春已盡梅花開日在江南句如一夜淮南雨孤舟楚客心湖淨一天碧竹深六月涼皆導源曲折氶以神趣是真能以唐人之風格而納宋詩之議論者好遊而孝迎母至江南以書畫供菽水母輒思鄉遂終身不復出談者尤高其品

畫師上官竹莊周亦閩之長汀人乾隆初布衣著有晚笑堂畫

傳行於世識者至比之爲倪雲林沈石田其名重如此然不聞工書詩尤平弱句如雲動山移樹溪喧客放船萬里故人霄漢外一聲橫笛暮烟中便爲集中之楚楚者

同治時吾漳詔安謝琯樵貳尹穎蘇畫擅蘭竹書學顏米行間筆下雅具一種不凡之致喜與名宿騷士遊處一時俗派都無所染詔安雖多畫家同時若沈古松瑤池許禹涯鈞龍吳織雲天章胡漢槎倬章沈雪湖祖文輩望塵不及此外之輩稿塡粉全昧門徑者更無論已今日談詔派畫端推君爲翹一流君以位屈終身足跡不及中原其所造亦若有限之而止故不足與竹莊比隆詩多題畫率意之作隨手散棄不自收拾甲子殉豬冠難更無片稿余寓詔日立問桃小舫社句會詩聯兼徵佚稿有錄君與女兒芸史浣湘秋蝶倡和七律

詩見示以無警語漫置之後且失去惟停雲閣詩話載其芝城客感云故園三徑久荒涼歲歲天涯滯客裝又是一年秋去也黃花山下過重陽（原注黃花山名）

近今四十年來四方畫手羣趨上海共變爲西法一派花卉人物位置得宜筆端靈變殊勝古法詩詮書味殆又不及矣最負盛名者任（渭長阜長伯年）胡朱吳也（公壽夢盧友如）而尤以胡之筆底爲高亦最韻致一時學者有上海派之號無識則直稱爲北派不知今之上海派實從西法而出與北派何涉若以地論則上海爲江南而任胡朱吳六子又皆江浙間人也若吾閩本不以畫稱自汀洲以癭瓢竹庄著世亦有閩派一說及任等著名大江南北閩獨不與或遂陋閩畫爲不足學雖詔安畫能延一綫之傳以較上海不啻邾鄫宜其退已其有趨時之

彥未盡滿古予所知者有福州駐防榮餘蓀孝廉（慶）詔安馬瑞書大令（兆麟）以限於偏隅寡獲外譽倘出而并驅其亦上海派之表表乎

寓滬畫家多督潤筆或致潤矣急切而不肯爲人下筆甚既遷延須時乃草率屬畫徒代筆付急足應之此等惡劣腔調不過藉以嚇詐商賈示不易得之意云爾其所就自問與唐六如居士何如能頗著文墨如胡楊馬陳（公壽伯潤鏡江級齋）數子之外已不易覯三任朱吳不著一字殆善藏拙他若陸王聚訟（陸子萬及王某有傳其題畫譌謬者不一而足）誠畫匠耳既不能寫幅青山不受孽錢當其題筆大書利市二字於門簿時已拚一不擇人而與顧乃忽爲出納之吝於其際不亦重滋識者笑乎前於卷七中載及慈谿李芷汀布衣（東沅）海上謠四言體一首縱過甚其

辭然名士名妓矜張作僞令人難耐固宜有是從旁一喝使之三日聾也按諸畫家多布衣以字行文中夾注各從所著者書之不能別其若者爲號若者爲名矣楊馬以下均江浙人又按公壽諱遠雲間歲貢生書法超勁學李北海尤非諸同輩可比

人有恆言書推上海書萃北京洵哉物聚於所好而能得風氣之先哉都中館閣前輩如王維珍詹琪光諸公之書法超妙自是近今罕覯愚以乙未偕計入都猶得見烏程馮聯棠文蔚鐵嶺劉靜皆世安兩太史所作精楷手蹟不覺心爲之醉嘗託所習代致潤筆乞得馮太史楷書廿餘開珍秘行篋日供展玩歸途爲客攘竊懊悶欲絶抵家久之復函某京官爲發棠請并以及劉太史始知年來均相繼沮謝矣惟篆八分隸自來獨遜滬盛寓滬書家喜作名士氣一如諸畫家其有名無實亦殆相近余雖癖愛佳書以滬非聚處流覽故略及

在京不得篆八分隸返道亟願物色其難如在京時欲一昔年之楊見山峴輩亦不可得獨有所謂鄧派者市中賈人尚能摹橅蓋老輩風流如是乎銷歇也又何怪畫者之每下愈況哉

文人墨客每好遠遊其兼長藝事者時督潤筆以濟旅費偶一爲之何累高尚且亦不失風雅本色惟落書畫匠窠臼便已掃地不可不知

三任寫士女皆法老蓮明末陳洪綬號或稱章侯雖所得有高下然畫匠氣已寡青谿錢吉生名慧安郎陸子萬之師同時寓滬名亦甚噪視三任意在筆先橫空盤硬者且弱也古吳吳友如名猷又名嘉猷斤斤繩尺幾無一筆不參用西法實爲後來寫上海派之集大成其所作人物隨題敷義慘淡經營細入無間嘗爲江督曾伯繪克金陵圖進呈

大內談者榮之晚年久居上海主點石齋飛影閣畫報事未知與南渡畫苑諸供奉如何而緊躡三任一踈一密可謂同工異曲已吳之同事六七八輩莫繼其美有金蟾香者頗能自立然不如友如之各體皆工即寫人物仕女亦直出其下以友如尤擅長者在此也則畫小道亦若有天授矣吾友漳浦林雪齋茂才豐年少喜六法苦無師承而天分絕佳恒鄙詔安派爲不足學乃向鄰人家借得瘿瓢竹庄諸眞蹟十數幀朝夕臨摹意忽有悟數年來復旁涉兩宋元明　國朝大家以博其趣近又一以上海派爲歸居然漳郡名畫手矣雪齋恥爲畫工乃從余學詩嘗以弟子禮事余乙未來遊旋即別去丙申同客詔安詩會麈詩屢壓流輩其敏求類如此近以家貧賣畫自給因且廢讀何況於詩聞世盛推三任錢吳畫人物法告余曰五人中惟三任最高識者毋不愛之亦最不易學若友如則豐年肆力爲久雖甚縝密究可得其意境吉生非不佳以性不近故不常學也余既

爲之首肯者再茲重有悟於詩竊以意私爲品目三任如古詩友如如近詩吉生如詩餘古詩難學不可不學近詩宜學毋爲其易學詩餘可學不必其皆學此論一出世必有哂余爲穿鑿者然余實不知畫則亦無怪其云云

雪齋見識甚高不肯受壓於虛名嘗與余論上海一派畫家兢衆人所推服者人物如三任錢吴花鳥如伯年夢廬圖譜如友如蟾香皆其至也然使互執其藝則易地又未必良況其下者乎大於此者乎又近出石印各種畫譜惟山水之佳者伯潤略見詩詮紉齋饒有逸致如此已屬難得究於古人神味尙隔一重因述以語人人亦莫之難也

海陽邱芝田歲貢漱芳題拙刻詩草寄余云素慕風標恨見遲蠻箋展讀有新詩從知海島多豪士不異虬髯寄迹時靜擁

琴書歲月新不辭跋涉閱風塵奚囊佳句應無數共識邱家製錦人草昧經綸萬里程寓公才調號縱橫開荒一例傳詩教他日輶軒更孑賡自信疎慵在里居忽傳佳作到蓬廬摩挲老眼欣無盡更勝嫏嬛讀異書余雖與芝田翁同宗然粵潮閩海相去幾及千里素未執訊一通意氣及來海外有潮人范伯之今從予問字范于翁為同里且嘗受業去冬歸自海外翁詢所得乃出余麗澤社課卷及拙刻詩草質之一見謬加心許辱以書來訂神交余方愧無以應而翁厚顧不已更成七絕四章寄弁拙草懃懃款款誠一多情重諾之長者也余又何日忘之耶潮之邱為望族翁於行輩齒尤尊家中授徒凡數百人多成名者硯田歲稔差少康矣喜談因果報應有長者之目能急人急或又以窮孟嘗比之自以壯時溺苦八股文於西學之政藝各門均未涉獵遇後生必勸人留心時務亦難得也曩范生為豪家所併喪其產遂決意行傭翁憐其遇左右排解亟念其失學顧不

受東以厲其志惜范不能從耳宗人仲闕工部逢甲自臺内渡挈家百口間關至潮瑣尾流離或且從而傾軋焉賴翁引誼力庇得以無苦工部今且占藉爲潮人矣

我懶已成僻卿言良復佳爲謀孔公醉卻勝太常齋春色還無賴時情每不諧累人腰屢折故故墮金釵此宜黃符雪樵先生（兆綸）戲贈之作也閨中風趣可思

吳縣貝子木明經（青喬）村田樂府有演春臺一作云前村佛會歇還未後村又唱春臺戲斂錢里正先訂期邀得梨園自城至紅男綠女雜沓來萬頭攢動環當臺臺上伶人妙歌舞臺下歡聲潮壓浦腳底不知誰氏田菜踏作齏禾作土梨園唱罷斜陽天婦稚歸話村庄前今年此樂勝去年里正夜半來索錢東家五百西家千明朝竈突寒無烟明白如話足以喚醒夢夢我輩來自田間似宜深知此苦獨無如田夫識字者

少不能持示此文使之家喻戶曉耳
曾記友人出示一輓妓長聯云是徐相之作詞旨感切膾炙人口獨患有時文習氣耳上聯文曰試問十九年交好卻苦誰來如蠟自煎如蠶自縛沒奈何羅網頻加曾語余曰君固憐薄命者忍不一援手耶嗚呼可以悲矣憶昔芙蓉露下楊柳風前舌妙吳歈腰輕楚舞每値酡顔之醉常勞玉腕之扶廣寒無此遊會眞無此遇天台無此緣縱教善病工愁憐渠憔悴尚恁地談心深夜數盡雞籌況平時嬝嬝婷婷齊齊整整下聯文曰不圖二三月歡娛竟拋儂去問魚常渺問雁常空料不定琵琶別抱愁爲卿計爾豈昧夙因者而肯再失身也若是殆其死乎至今荳蔻香消蘼蕪路斷門猶崔認樓已秦封難招紅粉之魂枉墮青衫之淚少君弗能禱精衛弗能塡

女媧弗能補但願降神示夢與我周旋更大家稽首慈雲乞還鴛牒或有個夫夫婦婦世世生生先是徐與妓彭雲香有啖臂盟徐將遠行期以三年而嫁卒爲鴇母迫使應客抑鬱而亡故徐哀之慟也

周莘仲諱長庚吾閩侯官人未冠舉同治壬戌鄉榜選建陽教諭調彰化工詞章好客愛士名譽藉甚在彰日遇民倡亂圍城君縋而說團爲之綏事平知縣某欲窮治脅從諸鄉復爭之衆賴以免己則因是得罪去官不顧也事載臺灣省志名宦傳光緒乙未歿且三年而遺集始出共爲詩不滿百首而可傳者多閩縣林琴南孝廉紓稱其近體義山古體眉山在時彥中可爲卓出今錄其贈高嘯桐孝廉七古云文章爲人之小影高子摛辭最雄警霜毫掃入香魂堆點染寒梅十萬

頃有時笋屐招散仙裏頭巖壑趨松烟有時裂眥談時事涼雨漏天落寒淚山林骨相雜英雄逸氣流入熱血中解衣磅礴呼天公問天無語來悲風憶昨濤頭起怒鰐海山箕盪籌雲惡高歌寶劍風雨蕭零涕垂垂滿霜鍔剪燈爲我談瀛洲烟島海濤綜邱壑滄波不送宗慤風一卷陰符無地着賞君奇才天下奇惜君奇才無人知收拾經濟入故紙日抱遷史披書帷自淪書城一杯茗掃徑待我同襟期男兒投筆須及早班馬門牆計已左勸君努力銅柱標文苑傳中且還我思沉力厚振采負聲而君之自命亦從可知

周莘仲廣文五律咀含古味筆有餘妍固閩派之矯矯自异者也西窗云不道鏡中面黃塵如許深浮名淹客駕孤趣入秋心事業辜雙劍家山隔暮砧西窗殘燭冷搔首起狂吟寄李

二次玉部郎云忽忽昨宵夢夢君烏石巔相攜一團月來話
萬山烟雲片直到掌人聲都在天各將少年句拍手問金仙
按烏石山名在福州府治他如山行句澗水流蛇蜿山花帶鹿腥舟夜句
寒雪滿大地遠山微一鐘清風嶺句天低人坐處花笑客來
初水簾洞起四句一千尺簷瀑十二時雨聲洪荒直到我天
地不曾晴皆超若七律則不免前明七子習氣然有佳句登
太白樓云楚騷以外無詩句滄海于今幾酒杯臺北稻江樓
和韻云山勢百支垂海盡江流雙派到樓分
王漢秋茂才詠裳其字也先爲泉之晉江人占籍臺南乙未內
渡復歸於泉性不羈慷慨任俠交友以恕常一諾耗千金毋
少吝雅好詞章不汲汲希世學乃從數千里外聞余名遥致
書道意且殷殷以詩稿相質亦菽園近日之神交友也錄其

採蓮曲二首云採蓮復採蓮常被藕絲牽明朝帶刀剪不許再相纏荷葉大於盤淚滴珍珠團晚風休撤卻留與阿郎看太真云尺組無情及帝姬六軍爭認驛亭尸一言未及謀收骨百萬何勞賜洗兒送淨上人往嵩山住持云我因避俗寄僧家常與高僧掃落花今日僧歸方丈去訪僧應似隔天涯鷺江客邸云人世無如出路難旅情參透客心寒欲除懊惱除欣羨萬事皆宜作反觀菽園按此詠裳避地來厦之作是大智慧語是深閱歷語題客邸壁云未能爲雨與爲霖曠覽河山感不禁細綴蒲帆修檜楫舵工猶有濟川心聞警云鹿耳門前吼怒濤奇愁鬱勃索香醪記曾風雨蒼涼夜燈影搖紅讀豹韜過鐵砧山云原注鄭忠節駐兵處綠陰濃處隱孱顏石咽流泉路幾灣骯髒一身經百鍊今朝又到鐵砧山山行云崎嶇行盡坦途寬何必高歌蜀道

難閲遍天然好山水從今不買畫圖看悼亡云卻爲情魔惹
病魔扁盧無計起沉疴夜臺曾否深追悔恩愛場中惱懊多
步陳岳生無題原韻云欲挽情波難復難難於大海挽狂瀾
有時話到傷心處直欲將心捧與看菽園按陳君亦臺南諸生余舊友也恆喜用情風流自賞此詩宛肖其人題梅花畫扇云欲與梅花証舊盟難將石上問
三生一言訴與癡仙道已落人間合有情有寄云秋風吹水
起寒烟此際離懷倍可憐與我目成稽十度思君魂斷似經
年紅燈綠酒人何處空館疏籬月在天莫向樓頭頻度曲好
尋殘夢續前緣又斷句如玉鳳校書云淪落天涯同感觸較
量誰是苦心多自題小影寄臺諸戚友云盡道持圖如見我
不知欲遍視諸君口占云恩酬國士輕生死知己難逢況美
人旅邸懷人云至竟相思不相見且將眉黛認青山此君蓋

純以性靈爲詩者

詠裳不解長歌而工絶句且有雅近香草箋者如稻江紀别一首小樓烟雨晚江潮帶得離愁上晝橈折柳泥君留爪迹重來好認舊枝條使十硯老人見之當亦首肯

韓冬郎已涼天氣未寒時一首爲晚唐時七絶傑唱余讀王君詠裳即事作云晝角吹殘柝二更燈花欲蕊篆烟清瑶琴一曲南窗下微雨初收月倍明可謂工於奪胎

病中心緒不適作事恆致健忘臺南閨秀蔡氏病中偶成云病軀難近舊妝臺枕畔移將筆硯來無奈作書多恍惚幾回封罷幾回開眞能狀得此情出者蔡字宫眠王詠裳表姊也所適不偶孤憤而卒詩稿散漫莫可收拾此首乃詠裳錄以遥示故急謀代存菽園常和韻弔云本無庸福苦生才腸斷遺

詩有別裁讀到病軀難近句不遑言惜只言哀他日詠裳見之當更增無限淒惻

星洲有酒寮曰觴詠園其博士陳姓善藝畹蕙盆罍羅列生趣盎然選勝者輒喜就之是歲冬或招余飲陳伺間奉箋索書爲撰聯云君請盡此觴莫遺韶光隨水逝余亦能高詠恐驚星斗落江來越日傳遍旗亭遂於廳事正梁更題一額曰天南第一樓聞者艷之

詩道甚寬凡有眞性情皆可動人滄浪孺子實是天籟卽三百篇不少勞人思婦走卒青衣之作何嘗非矢口成吟傳誦至今客述吳紹蘭同安廈門廳人（所居曰聯溪保）少孤失學傭於賈肆天性好書暇輒昵人問字質尤慧警略通大意便能貫澈旁義主以是奇之倍給薪俸使得無困家計而以餘力求學久

亦能爲小詩無題四首云鐵馬簷前响銀釭案上明夢中忘小別猶自喚卿卿小別甚長別新愁攪舊愁似聞私語夜風送竹聲柔獨坐不成寐開窗待月光多情香桂影怯怯上銀床夢裡歡相會醒來恨更多亦知離未久其奈此宵何詞淺意曲稱所欲言又閨情云挑鐙拂几漫焚香小立移時便卸粧底事掩窗推月去怕他偷照合歡床中有寄託自是可存閩吳弱冠受室後謝絶賤役遂別家人遊於南洋井里汶島三載而歿所志未竟稿亦散失惜哉數作從客代錄獲存客蕭雅堂與吳同邑吳之友也

山水在畫法爲最難品亦最上自黄高士癭瓢後閩中未聞專家近者會垣如朱小農承陳又伯文臺余嘗見所作畫陳纖朱鑿要不足稱名家閩縣陳藕泉大令獨不以畫名而所作

山水疏古淡遠饒有倪迂意興亦一奇也或曰大令畫畫不爲畫畫人見其畫而不知其非畫畫非畫蓋實大令之所以爲詩與書若是大令之胸襟固有餘於畫之外者是以不畫畫而畫其畫曾幼滄師嘗乞作便面一握遺余余懷袖之有詢余者余猶是曰此吾鄉陳大令山水畫也大令名文濂某科舉人

畏廬子林琴南孝廉羣玉又名紓爲閩縣名宿晚而無遇胸次曠然不介其意授徒自給閉戶著書多未付梓本卷所錄閩中新樂府各作外間早見傳本所尤膾炙人口聞其少日懷才自異騁散文體均能縱橫規矩傾倒流輩壇坫之雄一時稱極盛焉惜余相距太遠未獲索陳三篋而盡讀之餘事通於六法今秋曾幼滄師爲余乞得所作花鳥著墨無多筆筆不苟而温文簡理自然法立時下俗派一洗空斯令人玩無盡藏

余嘗笑語諸子姪輩曰他日爲五百石洞天搜逸毋令我藕琴二君遺諸子曰夫子盍勿先之使後者有所覽觀余乃諸而次其事於揮麈卷九之後以誌翰墨神交之意云

五百石洞天揮麈卷之玖終

觀天演齋校本

[illegible]

五百石洞天揮麈卷之十　　菽園子部之二

海澄　邱煒萲　菽園

性道所同文章所獨作詩者法古人之法則同言一己之言則獨

趦趄人後其才弱也淩轢人前其才麤也學古之弊過猶不及

近人詠梅花詩多用和羮故事非也和羮乃梅子耳呂文穆梅花詩而今莫問和羮事且向百花頭上開亦何嘗以和羮當梅花耶抱負故屬不凡讀書尤見心細王沂公一見驚詫定非偶然

誾誾行行申申夭夭此等氣象誠難以言語形容故疊字出之令人目想神遊與接爲構有不覺俯仰低徊含詠不盡者知此則凡詩文中宜用疊字處又何可苟耶

詩貴用意千古不易意本性靈性靈恒涉議論議論太過則體卑而氣粗此等相因之弊正不可不檢

薛能詩山屐經過滿徑踪隔溪遙見夕陽春當時諸葛成何事只合空山作卧龍羅泌詩一着羊裘便有心虛名釣得到而今當時若着簑衣去烟水茫茫何處尋二詩皆議論太過之弊於古人無損於已詩大壞吾決不取曩見臨桂倪耘劬司馬鴻所箸桐陰清話江西人呼羊裘謂卽簑衣僂附識於此以解讀此詩者之惑

詩中李杜是何等才力杜稱李斗酒百篇李上荊州書且自承日試萬言倚馬可待然至三擬江淹賦惟留恨別二賦知非偶然杜云老去漸於詩律細又云庾信文章老更成又云何時一尊酒重與細論文是杜之自勉勉人亦罔弗以細爲主然非至老境則無能悟少作之非耳彼世之詩多闖捷冀滿

部頭者究奚取也

讀書破萬卷下筆如有神是杜公自道詩功毫髮無遺憾波瀾獨老成是杜公自定詩品而其下手第一子又盡在於刪裁僞體親風雅轉益多師是汝師二語

曹植七步成章禰衡文不加點人言藉藉千古艷稱宜二公一生所積不難方駕五車比隆二酉乃觀後人爲之編搜寥寥而止是於其千百而不獲什一之存所謂精也二公何等造詣倘要如此後人爲學自問於二公何如還要藏拙些爲妙

侯官林薌谿廣文昌彝海天琴思錄卷五中有一段云南宋張浚喪師誤國以其子南軒故有議其失者輒指爲邪黨人皆噤不敢言符離之敗浚夜酣寢鼻息如雷儒者猶謂此是魏公心學此所謂風痺不知痛癢之論可爲千古笑端明廷臣

條其劣蹟二十四事上於朝請其主退出功臣廟此實錄也見野獲編太倉唐寶君讀張浚傳云攘臂爭先擊李綱又聞推轂頌咸陽原注秦檜之當國人不敢斥言目爲咸陽空譚久已同殷浩誤史猶誇似武鄉猛將西邊膏鐵鎖神州北望失金湯那將十萬符離血博取齁齁睡一場菽園閱至此歎爲三代之直猶在人間

又其卷七中有云七律對結七古復收此是明人學杜最可厭處七古好用疊排到底此是粵東近時惡派最可厭處菽園則謂凡事裝出派頭架子者皆是欺人伎倆皆是矯揉造作豈但可厭實是難耐夫詩尤其僞之易見者耳

余嘗求番禺居梅生畫師巢今夕盦遺詩不得頃忽得之於潘君蘭史潘與居爲同邑世相及而行輩稍後居既歿潘爲搜

其佚稿手自錄副編入梧桐庭院叢書尚未付梓聞余欲得遂以郵贈余復重爲校定告諸門人姪耀象典籍彝燦貲刊單行本以廣其傳全稿寥寥鑄詞結想不落凡近當時告吟有足多者馮子良司馬詢嘗舉之與順德賴虛舟山人學海並稱迄今考之沉博處間不及虛舟而天資峭拔筆力鑱刻虛舟之所能亦未必爲梅生肯俯就

爲梅生今夕盦詩鈔讀二樵山人詩集題四十字云神韻已告退性靈方望塵輿儓競末路奴主等陳人獸與造化語遠於風雅親此才天亦愛山澤未緇磷可以知其瓣香有在矣老蘭校詩取冠其集有以也又作讀畫絕句三十四首其詠張船山一首云性靈畫卽性靈詩亦手看拳上將旗倘遇石濤相視笑開天一畫有餘師

梅生以畫著名詩反爲其所掩古來一技成名自足傳後彼通六法者又豈必人人兼通六義哉苟能兼而精之是世所謂難能而可貴焉復不忍埋沒矣按今夕盦遺稿所載（自題畫云）秋心淡無着弄筆聊寫意我意夫如何花草有和氣（題桃花云）終日飯桃花一飽了無悟寫向畫中看依然眼中樹（題草蟲云）木蠹乘化機蕲然出頭角惡惡不能除見淚氣嶽嶽（題梅花翠羽云）幽人不暇懶探春向西崦翠羽亦有心忍凍先偷眼（題梧桐蟬云）高梧蔭幽陰綠淨不可唾清蟄孰與同鳴蟬時一个（題畫山水云）松泉不賣錢石泉若張樂幽人獨往來岩花自開落（又題石泉云）石泉破古靜松風娛獨往唯應宗少文共此泉石賞（題石菖蒲云）香荃古苔色幽艷意同岑硯北延朝露花南借午陰風塵洗雙眼水石媚初心欲把安期袖相尋還故林（題梨花蜂蝶云）雨餘青滿一堦苔

似水柴門午不開偏是梨花春夢熟蜜蜂蝴蝶作團來畫櫻花一枝遠山一角題云

探春老眼霧漫漫晴昊離離欲見難恰有羅浮山色好遠青烘出一枝看畫四種海棠題云

金屋妝成看總宜尹邢環燕莫妍媸春婆夢熟春人老愁向東風畫折枝題櫻桃黃鶯云

短脰流鶯金縷衣啄殘紅顆盡聲啼分明似替秋娘說容易陰成子滿枝題鵪鶉將雛云

蓬間廣廈壯懷銷獸樹江頭返舊巢差慰平生物吾與庭柯一葉借鵪鶉畫菱藕蓮篷荸薺贈珠江女錄事題云

不妨菱角兩頭尖莫惱晁茨箇箇圓蓮子駢房心最苦得歡成藕味終甜題采菱圖贈女錄事云

菱花媚影自成憐菱葉多歧底作圓我儂不願兩頭大爾儂休唱兩頭纖題槎橙圖云

新橙槎手喜香霑晚實經霜正可憐酸意尚含甜不甚三分生處十分圓題瓜蔬云

枉彈長鋏曳長裾投志鄉園得荷鉏漸識土膏風露美不妨五日

遇花豬云又白柄長鑱且習勤園蔬有味總清眞土膏露氣君知否爛煑還須摘得新題蟹爪水仙云咒蓮鉢裡換靈胎止水盈盈入定纔與怪凌波留變相七條衣爲坐禪裁又云一笑閉門江水横凌波無復襪塵生無端動我天風想似有琴聲大蝌行此外七絕倘多佳作不能備錄如題荷蘭素馨海棠之類其見余門人所刊單行本

道光時吾郡名進士鄭雲麓先生諱開禧以所居近白雲岩故自號雲麓相傳岩爲朱子嘗注經處曩余維舟特一登覽往事風微名勝亦替矣雲麓先生家擅亭館頗多藏書惜經滄亂盡皆喪失出任廣東觀察刊鄉先輩許嚴林鄭四家遺稿以貽好事侯官許天玉珌行輩獨早爲康熙閩人當時詩老漁洋愚山皆與往還盛加推許後世而下宜有定論而談者舉謂閩中之梁藥亭也龍溪鄭樗雲琮生稍後雲麓序稱少日世猶及之惟名不及許天玉著揮麈卷三已輯其詩則亦不及天玉耳嚴野航

仙藜林雪岩夢斗均籍龍溪而皆在康熙時許鄭詩經遺佚搜存甚少嚴林則更少之又少四稿合刻久不印刷且將湮沒文字傳後何其難也然吾聞嚴野航實一畫士耳以諸生老其身里居行誼都無可考獨能詩故得與許氏諸宿學并爲來者矜護雖野航所遭者幸而文字可傳殆亦有能必諸我者在哉雲麓爲請序于建寧張亨甫際亮亨甫贊其芳情冷韻時出苦思以自矜鍊抑亦才士也今觀其詩信然而雲麓猶許其畫謂高出乎詩偶見流傳人爭易以拱璧余嘗詢諸郡中賞鑒家則自楮冠亂後殊少存者不能不爲惘然久之讀野航自爲題畫詩如見野航之畫此等門面欺人語余卻不慣道惟其詩實佳卻又不能不作過屠門嚼想矣姑錄如右畫猫題云有貓尺軀智能捕鼠我食無魚畫汝於紙畫魚題云失

水則枯得水則活硯池滄溟兩者懸絕云又我自踽踽汝自優
游飲水可樂我亦何求題敗荷云把筆寫幽荷喜得蕭騷意昨日
聞香風乃任無人處題菊云秀瘦誰其匹幽姿孰與同年年守
籬落未許嫁秋風題梅花云卻羨老梅樹開時芳味長自嗤頭上
髮白盡未能香題木芙蓉云蘆葦西風裡臨江襯錦花偶於晴處
望疑散晚天霞題榴云仙島遇雲娥秋風短絳襦別時何所贈
遺我一囊珠題芭蕉云喜是春來此日晴墨池融雪曉窗明偶然
塗幅芭蕉掛猶帶前宵風雨聲題蒲萄云小窗一硯幾曾乾潑墨
成花好等閒更有明珠生筆底不堪人作野籐看題梧子云迂疏
竟與世相違坐笑窮年生事微小苑近來梧子熟不愁秋老
鳳凰饑題蔬云硯田尺幅無多地不比農家町畽場近有閒情
聊學圃藥畦兼種野蔬香題蘭云獨幹孤花品最珍腰鐮深谷

豈無人不應叢雜茅蕭裏刈落西風等作薪題雪芭蕉云日午羲輪駐小庭道人幽夢一時醒欲將筆下除煩暑寫出芭蕉雪裏青題雪水仙云西池春曉露華清弱水無波海路平宴罷不教鸞鶴導玉蘭深處見飛瓊題墨杏花云歲歲看花月每三爭趨花色染春黛老來退卻胭脂臉欲嫁東風恐不堪題半面牡丹云墨汁花涎沁草堂螭蛟匣硯浥青霜不堪寫就徐妃面一半新妝媚眇郎畫牛題云短笛風前落水烟溪頭綠草正芊芊更無扣角人勞汝自背斜陽柳下眠畫荷花贈武夷僧瑞崖題云雀瓦池頭弄墨痕寫將菡萏擁溪蓀生來已具通中理不與文殊乞慧根又畫答雪和尚惠茶題云滌波塵淨水華幽落日疎風曲岸頭賸有閒情銷茗椀蓼紅荷碧滿潭秋畫瓶花贈武夷朱仲輝道士題云一壺雲母與丹砂夜半常生五色霞笑我未能傳彩筆只將淡墨寫梅花題畫卷寄贈謝

云桂士州中秋老百花疏若冷香消悶不除寫罷數枝題寄汝夕陽西下水烟餘題鸜鵒二首云憶餔鸜鵒去年春養得毛豐語亦頻此日關情圖畫裏似呼閨嶺未歸人花無長艷柳難青那有雌雄保百齡莫笑隴西秦吉了錯將言語使人聽畫士原號太乙野航葢其齋名而即以名集

詠物詩言外須有寄託否則猜詩謎何益此前輩家之言也題畫視詠物其例較寬苟能切題便算合作其間以切題神者爲上切題理者次之切題趣者又次之大凡急就之章易偏於趣然因趣而生理因理而入神亦有不期然而然者工詩家每以氣格卑下繩人題畫詩未免輕易抹煞

題畫詩有二一爲觀人所作之畫而我爲之題一爲我所自作之畫而自爲題之觀人之畫或則贊嘆其妙或則因寄所託

鋪排綺麗刻劃淋漓皆所有事原不能過爲簡略其體自於長篇古歌行爲宜若自作之畫古來名家大都以不題爲高晩近風氣又率以題否分雅俗彼夫不甘畫匠自居畫必有詩詩必自作貪多務得安見其佳善用鋒者所以覘已之興會爲斷此其體裁如小品然總不必過佔地步也二者之外或畫者不能自題而屬吾代題以補白或本有題者請於圖後更爲附益藻飾丹青事所恒有亦祇宜隨文敷義如題而止毋取過爲冗長耳

詠物詩有專主理趣者雖乏寄託而雕鏤萬狀如化工肖物時出其勝以相娛悅令人精搖目駭不忍釋置亦斯文之便娟也移向畫幅以相補白世有好事其諸亦樂於覽觀哉謹按順德溫安波員外汝達退一步齋詩鈔有品花一百首品牡丹云

東風爛熳錦成堆百寶闌邊羯鼓催一曲霓裳春欲醉五雲飛上小蓬萊品蘭花云浪說靈根產謝庭滿園紺碧吐幽馨春風坐對維摩室一卷離騷酒半醒品木棉云古幹排空破紫苞熊熊光氣燦春郊連郵接野人爭看十丈珊瑚火鳳巢品虞美人云翠袖臨風抱恨多滿腔幽緒付悲歌休將楚調欄前唱愁惹芳魂喚奈何品海棠云春睡濃濃擬太眞千枝臨水淨無塵休疑老杜非詞客分付東風索解人品迎春云衝寒冒雪入春妍點綴芳園獨占先剪水染雲渾有待漫搖金帶曉風前品玉蘭云芳樹蘢葱畫閣前花時如雪映瓊筵忽聞鼻觀王香好錯認藍田是玉田品梨花云東欄一樹玉清溫漠漠輕寒易斷魂白燕不來春又去冷烟微雨鎖黃昏品桃花云洞口千株歷亂紅仙山縹緲信難通分明有恨誰銷得一斛春愁鎖曉風品杜鵑云深紅嫩紫露

華新仙種分明迴絕塵闐苑自歸無信息淚痕空染赫羅巾品石竹云柔姿粲粲艷芳春織翠裁紅映日新幽砌久無湘水夢何人猶說勝霜筠品玫瑰云瑤臺千顆邈難逾三月遮欄勝鼠姑曾在珠江江岸見艷粧酣醉倩人扶品長春云碧深紅膩鬭芳春折到空枝便愴神為問園林千萬樹倩誰能慰惜花人品木筆云分明巧樣竟如椽濃蘸春烟記輞川滿目彩霞題欲遍昨宵親自夢中傳品杏花云芳郊十里夾晴霞掩映青帘認酒家何處王孫歸興好帽簷低壓一枝斜品李花云不應天上有乖龍盧岳終南月下逢一自葦綃成絕唱更無五字寫仙容品雪毬云琢玉團酥與雪宜春風拋向最繁枝瑤臺宴罷星餘技一蹴銀花妙舞時品酴醿云瓊姿無意競芳名落盡殘紅始放英一架堂前三月晚色香分得甕頭清品剪春羅云金刀誰付與東風碎剪輕

羅片片紅借問隋園千萬樹可曾纖手勝天工品紫荊云酣紅倦
紫入春遲鐵幹盤紆不著皮引得聯床人早起一枝斜映讀
書帷品瓊花云仙姿聞道產名邦一樹玲瓏蔭寶幢自與鵑花歸
閬苑臨風誰共證無雙品玉蘂云一樹瓏蔥玉作苞唐昌佳種異
瑒花休教株守前賢帖便信多聞出段家品山礬云澗谷香風七
里遐幽姿如雪冷山家詩人不肯留佳句笑爾芳名喚鄭花
品櫻桃云秀黛風流未許同輕勻金榜淡烟籠芳心不是嫌招妬
留得胭脂著子紅品薔薇云誰擲花前買笑金枝枝濃艷倚春陰
擬將疎影橫斜句暫與梅花一借吟品罌粟云數畝春畦冶態濃
凝脂傅粉繡千重米囊新得花王賜閒付東風夜半春品金銀花
云花開金盞又銀臺曾把靈苗取次栽今日叢中浮寶氣分
明富貴逼人來品柳花撲地漫天點墨池落時搖蕩勝開時去

年飛雪渾如絮今日風前作雪吹品橘花云葯井茅菴逗晚風仙家珠樹玉玲瓏洞庭他日尋秋色可把芳心付此中品金燈花云何處明燈試百華煌煌清影映籬笆春宵不用燒銀燭照見紅粧隔絳紗品紫藤云虺蔓虬稍壓架低繁葩嬝嬝紫烟迷春風對客鋪歌席閒聽嬌詞弄乳鸝品林檎云芳根原不託瑤臺也逐春風粲粲開粉膩最憐寒食雨清明時節苦相催品鳳蘭云當門原自不相妨高掛風前露氣涼誰向所南傳妙墨芳根無土寫王香品刺桐云嶺表家家種刺桐花先花後驗年豐傳來好句紅鸚鵡深羨詞人點綴工品菖蒲花云、相對吟詩憶大蘇有花今始信菖蒲春風二月香生澗為問人間得見無品麗春云叢刺攢攢自衛嚴嫣紅嬌借曉霞添春閒倩女爭相妬遍捲珠樓十二簾品鶴頂蘭云緱山仙子下塵寰逸氣飄飄楚澤間莫笑氈氍空對客避烟警露曉籬間（品朱蘭云）不信移根自葛家素心猶見染丹砂懷芬未許靈均佩留向江南鬬麗華（品松花云）此花疑不到塵寰石徑風清鶴夢閒何日移尊來飽嚼一枝藤杖萬山間（品芍藥云）繁華端不讓花王羅綺叢中壓衆芳爭道洛陽聲價好風詩流詠紀維揚（品桐花云）繞欄絲竹鳥呢喃漠漠桐花發翠巖山逕寂寥春事晚斂風疏雨拂輕衫（品木香云）雕欄十二蘊幽芳分得梅花半面粧聽到碧雲歌斷處水晶簾外月如霜（品木蘭云）疑是西溟貫月槎九霄仙露洗鉛華征帆好句憑誰續唱絕蘇州刺史衙（品楝花云）鶯聲啼老畫樓東吹盡江南花信風一樹芬芳憐晚客碎紅千點映簾櫳（品棠梨云）東風寒食曲江濱月淡烟輕蕊粉新遺愛已難逢召伯好教幽賞付詩人（品豆蔻云）珠垂寶絡綠陰初倦倚東風態未舒好句自來憐小杜娉娉嫋

嫋十三餘品丁香云紫艷濃香二月開一林蘭麝逐風回同心漫向梢頭結卻羨誰人解得來品石榴云亭際夭妍倚晚風蕊珠如火綠陰中緋衣不怕封姨妬映遍欄杆十二紅品茉莉云明粧暗麝勝羣芳應作人間第一香記得夜深幽夢醒芭蕉風逗月初涼品含笑云笑靨羞將巧樣呈深藏碧葉思縈縈嫣然不用千金買自有回頭百媚生品鳳仙云繞砌翩翩彩鳳姿翅翎初展影參差紅顏羞作金英婢原是深宮好女兒品扶桑云恰同朱槿鬬芳塵映日凝霞綺色新莫向驛庭空自好窮山寒月感詩人品夾竹桃云借得瑯玕價倍增綠雲錦浪影層層嫣紅不是青春色好把寒心問武陵品合歡云不羨冰痕與雪痕拂闌香影月黃昏誰知翠羽春風帳鴛枕長留伴夢魂品芭蕉云翩翩長葉翠浮烟坐對寒生六月天更向石闌添水鶴分明一幅寫黃筌品夜

香蘭云引蔓分陰薜荔遮香風初起夕陽斜佳人未讓天工巧細蕾裁開結菊花品百日紅云半林高出短墻東占盡芳園百日紅莫向槿籬誇艷色恐教腸斷落花風品紫薇云紫綬茸茸浥露鮮色分長夏入秋妍十旬爛熳茅簷裡爭似詩人白樂天品木槿云芳心何用怨斜陽又趁朝霞弄曉粧藩邸謫仙砑絹帽風前低唱舞山香品梔花云法身清淨雙林佛素質晶瑩六出巵不共榴葵鬭顏色曲闌干外亞方池品凌霄云離離天半映朱霞蔓引蒼虬整復斜一枕午風幽夢醒倩誰來賦木蘭花品萱花云纖莖細葉碧鬖鬖鵲嘴朝開帶宿酣北海自無憂可解瀟籬栽遍為宜男品珍珠蘭云名借湘江態別饒離離金粟影搖搖芳心不管長門怨一任梅妃自寂寥品指甲花云嫩葉繁枝着雨柔珠簾初捲暗香浮佳人共羡紅鴉嘴爭搗金盤染指頭品錦屏風云

孔雀金雞未擅奇天然一幅錦離披鈎床每有羊元興恰似溪山偃卧時品鷹爪云金距高懸曲徑陰誰知搏擊本無心疏籬日晚濃香起時費幽人緩步尋品西番蓮云紫藤繚繞遍疏籬挹露凝香月影篩妙貌果然多幻相玉環瑩徹隱西施品鳳尾花云簇簇花開鳳尾如桐陰竹下綺霞舒人間自有長生草何必吹簫入紫虛品午時蓮云微步凌波趁午風盈盈清影暗香通晴窗惹起遊仙夢一枕南薰日正中品山丹云似霞如火映山谿一樹光分太乙藜恰似漢宫池裡種夜來應有碧雞啼品蜀葵云會仙亭北錦堂西幢列旌分照眼迷婉娩向人嬌欲語臨風應唱浣紗溪品百合云閒情恰稱放翁詩小土山前手自移喜得靈根供野食果然温軟勝蹲鴟品蝴蝶花云粉翅輕盈帶露歸繞籬穿徑是耶非若教開向江郎筆應作莊周夢裡飛品冬青云一樹

濃陰翠色擁萬年枝拂石闌干黃梅雨過花如雪吹落風前六月寒品杜若花云不逐羣葩上綠階芳洲烟水思無涯春風一度香多少欲與幽人寄素懷品素馨云水痕不及雪痕淸香到黃昏月漸明十里珠樓簾正捲歌喉呼破買花聲品蓮花云曉日亭亭露欲鋪滿湖烟景憶姑蘇化工自有生生妙幻出濂溪太極圖品菊花云簾捲西風魂暗銷隔林紅葉影空飄晚香留得三三徑專爲詩人破寂寥品秋葵云一枝新染御衣黃玉露金風弄曉粧不分寶釵同見賞傾心只解向朝陽品玉簪云玉爲肌骨雪爲神幻出瑤釵蘸露新綠鬢一枝香色好大家爭羡李夫人品秋海棠云開來幽砌幾叢叢蟋蟀欄邊淺淡紅貪睡不知春去盡且將嬌態媚金風品桂花云金粟天香散碧墀靈根分得廣寒枝一番秋思憑誰寄冷露無聲月白時品雞冠云浥露臨風獨整

冠丹砂赤玉九秋寒多年不作羊溝夢休訝籬邊血未乾品金錢云雨洗風磨箇箇勻吟成空憶夢中人秋林買得芳園富究竟何曾解濟貧品木芙蓉云疎林誰爲點秋空獨拒嚴霜鬭折紅蜀錦城邊湘水岸夕陽酣醉倚西風品換錦云竟逐繁華巧脫胎葉殘花正繞籬開荷衣未換慚相對輸爾年年衣錦回品雁來紅云巧將芳信付征鴻不借江南二月風綺陌銀塘秋色老數枝低映矮籬紅品木樨云金粟花開散妙香露華清泠月華光濃芬滿院誰先覺新自黃龍識晦堂品荻花云荻花如月月如鐮颯颯秋飈寒更添漁父不知頭白盡香風一枕夢方酣品蘆花云漫天飛雪映汀洲斷岸風寒隱釣舟爲愛月明孤櫂去一聲長笛滿江秋品蓼花云瑟瑟西風九月天水葒千穗照江邊橫塘秋色無人管冷露寒鷗自在眠品貝多蘭云一林端合伴維摩色相

分明勝曼陀寫就華嚴風乍起心清偏覺妙香多品豆花云紛紛紅紫映蓬蒿野老乘陰歇桔槔好是夕陽疎雨後一棚涼氣月輪高品槐花云一樹黃金照眼新綠陰如染淨無塵秋風滿目長安道忙殺年年馬上人品梅花云吟到梅花興不禁南華秋水寄情深孤山冷雪數枝見東閣月明何處尋品水仙花云蛾眉淡掃欲傾城羅韈凌波步步輕信有瓊漿能醉我玉盤金盞曉風清品蠟梅云一枝春色倚茅廬破臘凌寒素艷舒不是詩人共幽賞檀心空自抱清虛品玉蝶梅云枝南枝北逐香忙幻入羅浮換素粧到底不知身是夢又隨春色過東墻品瑞香云攀枝曾否怯春寒短檻疎籬帶雪攢風信一番香蕩破滿林幽氣奪沉檀品茶山云老幹臨風欲鬬梅歲寒偏冒雪霜開千秋只有張司業拚卻名姬換得來甜吟蜜詠蘊釀深醞想見當年紙爲之貴

員外乾隆間人質坡先生汝遴兄質坡嘗輯父兄弟姪一家詩行世號柳塘詩鈔前後集前集父登字于南自怡草二卷季父士剛字㬅登醋齋遺稿一卷閏源字華石碧澗詩鈔一卷後集兄汝達字安波退一步齋詩鈔二卷質坡先生已攜雩齋詩鈔六卷弟汝科字階爵寄厓詩鈔二卷汝驥字逸羣南垞詩鈔四卷汝驤字北雄靈淵詩鈔二卷汝造字譽斯水南詩鈔二卷汝進字履安栖湖詩鈔四卷汝遵字旋矩竹堂詩鈔二卷姪丕謨字遠猷濂渚詩鈔二卷三世凡十二集佳話流傳曠古罕覩家仲遲駕部詁桐居與之近嘗藏得其初印本割愛遺余

南海譚玉生舍人瑩樂志堂詩集蔣香湖遺畫美人冊子各繫以詩宮人采桑圖云御園金籠玉鈎新迴異田家一段春此輩亦知

蠶織苦應無短褐不完人羅敷采桑圖云　縞帨青幕絕代姝嚼然思
嫁趙王無無郎居處尋常事況說羅敷自有夫二喬觀書圖云　艷名
從古擅江東訪秀英亭說女紅逕把陰苻經讀未絕憐夫壻
并英雄謝道蘊詠雪圖云　青綾步障不曾施內集家園賞雪時劉柳
心形俱服未封胡羯未坐聽詩盧士深妻桃花靧面圖云　湯餅筵前見阿
侯莫愁還比舊風流詩心奇麗環相觸借問桃花得似不虢國
夫人朝天圖云　讀麗人行事可知承恩當在未明時特疑私語長生
殿不妒諸姨淡掃眉南唐小周后提鞵圖云　賜牽機藥痛猶存洗面當
時祇淚痕願作娥英年太小金風紅紫各銷魂自注元人馮海粟題太宗
逼幸小周后圖詩怪底金風動地起御園紅紫滿龍堆　又分題羅六湖觀察畫梅其一　萼
回綵筆倘飛騰驅騶縱橫得未曾堪笑此花如鐵石畫成風
骨愈崚嶒其二　鬱盤飛動一枝枝畧具風雲變態奇祇自師心

無我相空庭花影月明時其三畫梅畫竹法差同總到無人愛處工君看亂頭粗服裡悲涼古直儷曹公其四淨洗鉛華具性情無端寄慨寫生平周秦篆法誰能識豈向人間博畫名其五賸墨離離整復斜獨開生面足名家一枝瘦硬通神筆屑仿徐熙沒骨花其六閱盡繁華色儘濃幽香冷艷本難蹤傳紅寫翠昂藏甚不比凡花作冶容蔬園按畫家於畫梅詩自題者固夥此則直題畫家所畫之梅措詞另是一格備錄之以廣墨緣

舍人道咸間名士優貢舉人久任教官勞積奏敘內閣中書銜學問贍博少爲儀徵阮雲臺文達公元所器詩多新題連篇累牘多前人所未詠亦惟神韻少遜耳儗諸近人其伯仲吾閩楊雪椒光祿慶琛乎與同邑伍紫垣方伯崇曜善方伯饒於財喜刻書凡經舍人手校者有粵雅堂叢書一百八十種千有餘卷王象之輿地紀勝二百卷嶺

南遺書五十九種三百四十三卷粵十三家集一百八十二卷楚庭耆舊遺詩七十四卷開粵東近百年來風氣其功當不讓阮文達公學海堂造士之下誠文人一絕大事業也

譚玉生舍人淡於榮利劬學自怡飲啖過人雖疾病不忘栝酌年逾古稀有子繼志其得天可為獨厚生時自訂文集十八卷詩集十二卷歿後哲嗣叔裕侍講宗浚復刻其續集三卷又取全集約鈔為文四卷詩二卷號曰樂志堂詩文略兩刻余皆見之而後刻叔裕侍講夙嘗手贈潘君蘭史潘君今以轉贈較前刻抉擇維嚴余嘗剌取其詠物律詩為摘句圖素馨云單衫小扇人如玉鬢朵釵梁月有痕云白雁江湖雪月愁時聽闕塞星霜暗裏催云蘆花新霜野渡蕭森早明月滄波點綴工棼尾春云性情繾綣憐新鄭名字風流重晚唐云黃葉橋木尚留

生意在秋山如帶病容看。綠萼梅云：空谷天寒宜翠袖，短籬日落歎青裙。水仙花云：初度春風原蘊藉，三生片石各玲瓏。又云：日暖藍田珠有淚，波微洛浦韈生塵。又云：孤月前身惟數汝，百花生日不逢卿。又云：美人遲暮存金粉，香界莊嚴供玉容。白鸚鵡云：此番標格仍歌者，絕世聰明却道妝。又云：懺除綺語渾無術，生恐新寒較易侵。又云：簾下水晶呼小玉，幰遮雲母逗楊妃。又云：六朝賦手顏光祿，一代才名杜正元。又云：名士神儀偏散朗，賢姬風格類高寒。丹桂云：霓裳仙侶鶯花局，金粟詞人錦繡叢。又云：眞靈位業留丹訣，科第年華稱錦衣。又云：紅髮鬖分金瑣碎，紫玲瓏認玉蓬鬆。又云：仙客文章袍奪錦，美人經籍幔懸紗。又云：名兼富貴黃金賤，地并神仙亦芾尊。體物之工，卽畫亦多畫不到。

福州楊雪茱光祿慶琛，道咸間名士，通籍廿餘年，致仕後不名一錢官閩者爭引重之大府折節下交惟詩酒往還絕無干請獨鍾於情廣置姬嬡粥粥六七輩淡素自甘無事不見衣帛蓋風懷風裁兩不相損也後進多樂與遊一時仰之如泰山北斗讀書道山精舍檻外紅梅花時甚盛取顏齋曰絳雪山房即以名集詩什繁富意格工雅語以莘田檀河甸男亭甫自未敢伯仲伊呂若與林薌溪輩鞭弭周旋正未知誰爲楚漢長篇警句惜未能錄僅錄其藻繢丹青之作云

題畫松蓋亭亭落影清岩泉奔壑漱瑤瓊滿身涼翠秋衫重人向羣峯缺處行草色裙腰兩道齊扁舟搖動碧玻瓈呼童收拾書琴劍如此春光載過谿溶溶新漲縠紋開過兩長隄長綠苔坐向船頭舒望眼好山無數送青來惠風遲遲景鮮明六尺疎篷打槳輕指點前邨好傾耳杏花紅處有鶯聲茅屋欹斜枕

碧峯濛濛七十二芙蓉畫眉聲斷雞聲起家在幽嵐第幾重如笏如屏列遠天雨餘泉籟戛濺濺空山琴筑無人悟流到溪南數頃田一杖還山日未斜疎林殘葉幾邨家西風不管人消瘦開遍滿籬黃菊花黃鶯恰恰柳條遮尺半肥魚上酒家春色過江人不識一篷紅雨載桃花幾行烏桕堆黃葉兩岸丹楓染素秋小艇横江無客載蘋花吹雪過汀洲題策杖看山圖云流水聲中夕照斜白雲深處幾人家一節扶起詩肩瘦消受秋光滿隖霞十載閭山憶舊廬水雲回曲竹蕭疎何時挈得青鞵伴黃葉疎林坐讀書題漁隱圖云水暖春江牧鴨知烟波深處釣篷移柳絲青漾桃花漲涎甚河豚欲上時童時游釣小湖湄愛看蜻蜓點水嬉我亦故鄉鮭菜好披圖一笑理竿遲題吳宮教戰圖云刀斗森嚴大將壇頭顱擲出胆俱寒無情最是

軍前鉞忍把如花一笑殘銀甲金釵習豹韜胭脂氣壓陣雲高女戎到底能亡國千載靈胥有怒濤題楊妃出浴圖云華清波暖御春寒薄薄生綃裹牡丹誰道承恩不在貌六宮妬眼正偷看餅金何處致纏綿說與三郎著意憐一種嬌羞描不得脂膚香韡侍兒肩題五色畫蝶云柳如濃黛草如烟筆底春光總可憐記得紛紛過牆去江南二月賣花天五雲樓閣障綃紗舞雨欺風故故斜一自羅浮仙夢醒精神都入寫生家菽園按曩閱朐海詩存憶有乾隆人吳來甸名恆宣咏綠蝶句已入翠微參羽上更隨芳草戀王孫汪煥章名紱咏墨蝶句滕王妙墨傳來久莊叟奇聞夢未休頗倘工整并附載之　光祿自序詩學從太白入手今觀以上諸作似更於渭南為近全集亦多類是

牡丹種類甚蕃有號為荷包者有號為魚兒者楊磨之廣文鈍詠云天香貯滿一囊中著意裁縫出化工轉認倚闌人解佩

殷勤留贈與東風右荷包牡丹 繁華一片錦鱗如焚尾開時已夏
初應是東君緘別緒花前得得致雙魚右魚兒牡丹 二詩均見朐
海詩存廣文乾隆人
隨園詩話稱其甥陸湄君建 詩社詠綠珠云幾斛明珠買得成
美人心上尚嫌輕珍珠似妾原無價妾比珍珠恰有情得未
曾有已險爲之擱筆余按楊雪椒光祿題綠珠畫像云蝶怨
鶯啼聲已吞雲衣花態至今存珍珠也是多情物買得蛾眉
死報恩是明明翻用其意而易奇也拙著庚寅偶存咏西施
句捧心別有傷心處悔不蘿邨老我來亦屬濫觴隨園之妾
自承恩人報怨捧心嘗覺不分明二語
桃花輕薄昔人以比蕩婦然姿態嬌鮮有銷恨之目詩畫家每
樂引爲典料其能固不可及也茉莉色雖不及而香較勝一

握銷魂心腦皆醉自來畫者反未之及誠屬恨事楊雪茶先生多情好事賞識有眞集中茉莉五首云其一荔枝紅裏見花明暑氣纔收雪漸盈名字也應呼小玉髻鬟眞好看飛瓊晚粧樓檻干斂麗過雨池塘一樹輕輸與老梅誇格調只分香濁與香清其二影宜淡月韻宜風羅帕綃衫暗麝通冰椀愛盛珠的爍銀絲看串玉玲瓏燈前媚態娟娟襲枕畔濃香細細籠點綴爲伊閒選色夜來棚緣鳳仙紅其三九夏連宵上鏡臺可人最是未全開簪時雅稱柔荑手拈處如擎孕雪胎斜照幾家凭檻待小鬟深巷喚花來紗囊貯向胸頭繫故遣檀奴暗裏猜其四眞珠蘭小素馨纖絕好同心姊妹兼三伏花期珍玉粒一生風味近香奩梢頭豆蔻包初坼池上芙蓉色又添幾陣涼颸雙鬢動有人拜月水精簾其五最豐腴處最娉婷萬

朶光中影亂星紗幌涼深妝欲卸玉釵香透夢初醒曬乾尙領茶邊味數遍難消指上馨應與羣芳分位置如何身不入丹青字字工貼體會入微爲茉莉吐氣不少花魂有知庶幾下拜結韻亦以不入畫譜爲恨安得丹青名手補作斯圖毋令茉莉向隅庶免桃花笑煞

天外歸舟圖者煒菱命工圖其星洲歸舟之作也菱從星洲歸凡二一爲光緒戊子一爲丙申丙申之役奉 生慈楊太君命扶 先府君靈輀歸葬澄鄉身當大事不敢以文故無圖此圖葢卽戊子年事曩者乙未始補爲之攜以入都蒙閩縣曾幼滄師（名宗彥）賜題卷端詩云歸舟天際客少小是張騫滄海拓奇氣文章能妙年中原正多事 聖主重安邊誰是掣鯨手行乎君勉旃跋云乙未春暮與菽園仁弟重晤都門於

時海氛不靖篝燈縱話相對慨然臨別出天外歸舟圖屬題率成一律聊代驪歌并以勗我蔌園也菱復以其時請座主今少司馬長白文叔平先生名治其時方任內閣學士加墨忽得家信言鄉間癘疫盛行一兒一姪已相繼逝憂心焚如剋日出都不及走領今春公車以丁艱不與試而先生殷殷念舊遇吾友黃君進見屢詢不才近狀且將原圖屬其挾出首尾相距蓋已三年矣平生頹懶此亦一端也先生在圖後原跋今爲謹錄左方邱生蔌園余甲午福建所取士也乙未春會試來見神貌清癯詢之知其體素羸弱余方欲以養心爲養身之說爲生勖而生以其鄉寇氛偪近忽忽遽歸留此圖囑題爲識數語仍致珍攝之意云爾菱按題語如箴如銘可書可誦觀先生之所以敎卽可窺先生之所以學惜菱上年痛遭大故、

後遂遠居荒島雜任簿書未克舊學時理力底成就雖復東
塗西抹外間不少流傳揆諸吾師養心養身之旨則多未能
有合重難爲期我者解也噫
是圖由黄君攜出後省友在京傳觀之餘間有惠題皆作近語
不知萩園丙申而還固未嘗得一歸丙申雖嘗得歸亦不敢
有圖耳而題者每不知余實童年旅外至戊子始歸應試一
事輒疑爲近年之作侯官張燮鈞學使亨嘉 題云越山才子
瀛洲客汗漫歸來顔色勞絶似京江賢太守曾經滄海亦難
豪陳慰蒼太史望林 題云萬里歸來是壯遊長風安穩送輕
舟茫茫勝蹟搜三島落落閒踪付一漚靜閲滄桑知世變飽
看山水識仙流數家籬落鄉關近舊日兒童認我不李季緘
太史景驤 題云滄流滾滾碧天空談笑波濤帆影東萬里歸

裝湖海外十年吟稿兩風中文章我亦羞王後世路君休哭阮窮一壑一邱遊釣迹故園珍重訊秋菘陳翊臣進士景韶題云星漢浮槎興欲闌故山林壑好盤桓西風短櫂歸心駛落日孤城望眼寬湖海十年供麗藻絲桐一闋韵清瀾要津袞袞誰同調千古英雄止足難按三君亦僕官人同年古田曾幼華太史廣嵩題云歸帆一葉天際來長風撼浪勢如雷中有恢奇不羣士曾經海上遊蓬萊萩園主人夙磊落能以豪華寓淡泊筆搖五岳氣如虹昴藏堪作雞羣鶴昔年同攬桂宮秋握手京華紀壯遊宴落金臺誰市駿眼輕世事如浮漚別後相思渺雲樹何日故鄉重相遇友人示我遠歸圖屈指滄桑經幾度我觀此圖發浩歌　朝廷近日多　恩波古來奇才當大任爲君起舞樂婆娑過情奬借益令緐生慚感無措耳

安溪林鼇雲先生鶴年愛才下士宏獎風流今之盧雅雨曾賓谷也久居臺灣內渡後復遊羊石有弟靜雲松年嘗以道員候選粵東去歲晤余香江始通鄉誼迨先後入省先生詢知余來亟屬介弟願得一見余時返棹將解纜矣乃命人出城止余半渡不可則獨賃畫舫及余堅請過船作竟夕談而別其多情好禮盛心誘掖有如此者別後有葉頌垣太史名茀棠廣東人侯官籍爲星洲遊復因寄意令其來見幷出先生贈余近體四章昨已具錄卷一今年六月先生再入都門見余天外歸舟圖即題八絕句云時局維桑莫障川東風吹上孝廉船鯤身鹿耳屬龍會海上燕雲更惘然同指歸颿日暮雲韓潮蘇海要平分江天尊酒論文夜愁絕長城撼岳軍自注去年珠江晤聚隔江鼙鼓動漁陽叢菊孤舟舊有霜休更開元談供奉背人偷

自按霓裳自注朝考改去詩律三都海寨控東瀛子弟雄邊尚訓兵自注鄭延平王守金廈二島于龍海村甚多築海砦至今完固枌社節樓新畫本自注菽園家三都頻年訓練鄉團故歸舟圖繪箸游樓以寄雄概祇今低首鄭延平楊柳屯田水部梅無聊空自關詩才家山舊夢波濤惡重賦江南劇可哀自注臺亂內渡今年再入郎署抗手金鼇頂上游相逢海客話瀛洲清時買董西京詔東觀儒科異數優自注新詔改試策論採風清問徧樵漁香稻柴門共結廬島國徵詩述耆舊百年文獻望成書自注菽園徵刻百年來近人詩重譯弭兵華盛頓五洲戎會佛郎機扁舟補志瀛寰略江上歸來勝錦衣先生以名孝廉供職正郎出入浮沉於粉署間十餘年京中詩老多與往還壇坫之雄在閩派外當可別樹一幟顧性豪邁時下奔競營求齷齪醜態率不能掮其素守故人多禮重之余嘗寄以詩中有句長卿不諱貲郎進孺仲

何曾顯宦干又句閒居養母傳潘岳避地傷時有杜陵近聞
有改官東粤之信果爾難兄難弟宛在一方先生句韓潮蘇
海要平分正可為君家子由誦之
侯官葉頌垣編修芾棠之遊星洲也余館之樂群文社又稱五百石洞天適同入華商閣方草擬命余駐理咫尺之睽故亦不常相
見授餐適館儀每未盡而頌垣廹於卜葬其先凡留三月而
歸欲稍須時俾盡南洋各島形勝終不可得而君見題天外
歸舟圖則念我殊甚豈星洲之山水足以繫君之留戀耶抑
余之不解周旋者而君翻許為莫逆耶詩云男兒生而志弧
矢萬里風雲周海市落落昻藏七尺軀九垓八埏窮曠覩芝
霞靈秀鍾奇杰芝山丹霞皆漳州名勝縱横懷抱無餘子憶昔乘槎海
上逢玉山朗朗淨無綺情誼高於岱嶽雲握手平生幾知己

蒼茫四顧莫障東歲月如流肉生髀滄波滾滾苦橫流聊把奇情寄山水足跡十年半九州壯心一日常千里飄然天外白雲歸一葉扁舟載圖史別錄驂鸞紀勝遊賦成更貴洛陽紙客雲廬上誦琳瑯（客雲廬菽園星洲選詩處）咳唾珠玉隨風起炎荒小儒苦不殖君伐其毛洗其髓提倡風雅海東雄拔幟登壇盡披靡樂羣文社聚德星酒壘詩城相角犄達道求志兩不渝聞風更足敦薄鄙君之憂樂關廊廟君之芘蔭留桑梓我今披圖發浩歌日近蓬壺天尺咫海山招手騎鳳凰伊人宛在水中沚憶君在星洲日向索近稿輒謙勿出今讀是作知非老於此道莫能猝辦才大氣下尤人所難

林景商茂才（輅存）爲鶩雲先生哲嗣青年卓犖天資英發經濟時務靡不兼綜喜交天下賢士所至有聲近方援例求補外

用或傳近作數章錄之以覘梗概舟次津沽偕鄭蘇龕觀察孝胥登舵樓望旅順膠州大連灣威海衛有感云被放歸來劇可傷那堪時局付滄桑英雄淘盡樊籬撤橫海樓船舊戰場（原注新製海容海籌海琛三鐵艦同泊津沽）同舟曾許濟時艱（原注同荐特科）擊楫中流逐浪還七二津沽三六島一尊相對兩羞顔珠崖拱手事羈縻北鑰重瀛慎所司借我疆場爭彼鹿眼中猶是漢旌旗蹀躞金臺氣尚雄幾人名籍黨碑中（原注抗疏言事者余與觀察同爲言官羅織皆荷聖明保全）大江東去波濤壯吳下相逢笑阿蒙（原注相約同官吳下）三練書陳列御屏（原注觀察上三練策蒙御座恩錄置）蓬萊東望海曾經十年薇省司香令中秘承恩舊使星（原注觀察曾官中書隨使日本）之眾出頭日未斜千層海蜃幻城霞秖餘衣帶中條隔無復張弧載鬼車舳艫結隊海天來寶塞奇章種禍胎未有肉能憑我割補

牢無術盼羊回天津橋畔杜鵑啼望氣應知識草雞揚子江頭歎揚子遙天波滾夕陽西

錢少尉鴻璣字時行海昌人宦遊閩垣善山水畫氣韻老蒼時手中罕見倫比樂親佳士不苟取潤與吾友薩君仲珊景元交善仲珊請縝尺頁郵以贈余欣然命筆跋語且有精賞鑒之譽劉筱雲明經崧英於其畫成逐一加題云五絕三首雨添山氣潤風挾瀑聲粗替我溪亭坐身如在鑑湖結網魚蝦國蘋天葦地秋勞勞塵世客那解聽漁謳青山青不斷一徑入孤城萬樹盡低亞風聲挾雨聲七絕七首聖湖春水蘸觚稜神女幽宮感不勝那更青山如夢淡亂鴉聲裡過西陵躍馬中原掃虜塵戰袍卸卻膑閒身誰知叅鶴松杉壑飽聽岩泉作散人亭皋木葉下瀟瀟隴首秋雲望眼遙畫出雨朝好山色尋詩

如過段家橋界破青山飛玉泉樹蘆江外水如烟晚來艸閣看秋色笑指黃昏瑇瑁天春波如酒碧盈盈遶出橋西更有情貪聽黃鸝聲不斷扁舟故傍柳陰行瀲灔紅塵不到門松陰一路入山村草堂中有龍威叟日對仙經世莫論肯向塵寰白眼横江湖散髮且逃名平生愛學元眞子身挾仙姝放櫂行薩劉昀吾閩三山人劉君則夙未通愫與錢君同因薩言先施於余其七絕末首幷蒙次和舊刻庚寅偶存中漁父詞一首元韻蔵園舊作云曉起垂綸暮笛横不知人世有浮名長江漫唱公無渡笑指烟波打槳行以示愛我用意尤爲殷摯之三君者雖有新雨舊雨之知而敦尙意氣厚暱同道之情則一也

小雲明經筆致葱蒨詞語尤工如咏蝴蝶句愛傍桃鬟又怯越羅扇原調祝英台近有贈句便領取膩語絲絲怎遺一燈人靜原調二郎

神直如李鄴侯生有鏁子骨能於屏風上行也聞近應同郡
潘耀如太守炳常聘往蜀中故無從多得其稿一窺全豹
賤子之生以十月初四道書謂爲十眞霞卿眞人湛然眞人妙然眞人蓬萊眞人水淸眞人人喬眞人人想眞人酾水眞人瓊君眞人太淸眞人降日今歲初度蒙潘君蘭史寄
詩相祝云海外神山儆壽筵十眞佳節會羣仙百齡百斗爲
君祝一個仙眞醉十年酒國蹉跎四十春紫裘腰笛媿風塵
星洲舊是題襟處一鶴南飛識衆賓按潘八年前于役德京嘗停舟星島故次首云
然又十一月爲其四十晉一生日有詩徵和余郎奉祝十首別載少游草中良友多情貽我吉語
是可感也且稔知余有夢梅之祥島上無梅因屬沔陽劉彤
軒司馬鴻藻寫入丹青爲余生色從而致詞曰君嘗輯劉君
詩入揮麈此作所以代潤也余念其措詞委曲取義風雅遂
拜而領之

醫家者言久覩傷肝余素不講攝生近年致有此疾朋輩酒局引疾未赴者屢矣至是初度羣納作平原十日懽苦辭不獲島中知好華商閣同人則有陳君合隆阮君添籌林君文慶等三君皆星嘉坡人原籍福建阮君現爲律師林君職司官醫兼充議政局員麗澤社同人則有王君會儀徐君季鈞李君汝衍等樂羣堂同學則有李生竹癡范生碧芝家耀象姪等竹癡名鳴鳳安溪人國子生餘人爵里俱見以上各卷排日招飲維旨維多殊有酒力不勝之懼而此一役也擬汪倫之待太白酒店直醉萬家李委之酬東坡笛聲共傳一曲諸君高情賤子私感其亦永可弗諼已

時猶子任講坤和輩皆侍余寓次乃命遍叩執友之居而謁謝焉先期復趣廚傳羅長筵可容百人座者於萃蘭亭畔之華商閣是日以儀物餉者夥頤楹聯華商閣公譔云東閣詩吟

梅訊早過江笛弄鶴聲高譚君丙軒作云高士例須憐麴蘖幾生修得到梅花（原注集蘇軾樊晃句）李生竹癡作云佛國年看齊壽佛星洲人共拜文星麗澤社公譔云一集名山千秋不朽十真降日萬古長春李君乾生（名均耀鶴山人例貢生喜談時務樂羣社課嘗冠其曹）作云合三島名花而上壽值十真降日以誕生黃君毓東（名景岱閩清人拔貢生徽臣孝廉之子）作云飲酒讀騷未盡名士生嵩降嶽原號謫仙陳君倬雲（名秉章同安人國子生）作云子野清才朝宗名士樊川勝概商隱綺懷樂羣堂公譔云霽月光風世稱周子泰山北斗人仰韓公葉君季允作云（原注集黃山谷涪洲帖語）文字長在人間是曰至壽孝友著於爾室斯爲令名廖君鳳舒作云蓍作早身傳一集名山欣共壽英奇不世出十真降岳慶同辰徐君季鈞作云佳節先春載酒來同高士醉雄文壽世聞名久當古人

看葉君頌垣作云藻麗西園看運海摶鵬名世文章輝北斗

梅開東閣正躋堂稱兕如雲冠耆老（[illegible]許君 南州[illegible]翰亭）所

作爲松鶴圖陳君湘厓（名兆蘭潮州人）所作爲麻姑進酒圖而葉君

季沆更番刻切長壽名印二方百朋錫我至爲心感其有屬

珍貴之品當行壁謝（按以上聯語或郵贈或持贈均蒙書箋故得援以錄入此外口占無稿如魏君申叔余君丹書潘君述之吳君壽珍之作俱惜不能追憶未敢妄錄）諸友至止咸挾聲伎穠姿

瓌質妙舞新聲珠海流鶯頗極一時之選而蓬瀛瑤艸星島

風光亦附庸焉粵姬凡八十餘人皆向余叩首道賀羣詫艷

福因以其時援取十人及星洲東瀛各一人爲品芳會其魁

則周順意及澳挨兒氏二纓氏也（順意色藝俱佳以下九人亦堪節取別詳拙著南國枇杷記一書澳挨兒二纓均屬蠻花譯音無定名此則從閩漳方言會之）霧裏看花平章頗覺未

愜而說者則謂此舉品芳實島中之掫顧余草草益增孟浪

耳於時堦下西樂洗作其音溯拜友譜西樂輒倚歌和則復與櫻筍菊部簫鼓嘈嘈互相繫引又皆諸友遣來助鬧者也席次用飲引滿驕余小戶亦醉二參林君芷儔名鴻蓀新會人茂才郎席間七律四章其一天教祇桂向南天小隱投荒未偶然志取懸弧九萬里文成壽世五千年會看壽島春長在原注星島無冬無夏八節長春笑問梅花放幾先記得東坡詩句好此邦宜著玉堂仙其二誰從域外築長城共識中原有正聲巨量汪洋黃叔度盛年才調庾蘭成鹿鳴早列名經佛龕食權封子墨卿細數頻年湖海轍文壇酒國獨縱橫其三聽君言論讀君詞測海窺天笑所知虎觀經生人奪席雞林估舶客求詩初作景略才驚此日倚[illegible]大業卜他時深沈畫策陳同甫慷慨談兵杜牧之休負黑頭眞事業瓊臺繼志久相師其四籍籍星洲說寓公酸鹹好尚具深衷著

書搜逸心彌苦對客揮毫氣更雄到處才人聊復爾古來名士總相同詩仙今日慶初度頌倚南山愧未工文不加點舉座歎妙急手巨觥屬之侍史羅雁翎（一字麗馨）捧觴以從並及座客西例凡遇羣宴酒行數巡主人起立告歎從而演說所聞葢古人避席擇言之意島上尤重此禮演畢賓亦復之擊節進觴期於盡醉將撤手卮環立齊度吉語或哦詩歌吸盡餘瀝一闋而散興豪者出席後重索藏釀舉行跳舞之會阮君添籌豪同李白許君山治（先閩籍居麻六甲島已數世矣）癖擬劉伶跳舞會中國非君不歡者譚君丙軒善酒而不解跳舞林君文慶能跳舞而亦可無酒不似余之於斯均有不勝於戲拙矣入夜自覺大醉陳君合隆先兩日所爲余代致諸西友始陸續告至猶子輩卒造小閣强起握手一一通名首美國總領事實

君名實邊百歷次英國律師實君名實知民士以下俱英人次教會學校長蘭君名蘭根次巡捕官然君名然能士次船政官高君名高老佛又稱結邊高老佛次電報局司理人實君名實文士次滙豐銀行司理人撓君名撓理次太唔士報訪事人及餘人廿餘名照相師藍君名藍密挾器繼至云用電燈可照夜宴余以被酒辭之念陳君合隆素善西語使人投轄戀其代柬得以從容復閉閣臥越日西文新報盛傳其事猶子輩往各處謁謝回攜得新詩二紙余讀之一邱君之海以字行嘉應州人茂才作云星洲遊客集如雲手挽狂瀾盡祝君團扇家家絲萬戸果然天獨重斯文瑤池仙侶會芳筵一夕欣逢也算仙但願先春長不老壽星同拜海南天一范生伯碧芝云壽言滿座客三千子晉吹笙領眾仙柔佛國成花世界原注是日品花拔十姝以定花譜又星洲舊號柔佛國客雲廬作鶴芝田原注

先生選詩處楊日客雲盧閩縣曾侍御賜筆也人居福地身逾健酒落詩腸氣得先恰好嶺梅開十月春回海上視年年時余宿醒猶未解也

德清俞蔭甫太史樾齊物詩九絶有云仙佛終須隨劫盡蚊虻也得逐年新相守百年都是夢偶同一飯莫非緣蘭蠟高燒終是夜一燈孤對也能明出門一步便爲遠作客十年未是長周公也有流言日盜跖非無慕義人麟出何嘗皆是瑞蝝生亦或不爲災戲場亦有眞歌泣骨肉非無假應酬輪蹄易偏九州內足跡難周一室中烏喙毒偏能治病馬肝美或竟傷人蓋皆各首之後二語也達哉此公

番禺張南山先生維屏論詩絶句云南豳雅頌逐篇求三百詩中體不侔至聖尼山眞巨眼短長濃淡一齊收蔌園按選集自與專集不同專集雖古來大家亦不能擅場各體沈宋宜臺閣郊島宜山林溫李宜香奩性之所近家亦成之蓋恃一己之才力者

然矣若選集則合衆人之才力以爲鉅觀倘執一已聰明畫疆分界尊唐斥宋而狹取之是削人趾以就吾屨也無當也

天地絪緼萬物春緣情綺靡亦天眞風騷兩種爲詩祖正派何曾屬美人陶鑄功深妙化裁休言彈指現樓臺自然流出如充口御是千鍾百鍊來菽園按詩有脫口而出天然不可湊泊者亦有成如容易卻艱辛者皆須于未成詩以前早有布置既成詩以後觀其片段如何庶獲愜心貴當之功此詩所論誠然誠然長鎗大劍四筵驚伐鼓撞鐘震耳鳴我愛眞詩娛獨坐動人心魄愜人情菽園按結語精碻之論體會入微然歸意於斯二者何以愜愈於動性靈未許空疏託氣味豈憑聲貌爲愈苦愈吟詩愈病幾時良藥遇良醫

駐星隨員閩縣林鍈臺大守祗曾早負書名日必臨摹古迹碑版數百字至老愈奮雖在客中未嘗間斷用筆師顏清臣結體摹 本朝劉石庵間參以王氏十七帖尋尺堂額眞力彌滿最所擅長若應酬雜書筆陣錯落則不免爲邊幅所窘然

無損于君之眞爲余書夢俠情禪天游市隱二一橫披又集今賢句贈余云越山才子瀛洲客刺史笙歌學士禪原跋萩園孝廉夙擅詞章有聲於時吾友張燮鈞學使聞輒心許贈詩有越山才子瀛洲客之句茲承屬書楹帖爰集十硯老人西湖竹枝詞語對之見者謂頗肖其生平也報以潤筆不受憶丁酉秋與君初晤於海外談藝論文相視莫逆因訂爲忘年交君少補諸生壯歷宦場舉凡故鄉文獻中原山水耳目所及皆足以擴廓志意增助見識暇間過我歷舉往事以爲談劇娓娓不倦雅愛吟詩有疊韵癖詩常倡和鬭險詩多亦必十數疊乃已余曾投以蜜柚棗糕承報筆墨幷用蘇臞酥鱸無韵成詩屬和再接再厲翳余之不慣爲應聲蟲者一被逼迫亦不能不作細了好打之思也其酥字韵云夜窗閒試鼠鬚筆午枕醒嘗鹿尾酥余疊云酸意不含文旦柚文旦柚名見漳州府志艷情欲試貴妃酥來詩有老

饕更嗜西施舌欲向鴟夷丐得無何故調之又云原題感事一騎喧傳邊徼警六軍飽飫塞垣酥疊云誰是東南資保障可憐鄒魯染腥酥時有膠州之警鱸字韻云報李客囊酬筆墨感秋詩思落蒓鱸話舊重來雙翦燕嘗新安得四鰓鱸君方炎海培桃李我入鑾天憶鱠鱸韡刀酉牧騶神駿帕首蠻花綱尺鱸疊云二分客共揚州鶴十月人思赤壁鱸得失難憑塞翁馬窮通欲問步兵鱸司馬題橋輪綠綺季鷹去國託蒓鱸奉深驕子還輸帛廢起庸臣早爲鱸英俄德法相繼租地廷議許之又某大員夙敗于日久已退居閒將有起用之信凡此急就之章集無存稿爰摘載於此以誌一時狂興

凡遇難狀之景及磊落可喜事正面非無可着筆然總不如用喻之達之妙番禺張南山太守維屏自陽朔至桂林舟中看山放歌云山近桂林爭作峯峯峯突起撐青空如竹抽筍鞭

簰龍如花吐蕚攢芙蓉我聞地脈猶支體羣山皆自昆侖起
尾閭漸下要維持萬手齊伸巨靈臂又聞五岳視三公名山
次第應分封陽朔諸山儕附庸奮起秉笏思朝宗我疑五百
阿羅漢南海西頭登彼岸忽然僵立證菩提老幼相依猶不
散又疑媧皇將土摶爲人餘土堆積同灰塵偶然摶物物各
肖山山虎豹犀象熊羆麟我思虞舜耄期勤不倦泰華嵩衡
巡已遍胡爲死獨在蒼梧或者愛山魂魄戀又思大禹刊旅
躬胼胝樏橇未歷蠻荒陲當年導山若到此應歎中原無此
奇諸葛武侯圖八陣地上流傳半疑信何似天邊矛戟至今
排共識漢代戈船由此進伏波將軍計尚疏功成北去遭讒
誣不如留此日日啖薏苡況有山水一一供嬉娛一峰如賓
一峯主一峯纔闢一峯補兩峰聚首如私語一峯掉頭欲高

舉一峯孤立甘離羣數峰相連如弟昆一峯昂然意態尊一峯峙立如童孫千峯百峰磊磊落落丈夫氣笑彼巫峯十二行而還行雲李杜韓蘇老詞伯可惜山靈不相識不然大筆濡淋漓能使奇山倍生色李成郭熙古畫師眞迹已恨人間稀眼前何不師造物化工巧力非人爲山形到此天如縱風起峯巒欲飛動我歌雖放留有餘八桂前頭好岩洞道州何子貞太史紹基

飛雲洞云垂天之雲向空布來爲人間沛甘澍功成氣猛不自收太古陰風吞吹沍雲欲上天天謂頑太虛縹緲無由還雲欲迴山斷根絡壑祕岩局無住著忙雲失勢化閒雲雲自無心不悔錯幼爲百千萬億雲雲雲一氣相合分一雲乍起一雲落一雲向前一雲卻一雲奮舞一雲孏一雲歡喜一雲愕大雲睢盱毋覆子小雲奮戢魚吹水醜雲

恧縮妍雲笑癡雲疑立靈雲詭睡雲頹散欲著淋淡雲渙散偏成綺三雲四雲相頡頏十雲百雲不亂行如神如鬼如將相如屋如塔如橋梁如龜蛇鷙虎兕吼鸞鳳猢猴虬龍糾世間入我與衆生雲無不無無不有雲來東北乾坎門性不耐寒思就溫軒輊欲向東南奔乖巽煦離翕以坤一雲來翔衆雲萃上不就天下無地若離若狎若覤覷不疾不徐偏不墜百千萬億空中懸饑飽病健相牽連健雲扶攜病雲走飽雲汗出饑流涎涎垂汁注霏珠玉人來雲下人雲觸橫奔疾走雲尚在仰自摩頭俯捫足人共雲行兩不知千百人載雲半復叢叢萬松插雲巔如鼇贔屓負戴堅天風時來松亂颭雲凝不動松影圓白龍同雲白天下雲不飛回龍亦罷瀑泉眞飛龍所化雹激虹伸越雲跨龍則有智雲無情雲自寂然龍

怒鳴雲雖大拙乃勝巧龍亦無術升天行雲罅孤亭嵌齾齾

危葉在樹風可脫亭中呼酒人看雲酒動人亭雲并活老僧

逢人說慈悲謂千萬億雲即佛雲不見佛佛愛雲雲佛佛雲

有伸屈我蹋雲趾坐立眠登巔看松脊聽泉泉下灌田松照

天雲閑無事嬾千年不鍊得篆文妨展試與摩挲生潤澤扣

之有聲出自魄非木非金質若白我行十里方出雲且蘭早

秋天正碧寄語看詩讀記人我所道雲都是石二詩興酣落

筆波瀾獨老正如萬疊雲峰變幻離奇不可方物東坡行文

專長喻意自是開拓後學胸襟不少

林筠老與余論書至　國朝諸家直尊劉石庵相國謂不落唐

以後一筆餘子不及也此外復尊道州何子貞太史謂有氣

吞江海骨聳山岳之觀盡洗尭明姿媚俗態石菴後可稱大

家余因問粱山舟翁覃谿如何筠老俛而不答

宜黄符雪樵先生兆綸卓峯艸堂詩鈔有擬古一題凡十四章

其一賊未來官先走官先走曰退守吏民相隨唯恐後荒城空空賊不顧官乃收復馳露布其二露布來大府喜信乎大功無過此臣謹上書報天子海邦盜賊乃蠭起其三高城蕩蕩亦佳哉除是盜賊能飛來祇知恃險不恃德舟中之人皆敵國其四惟願民慎乃位位既忝權斯替欲彌縫奈倒置君不見官嗜利賊市義其五民雖賤不可欺慮其頑懼其疲而日鞭撻之鞭撻之民無辭爲民父母行政顛倒至于斯其六大腹賈善居奇覷時之急乘人危自忘壟斷丈夫賤驅使大官如小兒嗚呼大吏市小吏買圖利心俱莫解不用呼天訴眞宰利傍倚刀嘻可駭其七民殺賊官從賊沙縣城中日昏黑官不從賊賊殺

官民思殺賊賊膽寒他日來歸而且曰治賊易治民難其八是直以官爲戲耳適從何來集於此竟能如是令公喜譽爾爲好官不過多得錢有錢生相憐無錢死相捐其九家本揚州善歌曲美人二八顔如玉閭閻蕭索歎無襦阿嬌貯之黃金屋如何識說半面妝不能偕子老是鄉恨煞早嫁東家王其十侏儒死於飽臣朔死於饑饑來未卽死且晚且餔糜金高如山苦不足一朝袖手雙肩聳臣見侏儒行捧腹其十一功欲歸已罷將誰歸居上不覺臨下愈危臣聞烏鳶之卵不毀而後鳳皇集可使用人之道如東瀛其十二一雨十晝夜水吞釣龍臺津吏數來告江擁浮屍來天雨不洗兵死人如亂麻乃復飽爾黿鼉蛟龍蛇其十三練鄉勇嚴防堵耕業之民一例相鼓舞頡頏作氣勢徒爲地方苦將不知兵兵不知賊問諸鄉勇鄉

勇笑啞啞其十四元氣耗損天下病治不以本病愈競養癰者禍之胎決癰者命之危非三折肱胡可稱良醫愚按此雖爲豬冠往事而作然頗切於近日冗官辦匪情弊賈山至言杜牧罪言言者無罪聞者足戒矣

近日京外書家自以清泉符子琴通守翁爲第一通守以功保舉聽鼓東粵嘗權珠江魚雷局事地鄰海幢僧寺饒花木之勝暇輒招邀朋侶詩酒過從文采風流殆非時下俗吏所有書擅各體篆隸草楷興之所至隨意落墨無不妙絕一世尤長行書自顏清臣米海嶽黃山谷諸家皆能融洽衆美以一手持同時桐城張遜先祖翼會稽陶心雲濬宣走且僵已前輩何子貞王蓮西二先生後推君鼎足殊無媿色豬肝之奉歲獲千金苟非其人亦不肯爲作書傭故人尤寶貴之旁通

書法識者終以爲不及其書

安化黄敬輿太守自元書名躁日下然開輓近惡劣俗派斷推此種閩縣林鈞老云

黄敬輿太守手書碑版何止百數一涉歐體便無佳作不識何以外間流傳頗貴其書殆亦鍾伯敬千家詩選本發市之例耳所作曾文正神道碑算是平日第一刻意之作間參顔柳架子益形支絀殆由變本加厲未有不失古意而成笑話者也成親王瓣香松雪亦惟書歸去來辭一本獨佳他本則未能稱是晉江許綸亭云

予嘗語友人李侶影曰近時同輩之詩可當琴心劍膽品目者粤得二人海陽邱閬父工部番禺潘老蘭典簿也居久之侶影乃語余曰邱工部詩似吾閩張亨甫潘典簿詩似江西吳

蘭雪邱優劍膽潘裕琴心古體邱勝於潘近體潘過乎邱各不相師亦各不相掩余用以告二君聞之亦爲莞然

乾隆朝綿州李雨村太史調元自序其雨邨詩話謂分今古兩集以余所知則亦有臚陳今人之作一集他莫詳也餘若近人詩話亦莫不畧古而詳今或同一今作而尤以其所交遊者爲著非必有意爲是葢作詩話者雖因他人之詩而及自己之話然苟無話可錄即煇煌璀璨如古名大家集尚不遑及而況爲今人之作乎惟見其詩而不能無話爲存吾話乃特舉其詩一則之中以詩爲主而話爲賓全集之中又詩爲賓而話爲主此作詩話之通例也吾誠甚愛于古人吾之所爲話者不在于手口之雌黃而在于象數之接搆是吾平日之所爲學古人之詩即吾話古人之詩也而凡遇今人之詩

何莫非從古人而出則今人之所爲詩亦卽今人之所以代語而語古人之詩也于是見今詩之源乎古者有話合乎古者有話變乎古者有話反于古者有話印證之推論之彈駮之悉于今詩是求而吾之話乃不在古而在今今之未見者無能話也既見而仍可無話者不必錄其詩也話之多則詩亦因之以多耳此近人詩話畧古詳今之所由來也至若紀談感舊之作或先有話而因以有詩或竟與詩不相蒙是又詩話之變例而其體實在詩話之前矣

或問林笏臺符子琴二君書法孰優余按林符均用正鋒如昔人論粤三家詩獨得古雄直是也惟符則加以潛氣内轉有官止神行之妙林只煞得一步穩又尙于　本朝名家何似竊意林摹石菴有其一體符擬子貞已集大成

曩在家日漳浦林澤農廪生問詩于余見案頭卷帙委積即皆
國朝人詩澤農工畫因數請余就各家詩中摘輯其題畫
之作編爲一帙以貽好事家余雖頷之然有他顧未遑及此
也此卷所錄題畫詩十有三四咏物詩之可通于題畫者稱
是書例本寬隨手牽綴自易攔入而卷帙較溢且將有實不
能容之慮故題畫一集擬于暇日終樂成之
卷中如嚴居二子世所稱爲寫生手題畫詩乃其本色當行如
温如譚如楊集中佳作尤以咏物題畫各作爲最故亦因類
及之或疑多採此種纖麗之詩爲不宜者然其中亦有辨感
懷詩可以直抒胸臆鴻文每至無範弔古詩苟非親至其地
泛泛然賦徵但性情不屬且恐有若漁洋集之落鳳坡弔龐
士元而貽人以話柄者紀事詩中藏時地各有所爲讀者有

五百石洞天揮

麈卷十一十二

稷毖書眉

閩中邱氏自刊
本分編十又二
卷共裝六巨冊

五百石洞天揮麈卷之十一　　菽園子部之二

海澄　邱煒萲　菽園

閩縣薩檀河孝廉（玉衡）弔禰衡墓云孔融不荐眞知己黃祖能容豈俊才（二句已見揮麈卷之一）長洲陶鳧薌侍郎（樑）黃梅俞明府重修鮑參軍墓詩以紀之云禍比淸流悲白馬歌聞子夜唱黃麞（二君乾嘉時人）閩縣温菘耘布衣（松雲）詠屈原云今古有人推賦手江山無地哭忠魂元和朱酉生孝廉（綬）黃靖南祠云偏將有材難制亂荒朝無局失防淮婁縣姚春木布衣（椿）于忠肅公墓云南内星明龍復闕西湖月冷鶴歸家靑田端木瑚堂中翰（國瑚）項羽墓云座中玉玦抛奇計帳下金尊泣美人錢塘沈朗亭司農（兆霖）淮陰侯墓云千古功名同涕泣當時反狀未分明定將百戰酬蕭相枉自臨危憶蒯生連城楊琴岩

明府（維屏）采石磯太白酒樓云波濤不負劉伶鍤儻保能談叔夜杯侯官林薌谿廣文（昌彝）樓桑謁劉先主廟云中原名士羅諸葛天下英雄屬使君拜岳忠武王墓云宋室誰如君大勇趙家自壞汝長城青田弔劉誠意伯云軍謀奇詭如孫武主眷臯雄等漢高濟盜登太白酒樓云故人今古餘明月分野山川應酒星閩縣林頴叔京卿（壽圖）淮陰釣臺云我亦王孫須乞食君稱國士不療饑長樂謝枚如閣讀（章鋌）過明葉文忠公墓下云不死能爲名士福有容眞得大臣風（九君道咸時人）右詠古各詩全首俱見閩縣劉炯甫大令（存仁）所刻篤舊集中今惟摘其警句不全錄也

若把西湖比西子淡粧濃抹總相宜此昔人以西湖比美人也郭熙畫記春山如笑夏山如滴秋山如粧冬山如睡此又以

山比美人侯官黃小石比部紹芳山行詩起數語云春山如佳人終日對不厭清谿開鏡函靚粧照瀲灩修眉鬟髻欲妬顏色豔纖濃皆可圖但恨畫手欠筆筆傳神有語皆新要其妙處亦不出古人所已言可知詩境新舊在乎切題不切題之分不在乎詞乖意僻比部道光進士集名蘭陔山館詩鈔篤舊集有輯

仙佛家語多惝怳迷離而其旨趣盡在可解不可解之間詩家所謂無理之理韓昌黎最惡釋道至欲焚其書集中芍藥一絶亦不能不取譬仙宮墜入夆裡蘇長公又專以禪理入詩適成其千古妙筆葢仙佛之道雖非中庸然聰明妙悟各有至極殆于吾儒或過或不及耳而其文辭典要半屬六朝才士所潤色故亦自成爲天地間一種靈怪文字恭讀　高宗

純皇帝御製詩曰頹波日下豈能回二氏於今亦可哀何必闢邪猶泥古留資畫景與詩材則誠乎仙佛家語之可資為詩材也

論沖放則佛不及仙論解脫則仙不如佛嚴滄浪以禪喻詩嘗為後人所非謂天下之大道胡不在奚必惟禪乃喻此言雖是未免不知滄浪滄浪論詩專主解脫本非詩道之全夫以解脫言詩則誠除禪之外喻無更切者矣近代陵川楊繹堂太守豫成所著卧雲草中有佛舍飲酒詩以解嘲之作云其一作者之謂聖儀狄以酒傳待到佛出世已後二千年其二談禪佛不知飲酒佛亦喜廣大不二門其理原如是其三酒膽鬱嵯峨金剛未足多願為佛護法大戰阿修羅其四一壺四大空禪關絕煩惱三過岳陽樓呂翁何足道其五莫問法華經掉頭吾

去也長齋繡佛前蘇晉何爲者其六何人爲法喜何處是西方領取眞面目佛乃在醉鄉其七盡釀愛河水心地瀹靈芽醉口不能閉吐出青蓮花其八狂藥恐亂性未必酒人耳果然醉如泥不生亦不死其九飲如長鯨吸醉作獅子吼聲滿四禪天菩薩亦俯首其十寒牕成獨酌佛火一燈青笑向沙彌問誰能誦酒經其十一酒人佛性情天眞何爛漫矜持四天王乃成門外僕其十二縱橫十萬里酒國久開闢豈有大慈悲不容一阮藉其十三埽盡六根垢華池作酒罇中有大自在問佛佛無言其十四攢眉白蓮社淵明乃達天遠公持戒律已落小乘禪其十五陀羅臂八萬難解塵網縛何不解以酒人人歸極樂其十六米汁佛所飲酒乃米汁成淸聖濁賢外有此古先生語語解脫非深于禪者不能道恐滄浪喻詩尙未能似此含宏光大所

包者廣錄之以當酒頌可詩說可佛偈可揮麈之助亦無不
可
緩急者人所時有俠士報人立意較然不欺其志史遷舉儒幷
稱荅綦重之鶴磵詩龕集俠少年云道逢俠少年白馬錦鞍
韉腰跨湛盧劍手把黃金鞭意氣自非常人識立馬踟躕若
有憶側帽籠鞭去復還要遮且飲黃壚邊飲酒過一斗長歌
爲君壽世間萬事何足云一笑浮雲變蒼狗臨去揮鞭但一
言問君身有恩仇否集爲南昌萬劍盟參軍劍箸其老友慈
谿李芷汀山人東沅寄余遠道請載揮麈中多和懌之音此
作將軍欲以巧勝人盤馬彎弓故不發殆其平日之變體者
番禺張南山先生幷州兒云生小幷州住呼鷹出古原自言吾
有母不敢受人恩氣韵蒼逸骨格寒芒自然神與古會縱欲

增減一分而不可得俠客行云貴人赫赫權如山門前鷹犬十百一日不得閒一解高堂華屋大酒肥肉粉白黛綠哀絲豪竹貴人不足二解貴人不足鷹犬僕僕天陰鬼哭三解鬼哭聲啾啾怪樹啼鵂鶹客從何方來下馬直上酒家樓四解寒風如刀雪如水酒家樓頭劍光起明日喧傳貴人死五解氣格稍遜前首以其有筆墨之迹可尋也然奇警已到十分此二首合萬劍盟參軍首通看俠之爲用于是乎神

于今市井爭珍璧在日尋常負酒錢此蘇賡堂河帥廷魁題黎二樵集後句當今市井重璠璵在日尋常辜酒債此李慕堂布衣保孺題宋芷灣先生詩卷眞迹句二君皆廣東人皆詠其鄉先輩皆作一樣驚歎豈其想當然語耶抑才如黎宋當日之果難知己耶老杜不嘗云酒債尋常隨處有然則千載

下如我輩者益復無從討生活矣

南海李慕堂布衣廢宅句竈冷蛇藏穴樓空鼠下梯上五字險語易想下五字幽語耐想

廣東新會縣產橙美甲天下黃莘田先生秋江集柑題原注會邑產紅柑爲嶺南之冠夌按疑卽橙字之替代耳詩云小園都能十畝寬家家紅綴與黃團何當簿領抽身去別署頭銜作橘官此可與蘇公日啖荔枝三百顆不妨長作嶺南人同一雅典橘官漢制以主貢橘今新會橙每年尚須充貢實時由官給價購自民間四方爭購亦復不絕業此者利倍他果由海道來南洋緩不過七日尚可藏至期月香色不變島上佘氏明麗名園舊從粵中移植荔橙各數百株荔雖花而不實橙則實而色綠不能無踰淮爲枳之歎艮由地逼赤道土

脈炎蒸故種質亦因以異也

蓮西詩存東粵海幢寺僧寶筏箸蓮西寶筏字也其詩兼學唐宋五言秀潔七言遒健何一山貳尹（桂林）序之因推論粵詩僧大率明季甲申丙戌之遺老而逃於禪者多若憨山（夢遊集）空隱（芥广集）正甫（零丁山人集）天然（瞎堂集）祖心（千山集）阿字（光宣臺集）石鑑（眞林堂集）訶衍（雀鳴集）眞源（湛堂集）仞千（西臺集）樂說（長慶集）澹歸（徧行堂集）是已而天然復採自阿字輩一百二十餘人之作編為海雲禪藻以衍憨山之派宗風大暢焉百餘年來塵異石洞跡刪諸宿皆有述作為咸陟堂集又數十年靜公（香海集）隱公（竺堂集）澄公（水雲集）戒公（玄广集）涉公（片雲集）接武而興以海雲為宗以海幢為派而蓮西則涉公之弟子故一時稱極盛今據詩存摘錄近體如甘竹灘云不信堯時水橫流尚至今兩崖爭一束萬

竅動層陰犀象憑陵怒龍虵轉蟄深當前機不測坦坦幾人
心白雲春遊二首選一云寂寂能仁寺陰陰祇樹林一天涵雨
色萬象屬春心山翠檐前落泉源花外尋此間塵事少終日
白雲深花洲曉渡云夾岸花光映水低香風吹過海珠西微
濛雲水月將墮柔櫓數聲烟際迷鷓鴣云花暗南園烟雨微
東風二月鷓鴣飛越王臺上無人到碧草紅棉訴落暉庚辰
九月重登華首臺禮諸祖師塔原二選一云金碧樓臺映翠雯當
年堂構想神斤苔碑細辨前朝字貝篋常傳古佛文萬木雲
深罷虎跡四山雨暗長龍氛重來洞水無差別一勺眞源冷
暖分警句如夜泊新會河口云月斜孤塔影霜冷一城雞新
甯城冬日晚歸云風寒初落木烟重欲沈山村夜云人聲墜
叢莽月色冷溪松和安南國使云詩賦梅花國經翻祇樹林

春雨云江草鷓鴣緑桃花春水紅明月寺云鐘寒三界寂殿暗一燈深延祥寺云石壽自太古天花聞妙香邊月云照殘征戰骨閲盡古今愁邊塵云戈壁久無雨天山常有風邊雁云伊涼風雪緊江漢稻粱多邊艸云雨暗荒城晚天粘大漠春寄懷蕭瑶生云醉隱存天趣豪吟變海聲聞鐘云衆生同此覺妙理叶眞空和潘蘭史見贈云隨處尋春春便得珠江春色本無邊次韵和姜白石湖上寓居雜咏云銀鱸成尺尋常有不爲秋風想故鄉又鷺絲飛起人何處吹出蘆花笛一枝又可憐王謝當年燕故向笙簫畫舫飛夜出厓門口云萬壑雲雷屯澤國兩門風雨接厓山庚午重陽後與羅三峯潘麐臺同集小田園賞菊云遲來我値重陽後久立人當夕照邊寶積寺云常容啞虎依巖宿偶喚饑猿隔㵎餍白鶴觀云

碧天月露來雋鶴黑洞雲雷起五龍題楊椒坪添茅小屋圖云廊曲佛桑饒午韵墻頭老樹作秋聲代答云十笏香留居士坐一房雲讓老僧閒感懷贈潘桂卿云息機海鳥能相信寡過牢羊幸補亡三月十日李陶村招同人集海幢總解禪室爲補作修禊之局云十日鶯花過上巳一春風信入清明潘桂卿將有申江之行作此爲別云遮莫醉躭陶令酒遂甘窮箸荀卿書粤懷古佗城云中原計日烹功狗窮海乘時養孽龍厓門云風濤有意全忠節天地無情救國殤瓊山云直臣間出饒風骨詞客南來變海聲丁亥秋七月送潘蘭史于役泰西云長鋏龍吟天外劍飛輪鵬運地西球丁亥五十初度黃日坡以詩稱祝次韵奉酬云華髮三千難再染塵勞十萬任重圍草色和作云木棉花落鳥啼急榕樹陰濃牛飯來

又美人一去碧雲合遊子重來零雨濛又落花細雨雷塘路踈柳寒烟白下邨古體如寒林夜屋松壑古寺題風蘭圖壯士行題李介持學海堂竹亭餞春圖羅浮放歌皆佳蘭史得其刊本寄余星洲屬爲多選重以書告我曰寶筏上人性高淡幼通釋典兼習儒學畫仿黃鶴山樵人得之視若拱璧張孝達尚書之洞汪柳門侍郎鳴鑾慕其詩名到寺延一見上人曰二公愛和尚詩非愛和尚也謝以外出不見圓寂後寺僧壁立夢其授詩一卷即刊以行世附錄于此即作蓮西小傳觀可也

聞之古來詩人名士率依幕府今之讀書不成始從習幕者亦且刻詩箸集自居名士矣楊越公以爲古之秀才惟有周孔學問方可當之然今之讀題目講弔渡者亦何嘗非秀才名

則猶是而種質已變殆如上黨參在前朝夙著功效價尤貴
重至今日則充蚁藥囊等於牛溲馬勃也不亦異乎
國初經師秀水朱竹垞太史彝尊曰夫安居而誦習周孔鄉曲
之士能之迨事變猝至臨難而不失其正者希矣世之儒者
幸生太平無事之日飽食煖衣無纖毫之憂患匡坐而談性
命之學及其既沒門人弟子矜其迂闊腐爛之說躋然配食
於孔氏之庭噫吾能必其言之不出於僞耶細繹朱氏此言
其所諷者深矣卽其所自位置不亦大可見哉宜不刪風懷
二百韻甯不食兩廡特豚也
侯官洪秋崖女史蘭士著效顰集其述懷云深閨搦管本非宜
不待人言我自知但問風詩三百首爲何偏冠婦人詩此語
爲閨閣中人爭氣不少

古往今來詩集何止汗牛充棟以陽湖趙雲崧觀察翼之綜博百家嘗謂書賈以明人詩求售其中姓氏爲各詩選所未及而已亦有不知者不下二百餘人此事與歐公讀書中秘見殘闕書目不識姓名正復相類前此後此更宜付諸茫茫而不可知矣番禺張南山太守維屏論詩云作者牛毛成者麟角正是慨乎其言非輕易一概抹殺

在古人既已成家都是好的然其中有大家有名家之分大家之大包羅衆妙自屬自成一家的好一經選手或偏於所重或限於篇幅終難免削趾就屨之嫌故讀大家詩不可不先觀其全而後就吾所心得者深往復焉若名家則各有各好熊蹯雞蹠宜知所取非有前人選本爲吾先導必不爲功然此乃言讀本之法與閱詩話無涉

由上古三百篇而樂府漢魏由漢魏齊梁而近體而竹枝而詞而曲而傳奇其道亦屢變矣每凡一變必有一種機局一定音節增之一分則太長減之一分則太短其機雖與時爲之自人發之而亦不得不以此事歸諸天籟之自然矣余一不知此後由詞曲傳奇而變者復爲何物總之必有一番大排場大開闔在安得聖者與言前知乎或曰粤東摸魚解心雖操土風然與元詞之好用北地方言者同一湊泊要自可備一格

吾閩泉州丁雁水煒平生極長於詩而其論詩則云天下莫不爲詩連篇累牘雲馳泉湧可謂大盛顧唐家音律與晉室清譚士大夫靡然成俗至於曠職廢業以求一二字語之工又余之所懼矣何其超然不滯乃爾

詩道本寬凡有性情者皆可作不必其爲夙學惟非夙學之士

則不能必其皆工耳張南山先生　國朝詩人徵畧一書中所論列至數百人何其盛也間嘗考之多非專家或嘗有集或本無集皆已失傳其尙傳者僅僅衆所膾炙之一聯一語附見諸家筆記詩話之中張氏當日要亦據此而錄之非別有原本可勘也倘一一得其原本而勘之此中未必無崔信明其人

或曰張南山先生自序　國朝詩人徵畧明云詩以人而重人不以詩而輕則此一編乃　國朝名家小傳非張爲主客圖也何必以崔信明故事輕議諸公余不謂然葢必其人已先有詩乃得以人而重不以詩而輕若并其詩而無之　國朝達官貴人老儒名士豈少也哉終未見并徵其畧而與卷中人同爲著錄要知卷中諸公除百十輩是詩學家其餘本非

以詩名而竟有詩則其下筆時當必有不容已於詩者矣不容已於詩故能率性情之眞而成語言之妙惟眞故傳惟妙故傳向所謂詩道之寛者指此豈眞有所不滿於諸公

查初白先生句醉裏題詩醒自嫌此是粗率馮子良先生句醉有狂心語易眞此是眞率

空勞萬里築長城誰料中華自有兵大業君堪雄虎視深宵人解作狐鳴三秦法網愁難密六國君臣苦未平火入咸陽圖籍捲蕭何原不是儒生此番禺鄭棉洲秀才詠史詩也思議别有一天筆力直破餘地秀才道光時人著海天樓詩鈔句云倦去千秋都在眼狂來五嶽自塡胷高飛故笑文昌雀瘦食虛憐博士羊此際只宜花供養前身況共月多情肝腸得酒悲千古湖海論詩隘九州文章結客原非計造物生才轉

怕奇風雨懷人悲夢少乾坤生我悔情多三月春遊輸點也八仙豪飲愧宗之人無同調傷心易胸有兼營積學難相悲豈但無家別獨處都成有髮僧美人夫婿周公瑾才子文章陸士龍（鎮江雅宦）誰傳何水部眞儒吾拜董江都（邗江春興）一城明月誰吹笛萬點飛花獨上樓（宜章春夜）地東荆蠻朝北極天開屏嶂界南中（舟中望南岳）天當夢澤星晨白人入君山面目青（洞庭舟次）故國浮雲悲賈傅大江明月弔皇娥（楚中雜詠）皆動盪可喜者

棉洲詩筆矯拔不受羈縛有作縱横揮灑必快所欲言而後已存稿高可數尺刋行殆未及什一人情極細間一流露於文字中輙欲令人作十日思有句云歡場轉眼是相思又云歡娛自雜英雄淚豈卒爾操觚者所能道耶

嘉應王曉滄廣文（恩翔）今之作家也行年日艾著有鷓鴣村人

詩稿舊本家仲闕工部逢甲吟友今秋九月奉大府檄往潮州勸賑公餘倡和佳句甚多仲闕爲通兩家驛騎使予共訂神交因得時讀大作蒼涼沈鬱逼近杜陵書事八首尤覺忠愛之忱流動簡外其一漢室日多故詔書誅黨魁軍猶嚴宿衛敵自忌邊才捲甲蒼頭去飛車碧眼來長城空飲馬陰雪散龍媒其二屢報川西警燎原事竟眞枕戈仇教士築柵恐行人烽火連三郡音書滯五津審時須急撫莫又起黃巾其三桂海騷然動如今報肅清民窮思作賊事急始招兵郊壘增應恥山田瘠可耕健兒圖報國愼勿重橫行其四愁絶蒼蒼表無能執管窺睦隣爲上策讓地得全師人事多興廢寰區有盛衰從來暘谷地强半宅嵎夷其五暗度昆池刼潛移白虎年紅花愁滿地黃霧忽彌天讖學原無驗妖詩漫共傳自强終有術

但莫奮空拳其六聞道淮徐海饑民遍道周竄蛇驚野哭淒雁
動人愁賑卹憂難繼生靈苦未休沈災何日澹滿目正橫流
其七甌脫窮邊盡鴻溝劃九龍路圍裙帶潤原註香港一名裙帶路峰割
劍鋩重塡海無精衛焚巢有毒蜂偏隅何所恃民勢祇匈匈
其八自主和戎議中朝失利權胡能弭兵革祇與飽鷹鸇俠士
思磨劍經生懼改弦江河看日下風色暮淒然餘如感舊述
今贈和仲闕二十絕句詞旨超邁惜難盡錄其題余五百石
洞天揮麈五言古詩一章今載卷首仲闕與余書云嘉應潮
州之間固多詩人當今健者如王曉滄曾剛甫黃公度胡曉
岑四君外亦不多覯也
同時汀洲人王漢卿農部宗海來遊於潮聞曉滄道余名幷以
詩寄余題星洲選詩圖曉滄句儻愛散仙王子晉天風吹送

一枝簫漢卿句落日估帆爭購集流傳今不獨鷄林題紅樓夢分詠冊曉滄句禪機留與生公說揮麈空山喚石聽漢卿句萬刼茫茫銷不盡更無人讀畔牢愁曉滄復有題風月琴尊圖七言長古原詩今俱彙入各單行本

風月琴尊圖成於九月郵至內地句友題咏未浹旬已盈一帙將來稍需時日得至百人便可刊單行本家叔崧茂才樹甲爲仲闕工部介弟詩才跌宕追逐兄後蒙賜題云素箏濁酒莽英雄更載琴尊掉海中儘賦雌風悲宋玉漫吟殘月感韓公宮聲變調彈時覺楚客離憂醉後空祇恐丹青傳不出橫天夜半氣如虹蕭蕭清韻起青蘋素魄流輝動酒鱗吾道漫深浮海嘆此圖聊寄著書身琴尊自昔宜詞客風月從今號福人畫裡江山獨安穩蓬萊雖淺未揚塵又東莞梁蕢仲清

原名育才嘉應黃伯岐紹岐慈谿李芷汀東沅及家仲闕工部諸作皆蔌園神交友也文字因緣夫亦於此而不疏仲闕更淋漓痛快長歌當哭惜不能盡錄

梅村一卷足風流往復披尋未肯休秋水精神香雪句西崑幽思杜陵愁裁成蜀錦應漸麗細比春蠶好更抽寒夜短檠相對處幾多詩興爲君收此　高宗御製題吳梅村集之作也吳名偉業字駿公晚乃自號梅村先在明季舉會試第一殿試第二歷官中允敦尚意氣爲復社名宿漳浦黃道周直諫得罪嘗使海澄監生徐冲吉上書救之繼入　本朝授國子監祭酒臨終遺命以僧衣入斂樹碣曰詩人吳梅村之墓詩學最工七言律比杜陵古參白傅於前明爲後勁於　國朝爲開先一時巨子皆所不及恭膺　天章知非偶然至命題

處　特書其號而不名此尤僅見後江督查辦違碍書籍如與梅村舊列江左三家之錢謙益集悉須燒燬梅村集獨以早奉　御題獲存然愚終恨其旣負高世之才不能爲殉國之烈士君子以身許國當夫事無可爲則爲文文山之從容就義可也否則爲元遺山之不死野史築亭空山終老以一身存勝國之文獻後人或將諒之至不幸欲爲卻聘之謝疊山而不可得失身兩朝孰或使之乃惓惓身後思以掩飾之計自愚愚人夫亦進退失據之甚而可笑可憐者也　本朝列其名於貳臣傳中卽起梅村將何解免

星洲麗澤社子謝靜希黃樹勳均喜爲詩黃優近體謝優古體如驂之靳莫能軒輊黃所作已錄卷三稿中皆社課也謝君近復自檳榔嶼寓郵其平日手稿質余星洲苦語幽思尤

與長爪郎爲近始媿前此知君尙淺聊齋題詞云青燈如豆寒鴟鳴鬼雨空堦灑無聲枯螢瘦硯秋淒淸先生冥筆搜妖精老狐聞之心膽驚颯颯鬼聲紙中起談與黃州應亦喜荳冷疏籬月呌虫碧火古寞魂不死先生先生將何之山陰蕭蕭一卷持卻將孤憤聊賴蕭騷意作爲鼇擲鯨呿光陸離吁嗟乎沓颯骷髏夜起舞訴向先生淚如雨愚按舊有題聊齋志異句云寄託美人香艸源流山鬼國殤細思未嘗不可强坿他題必如君此作方足精采耳劍仙云皎月晶瑩一寸鐵老魅潛踪神咋舌貪狼摇摇蚩尤驚紅蛟青鬼啼聲咽猿光倏忽飛電滅桀子鴞臣寒古血箕眼已無侯與王惟有忠孝一腔熱愚按筆筆跳動是固然矣通體只見劍光不見人影入後字字細切的屬劍仙身分與傳刺客游俠自爾不同女

劍俠云雌龍蟄壁嬌鳳𤢖空青雲帳吼鸞聲韮許練光胭脂濕磨鏡街頭不記名絳霞春麗腰肢軟羞眉未語顏先靦倏爾蛾橫冷氣生鬼毋驚啼腥風捲萬騎圍中閃電還翩翩輕燕墮花鬟依然柳裊慵無力笑唾紅絨蒻白鷳吁嗟乎權貴之權權何有敵國王公繫妾手思按轉折起落俱極處女脫兔之觀萬騎句用加倍寫法末前以撇為補是何意態雄且傑無題云紅橋垂柳綠如絲海棠嬌睡朝陽遲雙槳橫塘人去後年年錦字織春機緘札明璫數番寄蠻牋半染桃花泪珠箔風敲臮子飛瑣牕畫靜蠶兒睡新減湘裙一尺腰翠蛾顰蹙不堪描鮫綃生怕孤鴛夢誰解眞珠慰寂寥雙飛彩鳳分離影十索丁娘怨清唄薄愛冰紋蟬翼輕嬌憐香印鴛痕冷水晶屏幛花間人鸚哥媚學檀娘嗔花裙綷縩蛺蝶醉三

十六宮春鱗鱗斷腸牋草鼠鬚筆玉穠纖月映濤琵曲唱秋
娘别很深柳藏蘇小相思密廣陵花債散痴仙綺語來參繡
佛禪春夢正酣歡喜地秋香墮盡奈何天同心帶結西川練
珍重莫卻班姬扇妾夢常依皓月飛郎心漫著紅顏變誰知
緣葉誤三生杜牧歌翻薄倖名遥夜美人鸞影寂天涯游子
馬蹄輕秋風秋雨頻年歷夜夜胭脂和泪滴夢中朱字識箜
篌月下黄壚擫瓊笛玉戶蠨絲罥翠櫳六朝金粉怨東風樓
頭春色憐山紫篋底香綃負海紅繡蟲唧唧鳴東壁錦囊不
啟秦箏寂雲鬟堆殘絳月場梅花瘦盡綃金幕常愁不化仙
蝶飛游絲十丈繫無依黄衫市上知何處典盡霓裳人未歸
如何覓得氤氳使冊檢死央看題字倩女離魂欲上天訴將
人世傷心事愚按綺麗芊綿風流自賞其所託興者深也君

名兆珊厦門人天津籍尊人某嘗爲碣石鎮總兵固將種也少卽能爲才語長老多以遠到期之十試有司均不得志老境頹唐始從人浮海遊於南洋之檳榔嶼同宗流寓者頗衆留主義塾羣聞其才待有加禮君性謙挹以余主持麗澤社事有一日之知貽余書問欲以弟子禮事余且引古人一字師之義爲證辭弗克當乃已丞福力軒舉孝廉鈞曩嘗至檳嶼有志略於君所著亦多採錄云

南洋閩教不修良由無學讀謝靜希檳嶼謠一作更不能無望於有移風之責者辭云蠟炬啼紅泣曉天異地瘴花開木棉小姑夜語出深巷明蟾照見紗囊爲（按島産婦女皆不着褌紗囊譯音其製似桶裙古稱中單）紗囊雲薄透空明式勝金泥簇蝶精微風綷縩搖仙珮月映冰肌徹水晶一雙白足白如玉行雨行雲何處宿四野

無人好月華露珠粘上鬓鬟綠又某生竹枝詞云少年走遍
狹斜場花樣新翻興更狂大好車兒行緩緩長途安穩睡鴛
鴦詞雖雅俗之不同均爲關心風化者聞而深憂矣
謝靜希五言古雜感十六首今摘其尤警句如第一首之蘭茝
沒蕭蓁王香等草茹第二首之神劍隱豐城當時勞鑄冶第
四首之世路石尤風悲絲逵人憐第五首之山鬼吹空影寒
鴟啼夕曛第六首之寶劍生秋膽白雲贈素心又酒熱輕相
許盟言不可尋第七首之鬼蜮媚青楓嵩神守枯栢第八首
之紅袖颺鈿車綠窓冷雲鬓第九首之時無田公子馮驩空
彈鋏第十首之珥筆天星落文章哭海隅第十四首之頹垣
哭野狗燐屑生佛堂按靜希同治初年入賴軍門幕從征甘陜此詩殆敘爾時所見也第十
五首之夜嗷僵尸腸紅睜驚鴉烏原注燉煌沙州一帶兵後凶年飢民相食而人死作

埋越日已爲人竊發食人既多兩目皆紅客好色者多爲婦人誑入空窖聚衆齧啖第十六首之明月有盈虧離愁無時歇又此情訴落花落花隨風沒皆卓犖可喜者

前幅錄謝靜希檳榔嶼謠各作重惜南洋女教闕修因憶余於今夏曾應寓處諸君之屬擬有新嘉坡宜興女學演說文一通刊列日報見者頗以爲是茲復載入於此以諗來者文曰

星洲受廛之十華人得其九流寓者八土著者一間有六七傳而鄉音冠履盡棄華製者問其先固自麻六甲來也英屬近稱三州府曰新嘉坡麻六甲檳榔嶼新檳二島皆孤峙海中獨麻埠與亞洲大地毘連壤土尤廣故墾荒爲久我華國初沿海居民謀食南洋者雖取海道星檳未開咸以是爲歸宿其時海禁嚴犯無赦既飢驅而作孑身外出之計明知

故鄉永棄亦復無可如何求偶於斯滋族於斯華巫通種由來久已亦越道咸同光先因歐美數大國之請始通商船繼得使臣薛福成之奏始弛海禁相距蓋二百餘年此二百餘年中由流寓而土著而巫籍而英籍上無家學師承下圍故鄉曲說朝不聞漢京明詔野不見夫子宮墻是故不通巫言卽無以浹島上戚里之歡卽言顯榮第亦安下澤款段之素求能自拔於二百餘年中如東亞西歐所謂聞人者蓋寡其尤失先著者在於婦女之粧飾俗尚語言盡從巫人其於華猶有一斑之似則僅俟神及稱謂聞耳巫卽島族巫來由奉回教三州府產華女獨奉華神殆有內地愚夫婦之遺也至稱謂六親猶依華語遇途人之男者曰仁叔婦女老者曰老嫲輒從故老聞華人初來多吾閩漳泉鄉人其從麻埠求婦也男俾從父女俾從母由麻埠以迄星檳南洋各島一遵往昔無敢或

越云云余旣因流溯委意當日流寓諸君必多拘於鄉俗重男輕女有以致是而不知日後改歸歐西人保護有男女平權之利益也且男子日逐什一閫內一秉諸婦古人胎教姆教何等嚴重此而忽之其子幼與母習天性少成與母親卽與父疏不必問其長娶室人更多習染已且今日之人子卽他日之人父久而久之女與父殊子與母習移華而巫蠱變種質理有固然勢成難挽試思自華人流寓至今生養休息不知幾何爲問某也女某也婦某也母能通中文或西文之意理者乎無有也安在而能善其後耶今欲匡正之數百年之妝飾語言習倘實難猝移亦不得盡人而移況在婦女輩爲尤甚則莫若先興女學日下滬上有創設女學堂之舉效西國教法淺而易入教中國文字切而可行無事作帖括之

勞神不必爲詩詞之專業易於男學傳者女師卽在滬上延聘數人來島使之聚學一堂其漸移默化必有可觀星洲諸君如有意乎余敢左袒以示

女學宜興士學尤爲當務之急欲士周知四國之爲期可進而佐治非特立中西學堂不可今京師大學堂一切草創京外行省大中小學多未能舉行或以款項難籌爲言此須地方紳民出而自辦事方易舉如粵省西關之時敏學堂是也（聞董其事者爲譚頤年鄧家讓陳芝昌鄧純昌諸人云）一時聞風各謀遙應乃經八月逮捕黨人而後衆復觀望惜哉初 朝旨令出使大臣遍諭海外華旅亦如內地紳民之就地籌辦例準中小學堂凡卒業者聽其錄送京師視與生員舉人一體新嘉坡署總領事香山劉君玉麟（號葆森）因下其事屬余及林君文慶（以字行）檳榔嶼

署副領事嘉應謝君榮光號夢池與商人亦均有成議而謝君復擬自備鉅貲匯歸原籍剏小學堂今雖未卽輟響然華旅悞會時事多有靜以觀變之意海外且然内地乎何有吾用是愈睪然於西關之時敏學堂也

福雅堂東海集安溪林鶴雲正郎稿手授陽湖洪蔭之大令刋於滬上者蔭之爲稚存先生曾孫饒膽識通時務宦遊於臺嘗因事繫獄鶴老知其無罪極言於新撫邵唐兩公得釋乃刋此以報鶴老今錄其醉後放言柬劉履塵云同是天涯兩鬢蒼那堪回首卅年狂東風吹醒樓蘭夢休問扶餘舊戰場濁世翩翩大是佳當年張緒最風懷燈圍紅袖談兵夜灞上兒曹笑楚淮書生橫海誓屠鯨破浪乘風轉旆旌氣盡一時閭里俠至今低首鄭延平相逢淪落快雄談知己牢騷尙二

三時事漫須愁歇後原注鄭建堂 劉安雞犬待鸞驂五老星明傍五羊原注封公繪五老圖於獅子林 獅林彈指現滄桑綠衣末座偕童冠歷刦重談誓戒香當年許史艷親迎袖海樓頭舊館甥三五年時塗抹甚鄰兒竹馬記分明原注君爲許星臺中丞快婿 海天一笑亦前緣頭沒深杯學放顛到底耦耕歸計好綠楊移蔭舊花田鹿耳東風吹雪霽鯤身南日捲濤紅蒼茫身世餘天地失馬容知福塞翁按此爲甲午寓臺時作 乙未五月十三日臺北淪於和議兵民交變扁舟偕家時甫太僕內渡蒼皇礮燹瀕於危者屢矣虎口餘生詩以誌痛云內變方乘外侮憂掀天波浪截橫流忽驚車鬼方塗豕始信冠人盡沐猴猿鶴化來山月黑鷓鴣聲亂陣雲浮滄桑再見田橫島錯計燕雲十六州半壁斜陽列島空大江王氣黯艨艟依來劉表原非策哭到唐衢共效

忠萬里隨波終返節千秋孤注誤和戎早聞馬首書生諫得失何心語塞翁贈易實甫觀察云部州五大奇男子一代詩才變雖多菽園按近閱實甫所刊丁戊之間行卷詩才奇麗得未曾有若魂北一集則殊見頽唐余於魂北集之尤者已載揮塵惜無從得其丁戊之間行卷而更讀之晉室褒忠劉越石原注君東渡激揚劉淵亭菽園按越南之役劉氏年力方壯幸成功名其平日已極心滿意足之致及守臺南漫無布置羣猶仰如帝天後乃僅以身免蓋中於暮氣久矣匡門弔古易秋河辨姦著論存清議正氣扶輪獨浩歌菽園按易秋河康熙朝番禺詩人又按中日之役實甫甚憤曾上六事長疏爲時傳誦以今觀之中多未切當日時勢惟其責備某軍機及某爵臣之語則甚嚴正者目極燕雲空涕泪手攀遺栢誦蒿莪原注君欲殉母自號哭龕菽園按家庭至性非言語所能形容實甫既號哭龕又復於詩中哭母君子謂其過矣曩者龔定盦先生編年詩集輙因喪憂而闕是也近如林穎叔萬劍盟兩先生遺集皆存此類殊爲失檢古來名家未之有也卷帙寥寥僅詩數十首未足以盡鬯老聞鬯老告余友云方將今歲近作謀寄五百石洞天耳而余揮麈之編已

至卷十一冊行且函粵盡付攻木之工或不能相待矣耄老
行四人稱林四又號鐵林洪蔭之題其簡端曰鐵林我鮑叔
一見若平生對策陳同甫吟詩阮步兵鼓輪涉滄海把臂論
臺澎早作陸沈嘆前言未可輕偶存詩一卷豈爲豹全皮總
是憂時淚非關測海蠡關心六退鷁側目一勾驪我憶林和
靖從來不著棋

乙未五月朔越日全臺紳民權推唐中丞總統民主國有紀云
天祚扶餘未可知兩河忠義盼星旂（原注劉營七星黑旂）陳橋擁趙兵
虞變鄭國封韓帝不疑執挺降番尊使相築臺朝漢長蠻夷
五洲琛贄圖王會釁鑠登壇紀義師此亦東海集中作也雖
出無成然亦可見當時景況天下事後難逆睹大抵如斯矣
憶余方遊滬聞之有作云見說臺嶠士呼天竟不聞　皇靈

猶遠戢藩服願長存即此風雲氣都闕　雨露恩曠懷千載
上倉葛忍置論今并坿錄於此
友人示余即事二首覽輿探幽興不違每逢佳景樂忘歸披襟
小憇榕根上指點兒童去路非天氣微暄雨乍晴出門聊爲
看山行呼僮塡盡崎嶇路免得遊人嘆不平問似程朱詩否
余笑頷之因詢悉爲新竹王友竹松之作并言友竹頗有祖
遺能結客好吟詠自全臺歸日後家始中落或勸其出應日
聘不答杜門避客號滄海遺民以見志亦可悲也偶得菽園
詩則大喜手自鈔錄日夕念海澄邱某不去口余聞之甚愧
其意他日王詠裳自廈以書抵我云友竹即其族昆少孤事
母克孝甲午内艱服闋手訂四香樓餘力艸丙申返臺用陸
渭南詩意改題如此江山樓復訂留刪艸不工古體近詩則

獨見性情如家居漫興云性本難諧俗何須氣不平悲歡如夢境詩酒破愁城課子書重熟持家法尚生山妻容養拙甘爲析葵烹山中訪友云來路沿流水開門見遠山花間攜手語酒後出詩刪爲約三椽築同消一味閒敢嫌供給少滿袖白雲還雜感云休說中原事羣雄約叩關人猶謀仕宦誰肯念痌瘝家國愁如海朝廷債似山淚盈襟袖濕不是酒痕斑登城東樓云登陴望闕歎拳空時事浮雲大海東繞郭溪聲秋雨後滿樓山色夕陽中移家人困偷油鼠守土民愚負蝂蟲一腔熱腸雙冷眼搔頭只合問蒼穹贈家瑤京弟國垣云人文兩足慰相思一日遲過數度催萬事輸君緣有母半生愛我只因詩才華恰見荒年穀傾倒眞如向日葵深願來生作兄弟老天可許再追隨皆是集中上駟暇當囑其追繕全

稿郵質先生耳

余聞留臺王氏復有字箴盤者通日本語言與其士大夫交稔臺民獲賴調護甚衆年少英鋭不慕浮榮於詠裳爲昆弟行何王氏之多才子也詠裳之表姪女蔡氏亦新竹人喜吟誦余尚未見詠裳名漢秋詩載揮麈卷九箴盤名石鵬

乙未而後臺中士人内渡而返者多緣父母坵墓不能棄如之故有謝頌臣茂才道隆者與家仙根工部逢甲爲中表昆弟素饒兵略能得衆心工部倡義守臺時民團十萬軍書旁午茂才翩然來隸麾下多所贊畫不啻皋羽之於文山也及敗相將出走日人圖工部形購以千金嗣事漸解茂才返其弊廬墓韓康賣藥故事若將終身焉嗚呼丈夫不遇時固如是乎前錄工部古別離一作可見茂才之能繫人留戀者非偶

然矣茂才癖躭佳句初學劍南後學樊南近體小詩工部亦自謂不如
義熙甲子如陶靖節野史築亭如元遺山臺人士不幸於吾身親見滄桑之事自不可不常存此念頭至若藪倖逋逃歸嚇腐鼠如近者託名外籍作奸犯科等事時有所聞吾恐日人之終議其後矣又若不棄揣摩重理亡國之八股每遇試期復歸原籍作科場秀才之鬧此等行逕古語所謂狡兎三窟殆又過焉若輩所自待者不知爲何吾則曰是直叔寶全無心肝
渤海劉東生太守湝焴著得所得盦詩鈔八卷其卷三中有易水行一篇云五國雄師同日死乃有報仇一壯士昔時易水至今寒想見人人髮上指一擊秦王殿上行甘心碎骨眞荆

卿雲時火光出銅柱天崩地折鬼神驚人言挑冠殊非計我道燕丹差足强人意齊建餓死趙遷亡狐貉噉盡無人氣君不見滄海鐵椎兀然起誤中副車博浪裡王佐奇才猶如此何况報仇燕太子其卷八中有過燕太子送別荊卿處原二首今選其一云不刺秦王國已空莫將成敗論英雄當今豈少荊高客欲訪金臺酒市中兩詩讀之使人增長多少意氣與揮塵卷一所錄屈翁山作徒作史論者又自不同

賣漿屠狗盡吾師亦劉東生太守句

劉東生太守詠史八首作於同治壬申六月時方憤海上之多故宰相和戎泄沓爲治因舉歷史偉人燕昌國君樂毅漢丞相武鄉侯諸葛亮晉太傅廬陵公謝安唐同平章事鄴侯李泌唐同平章事贊皇郡公李德裕宋同平章事萊國公寇準

宋少師尚書右僕射李綱明少保兵部尚書于謙以諭之原
序稱前明茅止生嘗欲選千古功名之士以樓三層祀之惟
范少伯張子房李長源居最上蓋志之所存也孫夏峯則云
余客頗多遞居其上天啟乙丑丙寅郭林宗陳太邱其選也
崇禎癸未甲申又屬之管幼安田子春今耄矣其惟衞武公
乎淮清不自量竊倣兩先生遺意取古中興名輔可法者各
係之詩而因以明志焉愚按太守少出清門旋得科舉迴翔
薇省擢任黔中所處多由順境故其全集金絲引和極意覩
唐人步趨而乃蒿目時艱有觸斯感之旨亦偶一二發焉良
有眞性情者然也余故特選之今觀咏史原序及所舉人名
隱然有杜少陵許身稷卨之志可不謂壯且遠耶吾獨怪孫
夏峯求人才於明季之交首慕管幼安田子春而不及申包

胥文天祥一流豈以其身將隱焉之故耶嗚呼我　國家自甲午棄臺而還時局又一大異矣馴激而成爲今歲之變內憂外患靡知終極尙論者於此又將何自位置耶

好題目是詩家第一要事其事在百數十年前還欲取而追詠之況及身而見又安容默爾以息耶如邱仲閼工部蟄庵詩存中好題目自是不少而尤以海軍衙門歌一作爲激壯淋漓令人叫絕所謂據事直書而瑕瑜自見言者無罪聞者足戒幾幾乎可稱詩史矣余敢決爲必傳之作雖然事有哀樂之不同語有悲愉之互異顧疇不欲得歡愉而忘哀慼特無如世之所遭事之相值難以選擇者固人之無如何也從古才人每傷淪落復以手無斧柯奈龜山何長言寤歎如出一轍矣豈眞懽愉之言難工悲懽之調易好而幸爲此哀哀之

嗚不吉之語耶

夢墨亭何在飄零短札寒才華狂易損身世醉難寬白首悲張祜青山葬伯鸞莫題秋士感更泣落花殘吾閩陳恭甫先生壽祺題唐子畏自書詩後作也先生經學天下知名左海文集鄉人家有其書詩號絳跗草堂詩鈔專主沈雄與前明七子爲近此首余獨愛誦之亦不自知何故

星洲麗澤社丙申始創不過詩聯詩唱等題繼乃兼課制義帖括詞章時務前後鈔存將來彙刻傳諸其人星洲椎魯無文僅此亦足爲後之志藝文者篳路矣近因外間多有欲得詩聯諸作而先覩爲快者爰爲擇尤分錄俾與卷中諸詩人同傳其於敬業樂羣之義當亦有取或疑爲標榜同類起見則非余所敢安矣○以下詩聯出語一簾菊影當明月對語陳山泉

云滿座蘭言挹惠風出語睡鴨香殘紅袖冷對語李汝衍云沈虬漏轉翠衾温出語一曲琵琶千點淚對語盧桂舫云半牀蝴蝶兩般身王攀桂云廿年麾節數行書出語悄拍香肩呼姊姊對語盧桂舫云暗將廋語鬭卿卿陳山泉云肯饒花貌亞奴奴出語殘月曉風楊柳岸對語失名云淡雲微雨杏花天徐李鈞云斜陽春水木蘭橈出語盤馬秋原霜氣肅對語盧桂舫云攀龍春殿露華濃徐李鈞云屠龍滄海浪花腥出語峭帆衝斷江中影對語林鏡秋云駿馬翻飛陌上花周仁藪云傑閣飛吞浦外雲李汝衍云靈瑟彈餘水上音出語紅袖青衫皆白首對語盧桂舫云皓眉黃口盡蒼生又云綠珠碧玉共朱顔徐李鈞云黃冠緇服亦黎民莪園按出語本極難對丙申在星洲校閱僅而得此迨遊詔安縣城於丁酉春首仍用出語徵對取五十名而張君萬選句壓卷則烏臺黃閣共丹心七字耳出語愛薰花氣簾常捲對語徐李鈞

云雅品茶香水自煎又云貪領山光墻不圍出語入夢詩魂應伴月對語陳叔常云在山泉水自盟心出語十里樓臺涼浸月對語潘伯祿云九重城闕黯飛煙出語淡到無言人似菊對語渴睡漢云芳眞竟體士如蘭萩園按凡不知其人則惟据所自書之號稱之下倣此失名云空原是色界成蓮萩園按有咏梅社者以梅賞最宜邀雅客聯卷屬校記取對句爲竹居惟許住高人葭思聯宛在念伊人等若干名惜未錄其姓氏又按聯語一道有出口不經意而實難對者如曩以客子影單愁對月徵對得卷一千六百有奇至竟無一合作

○以下詩唱琴心第一唱李汝衍云心經頻念斂鸚鵡琴譜増修到鳳凰陳叔常云琴書自樂狂呼酒心事相違懶校經陳伯明云琴參妙境原通道心愛名山每羨僧燭奴第二唱杜錫齡云銀燭金尊銷夜永桃奴菊婢報春忙胡伯驤云蓮燭且欣陪學士竹奴何福號夫人潘百祿云何奴未滅戈思枕薛燭難逢劍忍弢儂影第三唱李汝衍云雙飛影妒釵頭

鳳獨舞儂羞鏡裡鸞謝靜希云椅妾影妻空色相卿憐儂懊忒風流盧桂舫云看花儂欲飽饞眼對鏡影眞慙老頭又云月華影欲前身證花貌儂休再世生（香夢第四唱）胡伯驤云梅偏有夢甘和靖棠喜無香媚季倫盧桂舫云蛺蝶偷香生便解鴛鴦同夢死方休又云嚇人妖夢醒猶悸悅口藥香飽尚饕又云高唐說夢謊神女銅雀分香誤美人徐季鈞云江山入夢月初落庭院皆香花正開李汝衍云百讀薰香班馬賦兩篇說夢列莊文劉允承云山齋冷夢風兼雨水國幽香芷與蘭（蛾子第五唱）陳伯明云雕虫應愧蛾時術鳴鶴遙傳子和聲蕭雅堂云妾惟工織蛾蠶繭郎自能權子母錢曼華生云河朔豔傳蛾析術（原注蛾析善彭祖導引之術）江南哀賦子山辭（今瘦第六唱）陳伯明云江山有恨成今昔天下何人問瘦肥（楚絲第七唱）李汝衍云

郤憐正則長懷楚爲繡平原一買絲蕭雅堂云借材何幸來三楚續命誰知有五絲胡伯驤云儒修有得輕文楚臣節無慙勵素絲（目耕第二唱）陳芝圃云比目魚游漁女妒催耕鳥促老農忙盧桂舫云刮目蒙驚吳下別躬耕亮早蜀中籌慕如氏云離目輪心同絕世莘耕渭釣亦匡時（洞庭第三唱）李汝衍云古墳洞邃狐潛宅老屋庭空燕去巢陳芝圃云瀑瀉洞簾鉤挂月山圍庭幛畫懸天胡伯驤云深居洞裡離秦土痛哭庭前復楚基陳倬雲云桃花洞口來劉阮瓜果庭前祝女牛李汝衍云春雨洞桃天上色秋風庭樹夜來聲（紅樹第四唱）康頴菴云驟雨飾紅驚病蝶濃雲匝樹亂歸鴉水仙氏云命薄小紅充侍妾功高大樹拜將軍陳湘崖云埋霜梅樹香常在映水桃紅豔欲流古松氏云院裡千紅春作主水邊萬樹月傳神盧

桂舫云葉聲辭樹都成雨花片飛紅莫問春王台中云蝶戀殘紅春欲曉鶴歸古樹月初明杯渡第五唱李汝衍云酒賢酒聖杯中物桃葉桃根渡口人水仙氏云遠別勸君杯酒一大呼殺賊渡河三盧桂舫云吸鯨醉態杯成海駕鵲痴情渡作橋萩園按與麗澤社同時有會吟社爲王會儀童梅生諸君所剏設而延余董其事嘗即會吟二字爲魁斗格盧桂舫云會有酒錢貧亦飲負深詩債病猶吟王攀桂云會意書由多讀得驚人句豈偶然吟又余在詔安沈乙垣家叔問桃小舫社以船枕二字爲六唱楊春波云大將入吳船斷鎖孤軍出塞枕橫戈沈際東云隔浦魚歸船相月空山木落枕驚秋謝錫銘云鄉夢終虛船笑客君容長晤枕知心○以下嵌字青面紅鬚胡伯驤云青幌半遮人面竹紅闌曲護虎鬚蒲潘伯祿云面因紅赧羞逢婿鬚擬青留細酌妻雲鶴山房云青瑣玉環懸獸面紅檽銀蒜捲蝦鬚

文山筆話廣西藤縣蘇琴舫舍人時學道光舉人著文山其字也自題

有云茫茫青史溷褒譏掩卷憑誰定是非寸管論人到成敗
英雄那得不沾衣奥妙曾窺石室藏眼光到處自許量胸中
幸有陽秋筆未肯隨人晝短長又嘗寃唐柳柳州之罪謂當
以范文正公之論爲是乃書河東集後云八司馬黨皆君子
可惜遭逢數偶奇不遇希文高着眼一生堅白有誰知政事
文章第一流可憐撼樹𦢊蜉蝣楚南山水名賢聚終古何人
占柳州論斷可謂有識

嶺東潮州城名金城以潮中有金山也或稱鳳城則因城西有
小山曰鳳山其北九十里有鳳凰山爲一方重鎭去城南數
里許韓江之中有鳳凰洲則全潮之形勢便焉其上有鳳凰
臺結構壯偉每當春秋佳日士女遊觀必登是臺以盡延眺
前有某宦惑形家言夤夜令人私去樓桷風雨薄之日就衰

圯大有鳳去臺空江自流之感矣昨歲丁酉潮人僉議修復
始復舊觀疥詩者咸相屬蓋一絕妙題目也鎮平陳硯臯大
令展雲昔嘗過此集中有登臺作云海門吹浪捲層臺一線
江懸絕壑開水氣直浮天地入風聲如挾戰爭哀雲霄我欲
乘鸞去文字誰為驅鱷才好與傳觴盡高興隔溪嵐翠正飛
來今秋王曉滄訪邱仙根於潮聞均有是題唱和長篇觸景
感懷必另闢一新詩界也
陳硯臯詩共編十卷名抗古堂集以光緒十四年刻之其人距
今歿已數年有弟敬孫孝廉展騏遊於南洋大霹靂埠敦尚
意氣取友必端與同里黎香孫齹尹經善香孫嘗從索得硯
臯遺集郵余讀之詩中凡涉骨月友朋均極眞摯以試禮闈
數走京師又宦滯桂林頗久乃平素所嘗與往返酬荅者不

過鄧鐵香承修胡曉岑曦康少岳熊飛二三知己而已此外達官要人曾不屑妄交一人訣頌一語即其品詣亦可於此得之也雜述示同學諸子九首之六云季長附梁冀猶曰畏禍耳伯喈就董卓猶曰感知己依託雖云非其說容有以潘岳富才藻草詔廢太子荀鶴亦詩人屈抑事黃氏理學稱甘泉序爲嚴嵩擬經生有劉歆符爲王莽紀心肝果何在讀書乃無恥吁嗟乎噫嘻此皆知名士

硯皋抗古堂集有思歸吟云吾生不到蓬萊宮手攬明月呼天風年年奔走嘆飄泊臨流面皺將衰翁江湖滿地成孤客不在天南即地北異鄉風景古所嗟只有月是故鄉白故鄉月在異鄉天見月歡喜亦復憐憐人不與月同圓究竟月一回圓即復缺月猶如此人何言問月何故月不知獨抱繩河流

向西河流到海不復返茫茫白日愁難遣家遥只倩夢歸來
依稀又被風吹散北風何凄凄秋深催授衣只管催人去不
解吹人歸身無羽翼飛長道莫使風吹遊子顏色老游子年
時鬢尚華莫使風吹高堂鬢髮槁高堂我尚有三代莫使風
吹中心各如擣千條萬緒此中心心心皆爲游子深游子一
心思分三代親三代一心共及游子身游子一心分妻孥三
代一心止一人游子思親有兄弟三代一心分弟兄弟兄異
地嗟流寓空把黃金買行路山妻門戸苦支持嬌兒句讀多
荒誤吁嗟乎君胡不聞行路難羊腸峻坂來登攀君胡不念
家園樂谿田茅屋甘抛卻市兒結交百杯酒恩怨須臾翻覆
手炎曦著人色如血車塵十丈埋人首蓬萊蓬萊高於天五
雲遠隔殊仙班上不能化爲鵬翼摶雲烟下不肯與蝘蜓蛉

蜾相周旋狂飈駴浪一萬里黃沙莽莽凋朱顔君不見花門日夜撾戰鼓如山白骨相撐拄豫齊河決壅黃流燕晉旱災成赤土況復滄溟逞螳臂大肆猰貐作人舞四海何人薦賈生文章晚世嗟何補仰天獨酌傾一杯無田歸去將何依道旁觀者絶纓笑區區生計微乎微君不見人生熱鬧皆有爲先（去聲）者十九得者希夢中昨夜聞子規一聲聲喚不如歸此首與揮麈卷一所錄張亨甫先生作相絜量彼則大氣盤旋此則宛轉闊生皆可傳者又按硯皋詩於我　朝作家無所不窺故其有作偶或襲用舊語而於近人七古尤易犯之語云落筆不經意動乃同古人固不能爲之諱也

李生才高杜公才大仙聖所造各有獨尊乃才高者好與古人相角李白集中多擬古人傳作而杜甫無之才大者不妨自

我作古杜甫集中所爲排律長篇及詠物小題而李白亦無能以相勝人各有能有不能二公可謂善用其能矣

十年來寓京之士盛推黃山谷詩蓋衍西江派者必祖之也本朝學黃山谷最著三人一鉛山蔣苕生編修士銓一順德黎簡民貢生簡一湘鄉曾滌生文正公國藩蔣以氣格風骨勝黎以思路詞藻勝若曾則借此爲提倡學子之資已幷不專門乎是

商人重利輕別閨中少婦盼斷弄潮往往在外再置室家樂不思蜀其或年時一返來去尋常二女異居無容作尹邢之避古有之者武帝聽置左右夫人賈充前娶於李復娶於郭是也諺謂爲兩頭大泗水蕭雅堂有懷二首云異鄉花草故園春歸去來時祇此身安得多情似明月夜來長照兩邊人故

鄉消息問梅花以客爲家又憶家即使歸家翻似客去來無處不天涯意蓋爲此而作可謂俗題能雅矣雅堂以字行泗水其所寄寓南洋之一小島名也

世無神仙更何有神仙之詩句大率文人假託附會以博一時之談噱耳其或積想所通降乩飛鸞殆佛氏所謂一切由心西土所謂以太之動吾儒所謂依人而行據而輯之不已陋乎郡人林氏刻北山詩存中盡乩詩而北山翁粱蝶仙小姐二人之作爲尤夥北山翁本無其人粱小姐亦在若有若無之列好事者至盛傳小姐能閱文勝國大學士林釬即其乩壇受業生怪誕支離不經可笑

治天下者以德不以力乃普魯士前王威廉氏云勢之至者理亦有時而屈嗚呼人類固以力相勝者耶

自湘陰左侯剏設福州船塢以中西學兼課學子三十年來就中推時望者得三人焉曰羅稷臣京卿豐祿陳敬如副戎季同嚴又陵觀察復羅嫻辭令應對之選自使英國間復留意工商雜務陳寓法都通其樂律故負一時跅弛名陸軍操法尤所自信即聚百千新募之勇施以部勒能於六月內訓成勁旅今吳淞自強軍馬隊猶其所授云嚴治政學並及性理譯著天演論一書中國現有西學書舉莫能出其右者全書文法自成結構極似周秦諸子奇作也一向知之苦無從得自頃始獲畢讀數遍因悟一切新學新政可以存國之理人羣進步乃能自立與疇曩所聞於鄉曲衿纓者大異嚴先生誠有再造於菽園矣故喜而誌於此又名吾讀書處曰觀天演齋以諗世之有同好者

咸豐以來功臣談者不一或舉曾胡左彭或舉曾胡左駱或舉曾胡左沈或舉曾胡左李彭頗自用駱沈中材所謂因人成事者李則生存猶待論定余謂曾胡皆有古大臣風胡品尤純惜不及曾之善箸書耳左則全是豪傑作用磊磊落落轟轟烈烈文儆積弱之世當不可少此等人論其盱衡全局統籌一切雖未及曾然而 國家處今時勢艱難於斯二者猶有典型與其無曾不如有左

嘉應宋芷灣太史湘書平原君傳後云一笑已拌謝躄身主賢從此繡絲頻不悶寸策酬公子此躄何能謝美人當時風氣總難論狗盜雞鳴接到門略似殺人來勸酒竟逢座客有王敦蕭同叔子事堪哀動地干戈爲笑來寄語美人歡喜口春秋戰國莫輕開三詩皆爲美人歎惜此老多情何其甚也平

原當日赴約入秦對其逼索魏齊數語慷慨激昂千載下讀之猶令人思深知己繡絲之詠原不爲過若夫殺美人以謝客則或當時驕縱陋習平原賢者未能免此乃所謂風氣總難論矣

又詠荊軻云風蕭蕭兮易水寒荊軻男子有心肝酒行可起直須起不唱一聲行路難全首與起句成語打通一片即論詩境亦有飛仙劍俠手段

又集中六姝詠警聯西施云歌舞十年雙淚盡興亡兩國一舟遲虞姬云事去難思范亞父功成不過戚夫人昭君云落日明駝軍士淚春風錦帳主人恩綠珠云石交豈有狂瀾起金谷應無古井深木蘭云隣舍耶娘悲別死沙場男子愧偷生紅拂云竟能識我浮沉日如此關懷將相人他日復有二律

乃題鮑覺生王楷堂兩同年咏史詩卷卻寄者如云盡情歌哭天應老畧話興亡筆不塵點鬼筆頭先鏡我題名紙上已霑巾同師一管春秋筆並掃千家風月談則皆其中警句也集後附讀漢書絶句甚多惜此不能備錄

芷灣先生范蠡載西施圖歌云越王已霸吴王死夜半傳呼索西子西子功成可以已范大夫曰鴟夷矣鴟夷何處尋路人都指吴江心當知消夏灣前路自出門來生怕住若耶溪畔親相逢只有一人眞是故無端歌舞可奈何國恩知已兩情多白紵衣邊浣紗淚烏棲臺側采蓮歌朝亦復采蓮暮亦復采蓮妾心五湖水妾夢五湖烟五湖船頭打兩槳五湖船尾蘆葭響錢刀意氣付閒評估客漁孃空比象年年湖水緑油油君王壽考臣扁舟扁舟下在湖心裏一日揚帆一日留如

何不向湖頭醉郎本英雄妾本媚十年辛苦百年間回頭莫說宮中事吳王宮前有鷓鴣越王宮前亦鷓鴣千秋誰氏扁舟圖吁嗟乎伍大夫又一首云男兒生不軍門殺賊子汨汨江湖空老死男兒報國豈必定封侯美人醇酒復何求乾坤浩蕩山河悠漁竿三尺當春流波上鴛鴦沙上宿日日雙雙任去留大夫姓范人姓施爲問行人知不知千金到手即揮酒明日陶朱今子皮世間萬事誰眞假纔道芙蓉又野馬十年變作吳宮秋誰是當時浣紗者吁嗟乎君紅粉我白頭湖中有酒湖中游仰天大笑出門去西施即在湖中住昔人評坡公兩赤壁賦前作近仙後作近佛今吾於先生二詩亦本此意讀之

元倪瓚字雲林知世將亂散其家財百萬與親戚知好而自放

浪於江湖人稱高士乃明杜東原集有題元倪瓚書一則云先生家素封以納粟補官余按雲林高士豈急於利祿者何必以貲郎進身其下又云應時君之詔以濟饑之非求貴也乃爲恍然

王伯輿終當爲情死咄哉梟雄亦有打不破之關耶若郭令公姬侍滿前文文山聲伎自隨此自是英雄本色胡忠簡黎渦有情蘇長公六如說偈此自是菩薩心腸情之所鍾正在我輩友人慈谿李芷汀東沅詩云願爲葵扇遮嬌面消受脂香過一生晉江王詠裳漢秋詩云安得化身爲彩筆吮毫時節接芳唇儗以陶令閒情遽便賢者之過

嶺表宋芷灣黎二樵兩先生一則書學山谷一則詩學山谷皆衍江西之派者也文采風流照耀一世迄今零縑寸楮殘膏

剩馥人尤寶貴視之有如拱璧余性多嗜好文房之供神魂之悅毋不溺焉忘倦間嘗笑語吾徒兩先生苟作魚熊之喻則舍二樵詩而取芷灣書耳

或者之難曰芷灣亦有詩二樵非無書二者不可得兼君將於斯奚擇余爲低頭久之則謹對曰仍愛芷灣詩

惟有好懷不易開此曾文正句是退步語萬事頭難須努力此彭剛直句是進步語

吾閩侯官林少穆文忠公則徐 爲道光朝名臣品詣志節海內宗仰任粵督時嚴禁鴉片入口英商咸憚其直將受約矣卒以乏人輔佐功敗垂成邊釁一開言者未能相諒得 旨奪職遣戍伊犁惜哉賜環後實授雲貴總督辦匪有功因病回里咸豐 御極廣西不靖再起視師洪楊之徒驟聞公來方

謀解散而公則軍次潮州薨矣粤人多疑為某豪下毒惟事
秘弗能詳自公薨後洪楊無制盜兵跳梁僭號太平天國蹂
躪至十三行省曾胡左沈戮力行間斬乃克之茲禍之烈且
與咸豐一朝相終始黃巢李闖未前聞也論者每謂公苟假
年鎮遏事前當不至此沈幼丹文肅公葆楨即為公之快婿
其官江西廣信府適因公出洪楊分兵悍黨突至圍城一日
數驚外無援者文肅婦林夫人親揮成梁之家丁誓與同城
吏民堅忍危守破指血書募敢死士從間道密馳至鄰郡堯
姓兵營乞救情文迫切讀者動容統兵堯與林舊本世誼即
拔隊赴賊兵出不意幾疑將軍從天而降紛紛退避而廣信
之圍以解軍興十餘年女子能裨戎機此為僅見是以文肅
後雖歷握疆符俘獲偽幼主洪福瑱勳業爛然而聲施不能

掩林夫人而上之則文忠家訓之隆志節之貽惟女子亦不可及也

林文忠公之督粵也日令人於督署繙譯澳門西報以覘敵情原非昧於環球大勢者後人述其禦敵事語每失實聞時長吏謬妄自憙一遇交涉純違己私迨至機失事潰身去國蠹猶矜矜然借文忠公大名作無聊時一慰藉又何文忠公之不幸耶不知以禁烟苦商事追諒文忠之志則可以閉關絕使謂即文忠見識所及則大不可今日時勢五洲大通凡屬文明政治靡不欲各擴市場交相爲益世未有黜聰隳明自阻進化而可爲國者亦未有離羣遺世蔑棄衆人共由之公理而可國於羣雄之間者俗儒并見不足語大反並當時志節名公從而加以罔詞竊料文忠復生正不願有此知己矣

獨是東望日本與我同爲鎖國絶市與我同受西人逼廹與我同時許約通商而彼則終禁鴉片入口我則一若天厚吾之毒而莫之爲而爲者此眞文忠所大恫而曩日當局諸人不能辭其咎也

林文忠公進　御文字已有政書行世遺稿復有雲左山房詩鈔之刻約三百首後附詩餘十餘首賢者多能此其證矣公詩取裁唐宋自寫性情少日喜衍隨園流派如集中與人行諸體皆是謫戍後意境一變而爲沉雄其出嘉峪關感賦四首未知於老杜神理如何然已遺前明七子之貌而取其神宜爲當時傳誦殆遍辭曰嚴關百尺界天西萬里征人駐馬蹄飛閣遥連秦樹直繚垣斜壓隴雲低天山巉削摩肩立瀚海蒼茫入望迷誰道殽函千古險回看祇見一丸泥東西尉

候往來通博望星槎笑鑿空塞下傳笳歌敕勒樓頭倚劍接崆峒長城飲馬寒宵月古戍盤鵰大漠風除是盧龍山海險東南誰比此關雄敦煌舊塞委風烟今日陽關古酒泉不比鴻溝分漢地全收鴈磧入堯天威宣貳負尸陳後彊拓匈奴斷臂前西域若非神武定何時此地罷防邊一騎纔過卽閉關中原回首淚痕潸棄繻人去誰能識投筆功成老亦還奪得胭脂顏色澹唱殘楊柳鬢毛斑我來別有征途感不爲衰齡盼賜環

蘭陔堂詩鈔嘉慶時漢陽能夢花茂才壎所箸余見其殘帙春暮云白袷衣纔試其人瘦不禁鳩鳴回午夢花落損春心小病非因酒孤懷半入琴西塘微雨歇烟水一時深晚作云返照千峰斂秋聲萬木號荊襄蕭關塞江漢失波濤素節泠泠

冷浮生役役勞古來哀怨極惟有楚人騷寄贈云醉寫烏絲
字愁吟錦瑟篇樓中秋在水杭上夜經年明月情無極巫雲
夢可憐同心何處結又近菊花天全集五言學韋蘇州秀骨
姍姍結響頗遒他體未能稱是有春閨怨未兩韻云與君非
一身安得不別離與君非二心安得不相思亦警其從軍行
一首逸宕爲樂趣不作苦語讀之尤令人眉宇間作飛揚之色
詞曰千金買寶刀百金買駿馬應募東海頭轉戰孤城下樓
船與下瀨軍容盛荼火邊聲警夜刁旌旆何婀娜摧鋒所敵
陣爲君埽么麽槍急滚梨花彼烏敢當我白刄叢一身熱血
奮欲埽生取封侯歸死即馬革裹
有傳誦鸚鵡洲弔禰正平詩曰雲冥冥兮天壓水黄祖小兒挺
劍起大笑語黄祖如汝差可喜丈夫豈爲偷生固當伏劍斷

天王石衡天推曆卷十一　終

五百石洞天揮麈卷之十二　　　菽園子部之二

海澄　邱煒萲　菽園

摘句圖始自唐賢亦即宋人詩話所自昉然詩話之例不專主摘句　國朝摘句圖實始於新城王漁洋之摘愚山詩迨後番禺張南山輯國朝詩人徵略乃大演摘句之風無人不摘無體不摘爲卷六十足稱鉅觀余茲歲晚輒爲披尋謹以意分編言情寫景二類載其近體之尤新穎卓拔者於此篇中則不啻聚一朝作者而我與之相親炙也閱者誠於課讀餘閒迴環往復其於涵養性靈宣暢湮鬱當必不遜絲竹之和醇醪之醉耳

言情如膠州法黃石若眞順治進士官布政有黃山詩留云正借文章收國士須求經濟報朝廷宛平王胥庭熙順治進士官大學士諡文靖有王文靖集云惜別

暫留寒夜雨送行無奈曉風吹宣城施愚山閏章順治進士康熙召試博學鴻詞科官侍講有學餘堂詩集云到家成遠客訪舊指新墳性懶千人疏簡慵題因存友恕詩篇泰興季冠月開生順治進士官給事中有出關草云鷄鳴夢訶吊朝晚烏哺心傷進膳遠勾容笪江上重光順治進士官御史巡按云百年容易過萬事總難工崑山顧亭林炎武有亭林集云世事粗諳身已老古音方奏客誰聽中年早已傷哀樂死日方能定是非盜都魏東房際瑞貢生有魏伯子集云三分天下四川地六出祁山五丈原嘉興王介人翃有二槐草存云西蜀諭通司馬檄中山謗滿樂羊書華亭彭省廬師度諸生有省廬集云漢家相業多由吏宋室文人半乞州新城王漁洋士正順治進士官刑部尚書謚文簡有帶經堂集云人逢七夕思千里雁去三湘第一聲飽及侏儒臣朔死放來正則子蘭狂唐家都護安西府漢史功名博望侯故人一別成

千載公子重逢又十年安邱曹濬如申吉順治進士官遷撫有淡餘集黔行黔寄二集云禹功江漢大楚俗鬼神尊到面山容如故友近城人語盡鄉音黄岡王昊廬澤宏順治進士官禮部尚書有鶴嶺山人集云豈識武侯非管樂須知曼倩亦巢由吳江計改亭甫草順治舉人有中州集云久客忘時序依人慎去留順德陳獨漉恭尹有獨漉堂集云南國干戈征士淚西風刀剪美人心家無兄弟依朋友地夾河山畏鼓鼙窮海訪人兵後去孤身攜劍雪中歸閩縣徐存永延壽有尺木集云千里別情芳草外五更殘夢落花前常熟陸秋玉元泓有水墨廬詩云酒於愁處終難醉詩到窮時亦不工鄞縣董缶堂道權有缶堂炳燭墨儦諸集云莫沽行處酒早寄到家書示兒江都宋梅岑元鼎有芙蓉集云雙柑香濺佳人手半臂寒添酒客肩仁和柴省軒紹炳有省軒集云一見如相識重遊卽故鄉錢塘陸講山圻有從同集威鳳堂集云大兒

交北海。孺子問南州。鎮安曹陸海玉珂順治進士有緩齋集云弱孫學語能看月。長子行文可望秋。莆田彭奮斯鵬順治舉人官巡撫有古愚心言云桂性歲增惟老辣。葵心晨發即朝陽。德州田山薑雯康熙進士官戶部侍郎有古懽堂集云病深思入道。交久漸知人。崑山徐健菴乾學康熙進士官刑部尚書有憺園集云慣對卷編常病眼。與談忠孝即開顏。菽園按上一句讀書人確常犯此即醫家者言久視傷肝也吉水李醒齋振裕康熙進士官兵部尚書有白石山房稿云少不如人何況老。過猶未免敢言功。德州盧夢山道悅康熙進士官知縣有公餘漫草清福堂遺藁云戒殺未能難佞佛。長生無用不求仙。長洲韓慕廬菼康熙進士官禮部尚書謚文懿有有懷堂集云萬里張騫曾鑿空。九州鄒衍欲談天。在昔唐衢常慟哭。祇今宋玉與招魂。菽園按時宋牧仲為唐子畏修墓文懿題語可謂用典巧合德清徐蘋村倬康熙進士官翰林侍讀有蘋村集云人能欺白髮。天不吝青山。漢軍李梅崖基和康熙進士官巡撫有梅崖集云癸丑帖傳王內史春秋癖愛杜將軍袁園拔佳句可作帖子清俸遠勞分故吏朝衣問借與同年益都趙秋谷執信康熙進士官贊善有因園集云敢銜游水怨祇傍漆園居客路遠隨殘月役鄉心半向早寒生扶衰地有君臣藥勸酒庭餘姊妹花蕭山毛西河奇齡康熙召試博學鴻詞科官翰林檢討有西河集云新遊多未識前事每經思羣公暇日追河朔太史占星聚汝南長洲尤悔庵侗康熙召試博學鴻詞科官翰林侍講有西堂集云老親健飯真奇福子弟能文亦美談窗無小婦工調瑟膝有童孫解弄書美人行雨仍天上良友停雲半土中貧延子壘爲佳客病拜岐黃作外臣山陽邱西軒象隨康熙召試博學鴻詞科官洗馬有西山紀年集云臣適當年意難期身後名秀水朱竹垞彝尊康熙召試博學鴻詞科官翰林檢討有曝書亭集云尊前舊事憑誰說篋裡新詩待爾刪宜興陳其年維崧康熙召試博學鴻詞科官翰林檢討有湖海集云哀誄南朝顏特

進。碑銘東漢蔡中郎。江都吳園次綺貢生官知府有林蕙堂集云天忌三
春好。人偷一雨開。佛容人乞子。僧强客題名。菽園按極鄙俗事用來又極新
穎今。古秋。多。怨。人天。夜。有。情。菽園按十字咀之不盡曲阜孔東塘尚任官員
外郎有湖海集云會面疎於夢。交談勝似書。漢軍劉在園廷璣官按察有葛莊
詩鈔云前日寄書曾達否近來好事更如何蒲州吳天章雯諸生有
蓮洋集云人代已隨晨雨散。河山不改夕陽晴。太倉王虹友攄有
蘆中集云報父有心終覆楚。殺身無計可存吳。伍相祠海甯查漸
江容有彈箏集云壯士橫刀看草檄。美人挾瑟請題詩。香山何皇
圖翬道諸生有樾巢集云别非垂老偏多淚。歸已無家復送行。愁中生
計沉杯底。夢裡功名到枕邊。錢塘吳稗畦昇太學生有稗村集云他鄉
長兒女。故國隔山川。淄川蒲柳泉松齡貢生有聊齋集云名士由來能
痛飲。世人原不解憐才。德州馮大木廷櫆康熙進士官中書有馮舍人遺詩云

士忌才名大官憐骨相寒馬調添睡味山過減詩情對奕明知先着好置薪原是後來强南海梁藥亭佩蘭康熙進士官庶吉士有六瑩堂集云身常善病愁春老心爲憂時識夜長爲友過於兄弟誼望余兼有父師心太倉唐東江孫華康熙進士官主事有東江詩鈔云文到無情眞悔作口除飲酒只宜緘漢軍高種鈞其倬康熙進士官戶部尚書謚文良有味和堂集云酒狂尙憶同諸子詩瘦無妨自一家意中故國偏無夢風裡銀河似有聲吳江陳雪川萇康熙進士官知縣有雪川集云春風隴上新寒食夜雨堂前舊鏡臺悼亡長洲宋嘉升聚業康熙進士官郎中有南園集云眞人白水生文叔名士青山臥武侯南陽滿洲鄂毅庵爾泰康熙舉人官大學士謚文端有西林遺藁云手理亂絲須用緩方醫惡疾不妨奇從知三萬六千日半是東西南北人海甯楊次也守知康熙進士官知府有致軒集云射虎何曾侯李廣牧羝幾欲老蘇卿長洲徐大

臨昂發康熙進士官編修有畏壘山人詩集云刀圖玉帳觴公瑾。花簇珠屏舞大喬。吳王植草木尚生無患子。男兒那作可憐蟲。海甯查德尹嗣瑮康熙進士官侍講有查浦詩鈔云身逢明主猶嗟命天奪中年亦忌才賈太傅祠永福黃莘田任康熙舉人官知縣有香艸齋集。云不去自知無補益初來便是有泥塗。忽逢異地多聞客。勝讀人間未見書。海甯查初白慎行康熙進士官侍郎有敬業堂集云用巫眞下策。勿藥得中醫。萩園按上語爲得着下語則爲不知醫者發也偶到不妨頻問俗。既來何苦又思家。好官氣色車裘壯。獨客心情故舊疑。座中放論歸長悔。醉裏題詩醒自嫌。含意每爲知己盡。不才眞怕受恩多。計疏更事多成悔。身賤依人自覺輕。新書著罷從人笑。善病同時得婦憐。語雜詼諧皆典故。老傳著述豈初心。詩貪記憶關心讀。話到蒼涼制淚澳詩中衛武公宮中詩句元才子天下神仙李鄴侯共傳清節胡威絹自有家風趙抃琴贊皇世業平泉記樞密新堂晝錦詩星漢文章唐許國臚雲名第宋安陽家承曲阜先師學郡領陶唐古帝都山陰王弇山霖康熙舉人官知縣有弇山詩鈔云千古江山風月我百年身世去來今錢塘沈香巖紹姬諸生有寒石詩鈔云獨有千金酬漂母曾無一語感滕公淮陰侯仁和王百朋錫諸生有嘯竹堂集云目無高力士心識郭汾陽李白全州謝梅莊濟世康熙進士官鹽道有梅莊雜著云酒能昏白晝錢不住貧家桐城張寶臣廷瑑康熙進士官侍郎有詠花軒詩云門爲看山何用杜車還駕鹿不須懸滿州高東軒斌官大學士謚文定有固哉草云未探理窟難言命深歷官場始悟非遂昌朱翰仙楷諸生有梅岡集云蝸牛入室問奇字蟋蟀登堦聯苦吟番禺易秋河宏有雲華子詩集云亂世霸圖空草竊成名豎子亦英雄粵臺

覽古滿洲尹望山繼善雍正進士官大學士謚文端有尹文端集云不言家事知余苦頰。寄征衣賴汝賢。寄內仁和杭堇浦世駿雍正舉人乾隆召試博學鴻詞科官編修有道古堂集云客久長疑夢。愁多不當春。山陰周蘭坡長發雍正進士乾隆召試博學鴻詞科官侍讀有賜書堂集云一日百函真作手。十年三賦早名家。新會胡大靈方貢生有鴻桷堂集歛手本疑藏拙巧。高蹤原與鈞名鄰。菽園按語極曲折可味惟以之厚責他人則未免不恕矣吳縣盛庭堅錫諸生有青嶁詩鈔云遇主名高三禮賦。懷人心折八哀詩。杜文貞祠元和邵百峰眠諸生云人以風塵賤。詩兼鬢髮蒼。諸城劉延清統勳雍正進士官大學士謚文正有劉文正集云奇探昌谷囊中句。妙聽成連海上琴。會稽商寶意盤雍正進士官知府有質園詩集云名心未了難遺世。晚景無多怕受恩。明知愛惜終須改。但得流傳不在多。菽園按此亦名心未了之見端也的真是甘苦語南海何西池夢瑤雍正進士官知州有匊芳園詩鈔云古詞三婦艷。新月兩頭纖。漢軍英

夢堂廉雍正舉人官大學士謚文肅有夢堂詩稿云忙中未覺閒中趣醒後重刪
醉後詩山陰胡稚威天游貢生有石笥山房集云寒窺褰典仍欺客夢怕
鐘催不戀人天台齊次風召南乾隆召試博學鴻詞科官侍郎有賜硯堂詩云親承
文景昇平業開闢唐虞未有天漢武帝南海勞巨峰孝輿貢生官知縣有
阮齋詩文鈔云文心鸚鵡舌詩價鷓鴣聲上元程綿莊廷祚諸生有岫雲閣
詩鈔云戲罷頗聞知記憶書來漸解問平安憶幼女鄞縣全謝山
祖望乾隆進士官庶常有鮚埼亭集云一行作吏少佳趣十年讀書多古歡興
化鄭板橋燮乾隆進士官知縣有板橋詩鈔云荊妻拭硯磨新墨弱女持箋
索楷書山茗未賒將菊代學錢無措喚兒回順德羅石湖天尺
乾隆舉人有瘦暈山房集云西京文字開秦吏南粵江山入漢書酒債卻
緣多病少春愁難共落花埋長洲沈歸愚德潛乾隆進士官侍郎謚文慤有歸
愚詩鈔云長齋非奉佛達理不關書贈內載書關吏厭止酒僕人

歡。巢由稷契無高下。廊廟江湖有重輕。菽園按既曰無高下忽猶有重輕此語可味。九原可作惟隨武。千里相思是向期。錢塘袁簡齋枚乾隆進士官知縣有小倉山房集云無情何必生斯世。有好都能累此身。地當六代悲歌易。胸有千秋下筆難。學書未就求人苦。佳句雙存割愛難。折柳自澆臨去酒。攀花難問再來期。不先請客來還答。最愛看書過亦忘。聰明得福人間少。僥倖成名史上多。傳名早死皆高壽。肯樂貧家即富翁。所到總能增閱歷。無求何處不神仙。辦事人多解事少。愛民心易治民難。千金盡買群花笑。一病才徵結髮情。病中贈內高談澤潞兵三萬。論定揚州月二分。杜牧墓韋平兩世黃扉業。伊呂三朝白髮身。尹公七十家焚諫草終存史。身是傳人更有詩。贈錢嶼沙手書露布三邊讀。甲洗銀河萬馬知。贈王蘭泉姓名敢作千秋想。得失先安一寸心。謝蔣若生校集汲鄭

果然能禮士。皋夔原本是詩人。詠孫補山垂雲深護鶯鶯穩越境

難防蝴蝶飛。詠帳解用何嘗非役物。不談未必定清流。詠錢滿洲

舒雲亭瞻乾隆進士官知縣云性愛登臨同謝傳。志存溫飽愧王曾。入

手轉添心悵望。開緘先覓字平安。得家書秀水鄭誠齋虎文乾隆進士

官贊善有吞松閣集云甘於諫果三分澁。苦到蓮心一味清。讀慎齋詩有人

望遠千行淚。比我思渠十倍愁。蒙古夢午塘麟乾隆進士官侍郎有大谷堂

集云郎生薄宦非求達。宋玉微詞欲著書。崑山葛運乘景中貢生

官訓導云閒居賦就霜凝鬢。夢友詩成月滿梁。嘉興許晦堂燦諸

生有晦堂詩鈔云詞臣善頌元和聖。小雅仍歌吉甫功。膠州高南阜

鳳翰官縣丞有擊林等集云不妨李固終成黨。到底曾參未殺人。會稽陶

篁村元藻諸生有泊鷗山房集云欲語性情思骨肉。偶談山水悔風塵。南

海羅章山元煥諸生有萬石堂集云臬馬同時文士重。荆高亡後酒人

輕。歙縣方子雲正澍諸生有伴香閣詩云漁樵來往能行意。仙佛虛無易得名。交廣易添離別恨。學荒翻得性靈詩。會稽童二樹鈺有二樹山人詩稿云捨身峰頂搜殘碣。減食囊中買僻書。甯都彭儀庵雲鴻貢生有咄咄吟諸集云貧妻莫笑張儀舌。老母殊憐李賀心。平生自擬無懷傳。他日誰題有道碑。獻縣紀曉嵐昀乾隆進士官協辦大學士謚文達有紀文達公集云衙衛舊聞唐頡利。衣冠今賜漢呼韓。嘉定錢辛楣大昕乾隆進士官少詹有潛研堂集云韓子文皆從道出。溫公事可對人言。著書已勝金樓子。汲古常攜玉帶生。從古文章無定論。由來場屋因名流。廣昌何鶴年在田乾隆舉人有玉耕堂詩集云藉懶成高志。因貧得儉名。鉛山蔣苕生士銓乾隆進士官編修有忠雅堂集離鄉味似新婚別。乍客身經蜀道難。古來名士窮難送。天下才人貴亦勞。性靈獨到刪常語。比興兼存見國風。丹徒王夢樓文治乾隆進士官知府有夢樓詩集云將離更唱紅蘭曲相憶應看青李書南康謝蘊山啟昆乾隆進士官廣西巡撫有樹經堂詩集云南斗一星扶北極西江隻手障東川王文成像德化陳時若奉慈乾隆進士官布政有敦拙堂集云殘編熟盡還相對蠻語通多總入詩陽湖趙雲菘翼乾隆進士官貴西道有甌北詩鈔云倉皇臨大變智勇出艮知樟樹鎮杜門閒客散攤卷古人來家貧婦或兼勞婢身老見還小似孫嘉定曹來殷仁虎乾隆進士官侍講學士有宛委山房詩集云西京專閫推橫海東漢登壇數伏波上海張少華熙純乾隆舉人官中書有華海堂集云詩就浩翁分一瓣酒同坡老鬬三蕉湘潭張紫峴九鐵乾隆舉人官知縣有楓林羊城諸集云河岳雄詩膽乾坤縱病身武進黃仲則景仁諸生有兩當軒集云秋士霜前草春人鏡裡花親在名心留百一我行客路慣三千似此星晨非昨夜為誰風露立中宵小由桂樹吟方苦大海萍蹤聚亦奇風雪衣單知歲晚江湖酒病

與年深。去留楚漢興亡地。倔強韓彭斧鑕餘。英布墓一慟無由恩已絕。兩家多故事難言。靈澤夫人桐城姚姬傳鼐乾隆進士官郎中有惜抱軒集云亂世烏飛難擇木。男兒豹死自留皮。弔王彥章海甯祝止堂德麟乾隆進士官御史有悅親樓詩云大能尊孔子。空不敵禪門。莊子功德言從何處立。書詩畫且一身藏。菽園按是不得志於時者之所為乎讀書纔信童時易。忍事偏於醉後難。每因一字難安處。吟到三更渴睡時。菽園按非親歷者不能道亦不能知世途誰可呼將伯。家事毋來溷乃公。菽園按有此胸襟天下事非異人任何況作詩平南黎謙亭建三乾隆舉人官知州有學吟悔初諸草云承恩如夢寐。得罪未分明。棄置詞滿洲托瞻園庸官至吏部尚書諡誠慤有瞻園詩鈔云方寸一時得。平生萬事非。漢軍汪蒼巖松官佐領有早聞堂集云空囊逢儉歲。老屋怨愁霖。滿洲慶似村蘭諸生有絢春園詩鈔云看花好似尋良友。得何翻疑是舊詩。嘉定金纓武慰祖貢生有絲雨山房稿云讀書

新有珠船獲論古還看玉麈揮懷甯余少雲鵬翀太學生有息六齋遺稿
云地返舊遊如故里天生有用卽勞人石門方蘭坻薰有山靜居稿
云暇日寄書期別後經年欲語盡鐙前滿洲鐵冶亭保乾隆進士官
兩江總督有梅庵集云士窮詩任過才大地分靈愁裡逢春驚老至中
年生女作兒看高密李少鶴憲喬乾隆召試賜舉人官知州有少鶴詩鈔云能除
眾有句獨得古無貧高要莫臞山元伯乾隆舉人官訓導有栢香齋詩鈔云美
人病去無靈藥秋士吟成有苦聲順德黎二樵簡貢生有五百四峯堂詩
鈔云生如草木眞爲死士有詩書亦可貧士龍實是鸞凰子
帝虎虛縻犬馬年直以病軀縈老友勉安慈母譽嬌兒番禺
呂石飄堅貢生有遲刪集云賣書鑄劍酬知己碎錦裁詩贈美人蒙
古法時帆式善乾隆進士官侍讀有存素堂稿云鐘聲止羣籟酒力入新詩武
進趙味辛懷玉乾隆召試舉人官同知有亦有生齋集云逸次叔齊原有位讓開

季札更無稱。（仲雍墓）史公位置還齊孟，弟子門墻竟出斯。（荀卿墓）眼中餘子容如許。身後相知竟屬誰。鎮洋汪敬箴（學金，乾隆進士，官左庶子，有靜厓詩初稿）云：少年濁世佳公子。垂死清流舊黨人。（侯朝宗廟）大庾李虛谷（如筠，乾隆進士，官編修，有蛾術齋詩集）云：我註六經經註我。人磨寸墨墨磨人。論文求是非爭勝。識字無多怕問奇。順德張藥房（錦芳，乾隆進士，官編修，有逃虛閣詩鈔）云：文人每自憎少作。烈士未全灰壯心。陽湖洪稚存（亮吉，乾隆進士，官編修，有卷葹閣集）云：母病逋師訓。兒長著父衣。作識面人偏入夢。不關心事忽沉思。遂甯張船山（問陶，乾隆進士，官知府，有船山詩草）云：身如前日死。心對衆人孤。長爲有情人說法。莫從無佛處稱尊。靜樂李石農（鑾宣，乾隆進士，官巡撫，有堅白齋集）云：六國尚存先易呂。五經未燼已亡秦。（闕中）鼓瑟有靈堯二女。問天無語楚三閭。（浮湘）蛇蟠大澤龍能斷。鹿死中原狗又烹。（淮陰）黃梅喻石農（文鏊，貢生）

有紅蕉山館詩鈔云論古仍須識時務。讀書原不爲科名。蕆園按藥石之詩可砭華士秀才天下爲憂樂。老子胸中有甲兵。范文正祠嘉善黃退庵凱鈞太學生有友漁齋詩集云花發先呼嬌女看。詩成念與老妻聽。故人詩好久能記。自種花開倍可憐。藥非自製終難信。書卻貪看奈健忘。蕆園按藥非自製句勿泥殆未達不嘗之意耳老境漸來先齒髮。此心自問尚兒童。太倉顧懷祖張思諸生有越游小草云殘年如小劫。小住即深山。嘉善沈瘦客大成諸生云未見書當從客借。無名花亦動人憐。嘉應宋芷灣湘嘉慶進士官糧道有紅杏山房詩鈔云世上葛藤須快劍。山中風雨有深巵。歙縣鮑覺生桂星嘉慶進士官侍郎有覺生初稿云梧桐南內唐天寶。枯樹西風庾子山。落葉金華方鐵船元鵾嘉慶進士官主事有鐵船詩鈔云睡與吟相迫談雖病不妨艱難立業差能久。憂患爲文始覺深。不希榮遇原無辱。少與歡娛亦省悲。未必考終非短折。由來世議郎天刑。詩無眞意羞存稿。友不交深懶致書。句爲偶拈無次第。夢常半記不分明。雄風誇大諛驕主。夢雨荒唐託婦人。楚中陽湖劉芙初嗣綰嘉慶進士官編修有尚絅堂集云維摩自埽天花室。彌勒同居水月龕。吳縣吳巢松慈鶴嘉慶進士官翰林侍講有蘭鯨錄鳳巢山樵求是錄云干戈奇士出。[illegible]濺直言來。妄思憂樂羣生共。未必酸鹹眾口和。能納江河知海大。不資塗澤是天工。鎮洋彭甘亭兆蓀諸生有小謨觴館詩集云隨例盤餐同味少。代人文字愜心無。皖城節署桐城劉孟塗開諸生有孟塗前集後集云俠士未逢求寶劍。傾城難遇種名花。千秋姊妹傾城福。一代君臣快婿才。詠二喬

寫景如水外疑無地。山中別有天。則朱梅麓之錫義烏人順治進士官兵部尚書河道總督句也。松光青不定。海氣白成圓。少華西來朝白帝。太行東望走黃河。則宋荔裳琬萊陽人順治進士官按察使有安雅堂集句也。宿雨鶯聲

濕流雲鶴羽肥則王胥庭（熙凡舊里已詳上言情類者此不復述下倣此）句也水落渭河諸派合天圍華嶽萬峰低煙杪一九關百二河流如綫路三千則沈聞人（永令吳江人順治副貢官知縣）句也微雨洗山月白雲生客衣地遠朔雪孤城白天入齊煙一帶青九州積氣峰前合萬里浮雲杖底來魚龍欲見空中闊風雨忽移何處山則施愚山（閏章）句也人煙寒大陸山雨急長河芳草又生新雨後故山遙憶暮春初則程湟溱（可則南海人順治進士官知府有海日堂集）句也絕壁飛泉多奪路好山明月亦尋人則黃梨洲（宗羲餘姚人諸生有南雷詩歷）句也一燈影落庭如水四壁蟲鳴夏欲霜則魏勺庭（禧寧都人諸生有魏叔子集）句也月憐將去客花憶欲歸人則陳伯璣（允衡南城人有澄懷閣愛琴館諸集）句也千樹穠華千樹雨一番晴暖一番風則馮鈍吟（班常熟人有馮定遠集）句也大江流漢水孤艇接殘春則費此度（密成都人）

有鹿峰集燕峯集句也樹外秋陰生大陸天邊落日見中原則冷秋
江士嵋丹徒人諸生有江泠閣集句也螢火出深碧池荷聞暗香千峰盤雪
棧數騎出雲林人意孤雲外山容太古前高峰華嶽三秋出
曉日潼關四扇開一天暮雨來巫峽萬里寒潮到秭歸吳楚
青蒼分極浦江山平遠入新秋則王漁洋士正句也洞口蒼
藤迷舊路寺門老樹識前朝則王端士揆太倉人順治進士有芝廛集句也
放馬盡來紗苑白彎弓直落海東青則丁藥園澎仁和人順治進士官郎
中有扶荔堂集句也離憂在湘水古色滿衡陽五嶺北來峰在地九
州南盡水浮天新虹映日收殘雨積水浮天出斷山則陳獨
漉恭尹句也關河輸輓交南北樓閣煙花自古今則侯中揚州
德涵嘉定人諸生有掌亭集句也船停楓葉落月沒客身孤則吳野人嘉紀
泰州人有陋軒詩句也遼海吞邊月長城鎖亂山則蕭芷崖詩松江人諸生

有執柯集　句也雪消春水江湖闊樹隱晴煙島嶼微則柴省軒紹炳　句也江寒魚罟靜月上虎蹤多則盧文子元昌華亭人諸生　句也孤帆收夕照漁火亂春星則董樗亭俞華亭人順治舉人有浮湘度嶺諸稿　句也溪水碧於前渡日桃花紅似去年時丹楓江冷人初去黃葉聲多酒不辭則崔不雕華太倉人順治舉人有櫻桃軒集　句也草換今年色花含隔歲心則吳長庚光歸安人順治進士官編修有南山草堂集　句也月明潮滿圍孤嶼野闊天低見大星十千酒醒吳江鱠第二泉烹顧渚茶則曹實庵貞吉安邱人康熙進士官郎中有實庵詩畧　句也平野雪深迷督亢大寒冰合渡滹沱則方九谷殿元番禺人康熙進士官知縣有九谷集　句也月出連天近潮來帶海飛則李厚庵光地安溪人康熙進士官大學士謚文貞有榕村集　句也近山風轉急隔水月初生路於殘雪消中見人在青山缺處來鞭影遠牽殘月色馬蹄寒踏斷冰聲則趙秋谷執

信句也江湖夜靜逾空闊星斗風來欲動搖則王西澗材任黃岡人康熙進士官僉都御史有西澗詩鈔句也皓月近雲行過疾空闌壓水坐來浮則毛西河奇齡句也雨餘千澗急雲合萬山沉則高阮懷詠宜城人康熙召試博學鴻詞科官檢討有遺山堂若巖堂等集句也寒煙萬井外春樹六朝餘陰洞蛟龍睛有氣虛堂神鬼晝無聲則朱竹垞彝尊句也一時落葉同梧盡萬種名花讓菊開蔌園按寄託高渾則金衍慶世德漢軍人官巡撫謚清惠句也柳邊過雨鷺窺網花外夕陽人倚樓則丁雁水煒晉江人官按察有問江詩集句也花陰午靜聞鶯語院落春閒有燕泥則孫仲儒寶侗益都人官都經歷有惇裕堂集句也一年好景初垂柳二月餘寒未放花小艇正宜三尺水破颿斜受半邊風野寺無名惟見佛空山有路漸知村路貪稍近尋由徑橋畏新欹獨下輿則劉任園廷璣句也獨院梅花涼夜雨數行家信小樓

燈則佟儼若世熙官知縣有與梅堂集句也青春索句王孫草遲日攤書

玉女牕則吳天章雯句也平開圖畫含千嶺掃盡星河占一

天望月則惲南田格武進人有南田集句也海吸長河遠天包大地圓則

陸雲士次雲錢塘人官知縣有澄江集句也積水化雲天路白斷虹收雨海

門深則何皇圖輩道句也斷吟留雨續離夢倩雲招則梁南

樵無技番禺人貢生有南樵集句也萬壑水聲千樹雨一樓人影四牕風

則佘兼五錫純順德人貢生官訓導有語山堂集句也闢鎮居庸當北面河流

滄海抱中原則陳左原學洙長洲人康熙舉人句也星光連馬眼冰氣

上人鬢陰洞壽雲龍蛻骨遠山生草麝行香則梁藥亭佩蘭

句也九曲初通三島近萬山遙拜一峰尊武夷則高大立孝本嘉興

人康熙進士官知縣有固哉叟詩鈔句也白蘋風細魚苗長紅杏花深燕子低

風鐸間同山魅語鬼鐙紅出寺門遊菽園按險語亦復佳苟從此路做去便入魔道

不可不防其獘晴空黑過盤鵰影低草腥留卧虎痕蔌園按此則大方長河暫伏潛仍出高嶺遥看近郤平朱旗颭地親麾陣蠻甲齊山坐受降則高種鈞其倬句也雲連三省近關踞萬山高仙霞關則滿九如保滿洲人宗室康熙進士官閩浙總督有檢心堂稿句也潮長全低樹帆高欲過山孤磬八雲雙洞響百花臨水一溪香則許揚雲遂番禺人康熙舉人官知縣有眞吾閣集句也天闊星如墮江空月最先一雁下投天盡處萬山浮動雨來初牛羊白散千屯雪草木青同萬竈烟四山雷轉車聲小萬帳燈浮水氣中則查初白愼行句也亂泉聲裡誰通屐黃葉林間自著書則王秋史苹歷城人康熙進士官教授有二十四泉草堂集句也荒岡曉趁牛羊路逆旅寒依虎豹村則李穆堂紱臨川人康熙進士官戶部尚書有穆堂類稿續稿別稿句也鷄鳴半夜騰潮日鐘落層霄響澗風登岱則呂天益謙恒新安人康熙進士官光祿寺卿句也青山兩岸

尋詩路黃葉孤邨買酒家則王君千時憲太倉人康熙進士官檢討有性影集句也紫朮夜春供客飯白雲秋製入山衣則鈕玉樵琇吳江人貢生官知府有臨野堂集句也中流夜月潮千里隔岸人烟樹萬家則王百朋錫句也煙開沅水雙流合帆轉衡山九面青湘江則沈方舟用濟錢塘人有方舟集句也鳥隨落葉下枯樹人帶夕陽穿亂山則錢玉友良擇常熟人有撫雲集句也屋頭大葉自吟雨衣上綠陰如染苔竹陰入寺緣無暑荷葉繞門香勝花花明正要微陰襯路轉多從隔竹看月明不見星河影夢醒微聞梧竹聲則厲樊榭鶚錢塘人康熙舉人有樊榭山房集句也愛山移舫對隔水問花多則施文賢世綸漢軍人官漕運總督有南堂詩鈔句也風定樹猶怒日高霜正飛則賽九如音布滿洲人官筆帖式以薦入實錄館有宜園集溯源堂集句也三秋白草粘天去萬里黃河坼地來則易秋河宏居庸北望句也垂柳弄姿邀月駐落花

無語送春歸則徐雙南洪鈞宜興人諸生有栗亭詩集句也玉澗萍開飛急雨石牀花動下幽禽風磴綠書千个字水亭紅亞一叢花松濤怒抉將崩石海氣遙封未泄雲則杭堇浦世駿句也風林白蠟收鑾女社鼓荒祠賽黑神白鷗傍槳自雙浴黃蝶逆風還倒飛則金江聲志章錢塘人雍正舉人官巡道有江聲草堂集句也池深魚氣靜樹密鳥聲歡艣聲離岸小山氣壓城寒鵰盤大漠寒無影冰裂長河夜有聲雨方得氣能醫草風自生香不借花則嚴海珊遂成烏程人雍正進士官知州有海珊詩鈔句也鬬禽雙墮地交蔓各升籬則李鐵君鍇漢軍人有睫巢集句也野鷗導我有閒意新柳笑人成老夫則周穆門京錢塘人貢生有无悔齋集句也涼風落山果微雨長秋蔬亂山開夕照獨鳥下寒村晴雲生古石空翠落長松新霜變木葉斜日亂溪流則過湘雲春山長洲人諸生有湘雲詩稿句也半江殘月欲

無影一岸冷雲何處香白蓮則盛庭堅鐵[illegible] 句也賣花市散香沿
路踏月人歸影過橋則李嘯村蘅懷甯人諸生 句也楊柳春風江上
櫂杏花細雨酒家樓疎風影動林梢月宿雨涼生檻外山則
彭芝庭啟豐長洲人雍正進士官兵部尚書有芝庭詩稿 句也叢祠森鬼氣老樹聳
人形則何西池夢瑤 句也野店人談虎荒墳客讀碑深谷林
轟山鬼伏古祠風雨社神歸勁筍穿籬斜長竹弱藤貼地臥
開花則英夢堂廉 句也邨藏翠竹千重出江轉青山四面來
則鄂虛亭容安滿洲人雍正進士官兩江總督加太子少傅襲三等襄勤伯爵殉節伊犂謚剛烈祀昭忠祠
句也江聲夜雨增悲壯海色朝霞接混茫則劉海峯大櫆桐城人貢生官教諭有海峯詩集 句也十里好詩收客店九秋真畫出田家則劉
繩庵綸武進人廩生乾隆召試博學鴻詞科官大學士謚文定有繩庵內外集 句也晚風隣圃
樹明月一家天則方問亭觀承桐城人由監生保舉中書銜官直隸總督謚恪敏有問亭集

句也隔林雨霽鷗呼婦近戶風輕燕引雛則胡廷佩鳴玉清浦人貢生句也雪沈衡岳白天接洞庭青則羅石湖天尺句也拂面雲來峰勢合落花風定馬蹄香則德定圃保滿洲人乾隆進士官禮部尚書謚文莊有樂賢堂詩鈔句也湖寬雲作岸邑小市侵橋黃土牆邊春店酒綠楊村裡午時雞則沈歸愚德潛句也草香花氣欲成瘴山靄水烟同結雲則金雨粟甡仁和人乾隆進士官侍郎有靜廉齋詩集句也山連二華橫秦塞水控三川下豫州潼關則王芥子太岳定興人乾隆進士官布政有青虛山房集句也山暗霧疑文豹隱海腥風挾毒龍行則鄭誠齋虎文句也秋風桂子淮南樹春水桃花洞口魚則李鶴峯因培晉甯人乾隆進士官巡撫降按察有鶴峯詩鈔句也雲橫遠岫衣千摺水落平橋帶一圍則譚誨亭尚忠南豐人乾隆進士官侍郎有紉芳齋詩集句也錦囊句好題詩畫石鼎茶香讀異書則蔡文舟璐句也曉鐘雲外斷春樹雨

中深天空一雁來胥口木落諸峰見洞庭則張崑南崙長洲人有鶴健堂詩鈔句也遠水檣帆小孤郵桑柘深邑小人稀風色駭江寒天闊雁聲多則沈學子大成華亭人貢生有學福齋集句也蟲鳴廢院僧鋤桑葉滿空廊客看碑則江松泉昱江都人諸生有松泉集句也流水聲中停客舫夕陽影裡掛漁罾則張鴻勳棣震澤人貢生有看雲吟草句也小睡手中書未墜半酣聰下字微斜高低紅樹迷江渚斷續青山繞鄂州黃鶴樓則耿湘門國藩長沙人太學生有素舫齋詩鈔句也高閣紅扶臨磵樹小亭青受隔江山酒幔隔花人問路漁莊臨水鴨知門一院緣天栽竹地滿身紅雨折花人則方子雲正澍句也滿山靈草仙人藥一徑松風處士墳自題墓門則徐靈胎大椿吳江人句也澤國稻粱肥鼠雀海天雲雨混龍蛇莪園按此村居句也比喻深遠孤憤之情見於言外則查藥師岐昌海甯人諸生有吳趨江上諸集句也燕歸新雨後人去

落花前蕺園按此則從落花人獨立微雨燕雙飛句脫出看他只加得一去字便低徊欲絕鳥啼深樹
初催麥雨散低檐正熟梅則徐友竹堅吳縣人貢生有緺園詩鈔句也花
猶解媚開如笑水不忘情去有聲則童二樹鈺句也書卷蟲
隣里苔痕雨化身則李晴沙巘安陸人諸生有僅存詩稿句也旗亭酒罷
潮生候水驛帆開月上時蕺園按流水對法最足移情則朱桂泉蒞恭長洲人有
雅村堂初稿句也春社雞豚桑葉雨夕陽籬柵菜花風則翁覃谿
方綱大興人乾隆進士官閣學降鴻臚有復初齋集句也清氣天臨地遠情江送山插
架圖書鄰侯軸滿庭風露趙昌花則錢籜石載秀水人乾隆進士官侍郎有
籜石齋詩集句也入座山光全勝畫隔簾人影總疑花則盧紹弓
文弨仁和人乾隆進士官侍讀有磯漁詩稿句也帆如不動暮天沒岸竟欲斜秋
水流則朱竹君筠大興人乾隆進士官侍講降編修有笥河文集句也江近山容潤
冬來樹意寒三楚飄檣風上下萬家煙火水東西武昌則錢辛

楣大昕何也鐘魚水寺傳山寺燈火吳船雜楚船口京璪璹鳴
場將刈麥桔槔戽水待栽秧呼鷹玉塞秋圍獵立馬金江曉
勒兵則王述庵昶嘉定人乾隆進士官侍郎有春融堂集句也秋生羣署淡月出
眾星低畫橋脫板低新漲酒旆懸風簷舊題則王穀原又曾秀水
人乾隆進士官主事有丁辛老屋集句也岸口人家皆種柳船中客饌每供魚
則瞿晴江灝仁和人乾隆進士官教授有無不宜齋集句也樵室薪爲榻漁舟網
作帆移床蟲見蛻徽饌蟻徵糧月借日光成半面雨收雲氣
泛餘絲則何鶴年在田句也破廟狐吹火孤墳鬼唱詩瀑布之
餘雲盡水茯苓其上樹交花則蔣茗生士銓句也烟光自潤非
闞雨水藻俱馨不獨花則王夢樓文治句也曉星明似月古
堠立疑人月華涼在水山影淡於雲一軍皆甲晨聽令萬馬
無聲夜踏邊潮定未分消長水風橫兼使往來帆則趙雲崧

翼句也涼生獨客枕聲入萬家心聞雨喜作則李南磵文藻益都人乾隆進士官同知有恩平湖陽桂林諸集句也小床怯雨留燈坐薄絮欺寒壓夢眠則陸耳山錫熊上海人乾隆進士官副憲有篁村詩集句也一水漲喧人語外萬山青到馬蹄前邊風壓地黃雲動朔氣橫關白日陰椎牛穹帳三更雪飲馬長城十月冰黃河一綫從天下太華三峰拔地開則朱子穎孝純漢軍人乾隆舉人官運使有海愚詩鈔句也天心似要江河合地勢愁當湖海衝江漢欲浮天地外山川渾老戰爭餘山勢盡朝東岳去地形都向北平開則黃仲則景仁句也月明漁火全無影夜靜江濤漸有聲菽園按雖由嚴海珊聯脫胎彼以奇警此以細切亦不相掩後來之以無影有聲四字爲墊者則復更難僕數也則王秋塍復秀水人太學生官知縣有樹蘐堂詩句也亂山深處藏官廨春水生時響桔槔則徐尚之書受武進人太學生官知縣有教經堂集句也萬頃波平天四面九霄風定月當中岳陽樓

河流畫地分中夏雲氣隨風出大荒秋聲城郭千家樹返照
雲霞萬里天青楓江上人纔返黃菊花初蟹欲肥則姚姬傳
鼐句也半春孤客忘寒食一夜東風又杏花則董東亭潮海鹽人
乾隆進士官庶常有東亭詩選句也中原秋色高嵩嶽孤劍寒雲落大河則
施鐵如朝幹儀徵人乾隆進士官宗人府府丞有正聲集句也帆迴山背風無力櫓
剪江心月有聲則李雨村調元綿州人乾隆進士官兵備道有童山詩集句也半簾
疏雨客何處滿地落花春欲歸則金棕亭兆燕全椒人乾隆進士官國子博士
有棕亭詩鈔句也野岸無人潮欲上碧天如水雁初飛則張玉洲
錦麟順德人乾隆舉人有少游草句也江楓冷雨啼山鬼浦月芳蘭夢水仙
則彭南池翥蒙化人乾隆舉人官同知有海天吟句也春雨過無迹野花開自
然則白鶴亭衣保蒙古人官參領句也四野猶殘雨遙峰獨夕陽則單
子迡襄槃高密人太學生有夢筑堂詩句也茶煙不共晨炊斷梅雨能令午

夢涼半畝瓜壺秋色早一庭梧竹雨聲多則殷果園如梅元和人諸生有綠滿山房存稿句也樹自老蒼花自韵竹能疏瘦筍能肥蘆三尺裡通蛙語桑萬葉中聞剪聲名畫要如詩卷讀古琴兼作水聲聽葉纔脫樹月流地秋欲浸人河在天則吳穀人錫麒句也白帝西來行萬里黃河東去避三峰華頂作則馮魚山敏昌欽州人乾隆進士官主事有小羅浮草堂詩鈔句也華蓋垂天張北斗黃河劃地鎖中原但聞眾鳥春相語不辨何花風自香則張白蘋開東蒲圻人句也逢花客有流連意對月人多太息聲則吳竹橋蔚光昭文人乾隆進士官主事有素修堂集句也西風驅萬馬落木滿三關則徐朗齋鑅慶原名嵩金匱人乾隆舉人官知縣加知州銜有玉山閣集句也大江欲靜潛虬動初月無光積水明則張藥房錦芳句也頑雲吸雨蛟宮黑芳草承花蝶路紅則張船山問陶句也傍午輕陰移小樹新秋涼思入疏

籟則高酉山（士釗順德人乾隆舉人有北游草）句也隔水雲如詩思嬾過船風學洒人顛野老賓朋自眞率舟人兒女最團圞則鍾鳳石（啟韶新會人乾隆舉人有讀書青樓詩鈔笛航游草）句也月當滿處應能指花若飛來定解拈（佛手柑）則周希甫（有聲長沙人乾隆進士官知府有東岡詩賸）句也星芒四射河無影露腳斜飛月有烟選樹老鴉知地利上墻幽草得天憐則陳理堂（燮泰州人嘉慶舉人官教諭）句也大江流霽月一雁點新霜一夜西風驚客夢滿林黃葉別詩人則喻石農（文鏊）句也岳陽城郭中流見黃帝笙鏞下界聞（君山）則宋芷灣（湘）句也竹陰先客到山色與詩來則吳山尊（鼒全椒人嘉慶進士官翰林侍講學士有夕葵書屋詩）句也千點月涵汾水白一行天斷楚峰青（秋雁）則鮑覺生（桂星）句也風擁亂雲歸遠嶂虹收斷雨放殘陽則許周生（宗彥德清人嘉慶進士官主事有鑑止水齋集）句也簾淨小童閒薙草枕香侍女夜藏花

則姚秋農文田歸安人嘉慶進士官禮部尚書謚文僖有邃雅堂集句也潮聲朝暮兩帆影去來雲則劉樸石彬華番禺人嘉慶進士官編修有玉壺山房集句也月光分曙色人語雜潮聲村深連樹暗帆濕過江遲則張繡山炳文番禺人嘉慶舉人官訓導有玉燕堂詩鈔句也天從庾嶺分南北人與梅花共雪霜梅關則金藝圃菁莪番禺人嘉慶進士官主事有軒于詩鈔句也風竹有聲晝草鼬無字詩茶聲細欲成泉夢酒氣多能暈月華則劉芙初嗣綰句也京口烟波收楚越海門潮汐撼金焦畫角五更吹月落寒潮萬里動城來則張阮林聰咸桐城人嘉慶舉人有傳巖詩鈔句也

詩兼比興重在取喻能喻則意無不曲筆無不達大家五七古長篇連疊用喻烘雲托月推波助瀾宜有取爾故如似等字恒不絕書近體非不可用喻惟於律句一聯之中如似互見終嫌體格卑弱昔人所目為放翁習氣者此也揮麈谷卷所

錄間未割愛不過百中一二此卷即詩人徵略所輯復選其
精編爲言情寫景二類每遇原作或涉如似互見與夫類於
如似之字者則割愛之因佳句已夥不妨其嚴也類於如似
之字如以因對爲等字均是
作詩須有寄託何嘗不是然語語求關係又安得如許題目雖
三百篇中半皆可以不作矣甚而下筆時亦必先存一某句
隱刺某事某題暗諷某人之見宗旨已非忠厚詩焉得佳且
天地間文字本有多種紀載詳明莫如散文鋪排綺麗莫如
駢體描寫淋漓莫如詞曲故欲求語語關係者惟散文近之
其體亦惟散行宜若詩爲用固同於駢體詞曲之間其源爲
較正耳三百以來其源今姑勿論即如近人集中在旁觀者
若以關係求之夫亦何嘗無薄乎時而抒寫胸襟則關係一

已之性情矣時而慨嘆窮通則關係一生之遇合矣時而流
連風景則關係一隅之形勝矣時而侈談游宴則關係一時
之俗尚矣時而考核物產則關係一土之蕃磽矣時而感念
豐凶則關係一方之水旱矣以至蒹葭之慕木桃之投其關
係於一人一物之品藻風義猶此志矣原夫作者意之所存
恐當日不必不如此而亦不必其節節以爲此何也蓋一有
語語求關係之心其爲道也泥而其詞必不能以立誠詩之
爲道在動合自然天籟與人籟相值始而其思也曲終乃得
氣之清有未可以泥爲也其偶然而寄託者乃其題之可以
寄託也其偶然而關係者乃其題之本有關係也間不得已
而爲諷刺之作固非心之所甘而其意亦良苦昔人所謂言
者無罪聞者足戒耳至若無與於寄託關係諷刺三者之爲

亦何非詩所宜有耆渚翁論杜工部詩隨意寫景不必首首盡是譏刺時政所以成爲大家隨園論錢牧齋注杜牽合隱事妄測古人適以自形已陋余兩志之今茲之選寫景與言情并重亦欲使閱者自得之慎勿復以語語關係來泥諸公

詩人徵略六十卷目載九百二十家乃邱士超以下均有錄無詩刻本殘佚莫得而詳愚按士超嘉慶諸生順德人字與凡號信芳居士或稱晚香居士工詩駢文一薦不第遂絕意科舉杜門撰述著有晚香圃稿信芳館四六文各種嘗慕朱子小學及先朝文莊公大學衍義補之盛業因繼其後別輯諸史子集部之嘉言懿行成倫常模楷一書分門別類爲大綱十爲細目一百六十又六仿巾箱本刻之共三十六卷洋洋巨製誠吾宗之盛事居士從孫仲暹兵部舊以全帙貽余幸

未殘蠹聞原版久不印刷且多散鈌余擬暇日爲之刪繁就簡各類歸併可減大半并須於各類後逐加案語引切時勢藉爲行政者採覈卒卒而未有間也至其晚香園信香館二稿則余仍未及見雖甚工詩無從錄也

張南山先生論詩意主沉著而自有作悉以和懌爲歸即所選輯亦多嫻雅之章無他居使之然也先生之生猶及昭代全盛之際門鮮租吏家有藏書者舊燕娛鶯花陪伴於此而爲文章報國之事夫亦烏得其適耳若乃時移世易流風既沫不見古人徒向窮島荒洲尋行數墨猶日心太平之景象曲終奏雅淸麗居宗其言愈舒其志亦愈苦也而世之人觀其論述以爲際此故國危難迫逼尚復支蔓其詞向禪販鈔胥家討生活則亦有疑其或鄰於忘世保身一流者吾固不遑

致辨矣

與南山先生同時有三詩人仁和龔定庵禮部自珍大興舒鐵雲位秀水王仲瞿曇兩孝廉是已徵畧皆舍此而遺之自是一憾事

南山先生仿長白麟見亭河督慶鴻雪因緣之例自編花甲閒談一書爲圖三十有二略以對語相聯如桐屋受經松廬把卷羅浮攬勝庾嶺衝寒之類先後本無倫次舊作詩文可與圖互證者錄之師友篇章間附一二審擇精當可無鴻雪因緣筆墨冗濫之弊後有作者必來取法其圖爲南海人葉夢草字春塘手筆工緻秀雅山川雲物悉搆實境可當卧遊所作近代冠服下逮輿馬尤見雍容華貴而無齷齪俗狀家奴騶卒耕氓饁婦意態各呈細按之僅大如粟米可稱繪事能

品而余翻惜倉山一叟當日交滿天下遊遍名山可圖可傳之事正復不少而乃區區以續冒水繪同人集聞也

國初慈谿姜西溟太史宸英晚年以古文特達有宮中元才子之榮常云我輩人人有集然其詩或傳與否均未可知惟當牽連綴姓名於集中幸有傳者即所附載之人亦因以顯如少陵之於阮生朱老東坡之於杜伯升老荷秀才是也其言如此亦可見前輩家長厚之用心矣

東坡先生詩本學陶東坡二字卻從樂天詩題取以自號故又私淑白公大興翁覃溪閣學方綱主張由蘇入杜之說嘉道間詩人頗是其言愚謂坡公於陶白則得其趣於杜則得其神而絕世聰明一腔忠愛蔚然以成一家之言則仍是蘇詩而非陶杜白詩也

玉谿學杜東坡學杜山谷學杜此三先生者面目異而不異可見杜集沾溉後人大郎在此而其氣象經營神妙所到又復同而不同三先生之詩又難爲學杜得皮者語也

舊於桂林倪雲癯司馬鴻所著桐陰清話中見有大興舒鐵雲孝廉位和尚太守謠七言長古一首筆情奇恣徵引繁博以爲甌北集後久無此才兹乃得其全刻缾水齋詩集讀之綜二千首有奇七古自是第一波譎雲詭藻合星稠後有作者惟益陽湯海秋太史鵬可與抗行同時法梧門學士舉君與孫子瀟王仲瞿並稱目爲三君作三君詠其實子瀟才氣不及君遠甚即仲瞿亦第肖其縱橫而未能爲其節制也夙與仲瞿文字唱和交相友善以嘉慶二十年自定其詩明歲喪母哀毀卒年五十有一仲瞿爲序并述出處行誼言君入河

間太守王疎雨名朝梧時擢黔西兵備道慕從征貴州狆苗事甚詳可補行狀誌傳之未及先世固燕人伯父希忠官江南父翼偕行寄居吳門而生君有夢桂之祥故小字犀禪十歲能文章十四歲隨父廣西永福縣丞任愛署後鐵雲山取以自號安南貢使至賦銅柱詩相遺流傳域外登乾隆戊申　恩科賢書屢上春官皆不得意父卒寡遺早年入宦歸已無家母固吳人亦憚北返遂奉母居吳去作諸侯賓客歲時還省甘旨無缺貴州從軍之役大將軍威勤侯勒保知其才名欲加羅致君辭不任苗女從征者名龍么妹苗條姣皙趫健能積戰功有軍中木蘭之目按郎君詩所稱上馬一雙金齒屐乘鸞十八玉腰奴者是也妹十八歲土司龍躍之妹么苗言稚也侯又欲以歸君後雖不果而其事自艷絕矣君兼通内典慧心絕世每於詩中闢新町畦善八分隸及各體書倉

卒點畫不苟能吹笛鼓琴度曲不失累黍所作樂府院本纔
脫稿即可付老伶歌之固一世之驚才也
餅水齋詩集七古一體獨擅勝場余尤喜誦之今爲標題如左
梅仙圖紙鳶篇行經泰山有作書屈賈列傳蘆溝橋行登烏
鎮東寺塔絕頂作歌題陳髯仿米家山元祐黨籍碑愛妾換
馬九日蒲紫臺殷三仁祠舟行望襄郡諸山作石簾村壺頭
山弔伏波將軍燐祭行按此爲從征狆苗陣亡軍士而作臥聞蟋蟀偶成銅
鼓詩重過飛雲洞寄仁甫張公石按自序石在袁州江中相傳張果自海外攜來聞鷄
鳴墜此故亦名張擔事誠丕誕而石之奇可知云云巖先生釣臺杭州關紀事冰山曲
按此當有所指原詩五七言隔韻相間組織工雖隸典瑰博殆有意爲雲峯瓊樓之觀者殘菊篇南山松
皮歌按此和龍雨樵作龍原序畧謂松皮出巴里坤高山積雪中厚有至一二尺者向土人購得其材可作齋額楹
聯見者咸詫奇絕也題太公釣渭圖振災行并示沈小如明府鐵簫歌

贈朱亦林團扇夫人曲爲王仲瞿孝廉題團扇圖（按團扇夫人爲晉中書令王珉嫂婢也仲瞿艷其事將成夫人祠而屬嘉耦雲門氏寫秋風小影遍徵題者）朱野雲斷牆老樹圖爲石敦夫題破被篇雪夜懷仲瞿西湖寓居王鐵餅索題桐陰課兒第一圖簡州刺史折獄篇爲宋靄若觀察作田六尺和宋觀察（按田六尺爲晉愍懷太子妃婢妃遭石勒之亂不屈死田六尺亦死）書鄭玉峯太守塞上吟卷後歌風臺題鐵舟歇腳圖花酒相倚曲林遠峯席上作飛來峯歌寄懷玉壺山人紀夢詩爲單二沿中作仲瞿改名於禮部曰良士系之以詩蘭亭懷古深柳讀書堂圖爲單健堂運判（壯圖）題一十六歲小影題羅兩峯鬼趣圖（八首）喻東白大令（宗嵩）屬題梧陰書屋圖屠孟昭大令招集湘靈館觀吳雪樵手製梅花髹几歌和尚太守謠（按此指嘉慶二十年奸僧王樹勳混捐同知擢襄陽知府引見被議褫職充邊并於刑部衙門荷枷兩月一案而發）

如右標題鐵雲之長夫亦可得大凡矣今復爲之載及全篇如愛妾換馬云駿馬不常有佳人難再得二者孰可兼使我三嘆息丈夫意氣浮雲開美人遲暮天馬來會當短衣馳萬里安用長袖歌三臺低鬟再拜與君别楚臺夢雨秦關月神仙富貴兩無成兒女英雄各癡絕君不見重瞳圍急聞楚歌烏騅奈何虞若何又不見睢陽城中宴將士愛妾亦死馬亦死石簰村云舵樓花鷄啼月黑船孃夢醒桃花國開船滑笏水有聲柔艣一枝劃春色我坐襄陽下水船船自開時我自眠夢遲水急船搖去昨夜忽忽泊何處依稀記得石簰村吳頭楚尾銷人魂他年此地重來覓祇有村名無夢痕雪夜懷仲瞿西湖寓居云北風生雪雪殺風玉山崢嶸銀海空中有兩客差可擬西湖南湖三百里君住西湖頭我住南湖尾西湖

淼淼水雲間南湖濛濛烟雨裡三十六天花影灑八十一點
消寒圖我從南湖憶西湖不知今夜西湖雪還似南湖雪也
無生不願鄭公騎驢灞橋上歇後詩成作宰相又不得裴公
夜入蔡州城打起一池鵝鴨聲逕須去貰旗亭酒羌笛年年
怨楊柳忽憶會稽山樵朱百年送婦還家無一錢初聽蠏沙
沙仰視龍銜銜坐燼銀荷葉開出白荷花姮娥抱鏡避三舍
玉女投壺粲左車瀛洲玉塵不論屑天公歡喜人離別我在
南湖尾布被冷於鐵夢中七十二鴛鴦撲帳楊花春不熱君
住西湖頭西湖梅花愁更愁前身一個紅藤杖曾向孤山絕
頂游青山一點芙蓉落比似林逋太飄泊妻當楳花子當鶴
君亦草泥吟郭索我不能如君家子猷夜坐船禁寒忍凍來
至前且自圍鑪歌一曲趁夜航船寄君讀我寄君詩句短長

君讀我詩聲斷續雀啾啾鷄喔喔相思一昔不相聞何不西湖喫飯南湖宿歌風臺云楚也猴秦也鹿鹿逐猴乃沐信也狗藉也兎兎顧狗不悟妻也雉妾也豕豕死雉啄矢父也眞龍子也鴻鵠鴻鵠高飛眞龍失矰繳星聚於井天下乃靖風歌於臺天子乃來天子乃來故人一杯天下乃靖大將五鼎君不見夜斬大蛇作天子晨聽牝鷄殺猛士天子萬歲猛士死大風蕭蕭吹不止西望長安四千里亭長還家偶然耳離別故鄉從此始魂魄雖歸竟誰是酒亦不能飲淚亦不能已種悠悠之枌榆別茫茫之桑梓彼可取而代也吾亦從此逝矣擊筑慷慨聲齒齒乃使爾父老子弟泣數行下而皆莫能仰視吁嗟乎世間失意有如此按前兩首乃餅水齋七古最凝鍊者是之謂變調後兩首則其本色當行之作全集大半

盡爲此體龔定公嘗以鬱怒橫逸評之肖其眞矣至折獄篇
太守謠誠屬得意之作具選前人筆記又世盡傳誦者也
人生一死無再死當死而死適然耳未死之前無死理既死之
後不死矣此鐵雲咏田六尺起語也二十八字中包埽一切
是大智慧是大定力吾不意鐵雲何人亦解作此語
秀水王仲瞿名曇又名良士乾隆五十九年舉人卒後龔璱人
禮部自珍爲表其墓略言其爲人也中身沉沉芳逸懷思悱
惻其爲文也一往三復情繁而聲長其爲學也溺於史人所
不經意纍纍心口間其爲文也喜臚史其爲人也幽如閉如
寒夜屏人語絮絮如老嫗匪但平易近人而已少從大刺麻
章佳胡圖克圖者游習其游戲法能作掌中雷時時演之左
都御史某公仲瞿之舉主也與大學士和珅有連然非闇於

機者窺和珅且敗乃托於騐値川楚匪起疏軍事則薦其門
生王曇能作掌中雷落萬夫胆自珅之誅比珅者皆詔獄緣
坐某公獨先以言事騐去官保躬而仲瞿竟以此獲不白名
中朝士大夫頗致毒君禮部試同考官考官揣某卷似浙王
某必不薦不取中式大挑雖二等不獲上君乃益放縱每會
談輒驚座客同列者盡絶其一切奇怪不可邇之狀皆貧病
怨恨不得已詐而遁焉者也年五十有八卒葬蘇州虎邱山
南有集如干卷妻金氏字雲門能畫能詩先卒有一子名善
才
王仲瞿七古善才生二十五月矣計識得二百五十餘字示以
詩云阿爺四歲識千字一一形書曉其義兒今三歲曉二百
他日爲文定奇特人間識字天上嗤阿爺自悞還悞兒兒莫

學阿爺知書娘道好只今餓死無人保夷齊廟裡要香烟誰捧藜羹到門禱阿爺配食兩廡去賴爾門庭來灑埽秦王燒書黑如炭豫讓吞之不當飯魚鹽作相盜作將天下功名在屠販兒不聞蒼頡作字鬼神哭從此文人食無粟又不聞黃帝軒轅不用一字丁風后力牧為公卿弄書行示善才云書不弄兒兒弄書愚公之子如公愚牢把一冊愛如命撇得中庸便論孟睡來不放醒叫呼阿兒餓死前生定人家一蝌生一蝌生到蟛蜞皆不改不然龍生九子子別美水噴雲性還在仲尼少小愛俎豆千年廟食尊彝侑子輿生長托黌宮至今血食黌門中但願吾兒讀書讀貫上下古不願吾兒一科一甲呼吾父兩題似大而實小試看他由游戲中放出大光明界來奇才者固無施而不可

定盦先生詩妙擅七情語澈三界雖卷帙不多正如精金美玉希世見珍其人在儒俠之間其筆亦屈宋之亞也自題其耑曰破戒草嘗有詩云戒詩昔有詩庚辰詩語繁第一欲言者古來雖明言蕺園按此二語消盡古來作者姑將譎言之未言聲又吞不求鬼神諒翔向生羨道東雲露一鱗西雲露一爪與其見鱗爪何如鱗爪無況凡所云云又鱗爪之餘懺悔首文字潛心戰空虛今年真戒詩才盡何傷乎俗因利祿讀書以經術媚世士人之一言一動皆隱挾一所欲干者在又安有品節詳明之可言而士風日賤或亦以其可賤而隨意進退之奔走之此則大可恫也先生詩云蘭臺序九流儒家但居一諸師自有真未肯附儒術蕺園按十字直從三代以前落想妙在道人之不敢道後代儒益尊儒者顏益厚洋洋朝野間流亦不止九不知古九流存亡今

孰多或言儒先亡此語又如何孟子舉伯夷伊尹柳下惠淸任和三聖以配孔子之時中太史公遷史記特傳游俠與儒并稱益能俠郎幾乎任矣先生文集有尊任篇專發任字之可貴又爲詩云朝從屠沽遊夕拉騶卒飲此意不可道有若茹大餧傳聞智勇人傷心自鞭影蹉跎復蹉跎黃金滿虛牝匣中龍劍光一鳴四壁靜夜夜輒一鳴負汝汝難忍出門何茫茫天心屬其遅既竊豫讓橋復瞰軹深井長跪奠一巵風雲撲人冷先生復有一詩自寫遠矚云黔首本骨肉天地本比鄰一髮不可牽牽之動全身聖者胞與言夫豈夸大陳四海變秋氣一室難爲春宗周若蠢蠢嫠緯燒爲塵所以慷慨士不得不悲辛看花憶黃河對月思西秦貴官勿三思以我爲杞人

破戒草賦得香云我有酒一段煎熬刳剄成德堅能不死心苦惜無名大玉煩同薦羣靈感至誠偶留閨閣愛結習愧平生又賦憂患云故物人寰少猶蒙憂患俱春深恒作伴宵夢亦先驅不逐年華改難同逝水徂多情誰似汝未忍託穠巫二詩專主切題其一種纏綿悱惻之致全在遺貌取神上會出

破戒艸之餘菩薩墳序云菩薩墳者亦曰公主墳遼聖宗第十女墓也小字菩薩未嫁而死遼史無傳非方海棠少此地始生之自是海棠之盛逾於江國士人因以海棠謚主云墳在西山無相寺詩云菩薩葬龍沙魂歸玉帝家餘春照天地私謚亦高華大腳鸞文鞠明妝豹尾車南朝人未識拜殺斷腸花典瞻風華情韻不匱有此佳題固應得此佳句以傳之

昔人謂詩雜仙心又謂得句先呈佛如定公當之可以無媿定

公文又嘗以李青蓮詩兼儒俠仙之長千古無出其右此語亦不啻自爲傳贊也間嘗論之定公以透頂之聰明每立透頂之議論其詩則誠善談名理著聞晚近而刻劃物情驅遣典籍雖不似舒王二子而怡魂悅顏一唱三歎之音吾於是謂定公之歌聲尤善也舒如袁簡齋王如趙甌北龔如蔣藏園超脫沉著會於無字句尋之六子誠乾嘉以來豪士而袁趙舒龔又皆各闢町畦斬新日月不爲唐宋作家所限蔣精佛理龔且過之

龔定公好爲綺語而不靡曼有世上光陰好一首詩云世上光陰好無如繡閣中靜原生智慧愁亦破鴻濛萬緒含淳待三生設想工高情塵不滓小別淚能紅玉茁心苗嫩珠穿耳性聰芳香箋藝譜曲盞數窓櫳遠樹當山看雲行入抱空枕停

如願月扇避不情風晝漏長千刻宵釭夢幾通德容師窅窕字體記玲瓏朱戶春暉別蓬門淑晷同百年辛苦始何用嫁英雄此作宜得性情之正矣揮麈全集今且脫稿檢閱殊少排律爲選是篇以實吾書

定公雜詩三百十五絕別爲一卷其中隨筆抒寫精心結撰各有所發故必須存亦或有不足學者當從別裁也其詩好闡佛理見者非甚妙悟易墜空禪至若一種靈怪之氣余昔所謂以仙佛語入詩固使文字多妙耳古文則非正宗與詩又當別論

定公嘗以彭甘亭小謨觴館詩與舒鐵雲缾水齋詩并稱其實彭何能及舒彭詩不過穠華輕倩而已舒詩自見面目處正多嘉應黃公度京卿遵憲日凡制作工藝之事後人每跨越

前人惟文字則否因範圍太密不脫古人窠臼故也來者方遒苟非新闢境界則自立難矣余每壯其言謂於讀餅水齋詩而庶幾一遇之也

南海馮雍字冲遠子見太守之從孫也少孤失學十四歲始讀書天姿高邁喜爲詩章終不得志鬱鬱以死有集一卷其佳句亦多類祖風今錄如下談深傳燭換坐久喚衣添艸木天低冬尚暖山村霧重曉生寒翠被夢回寒半幅秋窗人帶病三分詩放膽時多借酒月當頭夜最宜樓了無血性居移體豈有雌雄信相皮吟秋蛩

侯官朱菽原司馬錫穀題岳王廟秦檜鐵像云恨不重生空鑄鐵怪他抵死是和金金鐵借對便爾靈動朱司馬道光時人以孝廉選授蜀令著有怡山館詩鈔余僅得其殘帙怡山在

福州爲會垣名勝

曾見吳中黃子雲士龍長吟閣詩集殘帙中有咏蛙一律云已逼昏黃景猶爲聚族鳴池光喧欲碎岸色冷無情坐井觀常小困私怒不平本來居下處何必發高聲詞意警策發人深省作者當日當有所諷以若按諸目下時勢深望讀者一掩卷思之是當爲朝野中何等人說法耶

林子牛名夢斗吾漳龍溪人康熙間諸生鄭雲麓都轉開禧訪求其遺稿刊爲雪巖詩鈔古近體上下卷與許天玉鄭樗雲嚴野航合編行世古體疏秀近體間適錄其新婚別云郎若早相識夢中形可憶儂若慣别離此别應不悲昨宵嫁郎情未親今朝望郎車馬塵東風本是催花發亦送花飛入泥没花飛何時復上枝是儂與郎相見期戊子守歲云爆竹聲高

興未刪當杯消遣此時閒身猶混俗癡難賣詩不如人祭亦頑幾許年華容易過無多蓬鬢又加斑日來頗有經營念盡付沉香一夜山

天下最足移易人心者其惟傳奇小說乎自有西廂記出而世慕爲偷情苟合之才子佳人者多自有水滸傳出而世慕爲殺人尋仇之英雄好漢者多自有三國演義出而世慕爲拜盟歃血之兄弟占星排陣之軍師者多邯鄲學步至死不顧人哀其愚彼適其願蓋胸中有一先入者爲主猶如佛未出世人亦何曾見過地獄影響佛既出世世之死去復甦者咸隱隱若或一遇牛頭馬面刀山劍樹來也故欲轉移風俗法語巽語毋甯廣爲傳奇小說語

余嘗著三害質言一卷悶世以鴉片時文纏足平列冀挽柔靡

傲惰之習俗顧鴉片之害人多知者多能言者時文則經
本朝兩次廢罷未幾旋復滿蒙世族不貴纏足惟漢人獨否
要其錮蔽性靈殘賊肢體羣自趨害一也龔定盦先生絕句
云家家飯熟書還熟羨殺承平好秀才諷時文也又云侯王
宗廟求元妃徽音豈在纖厥趾諷纏足也此公見識自是加
人一等余刻畏廬子閩中新樂府亦有破爛衫小腳婦兩題
之作咸痛快絕倫

龔定公雜詩卷中嘗爲袁浦某姝前後賦艷體多章驚鴻游龍
神光離合奴視香奩疑雨諸集矣其寱詞尤警今錄八首鶴
背天風墜片言能蘇萬古落花魂征衫不漬尋常淚此是平
生未報恩風雲才略已消磨甘隸粧台伺眼波爲恐劉郎英
氣盡捲簾梳洗望黃河眉痕英絕語謖謖指揮小婢帶韜略

幸汝生逢清晏時不然劍底桃花落雲英化水景光新略似
驂鸞縹緲身一隊畫師齊斂手只容心裡貯穠春絕色呼他
心未安品題天女本來難梅魂菊影商量遍忍作人間花艸
看美人捭闔計頻仍我佩陰符亦可憑綰就同心堅俟汝羽
琌山下是西陵身世閒商酒半醺美人胸有北山文平交百
輩悠悠口揖罷還期將相勳
定公別袁浦去終不能忘情於彼姝道中屢寄以詩中有一首
云少年雖亦薄湯武不薄秦皇與武皇設想英雄垂暮日溫
柔不住住何鄉此詩具有奧理與其文集中京師樂籍論一
篇自是異議同歸
箸書何似觀心賢不奈卮言夜湧泉百卷書成南渡歲先生續
集再編年此定盦續集雜詩首章也而以吟罷江山氣不靈

萬千種話一燈青黙然閣筆無言說重禮天台七卷經一首
殿諸作之終焉曰觀心曰閣筆其意深矣嘗有句云一事平
生無齮齕但開風氣不爲師又云萬一飄零文字海他生重
定定盦詩與此正可參看余近喜對客誦之

五百石洞天揮麈卷之拾弍終　觀天演齋校本

自跋

學識進退越一年而一年異乎豈徒年計天道變遷於上人事交縈於下身所閱歷心所感觸或一月一時而進退之數已相逕庭故前日所爲是者今日已覺非之矣今日所爲是者異時又復非之矣更端而按廉又安知非之者之終見爲可非而是之者之終覺其竟是耶雖然亦視吾學之果進與否果其進也目前之是縱未必異日之是而目前之進不已視昔者之進爲不同矣乎嗚呼吾又焉可而不奮吾學哉吾又安往而敢於自是哉揮麈一書批評風月飯飣蟲魚其視丙申以來菽園贅談之作又加贅矣此卑卑者曾何足道而吾所以驗此一年之學識進退既復繫之吾於是仍不可不錄之以質知者閩中邱煒萲俶員書於五百石洞天時光緒二十有四年歲次戊戌十二

月小除夕也

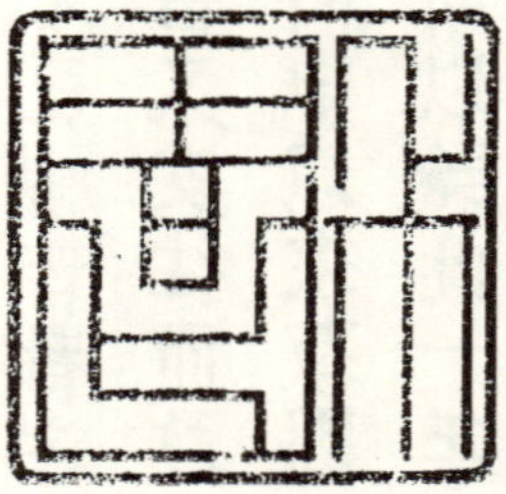

同文書庫·廈門文獻系列

第一輯

壹　王步蟾　小蘭雪堂詩集

貳　張茂椿　翁吉人　固哉叟詩集　寄傲山房詩鈔

叁　蘇大山　紅蘭館詩鈔

肆　沈琇瑩　寄傲山館詞稿　壺天吟

伍　林爾嘉　林菽莊先生詩稿

陸　李禧　夢梅花館詩鈔

柒　余謇　寶瓠齋襍稿（外三種）

捌　蘇警予　謝雲聲　甲子雜詩合刊　菲島雜詩　海外集

玖　羅丹　稚華詩稿

拾　徐原白　同聲集

第二輯

壹　謝祐　賦月山房尺牘

貳　黄瀚　禾山詩鈔

叁　邱煒萲　揮麈拾遺

肆　林爾嘉　李禧　頑石山房筆記　紫燕金魚室筆記

伍　蘇逸雲　臥雲樓筆記

陸　陳延謙　劉鐵菴　止園詩集　鐵菴詩存

柒　陳桂琛　陳丹初先生遺稿（外一種）

捌　賀仲禹　繡鐵盦叢集　繡鐵盦聯話

玖　蘇警予　二菴手札

拾　虞愚　虛白樓詩

同文書庫·廈門文獻系列

第三輯

壹 胡鉉 椽筆樓初集

貳 吳錫璜 吳瑞甫家書（外一種）

叁 邱煒萲 菽園贅談

肆 蘇逸雲 臥雲樓雜著

伍 蘇警予 曠劫集

陸 黃伯遠 紅葉草堂筆記　莊克昌 感舊錄

柒 葉長青 松柏長青館詩

捌 海天吟社 海天吟社詩存　鷺江梅社 鷺江乙組梅社吟草

玖 林爾嘉 菽莊叢刻（外二種）

拾 陳桂琛 近代七言絕句初續集

第四輯

壹 吳葆年 繪秋樓詩鈔　吳兆荃 小梅詩存

貳 呂徵 介石山房詩稿（外一種）

叁 邱煒萲 嘯虹生詩鈔

肆 李維修 寸寸集（外一種）

伍 沈觀格 拙廬談虎集

陸 江煦 草堂別集　圭海集

柒 謝雲聲 靈簫閣謎話初集

捌 曾兆鼇 玉屏書院課藝

玖 林爾嘉 菽莊小蘭亭徵文錄　鷺江泛月賦選

拾 江煦 鷺江名勝詩鈔

同文書庫·厦門文獻系列

第五輯

壹　黄家鼎　馬巷集

貳　邱煒萲　五百石洞天揮麈（上册）

　　邱煒萲　五百石洞天揮麈（下册）

叁　李烺焜　懷谿樓詩稿（外一種）

肆　楊紹丞　壬申重陽集　虎溪踏青集

伍　蘇玉如　劫後餘吟

　　陳佩真

陸　蘇警予　厦門指南

　　謝雲聲

柒　茅樂楠　新興的厦門（外一種）

捌　吳雅純　厦門大觀

玖　陳世鎔　陳化成抗英事略

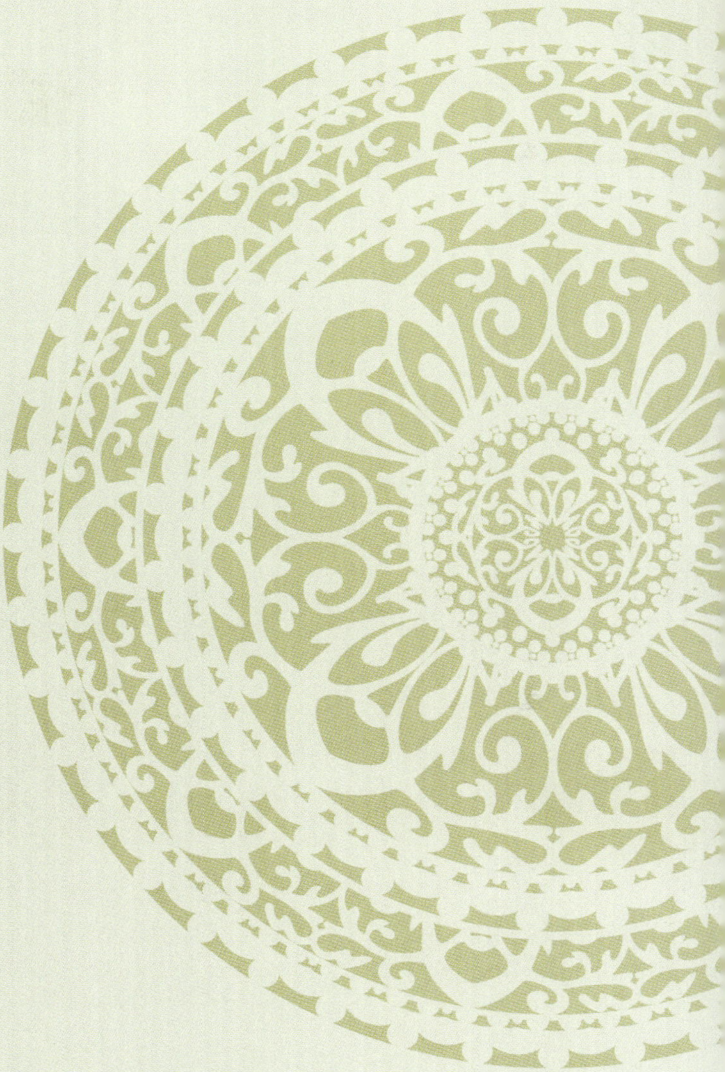